HEYNE <

W0316563

AMÉLIE WEN ZHAO

Herz aus Blut und Asche

Roman

Aus dem Amerikanischen
von Ute Brammertz

WILHELM HEYNE VERLAG
MÜNCHEN

Titel der Originalausgabe
BLOOD HEIR

Sollte diese Publikation Links auf Webseiten Dritter enthalten,
so übernehmen wir für deren Inhalte keine Haftung,
da wir uns diese nicht zu eigen machen, sondern lediglich auf deren
Stand zum Zeitpunkt der Erstveröffentlichung verweisen.

FSC
www.fsc.org
MIX
Papier aus verantwortungsvollen Quellen
FSC® C083411

Verlagsgruppe Random House FSC® N001967

Deutsche Erstausgabe
Redaktion: Uta Dahnke
Copyright © 2019 by Amélie Wen Zhao
Copyright © 2020 der deutschsprachigen Ausgabe und
der Übersetzung by Wilhelm Heyne Verlag, München,
in der Verlagsgruppe Random House GmbH,
Neumarkter Straße 28, 81673 München
Printed in Germany
Umschlaggestaltung: Guter Punkt GmbH & Co. KG, München,
unter Verwendung von Motiven von Mauritius Images / Cultural Archive / Alamy;
Shutterstock / diversepixel; Gettyimages / Nik Merkulov
Karte © 2019 by Virginia Allen
Satz: Schaber Datentechnik, Austria
Druck und Bindung: CPI books GmbH, Leck

ISBN 978-3-453-32087-1

Für 妈妈 und 爸爸,
weil sie mir beigebracht haben, die Welt mit Güte,
Leidenschaft und offenen Augen zu betrachten.

N
W
O
S
Stilles Meer
Kemeiranisches Reich
Jadestraße
Blaue Festung
Königreiche der Hseatischen Inseln
Königreich Bregon

KRAZYASTISCHES DREIECK
SYVERNISCHE TAIGA
TIGER-
SCHWANZ
Salskoff
Geisterfall
KYRILLISCHES
KAISERREICH
Kyrov
Novo Mynsk
GOLDWASSER
HAFEN
DZHYVEKHA - GEBIRGE
WÜSTE ARAMABI
MANDJIANISCHE
KRONLANDE

1

Das Gefängnis wies eine starke Ähnlichkeit mit den Kerkern aus Anastacyas Kindheit auf: dunkel, nass und aus unnachgiebigem Stein, voller Schmutz, Elend und auch Blut. Sie konnte spüren, wie es von den rauen Steinstufen bis hin zu den fackelgeschwärzten Wänden an ihr zog, am Rand ihres Bewusstseins lauerte wie ein stets gegenwärtiger Schatten.

Es wäre nur so wenig erforderlich – ein Aufzucken ihres Willens –, um jeden einzelnen Tropfen davon unter ihre Kontrolle zu bringen.

Bei dem Gedanken schlang Ana ihre behandschuhten Finger fester um den abgetragenen Pelz ihrer Kapuze und richtete ihre Aufmerksamkeit wieder auf den nichts ahnenden Wächter, der vor ihr herging. Die Absätze seiner Stiefel aus Varyshki-Bullenleder klackten bei jedem seiner geschmeidigen, zackigen Schritte, und wenn Ana genau genug hinhörte, konnte sie in seinen Taschen das leise Klimpern der Goldblätter hören, mit denen sie ihn bestochen hatte.

Diesmal war sie keine Gefangene, sondern seine Auftraggeberin, und dieses süße Scheppern der Münzen hielt ihr in Erinnerung, dass er – vorerst – auf ihrer Seite war.

Trotzdem war es, als der Fackelschein den flackernden Schatten des Wächters auf die Wände um sie her warf, unmöglich, in diesem Ort nicht den Stoff ihrer Albträume wiederzuerkennen, nicht das Flüstern zu hören, das damit einherging.

Monster. Mörderin.

Papa hätte ihr gesagt, dies sei ein Ort voller Dämonen, wo abgrundtief böse Männer gefangen gehalten wurden. Selbst jetzt noch, fast ein Jahr nach seinem Tod, wurde Anas Mund trocken bei der Vorstellung, was er sagen würde, wenn er sie hier sähe.

Ana unterdrückte diese Gedanken und hielt den Blick unverwandt geradeaus gerichtet. Sie mochte ein Monster und eine Mörderin sein, doch das hatte nichts mit der vor ihr liegenden Aufgabe zu tun.

Sie war hier, um ihren Namen vom Vorwurf des Verrats reinzuwaschen. Und alles hing davon ab, dass sie einen bestimmten Gefangenen fand.

»Ich sage Euch, der wird Euch nichts verraten.« Die belegte Stimme des Wächters lenkte sie von dem Flüstern in ihrem Kopf ab. »Hab gehört, er soll, als man ihn geschnappt hat, auf einer Mission gewesen sein, ein hohes Tier umzubringen.«

Er sprach von dem Gefangenen. *Ihrem* Gefangenen. Ana richtete sich auf und klammerte sich an die Lüge, die sie immer wieder einstudiert hatte. »Er wird mir verraten, wo er mein Geld versteckt hat.«

Der Wächter warf ihr einen mitfühlenden Blick über die Schulter zu. »Ihr würdet Eure Zeit besser an einem schöneren und sonnigeren Ort verbringen, meya Dama. Über ein Dutzend Adeliger hat sich durch Bestechungsgelder Zutritt zu Geisterfall verschafft, um ihn zu sehen, und er hat bisher mit nichts rausgerückt. Er hat sich mächtige Feinde gemacht, dieser Schnellzunge.«

Ein langer, gedehnter Schrei übertönte das Ende seines Satzes, ein derart gequältes Brüllen, dass sich die Härchen in Anas Nacken aufstellten. Die Hand des Wächters zuckte zum Heft seines Schwerts. Der Fackelschein schnitt sein Gesicht entzwei, tauchte es zur Hälfte in flackerndes Orange, zur Hälfte in Schatten. »Die Zellen sind allmählich randvoll mit diesen Affiniten.«

Fast wäre Ana gestrauchelt. Ihr stockte der Atem, und sie ließ ihn langsam wieder entweichen, wobei sie sich zwang, mit dem Mann Schritt zu halten.

Ihre Besorgnis musste sich auf ihrem Gesicht widergespiegelt haben, denn der Wächter fügte hastig hinzu: »Keine Angst, meya Dama. Wir sind bis zu den Zähnen mit Deys'voshk bewaffnet, und die Affiniten sind in spezielle Schwarzsteinzellen eingeschlossen. Wir werden nicht in ihre Nähe gehen. Diese Deimhovs sind sicher weggesperrt.«

Deimhov. Dämon.

In ihrem Magen regte sich Übelkeit, und sie grub die behandschuhten Finger in ihre Handflächen, während sie die Kapuze enger um den Kopf zog. Gewöhnlich sprach man von Affiniten in gedämpftem Flüsterton, und ängstliche Blicke begleiteten die Geschichten über die wenigen Menschen, die Affinitäten zu bestimmten Elementen besaßen. Monster, die mit ihren Kräften Schreckliches bewirken konnten. Macht über Feuer ausüben. Blitze schleudern. Auf dem Wind reiten. Fleisch formen. Und dann gab es da noch ein paar, munkelte man, deren Fähigkeiten über das Physische hinausgingen.

Affinite verfügten über Kräfte, die kein sterbliches Wesen besitzen sollte. Kräfte, die entweder den Gottheiten oder den Dämonen gehörten.

Der Wächter lächelte sie an. Vielleicht, um freundlich zu wirken. Vielleicht, weil er sich fragte, was ein Mädchen wie sie, mit Samthandschuhen und in Pelz gekleidet – abgetragen, aber offenkundig früher einmal luxuriös –, in diesem Gefängnis zu suchen hatte.

Er würde sie nicht anlächeln, wenn er wüsste, was sie war.

Wer sie war.

Die Welt um sie herum nahm scharfe Konturen an, und zum ersten Mal, seit sie das Gefängnis betreten hatte, musterte sie den Wächter. Er trug das kyrillisch-kaiserliche Emblem, das Antlitz eines brüllenden weißen Tigers, stolz auf seinem mit Schwarzstein verstärkten Brustharnisch. Ein Schwert an der Hüfte, die Klinge scharf gewetzt, aus dem gleichen Material wie seine Rüstung – eine halb aus Metall, halb aus Schwarzstein bestehende Legierung, die sich nicht von Affiniten manipulieren ließ. Und schließlich fiel ihr Blick auf ein Fläschchen mit einer grünlichen Flüssigkeit, das an seiner Gürtelschnalle baumelte und dessen Spitze wie der Giftzahn einer Schlange gekrümmt war.

Es enthielt Deys'voshk, Götterwasser, das einzige Gift, von dem bekannt war, dass es Affinität unterdrückte.

Sie war wieder mitten in ihren Albträumen gelandet, in einem Kerker, aus kaltem Schwarzstein gemeißelt, dunkler als die Nacht, und dachte an das knochenweiße Lächeln ihres Aufsehers, als er das mit Gewürzen versetzte Deys'voshk ihre Kehle hinunterzwang, um sie von dem Monströsen, mit dem sie auf die Welt gekommen war, zu reinigen – etwas wirklich Monströsem, selbst unter Affiniten.

Monster.

In ihren Handschuhen waren ihre Handflächen schweißnass.

»Wir haben eine gute Auswahl an Arbeitsverträgen zum Verkauf, meya Dama.« Die Stimme des Wächters schien aus weiter Ferne zu kommen. »Mit dem Geldbetrag, den Ihr geboten habt, um Schnellzunge zu sehen, solltet Ihr besser ein oder zwei Affiniten unter Vertrag nehmen. Sie sind nicht wegen schwerer Verbrechen hier, falls das Eure Sorge sein sollte. Bloß Ausländer ohne Papiere. Billige Arbeitskräfte.«

Ihr Herz klopfte unregelmäßig. Von dieser Art von Korruption hatte sie gehört. Ausländische Affiniten, die durch in Aussicht gestellte Arbeit nach Kyrillien gelockt wurden, nur um bei ihrer Ankunft festzustellen, dass sie den Menschenhändlern auf Gedeih und Verderb ausgeliefert waren. Ihr waren sogar schon leise Gerüchte über Wächter und Soldaten im ganzen Kaiserreich zu Ohren gekommen, die von den Affinitenhändlern gekauft waren und denen Goldblätter wie Wasser zuströmten.

Ana hatte nur nie damit gerechnet, einem zu begegnen.

Sie versuchte, mit ruhiger Stimme zu antworten. »Nein, danke.«

Sie musste so schnell wie möglich aus diesem Gefängnis herauskommen.

Nur mit großer Mühe gelang es ihr, einen Fuß vor den anderen zu setzen, den Rücken gerade und das Kinn gereckt zu halten, wie man es ihr beigebracht hatte. Wie immer im blinden Dunst ihrer Angst richtete sie ihre Gedanken auf ihren Bruder. Luka wäre tapfer. Er würde das für sie tun.

Und sie musste es für ihn tun. Der Kerker, der Wächter, das Flüstern und die Erinnerungen, die sie wieder an die Oberfläche lockten – das alles würde sie ertragen und noch hundertmal mehr, wenn es bedeutete, dass sie Luka wiedersehen konnte.

Bei dem Gedanken an ihn schmerzte ihr Herz, doch ihr Kummer war ein bodenloses schwarzes Loch. Es ging nicht, dass sie jetzt darin versank. Nicht, wenn sie so dicht davorstand, den Mann zu finden, der ihr helfen konnte, ihren Namen reinzuwaschen.

»Ramson Schnellzunge!«, blaffte der Wächter, der vor einer Zelle stehen blieb. »Hier ist jemand, der was von dir will.« Das Klirren von Schlüsseln. Die Zellentür schwang mit einem widerwilligen Quietschen auf. Der Wächter drehte sich zu ihr um, hob die Fackel, und sie sah, dass sein Blick wieder über ihre Kapuze glitt. »Er ist drinnen. Ich werde hier bleiben. Ruft mich, wenn Ihr so weit seid, wieder rausgelassen zu werden.«

Ana sog scharf die Luft ein, um Mut zu schöpfen, straffte die Schultern und betrat die Zelle.

Ihr schlug der ranzige Geruch von Erbrochenem entgegen, zusammen mit dem Gestank von Menschenkot und Schweiß. In der hinteren Ecke der Zelle lehnte eine zusammengesackte Gestalt an der dreckverschmierten Wand. Sein Hemd und die Kniehose waren zerfetzt und blutig, seine Handgelenke wund gescheuert von den Handschellen, mit denen er an die Wand gekettet war. Sie konnte nur verfilztes braunes Haar erkennen, bis er den Kopf hob, sodass ein Bart zum Vorschein kam, der sein halbes Gesicht bedeckte, voller Essensreste und Schmutz.

Das war der geniale Verbrecher, dessen Namen sie den Lippen von beinahe einem Dutzend Sträflingen und Gaunern abgerungen hatte? Der Mann, auf den sie in den vergangenen elf Monden ihre gesamten Hoffnungen gesetzt hatte?

Doch sie erstarrte, als sich sein Blick voller Scharfsinn auf sie richtete. Er war jung – oder zumindest jünger, als sie es von einem berühmten Diebesfürsten des Kaiserreiches erwartet hätte. Überraschung regte sich in ihren Eingeweiden.

»Schnellzunge«, sagte sie, um ihre Stimme zu testen, und dann lauter: »Ramson Schnellzunge. Ist das Euer echter Name?«

Ein Mundwinkel des Gefangenen verzog sich zu einem Grinsen. »Hängt ganz davon ab, wie man ›echt‹ definiert. Was echt ist und was nicht, wird an Orten wie diesem oft verdreht.« Seine Stimme war geschmeidig, und er hatte einen leicht singenden Tonfall, den Akzent der kyrillischen Oberschicht. »Wie lautet *Euer* Name, Schätzchen?«

Die Frage traf sie unvorbereitet. Es war fast ein Jahr her, dass sie mit jemandem außer May Höflichkeiten ausgetauscht hatte. *Anastacya Mikhailov,* hätte sie am liebsten gesagt. *Ich heiße Anastacya Mikhailov.*

Bloß, dass dem nicht so war. Anastacya Mikhailov lautete der Name der Kronprinzessin von Kyrillien, die vor elf Monden bei ihrem Versuch, der Hinrichtung wegen Mordes und Verrats an der kyrillischen Krone zu entfliehen, ertrunken war. Anastacya Mikhailov war ein Gespenst und ein Monster, das nicht existierte und auch nicht existieren durfte.

Ana ballte die Hände an der Schnalle ihrer Kapuze fest zu Fäusten. »Mein Name geht Euch nichts an. Wie schnell könnt Ihr jemanden innerhalb des Kaiserreiches ausfindig machen?«

Der Gefangene lachte. »Wie viel könnt Ihr mir zahlen?«

»Beantwortet die Frage.«

Er legte den Kopf schräg, verzog spöttisch den Mund. »Hängt davon ab, nach wem Ihr sucht. Vielleicht mehrere Wochen. Ich werde mein Netzwerk aus bösen Spionen und krummen Gaunern auf Eure kostbare gesuchte Person ansetzen.« Er hielt inne und verschränkte die Hände, sodass die Ketten bei der Bewegung klirrten. »*In der Theorie* natürlich. Es hält sich in Grenzen, was selbst *ich* aus einer Gefängniszelle heraus bewerkstelligen kann.«

Das Gespräch fühlte sich bereits an, als würde sie auf einem Drahtseil balancieren und als könnte ein einziges falsches Wort sie in die Tiefe stürzen lassen. Luka hatte sie in die Grundlagen der Verhandlungskunst eingeführt. Die Erinnerung daran erstrahlte wie eine Kerze in der Dunkelheit der Zelle. »Mehrere Wochen habe ich nicht«, sagte Ana. »Und *Ihr* müsst gar nichts tun. Ich brauche nur einen Namen und einen Ort.«

»Ihr seid eine harte Verhandlungspartnerin, meine Liebe.« Schnellzunge grinste, und Ana verengte die Augen zu Schlitzen. Seine schmierige Sprechweise und das schadenfrohe Glitzern in seinen Augen verrieten, dass er ihre Verzweiflung amüsant fand, obwohl er keine Ahnung hatte, wer sie war und warum sie hier war. »Ich zum Glück nicht. Machen wir ein Geschäft, Schätzchen. Befreit mich von diesen Ketten, und ich stehe unter Eurem Kommando. Ich werde Euren schönen Prinzen oder schlimmsten Erzfeind innerhalb von zwei Wochen finden, sei er im letzten Winkel der Wüste Aramabi oder in den himmlischen Höhen des Kemeiranischen Reiches.«

Seine gedehnte Sprechweise machte Ana nervös. Sie konnte erraten, wie es bei diesen hinterhältigen Verbrechern lief. Gab man ihnen, was sie wollten, versetzten sie einem schneller einen Dolchstoß, als man blinzeln konnte.

Sie würde nicht in seine Falle tappen.

Ana griff in die Falten ihres abgetragenen Umhangs und zog ein Stück Pergament hervor. Es war eine der Skizzen, die sie in der ersten Zeit nach Papas Tod angefertigt hatte, als die Albträume sie mitten in der Nacht geweckt hatten und dieses Gesicht sie tagsüber keine Sekunde losgelassen hatte.

Mit einer raschen Bewegung entfaltete sie das Pergament.

Selbst im trüben Licht der flackernden Fackel des Wächters draußen konnte sie die Konturen ihrer Skizze erkennen: den Glatzkopf und die melancholischen, riesengroßen Augen, die dem, den sie gezeichnet hatte, beinahe kindliche Züge verliehen. »Ich bin auf der Suche nach einem Mann. Einem kyrillischen Alchemisten. Vor einer Weile praktizierte er Medizin im Palast von Salskoff.« Sie hielt inne, wagte ein Angebot: »Verratet mir seinen Namen und wo er zu finden ist, dann werde ich Euch befreien.«

Schnellzunges Aufmerksamkeit war in der Sekunde, als sie ihm das Bild gezeigt hatte, von ihm angezogen worden wie ein ausgehungerter Wolf von einem Beutetier. Einen Moment war sein Gesicht reglos, schwer zu deuten.

Und dann riss er die Augen auf. *»Er«,* flüsterte er, und das Wort weckte in ihrem Herzen Hoffnung wie die Wärme der Sonne, die nach einer unendlich langen Nacht aufging.

Endlich.

Endlich.

Elf Monde der Einsamkeit, des Versteckens. Dunkle Nächte im nördlichen Nadelwaldgürtel von Kyrillien und einsame Tage, an denen sie eine Stadt nach der anderen abgesucht hatte – elf Monde, und sie hatte endlich, *endlich* jemanden gefunden, der den Mann kannte, der ihren Vater ermordet hatte.

Ramson Schnellzunge, hatten ihr die Schankwirte und Wirtshausgäste zugeflüstert, und die Kopfgeldjäger, wenn sie mit leeren Händen von ihrer Suche nach dem Alchemisten zurückgekehrt waren. *Er ist der mächtigste Diebesfürst der kyrillischen Unterwelt, verfügt über das gewaltigste Netzwerk. Er könnte innerhalb einer Woche die Guzhkyn-Wüstenspringmaus einer Adeligen auf der anderen Seite des Kaiserreiches aufspüren.*

Vielleicht hatten sie recht gehabt.

Ana schaffte es kaum, die Hände ruhig zu halten. Sie war so auf seine Reaktion gespannt, dass sie das Atmen schier vergaß.

Schnellzunges Augen blieben wie gebannt auf das Porträt gerichtet, während er die Hand danach ausstreckte. »Lasst mich mal sehen.«

Mit wild hämmerndem Herzen stürzte sie auf ihn zu, wobei sie in ihrer Eile ein wenig ins Straucheln geriet. Sie hielt ihm die Skizze entgegen, und einen Moment lang beugte Schnellzunge sich vor, und sein Daumen strich über eine Ecke ihrer Zeichnung.

Und dann sprang er auf Ana zu. Seine eine Hand packte ihr Handgelenk mit eisernem Griff; die andere hielt ihr den Mund zu, bevor sie schreien konnte. Er zerrte sie heftig vorwärts, drehte sie um und zog sie dicht an sich. Ana gab ein ersticktes Geräusch von sich, als ihr der Gestank seines ungewaschenen Haars entgegenschlug. »Das hier muss kein böses Ende nehmen.« Seine Stimme war leise, als er sprach, doch die Lässigkeit von vorhin war einem eindringlichen Tonfall gewichen. »Die Schlüssel hängen draußen, neben der Tür. Helft mir rauszukommen, dann gebe ich Euch sämtliche Informationen – über wen Ihr auch wollt.«

Sie entriss ihr Gesicht seiner dreckigen Hand. »Lasst mich los«, knurrte sie und stemmte sich gegen seinen Griff, doch er packte sie nur noch fester. Aus der Nähe, im Fackelschein, nahm das harte Glitzern seiner haselnussbraunen Augen auf einmal etwas Wildes, Irrsinniges an.

Er würde ihr wehtun.

Angst loderte in ihr auf, und dank jahrelanger Übung zerriss ein einziger Instinkt den Nebel ihrer Panik.

Sie konnte ihm auch wehtun.

Angezogen vom Pulsieren seines warmen Blutes, regte sich ihre Affinität, durchströmte sie und erfüllte sie mit einem Gefühl der Macht. Wenn sie es wollte, konnte jeder Blutstropfen in seinem Körper ihr gehorchen.

Nein, dachte Ana. Ihre Affinität durfte nur als absolut äußerstes Mittel zum Einsatz kommen. Wie bei jeder Affiniten ging ihre Macht mit verräterischen Anzeichen einher. Die leichteste Regung ihrer Kräfte ließ ihre Iris blutrot werden und verdunkelte die Adern in ihren Unterarmen – für diejenigen, die wussten, wonach sie Ausschau zu halten hatten, ein deutlicher Hinweis darauf, was sie war. Sie dachte an den Wächter draußen, an das gebogene Fläschchen mit Deys'voshk, an den boshaften Glanz seines Schwarzsteinschwerts.

Sie war so darauf konzentriert, ihre Affinität zu unterdrücken, dass sie es nicht kommen sah.

Schnellzunges Hand schnellte vor und riss ihr die Kapuze vom Kopf.

Ana stolperte rückwärts, doch es war nun einmal passiert. Schnellzunge starrte ihre Augen an, und die Erwartung in seinem Gesicht machte Triumph Platz. Er hatte das Blutrot gesehen. Er hatte *gewusst*, wonach er Ausschau zu halten hatte: nach dem verräterischen Anzeichen ihrer Affinität. Sein Mund war zu einem Grinsen verzogen, als er sie losließ und brüllte: »Eine Affinite – *Hilfe!*«

Noch bevor ihr klar wurde, dass sie doch in seine Falle getappt war, erklangen hinter ihr laute Schritte.

Ana wirbelte herum. Der Wächter stürzte in die Zelle, das Schwarzsteinschwert gezückt, und die grüne Farbe des Deys'voshk, das er über die Klinge gegossen hatte, leuchtete im Fackelschein.

Sie wich aus. Nicht schnell genug.

Als sie atemlos zur anderen Seite der Zelle stolperte, spürte sie den scharfen Biss der Klinge an ihrem Unterarm. Das Schwert war durch ihren Handschuh gedrungen. Der Stoff klaffte auf und ließ ein kleines Rinnsal Blut erkennen.

Die Welt verengte sich einen Moment lang auf diese Blutstropfen, die sanfte Kurve ihres Wegs zum Handgelenk hinunter, das Schimmern der Perlen, die im Fackelschein erstrahlten und wie Rubine glitzerten.

Blut. Sie spürte, wie ihre Affinität auf den Ruf ihres Elements hin erwachte. Ana riss sich den Handschuh herunter und stieß ein Zischen aus, als die Wunde an der freien Luft brannte.

Es hatte angefangen – die Adern, die ihre Arme emporliefen, hatten sich zu einem blutergussähnlichen Purpurrot verdunkelt und ragten gleich gezackten Striemen aus ihrem Fleisch. Sie wusste, wie es aussah, denn sie hatte sich schon endlose Stunden im Spiegel angestarrt, die Augen verquollen vom Weinen und die Arme blutig von ihren Versuchen, sich die Adern wegzukratzen.

Im Dunkeln fand ein Flüstern zu ihr.

Deimhov.

Ana blickte auf und sah dem Wächter in die Augen, als er gerade die Fackel hob.

Entsetzen verzerrte seine Gesichtszüge, während er rückwärts in Schnellzunges Ecke zurückwich und das Schwert auf sie richtete.

Ana fuhr mit einem Finger über ihre Wunde. Er wurde feucht, verschmiert von einer grünlichen Flüssigkeit, die sich mit ihrem Blut vermischte.

Deys'voshk. Ihr Herz schlug wild, und Erinnerungen blitzten vor ihrem geistigen Auge auf: der Kerker, Sadov, der ihr die bittere Flüssigkeit die Kehle hinabzwang, die Schwäche und der Schwindel, die folgten. Und unausweichlich die Leere, wo zuvor ihre Affinität gewesen war, als hätte sie ihre Sehkraft oder ihren Geruchssinn eingebüßt.

Die Jahre, die sie damit verbracht hatte, dieses Gift zu schlucken in der Hoffnung, die Affinität aus ihrem Körper zu tilgen, hatten stattdessen zu einer gewissen Verträglichkeit des Deys'voshk geführt. Während das Gift die Fähigkeiten der meisten Affiniten auf der Stelle hemmte, blieben Ana fünfzehn, manchmal zwanzig Minuten, bevor es ihre Affinität außer Gefecht setzte. In dem verzweifelten Versuch zu überleben hatte sich ihr Körper angepasst.

»Beweg dich, dann treff ich dich noch mal«, knurrte der Wächter mit zittriger Stimme. »Du dreckige Affinite!«

Ein Rasseln von Metall, ein Aufleuchten von zerzaustem braunem Haar. Bevor einer von ihnen etwas tun konnte, legte Schnellzunge dem Wächter seine Kette um den Hals.

Der Wächter stieß ein ersticktes Keuchen aus und packte die Kette, die sich jetzt in seine Kehle grub. Die Schatten hinter ihm wurden von Ramson Schnellzunges weißem Lächeln durchschnitten.

Galle stieg in Anas Kehle empor, und Schwindel überkam sie, während das Gift begann, sich in ihr auszubreiten. Sie streckte die Hand nach der Wand aus, und trotz der Kälte standen ihr Schweißperlen auf der Stirn.

Schnellzunge drehte sich zu ihr, den sich wehrenden Wächter dicht an sich gepresst. Sein Gesichtsausdruck war jetzt raubtierhaft, statt der Lässigkeit von vorhin ganz wölfischer Hunger. »Dann lass uns das hier noch mal probieren, Schätzchen. Die Schlüssel sollten an einem Nagel vor der Zellentür hängen – Routinevorschrift, bevor ein Wärter eine Zelle betritt. Die für meine Ketten sind die gabelförmigen aus Eisen, die vierten von oben. Mach mich los, und bring uns beide unversehrt hier raus, dann können wir uns über deinen Alchemisten unterhalten.«

Ana kämpfte gegen das Beben in ihrem Körper an. Ihr Blick huschte zwischen Schnellzunge und dem Wächter hin und her. In den Augen des Wächters war nur noch das Weiße zu sehen, und ihm stand Schaum vorm Mund, während er nach Luft rang.

Sie hatte gewusst, wie gefährlich Schnellzunge war, als sie sich auf die Suche nach ihm begeben hatte. Dennoch hatte sie niemals damit gerechnet, dass er, ein an die steinernen Wände von Geisterfall geketteter Gefangener, so weit kommen würde.

Ihn loszuketten wäre ein ganz schrecklicher Fehler.

»Nun mach schon.« Schnellzunges Stimme rief sie zu der furchterregenden Wahl zurück. »Wir haben nicht viel Zeit. In ungefähr zwei Minuten wird die nächste Schicht hier sein. Man wird dich in eine dieser Zellen werfen, dich mit irgendeinem Arbeitsvertrag verkaufen – und wir wissen alle, wie *das* läuft. Und ich werde weiterhin hier sein.« Er zuckte mit den Schultern und zog die Kette fester. Die Wangen des Wächters schwollen an. »Solltest du dieses Szenario vorziehen, dann muss ich schon sagen, dass ich enttäuscht bin.«

Die Schatten im Raum schwankten, verzerrten sich. Ana blinzelte rasch und versuchte, ihren rasenden Puls während der ersten Wirkungsphase des Gifts zu beruhigen. Als Nächstes würden das Kältegefühl und die Übelkeit kommen. Und dann das Nachlassen ihrer Kraft. Ihre Affinität würde verblassen wie eine Kerze, die aufs Ende ihres Dochts herunterbrannte.

Denk nach, Ana, ermahnte sie sich und biss die Zähne zusammen. Ihr Blick huschte durch die Zelle.

Sie könnte Schnellzunge foltern, während sie noch ihre Affinität besaß. Sie könnte ihn zum Bluten bringen, ihm wehtun, ihm drohen und den Aufenthaltsort des Alchemisten herausbekommen.

Tränen brannten in ihren Augen, und sie schloss sie vor den Bildern, die sich vor ihr geistiges Auge zu drängen drohten. Unter all ihren Erinnerungen brannte in dem Chaos eine so hell wie eine Flamme. *Du bist kein Monster, Sistrika.* Es war Lukas Stimme, ruhig und fest. *Deine Affinität macht dich nicht aus. Was dich ausmacht, ist die Entscheidung, wie du sie einsetzt.*

Das stimmt, dachte sie, holte tief Luft und versuchte, sich an den Worten ihres Bruders festzuhalten. Sie war kein Folterknecht. Sie war kein Monster. Sie war gut, und sie würde diesen Mann – ganz gleich, wie düster seine Absichten sein mochten – nicht den Schrecken unterwerfen, die sie selbst schon erlebt hatte.

Somit stand ihr nur eine Möglichkeit offen.

Ehe sie sich's versah, hatte sie den Raum durchquert, holte die Schlüssel von der Wand und hantierte an den Ketten des Gefangenen herum. Sie fielen mit einem Scheppern zu Boden. Schnellzunge machte einen Satz und entfernte sich rasch von ihnen, während er sich die aufgescheuerten Handgelenke rieb. Der Wächter lag zusammengesunken auf dem Boden, bewusstlos – sein Atem kam pfeifend aus dem halb geöffneten Mund.

Eine neue Woge von Übelkeit überkam Ana. Sie klammerte sich an die Wand. »Mein Alchemist«, sagte sie. »Wir hatten eine Abmachung.«

»Ach, der.« Schnellzunge trat auf die Zellentür zu und spähte nach draußen. »Ich will ehrlich mit dir sein, meine Liebe. Ich habe keine Ahnung, wer der Kerl ist. Auf Wiedersehen.« Im nächsten Augenblick war er auf der anderen Seite der Gitter. Ana stürzte auf ihn zu, doch die Zellentür fiel vor ihr krachend ins Schloss. Schnellzunge klimperte mit den Schlüsseln. »Nimm es nicht allzu persönlich. Ich bin schließlich ein Betrüger.«

Er salutierte spöttisch, wirbelte auf dem Absatz herum und verschwand in der Dunkelheit.

2

Im ersten Moment stand Ana nur da, starrte ihm hinterher und hatte das Gefühl, als würde ihr der Boden unter den Füßen weggezogen. *Von einem Betrüger betrogen.* Ein bitteres Lachen erhob sich pfeifend aus ihrer Kehle. Hatte sie damit nicht gerechnet? Vielleicht war sie nach all den Monden, in denen sie gelernt hatte, sich auf eigene Faust durchzuschlagen, im Grunde doch nur eine naive Prinzessin, die jenseits der Mauern des Palastes von Salskoff nicht überleben konnte.

Ihre Wunde pochte. Ein Rinnsal aus Blut und Deys'voshk wand sich sanft ihren Arm hinunter und erfüllte die Luft mit seinem durchdringenden metallischen Geruch.

Ihre Affinität regte sich.

Nein, dachte Ana und berührte die Wunde mit dem Finger. Die Blutstropfen schienen unter ihren Fingerspitzen zu pulsieren. Nein, sie war nicht bloß eine naive Prinzessin. Prinzessinnen verfügten nicht über die Macht, Blut zu kontrollieren. Prinzessinnen ermordeten keine unschuldigen Menschen am helllichten Tag mitten auf einem Marktplatz. Prinzessinnen waren keine Monster.

Etwas in ihrem Innern riss entzwei, und auf einmal erstickte sie an der jahrelang angesammelten Wut, die mit ekelhafter Vertrautheit in ihr rumorte. Ganz egal, was sie tat, ganz egal, wie gut sie zu sein versuchte, sie endete immer als Monster.

Der Rest der Welt wurde trübe, und dann war da nur noch das Blut, das in langsamen, vereinzelten Tropfen ihren Arm hinunter und zu Boden rann.

Du willst, dass ich das Monster bin? Ana hob den Blick zu dem Gang, in dem Ramson verschwunden war. *Dann werde ich das Monster sein.*

Ana griff in jenen verschlungenen Ort in ihrem Innern und dehnte ihre Affinität aus.

Es war, als zündete sie eine Kerze an. Die Schatten, die an ihren Sinnen gezerrt hatten, wurden hell erleuchtet, als ihre Affinität sich nach ebendem Element ausstreckte, das Ana monströs machte: Blut.

Es war überall: in jedem Gefangenen in den Zellen um sie herum, als Spritzer und Streifen wie Farbe an den dreckigen Wänden, von leuchtendem Rot bis hin zu einem verblassten Rostton. Sie konnte die Augen schließen und es nicht sehen, sondern *spüren,* wie es die Welt um sie her gestaltete und allmählich, mehrere Gänge weiter, jenseits ihrer Reichweite zu nichts verblasste. Sie spürte, wie es durch Adern strömte, so mächtig wie Flüsse und so leise wie Bäche – oder still und abgestanden wie der Tod.

Ana streckte die Hände und fühlte sich, als würde sie zum ersten Mal seit langer Zeit tief einatmen. All das Blut. All die Macht. Alles unter ihrem Befehl.

Den Betrüger fand sie mühelos, da ihn das durch seinen Körper gepumpte Adrenalin wie eine brennende Fackel unter flackernden Kerzen aufleuchten ließ. Sie konzentrierte ihre Affinität auf sein Blut und zog.

Ein seltsames Hochgefühl erfüllte sie, als das Blut gehorchte und sich jeder Tropfen in Schnellzunges Körper ihrem Verlangen beugte. Ana holte tief Luft und merkte, dass sie *lächelte*.

Kleines Monster, flüsterte eine Stimme in ihrem Kopf – bloß, dass es diesmal ihre eigene war. Vielleicht hatte Sadov doch recht gehabt. Vielleicht gab es einen perversen Teil in ihr, der monströs war, sosehr sie auch versuchte, dagegen anzukämpfen.

Ein Schrei drang aus dem Gang, gefolgt von einem dumpfen Aufschlag; dann erklangen schleifende Geräusche. Und dann, ganz langsam, tauchte aus der Dunkelheit ein Fuß auf. Danach ein Bein. Und dann ein schmutziger Rumpf. Sie schleifte ihn mithilfe seines Bluts zu sich, genoss die Art, wie es ihr gehorchte, wie er unter ihrer Kontrolle gleich einer Marionette zuckte.

Vor ihrer Zelle wand sich Schnellzunge auf dem Boden. »Aufhören!«, keuchte er. Ein roter Fleck erschien auf seiner schweißgetränkten Tunika, sickerte durch den Stoff und den Dreck. »Bitte, was immer du tust …«

Ana streckte einen Arm durch das Gitter und packte ihn am Kragen, riss ihn so nah zu sich, dass sein Gesicht gegen das Metall knallte. »Ruhe.« Ihre Stimme war ein tiefes Knurren. »*Du* hörst jetzt *mir* zu. Von nun an wirst du mir aufs Wort gehorchen, oder dieser Schmerz, den du im Moment empfindest«, sie zog wieder an seinem Blut und erntete ein tiefes Stöhnen, »war erst der Anfang.« Sie vernahm die Worte, als spräche jemand anders aus ihrem Munde. »Ist das klar?«

Er keuchte, die Pupillen geweitet, das Gesicht blass. Ana unterdrückte jegliches schlechte Gewissen oder Mitleid, das sie ansonsten vielleicht empfunden hätte.

Sie war an der Reihe, Befehle zu erteilen. *Sie* war an der Reihe, Kontrolle auszuüben.

»Jetzt mach die Tür auf.«

Sichtlich zitternd, erhob sich der Betrüger ruckartig. Ein Schweißfilm bedeckte sein Gesicht. Er hantierte am Schloss herum, und die Zellentür ging quietschend auf.

Ana trat aus der Zelle und wandte sich ihm zu. Die Welt geriet leicht ins Wanken, als sie der nächste Schwindelanfall überkam, und dennoch zog sich ihr Magen vor perverser Freude zusammen, da Schnellzunge sich wand. Rote Flecke breiteten sich auf seinem Hemd aus, wo Blutgefäße in seiner Haut aufgeplatzt waren. Morgen würde er auch hässliche Blutergüsse haben, die seinen Körper wie Male irgendeiner schrecklichen Krankheit überziehen würden. *Teufelswerk,* hatte Sadov es genannt. *Die Berührung des Deimhovs.*

Ana wandte sich ab, bevor sie der Ekel vor dem, was sie getan hatte, packen konnte. Automatisch schnellte ihre Hand zu ihrer Kapuze und zog sie wieder über den Kopf, um ihre Augen zu verbergen. Ihre Hände und Unterarme fühlten sich schwer an, durchzogen von gezackten, vor Blut angeschwollenen Adern. Da sie sich ohne ihren Handschuh entblößt vorkam, steckte sie die unbehandschuhte Hand in ihren Umhang. Ihre Finger krümmten sich unter dem kalten Stoff.

Die Härchen in ihrem Nacken richteten sich auf, als sie merkte, dass es in dem Gefängnis völlig still geworden war.

Etwas stimmte nicht.

Das Stöhnen und Flüstern der anderen Gefangenen war verstummt. Es war wie die Ruhe vor dem Sturm. Und dann ertönte etliche Gänge weiter ein lautes Scheppern.

Ana verspannte sich. Ihr Herz schlug gleich einer Trommel in ihrer Brust. »Wir müssen hier raus.«

»Bei den Göttern!«, fluchte Schnellzunge. Er hatte sich vom Boden aufgerappelt und saß schwer an die Wand gelehnt da, keuchend, während sich die Muskelstränge in seinem Nacken anspannten und wieder lockerten. »Wer bist du?«

Die Frage kam aus dem Nichts. Ihr fielen tausend Antworten ein. Ungebetene Erinnerungen durchzuckten ihre Gedanken wie Seiten eines verstaubten Buchs. Ein marmorweißes Schloss in einer Winterlandschaft. Ein Kamin, ein flackerndes Feuer und Papas tiefe, ruhige Stimme. Ihr Bruder, mit goldenem Haar und smaragdgrünen Augen, sein Lachen so strahlend wie die Sonne. Ihre Tante, mit rehbraunen Augen und hübsch, den Kopf zum Gebet geneigt, sodass ihr der dunkle Zopf über die Schulter fiel …

Sie unterdrückte die Erinnerungen, verbannte sie wieder hinter die Mauer, die sie im vergangenen Jahr sorgfältig errichtet hatte. Ihr Leben, ihre Vergangenheit, ihre Verbrechen – das waren ihre Geheimnisse, und dass dieser Mann irgendeine Schwäche an ihr entdeckte, war das Letzte, was sie gebrauchen konnte.

Bevor sie etwas erwidern konnte, sprang Schnellzunge auf sie zu. Er bewegte sich so flink, dass sie lediglich ein überraschtes Ächzen ausstieß, als sich seine Hand abermals auf ihren Mund legte und er sie hinter einen Steinpfeiler schubste. »Wachen«, flüsterte er.

Ana rammte ihm das Knie zwischen die Beine. Schnellzunge krümmte sich, doch über seinen wütenden geflüsterten Flüchen hörte sie die Geräusche von Schritten.

Stiefel stampften den Kerkerflur entlang. Es war der laute Rhythmus der Schritte mehrerer Wächter. Sie erspähte das trübe Licht einer weit entfernten Fackel, das heller wurde. Stimmen hallten im Gang wider, und dem Gelächter nach zu schließen, erzählten sich die Wachen Witze.

Ana atmete auf. Man hatte sie nicht entdeckt. Diese Wächter drehten nur ihre Runden.

Schnellzunge richtete sich wieder auf und lehnte sich an sie, während er sich gegen den Pfeiler drückte. Derart aneinandergedrängt, mit Herzen, die das gleiche Gebet schlugen, hätten sie Komplizen oder gar Verbündete sein können. Doch der Zorn in seinen Augen rief ihr ins Gedächtnis, dass sie das genaue Gegenteil waren.

Sie versuchte, nicht zu atmen, als die Wächter an dem Pfeiler vorübergingen. Sie waren so nah, dass Ana das Rascheln ihrer dicken Pelzumhänge, das Schrammen ihrer Stiefel auf dem verdreckten Boden hören konnte.

Auf einmal durchzuckte sie eine Erkenntnis. Der Wächter. Sie hatten ihn bewusstlos in Schnellzunges Zelle zurückgelassen.

Neben ihr spannte sich Schnellzunge ebenfalls, als sei er zu der gleichen Erkenntnis gekommen. Er zischte einen Fluch.

Ein panischer Schrei erklang, gefolgt vom unheilvollen Quietschen der Zellentür. Ana kniff die Augen zusammen, während Angst kalt in ihrer Brust erblühte. Sie hatten den bewusstlosen Wächter entdeckt.

»Hör zu.« Schnellzunges Stimme war leise und eindringlich. »Ich habe die Pläne dieses Gefängnisses studiert – ich kenne den

Grundriss so gut, wie ich die Goldblätter in meinem Geldbeutel kenne. Wir wissen beide, dass du hier nicht ohne meine Hilfe rauskommst, und ich brauche auch deine Affinität. Also bitte ich dich, mir vorerst zu vertrauen. Wenn wir diesen verfluchten Ort erst einmal hinter uns gelassen haben, können wir einander wieder an die Gurgel gehen. Hört sich das gut an?«

Sie hasste ihn – hasste den Umstand, dass er sie hereingelegt hatte, und den Umstand, dass er recht hatte.

»Gut«, hauchte sie. »Aber wenn du auch nur mit dem Gedanken spielst herumzutricksen, denk bloß dran, was ich dir antun kann. Was ich dir antun *werde*.«

Schnellzunge spähte in den Gang vor ihnen, den Kopf lauschend schräg gelegt. »Na schön.«

Jenseits ihres Pfeilers trat einer der Wächter in die Zelle und schüttelte verzweifelt seinen gefallenen Kameraden. Die anderen beiden zogen mit gezückten Schwertern und hocherhobenen Fackeln tiefer in die Kerkergewölbe. Auf der Jagd.

Schnellzunges Bart kitzelte an ihrem Ohr. »Wenn ich ›Los!‹ sage …«

Der Fackelschein wurde dunkler.

»Los!«

Ana stürzte hinter dem Pfeiler hervor. Sie glaubte nicht, dass sie jemals so schnell gelaufen war. Zellen flogen zu beiden Seiten wie dunkle Farbstreifen an ihr vorüber. Am anderen Ende des Gangs, so klein, dass sie ihn mit einem Daumen hätte verdecken können, befand sich der Lichtschimmer des Ausgangs.

Als sie einen Blick zurück wagte, sah sie, dass Schnellzunge hinter ihr herjagte.

»Weiter!«, rief er. »Nicht anhalten!«

Das Licht vor ihr war hell, der Stein knirschte hart unter ihren aufstampfenden Füßen. Und ehe sie sich's versah, befand sie sich auf der Treppe, raste sie, zwei Stufen auf einmal nehmend, hoch. Ihr Atem ging stoßweise.

Sie trat in helles, unbarmherziges Tageslicht.

Sofort tränten ihre Augen.

Alles war weiß – von den Marmorböden über die hohen Wände bis hin zu den Gewölbedecken. Sonnenschein strömte durch die schmalen, hohen Fenster über ihren Köpfen, verstärkt durch den Marmor. Dies war, wie Ana gelesen hatte, Teil des Baukonzepts des Gefängnisses. Die Gefangenen wären so lange in der Dunkelheit unter der Erde gewesen, dass sie geblendet würden, sobald sie aus den Kerkergewölben herauskämen.

Und trotz ihrer sorgfältigen Lektüre und Recherche gab es für sie keinen anderen Ausweg aus dieser Falle, als abzuwarten, bis sich ihre Augen an die Helligkeit gewöhnt hatten.

Hinter ihr ertönte ein lautes Rasseln. Durch die Tränen sah sie, wie Schnellzunge den Schlüssel drehte, um die Kerkertür abzuschließen. Er stürmte die Stufen hoch, drei auf einmal nehmend, und als er oben ankam, schlug er sich mit einem Fluch die Hände vor die Augen.

Jenseits dieses Saals, an einem Ort, den Ana nicht genauer bestimmen konnte, hallten Rufe wider. Ein leises Klackern und Klappern näherte sich über die Marmorböden, hallte von den blendend weißen Wänden wider – das Geräusch von aufstampfenden Stiefeln und Waffen, die gezückt wurden.

Der Alarm war ausgelöst worden.

Ana sah Schnellzunge an. Durch ihren Tränenschleier konnte sie die blanke Panik erkennen, die über sein Gesicht huschte – und Ana wurde klar, dass Ramson Schnellzunge, bei all seiner Schläue und seinem Draufgängertum, keinen Plan hatte.

Angst schärfte ihren Verstand, und während der Schmerz in ihren Augen nachließ, nahm die Welt wieder klare Konturen an. Korridore führten fächerförmig von ihnen weg in alle Richtungen: drei zu ihrer Linken, drei rechts, drei vor ihr, drei hinter ihr, alle völlig gleich, alle weiß.

Ihr Kopf pochte von der Wirkung des Deys'voshk. Sie konnte sich noch nicht einmal daran erinnern, auf welchem Weg sie hereingekommen war. Dieser Ort war ein Irrgarten, entworfen, um Gefangene und Besucher in der Falle sitzen zu lassen wie Beute in einem Spinnennetz.

Ana packte Schnellzunge am Hemd. »Wo lang?«

Er spähte durch einen Schlitz zwischen seinen Fingern hervor und stöhnte. »Zum Hinterausgang«, murmelte er.

Sie atmete ein. Natürlich hatte nichts, was sie über Geisterfall gelesen hatte – und viel hatte es sowieso nicht gegeben –, einen Hinterausgang erwähnt. An der Vorderseite gab es, wie Ana wusste, drei abgeschlossene und bewachte Türen, ganz zu schweigen von einem Innenhof, der von Bogenschützen beobachtet wurde, die sie wie Zielscheiben auf einem Schießstand durchlöchern würden, sobald sie auch nur eine Zehe hinausstreckten. Ana hatte das alles insgeheim registriert, als sie dem Wächter nach drinnen gefolgt war – zu dem Zeitpunkt noch als Besucherin.

Niemals, noch nicht einmal in ihren kühnsten Träumen, hätte sie gedacht, dass sie mit einem verurteilten Verbrecher im Schlepptau und einem Dutzend Wächtern auf den Fersen aus dem Gefängnis flüchten würde.

Zorn loderte in ihr empor. Sie packte Schnellzunge an seiner dreckverschmierten Tunika und schüttelte ihn. »Du hast uns den Schlamassel eingebrockt«, knurrte sie. »Jetzt holst *du* uns da wieder raus. Wo geht's zum Hinterausgang?«

»Zweite Tür … zweite Tür rechts von uns.«

Ana zog ihn mit sich, als sie loslief. Stiefel donnerten einen der Korridore entlang – sie konnte nicht sagen, welchen. Jeden Moment würden die Verstärkungstruppen da sein.

Als sie den Gang zur Hälfte hinuntergelaufen waren, erklang hinter ihnen ein Schrei. »Halt! Halt im Namen des Kolst Imperators Mikhailov!«

Des glorreichen Kaisers Mikhailov. Sie warfen so beiläufig, so gebieterisch mit Lukas Namen um sich. Als wüssten sie auch nur das Geringste über Anas Bruder. Als hätten sie das *Recht*, in seinem Namen Befehle zu erteilen.

Ana wandte sich zu den Gefängniswachen um. Es waren fünf, mit dem silbernen kyrillischen Tiger auf den weißen Uniformen, die Schwarzsteinschwerter gezückt und im Sonnenlicht glänzend. Sie waren in voller Montur gekommen, auch mit Helmen. Ihre Ausrüstung glitzerte aufgrund der verräterischen grauen Legierung.

Sie knurrten Ana an, verteilten sich wie Jäger, die ein wildes Tier umzingelten. Früher einmal hatte es eine Zeit gegeben, da wären sie in ihrer Gegenwart niedergekniet, hätten zwei Finger an die Brust gehoben und zum Zeichen des Respekts eine Kreisbewegung vollführt. *Kolst Pryntsessa,* hätten sie geflüstert.

Damit war längst Schluss.

Anas Finger krallten sich um die Kapuze, zogen sie tiefer. Die andere Hand streckte sie, verwundet und handschuhlos, den Wächtern entgegen. Blut rann ihren Arm in einer liebevollen Spirale hinunter, in leuchtendem Blutrot auf dem dunklen Olivton ihrer Haut.

In ihrer Magengrube regte sich Übelkeit, und ihre Kehle schmerzte vor Abscheu. Im Gegensatz zu ausgebildeten oder angestellten Affiniten, die ihre Fertigkeiten über Jahre verfeinert hatten, besaß Ana lediglich eine einfache und primitive Kontrolle über ihre. Gleichzeitig gegen so viele Menschen zu kämpfen konnte ohne Weiteres bedeuten, dass sie vollkommen die Kontrolle über ihre Affinität verlor. Es war schon passiert – vor fast zehn Jahren –, und bei dem Gedanken daran wurde ihr schlecht.

Ein Bogenschütze kniete sich in Position. Die Spitzen seiner Pfeile glänzten vor Deys'voshk. Ana schluckte. »Gib mir Deckung«, sagte sie zu Schnellzunge, und ihre Affinität erwachte brüllend zum Leben.

Zeig ihnen, was du bist, mein kleines Monster.

Zeig's ihnen.

Sie ließ ihrer Affinität freien Lauf, und diese durchströmte sie, sang und schrie und wand sich in ihren Adern. Durch den Dunstschleier ihrer Wut fand sie die Umrisse der fünf Wachen, deren Blut mit einer Mischung aus Adrenalin und Angst durch ihre Körper strömte.

Sie packte diese Blutbande und zog mit einem scharfen, gewaltsamen Ruck daran …

Fleisch riss. Blut füllte die Luft. Ihre Affinität brach ab.

Die physische Welt stürzte in einer Flut aus weißen Marmorböden und kaltem Sonnenlicht auf sie ein. Ana fand sich auf allen vieren wieder, und ihre Glieder zitterten, während sie mühsam nach Luft rang. Die beige-goldenen Adern des Marmorbodens drehten sich vor ihren Augen, das Deys'voshk strömte durch ihren Kopf. In weniger als zehn Minuten würde sich dessen Wirkung vollständig entfaltet haben und ihre Affinität verschwunden sein.

Sie beugte sich vor; ihr Rücken bog sich unter einem Hustenanfall. Rotes Blut spritzte auf den weißen Marmorboden.

Eine Hand umschloss ihre Schulter. Ana zuckte zusammen. Schnellzunge kauerte neben ihr, der Mund stand ihm offen, während er die Szene betrachtete.

Der Korridor war gespenstisch leer. Hinter dem Treppenschacht, im Saal verteilt, waren fünf zusammengebrochene Gestalten zu erkennen. Reglos lagen sie in ihrem eigenen Blut. Die dunklen Flecken breiteten sich zentimeterweise über den Boden aus und krochen durch Anas Sinne.

Die Berührung des Deimhovs.

»Unglaublich«, murmelte Schnellzunge, der sie mit einer Mischung aus Ehrfurcht und Entzücken betrachtete. »Du bist eine Hexe.«

Sie achtete nicht auf die Beleidigung, sondern sackte keuchend auf dem polierten Marmorboden zusammen. Der Einsatz ihrer Affinität hatte ihre Energie erschöpft, wie er es jedes Mal tat.

»Bleib hier«, befahl Schnellzunge. Dann war er verschwunden.

Ana erhob sich auf die Knie. Auf einmal war sie sich zu deutlich der Leichen um sich herum bewusst, kalt und reglos in ihrem toten Zustand. Ihr Blut hing in Anas Bewusstsein, brüllende Flüsse, die in Tümpel aus totem Wasser verwandelt worden waren, gespenstisch still. Der weiße Marmor glänzte im Kontrast zu dem Blutrot, Sonnenschein ergoss sich hell über das Blut, als wollte er sagen: *Sieh. Sieh, was du getan hast.*

Ana krümmte sich, schlang die Arme um sich, um nicht mehr zu zittern. *Ich wollte das nicht. Ich habe die Kontrolle verloren. Um diese Affinität habe ich nicht gebeten. Ich wollte nie jemandem wehtun.*

Vielleicht wollten Monster anderen auch nie wehtun. Vielleicht wussten Monster noch nicht einmal, dass sie Monster waren.

Sie zählte von zehn rückwärts, um sich Zeit zu geben, mit dem Weinen aufzuhören und sich vom Boden zu erheben. Sie lehnte sich gegen die Wand und tat tiefe Atemzüge. Ihre Augen schlossen sich vor dem Anblick, der sich ihr bot.

»Hexe!«

Ana fuhr zusammen. Schnellzunge stand vor dem zweiten Korridor rechts von ihr, ein Seil über der Schulter. Er winkte ihr zu und verschwand dann außer Sicht in den Korridor.

Wie lange hatte er dort gestanden und ihren Zusammenbruch beobachtet? Sie starrte ihm hinterher, und Unbehagen drang durch die Woge der Erschöpfung.

»Beeil dich!« Seine Stimme wehte zu ihr zurück, von einem leichten Echo begleitet.

Sie benötigte ihre ganze Willenskraft, um die Wirbelsäule durchzustrecken und ihm hinterherzuhumpeln.

Das Gefängnis war wie ein Irrgarten angelegt. Kapitan Markov hatte Ana über Gefängnisbauweisen aufgeklärt, als sie noch ein kleines Mädchen war. Sein Gesicht legte sich dann unter seinem grau melierten Haar in Falten, wenn er sie anlächelte, und der vertraute Geruch seiner Rasiercreme und des Metalls seiner Rüstung hatte sie mit der Zeit beruhigt.

In seinem gleichmäßigen Bariton hatte er ihr erzählt, dass kyrillische Gefängnisse Labyrinthe waren, in denen Gefangene, die einen Fluchtversuch unternahmen, in der Falle saßen, sodass die Panik und Ungewissheit dazu führten, dass sie bis zum Zeitpunkt ihrer erneuten Ergreifung den Verstand verloren hatten. Die äußeren Ringe dieser Irrgartengefängnisse waren streng bewacht, doch im Innern gab es weniger Wächter, einfach weil jegliche Gefangene, die es schafften, in die äußeren Bereiche vorzudringen, erschossen wurden.

Sie konnte nur hoffen, dass dieser Hinterausgang, den Schnellzunge erwähnt hatte, nicht einen solchen raschen Tod verhieß.

Vor ihr bewegte sich der Betrüger mit einer raubtierhaften Anmut, die sie an einen Panther erinnerte, den sie einst in einer exotischen Tierschau in Salskoff gesehen hatte. Kurz sah sie einen gestohlenen Dolch in seinen Händen aufblitzen. Das Symbol eines weißen Tigers glänzte am Heft.

Als würde er ihre Gedanken hören, warf er ihr einen Blick zu. »Müde?«, flüsterte er. »Das ist der Preis, den ihr Affiniten für eure Fähigkeiten zahlt, nicht wahr? Außerdem hat dir dein Freund dort hinten eine gute Ladung Deys'voshk verpasst.«

Ein Wächter bog um die Ecke und bewahrte Ana davor, sich eine schlagfertige Erwiderung einfallen lassen zu müssen.

Mit drei leichten Schritten war Schnellzunge an seiner Gurgel. Ein Aufblitzen von Metall, und der Wächter fiel zu Boden, und das Heft mit dem weißen Tiger ragte aus seiner Brust. Selbst durch den Dunst ihrer Erschöpfung konnte Ana erkennen, dass Schnellzunges Bewegungen eingeübte Präzision anhaftete, dass Methode in dem Winkel lag, in dem er die Klinge führte.

Schnellzunge steckte seinen Dolch mit einer geübten Bewegung in die Scheide. »Fast am Ziel«, sagte er.

Es wurde allmählich dunkler, da immer seltener Leuchter an den Wänden befestigt waren. Marmor wurde zu grob behauenem Stein, und ein- oder zweimal dachte Ana schon, es würde völlig dunkel werden. Sie ließ ihre Affinität wie eine Fackel lodern, war sich die ganze Zeit über bewusst, dass deren Reichweite immer mehr abnahm, während das Deys'voshk Besitz von ihr ergriff. Selbst Schnellzunge, dessen rasch fließendes Blut leicht von ihr zu finden sein sollte, verschwand immer wieder wie ein Phantom aus ihrem Bewusstsein.

Durch das rhythmische Klackern ihrer Absätze war ein anderes Geräusch gedrungen – leise, aber immer lauter werdend, wie das Flüstern des Windes, der einst durch die hohen Lärchen vor Anas Fenstern strich.

Das Geräusch von … Wasser.

Dann mussten sie also an der Rückseite des Gefängnisses sein, wo die Leichen toter Gefangener zusammen mit Abwasser und Müll entsorgt wurden. Im Gegensatz zu den meisten kyrillischen Gefängnissen, die aus derart praktischen Gründen über Flüssen errichtet wurden, war Geisterfall auf einer Klippe erbaut, die von einem Wasserfall, dem es seinen Namen zu verdanken hatte, zerschnitten wurde. Gefangene, die hier festsaßen, kamen nicht vom Regen in die Traufe, sondern von der Klippe in den Wasserfall.

Eine Klippe und ein Wasserfall.

Ihre Beine fühlten sich wackelig an. »Schnellzunge«, keuchte Ana, und dann schrie sie: »Schnellzunge!«

Er war um die Ecke verschwunden. Mühsam verfiel Ana in Laufschritt. Das aufgewühlte Wasser wurde immer lauter, bis selbst ihre eigenen Schritte von dem Rauschen gedämpft wurden.

Der nächste Gang endete jäh in einer schmalen Tür aus Schwarzstein. Ihre kalte und gespenstische Lichtlosigkeit flüsterte Ana zu.

Schnellzunge kniete vor der Tür, seine graue Tunika ein geisterhafter Schemen vor dem Schwarzstein. Im Halbdunkel arbeiteten seine Hände mit der Präzision des Palastphysikers, von dem Ana unterrichtet worden war. Etwas blitzte zwischen seinen Fingern auf. Er vollführte eine rasche Bewegung nach unten, und die Tür öffnete sich quietschend.

Das gedämpfte Donnern wurde zu einem brüllenden Tosen, das zwischen den Steinmauern und der niedrigen Decke über ihnen widerhallte. Schnellzunge stieß die Tür ganz auf, und Ana spürte, wie sich ihr fast der Magen umdrehte.

Jenseits der Schwarzsteintür endete der Korridor unvermittelt. Zwei gewaltige Pfeiler verankerten das Ende des Gangs in den Klippen. Der graublaue Himmel Kyrilliens dehnte sich meilenweit über ihren Köpfen aus, bis er auf die endlose glitzernde Schneelandschaft traf. Unter ihnen schäumte eisweißes Wasser und stürzte in die Tiefe. Ana wurden die Knie weich, als sich die vertraute Angst vor Wasser in ihr regte, von einem Vorfall vor sehr langer Zeit in die Knochen ihres Gedächtnisses geritzt. Das gnadenlose Wasser des Flusses – eines ganz anderen – hatte sie vor vielen Jahren nicht nur einmal, sondern zweimal beinahe umgebracht.

Schnellzunge war bereits in Aktion. Er wickelte das dicke, lange Seil, das er mitgeschleppt hatte, von seiner Schulter. Mit fließender Mühelosigkeit befestigte er ein Seilende an einem Pfeiler. Seine Finger schlangen irgendeinen komplizierten Knoten.

Bei den Gottheiten. Ana drückte sich gegen die Wand und befahl ihren Knien, nicht nachzugeben. *Das hier* war der Hinterausgang, von dem Schnellzunge gesprochen hatte: der offene Abort, wo Fäkalien und Leichen entsorgt wurden.

Und sie würden springen. »Ich werde nicht mit dir da runterspringen!«, schrie sie und zog sich zurück in die Abzweigung des Korridors, hinter die Schwarzsteintür.

Schnellzunge kniete an dem Felsvorsprung. »Keine Ahnung, wie lange du zur Schule gegangen bist, Schätzchen, aber hier kommt ein bisschen Weisheit von der Straße: Jeder, der versucht, da runterzuspringen, wird sterben. Der Aufprall wird einem die Knochen zerschmettern.«

Der Wasserfall stürzte wie ein brüllendes wildes Tier in die Tiefe, verblasste zu einem weißen Nebel, der so dicht war, dass sie noch nicht einmal bis ganz nach unten sehen konnte.

Schnellzunge überprüfte seinen Knoten. Das Seil spannte sich. »Kommst du, Hexe?«

Ana war beinahe überzeugt, dass er verrückt war. »Du hast gerade eben selbst gesagt, dass jeder, der versucht, da runterzuspringen, sterben wird.«

Schnellzunge richtete sich auf. Als Umriss vor dem neblig blauen kyrillischen Himmel, über dem schäumenden weißen Wasser, sah er beinahe heroisch aus. »Das habe ich. Aber, Süße, wir werden nicht springen.« Er wies auf das Seil – von dem der größte Teil, in einem Haufen zusammengerollt, wie eine Schlange zwischen ihnen lag. Das andere Ende war um den Pfeiler gebunden. »Ich habe vor, uns zum Fluss hinunterzulassen. Ich habe nachgerechnet. Es wird funktionieren.« Mit einem Grinsen brachte er Zeigefinger und Daumen nahe aneinander. »Es ist nur ein *winziger*, zierlicher Schritt. Als würde man aus einer Kutsche aussteigen. Bloß eben … von einem Felsvorsprung.«

Seine Augen funkelten belustigt, und am liebsten hätte sie ihn erwürgt. Bei den Gottheiten, sie würde sterben! Hinter ihr Wächter, die sie in den Kerker werfen und in die Leibeigenschaft verkaufen würden. Vor ihr ein verrückter Betrüger, der wahrscheinlich in den Tod springen würde.

»Nun?« Schnellzunge legte den Kopf schief. Mit seinen Trickbetrügerfingern hatte er bereits das andere Seilende fest um seine Taille gebunden und winkte ihr mit dem letzten Seilstück zu. »Es hat gute fünf Minuten gedauert, bis wir hier waren. Sie haben Alarm geschlagen, also werden weitere Wächter hinter uns her sein wie Bienen hinter Honig. Du vergeudest meine Zeit, Süße.«

Wieder richtete Ana den Blick auf den Wasserfall und beobachtete, wie das schäumende weiße Wasser mit einer Geschwindigkeit hinabdonnerte, die ihre Knochen zerbersten lassen würde. Und auf einmal stellte sie sich vor, in dieser Strömung gefangen zu sein, wie sie es vor zehn Jahren gewesen war, als die Gischt und die Wellen gegen ihre Brust drückten, ihre Glieder verdrehten und ihr in Mund und Nase drangen.

Ich kann nicht.

Irgendwo hinten im Labyrinth erklangen über dem Donnern des Wasserfalls Schreie. Sie schickte ihre Affinität aus, doch sie war so schwach geworden, dass sie nur noch leiseste Spuren von Blut erspüren konnte. Die Wunde an ihrem Arm pochte besonders schmerzhaft. Noch ein paar Minuten, dann würde nichts mehr von ihrer Affinität übrig sein, um damit zu kämpfen.

Jetzt gab es kein Zurück mehr.

Am liebsten hätte sie geweint, doch ihre Jahre mit Sadov im Kerker hatten sie gelehrt, dass man durch Weinen nichts erreichte. Im Angesicht der Angst konnte man sich entscheiden, wegzulaufen oder sich der Herausforderung zu stellen.

Also schluckte Ana ihre Übelkeit hinunter, verkniff sich die Tränen und reckte das Kinn, während sie durch die Schwarzsteintür trat. Der Boden war uneben und nass, und ein Gestank, als wäre hier etwas – oder viele Dinge – verfault, erstickte sie, als sie sich weiter ins Freie wagte. »Ich bin nicht hierhergekommen, um zu sterben, Betrüger!«, fauchte sie, während sie sich zu ihm herantastete. »Wenn du irgendetwas versuchst, werde ich dich umbringen, bevor das Wasser es tut. Und glaub mir, du wirst mich anflehen, dich stattdessen ertrinken zu lassen.«

Schnellzunge balancierte am Rand des schlüpfrigen Bodens, indem er sich an dem Seil festhielt. Seine Lippen zuckten, als er sich Ana mit dem letzten Seilstück an seinem Ende fest vor die Brust band. »Alles klar.«

Ana atmete scharf ein, als das Seil in ihren Rücken und ihre Taille schnitt. Schnellzunge schenkte ihr ein schiefes Grinsen. »Ich weiß, dass ich stinke, meine Liebe, aber du wirst dich später bei mir bedanken, wenn du noch am Leben bist.«

Der Wind peitschte ihr ins Gesicht, als sie sich zur Kante schob, wo der Boden aufhörte und das Nichts begann. Ihr Haar löste sich aus dem strengen Knoten, und dunkle kastanienbraune Strähnen flatterten vor dem blauen Himmel.

Schnellzunge zog nochmals am Seil. »Festhalten!«, rief er, und widerwillig schlang Ana beide Arme um seine dreckstarrende Tunika, wobei sie das Gesicht so weit wie möglich von seiner Brust weghielt, ohne sich den Hals zu verrenken.

Er schwang sich mit ihr von dem Felsvorsprung.

Jeglicher Ekel, den sie vor Schnellzunge gehegt hatte, verschwand, und sie klammerte sich unwillkürlich fest an ihn, als hinge ihr Leben davon ab.

Denn das tat es ja auch.

Sie baumelten direkt unter dem Felsvorsprung von Geisterfall und drehten sich sanft. Der Wasserfall toste in Anas Ohren, so dicht, dass sie die Hand ausstrecken und ihn berühren konnte. Das Seil, mit dem sie am Pfeiler festgebunden waren, hing in einer langen Schlaufe unter ihnen in die Tiefe und verschwand im weißen Nebel.

Langsam begann Schnellzunge mit dem Abseilen. Seine Muskeln waren angespannt, und an seinem Hals traten die Venen hervor, während er immer eine Hand unter die andere legte.

Ana wagte einen Blick in die Tiefe. Bei dem Anblick klammerte sie sich noch fester an Schnellzunge und schluckte ihre Panik hinunter. Sie hätte tausend Gebete zu den Gottheiten schicken können, aber keines hätte einen Unterschied gemacht. In diesem Augenblick waren da nur der Betrüger und sie.

Ana sah nach oben. Der Nebel war so dicht, dass sie den Felsvorsprung des Gefängnisses kaum noch erkennen konnte. Das war gut so. »Wie weit noch?«, schrie sie, wobei sie kaum ihre eigene Stimme über dem Wasserfall hörte.

»Fast da!« Er brüllte, doch auch seine Stimme war kaum vernehmbar. »Wir müssen ans Ende des Seils kommen, sonst bringt uns der Sturz um.«

Ana blinzelte nach oben. Etwas – eine Bewegung im Nebel – ließ sie instinktiv nach ihrer Affinität greifen. Da war sie: ein ganz schwacher Hauch, ein Echo ihrer Kräfte, die immer noch gegen das Deys'voshk ankämpften.

Sie runzelte die Stirn, als sie etwas über die Blutbande erspürte, so schwach, dass es ihr beinahe entgangen wäre.

Eine Windbö traf sie beide, und Ana schloss die Augen, um zu versuchen, das schwindelerregende Gefühl des Hin- und Herschaukelns zu verdrängen. Als sie sie wieder aufschlug, hatte der Wind einen Teil des Nebels geklärt. Oben, über dem Vorsprung von Geisterfall, war der Umriss eines Bogenschützen erkennbar, dessen Pfeil und Bogen auf sie beide gerichtet waren.

»Pass auf!«, rief sie, und der erste Pfeil zischte an ihren Köpfen vorbei.

Der zweite traf Schnellzunge.

Er ächzte vor Schmerz auf, als das Geschoss seine Schulter streifte, seinen Ärmel aufschnitt und Blut hervorquoll. Ana verbiss sich einen Aufschrei, als Schnellzunges Hände an dem glatten Seil abglitten. Sie sackten nach unten, wobei sie sich wild drehten, eine Handbreit davon entfernt, vom Wasserfall zerschmettert zu werden. Über ihnen legte der Bogenschütze den nächsten Pfeil auf.

Unten erblickte sie das Ende der Seilschlaufe, die zu Schnellzunges Taille hochführte. Das Ende des Seils. Sie mussten das Ende des Seils erreichen, sonst würden sie sterben.

Ana griff in ihr Innerstes, grub, bis sie nichts mehr war als Blut und Knochen. Und sie fand sie, die letzten Reste ihrer Affinität, so schwach wie eine verglimmende Kerze, immer noch im Kampf mit dem Deys'voshk.

Ana streckte die Hand aus und packte das Blut des Bogenschützen. Und stieß zu.

Der Bogenschütze versteifte sich und wankte einen Augenblick, als hätte ihn ein jäher Windstoß gepackt. Ana ließ die Hand herabfallen. Etwas Warmes rann über ihre Lippe, und sie schmeckte ihr eigenes Blut.

Das war's. Das Deys'voshk hatte gewonnen. Mehr hatte sie nicht zu bieten.

Doch es hatte ausgereicht, um den Bogenschützen abzulenken und sie ans Ende des Seils zu bringen.

Schnellzunge ließ los und griff an seine Hüfte. Sein Dolch glänzte in mattem Silber. Er beugte sich zu Ana, die Augen zu Schlitzen verengt, seine Miene zu einer toten, tödlichen Gelassenheit zugespitzt. »Wehr dich nicht, rühr dich nicht. Halt dich einfach an mir fest. Füße zuerst, Zehen gestreckt.«

Sie hatte kaum seine Worte verarbeitet, kaum den Geschmack von Angst an ihre Zungenspitze herangelassen, da hob Schnellzunge den Arm.

»Der erste Schritt auf dem Weg, ein Schurke zu werden«, sagte er, »ist, fallen zu lernen.«

Seine Klinge leuchtete auf. Er riss den Arm mit gnadenloser Gewalt nach unten.

Und dann fielen sie.

3

Der Fluss ergriff Besitz von ihnen, sobald sie hineinfielen, zog sie mit Wucht unter Wasser in seine weiß tosenden Fluten und schleuderte sie herum wie Blätter in einem Orkan. Ramson überließ sich dem Strom. Er kannte das Wasser, wusste, wann er sich treiben lassen musste und wann er dagegen anzukämpfen hatte. Der Fluss gab nicht nach. Es ging einzig und allein darum zu lernen, mit der Strömung zu schwimmen.

Dieses Gewässer war anders als das weite, offene Meer aus Ramsons Kindheit. In Bregon war das Wasser kobaltblau, die Wellen vom Sonnenschein gesprenkelt. Er war stundenlang geschwommen, unter Wasser getaucht und hatte aus seiner gedämpft blauen Welt zum weit entfernten Himmel emporgesehen.

In Kyrillien waren die Flüsse weiß, schäumend und kalt. Es kostete Ramson Mühe, die Augen offen zu halten, während die Strömung ihn hin und her schleuderte. Der Druck in seiner Brust wuchs. Wasser schlug ihm gegen Nase und Mund.

Das Affinitenmädchen war immer noch mit dem Seil an seine Brust gebunden. Er spürte, wie sie um sich schlug, trat und kämpfte, da die Strömung auf sie einprügelte.

Ramson schnitt das Seil durch. Die Überlebenschancen waren größer, wenn man von niemandem nach unten gezogen wurde. Eigentlich hatte er dabei nur an sich gedacht, doch als er beobachtete, wie die Strömung die Hexe davontrug, überlegte er, dass dies für sie genauso gelten könnte.

Halt still, hätte er ihr am liebsten gesagt. *Je mehr du dich wehrst, desto schneller wirst du ertrinken.*

Doch seine eigene Lunge tat weh, und das vertraute Gefühl der Mattigkeit kroch ihm in die Glieder. Er musste atmen, oder er lief Gefahr, für immer Teil der Strömung zu werden.

Ramson trat tüchtig. Doch sobald er sich aufgerichtet hatte, warf ihn die Strömung wieder um. Panik brodelte in seiner Brust.

In seinem Kopf herrschte ein Schwindelgefühl. Wasser drückte gegen seine Nase und seine Lippen, aber ein Teil von ihm wusste noch, dass er den Mund nicht öffnen durfte. Seine Glieder wurden immer schwerer. Er sah nur noch wirbelndes Weiß. Es war kalt.

Schwimm, erklang eine Stimme. Er wusste sofort, wessen Stimme es war – diese ruhige, dünne Stimme, die seine Kindheit bestimmt und ihn seither jeden Tag heimgesucht hatte. Hier, im tosenden Chaos, hörte sie sich so nah an. *Schwimm, oder wir sterben beide.*

Ramson stieß die Beine nach hinten und bog den Rücken durch. Er spürte, dass die Strömung ein wenig nachließ. Irgendwo über ihm, irgendwo ganz nah, war Licht.

Schwimm.

Das Licht wurde heller. Er durchbrach die Oberfläche, hustete und schluckte und sog gierig die frische kyrillische Winterluft ein, spürte, wie die Kraft in seine Glieder zurückkehrte.

Dann zog er sich ans Ufer, grub die Nägel in die halb gefrorene Erde, schleifte die Füße über schneebedecktes Gras. Er zitterte unkontrolliert, bewegte sich ruckartig; seine Arme und Beine zuckten ungelenk, während er versuchte, seinen Blutkreislauf anzuregen.

Der Fluss hatte sie ziemlich weit mitgerissen. Geisterfall war ein Fleck in der Ferne, kaum größer als seine Handfläche. Sein Magen verkrampfte sich beim Anblick der hohen Klippen, des Wasserfalls, der von hier aus nichts weiter als eine neblige lange Fläche war, die im Fluss endete. Ganz gleich, was er berechnet und sorgfältig im Dunkel seiner Zelle geplant hatte – dass sie überlebt hatten, hatte eines Wunders und der Hilfe der Götter bedurft.

Nicht, dass Ramson an die Götter glaubte.

Er kehrte dem Gefängnis den Rücken zu. Vor ihm erstreckte sich ein schneebedeckter Wald, matt golden schimmernd im Licht der späten Nachmittagssonne. Und in der Ferne das Auf und Ab eisbedeckter Berge, so weit das Auge reichte.

Doch Ramson spürte nur die Kälte in den Knochen und sah nur die Schatten, die sich lang und dunkel unter den Kiefern erstreckten. Dies war Kyrillien, das Kaiserreich des Nordens, wo die herbstlichen Nächte kälter waren als jeder Wintertag in einem der anderen Königreiche. Und wenn er nicht vor Sonnenuntergang einen Unterschlupf fand, würde er sterben.

Ein Husten hinter ihm ließ ihn herumwirbeln, den Dolch in der Hand. Leicht überrascht, erblickte er die Affinite, die sich wie ein sterbendes Tier das Ufer hochkämpfte. Sie war auf Händen und Knien, mit hängendem Kopf, die dunklen Locken ans Gesicht geklebt und tropfnass. Sie würde nicht wieder aufstehen. Jedenfalls nicht ohne seine Hilfe.

Ramson wandte sich ab.

Der Schnee dämpfte seine Schritte, als er sich in den Wald wagte, und schon bald verblassten die Geräusche des prustenden Mädchens und des tosenden Flusses zu Stille. Die Bäume standen jetzt dicht genug, um die Sonne abzuschirmen, und bei jedem Schritt, den er machte, drang die Kälte in ihn.

In Gedanken ging er das Terrain um Geisterfall durch, doch wachsende Zweifel hinderten ihn allmählich am Vorankommen. Man hatte ihn in Handschellen und mit verbundenen Augen hergebracht, der Wagen war tagelang gefahren, bevor man ihn herausgezerrt und in seine Zelle geworfen hatte. Soweit Ramson wusste, war die Gegend um das Gefängnis karg – ein Ödland aus eisbedeckter Tundra und der Syvernischen Taiga, dem Wald, der die Hälfte des kyrillischen Kaiserreiches bedeckte.

Irgendwie war er in Gedanken wieder bei der Hexe. Es war schade, dass ihre gemeinsame Flucht sie derart geschwächt hatte. Zwar wäre sie mit ihrer mächtigen Affinität eine nützliche Verbündete gewesen, doch bei seinem Vorankommen jetzt wäre sie nur ein Klotz am Bein. Er zweifelte daran, dass sie auch nur stehen könnte, geschweige denn es aus dem Wald schaffen. Andererseits, überlegte er grimmig, wohin würde sie schon gehen?

Etwas klickte in seinem Kopf, und er blieb abrupt stehen. Natürlich! Wie hatte er so dumm sein können? Er machte kehrt. Halb taumelte er, halb rannte er zu der Stelle zurück, wo er die Hexe hatte liegen lassen.

Das Mädchen war nur nach Geisterfall gekommen, um ihn zu sehen. Und das bedeutete, dass sie einen Weg nach draußen haben musste. Ein Transportmittel.

Er fand sie ein paar Meter vom Fluss entfernt, wo sie kauerte, den Kopf geneigt, die Arme um sich geschlungen, während sie versuchte, sich mit steifen Bewegungen wieder Wärme in den Leib zu reiben. Mit schweren Lidern sah sie zu ihm hoch, als er sich ihr näherte. Innerhalb von Minuten waren die Enden ihrer nassen Locken zu Eis gefroren.

Ramson ging neben ihr auf die Knie, legte ihr eine Hand an den Hals und fühlte nach ihrem Puls. Sie zuckte, leistete aber sonst keine Gegenwehr.

»Wie fühlst du dich?« Er legte Sorge in seine Stimme und nahm ihre Wangen in die Hände. Sie waren eiskalt. »Kannst du sprechen?«

Sie öffnete die gesprungenen Lippen. Sie waren blau angelaufen. »J-ja.«

»Ist dir schwindlig? Bist du benommen?«

»N-nein.« Es war offenkundig eine Lüge, doch als sie das Kinn trotzig hob und ihn mit ihrem wütenden Blick anstarrte, konnte Ramson nicht anders; er musste ihre Entschlossenheit bewundern.

»Wir müssen vor Sonnenuntergang einen Unterschlupf finden.« Ramsons Blick huschte über die Baumwipfel, wo die Sonne hing, verdeckt von den grauen Wolken und dem Nebel. »Woher bist du gekommen? Wie bist du hergekommen?«

»G-gelaufen.«

Sein Herz sang beinahe bei dem Wort. Das bedeutete, dass es fußläufig einen Unterschlupf geben musste. Er hatte die richtige Entscheidung getroffen, als er zu ihr zurückgekehrt war. »Woher? Gibt es in der Nähe eine Stadt?«

Ein Kopfschütteln. »Eine D-Dacha. Ich w-wohne dort.«

»Wie weit?«

Ihren Körper durchlief ein Krampf, und er drückte sie enger an sich. Die nasse Kleidung von ihnen beiden hätte genauso gut Packeis sein können, aber er wusste, dass die Körperwärme helfen würde. Bei ihrer Antwort bildete sich eine kleine Atemwolke in der Luft. »Zwei Stunden.«

Ramson blickte zur dunstverhangenen Sonne, die gefährlich tief über dem Rand der Bäume hing. Zum ersten Mal gab sie ihm Hoffnung. Er stand auf, richtete seine eisige Kleidung und erprobte seine Muskeln. Sie krampften noch nicht, was ein gutes Zeichen war. »Kannst du laufen, Schätzchen?«

Die Hexe begann sich zu erheben, rappelte sich auf. Die Anstrengung ließ sie jedoch gleich beinahe vornüberfallen. Ramson packte sie an den Ellbogen, bevor sie zu Boden stürzen konnte. »Ich hab dich.« *Verdiene dir ihr Vertrauen, erreiche den Unterschlupf.* Er hievte sie auf seinen Rücken und spürte sofort, dass ihr Umhang steif vereist war. »Leg die Hände um meinen Hals. Je mehr Hautkontakt, desto mehr sinkt die Wahrscheinlichkeit, dass du dich unterkühlst.«

Sie gehorchte, und er verlagerte ihr Gewicht weiter nach oben. Die Anspannung seiner Muskulatur ließ sein Blut bereits zirkulieren. Das war gut.

Ramson biss die Zähne zusammen und ging los. Setzte einen Fuß vor den anderen. Die gedämpfte Stille der weißen Landschaft lag drückend auf ihnen, unterbrochen nur vom Knirschen des

Schnees unter seinen Stiefeln und ab und zu vom Knacken eines Asts, während Ramson immer tiefer in den Wald stapfte. Die Hexe wies ihm den Weg, vor Kälte zitternd und mit bebender Stimme.

Bald schon befanden sie sich im Herzen des Waldes, umgeben von hohen, dicht stehenden syvernischen Kiefern und Lärchen, die sie in ihre Schatten tauchten. In der Luft lag jetzt ein eigenartiges Schweigen. Es fühlte sich an, als sei der Wald lebendig und beobachtete sie, während die Kälte stetig durch Ramsons Kleidung drang, ihm unter die Haut ging, ihm in die Knochen kroch.

Die Hexe war in Schweigen verfallen, ihr Körper an seinem. Mehrmals musste er sie schütteln, um sie bei Bewusstsein zu halten.

»Sprich mit mir, Schätzchen«, sagte er nach einer Weile. »Wenn du jetzt einschläfst, wirst du nie wieder aufwachen.« Bei diesen Worten spürte er, wie sie ein wenig aufhorchte. »Wie heißt du?«

»Anya«, antwortete sie zu schnell, als dass es die Wahrheit hätte sein können.

Noch eine Lüge, doch Ramson nickte betont ernsthaft. »Anya. Ich bin Ramson, auch wenn du das schon weißt. Woher kommst du, Anya?«

»Dobrysk.«

Er lachte glucksend. »Eine Plaudertasche bist du, was?« Er kannte das Städtchen Dobrysk – ein kleiner, unbedeutender Punkt auf der Landkarte im Süden Kyrilliens. Und dennoch – trotz ihrer Anstrengungen, es zu kaschieren – war da der Hauch eines nördlichen Akzents in ihren Worten, zusammen mit dem leicht singenden Tonfall der kyrillischen Aristokratie. »Was hast du in Dobrysk gemacht?«

Er spürte, dass sie sich verspannte, und einen Augenblick wünschte er, er könnte die Frage zurücknehmen. Es hatte wie eine gute Gelegenheit gewirkt, in ihrem halb erfrorenen, halb bewusstlosen Zustand mehr über sie herauszufinden. Ihr ihre Geheimnisse aus der Nase zu ziehen, um sie später als Druckmittel gegen sie verwenden zu können. Dass sie eine Affinite war, war sein erster – und vorerst einziger – Hinweis. Eine Affinität, die so stark wie ihre war, hätte ihr doch bestimmt einen Platz bei der Kaiserlichen Patrouille eingebracht?

Die Rädchen in seinem Hirn drehten sich, und er dachte an den Befehlston in ihrer Stimme, den urteilenden Blick, als er anfangs mit ihr geredet hatte, die Neigung ihres spitzen Kinns. In ihrem Blut steckte definitiv adlige Erziehung. Vielleicht hatte sie ihre Affinität einfach versteckt gehalten, um sich zu schützen. In Kyrillien kam es nicht selten vor, dass die Affinität, sobald sie sich in einem Kind gezeigt hatte, versteckt oder unterdrückt wurde. Das war der Schutz, den Macht und Privilegien den Reichen boten. Eine Sicherheit, überlegte Ramson, die sich die Armen einfach nicht leisten konnten.

Affiniten ohne die finanziellen Mittel, sich das Schweigen von Amtspersonen zu erkaufen, mussten ihre Affinität in einem Abschnitt ihrer Papiere vermerken lassen. Als legale Einwohner des Kaiserreiches durften sie sich Arbeit suchen, doch die Markierung auf ihren Papieren wies sie als anders aus, als Fremdkörper, als etwas, das man besser mied und, häufig, fürchtete.

Kyrillien strebte danach, diese Geschöpfe mit ihren göttergegebenen Fähigkeiten durch Schwarzstein und Deys'voshk unter Kontrolle zu halten. Als Fremde aus anderen Königreichen nach Kyrillien gekommen waren, um im wohlhabendsten Reich der Welt ihr Glück zu suchen, hatten Kaufleute schnell die Chance gewittert, sie auszubeuten.

Und dann waren die Affinitenhändler aufgetaucht. Sie lockten ausländische Affiniten mit falschen Versprechungen von besserer Arbeit und besserer Bezahlung nach Kyrillien, nur um sie zu unvorteilhaften Verträgen zu zwingen und sie in diesem fernen Reich ohne Ausweg gefangen zu halten. Mittlerweile florierte der Handel mit Affiniten im Schatten der Gesetze.

Adel hin oder her, das Mädchen war eine Affinite und auf der Flucht. Und damit wollte Ramson *nichts* zu tun haben.

Es war einfach leichter, nicht hinzusehen.

Jedenfalls hatte dieses Mädchen etwas zu verbergen. Und wenn Ramson eine Sache gut konnte, dann war das, Geheimnisse zu lüften, ganz gleich, wie tief sie vergraben waren.

Als sich ihr störrisches Schweigen in die Länge zog, verfiel er auf eine relativ harmlose Frage: »Schmeckt Sonnenwein im Süden wirklich besser?«

So machten sie weiter, indem Ramson redete und dem Mädchen ein- oder zweisilbige Antworten entlockte. Trotz des Geplauders, das er in Gang hielt, spürte er, wie seine Hände und Füße taub wurden und seine Muskeln ermüdeten. Allmählich war es um sie herum immer dunkler geworden, und Ramson musste blinzeln, um erkennen zu können, was Bäume waren und was Schatten.

Die Zeit schien im Kreis zu verlaufen, und er fragte sich allmählich, ob er selbst ebenfalls im Kreis lief. Die unerträgliche Kälte verwirrte ihm den Verstand, und er warf immer wieder einen Blick über die Schulter, da er sich ab und zu einbildete, Geräusche im Schnee oder im Wald zu hören. Das Kyrillische Kaiserreich beherbergte andere Gefahren als seine Heimat. Er hatte von Eisgeistern gehört – Syvint'sya –, die sich aus dem Schnee erhoben, sodass Reisende, die sich verfahren hatten, Jahre später erst als Leichen im Dauerfrost gefunden wurden. Eiswölfe, die aus dem Nichts herbeisprangen und in Rudeln auf die Jagd gingen. Ramson war noch nie ohne Feuerkugel, die in der Nacht gleichmäßig brannte, um die Geschöpfe der Syvernischen Taiga in Schach zu halten, unterwegs gewesen. Jetzt schien die Dunkelheit auf ihm zu lasten.

Ramson blieb stehen. Sein Herz hämmerte in seinen Ohren … aber da war noch etwas. Er lauschte. Seine Handflächen fühlten sich leer an ohne die beruhigende Wärme einer Feuerkugel, die in ihnen ruhte und ihm den Weg leuchtete. Die Dunkelheit führte im Allgemeinen zu noch dunkleren Gedanken.

Und dann hörte er es, das Knacken von Zweigen und das Geraschel im Unterholz, mehrere Dutzend Schritte hinter ihm.

Jemand – oder etwas – verfolgte sie.

Angst regte sich in ihm. Ramson duckte sich hinter den nächsten Baum, und nachdem er das Gewicht der Hexe auf seinem Rücken verlagert hatte, hielt er still und lauschte angestrengt über dem Hämmern seines eigenen Herzens.

Da. Das Rascheln und Knacksen kam näher, als bewegte sich etwas Riesiges durch den Wald. Mit angehaltenem Atem wagte er einen Blick hinter dem Baum hervor und hatte das Gefühl, als würden sich seine Beine in Watte verwandeln.

Eine gewaltige dunkle Gestalt trottete vorbei, so dicht, dass ihr moderig nasser Tiergeruch an ihm vorüberzog. Sie hielt inne, um zu wittern, und stieß aus tiefster Kehle ein Knurren aus. Als sie den Kopf drehte, um durch die Gegend zu spähen, sank Ramson der Mut. Er erkannte den massigen Körper, das blasse Gesicht, die glitzernden weißen Augen. *Ein Mondbär.* Das furchterregende Raubtier des nördlichen Reiches war nur ein Flüstern auf den Lippen der Jäger, ein Gebet, dass sie selbst niemals einem über den Weg laufen würden.

Ramsons Gedanken überschlugen sich. Der Mondbär jagte mithilfe seiner Sehkraft und seines Gehörs, was bedeutete, dass Ramson eine Überlebenschance hatte, solange er still und außer Sicht blieb. Allerdings konnte er auf keinen Fall ewig warten, sonst würden sie erfrieren.

Er spürte, dass der Körper der Hexe auf seinem Rücken ins Rutschen geriet. Da hatte er einen Einfall – einen so hässlichen, dass er sich dessen schämte, aber er ließ ihn sich dennoch durch den Kopf gehen. Wenn er dem Bären das Mädchen vorwerfen und davonlaufen würde, würde er dann davonkommen? Sie war bereits bewusstlos, und es war unwahrscheinlich, dass sie sich erholen würde, wenn sie nicht bald einen warmen Ort erreichten. Beinahe hätte er einen Laut ausgestoßen, halb Schluchzen, halb Lachen, als ihm unvermeidlich der beliebte kyrillische Witz in den Sinn kam. Er war, geradezu buchstäblich, gefangen zwischen dem Bären und dem Narren.

Der Mondbär hob den zotteligen Kopf, und sein gewaltiger Körper blieb reglos stehen. Er spitzte die Ohren.

Und drehte sich zu ihnen.

Ramson sah das grabweiße Aufblitzen seiner Augen und die scharfen Fänge in der Nacht. Trotz des Zitterns in seinen Beinen ging Ramson in die Hocke und nahm eine Verteidigungshaltung ein. In seiner freien Hand erschien der Dolch.

Niemals würde er so einen Kampf überleben, kalt und von Krämpfen geschüttelt und unter der Last eines bewusstlosen Mädchens. Doch trotz allem, was er war – trotz all der Leben, die er ruiniert, und allem, was er getan hatte –, wusste Ramson, dass er mit sich nicht würde leben können, wenn er es nicht zumindest versuchte.

Ein Dutzend Schritte weiter raschelte es auf einmal im Gebüsch, als sei ein aufgeschrecktes Tier hineingelaufen. Ramson erstarrte.

Die Aufmerksamkeit des Mondbären verlagerte sich. Sein Kopf, größer als der Rumpf eines Mannes, drehte sich langsam.

Wieder bebte das Gebüsch. Etwas schoss heraus, rannte in die entgegengesetzte Richtung. Ramson hörte, wie das Geschöpf unbeholfen Zweige zerbrach und an Büschen, die ihm im Weg waren, vorbeiraschelte.

Der Mondbär stieß ein tiefes Knurren aus. Er schwang den riesenhaften Körper herum und trottete in Richtung des Geräusches, ohne noch einmal zurückzusehen.

Ramson hielt den Atem an, bis das Knacken und das Ächzen verklungen waren. Er lehnte sich gegen den Baum, schob sich die Last des Affinitenmädchens zwischen die Schultern. Die Nacht war hereingebrochen, und von ihrem Unterschlupf war weit und breit nichts zu sehen.

Hinter ihm zerbrach ein Zweig. Ramson drehte sich um, während er den Dolch fester umschloss, und starrte.

Neben dem Baum war ein Schemen vor dem Schnee und dem Mond zu erkennen. Nein, kein Schemen – ein kleines Mädchen. Es hob eine Hand und winkte sie zu sich.

Ramson folgte der Aufforderung. Wenn er sich verteidigen müsste, ging er davon aus, dass seine Chancen gegen ein Kind, das kaum halb so groß war wie er, besser stünden als gegen den Mondbären.

Der Weg schien sich ewig hinzuziehen, und Ramson stolperte immer häufiger, da seine Müdigkeit immer unerträglicher wurde. Das kleine Mädchen glitt wie ein Waldgeist durch die Schatten.

Noch ein paar Dutzend Schritte weiter. Der Schnee schien silbern zu werden, und die Bäume bekamen wieder klare Umrisse. *Licht,* erkannte Ramson. Irgendwo aus der Nähe strömte Licht.

Allmählich öffnete sich der Wald, und es kam eine kleine hölzerne Dacha in Sicht, die in einem Ring aus Bäumen versteckt stand. Aus einem Fenster fiel Licht auf den unberührten Schnee, und Ramsons Knie knickten vor Erleichterung beinahe ein.

Vor ihm schob das Kind die dünne Holztür auf und schlüpfte ins Haus.

In der Feuerstelle knisterten Flammen, und Hitze umgab ihn wie die Umarmung einer Mutter. Ramson legte ächzend die Hexe auf dem Boden vor dem Feuer ab und zog sich die eiskalte Kleidung vom Rücken. Seine Finger rutschten an den Knöpfen ab, und er fand kaum noch die Energie, sein Hemd auszuziehen. Halb nackt sackte er zu Boden und sog die Wärme der trockenen Holzdielen in sich auf.

Er wollte nie wieder aufstehen, nie wieder auch nur einen Muskel rühren. Doch nach einer Weile vernahm er Geraschel und leise, leichte Schritte. Ramson öffnete ein Auge.

Das Kind kauerte neben der Hexe, und seine Hände flatterten wie ein Paar nervöser Vögel über den Körper der Affiniten. Er bemerkte das dunkle Haar der Kleinen, das weich über ihre Schultern fiel, das strahlende Türkis ihrer Augen – eine Farbe, die ihn an warme, südliche Meere erinnerte.

Ein Kind aus einem der aseatischen Reiche, überlegte Ramson, in dem sich unwillkürlich Mitleid regte. Er war ungefähr in ihrem

Alter gewesen – vielleicht ein paar Jahre älter –, als er das erste Mal am Ufer Kyrilliens eingetroffen war, halb verhungert, verängstigt und völlig verloren.

Doch eine wachsende düstere Vorahnung verursachte ein Kribbeln auf seiner Haut, je länger er sie betrachtete. Als Hafenmeister der größten Handelsniederlassung in Kyrillien fiel ihm ein düsterer Grund dafür ein, weshalb ein Kind aus einem fremden Königreich allein hier sein könnte. Insbesondere die aseatische Region war bekannt für die gewaltige Anzahl an Migranten, die in anderen Königreichen nach Arbeitsmöglichkeiten suchte – besonders im erbarmungslos vom Handel angetriebenen Kaiserreich Kyrillien. Ramson hatte die Geisterschiffe in mondlosen Nächten in seinem Hafen anlegen sehen, hatte die Gestalten beobachtet – Männer, Frauen und Kinder –, wie sie sich durch die Schatten stahlen.

Die Affiniten wurden in diesem fremden Reich zu Phantomen, ohne Identität, ohne Zuhause und ohne jemanden, an den sie sich wenden konnten, ihr Flehen weggespült vom starken Wellengang unter einem grausamen Mond.

Auch Ramson hatte sich abgewandt.

Das Kind presste zwei Finger an den Hals der Hexe. Sorge huschte über sein Gesicht.

Ramson holte tief Luft. »Lebt sie noch?« Seine Stimme kratzte.

Die zärtliche Sorge, die die Miene des Kinds beseelte, verschwand im Nu, als hätte jemand ein Buch zugeschlagen. Wütend starrte die Kleine ihn auf bemerkenswert ähnliche Weise wie die Hexe an, die Lippen geschürzt.

Ramson versuchte es erneut. »Wer bist du? Wie hast du uns gefunden?«

Ihre Augen verengten sich zu Schlitzen. Ramson begriff nicht, wie diese winzige Person sogar noch finsterer als die Hexe dreinblicken konnte. »Wer bist *du*?«, schoss sie zurück.

»Ich bin ein Freund.«

»Du lügst. Ana und ich haben keine anderen Freunde. Aber es ist schon gut«, fügte sie selbstgefällig hinzu. »Wenn du böse bist, bringe ich dich um.«

Ramson seufzte. Wieso lief er heute ständig mordlüsternen Mädchen über den Weg? »Hör mal«, sagte er. »Sie zittert. Das ist ein gutes Zeichen. Wir müssen sie langsam aufwärmen.« Er sah sich abschätzend im Zimmer um. An einer Wand stand ein einfaches Holzbett, auf dessen einer Ecke sich Decken stapelten. Die Feuerstelle befand sich diesem gegenüber; das Feuer knisterte fröhlich in dem kleinen Raum. Neben der Tür stand ein alter Holztisch, auf dem Pergamente und Stifte verstreut lagen. »Hol ihr ein paar Decken und trockene Kleidung, und legen wir sie neben das Feuer. Ich glaube, sie schläft nur halb. Erhitze Badewasser für sie.«

Die Kleine taxierte ihn ein paar Augenblicke länger, wie eine Katze, die entschied, ob sie ihn angreifen oder ihm trauen sollte. Schließlich entschied sie sich für Letzteres und stapfte in Richtung der Waschkammer im rückwärtigen Teil des Hauses. Er hörte das Geräusch von plätscherndem Wasser.

Und damit blieb ihm … nur eins zu tun.

Ächzend zwang Ramson sich auf die Knie, auf die Beine. Er bückte sich und hob, mit schmerzendem Rücken, mühsam die Hexe auf seine Arme. Zitternd durchquerte er das Zimmer mit mehreren Schritten und stieß die Tür zu der kleinen Waschkammer auf. Drinnen brannte eine einzelne Kerze und erhellte die feuchte Holzwanne.

Behutsam setzte er die Affinite hinein. Sie murmelte etwas und zitterte, als er sie losließ. Er runzelte die Stirn, schob eine Locke ihres dunklen Haars weg und warf einen argwöhnischen Blick auf die scharfen Konturen ihrer Wangenknochen und ihren dunkel geschwungenen Mund. Sie ähnelte den Südkyrilliern mit ihrer gelbbraunen Haut, die im Dzhyvekha-Gebirge an der Grenze des Kyrillischen Kaiserreichs zu den Nandjianischen Kronlanden lebten. Eine Minderheit unter den überwiegend hellhäutigen Nordkyrilliern, die den Großteil der Macht und der Privilegien im Kaiserreich genossen.

Und … er hatte das überaus seltsame Gefühl, dass er … sie schon einmal irgendwo gesehen hatte.

Er schüttelte den Kopf. Die Kälte machte ihm zu schaffen.

Er ließ sie bei dem aseatischen Kind und fünf Eimern mit lauwarmem Wasser. An die geschlossene Tür gelehnt, lauschte er auf die Geräusche des Plätscherns und Schweigens. Seine Gedanken kreisten wie ein Wasserstrudel.

Warum hatte er sie vor dem Mondbären gerettet, obwohl sie halb erfroren und nutzlos und nur Ballast für ihn gewesen war? Der Ramson Schnellzunge, den er kannte – derjenige, vor dem sich das gesamte Verbrechernetzwerk in Acht nahm –, behielt nur die Starken und Nützlichen an seiner Seite. Die Schwachen wurden schnell entsorgt oder geopfert. Doch in der Dunkelheit und Einsamkeit des schneebedeckten kyrillischen Waldes hatte die Kälte ihn verändert, hatte jegliche logische Berechnung aus ihm herausgepresst, bis nur noch roher Instinkt übrig war.

Und dieser Instinkt hatte seine Handlungen an diesem Abend geleitet.

Er kniff die Augen zu. Eigentlich hatte er geglaubt, diesen kleinen Hauch Güte vor sieben Jahren erstickt zu haben. Er hatte sich geschworen, dass er nie wieder einer der Schwachen sein würde; dass er nie wieder mehr geben würde, als er sich nahm.

Ramson atmete tief ein. Öffnete die Augen. Er nahm den Raum wieder kristallklar wahr.

Er hatte der Hexe bis hierher geholfen. Er hatte gegeben. Jetzt war es an der Zeit, dass er sich etwas nahm.

4

Zweimal in ihrem Leben wäre Ana um ein Haar ertrunken.

Das erste Mal vor zehn Jahren, an der Schwelle zum Winter. Der Schnee hatte die Welt in sich glitzernd ausbreitendes Weiß getaucht, gesprenkelt von den rubinroten, smaragdgrünen und saphirblauen Tönen des Wintermarkts von Salskoff. Dekorationen leuchteten silbern und golden wie kleine Eisgeister, als die kaiserliche Familie an ihm vorüberkam auf ihrer alljährlichen Stadtparade, mit der sie die Ankunft ihrer Schutzgottheit feierte. Tamburine erklangen, Musik spielte, Menschen wirbelten draußen in einem wilden Durcheinander aus weißem Chiffon und silbernen Schärpen herum.

Die Aufregung hatte sogar das Kopfweh gelindert, das Ana seit ein paar Tagen ans Bett gefesselt hatte. Sie hielt Lukas Hand, während sie darauf warteten, dass die Kutsche für ihren Spaziergang durch die schier märchenhafte Stadt anhielt, wo sie von den Bürgern ihres Reiches gepriesen und geliebt und mit Geschenken überhäuft werden würden.

Doch als sich die Türen öffneten und die Gerüche von Bratenfleisch und gewürztem Gemüse und gebackenem Fisch hereindrangen, überkam Ana eine Woge der Übelkeit. Etwas wand sich unter dem Lärm der Massen, dem bunten Schmuck und den Pelzen und Juwelen, die um die Hälse der Leute geschlungen waren, den Düften und visuellen Reizen. Es hämmerte auf ihren Kopf ein, pulsierte an ihren Schläfen.

Sie erinnerte sich deutlich an den Topf Rote-Bete-Suppe, dick und blubbernd und so leuchtend rot.

Und dann explodierte diese dröhnende Energie in ihr, ein scharfes Blutrot, das jeden Winkel ihres Gesichtsfelds erfüllte und durch ihre Adern schoss. Der heiße, pulsierende Rhythmus des Bluts ergoss sich in ihre Welt und ertränkte alles andere.

Sie konnte sich nur an das Chaos danach erinnern. Die Leichen vor ihrer Kutsche, verrenkt auf dem Kopfsteinpflaster. Das Rot, das wie Mohnblüten auf einer Leinwand aus blassem Schnee aufleuchtete.

An dem Tag hatte Ana acht Menschen umgebracht.

Der Palastalchemist, ein seltsamer Glatzkopf mit übergroßen Augen und ruhigem Gebaren, hatte gleich am Abend seine Diagnose erstellt. Sie erinnerte sich noch an das kalte Glitzern seines silbernen Deys'krug, als er seine zitternde Hand hob, um dem Kaiser etwas ins Ohr zu flüstern.

Eine Affinite, hatte er Papa gesagt. *Eine* Blut*affinite.*

Papa hatte den Kopf gesenkt, und Anas Welt war in sich zusammengebrochen.

In einem Fenster auf der anderen Seite des Raumes hatte sie ihr Spiegelbild gesehen. Das Gesicht immer noch mit Blut und Tränen vom Markt verschmiert, das Haar schweißverklebt und halb über ihren Augen – ihren monströsen roten Augen. Ihre Arme waren schwer gewesen, die Haut straff gespannt über angeschwollenen, gezackten Adern.

An dem Tag hatte Ana in den Spiegel gesehen und ein Monster erblickt.

Danach hatte sie versucht davonzulaufen. Vorbei an den Zofen, die bei ihrem Herannahen schrien; vorbei an den Wachen, die beiseitetraten, verwirrt und ohne recht zu wissen, was sie tun sollten. Ana hatte nicht gewusst, wohin sie lief, sie hatte nur gewusst, dass sie fortmusste, fort vom Palast, fort von Mama und Papa und Luka und Mamika Morganya, damit sie ihnen nichts zuleide tun konnte.

Die Kateryanna-Brücke war hinter dem Schleier ihrer Tränen aufgetaucht, mit Statuen von Gottheiten, die über Ana wachten wie zu Empfindungen fähige Hüter. Die Brücke war nach Mama benannt, und Ana betrachtete sie jeden Tag aus den Fenstern ihrer Gemächer, wie sie sich über den Tigerschanzfluss spannte, der sich um den Palast schlängelte.

Es war ein Zeichen. Das musste es sein.

Tränen strömten über Anas Gesicht, als sie den Blick zum Himmel hob. *Ich liebe dich, Mama,* dachte sie. *Trage mich an einen sicheren Ort.*

Ana kletterte über die steinerne Brüstung und warf sich in den Fluss.

Die Kälte durchdrang ihre Knochen, sobald sie auf dem Wasser auftraf, und die gnadenlose Strömung riss sie unter die Oberfläche. Sofort wurde ihr klar, dass jegliche Hoffnungen, die sie gehegt hatte, von den Wassern des Flusses in ferne Länder getragen zu werden, närrisch gewesen waren. Das Wasser schäumte um sie her und hämmerte auf eine Art auf sie ein, die eine ganz neue Angst in ihr hervorrief, unkontrollierbar und turbulent. Instinktiv öffnete sie den Mund zu einem Schrei – doch Wasser strömte herein und drückte die Luft aus ihrer Lunge.

Panik färbte ihre Gedanken weiß, und Punkte erblühten vor ihren Augen, noch während sie gegen die Fluten ankämpfte.

Sie hatte nicht beabsichtigt zu sterben, aber vielleicht wollten die Gottheiten heute doch noch Anspruch auf sie erheben.

Etwas packte sie um die Taille – etwas anderes als der Druck auf ihrer Brust und die Kälte in ihrer Lunge. Die Welt wirbelte in einem Strudel aus weißer, eisiger Strömung und stummem Chaos, doch ihr war klar, dass sie nicht länger vom Fluss fortgetragen wurde. Sie wurde hoch, immer höher gezogen, ins Licht.

Sie durchbrach die Wasseroberfläche, schluckte keuchend süße, kostbare Luft. Ihre Glieder trieben schwach in den gewaltsamen

Fluten, aber um ihre Brust lag fest ein Arm, und jemand zog sie mit fließenden, geübten Zügen aufs Ufer zu.

Ihr Retter hatte an der Böschung Schwierigkeiten, doch endlich legte er sie auf dem eisbedeckten Boden ab, der sich meilenweit um sie her erstreckte.

Anas Blut gefror, als ihr bewusst wurde, dass sie in die Augen ihres Bruders sah – Augen, die vor Zorn loderten. Jegliche Spuren früherer Heiterkeit waren aus Lukas Gesicht verschwunden, und sie glaubte, in diesem Moment den Prinzen in ihm zu erkennen, den zukünftigen Kaiser Luka Aleksander Mikhailov.

Ihr Bruder keuchte, das Haar klebte ihm an der Stirn und lockte sich im Nacken. Atem hing in Wölkchen an seinen Lippen, die vor Kälte blass waren. »Du Göre!«, fauchte er und schlug so fest mit der Faust auf den gefrorenen Boden, dass das Eis brach. *»Was zur Hölle hast du dir dabei gedacht?«*

Sein Tonfall verletzte sie heftiger als jeder Peitschenhieb, und sie zuckte zusammen. Ihr Bruder, der gütige, sanfte Luka, hatte sie noch *nie* so angeschrien.

Sie dachte an die acht Toten, die, von Rot umgeben, auf dem Vyntr'makt gelegen hatten, und senkte den Blick. »Ich bin ein Monster«, murmelte sie mit tauben Lippen.

Auf die Ellbogen gestützt, beugte Luka sich über sie. Seine Schultern bebten, und als er den Blick zu ihr hob, weinte er. Mit einer jähen Bewegung zog er sie in seine Arme und hielt sie fest an sich gedrückt. »Jag mir *nie wieder* solch eine Angst ein. Du hättest sterben können.«

Der Mahlstrom ihrer Gedanken lichtete sich, sodass nur ein einziger übrig blieb: die Erkenntnis, dass Luka Angst hatte, weil sie beinahe gestorben wäre. Er hatte nicht … Er hatte nicht *gewollt*, dass sie starb.

»Es tut mir leid.« Ihre Stimme war schrill und brüchig. »Ich … Der Vyntr'makt …«

»Schhh«, flüsterte Luka und wiegte sie in den Armen. »Es ist nicht deine Schuld.«

Es ist nicht deine Schuld.

Da ließ sie sich gehen, ließ die Flut aus Trauer und Schuldgefühlen und Ohnmacht zu, und ein paar Momente lang hielten seine Arme sie zusammen, und seine Worte waren ihre Erlösung.

Als er sich ein Stück nach hinten lehnte, waren seine Augen – Ana hatten sie immer an die Rasenflächen erinnert, die jedes Frühjahr in den Palastgärten ergrünten – vor Entschlossenheit hart geworden, und in ihnen brannte ein Feuer, während er ihr Gesicht in seine Hände nahm. »Du bist kein Monster, Sistrika.«

Ein Aufblitzen des silbernen Deys'krug des Alchemisten. Papas gesenkter Kopf.

Die Antwort lag ihr auf der Zunge: *Eine Affinite.* Der Alchemist flüsterte: *Eine Blutaffinite.*

»Meine Affinität …«

»Deine Affinität macht dich nicht aus.« Sein Blick bohrte sich in ihren, seine Worte schnitten wie Metall, das auf Stein traf. »Was dich ausmacht, ist die Entscheidung, wie du sie einsetzt. Du brauchst nur jemanden, der dir beibringt, sie unter Kontrolle zu halten.«

Sie liebte die Art, wie er diese Dinge sagte – *du bist kein Monster; du brauchst nur jemanden, der dir beibringt, sie unter Kontrolle zu halten* –, als wären es simple Wahrheiten. Es war, als glaubte er daran und sie könnte es ebenfalls tun. »Wie Yuri?«, fragte sie und dachte an den Freund, einen Feueraffiniten, der mehrere Jahre älter war als sie und in der Palastküche als Lehrling des Meisterkochs arbeitete. Seine Affinität machte ihn wertvoll.

»Richtig. Wie Yuri.« Luka kam auf die Beine und zog sie hoch. Sie befanden sich am Flussufer direkt unterhalb der Palastmauern, einem ungenutzten Stück Land. Der Fluss hatte sie an die Rückseite des Palastes von Salskoff getragen, und direkt gegenüber begann die Syvernische Taiga mit einer Linie winterweißer Kiefern.

Luka ergriff ihre Hand und kehrte der Brücke den Rücken zu.

»Was sollen wir tun?« Bei dem Gedanken an die Rückkehr in den Palast, wo sie sich ihrem Vater und der Realität dessen, was sie getan hatte, würde stellen müssen, regte sich Furcht in ihr.

Doch der Griff ihres Bruders wurde fester, und er hob ihre Finger an seine Lippen und küsste ihre blutbefleckten Nägel. Seine Stirn war gekräuselt, seine Augen stürmisch, gleichzeitig aber auch sanft. »Wir werden durch einen Geheimgang zurückgelangen, den mir Markov gezeigt hat. Du wäschst dich in deinen Gemächern. Was sich wirklich auf dem Vyntr'makt zugetragen hat, ist in den Massen und der Verwirrung untergegangen. Niemand braucht etwas zu erfahren.« Seine Kieferpartie spannte sich an, und er reckte das Kinn ein wenig, auf diese sture Art, die sie so gut kannte. »Ich werde mit Papa reden. Ich werde ihm sagen, dass du einen Lehrer brauchst wie die, die den im Palast angestellten Affiniten beibringen, ihren Affinitäten den letzten Schliff zu verpassen.«

Doch am Abend war Papa mit gerunzelter Stirn in ihre Gemächer gekommen. Häufig kam er mit Mama, um sie zuzudecken, aber diesmal hatte er am Fußende des Betts gestanden, und die Entfernung zwischen ihnen schien ihr weit wie ein Ozean.

Leise hatte er ihr gesagt, sie werde eine Zeit lang drinnen bleiben müssen – zumindest, bis ihr »Leiden« vorüber sei. Die offizielle Geschichte für die Welt draußen lautete, dass die Prinzessin krank sei und ihre angeschlagene Gesundheit innerhalb der Palastmauern geschont werden müsse.

Ana war auf die Knie gefallen und hatte die Hände nach ihm ausgestreckt – und er hatte sich nicht vom Fleck gerührt, das Gesicht wie in Eis gemeißelt. Dadurch war sie noch ein bisschen weiter in die Brüche gegangen. »Bitte«, hatte sie geflüstert. »Es wird nie wieder vorkommen. Ich werde meine … meine Affinität niemals einsetzen. Ich werde dir eine gute Tochter sein.«

Papas Augen hatten sich getrübt. »Es … es ziemt sich nicht, dass du eine Affinite bist«, hatte er geantwortet. »Zumal nicht in Anbetracht deiner *besonderen* Affinität … Es darf nicht allgemein bekannt und auch nicht in deinen Papieren vermerkt werden. Wir werden Maßnahmen ergreifen, um dein Leiden zu heilen. Es ist … zu deinem eigenen Besten.«

Ana klammerte sich an diesen winzigen Hoffnungsschimmer. Vielleicht würde Papa sie wieder lieben, wenn sie erst einmal geheilt wäre.

Innerhalb eines Mondes hatte Papa einen Lehrer angeheuert, der Ana von ihrer Affinität »kurieren« sollte. Konsultant Imperator Sadov, wie er genannt wurde, und von dem Moment, als Ana ihm begegnete, wusste sie, dass er aus nichts als Albträumen bestand. Er schien aus den Schatten zu wachsen, groß und dünn, eine gestreckte Silhouette mit Haaren und Augen so dunkel wie Schwarzstein und Fingern, die lang und kränklich blass waren. Seine Kur basierte auf der Theorie, dass Angst und Gift die Affinität aus ihr herauswaschen würden.

Und so war Anas Welt auf die Ecken des Palastes und die Tiefen des Kerkers zusammengeschrumpft, wo die Schwarzsteinwände alles Licht und jegliche Wärme aus der Luft sogen und sich die Dunkelheit wie ein Lebewesen an sie drückte.

»Die meisten Affinitäten manifestieren sich langsam, als Bewusstsein für die Elemente der eigenen Affinität«, hatte Sadov gesagt, seine Stimme glatt und kalt wie Seide. »Aber Eure ist explodiert, ohne dass Ihr etwas dagegen tun konntet. Wisst Ihr, warum das so ist?«

Ana zitterte. »Warum, Konsultant Imperator?«

»Weil Ihr *Blut* kontrolliert.« Er berührte sie mit dem Finger am Kinn, und sie musste all ihre Willenskraft aufbringen, um nicht zurückzuweichen. »Weil Ihr ein Monster seid.«

Zu dem Zeitpunkt war Mama krank geworden, und innerhalb eines Jahres nach dem Vorfall auf dem Vyntr'makt war sie verstorben. Die Palasthöflinge flüsterten, es sei ein Fehler gewesen, dass der Kaiser sich eine Frau aus den südlichen Völkern Kyrilliens genommen habe. Etwas an ihrer gelbbraunen Haut und dem dunklen

Haar habe sie *anders* gemacht; etwas, das ihr Nachwuchs geerbt habe. Es hatte schon früher verhaltenes Geflüster über das deutlich südländische Aussehen des Prinzen und der Prinzessin gegeben, die unter den blassgesichtigen, hellhaarigen Nordkyrilliern hervorstachen, die den Großteil der herrschenden Klasse Kyrilliens ausmachten.

Wie es schien, neigten Menschen dazu, Dinge zu fürchten, die anders waren.

Doch es waren die Worte ihres Bruders an jenem schrecklichen Tag, die Ana im Laufe dieser langen Jahre, in den Zeiten des Dunkels und der Einsamkeit, während Sadovs schlimmster Wutausbrüche und Papas gefühlloser Kälte im Gedächtnis blieben.

Deine Affinität macht dich nicht aus.

Der bittere Geschmack von Deys'voshk, der in ihrer Kehle brannte und ihren Magen krampfen ließ.

Was dich ausmacht, ist die Entscheidung, wie du sie einsetzt.

Die Übelkeit erregende Angst, die Kälte des Schwarzsteins, das Blut, das durch die kleinen Kaninchen pulsierte, die Sadov zum Austesten ihrer Fähigkeiten benutzte, die in den folgenden zehn Jahren niemals abnahmen.

Du bist kein Monster, Sistrika.

Sie hatte es so verzweifelt glauben wollen.

Vielleicht hatten die Gottheiten doch gewollt, dass sie weiterlebte – und wenn nicht die Gottheiten, dann hatte *Ana* gewollt, dass sie weiterlebte.

An diesen Gedanken klammerte sie sich jetzt, halb erfroren und halb tot nach der brutalen Strömung des Geisterfallflusses. Daran und an die Erinnerung an ihren Bruder, die ihr wie eine ruhige, standhafte Flamme in ihrem Herzen den Weg wies.

Denn es *gab* einen Grund, weshalb Ana leben musste, wie ihr klar wurde, als sie begann, aus den Schlafphasen und benommenen Wachzuständen aufzutauchen, die abwechselnd Besitz von ihr ergriffen. Ihre Gedanken stiegen durch die Dunkelheit und die Kälte empor, stur und starrsinnig, genau wie sie es an jenem Tag aus den eisigen Tiefen des Flusses getan hatte.

Ja, es gab einen Grund, weshalb sie leben musste. Und der lautete, Papas Mörder zu finden.

Das zweite Mal wäre Ana unter einem knochenweißen Mond beinahe ertrunken – nicht so anders als derjenige, der in dieser Nacht über der Syvernischen Taiga hing –, sodass die Welt wie in Schwarz und Weiß gemeißelt war. Die Winternacht vor elf Monden war in die Farbe des Todes gehüllt gewesen. Ana hatte die Gemächer ihres Vaters betreten und gesehen, wie er sich unter Krämpfen krümmte, sein Gesicht ohne jegliche Farbe, die Augen nach hinten verdreht, während das Gift und das Blut wie das verzerrte Brüllen eines Flusses durch ihn hindurchdonnerten. Sie hatte seinen Mörder gesehen, in weiße Gebetsgewänder gekleidet, über ihren Papa gebeugt, das Giftfläschchen schräg haltend.

In den Momenten, bevor er davonlief, hatte sie einen Blick auf das Gesicht des Mannes erhascht: ein seltsames, wenn auch vertrautes Gesicht, wie das eines Toten, mit hervorquellenden Augen und einer Glatze. Im Mondschein hatte sein Deys'krug aufgeleuchtet wie eine silberne Sense. Der Palastalchemist.

Alchemist. Mörder. Verräter.

Er war der Grund, weshalb sie in der Nacht verhaftet worden war. Man hatte sie lange nach seiner Flucht gefunden, wie sie sich immer noch an Papas Leiche geklammert hatte, von seinem Blut besudelt – dem vergifteten Blut, das sie aus seinem Körper zu ziehen versucht hatte, um ihn zu retten. Letzten Endes hatte sie die Kontrolle über ihre Affinität verloren, und Papa war trotzdem gestorben, direkt vor ihren Augen.

Und sie hätte, des Mordes am Kaiser und des Verrats an der Krone angeklagt, auch sterben sollen. Zusammengerollt hinter den kalten Gitterstäben des Palastkerkers in der Nacht, die Hände immer noch vom Blut ihres Vaters besudelt, hatte sie sich noch nie inbrünstiger gewünscht, nicht zu existieren, nie existiert zu haben.

Weil Ihr ein Monster seid.

Und dennoch entschieden in jener Nacht das Schicksal oder die Gottheiten oder welcher perverse Diktator der Lebensläufe auch immer, sie zu verschonen. Sie war aufgewacht von einem Schlüsselrasseln und dem Knarzen der sich öffnenden Zellentür. Hatte in der Dunkelheit ein wettergegerbtes Gesicht erblickt mit Augen vom Grau der Wolken und grau meliertem Haar.

»Ich diene Euch seit dem Tag Eurer Geburt, also verlangt nicht von mir, untätig dazustehen und einfach mit anzusehen, wie Ihr sterbt«, hatte Markov ihr erklärt.

»Ich war's nicht, ich war's nicht«, hatte sie gebrabbelt, während sie ihn umklammerte und auf die Knie sank.

Markovs Gesicht wurde weicher. »Ich glaube Euch. Nehmt den Tunnel und lauft, Prinzessin. Ich werde ihnen sagen, Ihr wärt entkommen, als ich Euch hierhergeführt habe, und dass Ihr im Tigerschwanzfluss ertrunken seid.« Er wischte ihre Tränen mit seinen schwieligen Daumen fort. »Lauft und *lebt*.«

Lebt. Das kam ihr wie eine unmögliche Aufgabe vor.

Doch Ana schloss die Lider, und jenes Gesicht erschien ihr abermals: mondblass, mit eulenhaft großen Augen. Der Alchemist, der den Palast vor so vielen Jahren, nach ihrer Diagnose, verlassen hatte. Es hatte wie ein Traum gewirkt – nein, ein Albtraum –, ihn wieder dort zu sehen, ein Geist aus der Vergangenheit.

Doch dieser Geist war der einzige Grund, den sie zum Leben hatte. Dieser Alchemist war der Grund, weshalb sie in jener Nacht durch den Geheimgang im Kerker gelaufen und sich zum zweiten Mal im Leben in den Tigerschwanzfluss gestürzt hatte; der Grund, weshalb sie ans Ufer der Syvernischen Taiga gekrochen war, äußerlich halb erfroren und innerlich tot, und darauf gewartet hatte, dass die Gottheiten Anspruch auf sie erhoben. Aber er war auch der Grund, weshalb sie in jener Nacht wieder aufgestanden war, den Palast und die Kateryanna-Brücke in der Ferne angestarrt und geschworen hatte, sie werde erst zurückkehren, wenn sie ihn gefunden hätte.

Ja, Ana hatte nach all den langen Jahren einen Grund zu leben, das wurde ihr auf einmal deutlich, als sich ihre Gedanken klärten. Sie lebte, um den Besitzer dieses Gesichts zu finden, um den Menschen zu jagen, der ihren Vater ermordet und bei ihr dieses böse Leiden diagnostiziert und damit ihr Schicksal der vergangenen zehn Jahre besiegelt hatte. Sie lebte, um ihren Ruf wiederherzustellen; um zu beweisen, dass sie, jenseits des Monströsen ihrer Macht, gut sein konnte.

Ich werde dich finden, Alchemist, dachte sie immer wieder, und es war wie ein Schwur. *Ich werde dich finden.*

5

Ruckartig erwachte Ana, und das Geistergesicht aus ihren Träumen zerbarst. Es dauerte mehrere Sekunden, bis sie ihre Umgebung wieder richtig wahrnahm, das Prasseln eines Feuers, das in der Feuerstelle brannte, den muffigen Geruch von alten Kieferndielen, das Kratzen eines rauen Stoffkissens unter ihrer Wange.

In ihr blitzten Erinnerungen an den Abend auf, an die Kälte, die Dunkelheit, den Duft und das Silber von Schnee, eine warme Badewanne. Sie hatte es geschafft. Sie hatte es zurück in die Dacha geschafft.

Ana umklammerte die zerschlissene Felldecke fester, während sich Überraschung in ihren Eingeweiden bemerkbar machte. Wie war sie hierher zurückgelangt? Sie erinnerte sich an den Sturz ins Wasser, das Gefühl völliger Hilflosigkeit in der tosenden Strömung und wie sie dann an ein leeres, gefrorenes Ufer gekrochen war. Ihre Kleidung war kälter als Eis gewesen, und sie hatte sich kaum rühren können.

Kannst du laufen, Schätzchen?

Ana blinzelte. Die Stimme war aus dem Nichts gekommen – aus einer nebligen, fernen Erinnerung. Da waren ein Wald gewesen, ein Hauch von Wärme und diese Stimme, die sie zu ihrem Ärger ständig aus ihrem tröstlichen Schlummer gerissen hatte.

Angst packte sie. Jetzt erkannte sie, dass sie die ersten Anzeichen von Unterkühlung durchlebt hatte, und begriff, wie nah sie dem

Tod gewesen war. Jene warme Dunkelheit war eine Bedrohung gewesen … und die Stimme hatte sie gerettet.

Ramson Schnellzunge, dachte sie, und auf einmal war ihr vom Schlaf verwirrter Geist hellwach, als sie suchend den Blick durch die Hütte schweifen ließ. Alles war genau so, wie sie es zurückgelassen hatte. Ihr Rucksack lehnte an der Wand, ihre Habe lag quer über dem kleinen Arbeitstisch verstreut. Kein Anzeichen, dass etwas angerührt worden war; kein Anzeichen von einem Eindringling.

Ana atmete aus und setzte sich auf. Jemand hatte ihr das Blut vom Arm gewaschen, doch die Verletzung war immer noch wund und frisch. Jetzt erinnerte sie sich wieder: ein kleines Mädchen mit dunklem Haar, die Konturen weich im Kerzenschein, der es fast wie eine Aura umgeben hatte.

»May?«, rief sie leise. In der Hütte regte sich absolut nichts. Sie lehnte sich an die Wand zurück und versuchte, ihre Nervosität zu unterdrücken. Von dem Betrüger war auch weit und breit nichts zu sehen. Die Reste des Deys'voshk befanden sich immer noch in ihrem Blutkreislauf, auch wenn sie spürte, dass ihre Affinität allmählich anfing zurückzukehren, manchmal für sie greifbar, dann wieder nicht. Zu versuchen, sie jetzt zu benutzen, war, als würde man versuchen, nasses Anmachholz anzuzünden.

Durch die Tür zur Waschkammer in der gegenüberliegenden Zimmerecke drang das Geräusch plätschernden Wassers. Die Bewegungen waren zu leichtsinnig für May. Ein Männerhusten bestätigte ihren Verdacht.

Der Betrüger war noch hier.

Ana biss die Zähne zusammen, um nicht frustriert aufzustöhnen. Sie hatte Monde damit verbracht, nach diesem Mann zu suchen. Sie hatte sämtliche Hoffnungen – und mehr – auf ihn gesetzt. Und er hatte sie zum Narren gehalten und zugegeben, dass er noch nicht einmal die leiseste Ahnung hatte, wer ihr Alchemist war.

Und jetzt hatte sie ihn am Hals.

Die Tür der Hütte ging knarzend auf. Ihre Gedanken verloren sich, als ein Kind unter Mühen mit einem Eimer frischem Schnee eintrat. Sobald May Ana erblickte, riss sie die Augen auf und setzte den Eimer rasch ab, um auf Ana zuzuspringen.

Ana seufzte erleichtert auf, als sie sich in Mays Umarmung vergrub. »Hey, du«, murmelte sie. Bei May zu sein fühlte sich irgendwie immer an, als wäre sie zu Hause.

In der Nacht, als Ana in die Syvernische Taiga gerannt war, war die Dunkelheit im Nadelwald pechschwarz gewesen, auch wenn sie nichts im Vergleich zu den Schatten in ihrem Herzen gewesen war. Doch May hatte Ana gefunden und sie im weichen Schein einer Feuerkugel zu einem Unterschlupf gebracht. Damals war May durch einen Vertrag gebunden gewesen, aber das hatte sie nicht daran gehindert zu versuchen, Ana zu retten, ohne dass ihre Herrin etwas davon wusste.

May richtete sich auf und starrte Ana streng an. Ihre Augen waren vom unglaublichen Aquamarin des Ozeans um die Aseatischen Inseln, die Ana früher einmal auf einem Gemälde gesehen hatte, sonnengeküsst und warm. Ana legte die Stirn kurz an die des Kindes, und ihre Lippen umspielte ein Lächeln.

»Hast du den Alchemisten erwischt?«, wollte May wissen. Vor elf Monden, bei ihrer ersten Begegnung, war sie viel stiller gewesen, ihre Worte ein federleichtes Flüstern. Nur ihre scharfsichtigen Augen hatten Ana verraten, dass sie die Welt in sich aufsog und in ihrem Herzen einschloss und Güte zurückgab, die ihr selbst nie erwiesen worden war.

»Fast.« Mays Anblick ließ ihre Gedanken klarer werden und beruhigte ihre Nerven, und das Wort fühlte sich beinahe wahr an. »Bist du allein gut zurechtgekommen?«

May nickte, und in ihren Händen erschien ein Kupferstein. »Ich habe drei Kupfersteine übrig. Willst du sie zurück?« Der Kupferstein glänzte im Feuerschein, in der Mitte der Münze war ein kleines Blatt eingraviert.

Ana zögerte. Sie wusste, was diese Münzen May bedeuteten. Ihr Leben hatte sie damit zugebracht, dürftige Geldbeträge anzusammeln, um die unmögliche Summe des Vertrags abzubezahlen, den zu unterschreiben man sie gezwungen hatte. In der Vergangenheit mochte Ana Dutzende Kupfersteine für ein Stück Ptychy'moloko-Milchkuchen ausgegeben haben, und die Münzen waren ihr wie Wasser durch die Finger geronnen, ohne dass sie sich den Kopf über ihren Wert zerbrochen hätte.

Ihre Bekanntschaft mit May hatte das geändert.

Ana legte sanft eine Hand um Mays, sodass die Münze wieder in der Faust des Mädchens verschwand. »Wir haben das hier *gemeinsam* verdient. Behalte es, und lass uns in der nächsten Stadt etwas Leckeres kaufen.«

May ließ die Münze behutsam in ihre Tunika zurückgleiten. »Glaubst du, wir werden in der nächsten Stadt Ma-ma finden?«, fragte sie.

Ana hielt inne und musterte forschend Mays Gesicht, doch der hoffnungsvolle Blick des Kindes blieb unverändert. Es ließ Ana keine Ruhe, dass dieses Mädchen so ohne Weiteres liebte nach allem, was es durchgemacht hatte. Mit der Zeit hatte Ana sich die Geschichte der Kleinen zusammengereimt: eine lange Reise mit ihrer Mutter vom Königreich Chi'gon, ihrer Heimat in der aseatischen Region, auf der Suche nach einer besseren Zukunft, nur um zu erleben, wie diese Träume zu Bruch gingen und ihre Mutter durch einen separaten Vertrag fortgeschickt wurde.

Und May war aufgrund ihrer Erdaffinität ausgebeutet worden und hatte stetig wachsende Schulden aufgebürdet bekommen.

Mit jedem Tag war die Erkenntnis in Anas Kopf immer lauter geworden: *Das hätte ich sein können.*

»Das werden wir«, erwiderte sie. »Wir werden deine Ma-ma finden, und wenn ich an jede einzelne Tür in diesem Reich klopfen muss.«

Mays Lächeln wurde breiter, und sie warf die Arme um Ana, vergrub das Gesicht an Anas Hemd. »Du wirst nicht wieder fortgehen, stimmt's?« Ihre Stimme klang gedämpft, und als Ana nach unten blickte, sah sie ein Paar heller Ozeanaugen, die scheu zu ihr hochspähten. »Geh nirgendwohin, wohin ich dir nicht folgen kann.«

In Anas Kehle bildete sich ein Kloß. Sie kannte den Schmerz, in so jungen Jahren die Mutter zu verlieren. Das Gefühl, dass man etwas falsch gemacht hatte, dass man abermals von denen, die man liebte, verlassen werden könnte, verschwand niemals.

Deshalb hielt Ana May fest in den Armen und flüsterte: »Ich bin immer hier.«

Ein Wasserplätschern zog die Aufmerksamkeit der beiden auf die Waschkammer.

Mays Augen verengten sich. »Dieser Fremde hat dich nach Hause gebracht, und weil er dir das Leben gerettet hat, habe ich ihm gesagt, er kann ein warmes Bad nehmen, bevor er geht«, erklärte sie.

Unwillkürlich kräuselten sich Anas Lippen. »Schlaues Mädchen«, sagte sie verschwörerisch.

»Er hat *gestunken*. Und war dreckig.«

»Ich weiß«, sagte Ana. »Er ist widerlich und dumm und hässlich.« Es war unreif, aber es zu sagen fühlte sich trotzdem gut an.

Die Tür der Waschkammer flog auf.

Blitzartig stemmte Ana sich aus dem Bett und schob May hinter sich. Bei der jähen Bewegung pochte ihr verletzter Arm schmerzhaft, doch ihre ganze Aufmerksamkeit galt Ramson Schnellzunge.

Er hatte sich rasiert und sich den Schmutz aus dem Gesicht gewaschen. Jetzt erkannte sie, dass er viel jünger war, als sie geschätzt hatte – vielleicht nur ein paar Jahre älter als sie. Sein zerzaustes sandfarbenes Haar lockte sich in der Stirn, Wassertropfen bahnten sich einen Weg die scharf geschnittenen Wangen hinunter. Der Gegensatz zu seinem verdreckten, ungepflegten Zustand zuvor ließ ihn erstaunlich attraktiv wirken. Er hatte ein schurkenhaft gut aussehendes Gesicht, das besser zu einem bregonischen Marinesoldaten oder einem Mitglied der kyrillischen Kaiserlichen Patrouille gepasst hätte als zu einem zwielichtigen Gauner.

Schnellzunge schenkte May ein Lächeln. Ana stellte sich vor, er hätte Fangzähne. »Hallo, Schätzchen.«

»Sprich nicht mit ihr«, fauchte Ana. Sie drehte sich um und sagte rasch: »May, bitte geh baden.«

Die Kleine holte den Eimer mit dem Schnee und schlüpfte in die Waschkammer. Bevor sie die Tür zuschlug, drehte sie sich noch einmal um, starrte Ramson zornig an und fuhr sich mit dem Finger quer über die Kehle. Die Tür schloss sich mit einem befriedigenden Klicken, und Anas Herz beruhigte sich.

Sie trat Schnellzunge entgegen.

Er hatte Blutergüsse. An seinen Handgelenken, wo die Ärmel seiner Tunika aufhörten, blühten blaurote Flecken von den Blutgefäßen, die sie zerstört hatte. Vor Schuldgefühlen zog sich ihr der Magen zusammen, doch sie kämpfte sie nieder. *Er* hatte nicht gezögert, sie zu benutzen und zu verraten. Bei dieser Sorte von Mann waren Schuldgefühle überflüssig.

Schnellzunges Mund verzog sich zu einem Lächeln, das sowohl verschlagen als auch charmant war. »Nun, *Ana,* meine Liebe«, sagte er, und ein eiskalter Schauder überlief sie. »Hier wären wir. Du hast mich um Hilfe gebeten, und ich wollte eine Fluchtmöglichkeit aus Geisterfall. Wenn Wünsche nur jeden Tag in Erfüllung gehen könnten.«

Ana verbiss sich eine scharfzüngige Erwiderung. Das hier war kein Streit, den sie mit Luka oder Yuri führte. Das hier war ein kalkuliertes Vorgehen gegen einen Feind. Es ließ sich nicht sagen, was er im Schilde führte und was er vor ihr verbarg – selbst sein Akzent hatte sich, wie ihr auffiel, seit gestern Abend leicht verändert. Sie musste äußerste Vorsicht walten lassen.

»Ich habe meinen Teil der Abmachung erfüllt«, sagte sie stattdessen. »Jetzt bist du an der Reihe.« Sie unterdrückte den Drang, ihm ihre Affinität ins Gedächtnis zu rufen, nur um unter Beweis zu stellen, dass sie ihm wehtun *konnte,* wenn sie wollte. Dass sie immer noch eine gewisse Macht über ihn hatte. Dass ihr Plan nicht völlig im … Sande verlaufen war. »Es ist mir gleich, ob du keine Ahnung hast, wer er ist und wo er ist. Du wirst mir helfen, den Alchemisten zu finden, und du wirst es innerhalb von zwei Wochen tun. Ich habe genug über deinen Ruf gehört, und ich weiß, dass du dazu in der Lage bist.«

Das musste er sein. Alle anderen Suchaktionen, die bezahlten Kopfgeldjäger und Spurensucher hatten sich als Sackgassen erwiesen. Ramson Schnellzunge war ihre letzte Chance.

Das allerdings verriet Ana ihm nicht.

Schnellzunge hob die Brauen. »Du hast genug über meinen Ruf gehört«, wiederholte er, als würde er sich die Wörter auf der Zunge zergehen lassen. Beinahe sah er erfreut aus, doch dann verengte er die Augen. »Und wie kommst du auf den Gedanken, dass ich dir helfen werde, nun, da ich frei wie ein Vogel bin?«

Was für ein boshafter, hinterhältiger Betrüger. Aber wenn er mit unlauteren Mitteln spielen wollte, sei's drum.

Sie konnte ihm drohen. Der Gedanke ließ sie schon eine Weile nicht los – so hässlich und pervers, dass sie ihn nicht ans Tageslicht hatte bringen wollen.

Zeig ihm, was du kannst, mein kleines Monster.

»Weißt du noch, was ich im Gefängnis getan habe?« Vor ihrem geistigen Auge zuckte ein Blutrot auf, das quer durch weiße Marmorsäle zusammenlief. Ihr wurde übel, als sie es heraufbeschwor, doch sie fuhr fort: »Das Gleiche könnte ich dir antun.« Sie trat einen Schritt näher, überschwängliche Freude trieb sie vorwärts, der Nervenkitzel der Gefahr zog sie näher zu ihm. »Kannst du dir vorstellen, wie es sich anfühlen würde, zu sterben, während das Blut aus dir austritt, ein Tropfen nach dem anderen?«

»Ich gebe zu, das hat wehgetan.« Er befeuchtete sich die Lippen. »Aber es gibt im Leben Schlimmeres, wovor man Angst haben müsste. Welche Folter auch immer du dir ausdenkst, ich habe sie wahrscheinlich schon einmal durchgestanden. Das macht es wohl höchst schwierig, mir zu drohen, nicht wahr?«

Ana holte angespannt Luft. Er bluffte – das *musste* er. Und er forderte sie heraus, ihn auf die Probe zu stellen. Um seine Augen bildeten sich Fältchen, während er sie beobachtete und auf ihre Antwort wartete. Diese Augen waren gerissene Augen, schnell und intelligent … aber es waren nicht die Augen eines Feiglings. Sie waren ohne jede Angst.

Er würde lernen, Angst vor ihr zu haben. Genau wie alle anderen.

Ana schenkte ihm ihr wildestes Lächeln. Ihre Affinität regte sich. Durch die Überreste des Deys'voshk war sie immer noch schwach, erstarkte jedoch allmählich wieder. »So viele andere haben anfangs ins gleiche Horn gestoßen. Innerhalb von Minuten habe ich sie dazu gebracht, vor meinen Füßen zu Kreuze zu kriechen.«

»Du klingst, als hättest du Erfahrung.«

»Du hast keine Ahnung, was *ich* durchgemacht habe. Ich werde dich noch einmal fragen, und ich hoffe um deinetwillen, dass du die richtige Antwort gibst. Wirst du mir helfen, meinen Alchemisten zu finden?«

»Ja.«

Ana blinzelte. Die bösen Gedanken, die düsteren Erinnerungen und der Sog der Affinität lösten sich auf. Übrig blieben nur das Knistern der Flammen in der Feuerstelle, das Plätschern aus der Waschkammer und das gedämpfte Summen eines Kindes.

»Du siehst überrascht aus.« Ramson Schnellzunge zog die Augenbrauen in die Höhe.

Wenn sie bekommen hatte, was sie wollte, warum fühlte es sich dann an, als hätte er gewonnen? Ana verschränkte die Arme, und ihre Gedanken überschlugen sich, noch während sie sprach. Was war ihr entgangen? »Ich glaube dir nicht.« *Was für ein Spiel spielst du?*

»Eine kluge Entscheidung. Schließlich bin ich Geschäftsmann.« Sein Blick wurde schärfer. »Ich gebe nie etwas her, ohne etwas im Gegenzug zu fordern.«

Zorn stieg in ihr hoch, scharf und heiß. »Im Gegenzug? Ich habe dir die Flucht aus dem Gefängnis ermöglicht. Ich habe dich davor bewahrt, in der Zelle zu vermodern. Du *schuldest* mir was.«

»Ich habe dich nicht darum gebeten, mich zu befreien. Ich habe einen Handel *vorgeschlagen*, aber eine Vereinbarung hatten wir nicht.« Schnellzunge sprach im Plauderton, als würden sie auf einem Markt um den Preis Roter Bete feilschen.

Ana feilschte um ihr *Leben*.

»Also schulde ich dir nichts, Hexe«, fuhr er fort und spielte an einem seiner Fingernägel herum. »Aber ich wäre gewillt, die Sprache des Handels zu sprechen.«

Ihre Stimme kam als Fauchen. »Du glaubst, du bist in einer Position, um Forderungen zu stellen?«

»Oh, aber ja! Du drohst mir nun schon seit Minuten, mich zu foltern. Würdest du es tatsächlich tun wollen, hättest du es längst getan. Offensichtlich brauchst du mich. Reden wir also nicht länger um den heißen Brei herum, sondern kommen wir zum Geschäft, ja?«

Er hatte sie bloßgestellt. Mit wild pochendem Herzen starrte Ana den Betrüger an, nicht willens, den Blickkontakt als Erste zu beenden. Papa hatte ihr immer beigebracht, dass ein offener Blick Selbstvertrauen demonstrierte. Doch während sie hektisch über eine Antwort nachdachte, merkte sie, wie ihr Selbstvertrauen immer mehr dahinschwand.

Göre. Sie hörte die Stimme ihres Bruders in ihrem Kopf, sah das Aufblitzen von Intelligenz in seinen Augen, als er sich über ihr Schachspiel beugte. *Denk nach.*

Luka hatte ihr erklärt, dass eine Verhandlung wie eine Schachpartie war. Um Erfolg zu haben, musste man vor allem das Endspiel im Auge behalten. Damals schien es eine derart offensichtliche Lektion zu sein, doch jetzt merkte Ana, wie sie sich fest daran klammerte. Ihr Ziel – ihr *Endspiel* – lautete, ihn dazu zu bringen, den Alchemisten zu finden, den wahren Mörder. Und jetzt wollte der Betrüger noch etwas im Gegenzug von ihr.

Warum nicht? Was hatte sie schon zu verlieren?

Vielleicht musste nicht jeder Zug ein siegreicher Zug sein, solange sie sich weiterhin auf ihr Endspiel zubewegte.

»Was willst du denn?«, fragte sie und reckte das Kinn. Auf diese Weise war es leicht, so zu tun, als sei sie eine Prinzessin, die einen Gefallen gewährte, und kein Niemand, der um Hilfe flehte.

»Rache«, sagte der Betrüger.

»Und du glaubst, ich kann dir dabei helfen?«

»Vielleicht. Schließlich drohst du mir gerade mit deiner Macht über mein sterbliches Wesen.«

Natürlich – *natürlich* wollte er sie wegen ihrer Affinität benutzen. Ana verengte die Augen. Lukas Stimme flüsterte ihr zu, drängte sie sanft weiter. *Sei präzise. Arbeite die Einzelheiten aus.* »Sag mir, was dein Racheplan beinhaltet. Und sei präzise.«

Schnellzunges Lächeln wurde breiter, als fände er etwas an ihrer Reaktion entzückend. »Na gut, ich werde *präzise* sein. Ich plane, meine Feinde einen nach dem anderen zu vernichten und mir meine Position und das, was rechtmäßig mir gehört, zurückzuholen. Dafür werde ich einen Verbündeten brauchen. Jemand Mächtigen. Und bei den Göttern …«, sagte er und schenkte ihr einen Blick, der irgendwie liebkosend und zugleich berechnend war, »du musst die mächtigste Fleischaffinite sein, die ich je gesehen habe.«

Fleischaffinite. Beinahe hätte sie erleichtert aufgeatmet. *Fleisch*, nicht *Blut*. Sie hatte ihr Geheimnis gut bewahrt, und es war unbedingt erforderlich, dass Ramson Schnellzunge auch weiterhin in dem Glauben blieb, sie wäre eine Fleischaffinite. Denn während es Hunderte Fleischaffiniten gab, die als Metzger oder Soldaten oder Wachen arbeiteten, gab es nur eine Bluthexe von Salskoff.

Ramson Schnellzunge war nicht so schlau, wie er dachte.

»Ich werde niemanden für dich umbringen, wenn es das ist, was du willst.«

»Umbringen? Ich habe nichts von ›umbringen‹ gesagt. Ich habe ›vernichten‹ gesagt. Es gibt viele Arten, einen Mann zu vernichten, abgesehen davon, ihn umzubringen.«

Die Schankwirte und Kopfgeldjäger hatten Ramson Schnellzunge als verschlagen und gnadenlos beschrieben. Bis zu diesem Zeitpunkt hatte Ana sie nicht verstanden.

Sie wappnete sich mental. Hier diktierte sie die Bedingungen, nicht er. Und sie würde niemals freiwillig unschuldigen Menschen etwas antun.

Ach, wirklich?, flüsterte Sadov in ihrem Kopf. *Kleines Monster, haltet Ihr Euch für so rechtschaffen? Glaubt Ihr wirklich, Ihr stündet über diesem Betrüger, obwohl doch so viel Blut an Euren eigenen Händen klebt …*

»Keine Folter«, sagte Ana laut. »Kein Töten. Die Entscheidung, wie ich meine Affinität in unserem Bündnis einsetze, liegt bei mir. Ich werde dafür sorgen, dass dir kein Leid geschieht und dass du dich deiner Feinde entledigen kannst, wie du möchtest. Wenn du mit diesen Bedingungen einverstanden bist, werde ich dir zwei Wochen lang Treue geloben. *Nachdem* du meinen Alchemisten gefunden hast.«

Seine Augen verengten sich, und er tippte sich mit einem Finger nachdenklich ans Kinn. »Drei Wochen«, sagte er. »Und im Gegenzug möchte ich auch drei Wochen, um deinen Alchemisten zu finden.«

»Wir haben uns auf zwei geeinigt.«

»Ich habe mich nie geeinigt, ich habe Erwägungen angestellt.«

»Verheddere dich nicht in Formsachen.«

»Sei nicht stur. Wir wissen beide, dass du mich brauchst und ich dich. Deshalb sind wir immer noch hier und führen eine höfliche Diskussion. Drei Wochen, Hexe – das ist nur gerecht. Hör mal, ich werde dir einen Pakt gewähren, als Zeichen meines guten Willens.«

Er klang aufrichtig, was sie sogar noch misstrauischer werden ließ. »Einen was?«

»Einen Pakt. Das Versprechen eines Betrügers.«

»Dir ist doch klar, dass du dir eben selbst widersprochen hast, oder?«

In seinen Augenwinkeln bildeten sich Fältchen. »Ob du es nun glaubst oder nicht, es gibt einen Ehrenkodex unter den Dieben der Unterwelt. Den Pakt. Es ist ein Vertrag über einen für beide Seiten vorteilhaften Handel. Stell es dir eher wie eine … eine Art Währung vor, für uns. Wenn man einmal einen Pakt schließt, muss man sich unbedingt daran halten – ansonsten bekommt man es mit schlimmen Konsequenzen zu tun.«

»Inwiefern ist das von Belang? Wenn du dich nicht an dein Angebot hältst, wirst du es mit schlimmen Konsequenzen zu tun bekommen, Pakt hin oder her.«

Der Betrüger seufzte. »Hör mal. Ich werde deinen Alchemisten finden«, sagte er, und Ana spürte, wie Hoffnung in ihrem Innern mit den Flügeln schlug. »Ich werde es innerhalb von drei Wochen tun. Ich könnte Strandgut zurück zu seinem Schiff verfolgen, wenn ich wollte. Und im Gegenzug wirst du mir drei Wochen lang Treue geloben.«

Im Grunde hörte es sich ganz einfach an. »Na schön«, sagte Ana. Ihr Gehirn arbeitete schnell und suchte die Vereinbarung nach Lücken ab, brachte die letzten Kleinigkeiten unter Dach und Fach. »Dann willigst du also in meine Bedingungen ein?«

Ramson Schnellzunge sah sie auf seine berechnende, undurchschaubare Art an – doch Ana spürte noch etwas in seinem Blick. Etwas wie … Neugier.

»Na schön«, sagte er nach einer Weile und stieß sich von der Wand ab, wobei er seinen Waschlappen zu Boden warf. »Ich willige in deine Bedingungen ein. Sechs Wochen zusammen, in denen ich meine Nase aus deinen Angelegenheiten heraushalte und du deine aus meinen. Du bekommst deine Rache, ich bekomme meine, und wir gehen mit nichts als schönen Erinnerungen an die gemeinsame Zeit getrennter Wege.« Er breitete die Arme aus. »Was sagst du, Hexe? Schlagen wir in den Pakt ein?«

Ihr schwindelte vor Freude und Ungläubigkeit. Es fühlte sich an, als sei ihr eine Riesenlast von den Schultern genommen.

Sie hatte einen Ausbruch aus einem der sichersten Gefängnisse im ganzen Reich überlebt und einen der berüchtigtsten Schurken im Kyrillischen Kaiserreich dazu gebracht, zu ihren Bedingungen in einen Handel einzuwilligen. Und vor allem würde sie in den nächsten drei Wochen den wahren Mörder aus jener unvergesslichen Nacht in die Finger bekommen.

Es hatte fast ein ganzes Jahr gedauert, bis sie an diesen Punkt gelangt war. Mehrere Monde, um aus dem schwarzen Loch zu kriechen, das Papas Tod in ihrem Herzen hinterlassen hatte; etliche Monde mehr, verschwendet an Kopfgeldjäger und Fährtensucher, die nichts erreicht hatten; ein paar mehr, um Schnellzunge zu suchen und einen Plan zu ersinnen, um sich in Geisterfall Einlass zu verschaffen.

Sie war dicht dran. So dicht dran.

Vor einem knappen Jahr war Papa ermordet worden, und alles in ihrem Leben war in die Brüche gegangen. Und in drei Wochen würde sie auf dem Rückweg nach Salskoff sein, um ihren Namen reinzuwaschen.

Das war ihr Endspiel.

Ana starrte Schnellzunges Hand an. Sah das schiefe Grinsen in seinem Gesicht. Das wissende Glitzern in seinen Augen.

»Schlagen wir in den Pakt ein«, wiederholte sie und ergriff seine Hand.

6

Ramson erwachte, lange bevor der Morgen dämmerte und die kalten blauen Strahlen durch die zerschlissenen Vorhänge fielen und das schmale Fenster erhellten. Er lehnte an der Holzwand der Hütte und fuhr mit den Fingern über die Innenseite seines linken Handgelenks.

An der Stelle befand sich eine daumengroße Tätowierung: ein einfaches, aber elegantes Bild einer Lilie mit drei kleinen, trompetenförmigen Blüten und einem rasiermesserscharfen Stängel. Die Tinte war schwarz wie die Nacht, so tief in seine Haut geritzt, dass sie Teil seines lebendigen Fleisches geworden war, genau wie der Orden der Lilie sein Leben vereinnahmt hatte. Und dann zerstört.

Der Anblick der Tätowierung brachte Erinnerungen zurück, die so lebhaft wie schmerzvoll waren. Es war, als wäre keine Zeit und alle Zeit der Welt vergangen, seit er die glänzenden Marmorstufen zu Alaric Esson Kerlans Zuhause hochgestolpert war. Kerlan war der Gründer des größten Geschäftsunternehmens in ganz Kyrillien. Die sich immer weiter ausbreitende Goldwasser Handelsgruppe besaß das Monopol sowohl über die meisten wichtigen Industriezweige im Reich – Bauholz, nicht eisenhaltige Metalle, Waffen und den kostbaren Schwarzstein, der weit im Norden im Krazyastischen Dreieck abgebaut wurde – als auch Kyrilliens verkehrsreichsten Handelshafen, den Goldwasserhafen.

Den Handelshafen in Privatbesitz, den Ramson bis vor etlichen Monden geführt hatte.

Doch nur wenige brachten die Goldwasser Handelsgruppe mit der berüchtigtsten kriminellen Organisation in ganz Kyrillien in Verbindung, dem Orden der Lilie, der im Untergrund Geschäfte mit Schiebern und illegalen Affinitenhandel betrieb. Vertraglich festgelegte Schuldknechtschaft war das Rückgrat der Goldwasser Handelsgruppe, und die preiswerten Arbeitsverträge, die sie von der kriminellen Organisation ihres Eigentümers erwarb, halfen dabei, ihre Preise auf den kyrillischen Märkten am niedrigsten zu halten.

Im Mittelpunkt von alldem stand Alaric Kerlan, der erfolgreiche Geschäftsmann, der sein Handelsimperium als Ausländer in Kyrillien mit lediglich einem Kupferstein Startkapital gegründet hatte und auf der dunklen Schattenseite Kyrilliens der erbarmungslose Herr der Lilien war.

Am Tag von Ramsons Initiation hatte Kerlan ihn auf einem harten Eisentisch in seinem Keller festgeschnallt und eine weißglühende Zange in das Fleisch an seiner Brust gedrückt. *Spürst du das, Junge?,* hatte er einem halb im Delirium schreienden Ramson zugezischt. *Schmerz wie diesen wirst du nur zweimal im Leben verspüren. Das erste Mal, wenn du mein Vertrauen gewonnen und die Höllentore in den Orden der Lilie passiert hast. Das zweite Mal, wenn du dieses Vertrauen gebrochen hast und ich dich zurück in die Hölle werfe. Also denk an diesen Moment, und vergiss ihn nicht. Und frage dich, ob du je wieder solchen Schmerz verspüren möchtest.*

Kerlan hatte die Eisenzange zu Boden geschleudert und dem Schablonenmeister aufgetragen, Ramson zu tätowieren.

Ramson schloss die Hand um sein Handgelenk, um die Tätowierung nicht mehr sehen und sich nicht mehr an den sengenden Schmerz von dem Brenneisen erinnern zu müssen. Im silbrig blauen Schimmern der nahenden winterlichen Morgendämmerung konnte er gerade so die Umrisse der beiden schlafenden Mädchen erkennen, zusammengeschmiegt unter einer ausgefransten Felldecke, mit sich bei jedem Atemzug hebenden Brustkörben.

Folglich war es an der Zeit, dass er aktiv wurde.

Er schlich durch die Dacha, setzte die Füße behutsam in der Nähe der Wände auf, wo die alten Holzdielen am wenigsten nachgaben. Ihm war gleich bei seinem Eintreten in der vergangenen Nacht der kleine Arbeitstisch neben der Tür aufgefallen. Auf der abgenutzten Oberfläche lagen Papiere und Schriftrollen und Stifte verstreut.

Das Leben hatte Ramson gelehrt, dass er sich niemals gestatten durfte, den Kürzeren zu ziehen. Noch während ihm die Bedingungen für seinen Teil des Pakts über die Lippen gekommen waren, glatt wie Murmeln, hatte sich in seinem Kopf rasch ein anderer Plan herausgebildet.

Dieses Mädchen war bei Weitem die mächtigste Affinite, die er während seiner jahrelangen Arbeit für Kerlans Organisation in diesem Reich zu Gesicht bekommen hatte. Er hatte genug über Affinite gelernt, um zu mutmaßen, dass es sich bei ihrer Affinität wahrscheinlich um eine des Fleisches handelte. Er könnte eine endlose Liste von Interessenten erstellen, die für ihre Talente über Leichen gehen würden. Deshalb war sie der Schlüssel dazu, dass er seine Position im Orden der Lilie wiedererlangte.

Alaric Kerlan war ein harter, brutaler Mensch – die Art von nüchternem, aus Stein gemeißeltem Dämon, die ein Mann sein musste, um in seinem gewaltigen kriminellen Reich Erfolg zu haben –, doch logischen Verstand besaß er auch. Er hatte von Anfang an Ramsons unheimliche Begabung fürs Geschäft und für Verhandlungen gesehen und ihn angeleitet. Anfangs waren es kleine Botengänge gewesen, allmählich jedoch die Leitung von Teilen seines Geschäfts. Im Alter von achtzehn Jahren war Ramson zum Stellvertreter des Oberhaupts des Ordens mit dem kostbaren Goldwasserhafen in seinem Zuständigkeitsbereich geworden. Die Kontrolle über Kyrilliens größten Hafen bedeutete, dass er einen großzügigen Anteil an Kyrilliens internationalem Handel – mit so harmlosen Dingen wie bregonischem Fisch und nandjianischem

Kakao bis hin zu mächtigen kemeiranischen Waffen – in Händen hielt.

Es bedeutete außerdem, dass er die Macht hatte anzufangen, sich vom Orden der Lilie zu distanzieren. Während des Großteils seiner Arbeit unter Kerlan war Ramson ein Knecht gewesen, der untergeordnete Aufgaben erledigte und Nebengeschäfte versah, um die Gewinnmargen der Verbrecherorganisation zu steigern. Er hatte von den Blutpakten gehört, die sie schlossen, doch dank der Freiheit, die er besaß, sich seine Projekte auszusuchen, war er dabei geblieben, reiche Männer übers Ohr zu hauen und Geschäftsleute zu betrügen, Konkurrenten der Goldwasser Handelsgruppe einen Dämpfer zu verpassen, damit die Organisation ihre Monopolstellung im Kaiserreich behielt.

Zu den dunkelsten Taten des Ordens – Mord und Menschenhandel – war Ramson nicht willens gewesen, und er hatte alles darangesetzt, solche Aufgaben nicht zugeteilt zu bekommen.

Bis vor einem Jahr, als Kerlan ihn für eine Selbstmordmission ausgewählt hatte, die dazu geführt hatte, dass er verhaftet wurde, seine Stellung einbüßte und in Geisterfall ins Gefängnis geworfen wurde.

Er hatte Kerlan auf mehrfache Weise enttäuscht, hatte den wichtigsten Auftrag seines Lebens verpfuscht, den Orden ohne stellvertretendes Oberhaupt zurückgelassen und es seinem Verräter gestattet, während der Dauer seiner Gefangenschaft auf freiem Fuß zu sein.

Das alles würde er wieder wettmachen. Mithilfe der Hexe würde er den Verräter in Kerlans Reihen aufstöbern und sich wieder seine rechtmäßige Position als Kerlans Stellvertreter und Hafenmeister des Goldwasserhafens erkämpfen. Und wenn das alles vollbracht war … würde er die Hexe Kerlan übergeben. Eine derart mächtige Affinite unter der Kontrolle des Ordens zu haben wäre für ihn das Tüpfelchen auf dem i.

Ramson würde es sich zurückholen – er würde sich alles zurückholen. Seinen Titel. Sein Vermögen. Seine Macht.

Doch Ramson war nicht durch Glück Stellvertreter des Chefs des berüchtigtsten Verbrechernetzwerks im ganzen Kaiserreich geworden. Er war bei jedem Aspekt seiner Arbeit gründlich und berechnend, und er gab sich Mühe, alles zu wissen, bis hin zur Farbe der Fenstervorhänge und Bettlaken seiner Komplizen. Es gab nichts, was nicht wissenswert wäre.

Und wenn etwas in dieser baufälligen Dacha einer genaueren Überprüfung bedurfte, dann der Arbeitstisch.

Auf dem Tisch lagen Dinge verstreut – eine Fundgrube an Informationen. Er ließ ein paar verstaubte Feuerkugeln verschwinden, die ausgebrannt waren, sodass nur noch leere Glaskugeln voller Asche übrig geblieben waren, und schob vorsichtig etliche unbeschriebene Pergamente und Kohlestifte beiseite.

Das Erste, was er entdeckte, war ein Buch, dessen Umschlag so abgenutzt war, dass er den Titel kaum entziffern konnte: *Aseatische Kindergeschichten*. Jemand hatte mehrere Verse eines Gedichts innen auf die Umschlagseite geschrieben. Die elegante Schreibkunst erinnerte an einen professionellen Schreiber.

Mein Kind, wir sind nur Staub und Sterne.

Ramson legte das Buch beiseite.

Er arbeitete sich durch ungefähr ein Dutzend leerer Schriftrollen, bevor er auf einen Schatz in Gestalt einer Landkarte stieß.

Mit geübten Fingern zog er sie hervor. Die Landkarte entrollte sich mit einem Seufzen.

Wie das Kinderbuch wies sie Gebrauchsspuren auf: Jemand hatte in der gleichen Schönschrift Notizen in den Umriss des Reiches eingetragen. Manche Notizen waren mit der Zeit verwischt, wohingegen andere so neu waren wie ein frisch aufgesetzter Vertrag.

Die Notizen waren knapp, aber präzise, in förmlichem Kyrillisch verfasst. *Buzhny,* stand in einer, direkt über der Stelle, wo das kleine Städtchen Buzhny auf der Karte hätte eingezeichnet sein können. *Nachforschungen, keine Spur vom Alchemisten.*

Pyedbogorozhk, lautete eine andere. *Erkundigung nach Kopfgeldjäger. Namen von einem Händler erhalten.*

Die Landkarte war Gold wert. Die Hexe – falls es sich hierbei tatsächlich um ihre Karte und Handschrift handelte – hatte die Geschichte ihrer geheimnisvollen Mission quer über die ganze Karte geschrieben. Ramson legte sie behutsam beiseite, um den Rest der Gegenstände auf dem Tisch anzusehen, bevor er wieder zu der Karte zurückkehren würde.

Etwas auf der Ecke eines Blatts fiel ihm ins Auge: der Umriss eines halben Gesichts, das von dem Stapel hochspähte.

Ramson griff zu begierig danach. Der Ärmel seiner Tunika verfing sich an der Schriftrolle. Der Papierstapel geriet ins Rutschen und ergoss sich auf den Arbeitstisch. Als *wollten* die Papiere angesehen werden.

Es waren Dutzende von Skizzen, die nun aufgefächert auf der rauen Tischoberfläche lagen. Er sah einen zotteligen Hund, eingerollt neben einem Feuer, Teile eines Schlosses mit Kuppeldächern in einer winterlich aussehenden Landschaft, eine schöne Frau mit Rehaugen und langen Locken …

Doch sein Blick landete auf einer Zeichnung, die an den Rand des Tisches geflattert war, als hätte sie ein Eigenleben. Ein Junge, zwischen dreizehn und achtzehn Jahre alt, schallend lachend, die Freude in seinen Augen beinahe greifbar. In diese Zeichnung waren so viel Sorgfalt und Anstrengung geflossen, die Linien waren bis zur Perfektion gezogen, jede Einzelheit in die Fältchen um seine Augen und die verzogenen Mundwinkel schraffiert. Trotzdem war sie unvollständig, nur ein halbes Gesicht. Es schien, als habe die Künstlerin nur das Leben im Moment des Gelächters einfangen wollen.

»Scher dich da weg.«

Fluchend wirbelte Ramson herum.

Die Hexe war auf den Beinen, ihr Umriss steif vor Wut. In dem dämmrigen Zimmer konnte er ihre angespannte Kieferpartie und das Glitzern in ihren verengten Augen erkennen.

»Leg das hin, wenn du nicht willst, dass ich dich auf der Stelle in Stücke reiße.«

Jegliche Ausreden, die er sich zurechtgelegt hatte, lösten sich in Rauch auf. Ramson war schon früher auf frischer Tat ertappt worden. Er fand, die beste Taktik war, seine Schuld einzugestehen und sich ansonsten aus der Situation zu schwindeln. Bisher war er damit gut gefahren.

Er ließ die Skizzen behutsam zurück auf den Tisch gleiten. Die Augen des Mädchens verfolgten jede seiner Bewegungen. »Es tut mir leid.« Er legte so viel Aufrichtigkeit wie möglich in seinen Tonfall. »Ich habe nach einer Landkarte gesucht.«

»Scher dich da weg!«, fuhr sie ihn erneut an, und er gehorchte. Im nächsten Augenblick war sie am Tisch, und ihre Finger huschten über die Papiere, um sicherzugehen, dass nichts fehlte. Sie riss die Skizze des Jungen an sich und warf Ramson einen zornigen Blick zu, wutentbrannt. Eine Sekunde lang glaubte er, sie werde es sich anders überlegen und ihn auf der Stelle umbringen. Doch dann atmete sie tief durch und schob sich eine dunkle Haarsträhne aus dem Gesicht. Als habe sie eine Tafel abgewischt, war die Wut aus ihrem Gesicht verschwunden, an ihrer Stelle kühle Strenge. »Wir haben gestern Abend einen Pakt geschlossen. Du hast eine komische Art, Diplomatie zu zeigen.«

»Nun, du weißt ja, was man über Diplomatie sagt. Es ist die einzig richtige Methode für zwei Parteien, sich gegenseitig ins Gesicht zu lügen und damit zufrieden zu sein.«

»Erzähl mir nichts.«

Ramson hob die Hände. »Schon gut, ich habe herumspioniert. Aber wie du gesagt hast, wir haben einen Pakt geschlossen, wo liegt also der Sinn darin, sechs Wochen lang aneinandergekettet zu sein, wenn wir einander nicht vertrauen können?«

Hinter ihnen setzte May sich auf dem Bett auf und lauschte mit schräg gelegtem Kopf. Die Augen der Hexe huschten zu dem Mädchen, und kurzzeitig hellte sich ihre Miene auf. »Na schön.« Sie senkte die Stimme, als sie sich wieder Ramson zuwandte. »Da du ›Vertrauen‹ erwähnst. Hier.«

Ramson griff nach der Zeichnung, die sie ihm hinhielt. Diese Skizze war in Schatten gehüllt. Während die anderen Zeichnungen Momente und Erinnerungen einzufangen schienen, bildete diese das Sujet wie ein Porträt ab. Er erkannte den Mann auf dem Blatt: kahlköpfig, mit misstrauischen großen Augen, die weit von seiner dünnen Nase entfernt standen. Es war eine Skizze des Mannes, den sie ihm im Gefängnis gezeigt hatte.

Ihr Alchemist.

Diese Skizze war genauso gewissenhaft detailliert wie die andere, die wahrscheinlich bei ihrer Flucht über den Wasserfall zerstört worden war. Ramson musterte die Zeichnung genauer, betrachtete die weiße Priestertracht des Mannes und den Reif der vier Götter, der um seinen Hals hing. »Das hier ist ein guter Anfang, Hexe. Du musst mir alles über ihn erzählen, was du weißt.«

»Er hat vor zehn Jahren im Palast von Salskoff gearbeitet. Er verschwand und war vor elf Monden wieder in … in Salskoff.«

Er wartete auf mehr, doch sie schloss fest den Mund. »Das ist alles?«

»Sonst weiß ich nichts«, sagte sie knapp. Ihre Augen loderten, und ihre Hände hatten sich bei ihren Worten zu Fäusten geballt. Wer auch immer dieser Mann sein mochte, dieses Mädchen hatte eine Rechnung mit ihm offen.

Er würde noch früh genug herausfinden, warum. Im Moment kam Ramson eine andere Frage in den Sinn. »Ein Alchemist, sagst du«, sinnierte er. »War er ein Affinite?«

Viele Alchemisten besaßen einzigartige Affinitäten und wurden von den oberen Zehntausend Kyrilliens angeheuert, um Leben mit ihren seltsamen Praktiken zu verlängern oder zu stärken. Ein paar der mächtigsten Alchemisten besaßen, wie Ramson gehört hatte, metaphysische Affinitäten. Schmerz. Ruhe. Glück. Immaterielles, das von Leuten, die Geld übrig hatten, begehrt wurde.

»Ich bin mir nicht sicher.« Die Hexe schob sich eine Locke hinters Ohr. Ramson war diese nervöse Geste an ihr bereits aufgefallen – ebenso die Art, wie sie an ihrer Kapuze herumfingerte. »Er hat Deys'voshk und andere Elixiere zusammengebraut.«

Also aller Wahrscheinlichkeit nach ein Affinite. Seine Gedanken blieben an einem anderen Detail hängen, an dem Deys'krug und dem Gebetsgewand. »War er Priester – oder ein frommer Mann? Hast du versucht, an dem Punkt anzusetzen?«

»Er war kein *frommer* Mann«, erwiderte sie verbittert und stieß dann einen Seufzer aus. »Das habe ich probiert. Ich habe schon im ganzen Reich nach ihm gesucht, aber ich habe nicht das Geringste gefunden. Die Kopfgeldjäger, die ich angeheuert habe, sind noch nicht einmal in seine Nähe vorgedrungen.«

»Amateure.«

Sie sah aus, als würde sie ihm am liebsten eine Ohrfeige verpassen. »Ich wäre da lieber nicht so zuversichtlich. Wenn dieser Mann nicht in drei Wochen vor mir steht, werde ich dich ausbluten lassen.«

»Entspann dich«, sagte er träge und wedelte ihr mit der Skizze vor dem Gesicht herum. »Ich habe einen Plan.«

Ramson tippte mit den Fingern auf die Skizze. Zweimal gesichtet, im Abstand von zehn Jahren – mittlerweile war die Fährte kälter als der Tod. Doch er hatte zwei Spuren: Erstens hatte dieser Mann früher im Palast gearbeitet. Und dass der Mann zweitens wahrscheinlich ein Affinite auf der Flucht war, bedeutete, dass er sich vielleicht eine neue Identität hatte zulegen müssen, um sich wieder eine Existenz aufzubauen.

Doch wenn es eine Quelle gab, die die Umtriebe von Affiniten so genau überwachte wie ein Adler seine Beute, dann waren es Kerlans Affinitenhändler. Die Vorstellung, sich auf ihr Territorium zu begeben, sagte ihm nicht sonderlich zu. Ramson sah zu der Hexe und dem Kind, und in seinem Magen regte sich ein unbehagliches Gefühl. War es möglich, dass die beiden Opfer ebender Affinitenhändler waren, die sie brauchten, um diesen Alchemisten aufzuspüren?

»Gut.« Ana stieß sich vom Tisch ab und marschierte aufs Bett zu, wo sie einen kleinen Rucksack unter den Fellen hervorholte. May starrte Ramson zornig an und begann dann sogleich damit, die wenigen Kleidungsstücke auf dem Bett zu falten und in den Rucksack zu stecken. »Wir brechen in einer Stunde auf. Ich nehme an, dass du bis dahin ausgeknobelt hast, wohin wir gehen müssen.«

»Das habe ich längst.« Es gab nur eine Stadt in der Nähe von Geisterfall, in der es von rücksichtslosen Affinitenhändlern wimmelte, die nach Informationen und Kopfgeld gierten. »Wir gehen nach Kyrov.«

7

Die Morgenluft war frisch, und der Schnee glitzerte, bei ihrem Aufbruch von der weit entfernten Sonne mit Gold bestäubt. Die Stille wurde nur vom Schnaufen ihres Atems unterbrochen, der in der kalten Luft Wölkchen bildete, und vom Knirschen ihrer Stiefel im Schnee. Der Nadelwald erstreckte sich vom Krazyastischen Dreieck an der nördlichsten Spitze Kyrilliens bis zum Dzhyvekha-Gebirge, das im Süden an Nandji grenzte. Hier oben im Norden schmolz der Schnee nie, doch weiter im Süden waren, wie Ana wusste, im Sommer die Spitzen grüner Gräser und Kiefern zu sehen, die unter dem weißen Schleier hervorlugten.

Ana schob den Rucksack noch ein Stück die Schultern hoch, und das Geraschel ihrer Pergamente und das Klirren der übrig gebliebenen Feuerkugeln waren seltsam beruhigend. Neben ihr stapfte May und drehte den Kopf auf die eine und die andere Seite, je nachdem, welche Reize sie tief aus der Erde wahrnahm. Sie trug eine frisch entfachte Feuerkugel. Die Flammen darin krochen an dem Öl entlang, welches das Glas bedeckte, wärmten einem die Hände und stellten des Nachts Licht zur Verfügung. Sie hatten viele Monde damit verbracht, auf diese Weise zu reisen, nur sie und May, eine Feuerkugel, der Kompass, den sie jetzt in den Händen hielt, und das ewige Schweigen des Waldes.

Das im Moment auf äußerst ärgerliche Weise gestört wurde.

»Wie seid ihr beiden Damas also hier hoch oben gelandet?« Schnellzunges fröhliche Stimme erklang etliche Schritte hinter ihnen.

Ana biss die Zähne zusammen. May warf ihr einen wissenden Blick zu und verdrehte die Augen.

»Recht weit im Norden für ein Mädchen von den Aseatischen Inseln«, fuhr der Betrüger fort. Ein Vogelschwarm flog von einem Gebüsch vor ihnen auf.

Ana wollte schon herumwirbeln und Ramson anfahren, doch da wurde ihr mit einem eiskalten Schauder die Bedeutung seiner Worte klar. Alles, was Ramson Schnellzunge sagte, war beabsichtigt, jedes Wort sorgfältig gewählt – es konnte kaum Zufall sein, dass er in diesem Moment Mays Herkunft infrage stellte. Und das Letzte, was Ana wollte, war, dass der Betrüger über Mays Status Bescheid wusste: eine verlorene Affinite ohne Identität und ohne Schutz.

»Das geht dich nichts an«, erwiderte sie.

»O doch«, bohrte Schnellzunge in diesem Tonfall nach, für den Ana ihn am liebsten erwürgt hätte. »Da wir sechs Wochen lang Partner sein werden.«

»Belassen wir es dabei. Eine Partnerschaft, bei der wir nicht miteinander sprechen, es sei denn, es ist absolut notwendig.«

»Das hier *ist* notwendig.« Nun holte er auf. Seine Stimme wurde mit jeder Sekunde lauter und widerwärtiger. Das Knirschen des Schnees unter seinen Stiefeln kam immer näher. »Ich werde für eure Sicherheit sorgen müssen, besonders, falls wir Weißmänteln über den Weg laufen sollten.«

Ana wirbelte herum. Sein letzter Satz hatte in ihrem Kopf eine Reihe von Funken entfacht, die ihre Wut entzündet hatten. »Für *unsere* Sicherheit sorgen?«, wiederholte sie, ohne auf die Kompassnadel zu achten, die in ihren Händen kreiste, um sich neu auszurichten. »Hör mal, du arroganter Kerl! May und ich haben nun schon so lange überlebt; wir haben es nicht nötig, dass du für unsere *Sicherheit* sorgst, oder was immer du glaubst, tun zu müssen. Das hier war ein Pakt, und ich werde darauf bestehen, dass du deinen Teil erledigst. Nicht mehr, nicht weniger.«

Als sie zum Ende kam, atmete sie schwer und merkte, dass sie den Abstand zwischen ihnen so weit verringert hatte, dass kaum zwei Schritte Schnellzunge und sie voneinander trennten. Er war stehen geblieben, sein Gesicht eine Maske, so starr wie der Wald um sie her. Seine haselnussbraunen Augen beobachteten sie allerdings mit der absichtsvollen Schläue eines Fuchses.

»Na gut«, sagte er leise, und sein Atem entfaltete sich in einer Wolke zwischen ihnen. »Aber beantworte mir folgende Frage: Bist du jemals in Kyrov gewesen?«

Ana überlegte, was sie über die Handelsstadt gelesen hatte, die dank ihrer Nähe zum Krazyastischen Dreieck und des Handels mit begehrtem Schwarzstein florierte. Die Wahrheit lautete, dass sie einen ganzen dicken Wälzer voll Fakten über Kyrov herunterbeten konnte … allerdings noch nie persönlich dort gewesen war.

»Nein«, räumte sie säuerlich ein. »Aber ich habe darüber gelesen.«

Schnellzunges Gesicht verzog sich zu einem Lächeln, und es war kein freundliches. »Die Gewinner schreiben die Geschichte, meine Liebe. Hast du dich je gefragt, warum das Thema Schuldknechtschaft von Affiniten so selten in kyrillischen Lehrwerken vorkommt?«

Es fühlte sich wie eine Ohrfeige an. Sie erinnerte sich an die vornehmen Teppiche im Palast von Salskoff, das Knistern des Kamins und den Geruch nach Ledersesseln und alten Büchern in Papas Studierzimmer. Luka und sie hatten die Hälfte ihrer Zeit damit verbracht, an seinem hohen Eichenholzschreibtisch zu sitzen und ihm zuzuhören, wie er ihnen mit seiner sonoren, ruhigen Stimme aus kyrillischen Geschichtsbüchern vorlas.

Bevor Papa erkrankt war, hatte er sich persönlich um Anas Ausbildung gekümmert. Ihre Affinität zu lieben hatte er nicht geschafft … aber er hatte sie geliebt, auf seine eigene Art.

Das glaubte sie wirklich.

»Wenn du auf etwas hinauswillst, dann spuck's aus«, hörte sie sich sagen, auch wenn ihr nicht mehr nach einem Streitgespräch war.

»Kyrov ist ein gefährlicher Ort. Normalerweise würde ich jeder Affiniten raten, einen weiten Bogen um ihn zu machen, aber angesichts des Umstands, dass ich *gezwungen* bin, meinen Teil des Pakts zu erfüllen, ist es ein Risiko, das einzugehen ich gewillt bin.« Schnellzunge zuckte mit den Schultern und pflügte an ihr vorbei, sodass hinter ihm der Schnee aufstob. »Besonders, weil ich kein Affinite bin.«

Er sprach, als könnte es in ihrem eigenen Reich eine riesige Stadt geben, die zu betreten für eine Affinite gefährlich war. Ana wusste, dass es in ihrem Reich Korruption gab, aber es war nicht so, als würden Affiniten von den Straßen geschleift.

Die Kompassnadel drehte sich unsicher, als Ana kehrtmachte, um Schnellzunge in nordöstlicher Richtung zu folgen, auf Kyrov zu.

Laut ihren Berechnungen noch eine halbe Tagesreise. Irgendwie sah der Wald weniger friedlich aus, der Sonnenschein kalt und die Schatten der Kiefern, die sich über den Schnee erstreckten, bedrohlich. Erst als May ihre kleine Hand in Anas gleiten ließ, beruhigte sich Anas Atem ein wenig.

Ein Klümpchen Erde erhob sich vom Boden und schwebte über Mays Handfläche. Auf einen Wink ihrer Finger hin schoss die Kugel auf Schnellzunge zu und traf ihn mitten am Rücken.

»Ich weiß, dass du dir gern beim Reden zuhörst, arroganter Kerl«, sagte May, als sie an ihm vorübermarschierten, »aber sag noch mal was, und ich ziele auf dein Gesicht.« Sie hielt inne und grinste boshaft. »Dann würdest du auch besser aussehen.«

8

Das Erste, was Ana von Kyrov sah, waren ein paar silbrig weiße Turmspitzen, welche die schneebedeckten Bäume überragten. Nach fast einem ganzen Reisetag hing die Sonne im Westen tief und tauchte die Stadt in glänzendes Dunkelgold. Als die rötlich braunen Ziegelsteine der Dachas in Sicht kamen, musste Ana unwillkürlich an die Lebkuchenhäuser denken, die sie als Kind jedes Jahr zur Feier der Ankunft der Gottheit des Winters gemacht hatte.

Ana zupfte an ihrer Kapuze, als die unbefestigten Straßen allmählich in dunkelgraues Kopfsteinpflaster übergingen und die Geräusche des Stadtlebens brummend erwachten. May hielt sich dicht an ihrer Seite, die Augen weit aufgerissen, und drehte den Kopf ständig von einer Seite zur anderen. Nachdem sie von Mays Herrin geflohen waren, hatten sie sich an kleine Dörfer und verlassene Jagdhütten gehalten. Die Menschenmengen und der Lärm und die Gerüche großer Städte machten Ana nervös, und selbst jetzt versuchte sie, das Unbehagen zu unterdrücken, das sich in ihrer Magengrube regte, während sie weitergingen.

Dennoch verweilte ihr Blick unwillkürlich auf Gegenständen. Sie sah das traditionelle Silber-Blau eines Kechyan-Umhangs, das leuchtende Rot einer Damashka-Schachtelpuppe, das Glitzern weißgoldener Kreolen. Im Geiste standen ihr diese Dinge vor Augen, wie sie sie damals in ihrer Welt, im Palast von Salskoff, gekannt hatte. Sie erinnerte sich an Luka, der seinen kaiserlichen Kechyan mit dem weißen Tigeremblem umlegte; Papa, der mit ihrer ersten Damashka in den großen Händen neben ihrem Bett kniete; Mama, die auf einem Sofa unter einem hohen Palastfenster saß, und ihre Ohrringe glitzerten in der Sonne, während sie sich das schöne dunkle Haar über die Schulter legte.

Unerwartet brannten Tränen in Anas Kehle. Sie blinzelte und richtete ihre Aufmerksamkeit auf die nächste Ablenkungsmöglichkeit: eine Werkstatt mit offener Tür.

Schwüle Hitze strömte in willkommenen Wogen aus dem Gebäude hervor, und der Schlag eines Hammers auf geschmolzenem Metall erklang über den frühabendlichen Geräuschen der Stadt. Doch in den Schatten war da noch etwas.

Ein kleiner Junge mit schwarzem Haar und müden Augen kniete neben einem Schmelzofen, die Handflächen nach oben gedreht, der Rücken gebeugt wie ein Haken. Ruß bedeckte sein Gesicht, aber selbst von hier war an seinen Gesichtszügen zu erkennen, dass er von den Aseatischen Inseln kam. Doch seine Mitternachtsaugen saßen über eingefallenen Wangen, ohne Lebenssaft und bis auf die Knochen abgemagert.

»Du, Junge!«, rief der Hufschmied, dessen Hammer mitten in der Luft innehielt. »Das Feuer muss stärker sein!«

Die Augen des Jungen huschten zum Schmied. Vornübergebeugt wandte er die Handflächen den Flammen zu. Sie wurden heller, ein tanzendes Aufflammen von Gold und Orange, die zu einem blutroten Kern verschmolzen.

Vor einem Jahr wäre ihr Blick möglicherweise über diese Szene als gewöhnlichem Aspekt des Alltags in ihrem Reich hinweggehuscht. Der Junge war nichts weiter als ein Affinite bei der Arbeit, der seinen Lebensunterhalt wie Yuri und die anderen Affiniten im Palast verdiente. Sie erinnerte sich daran, wie Yuri immer in die Stadt gegangen war und ihr Leckereien mitgebracht hatte, wie er sich spätabends in ihre Gemächer geschlichen hatte, wenn Markovs Schicht an ihrer Tür begann. Yuri war zufrieden gewesen. Er hatte genug verdient, um seine Mutter und eine kleinere Schwester in irgendeinem Dorf unten im Süden zu ernähren.

Doch jetzt, da sie beobachtete, wie der Junge von den Aseatischen Inseln über dem Feuer kauerte, das rußverschmierte Gesicht voller Schweiß und Elend, musste sie feststellen, dass sich ein Hauch von einem Zweifel in ihre Gedanken schlich.

Vor einem knappen Jahr hatte sie die gleiche Traurigkeit in Mays Augen gesehen, in ihren hohlen Wangen, in den herabhängenden, dürren Schultern, die versuchten, die schmutzige, schlecht sitzende Tunika zu halten, die man ihr zu tragen gegeben hatte. Die stumme Verzweiflung in den Augen des aseatischen Jungen war ein Spiegelbild von Mays Verzweiflung damals.

Eine kalte Vorahnung ergriff von Ana Besitz, und sie ging unwillkürlich langsamer. Die Straßen waren voller Menschen, die lachten, plauderten, völlig sorglos an der Hufschmiede vorübergingen. War sie vor einem Jahr genau wie sie gewesen? Am liebsten hätte sie dem Jungen die Hand gereicht, hätte mit ihm geredet, hätte etwas *getan*.

Eine Hand schlang sich um ihr Handgelenk und riss sie aus ihren Gedanken. Die Welt stürzte in einem Strudel aus Farben und Klängen wieder auf sie ein, und ihr wurde klar, dass Ramson Schnellzunge ihren Namen gesagt hatte. Bevor sie sich ihm entziehen konnte, zog er sie und May in den nächsten Laden.

Die Tür schloss sich mit einem Klicken hinter ihnen, eine Glocke ertönte über ihren Köpfen, und Holzgeruch wehte von einem Kamin im rückwärtigen Teil zu ihnen herüber.

Sie standen in einem Geschäft für Lackkunst. Tiger und Vasen säumten die Regale, während Schwäne und Eisfalken und Phönixe sich sanft vor den Fenstern drehten, alle mit sich windenden Mustern aus Blättern, Schneeflocken und Früchten bemalt. Instinktiv schob Ana sich zwischen May und Ramson und starrte den Betrüger zornig an. »Was soll das?«

Er stand gebückt da, den Blick auf etwas gerichtet, was sich vor den Fenstern bewegte.

Jenseits der lackierten Vogelfiguren zog auf dem Kopfsteinpflaster eine kleine Prozession vorüber. Drei Pferde trotteten durch die Straße, und die schneeweißen Umhänge ihrer Reiter bauschten sich stolz hinter ihnen. Silberne Tigerwappen blitzten auf der Brust der Reiter, und an ihren Gürteln glänzten Schwarzsteinschwerter.

»Weißmäntel«, murmelte Ramson an ihrem Ohr.

Kaiserliche Patrouillen – der höchste Soldatenrang im kyrilisch-kaiserlichen Heer, Ordnungshüter, die jegliche Zusammenstöße zwischen Bürgen und Affiniten überwachen und im Keim ersticken sollten. Vor allem aber waren sie, bewaffnet mit Schwarzstein und Deys'voshk, dazu ausgebildet, die Affiniten zu bekämpfen, sollten sie außer Kontrolle geraten.

Ana erinnerte sich noch, wie sie in ihrer Kindheit Städte besucht hatte, bevor sich ihre Affinität manifestiert hatte. In Gegenwart der wallenden Umhänge und glänzenden Helme der Patrouillen vor dem Kutschenfenster hatte sie sich unerklärlich sicher gefühlt. Sie wusste noch, sie hatte geglaubt, die Weißmäntel würden sie vor jedweden Monstern beschützen, die ihr etwas zuleide tun könnten.

Bloß, dass jetzt sie das Monster war.

»Ramson«, sagte sie leise, während sie die Prozession beobachtete. »Vorhin hast du gesagt, du würdest uns vor den Kaiserlichen Patrouillen beschützen müssen. Was hast du damit gemeint?«

Sie wollte die Antwort nicht hören. Aber sie wusste, dass es notwendig war.

Ramson warf ihr einen Blick zu, und im ersten Moment dachte sie, er würde etwas Abfälliges sagen. Stattdessen vollführte er eine schnelle Bewegung mit dem Handgelenk, und ein einzelner bronzefarbener Kupferstein erschien zwischen seinen Fingerknöcheln. »Es läuft alles auf die eine Frage hinaus«, sagte er und begann, die Münze zwischen den Fingern zu bewegen, sodass sie in einem

Augenblick zu sehen war und im nächsten wieder verschwand. »Wohin zeigt die Klinge in einem maroden System?« Ramson packte den Kupferstein und hielt ihn in die Höhe. »Wer, glaubst du, zahlt ihnen mehr? Das Kaiserreich? Oder profitable Unternehmen, die auf sie bauen, um Affiniten auszubeuten, die Arbeit brauchen?«

Anas Herz hämmerte. Sie hatte das Gefühl, als befände sie sich im freien Fall, als verschwände langsam der Boden unter ihr. »Und du hast das gesehen?«

Ramsons Blick war unverwandt auf die Münze gerichtet, deren Ränder wie die geschwungene Klinge einer Sense leuchteten. »Wie schon gesagt, ich bin Geschäftsmann.«

Ihre Lippen öffneten sich, doch ihr fehlten sowohl die Worte als auch die Luft, um dagegen etwas vorzubringen.

»Dieses Reich ist dabei zu zerfallen«, fuhr Ramson fort. »Der ehemalige Kaiser und die Kaiserin sind tot, die Prinzessin ist vor einem Jahr gestorben, und die Aasgeier warten einfach ab, wie lange es Luka Mikhailov noch macht.« Er warf den Kupferstein in die Luft. Die Münze glitzerte im Feuerschein und verschwand zwischen seinen Handflächen. »Jetzt heißt es: jeder für sich. Es ist eine Zeit der Profitjäger und Geschäftemacher. Man gewinnt immer, wenn man sich für die Gewinnerseite entscheidet.«

Der Rest der Welt schien gedämpft und weit weg, während sie beobachtete, wie Ramson sich zur Tür drehte. Die Weißmäntel waren verschwunden. Draußen auf der Straße wimmelte es weiter von Menschen, doch alles schien verändert.

»Hör mal, tut mir einfach einen Gefallen«, sagte Ramson, »und haltet euch von den Weißmänteln fern – besonders, wenn sie einen Yaeger bei sich haben.« Die Glocke ertönte abermals, als er die Tür aufzog. »Ich gehe mal davon aus, du und das Kind, ihr besitzt keine Ausweispapiere … und ich bin mir sicher, du weißt, welche Konsequenzen es hätte, falls man euch erwischen würde.«

An Anas Armen bildete sich eine Gänsehaut, die nicht das Geringste mit dem kalten Wind, der in den Laden wehte, zu tun hatte. Ramson musste übertreiben – er sprach, als könnten sie in Gefahr schweben, am helllichten Tag, mitten in ihrem Reich. Ihn um weitere Erklärungen zu bitten würde ihm jedoch in die Hände arbeiten und eine Lücke in ihrem Wissen offenbaren, eine Schwäche.

Ana presste die Lippen zusammen und folgte ihm ins Freie.

»Hier trennen sich vorerst unsere Wege«, sagte Ramson. »Der Ort, an den ich gehe, ist nicht affinitenfreundlich. Zum Glück befindet sich gleich hier die Straße entlang der Wintermarkt.« Er zwinkerte May zu. »Du hättest gern was Süßes, nicht wahr, meine Liebe?«

May fletschte die Zähne. »Ana hat mir gesagt, ich soll nie Süßes von Fremden annehmen.«

Ramson sah ernüchtert aus.

»Warte!« Ana blickte ihn wütend an. »Du musst uns sagen, wohin du gehst.«

»Ach, mal wieder ein Vertrauensvotum von dir.« Ramson wies in eine Seitengasse, abseits vom allgemeinen Strom der Menge. »In den Gasthof Zum Grauen Bären. Gleich dort, mit dem roten Schindeldach. Eine halbe Stunde, mehr brauche ich nicht. Ich treffe mich hier wieder mit euch.«

Ana beobachtete, wie er die Gasse hinunterschlenderte. Wenn er sie hätte verraten wollen, hätte er sie einfach zum Sterben am Flussufer in der Syvernischen Taiga liegen lassen können. Es ging ihr zwar gegen den Strich, aber sie würde ihn vorerst ziehen lassen müssen.

»Ana!« May deutete in die Richtung, und ihre Stimme hob sich aufgeregt. »Der Vyntr'makt!«

Vor ihnen öffnete sich die Straße, und im ersten Moment glaubte Ana, eine der geschnitzten Miniaturstädte zu betrachten, die sie in ihrer Kindheit geschenkt bekommen hatte. Farbenfrohe Dachas leuchteten im dunklen Gold der späten Nachmittagssonne, mit

Flitter gesäumte Planen waren über Ständen mit einer Auswahl an Zierrat und Speisen errichtet, die jedes Kind zum Jauchzen bringen würden.

May tat genau das, drückte Anas Hand und zog sie vorwärts, indem sie sich durch die Menschenmenge schlängelte. Am Eingang flatterte ein Banner mit einem weißen Tigerkopf. *Vyntr'makt,* verkündete es. Und darunter stand der Wahlspruch des Kyrillischen Reiches: *Kommertsya, Deysa, Imperya.* Handel, Gottheiten, Kaiserreich.

Der Wintermarkt – Vyntr'makt auf Altkyrillisch – war in sämtlichen kyrillischen Städten Tradition. Jede Stadt schmückte ihren größten Platz im Spätherbst, um auf Fyrva'snezh – den ersten Schnee – zu warten, die Nacht, die den Winteranfang und das Erwachen ihrer Schutzgottheit einläutete.

Kyrovs Vyntr'makt machte Salskoff Konkurrenz mit seinem reichhaltigen Angebot an Speisen, deren Duft von den Ständen aufstieg, der Opulenz schillernder Juwelen und Seidenstoffe, die ausgebreitet in Schaubuden lagen, den kunstvoll in Weißgold gravierten kyrillischen Heiligenfiguren. Brote in Fischform säumten Bäckereifenster, und die Stände im Freien boten kalte Kohlsuppe, Rinder-Kartoffel-Pasteten und geröstete Lammspieße mit Oliven feil.

Unweigerlich wurde Anas Blick inmitten des freudigen Trubels von einem einzelnen Topf Rote-Bete-Suppe angezogen, der an der Seite einer Holzbude vor sich hin köchelte. Heißer Dampf stieg von der blutroten Oberfläche empor und erfüllte die Luft mit einem stechenden Geruch.

In ihrem Magen regte sich Übelkeit, als ein vertrautes Bild vor ihrem geistigen Auge aufblitzte. Acht Leichen, wie verrenkte Kunstwerke ausgebreitet. Blut, dunkel und rot im Schnee.

Deimhov.

Monster.

»… Ana!«

Sie riss sich von ihrer Erinnerung los, und die blutroten Lachen und Schreie verblassten, da Kyrovs Vyntr'makt wieder Gestalt annahm. May zupfte an ihrer Hand. Ihre Augen waren unverwandt auf einen Stand vor ihnen gerichtet, der ganze Reihen von Honig-Apfel-Küchlein, karamellisierten Bratteig und eine Auswahl an anderen Leckereien feilbot.

Ana überschlug die dürftige Summe, die sie gespart hatte, im Kopf. Sie hatten genug für mindestens zwei weitere Übernachtungen und Mahlzeiten, und sie gab nur ungern einen einzigen Kupferstein über ihr Budget hinaus aus ... und doch. Sie dachte an das erste Mal, als sie May gesehen hatte, an ihr Entsetzen über die Magerkeit des Mädchens. Selbst dann noch hatte May die armseligen Rationen von ihrer Herrin mit Ana geteilt und war jeden Tag eine Meile durch den Schnee zu der Scheune gelaufen, in der sie Ana versteckt und am Leben erhalten hatte.

Sie hatte alles auf der Welt verdient, was ihr Herz begehrte.

»Besorgen wir uns was«, sagte Ana und zog May vorwärts, doch die Kleine schüttelte den Kopf.

»Nein, *schau*«, flüsterte sie, und ihr Blick huschte zwischen Ana und der Bude hin und her. »Das Mädchen.«

Es dauerte einen Moment, bis Ana erkannte, dass May die Gebäckverkäuferin meinte, ein junges Mädchen, das noch kaum in der Pubertät war. Sie trug eine abgewetzte Kapuze, unter der ihr blasses Gesicht und das sandfarbene Haar hervorlugten.

»Sie ist wie ich«, sagte May leise, und die Wörter fielen wie Schnee von ihren Lippen, zu schnell vergangen. Reglos stand sie da, ihre Augen ein Ozean stummer Erinnerungen. »Wie *wir*.«

Ana sah hin. Angestrengter. Und mit einem Schlag traf es sie. Die gekrümmte Haltung der Gebäckverkäuferin, in sich zusammengerollt, als wollte sie von dieser Welt verschwinden; die an Angst grenzende Scheu, die sie verströmte. Und ihre Augen – Augen, die Brunnen der Traurigkeit waren, wie Mays im tiefsten Winter.

Bloß, dass in Mays auch immer Hoffnung gewesen war.

Bevor Ana etwas erwidern konnte, machte sich May von ihr los und schlüpfte durch die Menge. Ana eilte ihr nach und sah gerade noch, wie die Kleine in die Falten ihres grauen Pelzumhangs griff und einen einzelnen Kupferstein hervorholte. Es war eine der Münzen, die Ana sie mit den Worten, sie würden damit eine Leckerei kaufen, hatte behalten lassen.

Sanft griff May nach den Händen der Gebäckverkäuferin und drückte die Münze hinein. »Behalte sie«, flüsterte May und legte sich einen Finger an die Lippen. Sie warf Ana einen flüchtigen Blick zu, und einen Moment lang sagten ihre Augen alles: Blitze des Zorns und donnernde Wogen der Trauer tosten darin. Und mit einem Schmerz tief in den Eingeweiden wurde Ana klar, dass May ihre Ma-ma in dieser Affiniten gesehen, dass sie Ausschau nach ihrer Ma-ma gehalten hatte, als ihr diese Gebäckverkäuferin ins Auge gesprungen war.

Auf einmal sahen die Backwaren zu grell aus, zu falsch, und alles andere verblasste zu einem verschwommenen Durcheinander aus Geräuschen und trüben Farben.

Es war, als löste sich die Welt, die sie die letzten achtzehn Jahre über gesehen hatte, langsam vor ihren Augen auf und offenbarte, was sie in Wahrheit war. Wie viele Male hatte sie schon etwas von jemandem gekauft, der möglicherweise in ein schlechtes Vertragsverhältnis gezwungen worden war? Wie vielen überarbeiteten und ausgebeuteten Affiniten hatte sie in den Menschenmengen als Kind auf Besichtigungsreisen ihres Reiches mit ihrem Vater zugewinkt?

Laut kyrillischem Recht war eine Anstellung unter Vertrag eine faire Anstellung … doch es wurde nie nach den tatsächlichen Bedingungen dieser Abmachung gefragt. Wie ein Herr einen Angestellten behandeln sollte. Die Bezahlungskonditionen. Ob der Vertrag aus freien Stücken unterzeichnet worden war … oder unter Zwang.

»Hier«, sagte die Gebäckverkäuferin leise. Ihre Hände schossen über die Reihen ausgestellter Gebäckstücke, und sie griff nach einem und hielt es May hin. »Es ist ein Ptychy'moloko. Ein Vogelmilchkuchen. Du kannst ihn haben.«

Ana erkannte das Leise in der Stimme des Mädchens wieder, die verstohlene Art, wie ihre Augen herumhuschten, um sicherzugehen, dass diese Transaktion nicht von Außenstehenden wahrgenommen wurde.

May nahm lächelnd den ersten Bissen, und Ana hätte alle Goldblätter der Welt dafür bezahlt, ihre Freundin noch einmal so lächeln zu sehen. »Er ist gut«, sagte May und hielt ihn Ana hin.

Es war schwierig, ein Lächeln zustande zu bringen bei der kalten Erkenntnis, die sich gerade in ihrer Brust geregt hatte. »Das war in meiner Kindheit meine Leibspeise«, sagte Ana. Sie dachte an Yuri, mit seinen glänzenden kohlegrauen Augen, als er Luka und ihr Leckerbissen gereicht hatte, dampfend heiß aus der Küche. »Mach nur, iss ihn auf.«

Mays Gesicht strahlte. »Ich mag die harte braune Schicht«, sagte sie zwischen zwei Bissen.

»Das ist Chokolad.« Die Gebäckverkäuferin beobachtete May mit dem Anflug eines warmherzigen Lächelns in den Augen. »Sie ist aus Kakao aus Nandji.«

»Hey!«

Ein Mann in üppigen Pelzen drängte sich durch die Menge, den Blick starr auf May gerichtet. Das Gesicht der Gebäckverkäuferin war bleicher als Mehl geworden.

»Hat sie bezahlt?«, fauchte der Adelige, stürmte auf sie zu und machte Anstalten, May das Gebäck aus den Händen zu reißen.

Etwas in Ana zerbrach. »Rührt sie nicht an«, knurrte sie.

Zorn flackerte in den Augen des Mannes auf, und er wandte sich der Gebäckverkäuferin zu, die ihn mit verängstigter Miene betrachtete. »Ich werde heute Abend meine Bücher durchgehen, und falls ich herausfinden sollte, dass du gestohlen hast …« Er senkte die Stimme zu einem Zischen. »Dann kriegst du, was du verdient hast, Hexe.«

»Ana.« Mays Stimme zitterte, während sie mit Nachdruck an Anas Hand zog und sie von dem Stand fortzerrte. »Wir müssen los. Hier können wir nichts ausrichten. Bitte.«

Noch während Ana ihr folgte, stockten ihre Schritte. Es fühlte sich in ihrem Herzen verkehrt an, sich abzuwenden und jemanden, der Hilfe benötigte, im Stich zu lassen. Jemanden, dessen Affinität ihn anders machte, geächtet. Jemanden wie sie.

Ein Schrei erklang. Ana und May drehten sich um und erstarrten bei dem Anblick. Und mit dem Rest der Menschenmenge keuchten sie auf, während der Adelige mit aller Kraft die junge Gebäckverkäuferin mit dem Handrücken ins Gesicht schlug.

Der Schlag hallte auf dem Platz wider wie ein Peitschenknall. Die Gebäckverkäuferin taumelte rückwärts und knallte in den Stand voller säuberlich angeordneter Backwaren.

Wut wand sich um Ana, weißglühend. Sie war die Prinzessin von Kyrillien. Es hatte eine Zeit gegeben, da hätte sich Abschaum wie er vor ihr verbeugt, da hätte ein einziges Wort von ihr genügt, um sein Ableben anzuordnen.

Jene Zeit war vorbei, aber sie konnte immer noch das Richtige tun.

»Bitte, Mesyr«, flehte das Affinitenmädchen.

Der Adelige hob erneut die Hand.

Ana schlang ihre Affinität um ihn. Sie hatte immer nur gelernt, wie man schob oder zog, doch jetzt befahl sie mit jedem Funken ihrer Kraft dem Blut in seinem Körper stillzustehen.

Ein paar Sekunden lang war der Adelige erstarrt, mit erhobenem Arm, während sich seine Miene von Wut hin zu Panik wandelte. Er begann zu würgen, und seine Augen verdrehten sich, bis nur noch das Weiße zu sehen war.

Ana war sich bewusst, dass May an ihrem Umhang zupfte. Sie vernahm das Aufkeuchen der Menge, als sie endlich vom Blut des Adeligen abließ und sein Körper wie ein Kartoffelsack zu Boden plumpste. Aus seinem Mund drang ein schreckliches Keuchen.

»Ana!«, zischte May. »Wir müssen weg, bevor …«

Jemand schrie. Als sich Panik auf dem Vyntr'makt breitmachte, wurde Ana klar, dass sie zu weit gegangen war.

»May«, keuchte sie, und die Hand des Kindes war in ihrer, und sie stolperten fort von dem zusammengebrochenen Adeligen und der Gebäckverkäuferin.

Doch die Menge war seltsam still geworden, und die Haut an Anas Rücken kribbelte. Erst im nächsten Moment merkte sie, dass sich Stille über den gesamten Platz gelegt hatte. Alle Marktverkäufer und Stadtbewohner blickten mit ehrfürchtigen und angstvollen Mienen zu einer Stelle hinter Ana.

Langsam drehte Ana sich um – und sah sich einer Einheit der kyrillischen Kaiserlichen Patrouille gegenüber.

9

Das Innere des baufälligen Gasthauses war dunkel, erhellt nur durch die flackernden Flammen von Kerzenstümpfen auf den Tischen. Ein zerbrochenes Holzschild verkündete in primitiver Schrift: *Zum Grauen Bären.* Ramson hielt an der Tür inne, bevor er die knarzenden Holzdielen betrat, nur um kurz mit der Hand über den von ihm gestohlenen Dolch zu fahren. Er war gekommen, eine Schuld einzutreiben.

Seine Augen brauchten ein paar Momente, um sich an das Dämmerlicht zu gewöhnen, und er sah, dass mehrere Tische besetzt waren, die Gäste über ihre Getränke gebeugt und in leisem Gespräch. Den an der Kaminverkleidung aus Messing leckenden Flammen und dem Klirren der Becher zwischen den gemurmelten Wortwechseln haftete etwas Unheilvolles an.

Etliche der Besucher drehten sich nach Ramson um, als er an ihnen vorüberkam, und er ging in Gedanken unwillkürlich die neue Kleidung durch, die er sich an einem Stand in der Nähe beschafft hatte – gratis, wenn auch ohne das Wissen des Verkäufers. Eine gewöhnliche Tunika, eine schwarze Weste, eine graue Kniehose, Reitstiefel und ein schöner kyrillischer Pelzumhang als Krönung des Ganzen. Er sah wie der perfekte Kunde in einer dieser Schenken aus: elegant, gepflegt und leicht wieder zu vergessen.

Ramson ließ den Blick über die Bar schweifen. Nur ein geübtes Auge würde die Aushänge an einer Tafel an der rückwärtigen

Wand bemerken, die Auskunft über anheuerbare Affiniten gaben, den schmalen Treppenaufgang neben dem Schanktisch mit dem schiefen Schild, das die Aufschrift trug: *Nur mit Reservierung*, und die Flasche mit grünlichem Deys'voshk, die inmitten der Reihen von Spirituosen auf dem hinteren Regal verborgen war. Dies war kein gewöhnliches Gasthaus. Es war ein Umschlagplatz für Affiniten.

Ramson stolzierte an den Schanktisch und ließ sich auf einen Barhocker gleiten, duckte den Kopf hinter einem teuer aussehenden Samowar. Der Schankwirt schlenderte herüber. Er hatte Größe und Körperbau eines Bären, mit einem langen grauen Bart, der während seiner geheimnisumwobenen Pacht des berüchtigtsten Gasthauses in ganz Kyrillien noch gewachsen war. Obwohl er einen groben Kittel trug, der mit Fett verschmiert und mit verschiedenfarbigen Spirituosen bespritzt war, war das Blitzen seines Goldrings nicht zu übersehen, während er ein Glas polierte. »Seid aufs Untertänigste gegrüßt, edler Mesyr, und darf ich meiner Freude über Euren Besuch in meinem einfachen Gasthaus Ausdruck verleihen? Igor, zu Euren Diensten.«

»Seid gegrüßt, guter Mann, und darf ich sagen, dass die Freude … *ganz bei mir liegt*.« Ramson hob den Kopf.

Igor ließ fast das Glas fallen, das er gerade putzte. »Verdammte Hölle, Mann«, murmelte er und glitt in genuscheltes Unterschichtskyrillisch.

»Verdammte *Höllen*«, verbesserte Ramson ihn mit einem lässigen Wink. »Brandy. Und den billigen Fusel kannst du dir sparen.«

Igor bückte sich ein wenig und betrachtete Ramsons Gesicht. »Du bist es also wirklich. Ich habe mich gefragt, wann du zurückkommen würdest.«

»Du hast dich gefragt, *ob* ich zurückkommen würde.«

Igor lachte glucksend. Es war ein tiefes, grollendes Geräusch. »Ich streite es nicht ab. Die Neuigkeiten haben sich in diesem ganzen verfluchten Kaiserreich verbreitet. Du hast einen Schlamassel angerichtet, Schnellzunge.« Er drehte sich um und griff in eines der Regale hinter der Bar. Ein lautes Klirren und das Geräusch herumschwappender Flüssigkeit ertönten.

Ramson betrachtete den bulligen Rücken des Schankwirts, während dieser eingoss. »Darum kümmere ich mich, Igor. Diejenigen, die mich verraten haben, werden dafür büßen.« Er ließ seinen Dolch herausgleiten. »Aber eins nach dem anderen. Ich bin hier, um eine Schuld einzutreiben.«

Igor drehte sich um, ein Glas und eine Flasche mit bregonischem Brandy in der Hand. Sorge trat in seine Augen. »Jetzt hör mal, Schnellzunge. Das Geschäft war mies, wo doch Kaiser Mikhailov krank war und die Wirtschaft baden gegangen ist.« Er fuhr sich mit einer Hand über die kahle Stirn und nickte in Richtung der Tafel im rückwärtigen Teil. Die Aushänge waren chaotisch übereinandergeheftet, manche mit primitiven Zeichnungen. »Die Verkäufe gehen schlecht.«

Ramson war interessiert genug, um der Tafel einen Blick zuzuwerfen. *Affiniten auf Arbeitssuche* verkündeten die Aushänge, während sie Eingeweihten verrieten, dass es sich hierbei um ausländische Affinite handelte, deren Verträge zum Verkauf standen. »Ich will dein Geld nicht. Ich will Informationen.«

»Ach.« Igor ließ vor Erleichterung die Schultern sinken und stellte Ramsons Getränk vor ihn. »Du weißt, dass meine Fakten wertvoller sind als meine Goldblätter.« Er hielt inne, und seine Augen glitten zu dem dunklen Treppenaufgang hinter dem Schanktisch. »Vielleicht verlangt das nach einer privaten Besprechung im Reservierungszimmer.«

Ramson erhob sich und griff nach seinem Glas.

Igor zögerte. »Ich komme gleich hoch. Ich muss noch bei ein paar Leuten abkassieren, mir selbst einen Drink besorgen, dann gehöre ich ganz dir. Dauert nicht lang.«

»Lass dir Zeit. Ich finde den Weg allein hoch.«

Das Reservierungszimmer war über eine schmale Treppe zu erreichen, die in die kalten Steinmauern des Gasthauses gebaut war.

Ramson stieg sie hoch und öffnete eine hölzerne Flügeltür. Der Raum war von Kerzen erleuchtet, gut möbliert mit roten Samtsofas und einem teuren Eichentisch. Ramson entgingen die Flaschen mit Deys'voshk, die die Regale an der Rückwand des Raumes säumten und im flackernden Kerzenschein glitzerten, nicht.

Er verbannte die Gedanken und hob sein Glas, atmete scharf ein, bevor er einen Schluck trank. Igor hatte ihn nicht übers Ohr gehauen. Das hier war echter bregonischer Brandy: stechend bitter und leicht süß, mit einem Hauch von Rosen und Zitrusschale, der sich am Gaumen entfaltete und als Nachgeschmack blieb.

Schritte stampften die Treppe hoch, und Igor schlenderte mit einem Becher in jeder Hand ins Zimmer. Sorgsam schloss er die Tür hinter sich.

Ramson wartete auf das vertraute Einrasten eines Schlosses. Kein Gespräch im Reservierungszimmer wurde bei unverschlossener Tür geführt.

Als es nicht kam, regte sich leichter Argwohn in ihm.

Mit einem tiefen Seufzen stellte Igor die zweite Getränkerunde auf den Tisch und ließ sich auf ein Sofa plumpsen. Feuerschein tanzte auf seinem Gesicht. »Wie ich sehe, haben die Wärter den Schneid nicht aus dir herausgeprügelt. Du siehst gesund aus wie ein junger Bock, bloß ein bisschen blasser. Wie lange warst du dort, vier Monde?«

»Drei Monde und einundzwanzig Tage. Ich habe mitgezählt.« Ramson lehnte sich gegen das Samtpolster seines Sofas zurück wie eine Katze, die sich in der Sonne aalte, und beobachtete Igor unter schweren Lidern. »Zeug wie das hier servieren sie im Gefängnis nicht.«

»Stimmt.« Igor hob Ramsons Glas. »Das hier würde ein paar gute Goldblätter kosten.«

»Auf der Straße geht die Rede, dass du mir mehr schuldest als ein *paar* Goldblätter.« Ramson beugte sich vor, sein Brandy vergessen, und genoss stattdessen die blanke Panik, die über Igors

Gesicht huschte. »Ich weiß, dass du mich verpfiffen hast. Ach, schau nicht so erbärmlich drein, Mann. Sei nicht so ein verdammter Schlappschwanz, und gib's zu.«

Von Ramsons Seite war das reine Spekulation, doch bisher deutete alles darauf hin. Damals hatte er sich für die Nacht in Igors Gasthaus verkrochen, als eine Einheit Weißmäntel hereingestürmt war und ihn wegen Hochverrats an der Krone festgenommen hatte. Er hatte seine Monde im Gefängnis damit verbracht, jeden verknoteten Faden seines Netzwerks zu durchkämmen, bis er eine Theorie entwickelt hatte: Igor hatte ihn verpfiffen, doch er hatte die Drecksarbeit für jemand anderen gemacht. Jemanden, der Kerlan nahestand und Informationen über seinen Auftrag besaß.

Igors Blick huschte nervös zur Tür. Er wischte sich den Schweißfilm vom Gesicht, wobei er noch mehr Schmutz auf seiner Stirn hinterließ. »Ramson, mein Freund, du musst doch wissen …«

»*Hör mir auf* mit ›Ramson, mein Freund‹.« Ramson knallte die Faust auf den Tisch und gestattete sich endlich einen Bruchteil der Wut, die sich in ihm angestaut hatte, während er im Gefängnis verfault war. »Wenn du am Leben bleiben willst, dann wirst du mir gefälligst sagen, warum du es getan hast, und du wirst mir sagen, wer dich dazu angestiftet hat.«

»E-er hat früher für den Kaiserlichen Gerichtshof gearbeitet.« Igors Atem kam als flaches Keuchen, und er sah aus, als werde er gleich in Ohnmacht fallen. »D-du musst begreifen, R-Ramson …«

»Ich begreife nichts besser als den götterverdammten Stachel des Verrats.«

»Du warst losgeschickt worden, um den Kaiser zu ermorden!«, rief Igor. »Bei den Gottheiten, Mann, deine Mission war von Anfang an unmöglich!«

Ramson hielt inne. Dies war die Frage, die er sich in Geisterfall immer wieder gestellt hatte, ohne die geringste Spur einer Antwort: Warum hatte der größte Verbrecherkönig im ganzen Reich Kaiser Luka Mikhailov ermorden wollen?

Er erinnerte sich an das Unwetter in der Nacht, den Regen, der wütend gegen die Fenster getrommelt hatte. Kerlans kleines, schiefes Lächeln, den einfachen Rhythmus seiner Worte, als hätte er Ramson lediglich beauftragt, Rote-Bete-Suppe fürs Abendessen zu besorgen.

In ebendem Moment hatte Ramson gewusst, dass dies die ultimative Probe war. Wenn er erfolgreich gewesen wäre, hätte Kerlan ihn zu seinem Nachfolger im Orden ernannt und Ramsons Macht ein für alle Mal gefestigt. Alles, was er je im Leben gewollt hatte, hing von dieser Mission ab.

Allerdings hatte Ramson vergessen, dass bei einem Wagnis, bei dem man alles gewinnen konnte, sogar noch mehr auf dem Spiel stand, was man verlieren konnte.

Und er hatte verloren.

Vielleicht war die Ergreifung durch die Schergen des Kaiserlichen Gerichtshofs ein gnädigeres Schicksal gewesen als der Tod durch Kerlan.

»Ich war sein Stellvertreter«, stieß Ramson durch zusammengebissene Zähne hervor. »Er hat mir alles anvertraut. Geheime Informationen über diese Mission sind nach außen gesickert. Und ich werde diese undichte Stelle finden und jeden daran Beteiligten vernichten, angefangen bei *dir*.«

»Ramson, bitte …«

»Halt den verdammten Mund. Wenn ich etwas nicht ausstehen kann, dann ist das ein rückgratloser Feigling.« Ramson spreizte die Hände auf dem polierten Eichentisch. Als er weitersprach, war seine Stimme ein tiefes Knurren. »Der einzige Grund, warum du immer noch atmest, ist, dass ich etwas von dir will. *Ich brauche einen Namen, Igor.*«

»Pyetr Tetsyev!« Die Wörter kamen mit einem scharfen Keuchen hervor. »Er kam her, hat sich nach dir erkundigt und hat mir eine Summe gezahlt, damit ich dich verpfeife, falls du in mein Gasthaus kommst. Und eine Woche später bist du aufgekreuzt.«

Igors Mund war klein, aber er bewegte sich überraschend schnell. Er schenkte Ramson einen flehenden Blick.

»Das ist alles, was ich weiß, das schwöre ich, Mann. Und es war viel Geld.«

»Pyetr Tetsyev.« Ramson ließ sich den Namen auf der Zunge zergehen. Es war kein vertrauter Geschmack. »Wer ist er, und wo kann ich ihn finden?«

»Er arbeitet für Kerlan, stellt für ihn Deys'voshk her. Ist aus dem Nichts aufgekreuzt, mit einer Vergangenheit, die dreckiger als die Sohle meines Stiefels ist.«

»Hmm.« Ramson lehnte sich zurück, nahm einen Schluck aus seinem Glas und schmatzte mit den Lippen. Igor beobachtete ihn, die wässrigen Augen auf jede Bewegung Ramsons gerichtet. Dass Ramson sich wieder seinem Getränk widmete, schien den Schankwirt zu beruhigen, denn seine Miene wurde unterwürfig. »Dann werde ich wohl nach Novo Mynsk reisen müssen.«

»Nach Novo Mynsk? Aber das ist Kerlans Revier!« Igors falsche Sorge wurde durch seine Erleichterung noch verstärkt. »Du glaubst … du glaubst, Kerlan wird dir einen Paktbruch verzeihen?«

Ramson nippte an seinem Brandy und hätte beinahe breit gelächelt. Jetzt kam die eigentliche Vorstellung. »Oh, er wird mich anflehen, dass ich zurückkomme. Ich bin nicht mit leeren Händen aus diesem Drecksloch gekrochen. Ich habe den Pakt gebrochen, aber mir schwebt etwas Besseres für ihn vor.« Er legte eine Kunstpause ein. »Eine mögliche neue Verbündete.«

Igors Lippen öffneten sich ein Stück, und Ramson konnte sehen, wie er im Geiste die Dutzenden Fragen durchging, die ihn beschäftigten. Schließlich gewannen Neugierde und Gier, und seine gerunzelte Stirn glättete sich. »Wer?«

»Die mächtigste Affinite im ganzen Kaiserreich.«

Auf einmal sah Igor sich im Zimmer um, als erwartete er, dass eine Affinite hinter einem der Bücherregale hervorsprang. »Wo …?«

»Sie ist gleich um die Ecke und wartet auf mich. Eine Fleischaffinite. Sie hat fünf im Kampf ausgebildete Männer mit einem Fingerschnippen erledigt.« Er verbiss sich ein Grinsen, als dem Schankwirt der Mund weit offen stand.

»Sie wäre ein Vermögen wert«, flüsterte Igor. »Bei den Gottheiten, kein Wunder, dass Kerlan noch niemanden angeheuert hat, um dich zu ersetzen. Dir reicht keiner so leicht das Wasser.«

Ramson speicherte diese Information und schnaubte, gab sich nach außen hin verächtlich. »Geld. An was anderes denkst du nicht.« Er hob sein Brandyglas. »Wie viel, glaubst du, kriegst du für eine Flasche hiervon? Zehn Goldblätter? Überleg dir stattdessen, wenn ich Kerlan einen Weinberg anpflanzen würde, wie viele Flaschen Brandy könnte er dann herstellen? Wie viele *Tausende* Goldblätter würde er jedes Jahr einnehmen?« Ramson leerte seinen Brandy in einem einzigen Zug und stellte das Glas mit einem befriedigenden Klirren auf den Tisch. »Denk in anderen Größenordnungen, Igor, *mein Freund*.«

Tatsächlich war das die Theorie, die er Kerlan unterbreitet hatte, als der Verbrecherkönig ihm einen Anteil am Menschenhandel des Ordens angeboten hatte. Ramson hatte abgelehnt. Er hatte Kerlan erklärt, seine Fähigkeiten würden sich andernorts besser einsetzen lassen – im Hafen, beim Waffenhandel, in den Casinos und so gut wie überall sonst.

Die Wahrheit lautete jedoch, dass er es nicht aushielt. Er war auf den Straßen an Affinitenkindern vorübergegangen, die in die Knechtschaft gezwungen worden waren, die Kehlen vor Angst zugeschnürt, die Augen weit aufgerissen mit einem kaum verhüllten Flehen darin. Und er hatte in ihnen den Geist eines Freundes aus Kindheitstagen gesehen, den niemals zu verraten er versprochen hatte.

Vielleicht war das der Grund, weshalb Kerlan Ramson auf die Selbstmordmission geschickt hatte, den Kaiser von Kyrillien umzubringen. Vielleicht hatte Kerlan den Samen des Zweifels gesehen, der über die Jahre in Ramsons Brust herangekeimt war, und Ramson hatte ihm seine absolute Loyalität unter Beweis stellen müssen.

Ramson hatte versagt.

Jetzt verbannte er diese Gedanken aus seinem Kopf und ließ weiter ein Lächeln seine Lippen umspielen, während er Igor kalt musterte. Ohne dass der Schankwirt es ahnte, hatte Ramson sich ihn soeben gekauft. Igor würde diese pikante Einzelheit an sämtliche Händler verkaufen, die in seinem Gasthaus verkehrten, und die Neuigkeit von Ramsons bevorstehender Rückkehr – zusammen mit dieser Fleischaffiniten – würde sich wie ein Lauffeuer verbreiten. Wenn Ramson erst einmal Novo Mynsk erreichte, würde Lord Alaric Kerlan ihn mit offenen Armen empfangen. Es würde ein großartiger Pakt sein – zwei Fliegen mit einer Klappe. Ramson würde mit dem Namen seines Verräters zurückkehren *und* die Hexe Kerlan vorstellen. Zweifellos würde Kerlan ihn wieder als Stellvertreter des Ordens und Hafenmeister von Goldwasser einsetzen.

Er benötigte lediglich einen angemessenen Anlass für sein Erscheinen – einen, der Pyetr Tetsyev überrumpeln würde. Er konnte nicht einfach auf dem kerlanschen Anwesen antanzen …

Tanzen. Etwas in seinem Gehirn machte klick. »Igor, welcher Tag ist heute?«

Igor blinzelte. »Es ist der Zwanzigste des dritten Mondes. Im Herbst«, fügte er unnötigerweise hinzu.

In zehn Tagen war Winteranfang.

Jedes Jahr am ersten Wintertag beging das gesamte kyrillische Kaiserreich den Ersten Schnee mit Festlichkeiten. Und in Novo Mynsk gab es kein aufwendigeres Fest als dasjenige, das von Lord Alaric Kerlan persönlich auf dem kerlanschen Anwesen veranstaltet wurde. Die oberen Zehntausend der Stadt würden eingeladen sein – diejenigen mit Macht, Geld und Verbindungen in die Verbrecherwelt.

Nun, *das* wäre ein denkwürdiger Auftritt. All seine Feinde wüssten Bescheid, dass Ramson Schnellzunge wieder im Geschäft war und dass er noch den letzten Mann, der ihm im Weg stand, zur Strecke bringen würde.

Ramsons Lächeln kehrte zurück, schärfer als seine Klinge. »Igor, ich brauche zwei Pferde für die Weiterreise.«

»Natürlich, natürlich.« Igor sah unglaublich erleichtert aus. »Ich habe zwei Stuten, die ich dir leihen kann.«

»Gut.« Ramson wollte schon aufstehen, da fiel ihm etwas ein. »Eins noch.« Er klatschte ein zusammengerolltes Blatt Papier auf den Eichentisch. Mit einem dumpfen Geräusch stellte er sein leeres Glas auf eine der Ecken und entrollte das Blatt mit der Hand, sodass die Skizze des glatzköpfigen Alchemisten mit der dünnen Nase und den großen, grauen Augen zum Vorschein kam. »Kommt dir dieser Mann bekannt vor?«

Igor erstarrte. »Soll das ein Witz sein?«

»Es wäre ein schlechter Witz. Klär mich auf.«

Igor tippte mit dem Finger auf die Skizze und blickte zu Ramson auf, das Gesicht ungläubig verzerrt. »Das ist Pyetr Tetsyev.«

10

Ramson musste Igor ganze fünf Sekunden anstarren, um zu entscheiden, ob der Schankwirt log. Doch die Miene des Mannes spiegelte Ramsons Fassungslosigkeit wider.

Igor war so manch Schreckliches, aber ein großer Lügner war er nicht. Dafür war er einfach zu feige. Ausreichend Druck am richtigen Punkt, und er hielt nicht stand.

»Sieht genau wie er aus«, brabbelte Igor, der die Skizze mit gerunzelter Stirn betrachtete. »Ich werde niemals den Abend vergessen, als er an meiner Tür auftauchte. Vom Regen durchnässt war er, aber er kam direkt auf mich zu. Komischer Kauz. Hat gesagt, er arbeite im Palast, und hat mir ein paar Papiere gezeigt. Hat mich nach deinem Namen gefragt und wo du seist.« Er hielt inne, da ihm zu dämmern schien, dass er sich erneut belastete, und wechselte rasch das Thema. »Es ist eine gute Zeichnung.«

Fragen explodierten wie Sterne in Ramsons Kopf, doch er konzentrierte sich auf einen einzigen Gedanken: Die Fleischaffinite und er hatten denselben Feind.

Die Feindin meines Feindes ist eine Freundin.

Der Tag entpuppte sich in der Tat als fabelhaft. Alles, was er im Sinn hatte – sein Verräter, der Alchemist und seine letztliche Übergabe der Hexe an Kerlan –, gipfelte in Novo Mynsk. Zwei Fliegen mit einer Klappe waren ein gutes Geschäft, aber drei Fliegen mit einer Klappe waren die Art von Geschäft, die ein aufrichtiges Lächeln auf Ramson Schnellzunges Gesicht zauberte. »Igor, alter Freund. Du hast mir heute nichts als gute Nachrichten überbracht.«

Igors Erleichterung war spürbar, als er ausatmete, und die Anspannung verschwand aus seinen Schultern. »Den Gottheiten sei Dank, Schnellzunge. Ich hab gedacht, du würdest mich abmurksen für ... für das, was mein großes Maulwerk ausgeplaudert hat ...«

»Betrachte deine Schulden als abbezahlt.« Ramson stand auf und streckte sich. »Du kannst von Glück sagen, dass ich heute bei großzügiger Laune bin.«

Igor stieß ein zittriges Glucksen aus. Er warf erneut einen Blick zur Tür. »Dann einen Trinkspruch!« Er stand auf und reichte Ramson einen der beiden Becher, die er mit nach oben gebracht hatte. »Auf bezahlte Schulden und faire Geschäfte.«

»So großzügig heute, Igor. Gewöhnlich fällt es mir schon schwer, dir auch nur *einen* Krug billiges Bier aus dem Kreuz zu leiern.« Ramson hob seinen polierten Messingbecher. »Auf ehrliche Worte und ehrliche Männer.« Er setzte das Gefäß an die Lippen und atmete den Duft des kyrillischen Sonnenweins ein.

Igor hatte die Hälfte des seinen in einem Zug getrunken. Seine Augen huschten über den Rand seines Bechers zu Ramson.

Ramson atmete tief aus. Langsam, während er seine Herzschläge zählte, ließ er den Becher sinken, das Lächeln immer noch im Gesicht. »Ich fühle mich wahrhaft geehrt, dass du dich entschieden hast, mit Myrkoff'schem Sonnenwein mit mir anzustoßen, alter Freund.« Er hielt inne und legte den Kopf schräg. »Und ich glaube fürwahr, dass der Myrkoff besser geschmeckt hätte, wenn du ihm kein Gift beigemischt hättest.«

Klonk.

Igors Becher rollte über den Boden, und Sonnenwein ergoss sich auf die gebohnerten Dielenbretter. Der Schankwirt hechtete hinter sein Sofa, das Gesicht verzerrt, die Lippen zusammengepresst. Ramson zog sich ans andere Ende des Zimmers zurück. Er hielt immer noch den Becher in der einen Hand, in der anderen lag jetzt sein Dolch.

»Ich habe vergessen, wie gut du in Sachen Alkohol bist«, knurrte der Schankwirt.

»Und ich habe vergessen, wie gut du in Sachen Dich-blöd-Stellen bist. Ich hätte darauf hereinfallen können.« Beinahe hätte er das. »Wen erwartest du, Igor?«

»Selbst wenn du mich umbringst, wirst du es hier nie rausschaffen.« Der Schankwirt beäugte Ramsons Dolch. »Kerlan hat ein Kopfgeld auf dich ausgesetzt, sobald er von deiner Flucht gehört hatte. Ich hab meinen Laufburschen zu den Kopfgeldjägern geschickt, kaum dass du reingekommen warst. Ich musste dich bloß bis zu ihrem Eintreffen unterhalten.«

Natürlich war seine Flucht aus dem Gefängnis Kerlan zu Ohren gekommen. Es würde Ramson nicht überraschen, wenn der Verbrecherkönig ein paar Wachen in Geisterfall in der Hand hätte.

Ramson legte den Kopf schräg. Flammen des Zorns loderten in seinem Innern. Doch er zügelte seine Wut und schmiedete sie zu einer Waffe. Genau wie Kerlan es ihm beigebracht hatte. »Ich bringe dich vielleicht zum Vergnügen um. Sehe zu, wie du dich windest, während ich dich wie ein quiekendes Schwein ausweide.«

Das Blut wich aus Igors Gesicht. Ohne Warnung stieß er einen Schrei aus. *»Er entkommt!«*

Ramson drehte sich um und streckte die Hand nach dem Türschloss aus, um sie einzusperren – einen Augenblick zu spät.

Die Tür zum Reservierungszimmer wurde aufgestoßen. Zwei Söldner stürzten herein, rannten mit gezückten Schwertern auf Ramson zu.

Ramson zielte mit seinem Messingbecher auf den ersten Mann. Gefolgt von einem befriedigenden Knacken, knallte er diesem mit voller Wucht gegen die Schläfe. Der Söldner schrie auf und taumelte zurück, was Ramson die kostbaren Sekunden verschaffte, die er brauchte.

Er sprang durch die Luft und stieß zu. Sein Dolch drang mit einem ekelerregenden Knirschen von Sehnen und Fleisch in die Brust des Söldners. Noch im selben Atemzug entriss er dem lockeren Griff des Mannes das Schwert und drehte sich, um den Angriff des zweiten Söldners zu parieren.

Metall sang, als ihre Klingen aufeinandertrafen. Ramson warf sich ächzend aus dem Weg, als ein dritter Söldner an der Tür auftauchte. Das Schwert in der Hand, wandte Ramson sich dem Mann zu und schätzte Körperbau, Kleidung und Waffe des Neuankömmlings ein.

Doch kein Grad an kämpferischem Können hätte ihn auf das vorbereiten können, was als Nächstes geschah. In seinem Genick explodierte Schmerz, schoss durch seine Nerven und Glieder bis in seine Finger. Er sah Sterne vor Augen, während er auf dem Boden zusammenbrach.

»Er gehört ganz euch, Jungs.« Igors Atem kam stoßweise, während er seinen Messingbecher abstellte. »Das macht dann einen zusätzlichen Bonus für die Hilfe, die ihr am Schluss von mir bekommen habt. Legt bei Lord Kerlan ein gutes Wort für mich ein.«

Ramson kämpfte gegen die Bewusstlosigkeit an, doch die Dunkelheit am Rand seines Gesichtsfelds breitete sich immer weiter aus. Undeutlich bekam er mit, wie ihm ein Knebel in den Mund gestopft wurde, und er spürte das Brennen von Seilen, die sich fest um seine Handgelenke legten. Während die Dunkelheit ihn immer weiter umschloss, wurde ihm klar, dass Igor ihn ausgetrickst hatte und dass ein Geschäft, das zu schön war, um wahr zu sein, wahrscheinlich genau das war.

11

Als kleines Kind hatte Ana auf den schneebedeckten Straßen von Salskoff an Papas Seite gestanden und ehrfurchtsvoll zu den Soldaten der kyrillischen Kaiserlichen Patrouille aufgeblickt. Sie hatte bewundert, wie deren schwarzsteinverstärkte Rüstungen im Sonnenschein glitzerten und ihre schneeweißen Umhänge vor dem strahlend blauen Himmel flatterten. Selbst die Pferde waren ein beeindruckender Anblick gewesen: die großen Valkryfen des Nordens, Augen blau wie Eis, gezüchtet auf Schnelligkeit und Ausdauer und geschätzt wegen ihrer seltenen Fähigkeit, verschneite Berge mithilfe ihrer gespaltenen Hufe hinaufzuklettern. Sie hatte die Reitkunst auf dem Rücken dieser Tiere erlernt und von dem Tag geträumt, an dem sie ein Heer aus Valkryfen und deren Reitern unter ihrer Befehlsgewalt haben würde.

Die Kaiserliche Patrouille – heroisch, majestätisch und ehrenhaft.

Jetzt starrte sie, vor den Trümmern des Backwarenstands stehend, zu ihnen hoch, und ihre dunklen Gestalten überragten sie bedrohlich. Fort waren ihre edlen Blicke und wohlwollenden Worte. Der Kapitan, auf dessen Brust das Emblem des weißen Tigers glänzte, knurrte von oben herab, die wettergegerbte Haut wie faltiges Leder. Zwei andere aus seiner Einheit flankierten einen großen schwarzsteinverstärkten Gefangenenwagen, etwa ein Dutzend Schritte weiter hinten.

Ein dritter Mann folgte dem Kapitan wie ein Schatten. Im Gegensatz zu den Umhängen der Patrouille waren seine Tunika und sein Umhang schwarz und goldgesäumt. Sein Haar war ausgebleicht wie

Weizen, den man zu lange in der Sonne gelassen hatte, seine Augen das Eis von Gletschern im Stillen Meer des Nordens. Die Miene des Mannes hatte etwas Unnachgiebiges, das Ana veranlasste, Mays Hand fester zu umklammern.

»Was ist das für ein Tumult?«, wollte der Kapitan wissen. Seine kalten Augen huschten an Ana und May vorbei, verweilten auf der Gebäckverkäuferin und blieben schließlich an dem Adeligen hängen. »Mesyr?«

Ana trat langsam einen Schritt zurück und dann noch einen, Mays Hand fest in der ihren. Wenn sie sich weit genug nach hinten arbeitete, würde sie mit der Menge aus Schaulustigen verschmelzen. Mehrere Schritte rechts von ihr befand sich eine Bude mit Kechyanen, hinter die sie sich ducken konnte. Die Weißmäntel würden sie niemals finden. Es sei denn, sie hatten einen Yaeger – was äußerst selten vorkam.

»A-Affiniten«, keuchte der Adelige, der sich mittlerweile aufgerappelt hatte und zitternd Holzsplitter von seinen edlen Pelzen wischte. »Dreckige Hexen!«

Drei, vier Schritte. Die Kechyan-Bude war in Reichweite …

»Wohin geht ihr?«

Anas Blut gefror zu Eis. Die Augen des Kapitans, so emotionslos wie seine Stimme, waren direkt auf sie gerichtet.

»Bleibt, wo ihr seid«, fuhr er fort. »Das hier ist eine Routinekontrolle.«

Neben ihr zitterte May und schnappte japsend nach Luft.

Langsam, mit Bedacht, streckte der Kapitan der Gebäckverkäuferin eine schwarz behandschuhte Hand entgegen. »Deine Arbeits- und Ausweispapiere.«

»Ana.« May begann zu hyperventilieren, ihre Worte kamen schnell, ungleichmäßig hervor. »Wir müssen weg … das sind böse Männer …«

Kalter Schweiß bedeckte Anas Nacken, während sie beobachtete, wie die Gebäckverkäuferin nach Schriftrollen in ihrer Tunika kramte und sie dann hochhielt.

»Eine Kornaffinite«, stellte der Kapitan desinteressiert fest. Er warf einen flüchtigen Blick auf die Rollen, bevor er sie zu Boden schleuderte.

»Ana«, flehte May. Sie wich noch ein Stück zurück, die Augen weit aufgerissen, das Gesicht blutleer. »Wir haben keine Papiere …«

Angst packte Anas Eingeweide, als der Kapitan seinen leblosen Blick auf May und sie richtete. Sie war wie angewurzelt, ihr Kopf leer vor Angst und ohne Aussichten auf irgendwelche vernünftigen Gedanken.

Die schwarzen Handschuhe des Kapitans streckten sich in ihre Richtung. »Eure Arbeits- oder Ausweispapiere.«

Nein!, schrie ein Teil von Anas Gehirn. *Nein, nein, nein, nein, nein …*

Sie riss sich zusammen und atmete tief ein, um ihren Herzschlag zu beruhigen. Dies war die Kaiserliche Patrouille – Verteidiger des Gesetzes, Hüter des Kaiserreiches. Sie konnten nichts Böses im Schilde führen.

Allerdings … hatte sie nicht gewusst, dass sie Arbeits- und Ausweispapiere überprüften.

Nachdem Ana noch einmal Luft geholt hatte, gab sie sich Mühe, mit ruhiger Stimme zu sprechen. »Wir haben keine Papiere.«

Die Augen des Kapitans verengten sich, und er warf dem Schwarzsteinwagen einen Blick zu. Erst da bemerkte Ana das Gefühl, beobachtet zu werden, das Kribbeln der Härchen an ihren Armen und im Nacken.

Einer der Soldaten neben dem Gefangenenwagen betrachtete sie. In das gleiche Weiß wie sein Kapitan gekleidet, stand er in den Schatten, seine Augen durchdringend wie Dolche. Ein seltsames Gefühl durchlief sie, ein leichtes Zupfen, als zöge jemand an unsichtbaren Banden, genau wie sie nach dem Blut anderer rief.

Yaeger, schrien ihre Sinne ihr zu. *Er ist ein Yaeger!*

Ein Jäger, auf Altkyrillisch: ein Affinite mit der Macht, andere Affiniten zu erspüren und zu kontrollieren. Kapitan Markov hatte ihr erklärt, dass sie als die mächtigsten und seltensten Affiniten galten, oft von Kaiserlichen Patrouillen beschäftigt, um den Frieden zwischen Affiniten und Nicht-Affiniten zu bewahren.

Der Blick des Yaegers zuckte zu seinem Kapitan und dem in Schwarz gekleideten Fremden. Er nickte kurz.

Der Kapitan drehte sich wieder zu Ana. »Es ist für jedermann rechtswidrig, ohne gültige Ausweisdokumente angetroffen zu werden – besonders für Affiniten. Wir werden euch zum Verhör mitnehmen müssen. Unser Bevollmächtigter kann es euch erklären.« Er nickte in Richtung des Mannes in dem schwarzen Umhang.

»Nein.« Das Schluchzen war kaum ein Ausatmen von Mays Lippen, gerade einmal so laut, dass Ana es hörte. »Hör nicht auf sie, Ana. Er ist ein böser Mann. Ein Affinitenhändler.«

Ein Affinitenhändler. Ana starrte ihn an, während sich die Gedanken in ihrem Kopf überschlugen. Die Weißmäntel sollten Affinitenhändler ausdrücklich aufspüren und ihnen das Handwerk legen.

Wie war es gekommen, dass zwei Menschen auf entgegengesetzten Seiten des Gesetzes zusammenarbeiteten?

Wer, glaubst du, zahlt ihnen mehr? Das Kaiserreich? Oder profitable Unternehmen, die auf sie bauen, um Affiniten auszubeuten?, hatte Ramson gefragt.

Auf einmal machte es mit dem Gewicht einer zerbrochenen Welt klick in ihrem Kopf: Das Bild, das sie im Dunkeln gesucht hatte, war jetzt blendend grell.

Ana taumelte zurück.

Das hier war verkehrt – alles verkehrt. Die bösen Männer waren die Affinitenhändler und Ausbeuter, die ihre Mamika Morganya ihr als schlimme Bösewichte aus dem Märchen beschrieben hatte. Nicht die kaiserlichen Soldaten, die ihrem Vater und Bruder dienten, die einen Eid zum Schutz des Kaiserreiches geschworen hatten.

Was für ein Reich hatte ihr Vater da beherrscht?

»Wir sind nicht …« Ihre Stimme bebte, und jegliches Leugnen, das sie gerade noch hatte äußern wollen, erstarb auf ihren Lippen.

Die Gebäckverkäuferin hatte sich an die Seite ihres mittlerweile besänftigten Herrn zurückgezogen, die Augen niedergeschlagen, das Gesicht in den Schatten, den Arbeitsvertrag zitternd in den Händen.

Ich bin Anastacya Kateryanna Mikhailov, hätte Ana am liebsten geschrien, während ihr Tränen in den Augen brannten. *Ich bin die Kronprinzessin von Kyrillien.*

Doch das Schwierige an der Wahrheit war, wie Ana klar wurde, als sie mit leeren Händen und abgewetztem Umhang im Schatten der Kaiserlichen Patrouille stand, dass diese Wahrheit keinerlei Bedeutung hatte, wenn sie sich nicht beweisen ließ.

Und in ebendem Augenblick traf sie die Erkenntnis, dass zwischen ihr und der Kornaffiniten nicht der geringste Unterschied bestand.

Undeutlich hörte sie, wie der Kapitan der restlichen Einheit Befehle erteilte. »Macht Euch für eine gesetzmäßige Verhaftung *unter Gewaltanwendung* bereit, sollten die Verdächtigen Widerstand leisten.«

Der Yaeger trat vor.

May schrie auf.

Und Ana sah rot.

Sie nahm May auf die Arme und schluckte einen Schrei, während sie sich durch die Menschenmenge drängte. Sie spürte die Weißmäntel hinter sich und wie ihre Affinität durch den Yaeger kontrolliert wurde. Dessen Kraft umspülte sie in an- und abschwellenden Wogen. Durch seine Manipulation wurde ihr Bewusstsein für das Blut um sie herum unbeständig, sodass ihr Gleichgewichtssinn aus dem Ruder geriet. Er holte auf, und zwar schnell. Und May war schwer.

Blitzschnell traf Ana eine Entscheidung. Sie stellte May auf dem Boden ab und stieß das Mädchen von sich. May geriet ins Taumeln. »Lauf!«, befahl Ana. »Ich komme gleich nach.«

»Nein!«, schrie May. »Ana …«

In dem Moment ließ die Kontrolle des Yaegers über sie nach. Ihre Affinität loderte auf. Sie nutzte den Moment, um sich an Mays Blut zu hängen. *Ich liebe dich,* wollte Ana sagen, doch heraus brachte sie nur: »Es tut mir leid.«

Sie packte das Blut in Mays kleinem Körper und schleuderte das Kind so weit weg wie möglich.

Dann drehte Ana sich wieder zu dem Yaeger um. Zitternd klammerte sie sich verzweifelt an ihre Affinität, die sich immer wieder ihrer Befehlsgewalt entzog. Die Menge um sie herum stob panisch auseinander, als der Yaeger auf sie zukam. Er ging jetzt in gemächlichem Tempo, seine Schritte klangen auf dem Kopfsteinpflaster wie das Schlagen einer Exekutionstrommel.

Panik umnebelte ihren Verstand, während sie weiter zurückwich.

Aufhören. Sie wollte flehen. *Ich bin Eure Prinzessin. Ich bin die Prinzessin von Kyrillien.*

Doch Prinzessin zu sein hatte nur eine Krone auf dem Kopf und die Palastmauern zum Schutz vor diesem Schicksal bedeutet.

Dem Schicksal, als Affinite zur Welt gekommen zu sein.

Jetzt war der Yaeger kaum noch ein Dutzend Schritte weit weg. Sie konnte seine kantigen Gesichtszüge erkennen, die harten Wölbungen seiner Muskeln wie gemeißelter Marmor, trainiert, um tödlich zu sein. Seine Affinität legte sich wie eine unbezwingbare mentale Mauer um ihre, und ihre Affinität verschwand.

Trotzdem hob Ana zitternd die Hand …

Der Boden explodierte. Auf dem Gesicht des Yaegers zeigte sich Überraschung, bevor er auch schon nach hinten geworfen wurde und über die Straße schlitterte, während Kopfsteine um ihn her durch die Gegend polterten. Auf der Straße zwischen Ana und dem Yaeger hatte sich ein Spalt aufgetan. Ihre Verwirrung spiegelte sich auch auf seinem Gesicht wider, während beide auf die Gesteinsbrocken und die Erde starrten, die aus dem aufgerissenen Boden hervorkamen und langsam in die Luft stiegen.

Aus einer Reihe von Buden hinter ihnen trat eine kleine Gestalt mitten auf die Straße.

Mays Fäuste waren geballt, ihre Stirn vor Konzentration gekräuselt. In der Totenstille erklang ihre Stimme scharf und klar quer über die Straße: »Du wirst ihr nichts tun.«

Sie legte den Kopf schräg. Ohne Vorwarnung schossen die in der Luft schwebenden Steine auf den Yaeger zu. Er ächzte, als ihn ein Dutzend faustgroßer Steine trafen und nach hinten schleuderten.

Seine Kontrolle über Anas Affinität geriet ins Wanken.

Ana handelte. Sie ließ ihre Affinität auf die Blutbande des Yaegers niederfahren, packte ihn und schleuderte ihn noch weiter die Kopfsteinpflasterstraße hinunter, weg von May, weg von *jeglicher* Möglichkeit, May auch nur zu erreichen. Erst würde er Ana umbringen müssen.

Kurz zuckte ein Triumphgefühl in ihr auf, als er zu Boden stürzte und dort reglos lag.

Den anderen Weißmantel sah sie erst, als es schon zu spät war.

Ein Schatten fiel zwischen den Buden hinter May hindurch: ein Weißmantel mit Pfeil und Bogen, auf sein Ziel gerichtet und schussbereit.

Ana schrie längst, und noch während sie auf May zustürzte, sagte eine Stimme in ihrem Kopf, dass dies nicht real sei, nicht real, nicht real. Die Zeit schien sich zu verlangsamen, während sie mit aller Kraft, die in ihrem Körper steckte, rannte.

Der Pfeil schoss durch die Luft. May strauchelte. Und dann, ganz langsam, fiel sie, sanft und graziös wie ein Herbstblatt.

Die Zeit war stehen geblieben. Ana befand sich in einem dieser Träume, in denen sie sich, ganz gleich, wie schnell sie zu laufen versuchte, zu langsam bewegte.

Zwölf Schritte.

Nicht schnell genug.

Aus den Schatten der Buden tauchte der Affinitenhändler in seinem schwarzen Umhang auf. Das Goldfutter seines Kragens glitzerte in der untergehenden Sonne, als er sich bückte. May hing schlaff wie eine Stoffpuppe in seinen Armen, als der Mann sich umdrehte und auf den Gefangenenwagen zulief.

Wut explodierte in Ana. *»Nein!«*, schrie sie, hob eine Hand und rief ihre Affinität.

Doch da war nichts. Stattdessen stieß sie wieder auf diese fremde Wand gegen ihre Macht, unnachgiebig und absolut.

Mehrere Schritte von ihr entfernt erhob der Yaeger sich auf die Knie. Erde und Blut ruinierten seinen zuvor makellosen weißen Umhang. Schon begannen sich Blutergüsse auf seiner entblößten Haut zu bilden. Doch Ana verspürte keine Genugtuung, nur blinde Wut, als er den Blick hob, um ihr in die Augen zu sehen. Ihre Schritte verlangsamten sich.

In einiger Entfernung hinter ihm hatte der Affinitenhändler den Wagen beinahe erreicht. Mays schlaffe Gestalt hing nun über seiner Schulter, und Ana konnte ihr Haar glänzen sehen.

Sie sah zu dem Yaeger, dann erneut zu Mays verschwindendem Kopf und lief wieder schneller.

Der Yaeger schoss vorwärts. Seine Finger packten ihre Fußknöchel und rissen daran. Ana streckte die Hände aus und fing sich ab, bevor sie auf das Kopfsteinpflaster knallte.

Sie wand sich, spuckte ihre Haare aus und versuchte, am Boden Halt zu finden. »Loslassen!«, schrie sie und trat nach dem Yaeger, doch sein Griff um ihre Fußgelenke war wie Stahl.

Ein ganzes Stück die Straße hinunter ragte der Gefangenenwagen empor, die Türen offen wie das Maul eines hungrigen Untiers. Der Affinitenhändler beugte sich in die Schatten des Wagens, um die kleine, schlaffe Gestalt hineinzulegen. Mays Kopf rollte zur Seite und verschwand dann hinter den Schwarzsteinwänden des Wagens.

Der andere Weißmantel sperrte die Türen zu.

Ana wurde von einer bisher ungeahnten Verzweiflung gepackt, die ihr die Luft aus der Kehle drückte und Tränen in die Augen trieb. »May!«, brüllte sie mit versagender Stimme. *»MAY!«*

Auf ihr Schreien hin schaute jemand zurück – doch May war es nicht.

Der Affinitenhändler mit dem sonnengebleichten Haar drehte sich zu ihr um. Seine blassen Augen starrten direkt in ihre. Einen Moment verengten sie sich, und dann wandte er sich ab und war verschwunden.

Anas Hand schloss sich um etwas Hartes – ein Stück Kopfstein, das May vorhin aus dem Boden gerissen hatte.

Während Ana sich die verhassten blauen Augen des Affinitenhändlers vorstellte, hieb sie dem Yaeger mit dem Stein ins Gesicht.

Er stieß ein tiefes Stöhnen aus, und sein Griff um ihre Knöchel erschlaffte. Abermals geriet seine Kontrolle über ihre Affinität ins Wanken.

Ana war schon auf den Beinen, bevor der Yaeger sich weggerollt hatte, die Hand an der blutenden Nase. Undeutlich nahm sie wahr, wie er seiner Einheit etwas zurief, sah Panik über die Gesichter der Weißmäntel huschen, während sie auf ihre Pferde stiegen.

Sie warf ihre Affinität aus und lief los, kämpfte gegen die Blockade des Yaegers und versuchte mit heftig arbeitenden Beinen den Abstand zwischen ihr und dem schwarzen Wagen zu verringern.

Der übrig gebliebene Weißmantel gab seinem Pferd die Sporen, und der Wagen rollte ruckartig los und fuhr dann schneller. Nur der Kapitan machte kehrt und kam auf sie zu, Pfeil und Bogen gezückt und mit wallendem Umhang. »Kaïs!«, rief er.

Der Antwortruf des Yaegers wurde erstickt, als Ana seiner Kraft ihre Affinität entgegenwarf. Einen Augenblick splitterte seine Wand. Sie erspürte ein Schimmern der Blutbande im Körper des Kapitans und packte sie …

Der Kapitan riss die Augen auf, und während sich sein Körper unter ihrer Kontrolle verkrampfte, schlug sein Pferd einen scharfen Haken. »Was bei den Gottheiten …« Der Pfeil entfiel seinen Händen, und ein Glasfläschchen zerbarst auf dem Boden. Selbst aus etlichen Dutzend Schritten Entfernung konnte Ana die grüne

Flüssigkeit ausmachen, die zwischen den Rissen im Straßenpflaster versickerte.

»Kapitan!« Hinter ihr stieß der Yaeger einen erstickten Schrei aus. »Ihr müsst Euch zurückziehen! Sie ist gefährlich!«

Der Kapitan zögerte, und seine Augen huschten zwischen Ana und seinem zu Boden gegangenen Soldaten hin und her. Ana packte die Gelegenheit beim Schopf. »Komm und hol mich, du kranker Bastard!«, rief sie. *Mach ihn wütend. Ärgere ihn.* Alles, um zu verhindern, dass dieser Schwarzsteinwagen den Platz verließ.

Doch als Ana ihre Affinität neuerlich gegen den Kapitan richten wollte, schien er eine Entscheidung zu treffen. Mit einem letzten Blick nach hinten ließ er sein Pferd wenden und galoppierte seiner Einheit hinterher.

»Nein!«, entfuhr es Ana erstickt. Doch der Wagen und die ihn flankierenden Reiter sausten zwischen den Buden hindurch und wurden immer kleiner.

Hoffnungslosigkeit schnürte ihr die Kehle zu.

Sie hatte keine Ahnung, wie lange sie lief und dem Wagen hinterherjagte, selbst noch, nachdem er längst zwischen den Backsteindachas von Kyrov verschwunden war. Erst als sie über einen lockeren Kopfstein stolperte und zu Boden stürzte, der Stoff ihrer Handschuhe riss und sie sich in die Handflächen schnitt, merkte sie, dass sie weinte. Und in ihrem Kopf hallte eine andere Stimme wider.

Geh nirgendwohin, wohin ich dir nicht folgen kann, hatte May von ihr gefordert.

Sie hatte zugelassen, was May, wie Ana geschworen hatte, niemals hätte widerfahren sollen. May hatte Ana in dem Moment gerettet, in dem sie es am dringendsten nötig gehabt hatte, gerettet zu werden. Und sie hatte May im Stich gelassen.

Und … es war *ihre* Schuld. Ana biss sich in die Hand, um nicht loszuschreien. Ihre Tränen vermischten sich mit Blut und Staub. In einem anderen Leben, in dem sie vielleicht anders, *normal,* auf die Welt gekommen wäre, wäre sie immer noch die Kolst Pryntsessa Anastacya Mikhailov, Zweite in der Thronfolge Kyrilliens. Und in dem Leben, einem freundlicheren Leben, wären die Gesetze gerecht, die Machthaber wären gut, und die guten Menschen würden siegen.

Sie hämmerte auf die Kopfsteine, sodass Blut den staubigen Boden rot verschmierte. Durch ihre Affinität konnte sie spüren, dass Leute um sie herumwuselten und ihr Tempo schaulustig verlangsamten, aber niemand blieb stehen, um ihr zu helfen.

Dies war nicht jene Welt, überlegte Ana. Diese Welt war weder gerecht noch gütig noch gut, und es blieb einem nur die Entscheidung, ob man weiterkämpfte oder sich ergab.

Ana rappelte sich auf und klopfte den Staub von ihrem zerlumpten Umhang, während sie sich zum Vyntr'makt umdrehte. Bei jedem Schritt loderte ihre Affinität auf, die Welt surrte vor Blut, während sie lief.

Sie fand den Yaeger, wo sie ihn zurückgelassen hatte. Eine kleine Menschentraube hatte sich gebildet, und mehrere Leute knieten mit Taschentüchern und Gazestreifen neben ihm. Wie eifrig sie waren, dem Monster zu helfen, wenn es in einen weißen Umhang gehüllt war.

Ana richtete ihre Affinität auf mehrere Schaulustige und warf sie zurück, die Hände um der dramatischen Wirkung willen erhoben. »Geht«, fauchte sie, und ihre Stimme schnitt durch die Aufschreie der Menge. »Geht, oder ich werde euch alle umbringen.«

Sie wandte sich dem Yaeger zu. Blut lief in Rinnsalen aus der Wunde an der Stelle, wo sie mit dem Stein auf seinen Kopf eingeschlagen hatte, strömte seine Wangen hinunter. Aus einem blutunterlaufenen Auge sah er zu ihr hoch und verspannte sich. Er war Nandjianer, erkannte Ana mit matter Überraschung, als sie seine olivfarbene Haut und das dunkle Haar registrierte. Sie dachte an die Botschafter, die den Großen Thronsaal des Palastes mit ihrer Anwesenheit beehrt hatten, wenn ihr Papa Hof hielt.

War er freiwillig nach Kyrillien eingereist?

Sie spürte, wie sich seine Macht um ihre legte, doch statt des eisernen Griffs von vorhin war sie jetzt weicher. Schwächer.

Sie schüttelte ihn mühelos ab und packte sein Blut, zog ihn hoch, bis er saß. Er hustete, und Blut rann aus seinem Mund. »Dieser Affinitenhändler. Wohin bringt er sie?«

Der Yaeger sah sie nur an, presste seine Lippen zusammen.

Ana ließ seinen Kopf nach hinten schnellen, so weit, dass er kaum noch atmen konnte. Aus irgendeinem Grund blitzte Ramson Schnellzunges Gesicht vor ihr auf. Er würde nicht blind drohen – er würde den Schwachpunkt seines Gegners finden, irgendeinen Ansatzpunkt ... und Druck ausüben.

Sie wusste so gut wie nichts über diesen Bastard, doch es war unvereinbar für sie, dass er das Emblem des kyrillischen Tigers auf der Brust trug ... und zugelassen hatte, dass sein Kamerad einen Pfeil auf eine Zehnjährige abfeuerte. Am liebsten hätte Ana das Emblem von seiner Rüstung gekratzt.

»Noch einmal werde ich nicht fragen«, sagte sie.

Seine nächsten Worte überraschten sie. »Du bist die Bluthexe von Salskoff«, stieß er heiser hervor.

Ana stockte der Atem. Laut Legende war die Bluthexe an Fyrva'snezh auf dem Wintermarkt in Salskoff aufgetaucht und hatte Dutzende Unschuldige umgebracht. Hatte sie in Stücke gerissen, sodass anschließend nichts von ihnen übrig war außer Blut, das in roten Bächen über das Kopfsteinpflaster strömte und den Schnee verfärbte. Sie hatte rote Augen, die bei ihrer Blutmagie leuchteten, und Zähne, schärfer als die eines Tigers. Ein Deimhov aus der Hölle, ein Monster unter Menschen.

Niemand hatte die Bluthexe mit der kranken Prinzessin, die seit ihrer Kindheit im Palast von Salskoff weggesperrt war, in Verbindung gebracht.

Ana packte das Blut des Yaegers fester. »Dann weißt du ja, wozu ich fähig bin«, sagte sie leise.

»Ich weiß, dass du acht unschuldige Menschen umgebracht hast.«

Es war ein Unfall. Ich war sieben Jahre alt. Die Worte wären ihren Lippen beinahe entschlüpft – aber eben nur *beinahe*. Stattdessen sagte sie: »Und ich werde es wieder tun, es sei denn, du gibst mir, was ich will.«

Er zögerte.

Ana wandte ihr Gesicht dem blutroten Schein der untergehenden Sonne zu, sodass das Licht auf ihre karmesinfarbenen Augen fiel. »Sieh dir an, wo wir sind. Sieh dir all die Menschen um dich herum an – Mütter, Väter und Kinder. Sie könnten alle innerhalb von Sekunden tot sein, und es wird deinetwegen passieren. Du schimpfst dich einen Soldaten? Dann beschütze deine Zivilbevölkerung.« Sie packte sein Blut noch fester, bloß um ihrer Argumentation Nachdruck zu verleihen. »Sag mir, wohin er das Kind bringt.«

Ein Muskel zuckte am Kiefer des Yaegers, und seine Augen schienen eine Ewigkeit lang brennend auf ihre gerichtet. Dann hustete er, und das Feuer erlosch. »Novo Mynsk«, sagte er leise.

»Wohin in Novo Mynsk?«, bohrte sie nach. Als er schwieg, hob sie das Kinn, um die wenigen Marktverkäufer und Schaulustigen zu mustern, die immer noch hinter ihren Buden herumlungerten. »Soll ich die Aufrichtigkeit meines Versprechens beweisen? Wen soll ich zuerst nehmen? Ein Kind? Oder die Mutter? Und wie soll ich sie foltern, damit ihre Schreie …«

»In die Manege. Er gehört zu den Lilien. Er wird sie dort als Künstlerin auftreten lassen.«

Sie ließ ihn sofort los und wandte sich ab, damit er ihr Zittern nicht sah. Es fühlte sich an, als hätte jemand anders durch ihre Lippen gesprochen und diese grausamen, barbarischen Dinge gesagt. Als wäre Sadovs Einfluss immer noch vorhanden und sie hätte seinen perversen Gedanken Ausdruck verliehen.

Als sie die Kapuze über den Kopf zog, fragte sie sich düster, ob es am Ende so war, dass Sadovs Stimme zu ihrer eigenen geworden war.

»Tu ihnen nichts zuleide«, sagte der Yaeger. »Bitte.«

Das Flehen war leise, und sie wünschte, sie hätte es nicht gehört. Ana sah zurück. Der Yaeger saß immer noch am gleichen Fleck, doch etwas in seiner Miene hatte sich verändert. Er bettelte sie an. Und er hatte Angst.

Ana dachte an die Hilflosigkeit der Kornaffiniten, an die Traurigkeit, die sie bei ihrer ersten Begegnung in Mays Augen gesehen hatte. Und sie erblickte ein Echo davon in den Augen dieses Soldaten.

Ihr Zorn verrauchte, löste sich auf wie Dampf in der Kälte. »Warum machst du das hier?«, fragte sie stattdessen. »Du bist einer von ihnen.« Eine Pause. »Einer von uns.«

»Glaubst du, ich habe eine Wahl?« Seine Stimme war heiser. »Wenn ich in diesem Reich nicht der Jäger bin, dann werde ich zum Gejagten.«

Niemals würde sie vergessen, wie er zu ihr hochblickte, Yaeger und Affinite in einem. Gefangen in einem korrupten System.

Deine Entscheidungen, flüsterte Lukas Stimme, doch etwas an den Worten ihres Bruders war jetzt anders, verändert durch das Jahr, das sie vom Palast entfernt verbracht hatte. Entscheidungen waren etwas für diejenigen mit Privilegien und Macht. Wenn man keines von beidem hatte, blieb einem nur das nackte Überleben.

Ana ging, bevor der Yaeger sehen konnte, wie sehr die Begegnung mit ihm sie verunsichert hatte. Sie hatte gedroht, Unschuldige umzubringen. Sie hatte einen Mann gefoltert.

Ich habe es getan, um May zu retten, sagte sie sich.

Doch vielleicht waren alle Monster in den eigenen Augen Helden.

12

Die Nachricht vom Kampf auf dem Vyntr'makt hatte sich wie ein Lauffeuer in Kyrov verbreitet. Ana eilte durch die Straßen, in denen man vor Kurzem noch das Eintreffen des Winters gefeiert hatte. Jetzt glühten die Backsteine der Dachas blutrot in der untergehenden Sonne, und die Fassaden der Geschäfte mit ihren geschlossenen Fensterläden glotzten sie wie aus leeren Augen an. Sie erhaschte leise Gesprächsfetzen der Stadtbewohner, die von der Arbeit nach Hause hasteten.

Ana zog die Kapuze tiefer und folgte dem gleichmäßigen Menschenstrom fort vom Vyntr'makt. Allmählich überkam sie Erschöpfung, die bis in die Knochen gehende Ermüdung, die der Einsatz ihrer Affinität mit sich brachte, und sie musste weg, und zwar jetzt, bevor die Weißmäntel mit Verstärkung zurückkehrten.

Sie hatte – wundersamerweise – einen Weißmantel besiegt, doch der Gedanke, gegen eine ganze Einheit zu kämpfen, jagte ihr einen Schauder über den Rücken. Ihre Affinität war wie ein Muskel, der täglich trainiert, aber niemals bis zum Äußersten beansprucht werden sollte, aus Angst, sie würde die Kontrolle verlieren. Doch in den vergangenen Jahren hatte Ana ihn zu wenig trainiert, und in letzter Zeit hatte sie ihn überstrapaziert.

In einem Schaufenster drehten sich lackierte Phönixe und Eisfalken, während sich das Licht der Dämmerung in ihnen spiegelte. May und sie waren vor kaum einer halben Stunde in dem Geschäft gewesen und hatten sich im Flüsterton über Weißmäntel unterhalten, als wären diese eine ferne Bedrohung. Sie wandte ruckartig den Kopf ab, als sie um eine Ecke bog, da tief in ihrem Herzen der Schmerz von Tränen brannte.

Sie befand sich in einer kleineren, verlasseneren Straße. Verschwunden waren die schönen Wohnhäuser, die geschmückten Geschäftsfassaden und polierten Straßenlaternen. Steinhäuser mit Holzdächern drängten sich dicht an dicht, verwahrlost und baufällig. Und am Ende der Gasse befand sich ein Gebäude mit rotem Schindeldach. Ein Holzschild verkündete in verwitterten Goldlettern: *Zum Grauen Bären.*

Etwas an dem Gasthaus wirkte *verkehrt* auf sie – vielleicht war es das Fehlen von Musik oder Unterhaltungen, als sie näher kam, oder die Tatsache, dass die Türen, trotz der schäbigen Fassade, aus polierter Eiche gemacht waren.

Ihre Schritte wurden von selbst langsamer, und sie blieb mehrere Häuser entfernt stehen. Sie wollte sich schon einreden, sie sei überängstlich, als die Eichentürflügel aufschwangen und zwei Männer das Gebäude verließen.

Ana hechtete in den Schatten eines Eingangs in der Nähe und lugte aus ihm hervor. Auch diese Männer hatten etwas Seltsames an sich. Einer, in schwarzem Reitmantel und Lederstiefeln, bewegte sich mit unnatürlicher, raubtierhafter Geschmeidigkeit. Ana sah nicht einen, sondern zwei Dolche an seinem Gürtel glitzern, als er einen sich wölbenden Beutel aus dem Mantel holte. *Ein Söldner.*

Der andere, groß und schwerfällig wie ein Bär, trug die verdreckte Schürze eines Schankwirts. Er sah sich verstohlen um, bevor er die Hand nach dem Beutel ausstreckte. Die Gier auf seinem Gesicht war selbst aus dieser Entfernung unverkennbar.

Der Söldner warf dem Schankwirt den Beutel zu. Münzen klimperten, als der Schankwirt ihn sich aus der Luft pflückte. Den höhnischen Blick, mit dem der Söldner ihn bedachte, als er die Schnüre aufzog, um den Inhalt des Beutels zu überprüfen, bemerkte er nicht – oder er ignorierte ihn.

Der Söldner legte den Kopf schräg, sah in Richtung der leeren Straßenecke. Abwartend.

Ein Zittern durchlief Ana. Erschöpft, wie sie war, hielt sie ihre Affinität gedrosselt.

Wie gerufen, erschien um die Ecke ein dritter Mann, der zwei Pferde führte. Dieser Mann war wie der erste gekleidet: schwarzer Mantel, schwarze Stiefel und eine schwarze Kapuze, die sein Gesicht verdeckte. Er ließ die Pferde wenden, und als die Söldner aufstiegen, wurde Ana übel.

Sie hatte geglaubt, das zweite Pferd trüge einen großen Sack – doch jetzt wurde ihr klar, dass es sich tatsächlich um einen Menschen handelte. Ein schreckliches flaues Gefühl regte sich in ihrer Magengegend, als die Pferde sich ein Stück drehten und das Gesicht des Gefangenen vollständig in Sicht kam. Dunkelblondes Haar, scharf geschnittene Gesichtszüge und eine gebrochene Nase. Ramson Schnellzunge war der neueste Fang dieser Söldner.

Panik ergriff ihre Eingeweide. Sie überlegte, gleich auf der Stelle mit ihrer Affinität auszuholen. Doch ihre Knochen knirschten protestierend, und sie klammerte sich Halt suchend an der Mauer fest. Auf keinen Fall konnte sie in ihrer derzeitigen Verfassung drei Männer besiegen. Abgesehen davon, könnten es auch mehr sein.

Allerdings konnte sie es sich auch nicht leisten, Ramson Schnellzunge zu verlieren.

Mit roher Gewalt kam sie nicht gegen sie an. Sie würde schlau vorgehen müssen. Hinterrücks angreifen.

Bei den Gottheiten, dachte sie. Eine Nacht mit Schnellzunge, und sie dachte bereits wie er. Die Ana von vor einem Jahr hätte Wert auf Ehre gelegt und ihren Feinden offen die Stirn geboten. Doch in einer Welt von Betrügern, Verbrecherkönigen und Halsabschneidern gab es wohl keine Ehre, und zu befolgende Spielregeln gab es auch nicht, überlegte sie. Es ging nur darum, das Spiel zu gewinnen.

Ana beobachtete, wie die beiden Söldner um die Ecke bogen, und hielt den Atem an, während sie bis zehn zählte. Als sie in die Gasse trat, war nur noch der Schankwirt übrig, der seinen Beutel mit Münzen in den Händen wog.

Er drehte sich um, als sie mehrere Schritte hinter ihm war, doch da war es längst zu spät. Anas Hand fuhr hoch, und er erstarrte. Schmerz und Entsetzen huschten über sein Gesicht, während er unweigerlich ihre Kontrolle über sein Blut spürte. Ana zog, bloß zur Unterstreichung, und der Beutel mit dem Gold purzelte aus seinen Händen. Goldblätter verteilten sich auf dem Boden.

»Mach eine Bewegung, und ich bringe dich um, bevor du den kleinen Finger heben kannst«, sagte Ana. Der Schankwirt sah sie erneut mit Furcht an. »Jetzt werde ich loslassen, damit du reden kannst.«

Eine frische Woge der Erschöpfung überkam sie, als sie von ihm abließ. Sie musste das bisschen Kraft, das ihr noch blieb, erhalten.

Der Schankwirt stand reglos wie eine Statue da.

Ana legte den Kopf schräg. »Erzähl. Wer waren diese Männer?«

Sein Blick huschte durch die Gasse, als hätte er Angst, die Söldner würden aus den Schatten auftauchen. Allerdings war Angst gut. Angst war eine Waffe, wie Sadov ihr so überaus wirksam beigebracht hatte.

»Kopfgeldjäger«, sagte der Schankwirt, der seine Worte in Unterschichtskyrillisch nuschelte.

»Und wohin bringen sie ihn?«

»Zu Kerlan«, flüsterte der Schankwirt und wurde noch blasser. Der Name schien einen Schatten über ihn zu werfen, die Angst saß ihm im Nacken.

»Zu wem?«

»Kerlan. *Lord* Kerlan.«

»Wer ist das? Und wo ist er?«

»Das Oberhaupt des Ordens, in Novo Mynsk.«

Eigentlich hatte sie ihn fragen wollen, von welchem Orden er sprach, doch ihr Herz stockte bei den Worten *Novo Mynsk*. May war auf dem Weg dorthin.

Alle anderen Gedanken verloren sich. Es war klar, wohin sie sich wenden musste. »Ich brauche ein Pferd«, sagte Ana aufs Geratewohl.

Der Schankwirt nickte hektisch. »Die Stallungen. Such dir aus, was immer du haben willst.«

Sie belohnte ihn mit einem schmalen Lächeln gleich dem, das sie so oft auf Sadovs Gesicht gesehen hatte. »Noch eins. Ich werde das hier an mich nehmen.« Sie hob den Beutel auf, sammelte die Goldblätter ein, die auf dem Boden lagen. Sie fühlte sich deswegen nicht schlecht, stellte Ana fest, als sie auf dem Absatz kehrtmachte und auf die Stallungen zumarschierte. Schließlich hatten die Kopfgeldjäger das Gold für Schnellzunge bezahlt, und da Schnellzunge *ihr* Gefangener war, lag es nahe, dass sie das Gold an sich nahm.

»Bleib dort, bis du mein Pferd nicht mehr hören kannst!«, rief sie über die Schulter. »Eine Bewegung, und ich lasse dich ausbluten.«

Die Ställe waren in überraschend gutem Zustand. Ana suchte sich einen Valkryfen mit einem milchfarbenen Fell aus, bereits gesattelt, als habe der Besitzer nur mit einem kurzen Aufenthalt gerechnet. Als sie in schnellem Trab aus dem Stall ritt, stand der Schankwirt immer noch, wo sie ihn zurückgelassen hatte. Sie hielt ihre Affinität auf ihn gerichtet, bis sie so weit weg war, dass das Glühen seines Bluts zu einem Flimmern verblasst war und dann völlig verschwand.

Die Sonne war fast untergegangen, ihr Licht blutete wie ein letzter Atemhauch über die Weite der Syvernischen Taiga. Gewitterwolken zogen sich am Horizont zusammen, und die Luft verdichtete sich mit dem Versprechen von Regen.

Ana streckte ihre Affinität aus und suchte die Gegend nach der Spur der Kopfgeldjäger ab. Das Gasthaus Zum Grauen Bären war so dicht am Stadtrand, dass sie keine größere Menschenmenge durchforsten musste, bevor sie die Kopfgeldjäger aufspürte. Ein Irrtum war ausgeschlossen – sie erfühlte, verschwommen und ein ganzes Stück weit weg, drei Gestalten: zwei mit schnell fließendem Blut und eine mit trägem, mehrere Hundert Schritte vor ihr.

Als sie ihr Pferd um die letzte Dacha lenkte, erblickte sie zwei Reiter in der Ferne, die eilig auf die Schatten der Syvernischen Taiga zuhielten. Auf einmal wünschte sie, sie hätte irgendeine Waffe bei sich. Sie hatte nie Nahkampf gelernt – oder auch nur den Umgang mit einem Schwert –, und mit geschwächter Affinität und leeren Händen in einen Kampf zu geraten gab ihr ein Gefühl äußerster Verletzlichkeit.

Doch ihr blieb keine Wahl. May war fort, von dem Alchemisten fehlte immer noch jede Spur, und ihre einzige Hoffnung lag bewusstlos auf dem Rücken eines dieser Söldnerpferde. Ana hatte keine Waffe und keinen Plan, aber sie hatte auch nichts mehr zu verlieren.

Einhundert Schritte. Sie kam unaufhaltsam näher. Jeden Moment könnten die Söldner sich umdrehen und sie erblicken.

Fünfzig Schritte. Jetzt konnte sie die Söldner klar erkennen. Mit dem auf das Pferd gebundenen Betrüger kamen sie viel langsamer voran als Ana.

Und die Söldner sahen sie.

Sie zügelten ihre Pferde und machten am Waldrand einen Bogen, die Hände immer in der Nähe ihrer Schwerter. Ein kalter Wind regte sich, wehte die trockenen Winterblätter raschelnd über das tote Gras. Schatten huschten über die Gesichter der Männer.

Ana zog an ihrer Kapuze. Ihr Herz hämmerte schmerzhaft in ihrer Brust, und sie sandte unwillkürlich ihre Affinität aus, hielt sie gezückt, wie sie es mit einer Klinge täte. Gelassenheit machte sich in ihr breit, als sich ihre Affinität über das Blut legte, das durch die Körper der Söldner pulsierte. Unter ihrer Befehlsgewalt, falls sie es wünschte.

Sie klammerte sich an diesen Gedanken und schöpfte Mut daraus. »Lasst diesen Mann frei! Er gehört mir!«, rief sie.

Der allein reitende Söldner – der Anführer – ergriff als Erster das Wort. Selbst auf dem Pferd war für Ana zu erkennen, dass er ein unglaublich großer Mann war. Er war derjenige mit dem schwarzen Bart, derjenige, dem sie zugesehen hatte, wie er dem Schankwirt den Beutel mit Goldblättern zugeworfen hatte. Sie war nah genug, um sein tiefes Knurren zu hören. »Du hast Mumm in den Knochen, Mädel, uns allein nachzureiten. Verspürst du eine Todessehnsucht oder so was?«

»Ihr müsst doch mittlerweile gehört haben«, sagte Ana, »was auf dem Vyntr'makt in Kyrov passiert ist?«

»Was denn? Du hast deine Damashka-Puppe verloren?« Schwarzbart und sein Gefährte lachten heiser.

Ana verzog keine Miene. Sie wusste aus Übungsstunden mit ihrem Bruder, dass manche Verhandlungen Ruhe voraussetzten. Bei anderen brauchte es Bestimmtheit. Und schließlich, in ganz seltenen Fällen, zeigte man seine Macht.

Langsam streifte Ana ihren Handschuh ab und streckte die Finger, während sie die Hand hob.

Sie beschwor ihre Affinität herauf.

Der Spott auf den Gesichtern der Söldner verschwand. Stattdessen zeigten sie Entsetzen und Ekel, als sich Anas Adern dunkel zu verfärben begannen, von ihren Fingerspitzen bis zum Ellbogen.

»Eine Affinite.« Schwarzbart grinste höhnisch. »Glaubst du, du kannst uns drohen, bloß weil du einer dieser Deimhovs bist? Hey, Stanys! Schau zu, wie ich diese Hexe niedermetzele.«

»Brauchst du Hilfe, Chef?«, rief sein Gefährte.

»Bring unsere Beute an einen sichereren Ort.« Schwarzbart drehte sich mit einem boshaften Grinsen zu Ana. »Die Hexe gehört mir.«

Wut stieg in ihr hoch, doch sie zwang sie nieder, während sie an Luka dachte. Ihr Bratika hatte, wenn irgend möglich, Frieden angestrebt. Ana versuchte es ein letztes Mal. »Übergebt ihn mir jetzt, und keinem muss ein Leid geschehen.«

Schwarzbarts Miene verdüsterte sich. »Ich werde dir zeigen, was *Leid* ist«, knurrte er und trieb sein Pferd auf sie zu.

Ihr Pferd wieherte bei dem jähen Angriff auf und machte einen Satz zurück. Ana blieb gerade genug Zeit, um die verlagerte Balance zu spüren, bevor der Sattel unter ihr wegrutschte und sie hinabstürzte. Instinktiv packte sie Schwarzbarts Blut und zog daran.

Er stieß ein lautes Fluchen aus, und sie sah ihn genau in dem Moment stürzen, als sie mit dem Rücken zu Boden knallte, sodass es ihr den Atem verschlug. In der Nähe erklang ein dumpfer Aufprall, als Schwarzbart seinen Sturz mit einer Rolle abfederte.

Ana sog tief die Luft ein, wollte ihre steifen Glieder zwingen, wieder zu funktionieren. Sie hörte das *Tschack* von Schwarzbarts Dolch, als er ihn aus der Scheide zog. »Verdammter Deimhov«, fauchte er und sprang los.

Durch ihre benebelten Gedanken hindurch griff sie nach ihrer Affinität.

Schwarzbart ließ seine Klinge nach unten sausen. Donnergrollen dämpfte ihren Schrei, als sengender Schmerz ihre Schulter durchzuckte. Quer durch ihre Sinne erblühte Blut.

Das Lächeln des Söldners blitzte weiß auf. Während er sie mit seinem Körpergewicht zu Boden presste, brachte er den Dolch an ihre Wange. Im Dämmerlicht erkannte sie die grünliche Flüssigkeit, als diese an der Klingenspitze einen Tropfen bildete. Entsetzen packte sie. »Erkennst du das, du Hexe?« Schwarzbarts Tonfall war triumphierend, voller Spott. »Du glaubst, bloß weil du eine Affinite bist, macht dich das mächtiger als uns?«

Langsam gewann sie die Kontrolle über ihren Körper zurück, der Nebel in ihrem Kopf lichtete sich nach und nach. Ana bewegte einen Finger.

»Falsch gedacht. Es war eine dumme Entscheidung von dir, dich uns zu zeigen, Deimhov. Ich beherrsche Monster wie dich. Ich *treibe Handel* mit Monstern wie dir.« Schwarzbart brachte sein Gesicht dicht an ihres. »Du machst mir keine Angst.«

Mit der anderen Hand schob er ein Fläschchen Deys'voshk an ihre Lippen. Bittere Flüssigkeit füllte ihren Mund. Sie war wieder in den Kerkergewölben, festgehalten von Metallketten und Gurten, während der Geschmack von stechendem Gift ihre Sinne durchflutete. *Mein kleines Monster,* flüsterte Sadov.

Jetzt musste sie würgen, ihre Gedanken waren von Angst gelähmt, ihre Kehle schluckte das Deys'voshk, wie man es ihr antrainiert hatte.

Etwas klatschte auf ihr Gesicht. Zuerst glaubte Ana, sie würde weinen, doch als noch ein Tropfen auf ihrem Gesicht landete, dann noch einer, wurde ihr klar, dass es regnete.

Der Himmel leuchtete dank eines Blitzes auf, und Donner grollte, während strömender Regen einsetzte. Kalter Wind zog an ihren Haaren, flüsterte eindringlich auf sie ein. Sie war in keinem Kerker, das hier war nicht Sadov, und sie war nicht das hilflose, verängstigte Mädchen von einst.

Und sie hatte eine Toleranz gegenüber Deys'voshk entwickelt.

Schwarzbart schleuderte das Fläschchen zu Boden. Ein Blitz zuckte auf, spiegelte sich im Glas wider, das eine Armeslänge von Ana entfernt lag. »Fühlst du dich immer noch mächtig, Hexe?«, zischte er ihr ins Ohr. »Du bist nicht mein Typ, aber ich kenne ein paar Leute, bei denen das anders wäre.« Er packte ihr Kinn so hart, dass sich Blutergüsse bilden würden. Ana zwang ihre Augen, auf Schwarzbart gerichtet zu bleiben, während sich ihre Hand durchs Gras schob. »Es gibt vieles, was man mit einem hübschen Gesicht wie deinem machen könnte. Bestimmt lassen sich viele Goldblätter damit verdienen.« Sein Grinsen wurde breiter, und seine Hand wanderte zu seinem Gürtel. »Aber zuerst werde ich es selbst ausprobieren müssen …«

Anas Hand schloss sich um das Glasfläschchen. Mit aller Kraft hieb sie ihm damit ins Gesicht.

Die Scherben drangen in ihre Handfläche und sandten heftige Schmerzen den Arm empor, doch Ana verspürte nur grimmige Genugtuung, als der Mann aufheulte und sich das Gesicht hielt. Blut rann über seine Wangen, und als er die Hand wegnahm, sah Ana, dass eine Glasscherbe in seinem rechten Auge steckte.

Sie schlug um sich. Ihre Affinität war immer noch da, immer noch stark trotz des Deys'voshk, der angefangen hatte, ihre Sinne zu benebeln. Sie konzentrierte sich auf das Blut, das von Schwarzbarts Gesicht heruntertropfte, packte es und die Bande in seinem Körper und zog ruckartig daran.

Es war, als entkorkte man eine Weinflasche. Auf ihr Locken hin strömte Blut aus Schwarzbarts Mund und lief zusammen mit dem Regenwasser in Rinnsalen durchs Gras.

Stirb, dachte Ana, in der sich weißglühend Wut wand. Was er ihr hatte antun wollen, was er wahrscheinlich schon Dutzenden machtloser Affiniten angetan hatte – sie würde dafür sorgen, dass er *niemals* wieder in der Lage sein würde, so etwas zu tun.

Stirb.

Ein Blitz erhellte Schwarzbarts blutverschmiertes Gesicht, und einen Moment lang erblickte Ana das Gesicht des Affinitenhändlers, der May gestohlen hatte, seine eisig blassen Augen, deren Blick sich in ihre bohrte.

Zorn brannte in ihren Adern, und sie zog noch einmal gewaltsam. Es ertönte ein Geräusch von reißendem Fleisch. Schwarzbart stieß ein ersticktes Gurgeln aus, als seine Brust aufriss, und einen Moment hing er wie gelähmt in der Zeit, mit weit offenem Mund, aufgerissenen Augen, Tropfen von seinem Blut, die im Regen wie Rubine glitzerten.

Dann flatterten seine Lider, und er fiel mit einem dumpfen Schlag ins Gras.

Erschöpfung packte Ana so unvermittelt, dass sie an den Rändern ihres Gesichtsfelds alles nur noch verschwommen wahrnahm. Ihre Glieder waren bleiern. Sie hatte das Gefühl, im Schlamm zu versinken. Ob das Schwindelgefühl von dem Deys'voshk herrührte, das seine giftige Wirkung in ihrem Organismus entfaltete, oder von der Überanstrengung, wusste sie längst nicht mehr zu sagen. Vielleicht von beidem.

»Was zum …«

In zwanzig Schritten Entfernung war der zweite Söldner – Stanys – von seinem Pferd gestiegen. Ungläubig starrte er seinen Anführer an, bevor sein Blick zu Ana wanderte. »Was zur Hölle hast du getan, du Deimhov?«

Mit einem Schwindelgefühl im Kopf kam sie auf die Füße. Schwarzbarts Dolch lag im Dreck neben seiner Leiche, doch sie glaubte nicht, dass sie die Kraft hätte, ihn aufzuheben. »Verschwinde, oder ich bringe dich auch um.« Ihre Stimme übertönte kaum das Geräusch des strömenden Regens.

Stanys griff nach seinem Dolch. In seinen Augen lag eine Herausforderung, als er einen Schritt nach vorn machte. Dann noch einen. Und noch einen.

Er testete die Stimmung, sah, wie nahe er herankommen konnte, bevor sie ihre Affinität einsetzte. Sah, ob sie es immer noch *konnte*.

Anas Beine zitterten vor Anstrengung. Die Welt drehte sich, als sie nach ihrer Affinität griff. *Bitte.* Sie hatte ihre Affinität gehasst, den Gedanken, sie einzusetzen … doch jetzt brauchte sie sie. Nichts sonst stand zwischen ihr und der Klinge in Stanys' Hand.

Ihr Kopf tat höllisch weh. Ana sank auf die Knie. Als sie den Kopf hob, um Stanys anzusehen, wurde ihr klar, dass ihre Affinität ihre Grenze erreicht hatte. Sie hätte genauso gut versuchen können, ins Nichts zu greifen, den sich drehenden Wind zu packen.

Nein, dachte sie zitternd, und in ihrem Kopf verursachte jeder Schritt des herankommenden Mannes pochende Kopfschmerzen.

Stanys' Schatten fiel auf sie. Von wo sie kniete, konnte sie den Fellbesatz seiner Stiefel sehen, die gebogene Schwarzstein-Stahlklinge, die den Regen zerteilte. Ihre Hände zitterten. War es das?

Der Dolch des Söldners schimmerte. Ein Blitz durchzuckte den Himmel und ließ die Klinge aufleuchten … und den Schatten dahinter.

Stanys schwang die Klinge abwärts.

Und traf auf Metall. Ein schrilles Kreischen tönte durch die Nacht. Ein Schlachtruf.

»Weg da!«, rief Ramson.

Mit letzter Kraft rollte sich Ana von den beiden fort, als Ramson sich auch schon nach vorn stürzte.

Ana hob den Kopf und beobachtete, wie Ramson Schnellzunge, selbstsüchtiger Betrüger und egoistischer Mistkerl, um ihrer beider Leben kämpfte.

13

Der Söldner griff an, und seine zwei Dolche glitzerten wie die Augen eines Dämons in dem schweren Regen. Ramson parierte den Hieb direkt und ächzte, als er dem zweiten Dolch nur knapp entging. Er wirbelte herum und stieß zu. Die Spitze seines Schwerts beschrieb einen geschmeidigen Bogen – allerdings zu weit weg von dem Söldner.

Sein Gegner sprang wieder vor, die zwei Klingen unerbittlich. Metall klirrte, als Ramson einen Dolch abblockte. Diesmal erwischte ihn der zweite und schnitt ihn einmal tief quer über den Unterarm.

Grimassierend drehte Ramson sich aus dem Weg und wich so weit wie möglich zurück, ohne den Mann näher zu der Hexe zu führen. Blut tropfte von der Wunde an seinem Arm und vermischte sich mit dem Regen. *Verdammt,* dachte er, packte die rutschige Waffe fester und schüttelte den Kopf, um das Schwindelgefühl von Igors Schlag vorhin zu vertreiben. *Verdammt.* Sein Gegner war größer und kräftiger.

Und Ramson war nicht mehr in Form.

Denk nach, ermahnte er sich verzweifelt. Er musste sich Zeit erkaufen.

Sein Feind machte einen Satz vorwärts. Ramson begegnete den beiden Klingen mit einem eigenen Hieb. Metall kreischte auf. Er drehte die Klinge scharf, indem er eine Technik einsetzte, die er von seinem Schwertmeister gelernt hatte, woraufhin die beiden

Dolche kurzzeitig miteinander verkeilt waren. Der Kopfgeldjäger sah mit gefletschten Zähnen zu ihm auf.

»Bloß zur Erinnerung«, rief Ramson über ihre miteinander verschränkten Klingen, »Lord Kerlan will mich wahrscheinlich in einem Stück, richtig?«

»Ich werde dich schon in einem Stück hinbringen«, knurrte der Söldner. »Nachdem ich dich in Stücke geschnitten und wieder zusammengeflickt habe.«

Eine Bestätigung war das nicht, lief aber aufs Gleiche hinaus: Kerlan war auf der Jagd nach ihm. Auch wenn Ramson darauf gewettet hätte, dass Kerlan ihn lebendig zurückhaben wollte. Wenn Kerlan jemanden tot wollte, erwachte der Betreffende mit einem Dolch am Hals und bekam die Kehle aufgeschlitzt, bevor er auch nur schreien konnte.

Jedenfalls die meisten Leute. Es gab einen Grund, warum Ramson Kerlans Stellvertreter gewesen war.

Solange Kerlan ihn immer noch lebendig haben wollte, hatte Ramson eine Trumpfkarte.

Mit einem Ächzen bewegte Ramson sich und befreite seine Klinge, indem er sich vollständig um die eigene Achse drehte, sodass er mehrere Schritte weiter hinten landete, das Schwert erhoben. »Kein Grund, so wütend wegen deines toten Partners zu sein. Da er nicht mehr mit von der Partie ist, wirst du jetzt die doppelte Belohnung kassieren.«

»Der schert mich einen Scheißdreck.« Der Söldner hob einen Dolch und deutete über Ramsons Schulter. »Sobald ich mich um dich gekümmert habe, sorge ich dafür, dass die Hexe Höllenqualen leidet, bevor sie stirbt.«

Ramsons Blut wurde kalt wie Stein. Er kannte diesen Schlag Männer: Mörder, die ihr ganzes Leben nichts außer Gewalt gekannt hatten. Für Ramson war Gewalt ein Mittel zum Zweck. Für diese Männer war Gewalt der Zweck.

Du könntest weglaufen, drängte eine Stimme in seinem Kopf. *Ihm das Mädchen überlassen und die Möglichkeit zur Flucht ergreifen.*

Der Söldner würde sie umbringen. Ihr Schlimmeres antun.

Das ist dir egal, beharrte die Stimme. *Du hast früher schon einmal den Fehler begangen, dass es dir nicht egal war. Und am Ende stand trotzdem der Tod.*

Die Logik drängte ihn, dass Flucht die beste Vorgehensweise war. Kalkül verriet ihm, dass der Söldner größer und stärker war und seine eigenen Siegesaussichten schmaler als jeder Neumond.

Doch etwas Mächtigeres als Logik und etwas Zwingenderes als Kalkül brüllte in seinen Adern, als er seine Klinge dem Söldner entgegenstreckte. Ramson wich keinen Zentimeter. »Sie gehört mir«, fauchte er. »Und ich teile nicht.«

Mit einem Knurren stürzte sein Feind vorwärts. Ramson machte einen Satz zurück, wobei er jedem peitschenschnellen Hieb der beiden sich abwechselnden Klingen auswich.

Ausweichen, sich ducken, sich drehen, parieren – wie in einem tödlichen Tanz, seine Bewegungen leicht und fließend. Was er in der Jugend gelernt hatte, kam ihm wieder in den Sinn, und er hatte das Gefühl, in eine andere Zeit und an einen anderen Ort versetzt worden zu sein, als sein Schwertmeister unter dem strahlend blauen bregonischen Himmel auf ihn zusteuerte.

So fließend wie der Strom, so stark wie das Meer.

Dies war nichts weiter als eine Unterrichtslektion, nichts weiter als ein Tanz.

Ramson sprang aus dem Weg, als die Klingen des Söldners auf ihn niederfuhren, so schnell, dass sie im Regen nur noch ein verschwommenes Silbergrau waren. Mit einem Hieb nach dem anderen drängte der Söldner ihn zurück, und seine Angriffe wurden schneller und stärker. Ramson wich aus. Gesicht, Kehle, Brust, Beine – zurück und zurück, während das Lied ihrer Klingen zu einem Crescendo anhob.

Ramson täuschte links eine Finte vor, sein Gegner stürzte los.

Ramson ließ die Waffe rechts niedersausen, sein Gegner wich aus.

Nach und nach machte sich Ramsons Erschöpfung bemerkbar. Seine Glieder schmerzten. Schon bald würde er für seine Schwäche bezahlen müssen.

Ramson machte einen Satz zurück, als der Söldner seine Klingen niedersausen ließ, doch er spürte den scharfen Schnitt quer über der Brust. Blut tränkte warm seine Kleidung. Ihm blieb kaum Zeit hochzuschauen, als die Faust des Söldners ihn ins Gesicht traf.

Schmerz explodierte in seiner Kieferpartie. Schwarze Punkte füllten sein Gesichtsfeld, und die Welt drehte sich, während er das Gleichgewicht verlor. Rückwärts sackte er in den kalten, nassen Morast.

Keuchend rollte er sich zur Seite und streckte die Hand nach seinem Schwert aus.

Eine dunkle Gestalt stürzte durch den Vorhang aus Regen, und der Söldner war auf ihm und traf ihn mit einem, zwei, drei heftigen Fausthieben in den Unterleib. Ramson würgte, und vor seinen Augen tanzten Sterne.

Ein Aufblitzen von Metall. Auf Ramson kniend, führte der Söldner die Klinge nach unten.

Ramsons Hände flogen hoch. Seine Arme schmerzten, seine Beine fühlten sich wie Watte an, in seinem Kopf herrschte ein Schwindelgefühl von den Atemzügen, die er nicht tun konnte.

Ein wildes Grinsen spaltete das Gesicht des Söldners, als er den Dolch mithilfe seines Körpergewichts nach unten zwang und die stählerne Schneide wie ein tückisches Versprechen aufschimmerte. Der Mann würde die Klinge langsam in Ramsons Herz rammen.

Ich werde sterben.

Die Dolchspitze drückte in seinen Brustkorb, sodass Blut hervorquoll. Ein erstickter Aufschrei entrang sich Ramsons Kehle, als der Söldner ein letztes Mal Schwung holte …

Und auf einmal war der Druck auf Ramsons Brust und seine Arme verschwunden. Der Kopf des Söldners wurde jäh nach hinten gerissen, sodass seine Kehle entblößt war. Einen Augenblick war er erstarrt, sein Umriss reglos im Regen, als würde er gegen eine unsichtbare Kraft ankämpfen. Und dann kippte er in den Schlamm.

Ramson kam schnell in die Hocke. Noch während er wegtaumelte, begann der Söldner, sich zu erheben.

Doch es war die Gestalt zehn Schritte hinter dem Söldner, kaum ein Umriss im niederprasselnden Regen, die Ramsons Aufmerksamkeit erregte.

Die Hexe war auf Händen und Knien. Das Blutrot in ihren Augen ließ nach, als sie von dem Söldner wegsah. Ihr tropfte Blut aus Nase und Mund. Kurz trafen sich ihre Blicke. Und dann brach sie zusammen.

Ramson hatte von Affiniten gehört, die ihre Grenzen überschritten. Affiniten entzogen ihrem Körper Energien, und Überanstrengung konnte zu Bewusstlosigkeit oder, in ganz seltenen Fällen, zum Tod führen.

Für den Bruchteil einer Sekunde, während er die reglose Gestalt der Hexe anstarrte, fragte er sich, ob sie gestorben war und wie er sich deswegen fühlen würde. Sie hatten einen Pakt, und sie war ein wertvolles Gut, folglich wäre es ein Verlust … doch da nagte noch mehr an seinem Gewissen.

Sie hatte ihn gerettet – wieder einmal. Zum zweiten Mal stand er in der Blutschuld der Hexe.

Vor langer Zeit hatte ihm sein Vater – der Dämon, der sich sein Vater nannte – die Bedeutung von Blutschuld, von Ehre und von Tapferkeit beigebracht. Ramson hatte sich gezwungen, fast sämtliche Erinnerungen an den Mann zu vergessen. Doch heute, während der Regen um ihn herum dröhnte, erhoben sich Phantomgestalten aus dem Boden und flüsterten mit den Worten seines Vaters auf ihn ein.

Ein Blitz zuckte auf, sodass der Umriss der hoch aufragenden Gestalt des Söldners inmitten des strömenden Regens erkennbar wurde. Sein Schwert glänzte nass, als er sich Anas zusammengebrochener Gestalt zuwandte.

Ramson drehte sich alles. Der Boden verschwamm vor seinen Augen, war nur jeweils kurzzeitig scharf wahrnehmbar.

Beweg dich. Ramson bohrte die Nägel in den Schlamm und mühte sich ab, wieder die Kontrolle über seine Muskulatur zu erringen. Etwas Raues und Hartes grub sich in seine Handfläche. Er hob die Hand. Halb in dem Morast unter ihm vergraben, lag das grobe, nasse Seil, dem er sich mühelos entwunden hatte, während die Söldner durch Ana abgelenkt gewesen waren.

Ramsons Hände schlossen sich um das Seil, das dick wie die Ankerleine eines Boots war.

Auf einmal fiel ihm etwas ein.

Er war geschwächt und erschöpft, in einem Schwertkampf mit diesem Söldner im Nachteil. Doch außerhalb des Gefechts hatte Ramson sehr wohl einen Vorteil.

Bevor Ramson zu einem kyrillischen Verbrecherfürsten geworden war, war er Seemann gewesen. Ein blaublütiger bregonischer Seemann.

Er stand auf, hielt das lange Stück Seil zwischen den Händen ausgestreckt. Innerhalb von Sekunden hatten seine Seemannshände das Ende zu einem Palstek mit einer Schlaufe verknotet, die groß genug war, um über einen Männerkopf zu passen. *So fließend wie der Strom,* dachte er.

Der Regen war jetzt so stark, dass es schwerfiel, weiter als zwölf Schritte zu sehen. Das Brüllen der Sturzflut übertönte jegliches andere Geräusch. Er war wieder auf einem Schiff, mitten in einem Unwetter, und navigierte mit nichts als einem kaputten Kompass und dem Jungen mit der dünnen, eindringlichen Stimme an seiner Seite.

Ramson packte sein Lasso, die Muskeln fester angespannt als eine Sprungfeder. »Hey, Pferdegesicht!«, brüllte er. »Zieh nicht den Schwanz ein, sondern nimm's mit jemandem in deiner Größe auf, ja?«

Der Söldner drehte sich um. Ein höhnisches Grinsen teilte sein hässliches Gesicht, als er seine Dolche in die Hände nahm. »Ich werde dir das Genick brechen«, knurrte er und stürzte auf Ramson zu.

Ramson sprang zurück, ließ gleichzeitig das Seil hervorschnellen, geradewegs auf seinen Feind zu. Die Bewegung war geschmeidig, vertraut. Er hatte sie in einem längst vergangenen Leben schon tausendfach ausgeführt.

Das Seil traf sein Ziel. Wie etwas Lebendiges legte es sich um den Hals des Söldners.

Ramson warf sein Gewicht nach hinten und zog, fest und mit aller Kraft. Der Söldner verlor taumelnd das Gleichgewicht, stolperte über die eigenen Beine, während er zu Boden ging. Seine Finger krallten sich um die Schlinge an seinem Hals.

Ramson sprang vor, das Heft seines Dolches rutschig, aber fest in Händen. Er rammte ihn durch Haut und Sehnen und Fleisch und riss ihn nach oben.

Der Söldner zuckte, und nach ein paar weiteren reflexartigen Bewegungen verebbte seine Gegenwehr. Blut ergoss sich aus seiner Wunde und bildete geräuschlos eine Lache um ihn.

Ramson sank auf die Knie. Der Regen fiel gleichmäßig und wusch bereits das Blut von seinen Händen. Tief durchatmend, versuchte er, das wilde Hämmern seines Herzens und seine zitternden Glieder zu beruhigen.

Er war unvorsichtig gewesen. Beinahe wäre er gestorben. Vielleicht hatte das Gefängnis ihn langsamer gemacht, weicher. Das konnte er sich nicht noch einmal leisten, denn das nächste Mal würde die Hexe vielleicht nicht da sein, um ihm zu helfen.

Er fror und war durchnässt und verletzt, und er hätte in dem Moment gern die Goldblätter in seinem Besitz für ein weiches Bett, ein warmes Feuer und eine gute Flasche bregonischen Brandy hergegeben. Doch er musste weiter, und zwar schnell. Es ließ sich nicht sagen, ob die Söldner in der Nähe Verbündete hatten.

Stöhnend kam er wieder auf die Beine.

Die Hexe lag reglos neben einem Baumstamm, doch nicht sie war es, die er betrachtete. Ramson hielt an der Leiche des ersten Söldners inne. Der Mund des Mannes stand offen, sein Gesicht war zu einem stummen Schrei erstarrt, die Haut seltsam farblos, als wäre sie blutleer.

Und das war sie auch, erkannte Ramson, und ihm wurde leicht übel vor Entsetzen. Das Regenwasser um die Leiche bildete blutrote Lachen. Die Farbe versickerte im Schlamm.

Einmal hatte er eine Geschichte erzählt bekommen über einen schrecklichen Vorfall, der sich vor Jahren mit einer Affiniten ereignet hatte: die Leichen verrenkt, wie ein groteskes Kunstwerk. Das Entsetzen auf den Gesichtern der Opfer. Das Fehlen von Einstichwunden. Und das Blut, all das Blut …

Man hatte sie die Bluthexe von Salskoff genannt. Mittlerweile war die Geschichte zehn Jahre alt. Die Übeltäterin war verschwunden und nie wieder gesichtet worden. Manche hatten es als Zeichen gedeutet, dass die Affiniten erstarkten, dass diese von Dämonenhänden erschaffenen Monster dunklere Kräfte besaßen.

Ramson hatte das Ganze für ein Ammenmärchen gehalten. Doch das hatte ihn nicht davon abgehalten, die Augen nach der mächtigen Affiniten, um die sich dieser Mythos rankte, offen zu halten.

Er hatte jedoch nie damit gerechnet, dass sie nach *ihm* suchen würde.

Ein Husten erregte seine Aufmerksamkeit. Er eilte zu der Hexe. Aus ihrer Nase tropfte Blut. Sie zitterte, war jedoch bei Bewusstsein.

»Alles in Ordnung?« Er berührte ihre Wange mit dem Finger. Ihre Haut war kälter als Eis. Zum zweiten Mal, seit sie einander begegnet waren, betrachtete er sie forschend, ließ den Blick über ihre eleganten Wangenknochen gleiten, das herzförmige Gesicht und das spitze Kinn, das sie schön, aber auch wild aussehen ließ. Sie war jung, zu jung, um die Bluthexe von Salskoff zu sein – doch als er die Hand ausstreckte und ihr Gesicht anhob, war der verblassende Rotton in ihren Augen zu sehen.

Etwas regte sich wieder in seiner Erinnerung – sie sah ein wenig vertraut aus, wie ein Porträt, das er vor vielen Jahren gesehen und das einen einzigartigen, tiefen Eindruck bei ihm hinterlassen hatte. Doch das war unmöglich.

Ramson ließ die Hand sinken. »Wie hast du mich gefunden?«

»Das Gasthaus Zum Grauen Bären. Der Schankwirt.«

»Er hat es dir gesagt?« Sie nickte. Ramson fluchte. »Wir müssen weg von hier. Er wird uns Männer hinterherschicken. Kannst du aufstehen?«

Sie legte den Kopf schräg, ohne seine Frage zu beantworten. »Ich habe ein Pferd mitgenommen.« Ihre Stimme war kaum ein Flüstern, und sie nickte in Richtung der Bäume in ihrem Rücken. »Dort entlang.«

Die Pferde der Söldner waren davongelaufen, sodass ihnen nur ein einziges Ross blieb – dasjenige, das Ana gestohlen hatte. Mit einem resignierten Seufzen richtete er sich auf und begab sich auf die Suche nach dem Pferd.

Das Tier zu finden war ein Höllenunterfangen, da der zu Graupel gewordene Regen ihm die Sicht nahm und seine Stiefel mit jedem Schritt durch Morast patschten. Als er den blassen Umriss dann doch erblickte, hätte er beinahe losgelacht.

»Ein Valkryf?«, fragte er, als er das Pferd zu ihr brachte. »Igor muss die Götter verfluchen, weil du das wertvollste Lebewesen in seinem Gasthaus mitgenommen hast.« Die Hexe lag in der gleichen Position, in der er sie zurückgelassen hatte, vor dem Baum zusammengerollt. Als sie nicht reagierte, ließ er die Zügel fallen und ging neben ihr in die Hocke, hob ihr Kinn und wandte ihr Gesicht seinem zu. »Hexe?«, hauchte er. »Ana?«

Ihre Lider flatterten. Ramson fluchte. Sie würde wieder das Bewusstsein verlieren – und das würde es ihm extrem schwer machen, sie aufs Pferd zu hieven. »Ana«, sagte er eindringlich und schüttelte sie an der Schulter. »Du musst noch ein bisschen länger wach bleiben. Schaffst du das?«

Ihr Kopf neigte sich zu der Andeutung eines Nickens.

Er stand auf und merkte auf einmal, was nicht stimmte. Die Abwesenheit seltsam ozeanfarbener Augen. »Wo ist May?«

Zuvor hatte Anas Gesicht zwar abgezehrt und erschöpft ausgesehen, aber in ihren Augen war ein stählerner Funke gewesen. Doch bei der Erwähnung Mays schien sich jegliche in ihr verbliebene Entschlossenheit aufzulösen. Anas Gesicht verzog sich, und über ihre Züge huschten ein derartiger Kummer und eine Verletzlichkeit, dass Ramson den Blick abwandte mit dem Gefühl, etwas zutiefst Intimes gesehen zu haben.

Aus ihrer Kehle drang ein Schluchzen. »Sie haben sie mitgenommen.« Ihre Schultern sackten herab, und sie schlang die bebenden Arme um sich. »Die Weißmäntel. Ich konnte nicht … ich konnte nicht …«

»Wir holen sie zurück.« Er verfiel auf die erste tröstende Phrase, die ihm in den Sinn kam, und es war die erste, die keine vorsätzliche Lüge war. »Aber im Moment müssen wir weg von hier. Kannst du aufstehen?«

Sie regte sich schwach. Blut lief weiter aus ihrer Nase.

Ohne auf das Zittern seiner eigenen Glieder zu achten, bückte Ramson sich, schlang ihr einen Arm um die Taille und hievte sie auf die Beine.

Schwankend torkelten sie zu Anas Pferd. Es stand mit der charakteristischen Geduld eines Valkryfen still im Regen.

Ramson hob die Hexe – Ana – mit einem Ächzen in den Sattel. Die Hand in ihrem Rücken, um ihr Halt zu geben, schwang er sich hinter sie. Als er die Zügel in die Hände nahm, verspürte er ein frisches Gefühl von Macht in sich, trotz seines geschundenen Körpers. Er war am Leben, mit einer mächtigen Affiniten an seiner Seite, und ritt auf einem Valkryfen zu einem Unterschlupf. Seit seiner Entführung hatte sich die Lage beträchtlich verbessert.

Ana bewegte sich und streckte die Hand nach etwas vor sich aus. Unter großer Anstrengung hob sie einen Lederbeutel hoch, in Ramsons Blickfeld. »Das hier habe ich dem Schankwirt abgenommen«, krächzte sie. »Da ich dich den Kopfgeldjägern abspenstig gemacht habe, gehört es jetzt wohl mir.«

Ramson starrte den prallen Beutel in ihren Händen an, und in seiner Kehle regte sich ein Lachen. Ausnahmsweise einmal hatte er kein Interesse an dem Gold. Es gab so viele Dinge, die er ihr eigentlich sagen wollte, so viele Worte, die ihm auf der Zunge lagen. *Danke, dass du mir gefolgt bist. Danke, dass du für mich gekämpft hast. Danke, dass du mir das Leben gerettet hast.*

Doch Ramson brachte es nicht über sich, etwas davon auszusprechen. Stattdessen stieß er ein heiseres Lachen aus, klopfte auf den Beutel und sagte: »Ich war dir ein guter Lehrmeister.«

14

Ana wachte langsam auf und nahm den kühlen Duft einer regennassen Welt und das Knistern eines Feuers wahr.

Alles tat weh. Sie hatte das seltsame Gefühl, jeder Teil von ihr hätte sich in Stein verwandelt – in schweren, kalten Stein – und dass sie sich nie wieder auch nur einen Zentimeter weit würde bewegen können.

Verschlafen öffnete sie die Augen. Nach und nach wurde ihre Umgebung in dem verschwommenen Wirrwarr aus Licht und Schatten wieder schärfer sichtbar. Ana lag auf einem harten Steinboden. Um sie herum erhoben sich große Säulen, die hoch über ihrem Kopf in Deckengewölbe übergingen. Die kunstvollen Steinmetzarbeiten erinnerten sie an die Tempel, die sie damals in Salskoff besucht hatte. Die dargestellten Männer und Frauen tanzten in einem endlosen Kreis vor einem ineinander übergehenden Hintergrund der vier Jahreszeiten – von Blumen, Herbstblättern und Schneeflocken.

Frühling. Sommer. Herbst. Winter.

Sie war in einem Tempel der Gottheiten, mitten in der Syvernischen Taiga, dem Flüstern der Bäume draußen nach zu urteilen. Mondschein tröpfelte durch die gesprungenen Glasscheiben der langen Fenster und tauchte die Welt in Schatten und Licht. Oben an der Kuppel bildeten runde Fenster einen Ring um die Mitte. Die Fenster waren durch Maßwerk in Viertel unterteilt, in denen, aus Stein getrieben, eine Blume, eine Sonne, ein Blatt und eine Schneeflocke prangten. Der Kreis der Gottheiten – der Deys'krug.

Licht strömte durch das Maßwerk und warf die Symbole als sich überlappende Schatten auf den weißen Marmorboden. Ein leichter Wind regte sich, und wie immer, wenn Ana sich in einem Tempel befand, dachte sie an ihre Tante. Mamika Morganya hatte die Gottheiten immer überaus fromm verehrt, hatte im Palasttempel gekniet, das dunkle Haar zu einem Zopf gebunden, die schönen Rehaugen geschlossen. Wenn Ana jetzt die Augen schloss, konnte sie fast das Seufzen des seidenen Kechyans ihrer Mamika hören, das sanfte Klirren eines silbernen Deys'krug um ihren Hals.

Bei dem Gedanken an ihre Mamika schmerzte ihr Herz. Es war ihre Tante gewesen, die ihr beigebracht hatte, die Legenden der Gottheiten zu interpretieren und einen Fetzen Trost in einer Welt zu finden, die Ana und ihre Art verachtete.

Ana stützte sich auf, holte tief Luft und zuckte zusammen, als sie einen stechenden Schmerz in der Taille verspürte. Ihre eine Hand schnellte zu ihrem Bauch, die andere wollte nach May greifen.

Sie griff ins Leere.

Einzelheiten des vergangenen Abends stürzten wieder auf sie ein. Der Regen. Die Söldner. Das Blut. Galle stieg in ihrer Kehle hoch. Sie rieb sich die Augen, um Schwarzbarts Bild zu vertreiben, sein sich verzerrendes Gesicht, das Blutrot, das aus seinem Mund strömte.

Buchstäblich ausgeblutet.

Das Werk des Deimhovs.

Doch … da war noch etwas gewesen. Jemand, der sie auf ein Pferd hob, sie die ganze Nacht festhielt, während sie durch den dunklen, regengepeitschten Wald ritten. Irgendwann hatte sie das Bewusstsein verloren … und doch …

Ana berührte das grob gesponnene Leinen ihrer Untertunika und der Kniehose; ihre Hände wollten automatisch an einem Umhang mit Kapuze ziehen, der nicht da war. Er lag über einem Stein ausgebreitet neben dem Feuer und trocknete. Ihr Rucksack stand ganz in der Nähe.

»Endlich«, erklang eine vertraute Stimme und ließ sie aufschrecken. In den Schatten einer Säule mit der Steinmetzarbeit eines springenden Fisches regte sich eine Gestalt. Ramson Schnellzunge beugte sich in den Feuerschein, mit glitzernden Augen, den Mund zu diesem Grinsen verzogen, das sie ärgerlich machte. »Ich war es leid nachzusehen, ob du gestorben bist.«

Unbehagen machte sich in ihr breit. Wie lange hatte er schon dort gesessen und sie beobachtet? Gestern Abend war ein Fehler gewesen – sie hatte zu viel ihrer Affinität verbraucht, war am Ende wehrlos. Er hätte sie ohne Weiteres umbringen können.

Doch … das hatte er nicht getan.

Ana verengte die Augen zu Schlitzen. »Mir geht's gut, danke der Nachfrage.« Ihre Stimme kam als heiseres Krächzen hervor, als würde jemand ihre Kehle mit Sandpapier abschmirgeln.

Ramson stand mit einem leisen Lachen auf, hielt einen Wasserschlauch umklammert. Als er näher kam, merkte sie, dass die dunklen Flecke auf seinem Gesicht keine Schatten waren, sondern frische Blutergüsse, die sich zu einem hässlichen Violettton verfärbten. »Danke, dass du mir das Leben gerettet hast, Ramson«, leierte er herunter, spreizte die Hände und kam herübergeschlendert. »Danke, dass du dafür gesorgt hast, dass ich es warm und trocken habe, Ramson. Danke, dass du mir Wasser eingeflößt und alles getan hast, damit ich am Leben bleibe, Ramson.« Er hielt inne, als er sie erreichte, und verneigte sich. »Sehr gern geschehen, meya Dama.«

Sie sah ihn zornig an, wurde jedoch milder gestimmt, als er ihr den Wasserschlauch reichte. Während sie das kühle Regenwasser in sich hineingoss, wurde ihr auf einmal klar, wie durstig und hungrig sie war. »Wie lange habe ich geschlafen?«

»Einen Tag lang.«

Die Worte trafen sie wie ein Fausthieb. Sie hatten einen ganzen Tag vergeudet und *nichts* getan – nichts, wo sie doch diesen Weißmänteln hinterherjagen sollten, die May entführt hatten.

May.

Panik überkam sie. Die Welt schien wegzukippen, als sie rasch aufstand. Sie fiel gegen die Wand, und in ihrer Schulter explodierte Schmerz. »Wir müssen los«, keuchte sie. »Wir haben zu viel Zeit verloren, wir …«

Ramson fiel ihr mit erhobener Stimme ins Wort. »Immer mit der Ruhe. Wir können jetzt nicht aufbrechen …«

»Sie haben sie!« Ihre Stimme überschlug sich beinahe. »Sie haben May. Der Yaeger – er hat gesagt, sie würden sie einsperren …«

»Ana, hör auf!« Seine Stimme schallte laut durch den leeren Tempelraum. Das entspannte Lächeln war aus Ramsons Gesicht verschwunden, und er hatte die Hände zu einer besänftigenden Geste erhoben. »Hör auf und *denk nach*.«

In ihrer Kehle bildete sich ein Kloß bei dem Gedanken an May, wie sie allein auf dem leeren Platz gestanden hatte, die Fäuste geballt. *Du wirst ihr nichts tun.*

Tränen brannten in ihren Augen. Sie hatte versprochen, May für immer zu beschützen. »Na gut«, sagte sie, und obwohl ihre Stimme ein wenig bebte, legte sie stählernen Nachdruck hinein. Sie würde May zurückholen. Und sie würde es auf Ramsons Art machen – indem sie es gründlich durchdachte und sich einen Plan einfallen ließ und zehn Notfallpläne. »Nimm Platz.«

Ramsons Brauen schnellten in die Höhe, doch er zuckte, anscheinend gutmütig, mit den Schultern und setzte sich ihr gegenüber auf den Boden.

»Du wirst mir helfen, sie zurückzubekommen, Betrüger.«

»Ich? Bei den Göttern, wer hätte das gedacht?«

»Ich mache keine Witze. Es ist mir egal, ob es nicht Teil unseres Pakts ist. Ich habe dich vor dem Schicksal bewahrt, das diese Kopfgeldjäger sich für dich ausgedacht hatten. Da du die Sprache des Verhandelns so fließend sprichst, lass es mich folgendermaßen formulieren: Du schuldest mir was, und du wirst es mir zurückzahlen.«

»Da du glaubst, die Sprache des Verhandelns so fließend zu sprechen, lass mich *dir* Folgendes sagen.« In Ramsons Augen war ein spielerisches Glitzern getreten, und er beugte sich beim Sprechen vor. »Wenn du mich nicht gerettet hättest, wären dir dein Pakt und dein kostbarer Alchemist durch die Lappen gegangen.«

Sie würde sich nicht von seinen höhnischen Bemerkungen beirren lassen. »Ich habe dich eine halbe Stunde allein gelassen, und du hast dich von einem Schankwirt und zwei Söldnern übertölpeln lassen.« Ihre Stimmung hob sich ein wenig angesichts des verdrießlichen Ausdrucks, der über seine Züge huschte. Ana beugte sich vor, spiegelte seine Haltung. Sie befanden sich kaum eine Armeslänge voneinander entfernt. »Warum haben sie dich entführt? Wer ist hinter dir her?«

»Ich habe es dir schon gesagt. Es ist das Kennzeichen eines großartigen Verbrecherkönigs, viele Feinde zu haben.«

»Kennzeichen eines großartigen Verbrecherkönigs ist es auch, seine Feinde *besiegen* zu können.« Ana sah ihn unverwandt an. »Du brauchst mich. Du brauchst meine Affinität. Ich habe mit dir einen Pakt. Und ich werde ihn nur einhalten, wenn du mir hilfst.«

Ramson fuhr sich mit einer Hand durchs Haar. »Wenn du May retten willst, schaffen wir es vielleicht nicht rechtzeitig, deinen Alchemisten zu finden – dessen Namen und Aufenthaltsort mir jetzt übrigens bekannt sind.«

Wieder hatte er ihr den Atem geraubt. Und unwillkürlich beugte Ana sich weiter vor, hatte sofort angebissen. »Wo ist er? Warum schaffen wir es nicht rechtzeitig?«

»Wir können ihn nur finden«, sagte Ramson, »indem wir vor Fyrva'snezh in Novo Mynsk eintreffen. Es gibt da eine Veranstaltung, an der wir … teilnehmen sollten.«

»Novo Mynsk«, wiederholte sie atemlos. »Dorthin bringen sie May. Sie werden sie an einem Ort namens Manege auftreten lassen.«

»Wer hat dir das gesagt?«

»Der Yaeger – der Weißmantel.«

»Ach«, sagte Ramson langsam. »Das ... macht die Dinge ein gutes Stück komplizierter.«

»Tut es nicht. Unser Ziel ist Novo Mynsk.«

Ramson seufzte. »Es gibt da einen Namen, den du kennen solltest. Alaric Kerlan. Merk ihn dir gut.«

Wieder dieser Name. Der Schankwirt vom Grauen Bären hatte ihn genannt. Er hatte ihn »Lord« genannt, aber da war etwas Beunruhigenderes, etwas, das sie bis jetzt nicht verstanden hatte ...

»Alaric Kerlan«, flüsterte sie. »Du meinst A. E. Kerlan? Den Gründer der Goldwasser Handelsgruppe?« Es war ein Name, der den meisten Adeligen des Kyrillischen Kaiserreiches vertraut war. Ana hatte ganze Wälzer über kyrillische Geschichte gelesen, in denen die Goldwasser Handelsgruppe als Wendepunkt für Kyrilliens moderne Wirtschaft gepriesen wurde. Doch für den größten Geschäftsmann des Kaiserreiches lebte A. E. Kerlan zurückgezogen. Über ihn bekannt war hauptsächlich, dass er ein Niemand war, der in Bregon aus der Gosse gekommen war und ganz allein eine florierende Handelsroute zwischen dem damals heruntergekommenen Goldwasserhafen und dem Rest der Welt etabliert hatte.

Argwohn flackerte in Ramsons Augen. »Ja«, gab er zu, »aber außerdem der mächtigste Affinitenhändler im ganzen Kaiserreich.«

»Was?« Ihre Welt geriet in Schräglage. Ana packte ihren Arm, ihre Nägel bohrten sich in ihr Fleisch. »Du lügst.« Die Wörter kamen scharf wie Glasscherben hervor.

Der Gründer der Goldwasser Handelsgruppe, des gewaltigsten Geschäftsimperiums im ganzen Kyrillischen Kaiserreich, ein Affinitenhändler?

»Ich versichere dir, ich habe dich schon bei etlichen Gelegenheiten angelogen, aber das hier ist keine davon«, antwortete Ramson ausdruckslos.

Etwas in ihr löste sich auf, ihr Bild von ihrem Reich zerfiel in Stücke und setzte sich zu etwas Dunklem und Seltsamem und völlig Unvertrautem neu zusammen. »Woher weißt du das?«

Es hörte sich nach so einer naiven Frage an. Wussten alle Bescheid, nur sie nicht?

Hatte Papa Bescheid gewusst?

»Es ist mein Beruf, Dinge zu wissen«, erwiderte Ramson. »Nun, wie ich schon sagte, Kerlan ist die Komplikation an unserem Plan.« Er griff nach ihrem Rucksack und stöberte darin herum, bis er eine Landkarte hervorholte. Mit einer schwungvollen Bewegung hielt er sie hoch und deutete darauf. »Novo Mynsk ist Kerlans Revier. Wenn May dorthin verschleppt wird, muss der Affinitenhändler Kerlans Orden angehören. Du sagst, sie wird in der Manege auftreten? Die gehört Kerlan. Und wie es der Zufall so will, ist dein Alchemist ein enger Kumpane von ihm.«

Es fiel Ana schwer, sich wieder auf den Alchemisten zu konzentrieren. Sie unterdrückte den Strudel ihrer Gedanken, schaffte Ordnung in ihrem Kopf. Über ihre in die Brüche gegangene Welt konnte sie später nachdenken. Im Moment lautete ihr einziges Ziel, May zu retten. »Was ist also die Komplikation?«, fragte sie matt. »Wir werden May retten und dann den Alchemisten ausfindig machen.«

Ramson fuhr fort, als hätte er sie nicht gehört: »Kerlan veranstaltet jedes Jahr den prächtigsten Ball zum Fyrva'snezh. All seine Komplizen – alle Verbrecherkönige und Diebe und Menschenhändler im ganzen Kaiserreich – werden zugegen sein. Und das schließt deinen Alchemisten mit ein.« Er warf ihr einen spitzen Blick zu. Ihr Magen verkrampfte sich. »Ich kann uns Zugang zu dem Ball verschaffen. Aber es wird schwierig sein. Sogar gefährlich.« In Ramsons Tonfall schwang eine Herausforderung mit. »Bist du bereit dazu?«

Hierauf wartete sie nun schon seit zwölf langen Monden. Ana bedachte Ramson mit einem kühlen Blick. »Ja.« Sie tippte mit dem Finger auf die Landkarte. »Das bedeutet also, dass wir May vor dem Fyrva'snezh finden müssen.«

Ramson ließ die Karte sinken. »Beides kannst du nicht haben. May aus der Manege zu retten ist, als würden wir an Kerlans Tür klopfen und ihm signalisieren, dass wir da sind. Wir brauchen den Überraschungseffekt, wenn wir an Fyrva'snezh aufkreuzen.«

»Das ist nicht verhandelbar.«

»Ein Fisch in der Hand ist besser als zwei …«

»Mays Leben ist *nicht* verhandelbar!« Ihre Stimme wurde zu einem Schreien.

Es trat Schweigen ein. Über Ramsons Gesicht tanzten Schatten, die Flammen spiegelten sich in seinen zu Schlitzen verengten Augen. »Du musst dich entscheiden«, sagte er nach einer Weile. »Was willst du?«

»Unrecht wiedergutmachen. Was willst *du*?«

»Das habe ich dir schon gesagt. Rache.«

»Rache an *wem*?« Ana beugte sich näher und sah ihm unverwandt in die Augen. Ramson wich ihrem Blick nicht aus, das musste man ihm lassen. »Warum standen diese Söldner im Begriff, dich zu Kerlan zu bringen?«

Ramson ahmte ihre Haltung nach. Sie starrten einander wütend über das Feuer hinweg an, die Hitze umschlang sie wie ein Lebewesen, und zwischen ihnen flackerte glimmende Asche auf. »Ich habe einen Auftrag von ihm vermasselt. Einen Pakt gebrochen. Siehst du jetzt die Verwicklungen?« Angesichts ihres Schweigens stand er seufzend auf. »Kerlan weiß über alles Bescheid, was in seinem Revier vor sich geht. Wenn du versuchst, May zu retten, gehst du das Risiko ein, deinen Alchemisten zu verlieren. Denk darüber nach.« Auf dem Weg nach draußen hielt er inne. »Und, Ana, vergiss eines nicht. Du bist keine Gottheit. Du bist nicht der

Kaiser. Du kannst nicht jeden retten. Also überleg dir, was für dich selbst das Beste ist.«

»Wohin gehst du?«, wollte sie wissen.

»Meine Seele reinigen.«

Sie sah seinem sich entfernenden Rücken nach, und auf einmal wünschte sie, er wäre nicht gegangen. Die Stille lastete drückend auf ihr, und es war, als würde der ganze Tempel mit seinen Wänden voller Figuren sie beobachten.

Ana ließ den Blick über die Steinmetzarbeiten an den Wänden schweifen. Die Gestalten mochten früher einmal mit Gold und Silber und Lapislazuli überzogen gewesen sein, doch die waren längst von Dieben gestohlen worden, nachdem der Tempel aufgegeben worden war. Dennoch war er schön. Ehrfurcht gebietend.

Wie immer erschauderte sie unter den wachsamen Blicken der Gottheiten, sich nur zu deutlich bewusst, was sie war. *Monster. Hexe. Deimhov.* Sie hörte die Schreie von dem Tag vor langer Zeit auf dem Wintermarkt in Salskoff, als sie gelähmt inmitten des Bluts gesessen und der Welt bestätigt hatte, dass sie der Dämon war, für den alle sie hielten.

Doch ein anderer Teil von ihr – ein kleiner Teil – beugte sich vor, sehnte sich nach dem Licht und der Richtigkeit und der Güte. Es war die kleine Flamme der Hoffnung, die ihre Tante vor all den Jahren in ihrer Brust entfacht hatte, mit einem einzigen Satz.

Geschehen war es in einem Tempel genau wie diesem. Der Mond hatte Tränen über schneebedecktem Gelände vergossen und ein kaltes Licht auf Mamas frisches Grab geworfen. Ana war acht Jahre alt gewesen. Sie kniete neben den Statuen der vier Gottheiten mit ihren strengen und herzlosen Mienen. Mit den Fingern fuhr sie über den Marmor, in den die Gesichtszüge ihrer Mutter gemeißelt waren, lange Wimpern, die halbmondförmige Schatten auf hohe Wangenknochen warfen, und schwingende Locken, die immer so voller Leben gewirkt hatten. Das Einzige, was der Marmor nicht einfing, dachte Ana, als sie die kleine Mulde zwischen Mamas Nase und Wangen streichelte, war der satte Beigeton der Haut ihrer Mutter, als sie noch am Leben gewesen war, das gesunde Leuchten ihres Lächelns, das die Welt zu erhellen schien.

Anas Finger zeichneten immer wieder die gleichen Muster auf dem kalten weißen Gesicht aus Marmor und verteilten darauf ihre Tränen.

Es war erst einen Mond her, doch durch Mamas Abwesenheit war der Winter, der in dem Jahr über Salskoff hereingebrochen war, von einer brutalen Kälte, die Schneefälle rau und gnadenlos.

»Warum?« Anas Flüstern hatte in der Luft zwischen ihr und den Marmorgottheiten gehangen, leise und verloren. »Warum habt ihr sie genommen?«

Stur blieben sie stumm. Vielleicht war es wahr, dass die Gottheiten nicht auf die Gebete einer Affiniten hörten.

Eine warme Hand glitt über ihre Schultern, und Ana zuckte zusammen. Instinktiv fuhr sie sich übers Gesicht, um es von Tränen zu befreien, bevor sie sich umdrehte.

Die Augen der Erlauchten Gräfin, von der Farbe blassen Tees, blickten in ihre. Ein paar Momente verstrichen, bevor Morganya sprach. »Deine Mutter war mein Ein und Alles«, flüsterte sie, und Ana hegte keinen Zweifel daran, dass es stimmte. Es war Mama, die Morganya vor all den Jahren in einem Dorf gefunden hatte, ihr Körper zerschunden von den Folterknechten, die sie aus ihrem Waisenhaus entführt und geprügelt hatten. Mama hatte Morganya in den Palast gebracht, und sie waren mehr als Schwestern geworden.

»Haben deine Gebete etwas bewirkt?« Selbst nach all den Jahren hatte Morganyas Stimme nicht die leise, vorsichtige Klangfarbe der Geknechteten verloren.

Ana zögerte. »Ich bin mir nicht … Sie werden nicht … Ich glaube nicht …«

»Du glaubst nicht, dass sie die Gebete von Affiniten erhören.« Die Worte wurden sanft ausgesprochen, doch sie schnitten tiefer als jede Klinge. Ana neigte den Kopf, und es herrschte schamerfülltes Schweigen.

Morganya steckte Ana das Haar auf eine Art hinters Ohr, die sie so sehr an Mama erinnerte, dass sie am liebsten geweint hätte. »Ich werde dir ein Geheimnis verraten«, fuhr die Gräfin fort. »Meine haben sie auch nie beantwortet.«

»Aber du bist ...« *Du bist keine Affinite.*

Morganya packte Anas Kinn und hob ihr Gesicht an, sodass sie ihr in die Augen sehen konnte. »Es besteht kein Unterschied zwischen dir und mir, Anastacya«, sagte sie leise. »Die Gottheiten haben mir schon lange eine Botschaft durch ihr Schweigen geschickt.« Ein stählernes Glänzen schärfte Morganyas Blick. »Es ist nicht ihre Pflicht, uns Güte in der Welt zu gewähren, Kolst Pryntsessa. Nein, Kleine Tigerin – es ist an *uns*, unsere Schlachten zu schlagen.«

Dass ihre Tante sie mit Mamas Spitznamen für sie ansprach, trieb Ana frische Tränen in die Augen. Doch sie antwortete trotz des schmerzhaften Kloßes in ihrer Kehle. »Es ist an uns, unsere Schlachten zu schlagen«, wiederholte sie, ihre Stimme leise, aber ein wenig fester.

Morganya nickte. »Vergiss das nicht. Was auch immer du willst, du wirst es dir selbst nehmen müssen. Und du, Kolst Pryntsessa, wurdest von den Gottheiten auserwählt, die Schlachten zu schlagen, die sie auf dieser Welt nicht schlagen können.«

Damals war es schwierig gewesen, die Worte ihrer Mamika zu verstehen. Beschränkt auf die beiden Fenster ihrer Gemächer, eingeschlossen in den Palast, war es für sie schwer vorstellbar gewesen, dass sie die Wahl hatte, überhaupt irgendwelche Schlachten zu schlagen, geschweige denn sich auszumalen, dass die Gottheiten sie zu etwas bestimmt haben könnten.

Doch vielleicht hatte ihre Tante recht gehabt, erkannte Ana jetzt, während sie unter dem kühlen, mondscheinhellen Blick der gleichen schweigenden Gottheiten saß. Die Gottheiten hatten ihre

Gebete nie beantwortet, doch vielleicht waren all diese Jahre des Schweigens eine Botschaft. *Es ist an uns, unsere Schlachten auf dieser Welt zu schlagen.*

Ihr Blick landete auf einer in den Stein gemeißelten Gestalt eines kleinen Mädchens, das auf einem Feld saß. Blütenblätter wirbelten in einem Phantomwind um die Kleine herum, und ihre Augen waren von Lachfalten umgeben. Als Ana zum ersten Mal in jener leeren Scheune aufgewacht war, hatte May draußen im Schnee gekauert und eine kleine Blume wieder zum Leben erweckt. Ana dachte daran, wie sie May zurück zum Haus von deren Herrin gefolgt war; an die gehässigen Worte und brutalen Hände der Frau.

Sie dachte an den Affinitenhändler in Kyrov, an seine kalten Augen und das helle Haar. An die Kaiserliche Patrouille, deren Umhänge sich in den leuchtenden Weiß- und Blautönen Kyrilliens blähten, während das Tigeremblem stolz auf ihrer Brust prangte.

An den Yaeger, der besiegt vor ihr gekauert hatte. Den zum Opfer gewordenen Jäger.

An May, die taumelte, die Augen vor Überraschung weit aufgerissen, als der Pfeil sie traf. An die zuschwingenden Türen des Schwarzsteinwagens.

Wie war das Kaiserreich so tief gesunken? Das Kyrillische Kaiserreich, das Ana immer so stürmisch und treu im Herzen getragen hatte, war so stolz und so stark wie sein Sinnbild des weißen Tigers, seine Gesetze unanfechtbar und seine Herrscher gütig. Doch was sie in den letzten paar Tagen mit angesehen hatte, besagte anderes. Düstere Schatten waren aus den Lücken zwischen Gesetzen emporgewachsen und beuteten diejenigen aus, die nicht durch Status oder Reichtum geschützt wurden.

Oder war es schon immer so gewesen? Eis kroch durch Anas Adern, und ihr fiel ein, wie schnell Mamika Morganyas Worte abgetan worden waren, als sie einmal die Schuldknechtschaft von Affiniten zur Sprache gebracht hatte. Die Art, wie es unter den Palasthöflingen Geflüster über Mamas Wurzeln in Südkyrillien gegeben hatte. Wie sie selbst lediglich aufgrund ihrer Affinität als Monster gegolten hatte.

Vielleicht, überlegte Ana, war die Welt nie gerecht gewesen. Sie hatte es nur zu spät gemerkt.

Doch ihre Mamika hatte recht.

Wenn es Gerechtigkeit auf der Welt geben sollte, würde sie nicht von den Gottheiten gewährt werden. Und diese Gerechtigkeit fing einen Schritt nach dem anderen an.

Als Ramsons Schritte im Flur erklangen, war Anas Entscheidung getroffen. »Wir holen uns May«, sagte sie leise, als er in Sicht kam, zwei in ein Tuch gewickelte Brote im Arm.

Ramson setzte sich ihr gegenüber auf den Boden und legte die Brote in seinen Schoß. »Du hörst dich überzeugt an.« Er legte den Kopf zurück und wies auf die Steinmetzarbeiten an den Wänden um sie herum. »Lass mich raten: Als die fromme Dama, die du bist, hast du wahrscheinlich zu den Gottheiten gebetet – und natürlich haben sie dir geraten, das *Richtige* zu tun und nicht das Ratsame, Egoistische.«

»Die Gottheiten beantworten meine Gebete nicht«, erwiderte sie.

Ramson schenkte ihr ein schiefes Lächeln. »Meine auch nicht.«

Ana streckte die Hand aus und schnappte sich einen Laib. Das Brot war kalt und hart, doch sie schaffte es nach etlichen Versuchen, davon abzubeißen. »Warum mögen die Gottheiten *dich* nicht? Was stimmt nicht mit dir?« Es fühlte sich an, als sei eine große Last von ihrer Brust genommen. Während sie früher vor einem derart wagemutigen Gesprächsthema zurückgeschreckt wäre, sprudelten die Wörter jetzt einfach so aus ihr heraus.

Ramson schnaubte verächtlich. »Was mit mir nicht stimmt?«, wiederholte er und riss ein großes Stück Brot ab. »Ist das eine rhetorische Frage? Mal sehen.« Ramson kratzte sich am Kinn und machte eine gespielt konzentrierte Miene, während er begann, an den Fingern abzuzählen. »Jüngster Verbrecherkönig des Kaiserreiches, selbstsüchtig, berechnend, hinterhältig, oh, und vergessen wir nicht: sündhaft gut aussehend – muss ich noch mehr sagen?«

»Beantwortest du jemals etwas ernsthaft?«

»Ich beantworte alles ernsthaft.«

Ana verdrehte die Augen und schluckte ihren Bissen Brot hinunter. Ihr Magen knurrte hungrig, doch ihre Gedanken richteten sich auf May. Hatte sie schon gegessen? Fror sie? »Ich möchte gleich bei Sonnenaufgang aufbrechen.«

Ramson nickte. »Gute Idee.« Ein unausgesprochener, beunruhigender Gedanke hing zwischen ihnen: Die Syvernische Taiga war der Ort, an dem nachts die gefährlichsten Geschöpfe von ganz Kyrillien umherstreiften. Ana hatte von Ruskalylichtern gehört, die Wanderer in die Irre führten, von gewaltigen Mondbären, dreimal so groß wie ein normaler Mensch, von Eiswolfgeistern, die aus dem Schnee wie aus dem Nichts hervorsprangen.

»Wir haben einen ganzen Tag gebraucht, um Kyrov von Geisterfall aus zu erreichen«, überlegte sie laut. »Novo Mynsk ist beinahe zehnmal so weit entfernt.«

»Wir haben einen Valkryfen«, stellte Ramson fest. »Laut meinen Berechnungen werden wir ein bisschen über fünf Tage brauchen. Das verschafft uns vier Tage vor Fyrva'snezh, um May zu retten, unsere Namen auf Kerlans Gästeliste zu bekommen und deinen Alchemisten zu finden.« Seufzend fuhr er sich mit einer Hand durchs Haar. »Sonderlich gut stehen unsere Chancen nicht.«

»Du bist der berüchtigtste Betrüger von ganz Kyrillien«, erwiderte Ana trocken. »Miese Chancen sind deine Freunde. Du bekommst das hin.«

»Ich habe keine Freunde. Und falls Kerlan von unserem großen Affinitenraub erfährt, schiebe ich die Schuld auf dich. Wegen deiner Rechtschaffenheit werde *ich* mich nicht von ihm umbringen lassen.«

»Kann gut sein, dass ich dich zuerst umbringe.« Ana sah zu, wie er zu dem Stapel Brennholz ging. »Ramson?«

»Ja?«

Erst zögerte sie, aber dann sprudelten die Worte hastig aus ihr hervor. »Wie heißt er? Der Alchemist. Du hast gesagt, du wüsstest seinen richtigen Namen.«

Im ersten Moment rechnete sie fast damit, dass er den Pakt ansprechen, ihr sagen würde, dies sei eine Information, um die sie würde feilschen müssen. Doch Ramson sah sie nur an und sagte leise: »Pyetr Tetsyev.«

Pyetr Tetsyev. Mit geschlossenen Augen prüfte sie den Namen auf der Zunge. *Pyetr Tetsyev.* Es hörte sich nicht nach einem bösen Namen an, er hätte jedem gehören können – einem Gelehrten, einem Professor, einem Mann, dem sie vielleicht an einer Straßenecke hätte begegnen können.

Pyetr Tetsyev. Der Palastalchemist *existierte*. Sie hatte das vergangene Jahr nicht damit verbracht, einem Phantom nachzujagen; er war real. Und er war in der Nähe. Das fehlende Puzzleteil zum Mord an ihrem Vater befand sich weniger als eine Woche Reisezeit entfernt.

Und sie wiederholte seinen Namen immer wieder, bis sie einschlief: ein Singsang von einem Gebet, ein Racheschwur.

15

Im Gegensatz zu den offenen Weltmeeren und den regengetränkten Mooren aus Ramsons Kindheit war Kyrillien ein eisiges, in ewigem Winter erstarrtes Land. Der Wald lag unter endlosem Schweigen da, Silber bestäubte die Äste hoher Kiefern und die gelegentlichen Flächen weißen Schnees in Gegenden, wo noch niemand gereist war. Sein Atem kringelte sich zu Wölkchen, und die frische Kälte der Luft hielt ihn wach, während er den Valkryfen vorwärtstrieb und die Affinite unangenehm dicht vor ihm saß. Über ihren Köpfen versprach der dunstige graue Himmel sehr, sehr bald Schnee.

Sie hatten den ersten Tag ihrer Reise mit dem Schmieden ihres Plans zugebracht. Er hatte ihr die Manege, das kerlansche Anwesen und dessen Ball detailliert beschrieben – natürlich nicht in allen Einzelheiten, aber denjenigen, die sie wissen musste –, und sie waren endlich, *endlich*, nach stundenlangen hartnäckigen Fragen und Einwänden des sturen Mädchens zu einer Übereinkunft gekommen.

Am zweiten Abend schlugen sie ihr Lager in einer verlassenen Dacha am Rand einer kleinen Stadt namens Vetzk auf. Nachdem Ramson überprüft hatte, dass die Vorhänge zugezogen waren, entfachte er ein Feuer und ließ sich nieder, um seine Wunden zu versorgen. Die Hexe saß ihm gegenüber. Zusammengekauert, die Knie an die Brust gezogen, sah sie kleiner, verletzlicher aus. Beinahe wie das junge Mädchen, das sie war.

Ramson wusste, dass sie alles andere war. Er hatte vorgehabt, sie nach dem Kampf im Regen zu ihrer Affinität zu befragen, nachdem er jenen Söldner gesehen hatte, der ausgeblutet worden war. Im Laufe seiner jahrelangen Zusammenarbeit mit Kerlan hatte er gedacht, er hätte alles gesehen – Abscheulichkeiten, seltsame und perverse Affinitäten –, doch dieser tote Söldner war etwas völlig anderes gewesen. Etwas Albtraumhaftes.

»Ich habe mich nie bei dir dafür bedankt, dass du mich gerettet hast«, brach er das Schweigen.

Sie zuckte zusammen und blinzelte, als tauchte sie aus einer Trance auf. Ausnahmsweise einmal hatte ihre Miene nichts Abweisendes. Majestätisch neigte sie das Kinn. »Gern geschehen.«

»Du bist die mächtigste Affinite, die ich je gesehen habe«, sagte er. »Was genau *ist* deine Affinität?«

Er konnte sehen, wie die Abwehr in ihren Augen hochfuhr, wie sich ihre Miene verschloss, als bereitete sie sich auf einen Kampf vor. »Fleisch.«

Es war eine schlaue Lüge gewesen – und anfangs hatte sie ihn an der Nase herumgeführt. Fleischaffinite sah man, obwohl sie mächtig waren, in der Lehre bei Metzgern und dergleichen. Eine Affinität zu Blut hingegen – nun, die Bluthexe von Salskoff war die einzige bekannte Blutaffinite, von der gemunkelt wurde. Ramson bohrte weiter. »Hast du so den Söldner ausbluten lassen? Mit deiner *Fleisch*affinität?«

Ihre Lippen wurden schmal.

»Es gibt da eine Geschichte«, fuhr Ramson fort, »von einer Affiniten, die vor ungefähr zehn Jahren in Salskoff aufgetaucht ist.« Ihre Augen glänzten im Feuerschein, doch sie ließ sich nichts anmerken. »Sie hat mit einem einzigen Gedanken acht Menschen umgebracht. Man nannte sie die Bluthexe von Salskoff. Sie wurde nie wieder gesehen, von ihrer besonderen Art des Tötens, dem Ausbluten ihrer Opfer, hat man lange Zeit nichts mehr gehört.«

Das Feuer knisterte zwischen ihnen. Ramson vollzog einen Drahtseilakt. Ein einziger falscher Schritt konnte dazu führen, dass er abstürzte. Er wählte seine Worte sorgfältig. »Ich habe immer gedacht, ich wäre ihr gern begegnet.«

Etwas in ihrem Blick änderte sich, sei es vor Argwohn oder Überraschung, und sie sah weg. »Wieso?«

Beinahe stockte ihm der Atem. »Um sie verstehen zu können. Sie zu fragen, warum sie es getan hat.«

»Es war nie ihre Absicht.« Ihre Stimme war leise wie ein Seufzen, und während sie in die Flammen blickte, war ihr Gesicht ein See der Trauer. »Es lag nie in ihrer Absicht, jemandem Leid zuzufügen.«

Das Eingeständnis kam unerwartet und weckte tief in ihm Erinnerungen, solche, die er unter der großen Legende von Ramson Schnellzunge, die er über die Jahre für sich erschaffen hatte, vergraben hatte. Bis tief in die Knochen kannte er das Gefühl, jemandem wehzutun, ohne etwas dagegen unternehmen zu können.

Und diejenigen, denen man wehtat, waren normalerweise diejenigen, die einem am nächsten standen.

Ramson war sieben gewesen, als er Jonah Fischer begegnete, am ersten Tag ihrer Militärausbildung. Er hatte den schlaksigen, dunkelhaarigen Jungen gemustert, der aussah, als hätte man einen Schatten in die Länge gezogen, und der die Steinflure mit einem gleichmäßigen, vornübergebeugten Gang entlanglief. Als sein Name verkündet wurde, erhob sich ein Kichern unter den Jungen und Mädchen. *Fischer* war kein richtiger Nachname; Fischer war ein Nachname, den man bregonischen Jungen aus den Waisenhäusern des Saphirhafens anhängte.

Und es betraf Ramson mehr, als ihm lieb war.

Er selbst war nahe daran gewesen, diesen Namen zu bekommen. Es hatte etwas damit zu tun, dass seine Mutter nicht richtig mit seinem Vater verheiratet war, hatte er erfahren. Doch während manche Kinder wie Ramson auf Nimmerwiedersehen verschwanden, hatte Admiral Roran Farrald, der zweitmächtigste Mann des Königreiches Bregon, Ramson stattdessen aus der Kleinstadt Elmford geholt, wo seine Mutter wohnte, und ihn dazu auserwählt, die Blaue Festung zu besuchen, die Elitemilitärschule von Bregon. Nur die Besten wurden ausgesucht, darunter auch Affiniten, und Ramson nahm es als Vertrauensgeste. Er schwor, er werde den Vater, der so unnahbar wie der Mond am Nachthimmel blieb, ein einfarbiges Licht, kalt und hell, niemals enttäuschen.

Doch Kinder waren ausgesprochen feinfühlige Wesen, und die hinterhältigen Beleidigungen, die er den Großteil seines Lebens zu hören bekommen hatte, waren nicht spurlos an ihm vorübergegangen. Ebenso wenig gemunkelte Wörter wie *Bastard* und *Günstling*.

Jetzt machte ihm das spöttische Gejohle seiner neuen Klassenkameraden Angst, und er stimmte mit ein und sorgte dafür, dass seine Hänseleien die gemeinsten und seine Stimme die lauteste unter allen waren.

Jonah Fischer hielt inne. Er sah sich mit gelangweilter Miene um, als wäre er lieber sonst wo, bloß nicht dort. »Habt ihr nichts Besseres zu tun?«, fragte er.

Die Klasse brach in Gelächter aus, Ramson inbegriffen. Er hatte schon früher Menschen in Jonah Fischers Dialekt sprechen hören, unten auf den Fischmärkten und draußen in den ärmsten Außenbezirken des Saphirhafens. Ramson war ein in der Stadt aufgewachsener Junge, und sein Vater hatte für seinen Unterricht bezahlt, seit er fünf Jahre alt geworden war. Er bildete sich etwas darauf ein, der schnellste Denker und flinkste Redner der Klasse zu sein.

Ein Knall ertönte im Saal. Er hallte mehrfach wider, während sich völliges Schweigen ausbreitete.

Jonah Fischer hatte sich einen Kampfstab von den Gestellen an der Seite des Übungssaals geholt und hielt ihn in den Händen. Er stand vor der Klasse, immer noch mit dieser desinteressierten Miene. »Ihr alle solltet euren Worten lieber Taten folgen lassen.« Seine Stimme war gelassen, doch in seinen Worten schwang ein bedrohlicher Unterton mit. »Zeigt, dass ihr wisst, wie man *wirklich* kämpft. Macht schon!«, stachelte er sie an und erntete bei den Kindern nur stumme Reglosigkeit.

Ramson sah sich um. Der Ausbilder war fort, in der Nähe befanden sich keine Erwachsenen. Nur eine Klasse mit mehreren Dutzend Kindern, aus denen eines Tages die Eliteseesoldaten von Bregon werden sollten. Die um den höchsten Rang in der Flotte seines Vaters kämpfen würden.

Günstling.

Er würde es ihnen zeigen. Er würde ihnen zeigen, dass er kein *Fischer* war, kein *Bastard*, kein von seinem eigenen Vater gemiedenes Abfallprodukt. Er war der Sohn von Admiral Roran Farrald.

Er würde es beweisen.

Ramson trat vor. Er spürte, wie sich sämtliche Blicke seiner Klassenkameraden auf ihn richteten, und die Aufmerksamkeit war Wind in seinen Segeln, trieb ihn an und schenkte ihm Mut. »Wir hier in der Blauen Festung lassen unseren Worten sehr wohl Taten folgen«, sagte er kühl und griff selbst nach einem Stab. Bis zu diesem Tag hatte er noch nie einen in Händen gehalten. Der Stab war schwerer, als er erwartet hatte, das Holz rau an seinen Handflächen.

Fischer sah Ramson aus seinen schwarzen Augen an. Er hob den Stab auf eine beunruhigend gewandte Art. Die Waffe bewegte sich locker in seinen Händen und glitt wie eine Verlängerung seines Körpers durch die Luft.

Ramson ahmte ihn nach, indem er seinen eigenen Stab hob. Der Stab schwankte unsicher, war nicht im Gleichgewicht. Ramsons Herz hämmerte in seiner Brust, und sein Mut verflüchtigte sich so schnell wie eine Wasserpfütze an einem bregonischen Sommertag.

Jonah Fischer schlug zu. Er erinnerte Ramson an einen Vogel – einen gewöhnlichen Raben, dunkel und zerzaust und wenig beeindruckend, aber überraschend schnell.

Der Stab traf Ramson, und er taumelte zurück, biss die Zähne zusammen gegen den Schmerz, der quer über seiner Brust brannte. Er holte unbeholfen gegen Fischer aus, doch der drehte sich mühelos weg.

Noch ein Schlag auf Ramsons Oberschenkel, und diesmal schrie Ramson auf. Beim dritten Schlag gaben seine Knie nach, und bevor er auch nur Luft holen konnte, war der Kampf vorüber, und er lag auf dem Steinboden. Jonah Fischer stand über ihm. Ramson keuchte heftig, und er schmeckte die salzigen Tränen, die in seiner Kehle aufstiegen, während er den anderen Jungen anstarrte.

Was als Nächstes passierte, war eine der größten Überraschungen in seinem ganzen Leben, an die Ramson sich erinnern konnte.

Fischer streckte eine Hand aus.

In seinem blassen, schmalen Gesicht war keine Spur von Arroganz. Seine Züge waren immer noch zu dieser gelangweilten Miene verzogen, als könnte ihn nichts auf der Welt interessieren.

Ramson tat das einzig Annehmbare, das ihm in den Sinn kam. Er schlug Fischers Hand aus. »Ich brauche deine Hilfe nicht«, knurrte er und erhob sich auf die Beine. »Wir sind keine Freunde. Das werden wir niemals sein.«

Als Ramson Fischer stehen ließ, um sich humpelnd zu seiner verblüfften Klasse zu gesellen, erhaschte er einen Blick auf eine Gestalt an der Tür. Ein Aufleuchten sonnengebräunter Haut und sandbraunen Haars, eine marineblaue, mit Gold verzierte Tunika, an der Hüfte ein glänzendes Schwert.

Roran Farrald wandte sich von der Tür ab und ging.

Enttäuschung und Schmach brannten in Ramsons Wangen. Er warf Fischer, der allein an der anderen Seite des Saals stand, einen letzten Blick zu und schwor sich, er würde diesen Jungen besiegen, und wenn es das Letzte wäre, was er tat.

Alles jedoch hatte sich mit einem Boot, einem Unwetter und einer Stimme verändert.

Die Bregonier verfügten über die beste Marine der Welt, aber in erster Linie waren sie ganz einfach Seeleute. Und jedes bregonische Kind, das für die Marine ausgebildet wurde, verbrachte die Hälfte seiner Zeit auf den Meeren.

Es war ein nächtlicher Drill während Ramsons zweitem Ausbildungsjahr gewesen. Der Himmel war mondlos, und das Wasser war schwarz und kalt, regte sich unbehaglich mit dem aufkommenden Wind.

Das Unwetter suchte sie in den frühen Morgenstunden heim. Die Winde kreischten, und die Wellen standen höher als Mauern, warfen das kleine zweimastige Segelschiff mit zehn bregonischen Auszubildenden wie ein Blatt im Wind hin und her. Noch Jahre später wachte Ramson mitten in der Nacht auf mit dem Gefühl, im Dunkeln herumgeschleudert zu werden, den Geschmack blinder Todesangst deutlich auf der Zunge.

Als Kapitän seiner kleinen Brigg hatte er Befehle von den Webleinen aus gebrüllt, als sich eine Welle aus der schwarzen Nacht aufbäumte und gegen ihn donnerte. Er wusste noch, dass er gestürzt war, die Welt ein sich drehendes Durcheinander aus Masten und Segeln und Holz. Er hatte die Oberfläche des Ozeans durchschlagen, und dann waren da nur noch Dunkelheit und Stille.

Die ersten Momente bestanden aus blinder, Furcht einflößender Orientierungslosigkeit. Ramson ruderte mit den Armen und trat um sich, ohne zu wissen, ob er nach oben oder unten oder zur Seite schwamm. Die Welt um ihn herum drehte sich immerzu im Kreis, während eine Welle nach der anderen über ihm zusammenschlug. Der Sturz ins Meer hatte ihm fast die ganze Luft aus der Lunge gepresst, und während der Druck in seiner Brust anstieg und seine Glieder vor Sauerstoffmangel brannten, schickte er ein Gebet an die Götter.

Ein Arm hatte sich um seine Mitte geschlossen, und er hatte gespürt, wie er von der Strömung und diesem Arm immer weiter nach oben gezogen wurde. Ramson hatte geglaubt, er würde sterben, bis er die Wasseroberfläche durchbrach und die Welt wieder in einem Ansturm von Wellen und Winden und Regen auf ihn einstürzte.

»Schwimm«, erklang eine ruhige Stimme an seinem Ohr. Hustend und spuckend hatte er sich umgedreht und gesehen, dass der Waisenjunge ihn mit dem Arm gepackt hielt und ihn durch die schäumenden Wellen zog. Der Junge hatte sich umgedreht, das schwarze Haar ans blasse Gesicht geklatscht. In dem schmalen, unterernährten Gesicht erblickte Ramson zum ersten Mal im Leben wahren Mut. »Schwimm«, wiederholte der Junge, »oder wir sterben beide.«

Ramson schwamm.

Der Zorn des Ozeans trug sie empor, riss sie nach unten und immer so fort, zwei kleine, unbedeutende Leben, wie unstet flackerndes Kerzenlicht in einem tosenden Sturm. Doch Ramson hielt sich an Jonah Fischer fest und schwamm, machte einen schwerfälligen Beinschlag nach dem anderen, eine müde Armbewegung und noch eine. Die Kälte ließ seine Glieder taub werden und raubte ihm jegliche Kraft.

Der Rhythmus der Wellen lullte beide Jungen ein. Irgendwann musste Ramson die Augen geschlossen haben und beim Schwimmen eingeschlafen sein. Das Nächste, was er wahrnahm, waren die unverkennbaren Rufe von Männern über ihm und ein Platschen im Wasser. Jemand band ein Seil um ihn, und er wurde nach oben aufs Schiff gehievt, mit baumelnden Gliedern und tropfend wie ein nasser Schwamm.

Das durchtränkte Holz des Decks fühlte sich wie das Himmelreich an, und trotz des schaukelnden Schiffs und der Schreie und Schritte und der Hände, die ihn in Decken einwickelten, hätte er auf der Stelle einschlafen können.

Ramson hob den Kopf, sah nur verschwommen. »Fischer«, krächzte er.

Im Dunkeln tauchte das Gesicht eines Jungen auf, weiß vor der schwarzen Nacht, die Lippen blau angelaufen und zitternd.

Die Frage hatte Ramson in der Kehle gesteckt, seit er zum ersten Mal Fischers Gesicht wie ein Gespenst aus den stürmischen schwarzen Wellen hatte aufragen sehen. »Warum hast du mich gerettet?«

Fischer zuckte die Schultern. »Weil ich es konnte.«

Eine klare Antwort war es nicht, aber Antwort genug. Halb erfroren und ohne einen klaren Gedanken fassen zu können, spürte Ramson, wie ihm Scham in die Wangen stieg und das schlechte Gewissen seinen Magen krampfen ließ. Er hatte Jonah Fischer abscheulich behandelt … und Fischer hatte ihm das Leben gerettet.

»Danke.« Das Wort war so leise und das Unwetter so laut, dass er nicht glaubte, Fischer habe ihn verstanden.

Selbst an der Schwelle des Todes sah Jonah Fischer gelangweilt aus. Doch dann tat er etwas, was Ramson zum zweiten Mal im Laufe ihrer kurzen Bekanntschaft überraschte.

Jonah Fischer lächelte. Es war ein beunruhigendes, verlegenes Lächeln, eher eine Grimasse, die nicht zu seinem kränklichen Gesicht und den langen, tropfnassen Haaren und dunklen Augen passen wollte. »Nenn mich Jonah«, stieß er keuchend hervor.

Ramson sollte bald erfahren, dass Jonah nach dem Jünger des Meeresgottes benannt war, der als mystischer Geisterwal wiedergeboren worden war. Seit dem Tag war Jonah der Bruder, von dem Ramson noch nicht einmal geahnt hatte, dass er ihn haben wollte. Der Waisenjunge schien sich mit allem auszukennen, von bregonischer Politik bis hin zu Geheimgängen in der Blauen Festung und den besten Methoden, um bei den Prüfungen zu schummeln. Es dauerte nicht lange, bis er sich auch mit anderen Dingen beschäftigte – Dingen, um die sich normale Kinder, die in der Blauen Festung lernten und trainierten, nicht kümmerten. Jonah schien sich besonders für die Politik der Erwachsenen zu interessieren, für bregonische Kriegsführung, dafür, was die neuesten Schiffsladungen von den Königreichen der Aseatischen Inseln brachten, für neue kyrillische Gesetze über die Schuldknechtschaft von Affiniten. Er schlich sich oft in die Stadt und machte dann bei seiner Rückkehr tagelang einen gedankenversunkenen und unnahbaren Eindruck.

»Du solltest dich in der Schule mehr anstrengen«, schalt Ramson ihn. »Wie willst du je aufsteigen, wenn du deine Aufgaben nicht erledigst? Die Mädchen mögen die schlauesten und stärksten Rekruten.« Er grinste. »Wie mich.«

»Die Mädchen mögen mich wegen meines guten Aussehens«, erwiderte Jonah träge.

Ramson brach in Gelächter aus. »Gutes Aussehen? Du siehst aus wie eine gerupfte Krähe, Jonah Fischer!«

»Und du siehst wie ein ausgenommener Fisch aus mit deiner dummen Visage«, neckte Jonah ihn. Dann wurde er wieder ernst, während er sich Ramsons Frage durch den Kopf gehen ließ.

»Ich sehe wohl keinen Sinn darin, derart veraltete Geschichten zu lernen, wenn sich direkt vor unserer Haustür sehr reale Tragödien abspielen.«

»Zum Beispiel?«

»Menschen verhungern, obwohl wir hier mehr als genug Lebensmittel haben. Menschen sterben an Krankheiten, obwohl wir ein ganzes Lagerhaus voller Medizin gebunkert haben.«

»Weil wir wichtig sind«, hatte Ramson geantwortet. »Man hat uns ausgewählt, damit wir zukünftige Anführer von Bregon werden …«

»Sei nicht naiv, Ramson. Ich war früher einer dieser verhungernden Menschen. Es besteht kein Unterschied zwischen uns und ihnen.«

»Nun …« Die Vorstellung, dass sein durchstrukturiertes Leben aus schriftlicher Arbeit und Training und eine Zukunft als Marinekommandant verkehrt sein und Missfallen bei jemandem erregen könnten, der ihm so nahestand, beunruhigte Ramson. »Wenn wir uns erst einmal bis nach ganz oben gearbeitet haben, wenn wir erst einmal Admiral sind, werden wir in der Lage sein, die Dinge zu ändern. Deshalb solltest du eben deine Aufgaben erledigen. Ansonsten wirst du es nie schaffen.«

Zwar hatte er nicht damit gerechnet, dass seine Worte Eindruck auf Jonah machen würden, doch sie taten es. In dem Jahr richtete Jonah seine Aufmerksamkeit auf seine Studien. Und natürlich war er ärgerlicherweise bei allem, was er tat, ein Ass, mit müheloser Leichtigkeit und charakteristischer Wortkargheit.

Ramson hingegen war stolz darauf, der bessere Redner zu sein – ja, der beste Redner unter den bregonischen Marinerekruten.

»Was hast du davon, in allem gut zu sein, wenn du es nicht schaffst, allen zu sagen, dass du in allem gut bist?«, hatte er Jonah einmal aufgezogen, als sie in ihrem vierten Ausbildungsjahr waren.

Jonah warf ihm einen spitzen Blick zu, während er fertig kaute und hinunterschluckte, was er sich in der Küche zusammengestohlen hatte. Er war immer noch so dünn wie am Tag ihrer ersten Begegnung, und ganz gleich, wie viel er aß, schien sich daran auch nichts zu ändern. »Wenn du dann mit dem Gerede fertig bist, Ramson von der schnellen Zunge, trete ich dir in den Hintern. Das habe ich davon.«

Darauf fiel Ramson keine Antwort ein.

Jonah tauchte einen Finger ins Wasser und beschrieb einen trägen Kreis. Sie lagen ausgestreckt auf einem Fischerkahn, aalten sich in der hochsommerlichen Sonne, die sich in den Wellen mit ihren weißen Kronen spiegelte und alles dunstig glitzern ließ. Der Ozean seufzte, die Luft war mild, Ramsons Magen war voll, und sie rochen nach Schweiß und Salz und nassem Holz.

»Hör mal«, sagte Jonah, und Ramson stöhnte. Jonah hatte die Angewohnheit, auf brutale Weise ehrlich zu sein, und Ramson bekam den Großteil davon ab. »Ich weiß, dass du es tust, um irgendwas zu kompensieren.«

»Kompensieren? Und ich dachte, große Wörter wären meine Sache, Fischer.«

»Dein Vater«, fuhr Jonah fort und drehte den Kopf, sodass sich seine dunklen Augen wie Haken in Ramsons bohrten. Rabenaugen. Selbst jetzt sprach er noch mit seinem Unterschichtsdialekt. Statt ihn abzulegen, hatte er ihn beibehalten und zu etwas Annehmbarem, ja Bewundernswertem gemacht. »Du tust das alles für ihn.«

Ramson setzte sich auf. »Das ist nicht wahr.«

»Doch«, sprach Jonah gelassen weiter. »Er hat jetzt eine Tochter, aber du glaubst immer noch, du hättest eines Tages eine Chance auf seinen Titel.«

Bei Jonahs Erwähnung seiner Halbschwester verkrampfte sich etwas in Ramson. Es ging das Gerücht um, sie sei alt genug, um in einem Jahr die Ausbildung in der Blauen Festung anzutreten, und er war ihr bisher noch kein einziges Mal begegnet.

Ramson bezweifelte, dass er es je tun würde. »Jeder hat die Chance, Admiral zu werden«, stieß er brüsk hervor, und die nächsten Worte waren gesagt, bevor er nachdenken konnte. »Selbst *du*.«

Jonahs Finger hielt inne. Die Kreise hörten auf, und Ramson erstarrte. Er wünschte, er könnte das Gesagte zurücknehmen und hinunterschlucken. Die Wellen schienen sich zu legen, das Holz unter seinen Händen war auf einmal sengend heiß.

»In Wahrheit werde ich das wahrscheinlich nicht«, sagte Jonah schließlich. Ramson warf Jonah einen Blick zu, doch der fuhr ungerührt fort: »Die Welt besteht aus zwei Teilen, Ramson: den Mächtigen und den Bauern. Waisen wie ich? Ohne Familie oder Vermögen oder auch nur einen Namen? Aus uns wird nie etwas. Macht züchtet Macht heran, und es gelingt nur wenigen ohne Macht, sich den Weg zur Spitze zu erkämpfen.«

Die Wellen dröhnten in Ramsons Ohren, und Salzkörner brannten auf seinem Gesicht. »Das ist nicht wahr«, brachte er nach einer Weile hervor. »Der beste Marinekommandant wird Admiral. Wir alle haben eine Chance.« *Ich habe eine Chance.*

»Das erzählen sie einem. In ein paar Jahren wirst du sehen, wie viel Wahrheit dahintersteckt.« Jonah zuckte mit den Schultern. »Schon gut. Ich habe meinen Frieden damit geschlossen. Eigentlich wollte ich nur sagen, du solltest nichts für jemand anderen als dich selbst tun. Besonders nicht für jemanden, der sich einen feuchten Kehricht um dich schert.«

Ramsons Kehle war wie zugeschnürt. Jonahs Worte klapperten in seinem Schädel herum und sprachen ihm das einzige Ziel ab, dem er sich mit jeder zusätzlichen Übungsstunde verschrieben hatte, die er in der Blauen Festung absolviert hatte, um seine Fertigkeiten zu perfektionieren, um der Allerbeste zu werden.

Um Admiral zu werden.

»Ich glaube nicht …«, setzte er an, doch Jonah warf ihm etwas zu. Instinktiv griff Ramson den Gegenstand aus der Luft. Er glänzte bronzefarben, größer als seine Handfläche.

Ein Kompass.

»Es heißt, dies sei das Einzige gewesen, was sie bei mir fanden, als ich ins Waisenhaus kam«, fuhr Jonah fort. »Ich hatte keine Ahnung, was es war, aber ich habe im Lauf der Jahre darüber nachgedacht. Die Sache ist die, Ramson: Du kannst alles auf der Welt erreichen, aber wenn es für jemand anderen ist, ist es sinnlos. Überleg dir, was du in diesem Leben tun willst. Lebe für dich. Du magst das stärkste Schlachtschiff der Welt sein, aber ohne Kompass kannst du nicht navigieren.« Jonah drehte sich weg und schloss die Augen vor den Sonnenstrahlen. Der Anflug eines Lächelns umspielte seine Lippen, als er die Hand in den Ozean tauchte und wieder anfing, Kreise zu ziehen. »Behalte ihn, und denk dran: Dein Herz ist dein Kompass, Ramson von der schnellen Zunge.«

Der Kompass war ein verrostetes altes Gerät, die Bronzeränder vom Alter und durch Berührungen dunkel. Das Glas war gelblich, und die kleine papierne Landkarte im Innern sah aus, als wäre sie durch Teeblätter verfärbt und teilweise verbrannt. Doch er funktionierte immer noch, und Ramson hatte ihn in seine Tasche gesteckt und bei sich behalten. Er war mit den Fingern darübergefahren, wenn er Glück oder Mut brauchte oder auch nur eine kleine Erinnerung daran, dass er Jonah hatte und alles gut werden würde.

Der Kompass war bis zu Jonahs Tod, beinahe genau ein Jahr später, Ramsons ständiger Begleiter gewesen. Ramson wusste noch, wie er das Ding gegen die Wand geschleudert hatte. Als er es wieder aufhob, sah er, dass sich die Nadel wie ein kaputtes Steuer inmitten des zerbrochenen Glases drehte, immer schneller, bis sie in der wilden Bewegung nur noch verschwommen zu erkennen war. Und Jonahs Tod hatte Ramson ganz genauso zurückgelassen, kaputt und richtungslos und völlig außer Kontrolle.

Ramson blinzelte, und die Spuren seiner Erinnerungen verschwanden. Er befand sich wieder in der kleinen Dacha, das Feuer erstarb allmählich, und das Affinitenmädchen – Ana – war an der gegenüberliegenden Wand zusammengerollt, betrachtete ihn über die flackernde Glut hinweg. Phantome tanzten als Licht- und Schattengestalten um sie beide herum, und er hegte den Verdacht, dass er nicht der Einzige war, der an diesem Abend von Geistern aus der Vergangenheit heimgesucht wurde. »Ich würde der Bluthexe sagen, dass ich es verstehe«, sagte Ramson leise. »Ich hatte auch nie die Absicht, jemandem wehzutun.«

Es war eine Halbwahrheit. Nach Jonahs Tod hatte Ramson alles darangesetzt, dass diese Behauptung nie wieder zutreffen würde. Er hatte absolut jedem wehgetan, der ihm in die Quere kam. Und sogar denjenigen, die es nicht taten.

Doch als Ana ihn mit großen Augen ansah, mit Neugier auf dem Gesicht, das jetzt wie ein offenes Buch war, zögerte ein Teil von ihm.

Was willst du?

Unrecht wiedergutmachen. Was willst du*?*

Das habe ich dir schon gesagt. Rache.

Das war die letzten sieben Jahre sein Motto gewesen, auch wenn das flüssige Feuer seiner Wut zu kaltem Stahl abgekühlt war. Rache für das, was sein Vater getan hatte, für sämtliche Makel dieser kaputten, korrupten Welt.

Für Ramsons eigene Makel, die Jonah Fischer das Leben gekostet hatten.

Doch als er eine Handfläche vor den ersterbenden Schein des Feuers hielt, konnte er fast den geisterhaften Umriss eines Kompasses erkennen. Jonahs Worte als Flüstern in seinem Ohr vernehmen: *Du kannst alles auf der Welt erreichen, aber wenn es für jemand anderen ist, ist es sinnlos. Lebe für dich.*

Fast hätte Ramson sich umgedreht, als erwartete er, Jonah neben sich an der Wand lümmeln zu sehen, ihn aus diesen dunklen, halb geschlossenen Augen beobachtend.

Ruckartig ballte Ramson die Hand zur Faust. Die Geister verschwanden, und da war nur die Hexe, die vor ihm saß, den Kopf schräg an die Wand gelehnt, während sie eindöste.

So eine leichte Beute. Er würde ihr Mitleid erregen, sie zu seinem eigenen Nutzen manipulieren, bis sie ihm vertraute.

Das würde es ihm erleichtern, sie – die berüchtigte Bluthexe von Salskoff – Alaric Kerlan zu übergeben. Das wäre ein besserer Pakt, der beste, den Ramson je eingegangen war, im Tausch gegen eine saubere Weste.

Als er sich jedoch auf den harten Boden legte, den eigenen Arm als Kopfkissen, fragte er sich, warum etwas, was eigentlich ganz leicht sein sollte, stattdessen schwieriger zu werden schien.

16

Es dauerte fünf Tage, bis sie Novo Mynsk erreichten, eine sich weit ausbreitende Riesenstadt im Süden des Kaiserreiches. Es war eine Stadt der Extreme, in der Häuser aus weißem Marmor und vergoldete Dächer Reichtum verkündeten, jedoch über dunklen Gassen emporragten, in denen der feuchte Geruch aus den Rinnsteinen wie der Tod hing. Die kopfsteingepflasterten Straßen waren von gläsernen Schaufenstern gesäumt, in denen Geschäfte üppige Seidenkechyane zur Schau stellten, Goldschmuck mit Edelsteinen in allen Farben und Größen und Schmuckgegenstände, die ihnen, als sie vorübergingen, glitzernd zuzwinkerten. Adelige in Pelzumhängen mit sich wölbenden Bäuchen und Münzbeuteln wuselten durch die Straßen, nur Schritte entfernt von den dunklen Gassen, in denen halb nackte Bettler kauerten.

Ana hielt sich dicht an Ramson, als sie sich einen Weg durch die Straßen bahnten. Es war später Nachmittag, und die Sonne fiel schräg über die Marmorvillen. Fünf Reisetage hatten sie erschöpft. Dankbar brach sie auf dem kalten Bett des Zimmers zusammen, das sie in einem der unzähligen Gasthäuser der Stadt mieteten.

Ramson hatte mit einem Teil der Münzen, die sie den Kopfgeldjägern abgenommen hatte, frische Kleidung für sie beide gekauft. Nach einer schnellen Mahlzeit aus Rinder-Zwiebel-Pirozhky-Pasteten wusch Ana sich und schlüpfte schnell in die neue Kleidung. Das Ziel an diesem Abend: die Manege.

Die Seiden- und Chiffonstoffe glitten sanft über ihre Haut, und Ana zitterte, als sie sich umdrehte, um sich im gesprungenen Glasspiegel ihres Mietzimmers zu betrachten. Die Kleidung war extravagant, erlesener als alles, was sie im vergangenen Jahr getragen hatte. Ramson hatte erwähnt, dass nur Wohlhabende sich derart exklusive Unterhaltung leisten konnten – um hineinzugelangen, mussten sie dementsprechend aussehen und auftreten.

Das Kleid grenzte ihrer Meinung nach ans Aufreizende. Das mitternachtschwarze Abendkleid fiel wie die kühle Liebkosung von Wasser über die Rundungen ihres Körpers bis zu ihren Füßen. Der Rückenausschnitt ging bis zu ihrer Taille, und sie war dankbar für den Pelzumhang, den Ramson ihr gekauft hatte. Dennoch kam sie sich ohne ihre Kapuze schier nackt vor.

Ana flocht ihr Haar, drehte es zu einem Knoten und versuchte, eine ähnliche Frisur hinzubekommen, wie die Zofen im Palast sie ihr immer gemacht hatten. Sie tupfte etwas Rouge auf die Lippen, puderte sich die Wangen und fuhr die Augen mit Kajal nach. Es war schon so lange her, dass sie in einen Spiegel geblickt hatte. Sich zurechtzumachen fühlte sich wie ein unvertrautes Spiel an, das sie zu spielen versuchte, die Nachahmung einer Vergangenheit, die sie für immer verloren hatte. Ihre Haut war im vergangenen Jahr rau geworden, wies überall winzige Narben auf, wo Ana gestürzt war oder wo ihr Äste oder die Elemente zugesetzt hatten. Ihre Lippen waren trocken und spröde.

Sie lehnte sich zurück, und ihr war, als starrte sie im Spiegel ein Gespenst an, ein Echo der Kronprinzessin Anastacya Kateryanna Mikhailov, die sie einst gewesen war.

Ein Kloß bildete sich in ihrer Kehle angesichts aller Möglichkeiten, wie ihr Leben sich hätte entwickeln können, der Alternativen, wenn nur eine absolute Winzigkeit anders gewesen wäre.

Ana drängte diese Gedanken zurück. Sie zog ein neues Paar schwarzer Samthandschuhe an. Holte tief Luft. Reckte das Kinn.

Es klopfte dreimal laut an ihrer Tür. Und damit lief ihr Plan an.

Den jungen Mann, der im Türrahmen stand, erkannte Ana kaum wieder. Ramson war glatt rasiert, das Haar nach hinten geklatscht, und sein geschmeidiger Körper steckte in einer eleganten schwarzen Cabanjacke, die wie angegossen saß. Derart gekleidet und mit seinem arroganten Grinsen hätte er als Sohn eines Adeligen oder als überheblicher junger Herzog durchgehen können, der für eine ausgelassene Nacht nach Novo Mynsk gekommen war.

Sie starrten einander einen Moment lang an, und Ana fragte sich, ob Ramson ihren Anblick in eleganter Kleidung ganz genauso seltsam fand. Hitze stieg ihr in die Wangen, und sie suchte fieberhaft nach Worten, während sie sich abwandte. Ganz gleich, wie adrett sich der Betrüger herausgeputzt hatte, sie durfte nicht den Fehler begehen zu glauben, sein Charakter habe sich ebenfalls verändert. Er war immer noch gefährlich, ein Wolf im Schafspelz. Wenn sie einmal kurz nicht achtgab, hätte er die Kiefer um ihren Hals. »Du siehst schick aus für einen Verbrecher.«

»Schätzchen, du solltest nicht vergessen, dass es oft die Verbrecher sind, die sich am besten kleiden.« Ramson trat ein und ließ mehrere Dinge aufs Bett fallen. »Papiere«, sagte er. »Trage sie stets bei dir.«

Ana überflog eines der Papiere.

»›Elga Sokov, Wasseraffinite‹?«, las sie skeptisch. Allerdings sah das Dokument echt aus, das musste man Ramson lassen. Es trug einen Stempel und eine Unterschrift, war vom Format her wie die juristischen Dokumente, die ihr aus ihren Studien vertraut waren.

»Ich habe mir gedacht, nach Kyrov wäre es am besten, wenn du richtige Ausweispapiere besitzt, nur für den Fall«, erwiderte er und deutete dann auf etwas anderes. »Ich habe auch Masken gekauft. Das ist Tradition in der Manege.«

Ana steckte die Papiere in eine verborgene Tasche ihres Umhangs und griff nach einer der Masken, um sie in den Kerzenschein zu halten. Sie schimmerte in silbernem Glitzer, und von den beiden Augenschlitzen gingen Schnörkel aus falschem Gold aus. Die goldbemalten Lippen waren zu einem grausamen, spöttischen Lächeln verzogen.

Ramson griff nach seiner eigenen Maske. Ein nachdenklicher Blick huschte über sein Gesicht, während er sie betrachtete. »Manche Menschen glauben, ihre Taten seien leichter zu verzeihen, wenn sie ihr Gesicht verbergen.«

»Man kann die eigenen Sünden nicht vor den Gottheiten verbergen.« Das war eine Tatsache, die sie für ihre eigenen Verbrechen akzeptiert hatte.

»Richtig.« Ramson legte die Maske an, befestigte sie mit flinker, zielsicherer Präzision. »Aber hier im Diesseits ist das Leben eine Maskerade. Jeder trägt Masken.«

Vielleicht stimmte das, überlegte Ana beim Aufsetzen ihrer Maske.

Ramson drehte sich zu ihr, eine Hand auf dem Türknauf. Seine schwarze Maske glitzerte vor falschem Gold und unechten Juwelen, die echt aussahen. »Bist du jemals abends in Novo Mynsk ausgegangen, Ana?«

Etwas in seinem Tonfall ließ ihr Herz schneller schlagen – der Kitzel der Gefahr unter der Gelassenheit. »Nein.«

Er deutete ein Nicken an. »Dann weiche nicht von meiner Seite.«

Die Straßen von Novo Mynsk waren verwandelt. Verschwunden waren die erlesenen Schaufensterauslagen, die Gemüse- und Obstkarren, die vergoldeten Kutschen und schneeweißen Valkryfen. Verschwunden waren die Familien, die in eleganten Pelzen herumspazierten, die mit Ringen bestückten Kaufleute, die eilig ihren Geschäften nachgingen. Es war, als hätte die Stadt selbst ebenfalls eine Maske aufgesetzt und die idyllische Tagesfassade durch eine dunkle und gefährliche Nachtversion ersetzt.

Fackeln loderten in den Straßen und warfen flackernde Schatten auf Gruppen von Herumlungernden und Feiernden. Die kleinen Kneipen und überfüllten Gasthäuser in den dunklen Gassen waren voller Leben, und heraus dröhnten derber Gesang und Gelächter. Der Geruch nach Rauch und Alkohol hing schwer in der Luft.

Ana ging dicht hinter Ramson und hielt den Pelzumhang fest vor der Brust zusammen. Sie hatte ihren Rucksack gegen eine elegante Handtasche ausgewechselt, in der sie alle ihre Skizzen bei sich trug. Es waren die einzigen Erinnerungen an das Leben, das sie einst geführt hatte, und sie hegte die irrationale Angst, dass sie, würde sie die Skizzen verlieren, ihre Vergangenheit verlöre.

Sie war dankbar, dass sie die Masken vor dem Verlassen ihres Gasthauses aufgesetzt hatten. Frauen in seltsamen Tiermasken und grellen Kleidern schlenderten gefährlich dicht an Ramson und sie heran und lächelten und schnurrten ihnen zu. Männer mit fahlem Gesicht und an den Gürteln glänzenden Dolchen zeigten ihre Goldzähne, während sie ihr zum Gruß winkten.

Es fühlte sich an, als habe sie eine surreale Unterwelt betreten, die kein bisschen wie das Kyrillien war, das sie ihr Leben lang gekannt hatte.

Ramson neigte den Kopf zu ihr, und seine Stimme war rau, als er ihr ins Ohr murmelte: »Die Manege ist vorgeblich ein Klub mit affiniten Künstlern. Aber wie die meisten Aspekte dieser Welt ist sie nicht, was sie zu sein scheint. Es ist ein offenes Geheimnis, dass Kaufleute in den Hinterzimmern die Arbeitsverträge von Affiniten erstehen.«

Die Worte ließen Ana nicht los, während sie beide sich durch die lachende Menschenmenge schoben, auf einen Klub zu, der gar nicht erst hätte existieren dürfen.

Wo war alles schiefgegangen? Sie erinnerte sich daran, wie Papa, in den späteren Jahren seines Lebens, schwach und gebrechlich geworden war; wie sein Urteilsvermögen und sein Gedächtnis durch heftige, vom Fieber herrührende Wutanfälle beeinträchtigt worden waren; wie die Momente geistiger Klarheit im Laufe der Jahre immer seltener geworden waren.

Und noch eine Erinnerung packte sie. Papa, der sich von ihr abwandte, als sie ihn anflehte, nicht zuzulassen, dass Sadov sie wieder holte. *Wir werden Maßnahmen ergreifen, um dein Leiden zu heilen. Es ist … zu deinem eigenen Besten.*

Ramsons Hand streifte ihre Schulter, und aus den Gedanken gerissen, zuckte sie zusammen. Sie befanden sich mitten auf einer überfüllten Straße. Leute schoben sich an ihr vorbei, torkelten und schrien im Suff, und im Fackelschein blitzten Spirituosenflaschen auf.

Vor ihnen lag das am hellsten erleuchtete Gebäude in der ganzen Straße. Es war in der Art einer kyrillischen Kathedrale erbaut. Seine bauchigen Kuppeldächer verjüngten sich zu schmalen Spitzen, die in den Nachthimmel ragten. Doch statt weißer Marmormauern und Buntglasfenstern mit Bildern des Deys'krug hatte es Außenmauern aus billigen rotbraunen Backsteinen, und die Fenster waren mit Frauengestalten bemalt, die sich in grotesken Tanzbewegungen verrenkten – die Farce eines ehrwürdigen, heiligen Bauwerks.

Ana wurde bewusst, dass sich Ramson ebenfalls nicht bewegt hatte, während sie das Lokal angewidert angestarrt hatte. Vollkommen reglos sah er zu dem Gasthaus auf. Mit der Maske kam er ihr eher wie ein Fremder vor als wie der junge Verbrecherkönig, mit dem sie sich in der vergangenen Woche zusammengetan hatte.

Er wandte sich wieder ihr zu, und seine flinken, haselnussbraunen Augen fanden ihre. In seinem Tonfall schwang keinerlei Heiterkeit mit, als er sagte: »Willkommen in der Manege.« In Ramsons Stimme mischte sich eine neue Dringlichkeit, als er sie abermals ermahnte: »Bleib dicht bei mir.«

Ana tat ihr Bestes, als sie durch die Flügel der polierten Mahagonitür traten. Während sich ihre Augen an das Dunkel gewöhnten, erkannte sie allmählich die Silhouetten von Frauen, die sich auf kleinen Sofas rekelten oder an einer der Bars saßen und etwas in die Ohren ihrer Kunden säuselten. Kerzen flackerten in magentaroten Behältnissen und warfen ein verführerisches Licht im Innern der Schenke.

Waren alle Mädchen hier Affiniten? Wie viele waren mit dem Versprechen, hier erwarte sie ein besseres Leben, aus dem Ausland hergebracht worden und waren nun durch einen Arbeitsvertrag an diesen ekelhaften Ort gekettet?

Ramson bahnte sich einen Weg durch ein Labyrinth aus Türbögen mit Perlenvorhängen, bis sie endlich ein Foyer mit einer weiteren zweiflügeligen Mahagonitür erreichten. Dort saßen zwei Frauen auf einem roten Sofa. Beide trugen schwarze Halbmasken mit katzenhaften Zügen und sonst fast nichts. Ihre Augen huschten zu Ramson.

Eine stand lächelnd auf und stolzierte zu ihnen herüber. Ana bemerkte, dass sie Schnurrhaare auf die Wangen gemalt hatte, und sie trug sogar einen knapp über ihrem Gesäß befestigten Schwanz. »Wenn Ihr auf der Suche nach einer Show seid, Mesyr, habe ich Euch eine zu bieten.« Ihre Stimme war ein Schnurren, während sie eine Hand an Ramsons Schulter hinabgleiten ließ.

»Das lasse ich mir nur ungern entgehen«, sagte Ramson, »aber ich bin mir ziemlich sicher, dass die Show, auf die ich es heute Abend abgesehen habe, hinter der Tür dort stattfindet.«

»Hmm«, summte die Kurtisane mit der Katzenmaske nachdenklich. »Nun, vielleicht bekomme ich an einem anderen Abend noch ein Stück von Euch ab. Ihr dürft eintreten.«

Ana atmete auf und merkte erst jetzt, dass sie die Luft angehalten hatte. Sie trat vor, um diesen unheimlichen Raum endlich hinter sich zu lassen.

»Moment.«

Die zweite Frau auf dem Sofa hatte das Wort ergriffen. Im Gegensatz zur ersten war ihre Stimme scharf, und als sie sich erhob, stachen ihre Augen wie Dolche. Gerichtet waren sie auf Ana.

Mit wachsender Angst beobachtete Ana ihr Herannahen. Ein paar Schritte vor ihr versteifte sich Ramson. Aus dem Augenwinkel nahm sie wahr, wie die erste Kurtisane einen Schritt zurückwich.

»Was willst du hier?« Die zweite Frau blieb mehrere Schritte vor Ana stehen. Ihre Augen spießten Ana auf wie einen Schmetterling an einer Korkwand. In Gedanken ging Ana blitzschnell die möglichen Antworten auf ihre Frage durch. War es ein Rätsel? Gab es eine richtige Antwort – einen Code –, die sie geben sollte und die Ramson ihr nicht mitgeteilt hatte? Oder gab es einen anderen, unheilvolleren Grund für diese Frage?

Angst nistete sich in ihrer Magengegend ein, als die erste Frau an die Seite ihrer Gefährtin trat und die Hände abwehrend hob. Zwei kleine Stahlklingen tauchten aus dem Nichts auf und schwebten über ihren Schultern, zum Angriff bereit. *Affiniten,* erkannte Ana und griff nach ihren eigenen Banden.

Die zweite Frau stieß ein Fauchen aus, und Ana verspürte einen seltsamen, kalten Druck auf ihrer Affinität: vertraut, allerdings nicht so stark wie die mauerartige Blockade, mit welcher der Yaeger sie auf dem Wintermarkt in Kyrov traktiert hatte. Ana unterdrückte ein Keuchen. Die Frau war eine Yaegerin.

Sie waren aufgeflogen.

Anas Gedanken überschlugen sich. Instinktiv griff sie nach ihrer Affinität und machte sich für den Ansturm aus Blut und Macht bereit, der sie durchströmen würde.

Eine Stimme unterbrach sie. »Bei den Gottheiten, wie gedankenlos von mir!« Ramson seufzte. Blitzartig trat er an ihre Seite, packte ihre Taille mit einer Hand und riss Ana an sich. »Sie gehört mir.«

Ana versuchte, sich seinem Griff zu entwinden, doch Ramson drückte sie leicht. Es war eine Warnung, ein Zeichen. *Lass mich das erledigen.* Sie leistete keine Gegenwehr mehr.

»Zeig deinen Vertrag her«, knurrte die Yaegerin. Der Druck auf Anas Affinität ließ nicht nach.

Vertrag, dachte Ana, schluckte und versuchte, ihr rasend schnell schlagendes Herz zu beruhigen. Natürlich. Im Hotel hatte Ramson ihr Papiere gegeben und hatte sie ermahnt, sie bei sich zu tragen – als Vorsichtsmaßnahme.

Mit zitternden Fingern holte sie sie heraus und reichte sie der Yaegerin.

»Hmm«, schnurrte die Frau, und Missfallen legte sich auf ihre Gesichtszüge. Sie überflog die Papiere flüchtig, zuckte dann mit den Schultern und warf sie beiseite. Ana beobachtete, wie sie zu Boden flatterten. »Nein.«

»Nein?«, wiederholte Ramson, doch in Ana regte sich Wut angesichts der Gleichgültigkeit der Yaegerin, der Art, wie sie ihre Papiere so beiläufig abgetan hatte. Diese Papiere konnten, wie Ana jetzt wusste, für eine Affinite den Unterschied ausmachen zwischen Leben und Tod.

»Warum nicht?«, wollte sie wissen. »Ich habe dir meine Papiere gezeigt!«

»Deine Papiere sind nötig, um deinen Status zu beweisen.« Die Augen der Yaegerin funkelten. »Aber wir sind nicht verpflichtet, dich reinzulassen, *Hexe*.«

Die Beleidigung traf sie härter denn je, da sie aus dem Mund eines Menschen kam, der eigentlich auf derselben Seite wie sie stehen sollte. *Warum?*, wollte Ana fragen. *Warum tust du das?*

Doch sie wusste, warum: aus dem gleichen Grund, weshalb der Yaeger auf dem Vyntr'makt in Kyrov gegen sie gekämpft hatte. *Wenn ich nicht der Jäger bin, dann werde ich zum Gejagten.*

Ramson schien zu einem Entschluss zu kommen. »Du hast die Autorität bei diesen Entscheidungen?« Die Arroganz und Verärgerung waren aus seinem Tonfall verschwunden, sodass nur kalte Berechnung übrig geblieben war.

Die Yaegerin reckte das Kinn. »Ja.«

»Dann tätest du gut daran, deinen Stand nicht zu vergessen.« Ramson ließ Ana los und marschierte auf die beiden Frauen zu, seine Schritte geschmeidig und voller Kraft. Er hatte Ana den

Rücken zugekehrt, doch was die beiden Frauen sahen, ließ sie ihre kajalumrandeten Augen aufreißen und zu Ramson hochblicken, die Angst deutlich in die Gesichter geschrieben.

»Bitte, Mesyr«, flüsterte die Frau mit der Katzenmaske. »Wir wollten niemals … wir wussten ja nicht …«

»Genug.« Die Schroffheit in Ramsons Stimme ließ Ana zusammenzucken. »Öffnet jetzt die Tür.«

»Ja, Mesyr«, sagte die erste Kurtisane, während ihre Gefährtin Ana voller Entsetzen anstarrte. »Danke für Eure Güte, Mesyr.« Sie hob rasch eine Hand, und es ertönten eine Reihe von metallischen Klickgeräuschen im Innern der zwei Mahagonitürflügel. Sie schwangen auf und gaben den Blick frei auf eine von Fackelschein erhellte Wendeltreppe.

Ramson bot Ana seinen Arm, und die Schatten unter ihm streckten sich in die Länge. »Komm«, säuselte er. Ana eilte zu ihm, nachdem sie die zu Boden gefallenen Papiere aufgesammelt hatte. Unter den stieren Blicken der beiden Kurtisanen fühlte sie sich wie gelähmt, doch dann schloss sich Ramsons Arm um sie, und sie waren durch die Tür. Die Flügel schlossen sich donnernd hinter ihnen, sodass sie im Dunkeln standen.

Erst da hielt Ramson inne und lehnte sich gegen die Tür. Sein Arm war immer noch um ihre Taille geschlungen, als hätte er sie ganz vergessen. Sie lehnte sich unwillkürlich an ihn, und ihre Herzen schlugen erleichtert im gleichen Takt.

Ramson atmete aus, seine Brust hob und senkte sich. Eine Sekunde verstrich, dann noch eine, und da erst schien er ihre unvertraute Nähe zu bemerken. Ana wich genau in dem Moment zurück, als er die Arme fest an die Seiten nahm.

»Das war knapp.« Ramsons Stimme war rau, als er sich den Stufen zuwandte. Seine Maske leuchtete auf, und seine Augen funkelten, als sich das eigenartige, ferne Licht in ihnen spiegelte.

Ana warf einen Blick auf sein Handgelenk, das vom Ärmel seiner Cabanjacke bedeckt war. »Was hast du ihnen gezeigt?«

»Den Trick eines Betrügers«, antwortete er energisch, und sie wusste nicht zu sagen, ob er immer noch schauspielerte oder die Wahrheit sprach. »Gehen wir. Wir wollen nicht zu spät kommen.«

Als Ana die Steinstufen betrachtete, die nach unten ins Unbekannte führten, war ihr auf einmal kalt, und Angst legte sich schwer auf ihren Magen. Jenseits dieser Treppe lag die Antwort auf die Frage, die sie sich seit jenem Tag in Kyrov stellte. Jenseits dieser Treppe lag die Antwort, die sie herbeisehnte und zugleich fürchtete.

War May am Leben?

Instinktiv erhob sie die Hände wie zum Gebet. Noch in dem Tempel der Gottheiten war sie sich so sicher gewesen, May selbst retten zu können. Doch nun würde sie alles darum geben, dass die Gottheiten ihre Gebete erhörten.

»Ana.« Ramson war auf den Stufen stehen geblieben. Kurz sah er aus, als hätte er Schwierigkeiten, die passenden Worte zu finden. Und dann sagte er: »Wir sind spät dran.«

Das waren sie, und May konnte dort unten sein. Sie musste es sein.

Ana holte tief Luft und straffte die Schultern. Sie nickte kurz und folgte Ramson die Stufen hinunter in die Dunkelheit.

17

Es schien ewig nach unten zu gehen. Flammen loderten in Wandleuchtern, und auf der stillen Treppe waren nur das Rascheln von Anas Röcken und das Klackern von Ramsons Stiefeln zu hören.

Allmählich drang ein leises Geräusch zu ihr durch. Erst war es nicht lauter als ein Summen, doch es nahm an Lautstärke zu, bis es zu einem rhythmischen, pulsierenden Takt geworden war.

Die Wendeltreppe führte in einen langen, dunklen Korridor, der sich vor ihnen erstreckte und aus dem der wummernde Lärm wie etwas Lebendiges zu ihnen drang. Ramsons dunkle Maske glitzerte im Fackelschein. In seiner schwarzen Cabanjacke und hinter seiner juwelenbesetzten Maske verborgen, sah er aus wie ein fantastisches Geschöpf der Nacht.

Ana suchte seinen Blick, der scharf war und intelligent. Sie sahen einander in die Augen, der Anflug eines Lächelns huschte über sein Gesicht, und er nickte kaum merklich. *Nach dir.*

Ana reckte das Kinn. *Nach mir.*

Der Korridor machte eine Biegung und öffnete sich. Jenseits eines steinernen Türbogens befand sich ein gewaltiger Vorführungsraum mit einer ausufernden, von flackernden Fackeln erhellten Bühne. Vier hohe Steinsäulen markierten je eine Ecke der Bühne, eine jede mit Abbildungen der Gottheiten aus unechtem Marmor. Weiter oben bildeten leere Logen einen Kreis um den Zuschauerraum.

Ein seltsames Gefühl der Kälte und der inneren Leere legte sich um Ana wie ein kaum wahrnehmbarer Umhang. Aus irgendeinem Grund weckte dieser Ort Erinnerungen an Dunkelheit und Hilflosigkeit in ihr.

Irgendwo hinter der Bühne dröhnten weiter die Trommeln. Es wimmelte von Menschen, und der Fackelschein wurde von den Edelsteinen an ihren Masken reflektiert. Ihre kostspieligen Pelze raschelten, die Leute stießen miteinander an, und der Goldschmuck an ihren Armen funkelte, während sie lachend ihre Weingläser leerten.

»Worum geht es bei dieser Vorführung?«, flüsterte Ana Ramson zu, als sie sich an einem Paar mit Tigermasken vorbeiquetschten. Die Bühne war, wie sie im Näherkommen sah, aus blau geädertem Marmor erbaut, die Kanten vergoldet. Die Säulen waren mit teurer Seide und silbernen Bändern geschmückt, der saphirblaue Vorhang war aus dickem, schwerem Samt. Die Bühne an sich schien eine seltsame, beinahe surreale Qualität aufzuweisen – obschon Ana nicht genau sagen konnte, woran das lag, ganz gleich, wie angestrengt sie hinstarrte.

»Sie bringen Affiniten dazu, aufzutreten und ihre Fähigkeiten zur Schau zu stellen«, erwiderte Ramson, der behutsam zwei betrunkene Adelsfrauen voneinander trennte. Dann schloss seine Hand sich um Anas, und beinahe wäre sie zusammengezuckt. Ihr Herz tat einen eigenartigen Satz. »Die Aristokraten zahlen für gute Unterhaltung. Außerdem ist es eine Tarnung. Manch einer erfährt nie etwas von den Vertragsverhandlungen im rückwärtigen Teil.«

Ana erschauderte. »Die Affiniten … versuchen sie nie zu fliehen? Selbst die Schwächsten könnten sich gegen einen Nicht-Affiniten ganz gut zur Wehr setzen.«

Ramson legte den Kopf schräg und deutete mit dem Finger, um ihre Aufmerksamkeit auf die Logen einige Ebenen weiter oben zu lenken. »In ein paar Minuten wird in jeder einzelnen ein Schütze erscheinen. Sie haben in Deys'voshk getunkte Pfeile, und sie schießen, um zu töten.« Er nickte in Richtung der Bühne. »Schau genau hin.«

Ana verengte die Augen, und auf einmal wurde ihr klar, was die Bühne so seltsam hatte erscheinen lassen. Hinter den vier Säulen umgaben Wände aus schwarzsteinverstärktem Glas, beinahe so hoch wie die Zuschauerlogen, die gesamte Bühne und ließen nur einen Bereich vorn in der Mitte für einen Ansager frei.

Schwarzstein. Die Kälte und das Gefühl der Leere, das sie verspürt hatte, als sie in den Raum getreten war, ergaben jetzt mehr Sinn. Genau das Gleiche hatte sie jedes Mal verspürt, wenn Sadov sie in jenen Raum in den Kerkergewölben gebracht hatte.

Ramsons Tonfall war grimmig, als er fortfuhr: »Wenn irgendein Affinite etwas versucht, wird er erschossen, bevor er dem Glas auch nur einen Sprung zufügen kann.«

Die Bauweise war grausam, aber effektiv. Keine Affinität konnte über die schwarzsteindurchwirkten Scheiben hinausreichen, was bedeutete, dass die Affiniten auf die Ressourcen beschränkt waren, die man ihnen für ihre Vorführungen zur Verfügung stellte. Kein Wunder, dass keiner von ihnen versucht hatte zu entkommen.

Ana erinnerte sich daran, wie sie gegen die Schwarzsteintüren des Kerkers von Salskoff gestoßen, ihre Affinität ausgeworfen und nur kaltes schwarzes Nichts gespürt hatte. Wenn ihre Kehle vom Schreien wund gewesen war und sie keine Tränen mehr gehabt hatte, hatte sie nur noch an den Türen kauern und zitternd mit blutigen Nägeln daran kratzen können.

Sie schüttelte die Erinnerung ab und konzentrierte sich auf eine andere Frage. »Woher weißt du das alles?«

Ramsons Kieferpartie verspannte sich. »Ich bin schon bei ein paar dieser Vorführungen gewesen. Ich habe gesehen, wie es vonstattengeht. Die Leute können hier im Laufe der Nacht den Kauf von Affiniten-Arbeitsverträgen aushandeln. Es geschieht alles diskret hinter verschlossenen Türen.« Er hielt inne. »Das müssen wir auch versuchen, sobald wir May auftreten sehen.«

Sie entzog ihm ihren Arm. Auf einmal fror sie. Natürlich kannte sich Ramson mit diesen Vorführungen aus – er war ein Verbrecher, ein Gauner aus der Unterwelt. Doch sie musste es fragen – sie musste es wissen. »Ramson.« Ihre Stimme war kaum ein Hauch. »Hast du jemals … Warst du je einer von *denen*? Ein Affinitenhändler?«

»Nein.« In dem Wort schwang Wahrheit mit, doch etwas in seinen Augen, die er jetzt auf sie richtete, stimmte sie unendlich traurig. »Aber mit anzusehen, wie es geschieht, ist auch ein Verbrechen, nicht wahr?«

Darauf hatte Ana keine Antwort. Sie erschauderte und wandte den Blick ab, just in dem Moment, als die Trommelschläge auf einmal verstummten. Wie auf ein Stichwort brach die Menge in wildes Jubelgeschrei aus. Eine Gestalt stolzierte auf die Bühne, vor die schwarzsteinverstärkte Glaswand und den Samtvorhang dahinter. Es war ein gepflegter, goldhaariger Mann, der seinen Charme wie seine Weste aus marineblauer Seide trug: diamantbesetzt, glitzernd und mit funkelndem Goldfaden am Kragen. Als er winkte, glänzten die juwelenbesetzten Ringe an seinen Fingern im Fackelschein. »Mesyrs, meya Damas und alle anderen Gäste!«, rief er mit dröhnender Stimme, die durch den ganzen Saal schallte. »Seid Ihr bereit für die heutige Vorführung?«

Die Rufe der Menge wurden lauter und gingen in einen Sprechchor über. »Bogdan! Bogdan! Bogdan!«

»Das ist der Direktor der Manege«, erklärte Ramson.

Der Direktor der Manege – Bogdan – hob mit einem strahlenden Lächeln die Hände. »Wir haben heute Abend ein fabelhaftes Programm für Euch geplant! Seht eine eindrucksvolle Eiskönigin, die uns einen Vorgeschmack auf Fyrva'snezh gibt! Eine Waldnymphe lässt aus dem Nichts Blumen wachsen! Ein Marmormacher erschafft atemberaubende Statuen! Und verpasst nicht: Unser Stahlschütze kämpft mit einem Windgeist auf Leben und Tod! Wer wird überleben? Es gibt nur eines, was wir wissen, und zwar, dass Ihr alle zufrieden nach Hause gehen werdet!«

Aus der Menge erhoben sich Jubelgeschrei und Beifall. Anas Magen verkrampfte sich, doch sie schwieg, während sich vor ihren Augen eine Szene abspielte, die es niemals hätte geben dürfen.

Bogdan hob die Hände, und es wurde still in der Menge.

Unvermittelt setzten die Trommeln wieder ein. *Bumm-ba-da-bumm.* Anas Puls hämmerte im gleichen Rhythmus, und sie hielt unwillkürlich den Atem an, während sie zur hell erleuchteten Bühne starrte.

Der Vorhang hinter den Glasscheiben wurde explosionsartig aufgerissen. Die Menge schrie, als im ersten Moment eine gewaltige Nebelwolke die Sicht auf die Bühne verdeckte, sich an den Glaswänden entlangschlängelte und oben in weißen Wölkchen hinüberfloss. Als sich der Dunst legte, stand eine Gestalt in der Mitte. Groß, blass und schlank, mit wallenden aschweißen Locken und einem blassblauen Kleid war sie der personifizierte Winter.

Die Eiskönigin beschrieb mit den Handflächen einen Bogen um sich herum. Eis bildete sich zu ihren Füßen und trug sie in einem weiten Kreis innen an den Glasscheiben entlang. Mit fliegendem Haar und flatterndem Kleid drehte sie die Hände, und Eis schoss von ihren Handgelenken zu Boden und verankerte sie dort, während sie in der Luft Saltos schlug und auf der anderen Seite der Bühne landete.

Die Menge jubelte. Die Eiskönigin grinste und vollführte mit der Anmut einer darstellenden Künstlerin einen Knicks.

»Sie sieht aus, als würde es ihr Spaß machen«, flüsterte Ana.

»Sie tritt regelmäßig auf«, murmelte Ramson an ihrer Seite, während er die Hände zu einem langsamen Klatschen zusammenbrachte. Er starrte zur Bühne, die Kieferpartie angespannt, die Schultern steif. »Sie arbeitet mit den Affinitenhändlern zusammen.«

»Unter Vertrag?«

»Schon, aber …« Ramson zögerte, und zum ersten Mal, seit sie sich begegnet waren, beobachtete Ana, wie er um Worte rang. »Sie steckt nicht gegen ihren Willen in einem Arbeitsvertrag, wenn es das ist, was du wissen willst. Sie arbeitet den Affinitenhändlern in die Hände.«

Nicht gegen ihren Willen, überlegte Ana, wobei sie sich wieder der Eiskönigin zuwandte, die auf der Bühne herumwirbelte, während zu ihren Füßen Eis erblühte.

Durch das Publikum ging ein Raunen, als die Eiskönigin begann, Eis mit Bewegungen aus dem Handgelenk heraus zu modellieren. Ein Klumpen Eis erhob sich in die Luft und wurde zu einem anmutig springenden Hirsch. Eine Welle kristallisierte zu einem Rudel laufender Wölfe. Einem umherstreifenden kyrillischen Tiger. Einem Valkryfen.

Dies war mehr als nur eine Vorführung, erkannte Ana. Dies war eine gottheitsverdammte *Inszenierung*, wie die Anstellung von Affiniten aussehen *könnte*; eine Bestätigung für diejenigen, die blind an ihre eigene Rechtschaffenheit und Moral glaubten, während sie gegenüber denjenigen, die keine Macht hatten und wehrlos waren, die Gewalt und den Missbrauch immer weiter fortsetzten. Ana dachte an die Kornaffinite in Kyrov. Und die Affiniten, die in den Kulissen standen und darauf warteten, wie Puppen ausgestellt zu werden.

Die ganzen Schmerzen und das Leid, verborgen hinter einer einzigen schillernden Vorführung mit funkelnden Eisskulpturen und glitzernden Kostümen.

Die Eiskönigin schlug mit den Händen auf den Boden. Eine Eissäule trug sie in die Luft, wurde immer größer, bis sie die Oberseite der Glaswand erreicht hatte …

Und die Eiskönigin sprang über die Wand und landete auf zwei Eissäulen, die rasch nach unten zum Außenbereich der Bühne schrumpften, wo Bogdan stand. Die oben in den Logen verborgenen Bogenschützen machten keine Anstalten, sie aufzuhalten.

Die Eiskönigin betrat den Marmor der Bühne und verneigte sich tief.

»Ich präsentiere Euch«, rief Bogdan, »die Eiskönigin!« Während die Menge in donnernden Beifall ausbrach, nahm Bogdan die Hände der Eiskönigin und führte sie an seine Lippen. Sie lächelte ihn neckisch an, bevor sie dem Publikum mit einem strahlenden Lächeln winkte.

»Als Nächstes die Waldnymphe!«

»Ramson.« Anas Stimme war vor Eindringlichkeit tief. »Er hat heute keine Erdaffiniten angekündigt.«

»Bogdan sucht sich aus, welche Affiniten er ankündigt.« Ramson warf ihr einen Blick zu. »Geduld. Gut Ding will Weile haben.«

Also sah Ana sich die Vorführung schweigend an. Ein Affinite nach dem anderen trat durch den Vorhang, um seine Fähigkeiten zu demonstrieren. Schon bald war die Marmorbühne mit Blütenblättern, Zweigen und Erde bestreut. Die Glasscheiben waren von Nebel, Frost und Wasser verschmiert. Die Menge jubelte oder buhte je nach Auftritt der Affiniten. Und manchmal, für ein paar Goldblätter, bezog Bogdan das Publikum mit ein und wies die Affiniten auf der Bühne an, den Aufforderungen des Publikums Folge zu leisten. Besonders beliebte Auftritte konnten am Ende einen Goldblätterregen nach sich ziehen, der sich zu seinen Füßen sammelte.

Der Abend verstrich, und es gab kein Anzeichen von May. Dennoch verspürte Ana eine Kälte, die sich in ihr ausbreitete. Sie selbst unterschied sich nicht im Geringsten von den Affiniten auf der Bühne, deren Leid die Welt lieber unter einer trügerischen Schicht aus Farbe und bunter Kleidung verbarg; deren Existenz manche hassten, während sie allerdings weiterhin davon profitierten.

Wir werden dein Leiden heilen, hatte Papa ihr erklärt. *Zu deinem eigenen Besten.*

Angesichts der Erkenntnis, die ihr die Brust zuschnürte und ihr den Atem verschlug, bis ihr schwindelte, blinzelte Ana ihre Tränen zurück. Papa hatte nur den Teil von ihr geliebt, der keine Affinite war, kein Monster, kein Deimhov, in seinen Worten. Er hatte nur einen Teil von ihr retten wollen, nicht sie in ihrer Gesamtheit.

Genau wie er nur den Teil seines Reiches hatte retten wollen, den er für rettenswert gehalten hatte.

Und so lange Zeit hatte *sie* nur einen Teil von sich geliebt und jene andere Hälfte verleugnet, hatte das Blutrot ihrer Augen und die grotesken Adern in ihren Händen unter Kapuzen und Handschuhen versteckt. So lange Zeit hatte sie jenen anderen Teil von sich verzweifelt aus sich herausreißen wollen, hatte sich in jemanden verwandeln wollen, der voll und ganz Liebe verdient hatte. In jemanden, der ins Licht treten konnte; jemanden, der den Segen der Gottheiten wert war.

Doch wer war es … wer hatte die anderen Teile ihrer selbst und ihres Reichs für unwürdig erachtet? Wer hatte entschieden, dass Affiniten es weniger wert waren, geliebt zu werden, Menschen zu sein, und warum? Einfach aufgrund des Umstands, dass sie … anders waren?

Und ihr kam ein neuer Gedanke in den Sinn, drang durch das wilde Geschrei der Menge und das Donnern der Trommeln.

Ich muss das wieder in Ordnung bringen.

»Mesyrs und meya Damas! Die Vorstellung, auf die Ihr alle gewartet habt.« Bogdans Stimme riss Ana aus ihren Gedanken. Vorfreude und Nervenkitzel durchrieselten die Menge. »Unsere Vorführungen sind vorüber, aber wir beenden keine Nacht ohne den Kampf der Gottheiten. Ein Willkommen unserem Stahlschützen, dem unbesiegten Meister der Manege!«

Anas Stimmung war gedrückt, wohingegen sich aus dem Publikum ohrenbetäubendes, jubelndes Gebrüll erhob und die Trommeln zu einem neuen Rhythmus ansetzten: verhalten, nüchtern und gleichmäßig.

Der Vorhang hinten auf der Bühne wurde aufgezogen. Eine massige Gestalt trat ins Licht. Er war ein Ungeheuer, seine Rüstung glänzte im Fackelschein, und die Muskeln wölbten sich unter den Stahlplatten. Ein Dutzend weißer Narben verliefen über seine Glatze und das Gesicht, das aussah, als sei es meilenweit über zerklüftete

Felsnasen geschleift worden. Er warf dem Publikum ein anzügliches Grinsen zu, das Metall in seinen Zähnen aufblitzen ließ.

»Und nun«, rief Bogdan, »ein neuer Herausforderer: willkommen, Windgeist!«

Bumm-bumm … da-bumm-BUMM. Aus den Schatten des Vorhangs stolperte noch eine Gestalt. Auf den ersten Blick hielt Ana sie für ein Kind. Als sie sich anstrengte, um besser sehen zu können, weil sie hoffte, einen Blick auf Mays ozeanblaue Augen zu erhaschen, wurde ihr klar, dass es sich bei dem Neuankömmling um kein Kind, sondern tatsächlich um eine junge Frau handelte. Ihre dürre Gestalt wurde von einem dunklen, eng anliegenden Hemd und einer Kniehose betont. Sie sah hoch, das Gesicht umrahmt von mitternachtschwarzem Haar, das im Fackelschein glänzte.

Eine Kemeiranerin. Ein Flüstern ging durch die Menge, einige Zuschauer deuteten auf das Mädchen.

Ana wollte Ramson gerade sagen, dass sie gehen sollten, als etwas anderes ihre Aufmerksamkeit erregte. Ein Mann, der gleich vor dem Samtvorhang am Bühnenrand stand. Seine blassblauen Augen betrachteten die Menge, das Weißblond seines Haars leuchtete im Feuerschein blutrot.

Der Affinitenhändler. Derjenige, der ihr in Kyrov May entrissen hatte.

Unwillkürlich machte Ana einen Satz vorwärts und stieß heftig mit einer Gruppe vor ihr zusammen. Jemandem fiel ein Glas aus der Hand und zerbarst.

Der Mann, den sie angerempelt hatte, drehte sich um. Er trug eine goldene Maske mit einem possenhaft weinenden Gesicht, der Mund übertrieben breit und spöttisch nach unten gezogen. »Was …«, begann er.

»Aus dem Weg!«, fuhr Ana ihn an. Der blauäugige Affinitenhändler würde jeden Moment verschwinden. Ihr blieb keine Zeit. Ana griff nach ihrer Affinität …

»Verzeihung, werter Mesyr.« Eine Hand schlang sich um ihre Taille, und Ramson trat geschickt zwischen sie und den Mann, nahm ihr den Blick auf die Bühne. Ana wand sich, doch seine Finger lösten sich nicht von ihrer Taille. »Meya Dama hier hat ein bisschen zu tief ins Glas geschaut! Ein Beweis der großartigen Unterhaltung heute Abend.«

Die Augen des Adeligen funkelten, doch er stieß ein verächtliches Schnauben aus und drehte sich wieder zur Bühne.

»Lass mich *los*«, fauchte Ana, aber Ramson packte sie noch fester.

»Was *machst* du?«, flüsterte er.

Sie stieß ihn zurück, doch sein Griff lockerte sich nicht. »Der Affinitenhändler «, knurrte sie und griff bereits mit ihrer Affinität nach Ramsons Blut. »Derjenige, der May mitgenommen hat – ich habe ihn gesehen. Jetzt lass *los*!« Sie schob ihn mit ihrer Affinität beiseite, ihr Zorn weiß glühend.

Ramson taumelte zurück, fing sich jedoch, ohne auf die seltsamen Blicke mehrerer Leute in ihrer Umgebung zu achten, die jetzt zurückwichen. Seine Kieferpartie war angespannt, eine Strähne seines Haars fiel über seine Maske. »Und?«, wollte er mit tiefer Stimme herausfordernd wissen. »Was wolltest du tun?«

Etwas, dachte sie wütend. *Irgendetwas.*

Ana stürzte vorwärts, doch Ramson fing sie, und seine Arme schlossen sich wie ein Schraubstock um sie. In ihrem Kopf loderte Zorn, und sie erwog, ihn mithilfe ihrer Affinität von sich loszureißen, ganz gleich, welche Konsequenzen es haben würde.

»Denk nach«, flüsterte Ramson, seine Lippen dicht an ihrem Ohr. Für einen Außenstehenden mochten sie in einer leidenschaftlichen Umarmung verharren – doch Ana stand kurz davor, ihn durch den Saal zu schleudern. »Du bist hier, um May zu retten. Wie soll es da helfen, diesen Affinitenhändler anzugreifen und dich zu verraten? Auch nur *ansatzweise*?«

Ramsons Worte fielen wie kaltes Wasser auf das geschmolzene Metall ihres Zorns. Ana hörte auf, sich zu wehren, und starrte atemlos zu der kemeiranischen jungen Frau hoch. Sie stand allein im Schatten des Stahlschützen auf der Bühne. Hinter ihr, wo der Affinitenhändler gestanden hatte, raschelte der Vorhang, wie von einem Phantomwind bewegt. Der Händler war nicht mehr dort.

Ramson hatte recht. Ihre Affinität gegen diesen Affinitenhändler einzusetzen oder irgendetwas Unbesonnenes zu tun würde sie beide nur verraten und ihren Plan vereiteln.

Ramsons Griff lockerte sich, und einen Moment stand sie einfach nur da, seine Arme um sie gelegt, ihre Wange an seiner Schulter, und beobachtete die Bühne und atmete den sauberen, besänftigenden Duft seines Rasierwassers ein.

Der Stahlschütze hatte vier Wurfmesser gezückt. Er ließ den Kopf kreisen und die Knochen in seinem dicken Hals und den angespannten Schultern knacken.

Ramson lehnte sich zurück. Sein Blick huschte über Anas maskiertes Gesicht, und sie stellte sich vor, dass er jede noch so kleine Regung ihrerseits wahrnahm und sich überlegte, was er als Nächstes sagen könnte, um sie zu beschwichtigen.

»Es ist nicht überall so, vergiss das nicht.« Seine Stimme war jetzt sanfter. Immer noch lagen seine Hände an ihren Schultern. »In Kemeira werden Affinite beispielsweise zu Tempelmeistern ernannt, den Beschützern eines jeden Dorfes. In Nandji genießen Affinite großen Respekt. Und in Bregon …«

Ana schüttelte seine Hände ab. »Soll ich mich deshalb besser fühlen?«, fuhr sie ihn an. Auf der Bühne stieß der Stahlschütze ein Kampfgeschrei aus und stürzte auf die zierliche Windaffinite zu.

Ana wandte sich ab. May war heute Abend nicht hier – vielleicht befand sie sich noch nicht einmal in der Nähe –, und Ana wurde schlecht bei dem Gedanken, Affiniten dabei zuzusehen, wie sie sich zu Unterhaltungszwecken gegenseitig umbrachten.

Eine heiße, hilflose Träne kullerte unter der Maske ihre Wange hinunter. Als sie gerade eine Hand hob, um sie wegzuwischen, geschah etwas Merkwürdiges. Ein kollektives Aufkeuchen ging durch die Menschenmenge.

Ana wandte sich um. Der Stahlschütze drehte sich torkelnd und unter Gebrüll zu dem Windgeist, der sich mittlerweile auf der anderen Seite der Bühne befand, gegen das Glas gepresst. Doch die Haltung der jungen Frau war die einer Kämpferin – mit erhobenen Handflächen, eine vor der anderen, und ihre Füße waren schulterbreit voneinander auf dem Marmorboden platziert.

Der Stahlschütze stürzte vor. Stahlmesser schossen aus verborgenen Spalten seiner Rüstung ...

... und prallten klappernd gegen das schwarzsteinverstärkte Glas. Die Menge keuchte, Menschen wiesen mit dem Finger.

Der Windgeist hatte sich in die Luft erhoben, mit ausgebreiteten Armen und angezogenen Beinen, wie ein eigenartiger Vogel. Sie segelte in einem eleganten Bogen über den Kopf des Stahlschützen. Ihre Füße berührten für den Bruchteil einer Sekunde leicht die Schultern des hünenhaften Mannes. Sie drehte sich einmal vollständig im Kreis und landete mit akrobatischer Genauigkeit hinter ihm.

Während ihrer Landung riss sie die Hände nach vorn. Zwei Wurfmesser des Stahlschützen glänzten in ihren Handflächen.

Als sich der Stahlschütze, verwirrt blinzelnd, umdrehte, war es vorbei.

Der Windgeist stürzte vor, anmutig und tödlich wie ein Jaguar. Sie klammerte sich an seine Schultern und fuhr mit den Händen abwärts über seine Kehle.

Das Donnern, als der Körper des Stahlschützen auf den Marmorboden knallte, hallte in dem stillen Zuschauerraum wider. Blut sickerte zu Boden und färbte die Adern des Marmors karmesinrot. Anas Affinität regte sich, ein leises Flüstern in ihrem Hinterkopf.

Das Ganze hatte keine zehn Sekunden gedauert.

»Mesyrs und meya Damas!«, dröhnte Bogdans Stimme durch den Zuschauerraum. »Wie es scheint, haben wir eine neue Siegerin und einen neuen Rekord! Darf ich präsentieren: der Windgeist!«

Die Menge brach in Jubel und Geschrei aus. Die wenigen, die auf den Windgeist gewettet hatten, winkten mit ihren Scheinen und schrien sich die Seele aus dem Leib, forderten lauthals ihr Gold.

Ana drehte sich um und begann, sich zum Ausgang zu drängen. Sie verfügte über keinerlei Kraft mehr, um auch nur noch eine Sekunde an diesem von allen Gottheiten verlassenen Ort zu bleiben. Während sie sich gewaltsam einen Weg durch die wilde, betrunkene Meute bahnte, konnte sie nicht anders, sie warf einen Blick zurück. Das Publikum raste und hatte angefangen, den Namen der Siegerin zu rufen. Doch auf der Bühne, hinter der blutbespritzten Glasscheibe, war der Windgeist still. Die junge Frau stand mehrere Schritte entfernt von der Blutlache, die sich um die Leiche ihres Gegners bildete, den Kopf gesenkt, die Arme an den Seiten herabhängend.

Ana sah weg. Genau wie der Windgeist verspürte sie keinerlei Triumph angesichts der Niederlage des Stahlschützen. Es war egal, dass sich ein zum Tode verurteiltes Mädchen einen Ausweg erkämpft und heute Abend den Sieg davongetragen hatte. So oder so lag da eine Leiche, die auf dem Boden auskühlte. So oder so war ein Leben verloren worden. Und bis sämtliche derartige Kampfstätten samt Affinitenhändlern bis auf die Grundmauern niedergebrannt waren, würde Kyrillien immer wieder verlieren.

Ana warf einen letzten Blick auf die glänzenden Marmorstatuen der vier Gottheiten und fragte sich, wie sie den Anblick eines derart gottlosen Ortes nur aushielten.

18

Die kalte Herbstluft, die auf seinem Gesicht brannte, war eine selige Erlösung nach den heißen, überfüllten Räumlichkeiten der Manege. Ramson glitt durch die Menschenmenge, den Blick auf Anas kastanienbraunes Haar geheftet, die schmale Silhouette ihres schwarzen Kleids, während sie rasch voranschritt. Er rief nach ihr, laut genug, um die Aufmerksamkeit und das Gekicher etlicher betrunkener Nachtschwärmer auf sich zu ziehen.

Dann packte er sie am Handgelenk. Instinktiv drehte er sich weg und zog sie in die Dunkelheit einer schmalen Gasse. Ein Laut drang aus ihrer Kehle, und sie blieb still stehen. »Ana«, stieß Ramson keuchend hervor. Bei ihrem Anblick schien sich ein Messer in seine Eingeweide zu bohren: verschränkte Arme, hochgezogene Schultern, als wollte sie sich in sich selbst zurückziehen.

Sie war unglaublich naiv – doch etwas an ihrem Blick auf die Welt, als gäbe es nur Weiß und Schwarz, erinnerte ihn daran, wie er vor Jonahs Tod gewesen war. Und irgendwie wollte ein kleiner Teil von ihm sie beschützen.

Unwillkürlich streckte Ramson die Hand aus und hob sanft ihr Kinn an.

Sie wich zurück, entwand sich seinem Griff und riss sich die Maske herunter. Sie landete mit der Vorderseite nach unten im nassen Unrat der leeren Gasse.

Ana weinte. Tränen hatten ihre Wangen hinunter dunkle Kajalstriemen gezeichnet und sich mit den Puderschichten vermischt.

Einen Moment starrte sie ihn an, und am liebsten hätte er sie an sich gezogen. »Das«, flüsterte sie, »war mehr als unmenschlich. Mir fehlen die Worte.«

Die Hitze, die durch Ramsons Adern pulsierte, verflüchtigte sich, und auf einmal fror er. »Das war es«, sagte er heiser.

Sie richtete den Blick auf ihn, ihre Augen heiß wie Glut. »Wie konntest du mit diesen Leuten gemeinsame Sache machen? Wie konntest du mit ansehen, wie sie so etwas tun, und nichts empfinden?«

All die Jahre hatte er den Ausweg des Feiglings ergriffen und sich geweigert, auf ein so niedriges Niveau wie die Affinitenhändler unter Kerlans Kommando zu sinken. Doch untätig danebenzustehen und nichts zu tun war eine andere Spielart des Bösen, wurde ihm bewusst, während er den Blick zu Boden senkte. Aber das Schicksal hatte ihn auch dementsprechend belohnt.

Ramson schwieg.

Ana holte tief Luft. Sie wischte sich verärgert die Tränen vom Gesicht und schien sich zu fassen, denn sie reckte das Kinn und richtete sich merklich auf. »Ich brauche nur ein wenig Zeit für mich.« Ihr Tonfall war teilnahmslos und matt, genau wie beim ersten Mal, als sie in Geisterfall mit ihm gesprochen hatte. Irgendwo, irgendwie hatte sie in ihrem Leben gelernt, ihre Emotionen zu verbergen. Und sie war darin beinahe so gut wie er.

Während er sie betrachtete, den lodernden Blick, die gestrafften Schultern, wie sie aufrecht und majestätisch in ihrem Abendkleid dastand, ging ihm durch den Kopf, dass sie wie ein Leuchtfeuer war. Etwas regte sich in ihm – etwas, das ihn zu ihr zog wie Schatten zum Licht.

Ramson unterdrückte den Funken des Verlangens. »Na schön«, sagte er mit einem Achselzucken. »Ich habe mich um ein paar Angelegenheiten zu kümmern.« *Pass auf dich auf,* dachte er. *Ich sehe dich dann im Gasthaus.* Doch er sprach diese Worte nicht aus, sondern machte jäh kehrt und ging weg, sodass sie im Dunkel der

Gasse zurückblieb. Ramson Schnellzunge aus Novo Mynsk, Hafenmeister und Stellvertreter des Ordens der Lilie, gab keine Zusicherungen und machte keine Versprechen.

Ramson pirschte durch die Straßen, die er wie seine Westentasche kannte. Er war als kleiner Dieb in der Stadt aufgewachsen, hatte Botengänge für den Orden erledigt und so viel wie möglich gelernt über die grausame, korrupte Welt, mit der er es zu tun hatte. Mit der Zeit waren die Dächer der Dachas mit ihren roten Schindeln sein sicherer Hafen geworden, und die Schatten der verdreckten Gassen hatten ihn begrüßt wie einen alten Freund.

Ramson machte in einer Schenke halt. Er unterhielt sich mit mehreren Kapuzen tragenden Gästen, bevor er, nach getroffenen Vereinbarungen, Kupfersteine unter den verschmutzten Holztischen durchreichte und Hände schüttelte. Dann brach er zu den Dämmen auf.

Der Begriff bezeichnete keine Erdaufschüttungen, sondern vielmehr ein gewaltiges Geflecht aus winzigen Gassen und unterirdischen Tunneln, das die Armen in Novo Mynsk von den Reichen trennte. Es war das Nest sämtlicher Banden und Verbrechernetzwerke. Am Rand der Dämme verlief ein offener Abwasserkanal, dem die Gegend ihren nassen, modrigen Gestank verdankte, der sich in den Kleidern festsetzte, wenn man sich dort zu lange aufhielt. Außerdem war der Kanal ein bequemer Ort, um sich seiner Opfer zu entledigen. Alle paar Tage trieb eine Leiche in dem verfaulten grünen Gewässer – Leichen von Niemanden oder Verbrechern, denen sowohl die Stadtwächter als auch die Weißmäntel lieber keine Beachtung schenkten.

Die Straßenlaternen waren alle vor langer Zeit eingeschlagen worden, und die übrig gebliebenen Glasscherben auf dem Boden knirschten unter Ramsons glänzenden Schuhen. Der Mond verbarg sich hinter Wolken, die Schnee versprachen – den ersten Schnee zu Fyrva'snezh in vier Tagen –, und Ramson war dankbar, dass der Abwassergestank in der Kälte verschwunden war. Er ging flotten Schrittes und zögerte auf seinem Weg mit den vielen Biegungen und Abzweigungen nicht mehr als ein Mann, der durch seinen eigenen Hinterhof spazierte.

Unvermittelt blieb er stehen, an der Ecke einer Gasse, die sich nicht im Geringsten von allen anderen unterschied. Ramson lehnte sich an eine Mauer und verschmolz mit den Schatten.

Er wartete.

Minuten verstrichen. Die Dunkelheit lastete auf seinen Augen. Ein kleines Tier wuselte durch einen Abfallhaufen hinter ihm.

Und dann hörte er es: das leise Geklapper von Hufen und das Quietschen von Kutschenrädern. Er wusste ganz genau, welche Kutsche hier entlangfuhr, und er wusste, welchen Fahrgast sie beförderte.

Von allen Verbrecherkönigen, die in Kyrillien herrschten, war Alaric Kerlan der größte und niederträchtigste. Sein weitreichendes Netzwerk, sein unüberwindlicher Reichtum, seine Truppe aus gut ausgebildeten Affinitenhändlern und Bandenmitgliedern machten ihn außerdem zum gefürchtetsten. Deshalb konnten Kerlans Männer in Seide gekleidet und mit Gold spielend durch die Dämme schlendern, und die anderen Banden ließen sie mit einer Verbeugung vorbei und eilten ihnen sogar noch hinterher, um zu helfen, die Münzen aufzusammeln, die sie hatten fallen lassen. Alaric Kerlans Zorn war das Letzte, was man erregen wollte.

Die Kutsche rollte in Sicht, vergoldet, mit Lapislazuli verkleidet und von zwei Valkryfen gezogen. An der Tür befand sich das Abbild einer gewaltigen Lilie, der Stängel aus glitzernden Smaragden, die großen Blütenblätter aus Weißgold.

Ramson wartete, bis die Tür genau vor ihm war. Mit einem leichten Satz stand er auf der Falttreppe der Kutsche. Der glatzköpfige Schläger auf dem Kutschbock warf noch nicht einmal einen Blick zurück, als Ramson mit einem Schwung die Tür öffnete und geräuschlos hineinschlüpfte.

Bogdan wandte sich ihm zu. Ramson schlug dem Veranstalter eine Hand vor den Mund. Er spürte, wie sich die Lippen seines alten Kumpanen zu einem Aufjaulen öffneten. »Gib auch nur einen einzigen Laut von dir, und mein Attentäter draußen schießt dir schneller einen Pfeil ins Herz, als du deine blaue Seidenhose vollpinkeln kannst.«

Bogdan blinzelte, und seine Augen wanderten zum Fenster der Kutsche. Ein Schatten zog vorüber. Die Augen des Direktors der Manege weiteten sich auf lächerliche Weise, und er wich mit einem Nicken zurück.

Grinsend nahm Ramson die Maske ab. Der Schatten verschwand vom Fenster. »Entspann dich, Mann«, sagte er träge. »Ich bin nicht durch diese ganze Scheiße gewatet, um dich umzubringen.«

Mit einem Schniefen setzte Bogdan sich zurück, richtete seine Fliege und strich sich den Seidenkragen glatt. »Ich habe gedacht, ich würde dich nie mehr wiedersehen, Schnellzunge.«

Ramson verdrehte die Augen. »Ich wünschte, ich würde jedes Mal, wenn mir das jemand sagt, einen Kupferstein kriegen, Bogdan.«

Bogdan richtete sich auf. »Andere wissen, dass du zurück bist?«, fragte er vorsichtig. »Weiß Kerlan Bescheid?«

»Manche wissen es. Aber er muss die Wahrheit erfahren. Oder was auch immer sich in unserem Gewerbe als die Wahrheit erkennen lässt.« Ramson warf Bogdan ein charmantes Lächeln zu. »Und deshalb bin ich zu dir gekommen. Ich bin hier, um eine Schuld einzutreiben.«

»Eine Schuld«, wiederholte der Veranstalter, der auf einmal wie ein kyrillischer Adeliger aussah, der etwas Ekelerregendes in seinem Rote-Bete-Salat entdeckt hatte. Bogdan war nicht das gewiefteste oder schlaueste Mitglied des Ordens. Er sah gut aus und war arrogant, war besessen von winzigen Einzelheiten und kleinen Geldsummen, statt das Gesamte im Blick zu behalten. Einmal, vor etlichen Jahren, hatte ihn seine Arroganz beinahe das Leben gekostet.

»Mein lieber Bogdan, du hast doch gewiss nicht von mir erwartet, dass ich dein Geheimnis all die Jahre *umsonst* vor Kerlan bewahre?« Ramson beugte sich vor und verschränkte die Finger. »Was würde unser Herr und Meister sagen, wenn er von dem Nebenverdienst wüsste, den du mit den von dir verkauften Verträgen einstreichst?«

Bogdans Miene wurde unschön. »Was hindert mich daran, in diesem Moment meinen Schläger auf dich zu hetzen, Schnellzunge?«, fauchte er. »Ich habe Svyet angeheuert, weil er zwei kemeiranische Auftragsmörder besiegt hat …«

»Aber du weißt, bevor er auch nur die Kutsche anhält und diese Tür öffnet, habe ich deine Kehle aufgeschlitzt und diese teuren Samtkissen mit deinem Blut ruiniert.«

»Immer die gleichen Drohungen, Schnellzunge«, knurrte Bogdan. »Du vergisst, dass Kerlan mich auch ausgebildet hat. Versuchen wir's doch und sehen, wessen Blut in dieser Kutsche vergossen wird.«

»Du möchtest, dass ich bei meinen Drohungen ein bisschen kreativer werde, Bogdan? Nun.« Ramsons Blick wanderte zu Bogdans Fingern. »Du hast schon immer etwas für Ringe übrig gehabt, Bogdan. Jeder einzelne mit einem Edelstein, aus sämtlichen Königreichen der Welt.«

Auf einmal wich Bogdan zurück, und seine Miene wurde angespannt. Er rang die Hände, tippte mit den Nägeln auf die Rubine, Smaragde und Saphire an jeder Hand.

»Das ist ein schöner Neuer, den du da hast, der Diamant. Sieht wie ein Original aus den Blauen Höhlen draußen im Osten aus.« Ramson blickte wieder auf. »Wie geht's Olyusha?«

Bogdan erbleichte.

»Stell dir vor, was Kerlan womöglich sagen würde, wenn er herausfinden sollte, dass du mit einem seiner Wirtschaftsgüter ins Bett steigst.« Ramson runzelte die Stirn und setzte eine verwirrte Miene auf. »Mein Fehler, Bogdan – stell dir vor, was Kerlan womöglich sagen würde, wenn er herausfinden sollte, dass du eines seiner Wirtschaftsgüter *geheiratet* hast.« Er schenkte Bogdan ein messerscharfes Lächeln. »Da. Viel besser. Die Affinite und der Direktor der Manege. Ein seltsames Paar, würde ich sagen.«

Bogdans Gesicht war in raschem Wechsel weiß und rot geworden und hatte schließlich einen Purpurton kaum unterdrückter Wut angenommen. »Du bist ein abscheulicher Mensch«, stieß er hervor.

»Ich bin ein abscheulicher Mensch, der Dinge geregelt bekommt. Daran solltest du besser denken, wenn du mich das nächste Mal aufforderst, *kreativer* zu werden.«

Bogdan starrte ihn mehrere Momente angewidert an. »Schön«, fauchte er nach einer Weile. »Nenn mir deine Bedingungen für einen Pakt.«

Ramson lächelte wie eine Katze in der Sonne. Die Menschen waren so einfach, so vorhersehbar. Er hatte keinen *richtigen* Auftragsmörder angeheuert. Schließlich kosteten die mehr als ein glänzendes Silberblatt und waren für den Abend meist schon ausgebucht. Morde waren ein florierender Wirtschaftszweig in Novo Mynsk. Nein – manchmal war der Glaube an eine Gefahr wirksamer als die Gefahr an sich. Der Schatten am Fenster war irgendeine Straßenratte gewesen, die er bei den Schenken hatte herumlungern sehen, verzweifelt und gewillt, sich für einen bloßen Kupferstein in die Dämme zu wagen.

Abgesehen davon zog Ramson es vor, bei seinen Transaktionen möglichst keine Münzen auszugeben. Im Lauf der Jahre hatte er gelernt, dass es eine verlässlichere Kaufmethode gab. Geheimnisse waren Ramsons Währung, wenn es um diese Geschäfte ging.

»Du wirst Kerlan sagen, dass ich zurück bin«, erklärte er. Dank Anas sturem Vorsatz, May zu retten, hatte Ramson seinen Plan ändern müssen. Da der Überraschungseffekt jetzt nicht mehr möglich war, würde er seine Ankunft eben einfach an die große Glocke hängen, und zwar so laut wie möglich. Er hatte dieses Spielchen mit Kerlan nun schon viele Jahre gespielt und kannte die Regeln in- und auswendig. Solange man ihm immer einen Schritt voraus war, solange man sein Interesse geweckt hielt, blieb man am Leben. »Du wirst ihm sagen, dass er mich auf seinem Fyrva'snezh-Ball erwarten soll. Und du wirst ihm sagen, dass ich zurückkehre, um ihm den größten Pakt seines Lebens anzubieten.«

»Und was genau bietest du?«

Im ersten Moment zögerte Ramson, doch dann waren die Worte aus seinem Mund. »Die Bluthexe von Salskoff.«

Bogdans Lippen bildeten ein kleines o. Die Feindseligkeit verschwand aus seinem Gesicht, abgelöst von einem Ausdruck reiner Gier. »Die ist bloß ein Mythos«, sagte er, doch sein Tonfall flehte Ramson an, ihm das Gegenteil zu beweisen.

»Sie ist so real wie das Gold in deinen Zähnen, Bogdan. Hat fünf Wachen mit einer Handbewegung getötet.«

»Sie wäre ein *Vermögen* wert«, flüsterte Bogdan. »Mehr wert als der Nandjianische Feuerpalast. Ich meine ... was glaubst du, wie viel ist sie wert?«

Wie viel ist sie wert? Die Frage stieß Ramson auf, und auf einmal war ihm übel. Er dachte jetzt an Ana, an den leidenschaftlichen Zug um ihren Mund, die Art, wie sie beim Nachdenken die Stirn kräuselte, wie sie in der Manege störrisch ihre grimmige Haltung beibehalten hatte, obwohl ihre Augen ihr Entsetzen verrieten.

Dass sie wie eine Fackel im Dunkeln leuchtete.

Etwas regte sich in seiner Brust – etwas, das tief unter der Mauer begraben lag, die er aus den Ruinen seines Herzens erbaut hatte. Es war, als habe sich in seiner sorgsam errichteten Welt ein Felsblock verschoben und dabei alles verändert – zum ersten Mal seit sieben langen Jahren, in denen er die Vergangenheit abgeworfen hatte und immer weitergelaufen war und nie innegehalten hatte, um sich Gedanken darüber zu machen, was er mit seinem Leben anfing.

Was willst du?

Das habe ich dir schon gesagt. Rache.

Doch das reichte nicht mehr, wie ihm jetzt klar wurde. Die ganze Zeit hatte er geglaubt, die Schlüssel zu seinem Schicksal in Händen zu halten, wo er doch eigentlich die ganze Zeit schon in einem Käfig saß. Bloß eine von Kerlans Marionetten mit einem schicken Titel, emsig beflissen, dessen Befehle auszuführen, und fallen gelassen, sobald er nicht mehr gebraucht wurde.

Ana Kerlan auszuhändigen würde bedeuten, dass er immer noch das Blatt spielte, das Kerlan ihm ausgeteilt hatte.

Es war an der Zeit für ein anderes Spiel.

»Sie ist mehr wert, als du dir jemals vorstellen könntest«, antwortete Ramson leise. Die Räder in seinem Hirn drehten sich bereits, und er dachte zwei, drei Schritte voraus. Erfasste die unendlichen Möglichkeiten, die dieses Gespräch eröffnen könnte. Kalkulierte sämtliche Szenarien, bei denen er gewinnen würde, und die Bedingungen, die dazu nötig wären.

Und während er sprach, begann er Einzelheiten für seinen neuen Plan einzuflechten. »Ich möchte, dass du mir gut zuhörst, Bogdan. Du wirst Kerlan sagen, dass ich auf dem Fyrva'snezh-Ball meinen Verräter umbringen, meinen Titel zurückgewinnen und ihm die mächtigste Affinite, von der man je gehört hat, aushändigen werde.«

Bogdan schluckte. »Na gut.«

»Es kommt noch mehr«, sagte Ramson. »Ich möchte, dass du mir eine Liste der Gäste besorgst, die die Veranstaltung dieses Jahr besuchen. Morgen früh zur siebten Stunde wirst du einen Laufburschen vor deinem Haus antreffen. Gib ihm die Liste.«

»Das ist kaum Zeit!«, protestierte Bogdan, doch auf einen Blick Ramsons hin fügte er sich. *»Gut.«*

»Und du wirst mich auf die Liste setzen. Mich und meine … Ehefrau. Ich rechne damit, dass mein Laufbursche mir die Einladungen zusammen mit der Gästeliste morgen früh überreichen wird. Und ich werde es wissen, falls sie gefälscht sein sollten, also komm nicht auf dumme Gedanken, Bogdan.«

Bogdan sah aus, als hätte er irgendwie einen Mundvoll Katzenkot gegessen, den er Ramson ins Gesicht speien wollte. Langsam, unter einer Anstrengung, die seine Adern hervorstehen ließ, schluckte er und sagte stattdessen: »Selbstverständlich.«

»Wenn irgendetwas schiefgeht und ich es nicht auf Kerlans Fyrva'snezh schaffe, wirst du es büßen.«

Bogdan schniefte. »Alles klar.« Missmutig fischte er einen goldenen Füller mit Gravur und einen Notizzettel, auf dem er seine Bilanzen festhielt, aus dem Jackett. »Und welchen Namen werde ich der Gästeliste hinzufügen?«

Ramson hielt inne. Nicht »Schnellzunge«, das prahlerische, lächerliche Pseudonym, das er sich für den Orden der Lilie zugelegt hatte. Er benötigte einen Namen, den niemand außer Kerlan kannte, einen Namen, der ein Zeichen senden würde. Einen Code.

Die Antwort war so offensichtlich, dass sie ihn wie ein Fausthieb in die Magengrube traf.

»Farrald«, sagte er leise.

Bogdan verdrehte die Augen, während er den Namen notierte.

Sobald Stift und Papier in einer der vielen Taschen im Futter von Bogdans teurem Seidenanzug verschwunden waren, beugte Ramson sich vor. »Und es kommt noch mehr.«

»Um der Gottheiten willen!« Bogdan warf die Hände hoch und senkte dann die Stimme zu einem erbosten Flüstern. »Dein Pakt besteht aus *drei* Bedingungen für nur *zwei Geheimnisse*.«

»*Vier* Bedingungen«, verbesserte Ramson und überging Bogdans empörtes Stottern. »Die besten Geschäfte laufen nie auf ein Verhältnis von eins zu eins hinaus. Denk an die allgemeine Situation, Bogdan. Was verliere ich schon, wenn diese Bedingungen nicht erfüllt werden? Ich würde die Möglichkeit verlieren, zum Orden zurückzukehren, und ich würde das Kaiserreich verlassen, um woanders ein Geschäft zu betreiben. Aber was würde die Enthüllung dieser beiden Geheimnisse *dich* kosten?« Ramson zog die Brauen in die Höhe und zuckte mit den Schultern.

Bogdans Gesicht war rot. Ramson konnte praktisch die Räder sehen, die in seinem Kopf arbeiteten, während er die Kosten und Vorteile des Pakts erwog. »Schön«, zischte er. »Aber danach will ich nichts mehr mit dir zu schaffen haben, Schnellzunge. Danach bin ich *fertig*.« Der Veranstalter betonte das Satzende mit einer wütenden Bewegung seines Fingers.

Ramson hielt zwei Finger an die Brust und beschrieb einen Kreis. »Das schwöre ich bei den Gottheiten und allem, was in mir heilig ist, guter Mann.«

»Ach, spar dir den Scheiß. Wie lautet die dritte Bedingung?«

»In Kerlans Bestand befindet sich ein junges Mädchen, eine Erdaffinite. Von den Weißmänteln aus Kyrov gefangen genommen worden. Schon mal gehört?«

Bogdans Augen verengten sich, und er runzelte die Stirn – vermutlich, während er die Pläne für seine bevorstehenden Vorführungen durchging. »Ja«, sagte er nach einer Weile zu Ramsons Erleichterung. »Sie soll in drei Tagen auftreten. Hör mal, ich kann sie dir nicht einfach geben. Kerlan wird mich umbringen …«

»Ich weiß. Ich kenne die Regeln.« Insgeheim hatte er sich etwas anderes erhofft, doch Kerlan führte sein Geschäft streng. »Ich verlange nicht von dir, sie mir zu *geben*. In drei Tagen werde ich für ihren Vertrag mitbieten. Und du wirst die Versteigerung manipulieren. Zu meinen Gunsten.«

»Hm.« Bogdan kratzte sich am Kinn, offensichtlich besänftigt durch das in Aussicht gestellte Geld. »Das lässt sich wohl einrichten. Ich werde gewisse Vorkehrungen treffen müssen, aber … schön. Also gut.« Er schniefte überheblich. »Und die vierte?«

Ramson beugte sich vor. »Ich hätte ein paar Fragen zu eurem Windgeist«, sagte er leise und begann, die Wörter abzuspulen, die die letzten Teile seines Plans zusammenfügen würden. Als er die Hand zum Handschlag ausstreckte, war seine Cabanjacke um einen halben Beutel Goldblätter leichter, und er hatte an dem Abend noch einen letzten Abstecher vor sich.

»Pakt«, sagte Ramson.

»Pakt«, wiederholte Bogdan.

Sie schlugen ein.

Ramson entschied sich, durch die Dämme zu gehen. Ein Mann wie er sollte in den Schatten dieser Welt herumkriechen, ohne Licht und ohne Hoffnung auf etwas Besseres. Jonah hatte recht gehabt – die Welt, in die die Waisen und Bastarde und Straßenratten geboren wurden, war nicht voller Güte und Gnade. Die Welt war unterteilt in die Eroberer und die Eroberten, diejenigen mit Macht ließen die Machtlosen fallen wie Bauern auf einem Schachbrett.

Als Jonah gestorben war, hatte Ramson bei der Seele seines Freundes geschworen, dass er niemals einer der Bauern sein würde.

Wenn Ramsons Plan aufging, würde er kein Bauer mehr in Kerlans Schatten sein. Kerlan wäre tot, und *Ramson* würde auf dem sprichwörtlichen Thron des größten Geschäftsimperiums von ganz Kyrillien das Zepter in der Hand halten.

All die Jahre, in denen er nur hatte zuschauen können, in denen er dem fernen Schatten seines Vaters hinterherjagte, während man ihm *Günstling* und *Bastard* zuraunte, wären ein für alle Mal vorüber. Und Jonahs Vermächtnis erfüllt.

Lebe für dich.

Das hier ist für dich, Jonah, dachte er mit einem Blick zum Himmel, der bedeckt war, genau wie in jener Nacht mit dem Unwetter und dem Boot und dieser ruhigen, dünnen Stimme an seinem Ohr.

Doch selbst als er die Dämme verließ, konnte er das leise Bedauern nicht abschütteln, das an ihm haftete. Ana würde wieder mit May vereint sein, und sie würden ganz weit weggehen, an irgendeinen Ort, an dem sie frei sein konnten.

Etwas an ihm war anders, wenn er mit Ana zusammen war. Die Dunkelheit, das Intrigante, das kalt Berechnende in ihm verblasste und ließ spurenhaft erkennen, was er früher einmal gewesen war: ein ins Meer verliebter Junge. Ein Junge, der die Ozeane bis in alle Ewigkeit hatte besegeln wollen, die wärmende Sonne auf dem Rücken und die plätschernden Wellen an den Händen. Er hatte diesen Jungen vergessen, einen, der große Träume und törichte Hoffnungen gehegt hatte und der *gut* gewesen war. Der Junge, der zum kleinsten Funken Hoffnung geworden war.

Doch wozu war das Gutsein gut, wenn die Welt von den Grausamen regiert wurde?

Ramson holte tief Luft, und erst als er in der Nähe des Gasthauses war, in dem er abgestiegen war, nahm er die Maske wieder ab. Der Mann, zu dem er heute Abend in den Dämmen geworden war, mit totem Blick, gnadenlos und berechnend, war eine Seite von ihm, die Ana niemals zu Gesicht bekommen sollte.

19

Ramson kehrte in den frühen Morgenstunden in das Gasthaus zurück, als die Sonne gerade über den Dächern mit ihren roten Schindeln und den glänzenden Marmorvillen von Novo Mynsk aufging. Ana schloss fest die Augen und stellte sich schlafend, als er die Tür zu ihrem Zimmer mit dem Ersatzschlüssel aufschloss, den er besaß. Sie spürte, dass er eine Weile in ihrem Türrahmen stand, und dann war er, einem Schatten gleich, verschwunden.

Als sie ihn am Morgen zu einem Frühstück aus Haferbrei mit Lachs und Sauerteigbrot traf, war etwas an seiner Miene anders. »Ich habe Neuigkeiten«, sagte er mit vollem Mund. Er hatte geduscht und sich ein sauberes weißes Hemd angezogen, das am Kragen offen stand. Er blinzelte und deutete mit dem Löffel auf sie. »Gehört die Kapuze da bei dir immer dazu?«

»Gehört Dummheit bei *dir* immer dazu?«, fuhr Ana ihn an und ließ den Blick durch den Schankraum schweifen. Er war größtenteils leer, abgesehen von ein paar vereinzelten, müde aussehenden Reisenden, die an den ramponierten Holztischen Krüge dunklen Biers tranken. Dennoch trug sie die Kapuze tief ins Gesicht gezogen, während sie Ramson gegenübersaß. »Solltest du außerdem nicht vorsichtiger sein? Nach allem, was mit den Söldnern passiert ist?«

Ramson lehnte sich zurück und gestikulierte mit dem Löffel. »Ich bin die Vorsicht in Person, Schätzchen.«

»Bist du deshalb in der halben Stunde, die ich dich allein gelassen habe, entführt worden?«

»Ich hatte die Situation im Griff.« Ramson grinste angesichts von Anas Miene. »Na gut, sagen wir einfach, ich bin jetzt abgesichert. Jemand hoch oben will mich lebendig.«

Ana grub den Löffel in ihre Schüssel mit dickflüssigem Brei. »Was sind also die Neuigkeiten?«

»May soll in drei Tagen auftreten. Einen Tag vor Kerlans Fyrva'snezh.«

Der Löffel entglitt ihr. Brei landete auf dem Tisch. Ihre Umgebung – das trübe Gasthaus, der Geruch nach verbranntem Fisch in der Luft, der angeschlagene Holztisch – verblasste. »Woher weißt du das?«

»Ich weiß alles.«

»Du bist dir vollkommen sicher?« Auf einmal kam ihr ihre Tunika zu eng vor, das Atmen fiel ihr schwer.

»*Ja.* Wenn du damit fertig bist, mich zu verhören, können wir den Plan vielleicht endgültig ausarbeiten.«

Plan. Sie schaffte es nicht, sich zu konzentrieren, konnte an nichts anderes denken als an May hinter jenen Türen des Schwarzsteinwagens, allein und hilflos und verängstigt.

»Mach dir nicht so viele Sorgen.« Ana blinzelte, und ihr wurde klar, dass Ramson sie beobachtete, die Lippen zu einem Lächeln verzogen. »Der Plan ist einfach. Wir werden nach der Vorführung für ihren Vertrag mitbieten. Du weißt doch, ich habe dir gesagt, dass das in den Hinterzimmern abläuft.«

Anas Gedanken überschlugen sich. »Ich verstehe nicht. Für sie mitbieten? Und wenn wir den Zuschlag nicht bekommen?«

»Den werden wir erhalten. Ich habe einen Gegengefallen eingefordert.« Er aß den letzten Bissen des Sauerteigbrots und wischte die Finger an seiner Serviette ab. »Wenn du nicht gewinnen kannst, spiel einfach falsch.«

»Das hier ist kein *Spiel*, du Betrüger«, fauchte Ana, die sich über seine Ungezwungenheit ärgerte, über die Vorstellung, dass May gerade irgendwo an jenem schrecklichen Höllenort in einer Zelle saß. »Wenn auch nur *eine* Sache schiefläuft, dann ist Mays *Leben* in Gefahr.«

Das Grinsen verschwand aus Ramsons Gesicht. Er legte den Löffel in die Schüssel zurück, sorgfältig, mit Bedacht, als ginge er mit einer Waffe um. »Du denkst, ich kenne nicht den Unterschied zwischen Leben und Tod?«, fragte er. »Ich bin schon seit sieben Jahren in diesem Geschäft. Ich habe als Straßenratte angefangen und mich dahin hochgearbeitet, wo ich heute bin – wo ich *war*. Ein Fehltritt, und ich wäre tot gewesen.«

Ihr Atem ging flach. Ramson Schnellzunge hatte darauf geachtet, ihr gegenüber niemals etwas über sich selbst zu enthüllen, es sei denn, es war absolut notwendig. Doch etwas hatte sich verändert. Sie konnte nur nicht genau bestimmen … was.

»Und deshalb haben wir Notfallpläne«, erklärte er, und der Moment war vorüber. »Ich habe welche für die verschiedensten Szenarien, und sie beinhalten Geheimtunnel und unterirdische Gänge.« Er beugte sich vor, seine haselnussbraunen Augen hell im Morgenlicht, das zerzauste Haar an den Schläfen gelockt. »Sobald wir May haben, müssen wir für den Fyrva'snezh-Ball bereit sein.« Er schob ihr etwas über den Tisch zu.

Ein Stück Pergament, mit hastig daraufgekritzelten Namen. Ana überflog die Überschrift. »Kerlans Gäste an Fyrva'snezh?« Sie erwog, ihn zu fragen, woher er sie hatte, wusste aber, dass es absolut nirgendwohin führen würde, Ramson Schnellzunge nach seinen Quellen zu befragen.

»Ja.« Ramson tippte mit dem Finger auf einen Namen in der Mitte der Liste, und einen Moment lang nahm sie nichts wahr als die Wörter, die ihr entgegenleuchteten. *Mesyr Pyetr Tetsyev.*

Ana sog scharf die Luft ein. Sie packte das Pergament so fest, dass ihre Fingerknöchel weiß hervortraten. »Wir werden ihn an einen stillen Ort locken müssen. Irgendwohin, wo ich mit ihm reden und dann unbemerkt verschwinden kann.«

Ramsons Augen funkelten. »In Kerlans Keller gibt es ein Geheimzimmer. Es ist schalldicht. Aus zuverlässiger Quelle weiß ich, dass während des Balls niemand Wache stehen wird.« Er trommelte rastlos mit den Fingern auf dem Tisch. »Es ist ideal. Es gibt einen Tunnel, der vom Keller nach hinten hinausführt – auf diesem Weg werden sämtliche Vorräte des Anwesens angeliefert. Nahrungsmittel, Blumen, Kleidung … all so was. Ich werde eine Kutsche organisieren, die dich abholt. Wir müssen uns nur auf einen Zeitplan verständigen.«

Sie zogen sich auf ihre Zimmer zurück, um die restlichen Pläne zu schmieden. Sie besprachen jede Minute, bestimmten jede Position genau, gingen sämtliche möglichen Szenarien durch und legten das Ganze sorgfältig fest.

Nach zwei Tagen hatten sie jede Einzelheit von Mays Rettung und Kerlans Ball erschöpfend diskutiert, und selbst Anas Eifer stieß an seine Grenzen.

»Es besteht keine Möglichkeit, sie heute oder morgen zu holen?«, bedrängte sie Ramson.

»Nein«, erwiderte Ramson am Nachmittag des zweiten Tages, auf Anas Bett gefläzt. »Wir müssen die Vorstellung besuchen und uns an die Regeln halten.«

»Aber …«

»Möchtest du wirklich einen Mann berauben, bevor du auf sein Fest gehst?« Er spielte mit einem Goldblatt zwischen seinen Fingern. Die Münze fing die späte Nachmittagssonne ein und funkelte, während Ramson sie auftauchen und dann wieder verschwinden ließ. »Wir betreten die Höhle des Löwen. Alles können wir nicht kontrollieren. Aber wollte Kerlan uns tot sehen, wären wir bereits tot.«

»Warum sagst du das?« Ana blickte aus der Ecke auf, in der sie saß, mit geradem Rücken und im Schneidersitz, inmitten von Dutzenden Pergamenten mit den Karten und Plänen, die sie notiert hatten. Päckchen mit ihren Vorräten waren ordentlich an der Wand gestapelt – hauptsächlich Kleidung für die nächsten Tage. Sie hatten einen guten Teil ihres Geldes ausgegeben – und der Rest …

nun, Ana ging davon aus, dass Ramson ihn zwischen ihnen aufteilen würde, sobald es an der Zeit wäre, getrennter Wege zu gehen.

Der Gedanke erfüllte sie mit einem seltsamen Gefühl, und sie sah rasch noch einmal zu ihm hinüber – zu seinem zerzausten sandfarbenen Haar, das über ihrem Kopfkissen emporragte –, um sicherzugehen, dass er noch da war.

»Ich habe mit ein paar Kontaktleuten von ihm gesprochen. Er wird uns auf seinem Ball erwarten. Deshalb werde ich, während du Tetsyev in die Enge treibst, oben sein und Kerlan ablenken, damit ihm nichts Ungewöhnliches auffällt.« Er warf das Goldblatt in die Luft und fing es auf. Als er die Handfläche wieder öffnete, war es verschwunden. »Er glaubt, ich werde ihm einen Pakt anbieten.«

Ana kaute am Ende ihres Stifts. »Und was *wirst* du tun?«

»Ihn umbringen? Ihn bezirzen? Wer weiß.« Ramson schenkte ihr ein boshaftes Lächeln, und Ana hegte den Verdacht, dass er ganz genau wusste, was er tun würde. Sie hatte allerdings gelernt, nicht auf Antworten zu drängen, die sie niemals bekommen würde.

Folglich widmete Ana sich wieder ihren Pergamenten und konzentrierte sich auf das, was sie bekommen *konnte*: May, ihren Alchemisten und einen Weg zurück zu ihrem Bruder.

Bumm-ba-da-BUMM.

Die Trommeln schlugen. Die Fackeln loderten. Das Publikum jubelte. Doch an diesem Abend bildete das alles einen anderen Rhythmus in Anas Herz. An diesem Abend war es für Ana ein Herabzählen der Minuten und der Sekunden, während sie sich durch die Menge aus trägen, berauschten Adeligen schlängelte.

Es war der Abend von Mays Auftritt. Alles hing von diesem Abend ab.

Bogdan ging auf der Bühne auf und ab, und seine Stimme dröhnte quer durch den überfüllten Zuschauerraum. Bildete Ana es sich ein, oder bedeckte ein Schweißfilm die Stirn des Veranstalters?

Die Eiskönigin hatte ihren Auftritt absolviert, sie stand seitlich auf der Bühne vor der Glaswand und strahlte die Menge an. Sie war die Konstante in diesem Spektakel sich abwechselnder Affiniten, deren Vorführungen die Manege mit Wasser und Stein und Feuer und allen anderen erdenklichen Elementen füllten.

Bogdan breitete die Arme aus. »Als Nächstes, Mesyrs und meya Damas, haben wir eine Erdaffinite.«

Anas gesamter Körper spannte sich an.

»Sie kann Leben aus nichts als einem Häufchen Dreck hervorlocken. Sie kann Ihre Lieblingsblumen leuchtender erblühen lassen als die Sterne am Nachthimmel!«

Auf der Bühne teilte sich der Vorhang. Eine Hilfe eilte hinaus und stellte einen Blumentopf an die Glaswand, bevor sie wieder zurück in die Kulissen schlüpfte.

Aus dem Dunkel des Vorhangs tauchte eine Silhouette auf – und Anas Welt nahm scharfe Konturen an. Die Affinite schlurfte in einem zu großen dunkelbraunen Kleid mit aufgenähten glitzernden roten Blumen, deren Stängel sich um ihren Leib kringelten, vorwärts. Ihre Schultern hingen herab, ihre Gestalt war kleiner und knochiger, als Ana sie in Erinnerung hatte, und ihr Kopf war gesenkt. Die wunderschönen Ozeanaugen waren verborgen.

Ana kämpfte mit den Tränen, als May, kaum halb so groß wie die anderen Affiniten, die im Ring aufgetreten waren, auf die Mitte der Bühne zustolperte. Gekicher erhob sich im Publikum, und Bogdan stieß ein glucksendes Lachen aus. »Komm jetzt, Süße!«, dröhnte er. »Wir haben nicht den ganzen Tag!«

Mays Augen waren starr auf eine Stelle am Boden gerichtet, während sie versuchte, schneller zu gehen. Ihre Röcke verhedderten sich um ihre Fußknöchel, sie stolperte und fiel mit einem *Plumps* zu Boden.

Ein leises, bekümmertes Geräusch entrang sich Ana, während die Menge buhte. Sie spürte, wie sich Ramsons Hand um ihren Arm schloss. Seine Augen funkelten. »Gut Ding …«, flüsterte er.

… will Weile haben.

Trotzdem wand sich Anas Wut weiß glühend in ihrem Innern. Sie streckte ihre Affinität aus und strich damit hungrig über das Blut der Menschenmenge. Wie sie sich wünschte, ihre Kraft auf diese Bastarde loszulassen – *sie* Schmerz und Hilflosigkeit empfinden zu lassen.

»Sie mag klein sein, aber sie ist in *höchstem Maße* talentiert«, prahlte Bogdan. »Sie kann Steine erschaffen, und sie kann sie zerbrechen. Sie kann sie manipulieren. Und sie hat eine besondere Gabe, *Leben zu schenken*, bei allem, was aus der Erde wächst. Meine verehrten Gäste, darf ich Euch präsentieren: das Kind der Erde!«

Ein Raunen ging durch die Menge. Auf der Bühne kauerte May neben dem Topf mit den toten Blumen. Als sie die Hände ausstreckte, lag auf ihrem Gesicht trotz allem eine Mischung aus Traurigkeit und Hoffnung.

Kurze Zeit schien nichts zu passieren. Und dann stieß die Menge ein kollektives Keuchen aus und deutete auf die schöne grüne Farbe, die wie Tinte die Stängel hochkroch. Rot ergoss sich in die Blütenblätter. Vor ihrer aller Augen hauchte May der Pflanze wieder Leben ein. Und Ana beugte sich unwillkürlich ein Stück vor.

Das Aufkeuchen der Menge, die Tiermasken, die Fackeln und das Schwarzsteinglas verblassten, und da war nur noch May. Sie saß mitten auf einer Lichtung, umgeben von hohen, schneebedeckten Kiefern. Ihre Hände umfassten ein einzelnes weißes Gänseblümchen, das durch den Schnee verwelkt und in dem harten, gefrorenen Boden eingeschlossen war. Mit geschlossenen Augen summte May leise vor sich hin. Ana hatte beobachtet, wie sich das Gänseblümchen langsam aufrichtete und sich die Blütenblätter entrollten, um die Wintersonne einzufangen.

Es hatte sich angefühlt, als wäre sie Zeugin eines Wunders.

Die Erinnerung verflüchtigte sich, als die Zuschauermenge in der Manege in tosenden Beifall ausbrach. Auf der Bühne strahlte die Eiskönigin.

Bogdan breitete die Arme aus. »Die Kleinsten werden oft am meisten unterschätzt und sind eigentlich viel stärker, als wir erwarten.« Er legte eine Kunstpause ein und winkte. Die Ringe an seinen Fingern glitzerten.

»Nun denn, hat jemand irgendwelche Wünsche an unser Kind der Erde?«

Sofort erklang ein Schrei. »Sie soll einen Obstbaum wachsen lassen!«

»Lasst sie mit Felsen jonglieren!«

»Bringt sie dazu, eine Statue aus Erde zu erschaffen!«

Und so ging es in einem fort, Kupfersteine und Silbersteine und Goldblätter landeten klirrend vor Bogdans glänzenden schwarzen Schuhen, während May den Kopf gesenkt hielt. Übelkeit rumorte in Anas Magen, als die höhnischen Rufe und gebrüllten Spötteleien nicht nachließen und Bogdan May Befehle zurief, die sie zu befolgen hatte.

»Hey.« Ein Paar haselnussbrauner Augen, eine warme Hand, die sich sanft, aber fest auf ihre Schulter legte. »Bald ist es vorbei. Sie wird bei uns in Sicherheit sein.«

Ana senkte den Blick und merkte, dass sie den Ärmel seiner Cabanjacke umklammert hielt. Sie riss die Hand zurück.

Da erregte etwas ihre Aufmerksamkeit. Auf der Bühne war ein Lederbeutel gelandet, so groß wie Bogdans Kopf. Goldmünzen ergossen sich wie Gedärme über die Füße des Direktors der Manege und glitzerten unheilvoll im Feuerschein.

Die Menge verstummte. Ramson richtete sich auf.

Irgendwo in der Nähe der Bühne erhob sich ein klarer Tenor. »Ich habe einen *ganz besonderen* Wunsch – einen, an dem das Publikum, wie ich glaube, großen Gefallen finden wird.«

Bogdan bückte sich, um den prall gefüllten Beutel mit Goldblättern aufzuheben. Ihm stand der Mund offen. Münzen ergossen sich weiter wie Wasser aus dem überlaufenden Beutel.

»Nun, *Mesyr*«, rief Bogdan, der leicht atemlos klang. »Ihr habt auf jeden Fall Eure Hingabe an die Unterhaltungskunst unter Beweis gestellt!«

Hinter ihm hatte May endlich den Kopf gehoben und beobachtete die Szene mit wachem Interesse. Das Strahlen der Eiskönigin wirkte erstarrt, aufgesetzt. Aus den Schatten der Kulissen sah der Affinitenhändler mit den blassen Augen mit emotionslosem Interesse zu.

Eine düstere Vorahnung befiel Ana. Sie suchte die Menge nach dem Besitzer der Stimme ab, während sich allmählich Panik in ihr breitmachte. Das hier war falsch. Der gebotene Betrag an Goldblättern reichte, um fünfzig Familien ein ganzes Jahr lang zu ernähren. Er reichte, um eine kleine Dacha zu kaufen.

Niemand, der recht bei Verstand war, würde so viel Geld für ein paar Momente Unterhaltung bieten.

Auf der Bühne funkelten Bogdans Augen vor Entzücken. »Und wie sonst«, fuhr der Direktor der Manege fort, und seine Stimme wurde lauter, als er den Beutel mit den Münzen in die Höhe hielt, »werden die Dinge hier in der Manege geregelt als durch Gold und bare Münze? Mesyrs, meya Damas und alle anderen – ich sage, wir hören uns diesen Herrn an, der darauf aus zu sein scheint, uns die Vorstellung des Abends zu bieten!«

Als die Menge in donnernden Beifall ausbrach und zustimmend johlte, bewegte sich etwas in ihrer Mitte. Ein goldenes Aufblitzen, eine Gestalt in Kapuze.

Als der Mann leichtfüßig auf die Bühne sprang, erkannte Ana eine vertraute goldene Maske.

Jeder Irrtum war ausgeschlossen. Es war der Adelige, mit dem sie an ihrem ersten Abend in der Manege zusammengestoßen war. Er trug dieselbe Maske, die er damals getragen hatte, mit dem spöttisch weinenden Gesicht, doch es war das Lodern in seinen Augen, woran sie sich am deutlichsten erinnerte. An jenem ersten Abend hatte sie nur einen Blick auf ihn erhascht, aber er hatte zornentbrannt ausgesehen.

Etwas stimmte nicht.

»Ramson«, flüsterte Ana, doch der Mann hatte zu sprechen begonnen.

»Ich war schon bei vielen, *vielen* Vorführungen von Affiniten«, rief der Adelige mit der goldenen Maske hochmütig und mit eleganten, weit ausholenden Bewegungen seiner Hände, »und ich warte nun schon *so lange* auf diesen Augenblick.«

Ana setzte sich in Bewegung. Sie wusste nicht recht, warum, doch unwillkürlich schob sie sich mit wachsender Dringlichkeit an Leuten vorbei, um die Bühne zu erreichen. Um May zu erreichen. Sie hörte, wie Ramson hinter ihr ihren Namen zischte, spürte das Rauschen seines Bluts, als er ihr schließlich folgte.

»Wir sind froh, Euch hier zu haben, edler Mesyr!« Bogdan tätschelte mit einem Glucksen den Beutel mit Goldmünzen. Sein Lächeln reichte von einem Ohr zum anderen. »Sagt mir nur sämtliche Wünsche, die Ihr an die Affinite habt, dann kann ich …«

»Ich wünsche mir, dass alle hier Versammelten diesen glorreichen Augenblick zusammen mit mir in Erinnerung behalten!«, verkündete der Mann mit der goldenen Maske. Mit einer schwungvollen Bewegung schob er die Kapuze herunter. Sein Haar leuchtete rot, als er nach vorn trat, näher an den Bühnenrand. Er riss sich die Maske herunter und schleuderte sie vor der Glaswand zu Boden.

Ana blieb ruckartig stehen. Das Gesicht auf der Bühne erstrahlte im Triumph und dem orangeroten Schein der Fackeln. Und sie kannte es nur zu gut.

Jemandes Hände schlossen sich um ihr Handgelenk. Undeutlich hörte sie, wie Ramson zu ihr sprach. »Ana, *hör zu* …«

Doch es ging nicht. Sie starrte das Gesicht des Mannes an. Es führte sie zurück in ihre Kindheit im Palast, als er ihr dampfenden Tee und frische Pirozhky-Pasteten gebracht hatte, doch es waren seine Worte und das Leuchten in seinen Augen gewesen, die sie bis ins Innerste gewärmt hatten.

»Ich kenne ihn«, sagte sie mit dumpfer Stimme.

»Du … was?«

Auf der Bühne hatte der Rothaarige sich eine Fackel geschnappt. »Meine lieben *noblen* Gäste, ich möchte, dass Euch allen eines in

Erinnerung bleibt.« Er hielt die Fackel hoch, und der Triumph in seinem Gesicht gipfelte in einer hassverzerrten Miene.

»Ich kenne ihn«, keuchte Ana. »Ramson, er ist ein …«

»Lang lebe die Revolution!« Mit aller Kraft ließ der Rothaarige die brennende Fackel auf die Bühne niedersausen.

20

Flammen schossen entlang der Ölspur empor, die sich aus der Fackel ergoss, wanden sich wie eine schimmernde, durchscheinende Schlange über den Boden. Im ersten Moment war der Mann hinter der Flammenwand nicht mehr zu sehen. Dann trat er hindurch, die Hände ausgestreckt, und zwei Flammensäulen schossen von seinen Handflächen in die Luft.

Das Geschrei setzte ein.

Ana rannte auf die Bühne zu.

Die Menge rempelte sie an, da die Adeligen wie verängstigte Kinder flohen, das höhnische Grinsen in ihren Gesichtern ersetzt durch nackte Angst. Doch Anas Augen waren starr auf den Feueraffiniten gerichtet.

Yuri.

Sie entsann sich der Funken in seinen kohlegrauen Augen damals, als er immer Ptychy'molokos auf ihre Tabletts mit Abendessen gleiten ließ. Jene Wärme hatte sich zu einem wütenden Feuer entwickelt, wild und ungezähmt.

Er führte etwas im Schilde – sie wusste nicht, was –, aber die Verstellung und das Gold waren alles nur eine List gewesen, um ihm Zutritt zur Bühne zu verschaffen. Und jetzt schwebte May in Lebensgefahr.

Bewegungen in den oberen Logen erregten Anas Aufmerksamkeit. Die Schützen regten sich, orangefarbener Fackelschein wurde von ihren Schwarzsteinpfeilen reflektiert.

Anas Blick huschte zur Bühne. Hinter den sengenden Flammen, hinter dem Schwarzsteinglas stand May, allein. Der Affinitenhändler war nicht mehr dort, Ana glaubte, kurz seinen Rücken zu sehen, als er hinter dem Vorhang verschwand.

Die Bogenschützen legten an und spannten die Bogen.

Eine furchterregende Sekunde lang schien sich die Welt zu verlangsamen, und Ana hörte nur noch sirrende Pfeile, die auf die Bühne zuschossen.

Ana wollte Mays Blut ergreifen – und wieder stieß ihre Affinität auf kalten, leeren Schwarzstein. Panik stieg in ihrer Brust hoch …

Da explodierte die Bühne. Nicht durch Blut und nicht durch Feuer … sondern durch Eis. Weiße Eiskristalle erblühten knackend in der Manege und bildeten einen harten, glitzernden Bogen über der gesamten Bühne. Die Pfeile prallten an dem Eis ab und fielen polternd zu Boden.

Auf der Bühne richtete die Eiskönigin sich auf, mit ausgestreckten Händen, das aschweiße Haar in der Hitze der Flammen flatternd. Sie drehte sich um und sah Yuri in die Augen. Nickte langsam ein einziges Mal.

Gemeinsam drehten sie sich zu der Schwarzsteinglaswand hinter ihnen. Feuer und Eis tauchten knisternd aus dem Nichts auf, Wirbel aus Silberweiß und flammendem Rot schlugen gegen das Glas.

Sie würden die Manege einstürzen lassen. Und wenn dieses Glas fiel, wenn die Bühne zusammenbrach, würde jeder darunter zerquetscht werden.

Was bedeutete, dass Ana May vorher dort herausholen musste.

»May!«, schrie sie und versuchte, hinter den Elementen, die gegen das Glas wüteten, einen Blick auf das Mädchen zu erhaschen. Ana war jetzt so nah – aber immer noch nicht nah genug, um May zu beschützen.

Eine Druckwelle kam von der Bühne, und Hitze umfing sie. Ana warf die Arme hoch und betrachtete blinzelnd das grelle, unmögliche Spektakel.

Yuri holte sich Feuer von den Fackeln, die im Kreis um die Bühne brannten. Hitze strömte in einem mächtigen, lodernden Ring um die Bühne und erleuchtete die Manege, während das verängstigte Publikum in die Richtung des Ausgangs floh. Er war stark – viel stärker, als er damals im Palast gewesen war. Oder hatte er die wahre Kraft seiner Affinität vor ihr verborgen gehalten? So viel Feuer manipulieren zu können, während die meisten Feueraffiniten es kaum schafften, eine kleine Kerze am Brennen zu halten …

Sie musste hinter dieses Gefängnis aus Glas gelangen. Sie musste zu May vordringen.

Ana streckte ihre Affinität aus, und ihre Kraft erwachte brüllend zum Leben, heller als jede Flamme. Sie packte Yuri und die Eiskönigin und zog.

Aus tränenverschleierten Augen sah sie, wie die beiden ins Straucheln gerieten und hinfielen. Das wütende Feuer und das brüllende Eis versiegten, sodass eine unebene, eisbedeckte Wand zurückblieb. Risse verliefen gezackt über die Oberfläche, breiteten sich wie Adern aus.

Yuri rollte zur Seite, und sein sengender Blick richtete sich auf Ana. Er hob die Handflächen.

»Yuri …«

Als Flammen aus seinen Händen explodierten, prallte etwas auf Magenhöhe schmerzhaft gegen sie und riss sie mit. Ana knallte gegen den Rand der Bühne und erblickte im nächsten Moment Ramsons Gesicht, als dieser sich von ihr löste. Seine Wangen waren rußverschmiert. »Ana«, krächzte er, doch sie stieß ihn zurück und sprang auf die Bühne.

Hinter dem leicht dampfenden Eis und dem grau getönten Glas stand der Schatten einer kleinen Gestalt. Die durchsichtige Barriere zwischen ihnen verlieh der Szene etwas Traumhaftes.

May hob eine Hand. Aus dem Blumentopf vor ihr erhob sich ein Erdklumpen. Mit einem knirschenden Geräusch schrumpfte er und verhärtete sich zu einem Stein. May vollführte eine peitschende Bewegung, und der Stein knallte gegen das Schwarzsteinglas.

Bumm.

Noch einmal.

Und noch einmal.

Beim fünften Versuch war ein Splittern zu vernehmen. Netzförmige Risse breiteten sich auf dem Glas aus, und das Eis gab eine Reihe explosionsartiger Knallgeräusche von sich.

Sie war dabei, die Wand zu sprengen.

Als Ana sah, wie die Kleine die Hände hob und den Stein wieder zurücknahm, wurde ihr mit einem Mal klar, dass May mit Yuri und der Eiskönigin *zusammenarbeitete*.

May war Teil des Plans. Sie kämpfte gemeinsam mit den Rebellen, um der Grausamkeit der Manege ein Ende zu bereiten und das gläserne Gefängnis, in dem sie eingesperrt gewesen waren, buchstäblich niederzureißen.

Der Stein schoss nach vorn. Mit einem letzten schallenden Krachen zerbarst das Glas. Einen Moment schwebten die Scherben in der Luft, Eis und Glas vermischten sich, tausend glitzernde Fragmente bildeten Muster im lodernden Fackelschein. Und dann fielen sie und stürzten mit all ihrer verletzenden Schärfe zu Boden.

Ana stürzte auf May zu.

Yuri stürzte auf Ana zu.

Am anderen Ende der Bühne ließ die Eiskönigin die Hand hervorschnellen. Eis erhob sich wie eine massive weiße Woge vom Boden und verhärtete sich über ihren Köpfen zu einer Barriere.

Splitter der ehemaligen Schwarzsteinscheibe regneten überall um sie herum nieder, erfüllten die Luft mit leisem Klirren, als sie von dem Eisbogen über ihnen abprallten.

Ana knallte mit der Schulter auf die Bühne, als Yuri sie angriff, seine Hände an ihrer Kehle, die Zähne wütend gefletscht. Sie wehrte sich. Ihre Finger versuchten seine zu lösen. Ihre Maske klebte heiß und verschwitzt an ihrem Gesicht. »Yuri«, brachte sie erstickt hervor. »Aufhören …«

»Ich zeig dir, wie es sich anfühlt, von einem Affiniten umgebracht zu werden«, knurrte er und hob die Hand.

»Yuri!« Sie riss die Maske herunter. »Ich bin's!«

Er erstarrte, seine Hand schwebte über ihr, und seine Miene verharrte zwischen Verwirrung und Zorn. Und dann trat, ganz langsam, Wiedererkennen in seine Augen, zusammen mit Fassungslosigkeit. Er wich zurück und nahm die Hände von ihr, als hätte er sich verbrannt. »Kolst …«

»Ana!« Die süßeste Stimme ertönte, eine, die Ana überall wiedererkannt hätte.

May kniete auf der Bühne, kaum zehn Schritte von Ana entfernt, und an die Stelle der Verblüffung auf ihrem Gesicht trat schnell Freude.

Erleichterung durchzuckte Ana so heftig, dass ihren Lippen ein Geräusch, halb Lachen, halb Schluchzen, entkam. »May!«, rief sie und streckte die Arme aus.

Ein Pfeil surrte an ihr vorbei und traf die Marmorbühne.

»May!« Anas Schrei wurde panisch, als ein weiterer Pfeil von der Bühne abprallte, eine Handbreit von ihr entfernt.

»Dyanna!« Hinter ihr stieß Yuri einen gequälten Schrei aus.

Am Bühnenrand sah die Eiskönigin – Dyanna – nach oben, das Gesicht beinahe so aschfahl wie ihr Haar. Blut, erschreckend rot im Kontrast zu ihrer Blässe, tropfte aus ihrer Nase.

Verschwommen sauste etwas auf sie zu. Dyannas Körper zuckte bei der Wucht des Einschlags. Sie sackte zu Boden, ein Pfeilschaft ragte aus ihrem Rücken hervor. Der schwere Geruch von Blut erfüllte die Luft.

»Dyanna! Dyan…« Yuris Rufen wurde zu einem erstickten Schluchzen. »Nein. *Nein.*«

»Yuri!« Ana packte ihn am Arm, zerrte ihn unter die Eisbarriere. »Wir müssen hier raus …«

Ein Pfeil traf den Boden neben May. Die Augen der Kleinen weiteten sich, als sie nach oben sah. Sie drehte sich um und begann, auf den Samtvorhang zuzulaufen.

In den Schatten der Logen oben legten die Schützen an und schossen. Ana war schon halb auf den Beinen, als Pfeile auf sie zugeflogen kamen und ihr klar wurde, dass sie May nicht erreichen würde, bevor einer der Pfeile sein Ziel treffen würde.

Doch jemand anders rannte zu dem Kind. Ramson stürzte sich auf May, rutschte auf seiner Aristokratenhose und der Cabanjacke über den ruinierten Marmor. Zerborstenes Glas und Eis knirschten unter ihm. Er rollte sich ab, schloss May in die Arme und sprang zum Vorhang.

Wusch. Der Pfeil streifte seinen Leib. Er bog vor Schmerz den Rücken durch, stieß ein gedämpftes Ächzen aus und geriet ins Straucheln.

Ana war bereits losgelaufen. Sie erreichte Ramson im gleichen Augenblick wie Yuri. Gemeinsam hievten sie Ramson und May von der Bühne in das Dunkel hinter dem Samtvorhang.

21

Hinter der Bühne war es stickig, und Schweißgeruch lag in der Luft. Sie stolperten durch den Vorhang und weiter bis in einen Raum, der trübe von ein paar Fackeln in Wandhalterungen erhellt wurde. Dunkle Gänge erstreckten sich zu ihrer Linken und Rechten. Die Schreie der Menschenmenge schienen von einer fernen Welt zu ihnen zu dringen, als hätten die dicken Vorhänge sie von dem Chaos abgeschnitten und ihnen diesen vorläufigen Zufluchtsort gewährt.

Im Halbdunkel drang eine leise Stimme zu ihr. »Ana?«

Anas Kehle entrang sich ein Schluchzen. »May«, krächzte sie. Sie bewegten sich beide gleichzeitig aufeinander zu und umarmten sich unter Rufen der Erleichterung. Ana hielt May fest. »Dein Haar.« Tränen brannten in ihren Augen. »Es ist ganz verrußt.«

Lachend nahm May Anas Wangen in die Hände und wischte mit ihren kleinen Fingern die Tränen fort. »Du bist es. Du bist es wirklich.«

Mehr Tränen strömten Anas Gesicht hinunter. Sie lachte, feucht und gurgelnd, und drückte ihre Stirn an Mays. »Natürlich bin ich's. Ich würde dich *niemals* zurücklassen.«

Vor ihnen räusperte sich Yuri. Eine kleine Flamme tänzelte auf seiner Handfläche und erhellte den Korridor vor ihnen. »Hier entlang.«

Ana packte Mays Hand, und sie eilten ihm nach. »Wohin gehen wir?«

»Es ist die Revolution, Ana«, sagte May. Ihre Augen waren hell. »Yuri ist ein *Rot*mantel – ein Rebell, für die Affiniten. Ich bin den anderen Rotmänteln begegnet, als man mich hierhergebracht hat. Wir werden sie jetzt gleich befreien.«

Hinter ihnen hustete Ramson laut und kam stolpernd an der steinernen Wand zum Stehen. Anas Magen verkrampfte sich, als er sich abstützte, eine Hand an der Seite, wo der Pfeil ihn gestreift hatte. Sie konnte das Blut spüren, das in den Stoff seiner Tunika sickerte. »Ramson!«

»Ich werd's überleben«, stieß er heiser hervor. »Da sind wir in einen schönen Schlamassel geraten. Verdammte … Revolution.«

»Die Weißmäntel haben zu lange untätig danebengestanden und mit angesehen, wie wir leiden.« Yuris Fäuste waren geballt, und er spuckte die Wörter aus. »Es ist an der Zeit, dass wir die Dinge selbst in die Hand nehmen. Wir sind eine Mahnung, dass ihre Mäntel nicht weiß sind, sondern *rot* – befleckt vom Blut der Affiniten. Wir repräsentieren die Flamme der Hoffnung …«

»Mann, das ist *nicht* der rechte Zeitpunkt für poetische Ergüsse«, stieß Ramson zwischen zusammengebissenen Zähnen hervor. »Wenn wir hier nicht rauskommen, wird das einzig Rote dein Blut auf dem Schwert eines Weißmantels sein.«

»Wir müssen weg hier«, pflichtete Ana ihm bei und umklammerte Mays Hand. *»Jetzt.«*

Yuri sah ein wenig verärgert aus, doch es war May, die das Wort ergriff. »Nein.« Sie entzog Ana ihre Hand. »Ich gehe nicht ohne die anderen.«

Es war, als wäre May innerhalb einer Woche um Jahre gealtert.

Mays Lippen waren entschlossen zusammengepresst, als sie Anas Blick erwiderte, doch in ihren Augen lag ein Flehen. »Yuri und Dyanna haben das hier geplant, und sie haben mich gerettet. Sie haben schon viele andere Affinite gerettet. Und ich will … ich will auch helfen.« May streckte wieder die Hände aus und nahm Anas Hände in ihre. »Erinnerst du dich an das Mädchen, das mir auf dem Vyntr'makt einen Ptychy'moloko gegeben hat? Ich habe jeden Tag, an dem ich hier war, an sie gedacht.« Ihre Stimme bebte, doch darunter vernahm Ana einen Hauch stählerner Entschlossenheit. »Du hast mich gerettet, Ana. Und ich wollte ihr helfen und anderen wie ihr. Ich will …« May holte tief Luft, und als sie aufblickte, glänzten ihre Augen. »Ich will, dass das ganze Kaiserreich, jeder einzelne Affinite, weiß, wie es sich anfühlt … Hoffnung zu haben.«

Der Funke in Mays Augen und die Kraft in ihren Worten bewegten etwas in Anas Brust.

Bevor sie etwas sagen konnte, ertönte im Korridor zu ihrer Rechten ein Geräusch. Ein rhythmisches Klackern, das mit jeder Sekunde lauter wurde.

Ramson fluchte. »Wachen«, flüsterte er und stemmte sich hoch. »Du, Poet. Wo sind die Affiniten?«

»Im linken Korridor«, antwortete Yuri rasch. »Der Raum ganz hinten.« Er griff in die Tasche und holte einen Schlüsselbund hervor.

»Ich kann sie holen.« May trat vor und nahm die Schlüssel von Yuri entgegen. Sie drehte sich zu Ana, die Augen glänzend, und die Fackeln warfen ihre kleinen, fest umrissenen Schatten gegen eine Welt aus flackernden Flammen. »Warte hier, Ana.« Und dann war sie fort, ein Lichtblitz, der von der Dunkelheit verschluckt wurde.

Ana gab Ramson einen Wink. »Geh mit ihr mit. Yuri und ich werden hierbleiben und die Wachen abwehren.«

Ramson zögerte. »Stirb nicht,« sagte er.

»Lass du dich nicht entführen«, erwiderte sie.

Sie hörte sein heiseres Glucksen und unterdrückte ein Lächeln, als sie sich schon den nahenden Schritten zuwandte.

Ana spürte Yuris brennenden Blick im Nacken. »Du bist am Leben«, hauchte er, und endlich gestattete sie es sich, ihn anzusehen. Seine Augen waren weit offen, als saugte er ihren Anblick in sich auf. »Ich … ich fasse das nicht.«

»Und du«, sagte Ana, »du bist ein … ein Rebell.«

Die Schritte donnerten, gleich hinter der nächsten Ecke. »Später?«, schlug Yuri vor und legte den Kopf schräg.

»Später«, stimmte sie zu und hob die Hände.

Sechs Wachen erschienen, genau wie Ramson vorhergesagt hatte. Sie rissen die Augen auf, als der Fackelschein explodierte und in zwei Flammensäulen auf die Männer zuschoss. Ana blieb zurück und beobachtete ehrfürchtig, wie sich der einst magere Junge den Wachen näherte, während Flammen aus seinen Handflächen hervorschossen und sich an den schmalen Steinwänden des Korridors entlangschlängelten.

Ein Schatten blitzte links von ihr auf, auf den Stufen, die von dem schweren Samtvorhang herunterführten.

Ana drehte sich um und spürte das gewaltvolle Surren von Blut, noch bevor sie die Person erblickte. Stahlklingen leuchteten auf, als die Frau ins Licht trat, und ihre schwarze Katzenmaske glitzerte im Fackelschein.

»Du«, sagte Ana dumpf.

Die Frau war nun nicht mehr die leicht bekleidete Kurtisane, sondern hatte sich eine eng anliegende schwarze Kniehose und ein Hemd angezogen, doch es war dieselbe Stahlaffinite, die die Tür der Manege jeden Abend bewachte, diejenige, die versucht hatte, Ana den Zutritt zu verwehren. Von ihrer Gefährtin, der Yaegerin, war keine Spur zu sehen, als sie vor Ana trat und ihr den Weg versperrte. Unzählige kleine Klingen säumten den Gürtel an ihren Hüften, wie Zähne glänzend.

Anas Instinkte riefen ihr zu, ihre Affinität auf die Frau zu schleudern, mit jeder Faser ihres Körpers zu kämpfen.

Doch Mays Worte hielten sie zurück. Sie waren gleich, Ana und diese Stahlaffinite: gefürchtet aufgrund der Eigenschaften, die sie als anders kennzeichneten, und von den Machthabern verfolgt.

Ana hob die Hand. »Bitte tu's nicht.«

Die Augen der Frau funkelten. »Wenn du am Ende des Abends nicht tot bist, wird er mich umbringen.«

»Wer?«, fragte Ana, obwohl sie den Verdacht hegte, dass sie die Antwort kannte.

»Lord Kerlan.« Die Stahlaffinite hob ihre Klinge. »Es tut mir leid.«

Ana gewährte ihr keine weitere Chance, etwas zu sagen. Sie packte das Blut der Affiniten und schleuderte sie gegen die Rückwand. Überrascht riss die Affinite die Augen auf, doch sie drehte sich, und eine Klinge schoss aus ihrem Gürtel.

Ana wich zur Seite aus, das Wurfmesser grub sich mit einem *Plink* in die Wand hinter ihr. Sie rollte sich ab und kam auf die Beine, doch in der Sekunde verlor sie die Kontrolle über die Stahlaffinite.

Die zweite Klinge schnitt in Anas Arm. Ana schrie auf und knallte gegen die Wand, ihre Affinität abgelenkt durch die Wärme, die ihren Arm hinuntersickerte, und den brennenden Schmerz ihres aufgeschnittenen Fleisches.

Ein drittes Messer blitzte auf, doch Ana war schneller. Sie packte das Blut der Affiniten und drückte zu. Die Frau stieß einen gequälten Schrei aus, der schnell in ein ersticktes Röcheln überging, als ihre Lunge sich allmählich mit Blut füllte.

»Du musst das hier nicht machen«, stieß Ana heiser hervor. »Kommt mit uns. Kämpfe mit uns.«

Die Stahlaffinite erschauderte. Ihr Kopf war gesenkt, und auf dem Boden zu ihren Füßen hatte sich eine Blutlache gebildet. Als sie das Gesicht hob, waren ihre Augen blutunterlaufen, und Rot tropfte aus ihrer Nase und von ihren Lippen. »Ich …«

Etwas legte sich derart hermetisch um Anas Verstand, dass sie aufschrie. Die Welt wurde trübe, als ihre Affinität verschwand. Ihr Kopf pulsierte an einer vertrauten, kalten Wand.

Ein Schatten löste sich aus dem Samtvorhang. Die Yaegerin trat in den Fackelschein. Doch zum ersten Mal, seit Ana sie gesehen hatte, sah sie verängstigt aus.

Ana wusste nicht, warum, bis eine seidige Stimme sie wie die Nacht liebkoste. »Bring sie um, Nuryasha.«

Eine Gestalt trat teilweise in den Fackelschein, hielt sich hinter der Yaegerin und der Stahlaffiniten. Doch selbst von dort, wo sie stand, konnte Ana das Glitzern der blassen, eisigen Augen des Affinitenhändlers erkennen, der sie betrachtete.

Die Stahlaffinite – Nuryasha – hustete Blut und nahm ihre Klinge in die Hand. Sie zögerte.

»Bring sie um«, befahl der Affinitenhändler erneut. Die Augen der Yaegerin verengten sich zu Schlitzen. Der Druck auf Anas Kopf wurde stärker. Sie sank auf die Knie. Ihr war vor Schmerz schwindelig, und sie griff nach etwas – irgendetwas –, was sie retten würde. Ein Gedanke schenkte ihr Trost: dass May bei Ramson in Sicherheit war.

Nuryasha warf die Klinge.

Verschwommen schoss etwas aus dem Korridor links von Ana hervor, stieß mit ihr zusammen und warf sie zur Seite. Ana fiel gegen die Wand, und in ihrem Rücken und dem verletzten Arm loderte Schmerz auf.

Im ersten Moment war ihre Sicht von dunklen Punkten getrübt, die sie wegblinzelte, als sie den Blick hob.

May stand an der Stelle, wo Ana vor wenigen Momenten gestanden hatte, die Schneide eines Wurfmessers ragte aus ihrem Bauch. Ein dunkler Fleck breitete sich rasch quer über ihr Kleid aus, und Blut sickerte rot durch ihre Finger, während sie versuchte, die Blutung mit bloßen Händen zu stillen. Ihre Augen waren vor Überraschung weit aufgerissen, der Mund bildete ein angedeutetes O.

Taumelnd sackte sie zu Boden.

Die Zeit schien stehen zu bleiben, und der Rest der Welt verschwand, bis da nur noch der Anblick von Mays kleiner Gestalt war, reglos auf dem sich rot färbenden Boden, unauslöschlich in Anas Gedächtnis eingebrannt. Ihre Ohren füllten sich mit einer seltsam schrillen Stille, als sie sich an die Seite der Kleinen hangelte. Sie glaubte, Schreie zu hören, doch nichts ergab mehr Sinn.

Ana nahm May auf die Arme. War sie schon immer so leicht gewesen?

»May«, flüsterte Ana. Ihre Hände waren jetzt klebrig und dunkel.

Dann stürzte die Welt in einem Wirbel aus Rauch und Blut wieder auf sie ein. Es dauerte einen Augenblick, bis Ana bewusst wurde, dass die Barriere der Yaegerin nicht mehr auf ihrem Verstand lastete.

Aus dem Augenwinkel sah sie, wie Ramson die Yaegerin beiseiteschob. Sein Dolch ragte aus ihrem Rücken hervor. Nuryasha lag zu seinen Füßen, reglos in einer Lache ihres eigenen Bluts. Der Affinitenhändler war verschwunden.

Ramsons Blick richtete sich auf May, und er fluchte leise.

»Ana«, flüsterte May.

»Schhh.« Ana legte ihre zitternden Hände fest über Mays und presste sie auf die Wunde. »Ich werde die Blutung stoppen, und wir werden dich verbinden.«

Mays Brust bewegte sich ruckartig unter kurzen, flachen Atemzügen. Eine schwindelerregende Menge Blut traf Anas Sinne. Sie erschauderte, und sie kämpfte die Übelkeit nieder.

»Meine Ma-ma hat gesagt«, murmelte May und atmete noch einmal rasselnd ein, »›Wir sind nur Staub und Sterne.‹ Sie hat mir gesagt … bevor wir getrennt wurden … ich soll in der Erde und den Sternen nach ihr Ausschau halten.«

Ein Schluchzen schnürte Ana die Kehle zu. »Nein«, keuchte sie. »Wir werden sie finden, May – May!« Sie wiegte den Kopf ihrer Freundin, deren Augenlider flatterten. »Hör mir zu. Deine Ma-ma wartet da draußen auf dich. Wartet darauf, *dich zu sehen*. Wir werden sie gemeinsam finden, okay?«

»Ich will nicht … ich will nicht fort.« May rang nach Atem, ihre Augen schwammen in Tränen. »Ich will … leben.«

Ana griff nach Mays Wunde, packte verzweifelt das Blut und drückte es zurück. Es sickerte durch ihre Finger, entglitt ihrer Affinität. Sie hatte nie gelernt, ihre Kraft auf diese Art einzusetzen. Ihr Leben lang hatte sie nur gelernt, wehzutun und zu foltern. Sie hatte nie gelernt zu heilen.

Ein herzzerreißender Schrei entrang sich ihrer Kehle. »Ich schaff's nicht!«, brachte sie keuchend hervor. »Ramson, Yuri – irgendjemand! *Hilfe!*«

»Die Revolution.« Mays kleine Finger schlangen sich um Anas, zogen leicht an ihnen, immer wieder. »Versprich mir, Ana, dass du es besser machen wirst. Für meine Ma-ma. Für alle Affiniten. Und versprich mir … dass du sie finden wirst.«

»Das werde ich, das werde ich«, schluchzte Ana. In dem Moment hätte sie alles versprochen, um May noch ein Weilchen länger am Reden zu halten. »Ich werde es tun, May, aber ich brauche dich …«

Die Welt drehte sich, und Mays Blut floss aus ihr heraus, ähnlich dem Sand in einer Sanduhr, und die Zeit raste unerbittlich und verschwommen auf das unvermeidliche Ende zu.

»Staub und Sterne«, flüsterte May. Sie hatte zu zittern begonnen. »Wir sind nur Staub und Sterne.«

»Bitte, May.« Ana konnte nicht atmen. »*Bitte.* Geh nirgendwohin, wohin ich dir nicht folgen kann.«

May tat einen langen Atemzug. »Ich bin immer hier, Ana«, flüsterte sie und schloss die Ozeanaugen, während ihre Worte wie ein Flüstern des Windes verblassten. »Du wirst mich in den Sternen finden.«

22

Ana klammerte sich an May, schlang den eigenen Leib um den der Kleinen. Gab es ein Wort, das einen Kummer beschrieb, der so tief war, dass er einen zerriss; dass er ein Loch in einen grub, bis man nur noch hohl war?

Ana war sich vage bewusst, dass die Kampfhandlungen aufgehört hatten. Dass die Leichen der Wachen durcheinander im Korridor vor ihnen lagen. Etliche Leute hatten sich um Ana versammelt, beobachteten sie. Warme Hände packten ihre Schultern. Eine vertraute Stimme rief ihren Namen.

Eine Hand legte sich an ihre Wange und hob ihr Kinn an. Sie blickte in Ramsons Augen. Die übliche Fröhlichkeit war aus ihnen verschwunden; übrig war nur ein düsteres Haselnussbraun. Sanft strich er ihr eine Haarsträhne hinters Ohr, und seine Finger verharrten an ihrer Wange. Sie konnte seine Gedanken beinahe aus der Geste herauslesen. *Es tut mir leid.* Die Worte zitterten in der Luft zwischen ihnen.

»Ana.« Yuris Stimme war dumpf. »Es tut mir leid.«

Ramson wirbelte herum und stieß Yuri gegen die Wand. »Du«, fauchte er, »hast kein Recht darauf, dass es dir leidtut.«

Yuri rang nach Luft, seine Hände ergriffen Ramsons Handgelenk, doch Ramson ließ nicht los, und Yuri leistete keinen weiteren Widerstand.

»Wenn ihr diese kleine Nummer nicht abgezogen hättet, wäre das hier nie passiert. Du glaubst, eine Revolution ist ein Spiel? Du glaubst, eine große Show in Kerlans Hinterhof abzuziehen ist was Beeindruckendes?« Ramson befreite seine Hand, Yuri taumelte und rieb sich den Hals. »Das hier ist keine Revolution. Das hier ist ein Massaker. Und es wird gleich noch schlimmer werden, wenn wir nicht *jetzt sofort* von hier verschwinden.«

Die Sätze drangen kaum bis zu Ana durch. Im Moment gingen sie über ihren Horizont hinaus. Etwas war aus ihrem Innern gerissen worden und ließ eine klaffende Verletzung zurück – wund, blutend und taub. Sie stand einen Schritt vom Abgrund entfernt, genau wie vor fast einem Jahr. »Ramson«, sagte sie.

Ramson fuhr zusammen und wich von Yuri zurück.

Um Ana herum befanden sich Affiniten, die mit Mienen zusahen, die von Trauer bis hin zu Angst reichten. Es waren Kinder und auch erwachsene Männer und Frauen aus der ganzen Welt. Sie trugen unterschiedliche glitzernde, bunte Kleidung, immer noch frisch von den Vorführungen des Abends. Sie zählte neun von ihnen.

Neun Affiniten. Neun Leben im Tausch gegen Mays. War es das wert? Wie wog man die Bedeutung eines Lebens gegen ein anderes auf? Gab es überhaupt eine Möglichkeit, so etwas zu ermessen?

Man tut es nicht, dachte Ana und legte eine Hand auf Mays Wange. Sie war noch warm.

Papa hatte ihr einst gesagt, nach Mamas Tod, dass es zwei Arten von Trauer gab. Eine war die Art, die einen erdrückte, die einem die Seele brach und das Herz sprengte, sodass man nur noch eine leere Hülle war. Die andere war eine Trauer, die einen stärker machte. Man stand wieder auf, man schärfte sie, und man trug sie als Teil der eigenen Rüstung bei sich. Und man wurde ein besserer Mensch.

Auf diese Weise verlor man diesen Menschen nie wirklich. Man trug ihn bei sich.

Ana schloss die Augen und vergrub das Gesicht in der Beuge an Mays Hals. Tränen rannen ihre Wangen hinunter und versickerten in Mays Haar.

Versprich mir, Ana, dass du es besser machen wirst. Für meine Ma-ma. Für alle Affiniten.

Ana holte noch einmal tief Luft. Die dringende Notwendigkeit, etwas zu unternehmen, sich zu bewegen, entfachte ein winziges Licht in der Dunkelheit in ihrem Innern. Zum ersten Mal nahm sie genauer die Gesichter der Affiniten um sie herum wahr, die sie stumm betrachteten. Abwarteten.

Sie erhob sich auf die Beine, Mays Leiche an der Brust. Suchend sah Ana sich um und blickte Yuri in die Augen. Er senkte den Blick. Schuldgefühle spiegelten sich so klar auf seinem Gesicht wider, als wären sie ihm mit einem heißen Eisen eingebrannt. »Wir müssen die Tunnel nach draußen nehmen«, sagte Ana.

»Dyanna hat uns beigebracht, uns in den Tunneln zurechtzufinden«, sagte Yuri, dessen Stimme beinahe von der Trauer verschluckt wurde. »Sie hat schon seit Jahren mit den Affinitenhändlern zusammengearbeitet und sich auf diesen Moment vorbereitet. Wir haben gleich außerhalb der Stadt einen geheimen Unterschlupf.«

»Dann müssen wir los und zu diesem Unterschlupf gelangen«, mischte sich Ramson ein. »Du hast eben eine ganze Einheit Wachen umgebracht. Es sollte ein Weilchen dauern, bis die Verstärkung anrückt. Wenn wir schnell sind, begegnen wir vielleicht gar keinen.«

Yuri verengte die Augen zu Schlitzen. »Wer hat dich zum Anführer ernannt?«

»Du und deine Unfähigkeit«, fuhr Ramson ihn an, ohne zu zögern. »Was genau hattet ihr geplant, nachdem ihr die Bühne zerstört und jede Wache in der Gegend gegen euch aufgehetzt habt? Hier herumhocken und Gedichte vortragen?«

»Aufhören!«, sagte Ana so scharf, dass sich beide Männer umdrehten und sie ansahen. Sie atmete tief und bebend ein und versuchte, einen klaren Gedanken zu fassen. Mays Leiche lag leicht in ihren Armen. So, mit geschlossenen Augen, hätte sie einfach nur nach einem langen Tag schlafen können.

Konzentrier dich, ermahnte Ana sich. Sie würde May nicht enttäuschen. Sie wandte sich an Yuri. »Ramson und ich hatten geplant, von hier durch die Tunnel zu verschwinden. Es hört sich an, als würden wir da übereinstimmen.«

Yuri nickte. »Es ist ein Labyrinth hier unten, was uns zu unserem Vorteil gereichen kann, da sich jedwede Verstärkungstruppen aufteilen müssen.«

»Worauf warten wir dann noch?« Ramson stieß sich von der Wand ab, an der er gelehnt hatte, eine Hand an seiner verletzten Seite. Die Blutung hatte aufgehört, wie Ana erspürte.

Yuri wandte sich den schweigenden Affiniten zu, die in der Nähe der Wand warteten. »Rotmäntel!« Seine Stimme war ernst und ruhig. »Unsere Zeit ist gekommen. Jeder, der versucht, uns daran zu hindern, unsere Freiheit zu erringen, ist unser Feind. Zögert nicht, sie umzubringen.« Er hielt inne, und seine Augen leuchteten. »Und ich schwöre bei meinen Gottheiten und bei sämtlichen Göttern und jedem Glauben, dem ihr anhängen mögt, dass ich euch alle mit meinem Leben beschützen werde.«

Es war, als würde man Anzündholz mit einem Funken entfachen. Eine unsichtbare Brise schien durch die Affiniten zu streichen, sodass sie sich aufrichteten und die Angst auf ihren Gesichtern durch Entschlossenheit ersetzt wurde.

Yuri schnippte mit den Fingern, und in seinen Handflächen erwachte Feuer zum Leben. Die Flammen, heller als das Licht einer Feuerkugel, warfen zuckende Schatten an die Steinwände. Das Blut und die Leichen auf dem Boden wirkten gleichfarbig. »Hier entlang«, murmelte er, und Ana, Ramson und die Affiniten folgten.

Die einzigen Geräusche waren jetzt das Klappern ihrer Absätze auf dem Boden und ihr stoßweise gehender Atem. Ramson blieb dicht bei Ana und warf ihr immer wieder Seitenblicke zu. Sie hielt die Augen geradeaus gerichtet, auf Yuris flammend rotes Haar, und versuchte, nicht über Mays Gewicht in ihren Armen nachzudenken.

Allmählich wurden die Steinböden uneben und rutschig von Moos, die Tunnel verzweigten sich wie Wurzeln eines Baumes und wurden immer enger, bis man nur noch im Gänsemarsch vorankam. Mehrmals packte Ana jäh die Angst, dass sie sich verlaufen hatten; dass sie es nie aus diesen Tunneln hinausschaffen würden; dass sie im Labyrinth eines Affinitenhändlers sterben würden. Sie ließ ihre Affinität ausgestreckt auf der Suche nach warmem, zirkulierendem Blut, das sich ihnen näherte.

Nach, wie es sich anfühlte, Stunden veränderte sich die Luft. Sie wurde kühler, und eine ferne Brise bewegte die Flammen auf Yuris Handfläche und küsste Anas Wangen. Allmählich ließ die Dunkelheit um sie herum nach, in der Ferne erschien Licht, und schon bald näherten sie sich einer kaputten Tür, die nur noch in den Angeln hing.

Yuri hielt sie auf und wartete, während ein Affinite nach dem anderen die ersten, zögerlichen Schritte in die Freiheit tat.

Die Sterne beschienen sie mit einem kalten, weißen Licht, als sie sich wie Schatten durch die Stadt stahlen und Yuri durch dunkle Gassen folgten. Die Straßen wurden leerer, das Kopfsteinpflaster gröber, bis es sich im Staub verlor. Dicht stehende Dachas mit roten Dächern wurden von einfachen Häusern mit Lehmmauern abgelöst.

Dann begann die Syvernische Taiga vor ihnen. Am Waldrand stand ein einzelnes Haus, aus dessen Fenstern Licht strömte. Als sie sich ihm näherten, konnte Ana ein Holzschild erkennen, das an der Tür hing und auf dem in ausladender Schnörkelschrift stand: *Shamaïras Laden des Spiritismus.*

Die Gruppe blieb an der Treppe der Dacha stehen, zitternd, mit unregelmäßigen Atemzügen. Yuri stieg hoch und klopfte.

Die Tür schwang beim ersten Klopfen auf. Mit vor Anstrengung schmerzenden Armen stolperte Ana nach den anderen Affiniten ins Haus.

Wärme umschloss sie. Ein Feuer knisterte in einer Feuerstelle hinter einem schiefen Holztisch, und in der Luft lag schwer der

Geruch von Räuchermitteln und aromatischen Gewürzen. Ihr erster Eindruck war, dass die Dacha ordentlich war, eingerichtet auf eine eigentümliche Art, die ihr bisher noch niemals untergekommen war. Bücherregale säumten die Wände, bis zum Bersten gefüllt mit Wälzern mit goldener Prägeschrift in einer eleganten, verschnörkelten Sprache. Ein riesiger Läufer lag in der Mitte des Raums, kunstvoll mit Vögeln und Rosen in satten Rot- und intensiven Goldtönen gemustert. Umgeben war er von gepolsterten Sofas, und auf einem niedrigen Sofatisch in der Mitte stand ein gewaltiger silberner Samowar.

Yuri zog die Schuhe aus und betrat den Salon.

Ana wünschte sich nichts sehnlicher, als auf einem dieser Sofas zusammenzubrechen und beim Erwachen Mays leuchtend blaue Augen zu erblicken.

»Sprecht und lasst Euch erkennen von der Mutter allen Wissens, Ihr Sterblichen«, ertönte eine tiefe Stimme, die Ana zusammenfahren ließ.

»Shamaïra, ich bin's!«, rief Yuri.

Ein seltsames Schlurfen erklang, und hinter einem Brokatvorhang trat eine Frau mittleren Alters hervor. Ihre Augen waren mit schwarzem Kajal umrandet, der sich von ihrer olivfarbenen Haut abhob, und um den Kopf trug sie einen Seidenschal, der lose über ihre Schultern fiel. Anas Aufmerksamkeit galt ihren hervortretenden Wangenknochen und den grimmigen Augen. Sie war schön, eine kleine Löwin.

»Ach, du bist's nur«, knurrte die Frau mit der rauen Stimme einer Pfeifenraucherin. Sie hielt inne, als ihr Blick auf die übrige Gruppe fiel. Ihre Miene änderte sich, und sie setzte ein Lächeln auf, so feurig wie die Sonne. »Willkommen.«

»Nicht heute Abend, Shamaïra«, sagte Yuri matt und neigte den Kopf in Anas Richtung.

Shamaïras Augen wurden weicher. »Oh«, war alles, was sie sagte, als sie näher kam und eine Hand auf May legte. Ana verspannte sich – doch die Berührung der Frau war sanft. Ihre Augen fanden Anas, und es lag so viel tiefe Traurigkeit in ihnen, dass Ana spürte, wie die Mauer der Gefühllosigkeit, die sie um sich errichtet hatte, allmählich Risse bekam.

»Eine Affinite aus Chi'gon«, murmelte Shamaïra. »Wir werden ihre Seele zurückbringen. Darf ich?«

Ana packte May noch fester. Sie hatte das Gefühl, wenn sie May nur noch ein wenig festhielte, könnte sie die furchterregende Realität hinauszögern, die sie erwartete. Die Realität einer Welt ohne ihre Freundin.

»Sie ist verstorben, mein Kind«, sagte Shamaïra sanft. »Und wir müssen sie ihren Göttern und ihren Lieben zurückgeben. Die Toten dürfen nicht auf dieser Welt verweilen.«

Diesmal ließ Ana zu, dass Shamaïra ihr May aus den Armen nahm, so vorsichtig, wie man einen Säugling halten würde. Mays Kopf fiel gegen Shamaïras Schulter, und Ana dachte an die Gelegenheiten, bei denen sie May nach einem langen Reisetag getragen hatte. Damals hatte ihr das Gewicht nichts ausgemacht.

Nun war das alles, was Ana geblieben war: Erinnerungen, auch an das Gefühl von Mays Gewicht in ihren leeren Armen.

23

Shamaïras Dacha hatte einen von Rankengewächsen überwucherten Garten mit Topfpflanzen jeder erdenklichen Gattung, von denen manche Ana noch nicht einmal bei ihren Studien im Palast begegnet waren. Sie schob die Farne zurück und wagte sich tiefer in die Stille. Der Geruch nach frischer, umgegrabener Erde und geschmolzenem Schnee und der geheimnisvolle Duft von Pflanzen hing in der kühlen Abendluft. Hinter dem Garten ragte der gewaltige Umriss des Waldes der Syvernischen Taiga empor.

Ana lehnte sich an ein hölzernes Spalier und schlang die Arme um sich. Die Kälte kroch ihr in die Knochen, doch sie war ohnehin wie gefroren – ein aus Eis gemeißeltes Mädchen.

Sie hatte das Gefühl, dass sie alles verlöre, wenn sie es zuließe, dass sie auftaute.

Jemand bewegte sich hinter ihr. Ana kannte diese Ausstrahlung, als sei sie ein Teil von ihr: Wärme und Licht und Flamme, der Geruch des Küchenherds, frisch gebackener Ptychy'molokos und heißen, aus einem silbernen Samowar servierten Tees. Sie drehte sich um, und es war, als würde sie einen Fremden betrachten. Der Junge, den sie gekannt hatte, war weich gewesen, die Wangen rund und blass von den Annehmlichkeiten des Palastes, das Haar kurz geschoren. Er hatte oft gelacht, seine Augen hatten gefunkelt, und wenn sie die Lider schloss, konnte sie ihn sehen, wie er sich vom Feuer in der Küche abwandte, glänzenden Schweiß auf der Stirn und Ruß im Gesicht.

Jetzt, nur zwölf Monde später, überragte er sie, seine ehemals dünnen, sommersprossenübersäten Arme waren muskelbepackt, das Kinn war kantig und voller Bartstoppeln. Das Haar war ihm bis zu den Schultern gewachsen und zu einem Pferdeschwanz zusammengebunden, der wie eine Flamme aufleuchtete, wenn Licht darauf fiel. Seine kohlegrauen Augen hatten eine Härte, die früher nie dort gewesen war.

Sie betrachteten einander eine Minute lang, und Ana suchte nach Spuren des Jungen, den sie gekannt hatte. Es war, als sei er zu einem Fremden geworden. Sie streckte zögerlich die Hand aus, um eine Wunde an seinem Hals zu berühren.

Etwas in Yuris Miene schmolz. »Ich bin's, Kolst Pryntsessa«, murmelte er, als er ihre Hände umfing, seine eigenen rau und schwielig. Ana musste bei ihrem Anblick ein Schluchzen ersticken, denn sie erinnerte sich daran, dass die Falten seiner Finger immer ganz weiß vom Mehl gewesen waren.

Als Yuri sie in seine Arme zog, vergrub sie das Gesicht an seiner starken Schulter, auf der Suche nach dem Duft von Backwaren und Schweiß und Küchenruß. Stattdessen roch sie Feuer und Rauch.

Doch er war immer noch Yuri – ihr Yuri, derjenige, der während ihrer schlimmsten Albträume vor ihren Gemächern gesessen hatte. Derjenige, der ihr Tabletts mit Pirozhky-Pasteten gebracht hatte, nur um vor dem Spalt ihrer Tür kauern und ihr etwas zuflüstern zu können.

»Nenn mich Ana«, flüsterte sie, als sie sich nach einer Weile von ihm löste und die Tränen wegwischte.

»Ich dachte, du seist tot«, brachte Yuri erstickt hervor. Er weinte ebenfalls. »Der Hof hat verkündet …«

»Ich habe Papa nicht umgebracht.« Die Wörter purzelten gebrochen, flehend aus Anas Mund. »Ich habe versucht, ihn zu retten – aber ich habe es nicht geschafft …«

»Ich weiß«, sagte Yuri. »Ich kenne dich, Ana. Du hast immer deine Leckereien mit mir geteilt, ganz gleich, wie sehr du sie mochtest. Du hast viele Monde lang um dein Kaninchen geweint. So etwas würdest du niemals tun.«

Seine Bestätigung trieb ihr frische Tränen in die Augen und führte dazu, dass sie sich schwach und zugleich stark fühlte. »Papa wurde vergiftet, Yuri.«

»Vergiftet?«

Ana nickte. »Ich habe in der Nacht einen Mann gesehen – es war der Palastalchemist, der vor vielen Jahren fortgegangen ist. Er flößte meinem Papa etwas ein, und ich habe mit angesehen, wie er starb.« Sie erschauderte, und Yuri legte den Arm noch fester um sie. »Ich habe versucht, ihm das Gift zu entziehen.« Ana schloss die Augen, lehnte sich an den Freund, und die Wörter sprudelten aus ihr hervor. »Es war ein langsames Gift, Yuri. Es roch genau wie die bittere Medizin, die Papa die ganze Zeit nahm. Sie hat ihm nie bei der Genesung geholfen – sie hat seine Krankheit verschlimmert. Das in der Nacht war die letzte Dosis.«

Yuri versteifte sich neben ihr. »Bei den Gottheiten«, fluchte er leise.

Beim Anblick von Yuris entsetzter Miene hielt Ana inne.

»Ana«, sagte er, und seine Hand legte sich fester um ihre Schulter. »Es gibt da etwas, was du wissen musst. Der Kolst Imperator, dein Bruder … er ist krank.«

Bei den Worten wurde ihr schwindlig. »Was?«

»Es ist genau das, was dein Vater hatte. Der Palast hält es für ein genetisches Leiden, das er vererbt hat. Husten, Schwäche und geistige Umnachtung.« Yuri erschauderte. »Aber wenn das, was du da sagst, stimmt, dann wird auch er vergiftet.«

Husten. Schwäche. Geistige Umnachtung. Ana packte das Spalier in ihrem Rücken, damit die Welt sich nicht mehr drehte. Da trat das Gesicht ihres Vaters vor ihr geistiges Auge, bleich wie ein Grab, Blut als Schaum vor dem Mund, nur noch das Weiße seiner Augen sichtbar, während er sich unter Schmerzen wand.

Vor Übelkeit drehte sich ihr der Magen fast um. »Das ist unmöglich«, sagte sie, doch die Worte klangen selbst in ihren Ohren hohl. Es konnte nicht sein, dass Luka vergiftet wurde. Pyetr Tetsyev hatte schon seit vielen Jahren nicht mehr im Palast gearbeitet.

Es sei denn, Tetsyev verfügte über Hilfe innerhalb des Palastes. Ana dachte an jene Nacht, daran, wie der Alchemist die Schlafgemächer des Kaisers betreten hatte, ohne auch nur einen Alarm auszulösen.

Dennoch hatte sie nichts außer wilden Spekulationen – bis sie Tetsyev selbst fand.

Sämtliche Antworten, die sie suchte, lagen bei ihm.

Ana verschränkte die Hände, damit sie nicht zitterten. »Ich kehre zu Luka zurück. Noch ein Tag, dann reite ich nach Salskoff.« Sie würde mit Ramson darüber reden, dass sie ihren Teil des Pakts später einlösen würde. Sie hatte zu viel verloren – sie konnte es sich nicht leisten, auch noch Luka zu verlieren. »Ist mein Bruder … Wie ist sein Zustand?«

»Ich habe den Palast vor beinahe zehn Monden verlassen.« Yuri senkte den Kopf. »Als ich ging … hat er immer noch Hof gehalten, aber die restliche Zeit in seinen Gemächern verbracht.«

Ana wurde schlecht bei dem Gedanken an Luka, allein in seinen Gemächern, während das Gift langsam seinen Körper und seinen Geist vereinnahmte. Verzweiflung traktierte ihr Innerstes mit einem scharfen, grausamen Messer, und einen Moment lang spielte sie mit dem Gedanken, auf ein Pferd zu springen und nach Salskoff zu reiten.

Denk nach, Ana.

Wenn sie mit leeren Händen zurückkehrte, ohne Pyetr Tetsyev, würde man sie als Mörderin und Verräterin behandeln.

Das kyrillisch-kaiserliche Gesetz sah eine gerechte Gerichtsverhandlung vor, und laut der juristischen Texte, die sie unter Papas Anleitung studiert hatte, waren neue Beweise ein Grund für weitere Nachforschungen.

Sie brauchte Tetsyev, um ihren Namen reinzuwaschen. Sobald sie wieder ihren Titel zurück und ihre Schuldlosigkeit bewiesen hatte, würde sie alles enthüllen und die Verschwörer jagen.

»Ich werde mir den Alchemisten holen, und dann kehre ich zurück«, wiederholte Ana, und diesmal war ihre Stimme ruhig.

Etwas in Yuris Augen flackerte. »Du kehrst zurück? Ana«, sagte er und umschloss ihre Hände. »Die Zukunft liegt nicht bei Luka oder dem Palast von Salskoff. Die kyrillischen Herrscher haben seit Jahrhunderten danebengestanden und die Unterdrückung unserer Art mit angesehen. Wenn es eine Zukunft gibt, Ana, liegt sie nicht dort.«

Es fühlte sich an, als verkümmerte der kleine Hoffnungsfunke in ihrem Herzen langsam zu Asche. »Warum nicht?«, flüsterte Ana. »Sobald ich Luka das alles hier erzähle, wird er es in Ordnung bringen. *Wir* werden es in Ordnung bringen. Zusammen. Genau wie …« Ihre Stimme versagte. »Genau wie ich es May versprochen habe.«

Doch in Yuris Augen lag eine Traurigkeit, die sie noch nie zuvor gesehen hatte und die sich über die Spuren des Gelächters und der Kindheit legte wie der Herbsteinbruch über den Sommer. »Ich habe zu viel gesehen und habe, seit ich den Palast verlassen habe, noch mehr durchgemacht, Ana. Diese Risse in unserem Kaiserreich … sie lassen sich nicht durch einen Menschen allein beheben. Wir können uns nicht mehr auf einen wohlwollenden Herrscher verlassen, die Zeiten sind vorbei.«

Ana entriss ihm ihre Hände. Ihr war sehr kalt. Dieser Junge, der ihr da gegenüberstand, groß und distanziert und völlig vertraut, war für sie nur noch ein Fremder.

Bevor sie etwas erwidern konnte, erklangen Schritte.

Sie wichen auseinander, als Shamaïra mit düsterem Gesicht in der Tür ihrer Dacha erschien. Sie sah Ana in die Augen und kam näher.

Ramson folgte ihr. Er trug behutsam Mays kleine Leiche. Die Affiniten aus der Manege liefen hinterher, mit Lampen in weichen

Farbtönen, die von ihren Händen baumelten und Licht ins Dunkel warfen.

Ana nahm Ramson die Kleine ab.

Wie bestatteten die Menschen aus Chi'gon ihre Toten? May hatte ihr Geburtsland zu früh verlassen, um sich an viel dort erinnern zu können. Winzige Einblicke in das Königreich der Aseatischen Inseln hatte Ana nur den Geschichten und Liedern entnommen, die Mays Ma-ma dieser beigebracht hatte.

Da traf Ana die Erkenntnis, zusammen mit einer sich regenden Brise, die den lehmigen Geruch nach Erde zu ihr herübertrug. Winter, ein im Schnee kauerndes Kind, das eine kleine weiße Blume zum Leben erweckte. *Mein Kind, wir sind nur Staub und Sterne.*

»Wir begraben sie in der Erde«, flüsterte sie.

Shamaïra nickte. »Es ist an der Zeit«, wisperte sie, »sie nach Hause zurückzubringen.«

Sie begruben May im Erdboden, umgeben von Blumen und Pflanzen und dem Leben, das im Garten hinter Shamaïras Dacha gedieh. Dann streuten sie Blütenblätter um sie herum. Shamaïra summte ein nandjianisches Loblied.

Ana steckte eine Blume – ein einzelnes weißes Gänseblümchen – zwischen Mays zarte Hände und küsste die Stirn der Kleinen. Ein letztes Mal strich sie Mays Haar glatt und trat dann zurück. Ramson und Yuri griffen nach ihren Spaten, und Ana sah zu, wie May langsam in der sanften Erde verschwand.

Eine Brise regte sich zwischen den Rankengewächsen und Farnen und brachte den Duft von Schnee und Blumen mit sich. May war Licht und Leben und Hoffnung. Die Götter würden sie der Erde und den Blumen und dem Leben, das überall um sie herum weiterging, zurückgeben. Sie würde weiterleben, in der Sonne, die die Erde wärmte, und den Sternen, die die Nacht ein bisschen weniger dunkel machten.

Sie würde in den Augen sämtlicher Affiniten weiterleben, die Hoffnung sehen würden.

Lange standen sie dort, mit gesenkten Köpfen, die Augen geschlossen. Der Wind flüsterte, die Blumen murmelten, und Shamaïras Loblied stieg bis in den Himmel voller schweigender, wachsamer Sterne empor.

24

Ana blieb zurück, nachdem alle anderen wieder ins Haus gegangen waren, um sich zur Nachtruhe zu betten. Sie kniete neben der frisch aufgeworfenen Erde, ihre Hände ruhten auf dem kleinen Hügel, wo May gewesen war. Sie dachte an den Ptychy'moloko, sie dachte an die Kupfermünzen, die sie May geschenkt hatte, sie dachte an das Licht in der schneebedeckten Dunkelheit, das Flüstern eines Engels in der kältesten, dunkelsten Nacht.

Das Licht der Sterne fiel wie Tränen um sie herum.

»Ich unsehe dich, Kleine Tigerin.«

Die Stimme ließ Ana herumwirbeln. Als Silhouette hinter einer einzelnen flackernden Laterne stand dort Shamaïra. »Wie hast du mich genannt?«, flüsterte Ana.

Statt einer Antwort durchquerte Shamaïra den Garten in einem frisch angezogenen Paar Webschuhe. Sie trug ein silbernes Tablett mit einem Samowar und einer Lampe. Behutsam stellte sie beides auf den Boden, bevor sie selbst Platz nahm. Die Lampe warf ein warmes Licht auf die Erde, die May barg.

»Es war ein langer Tag«, sagte Shamaïra und machte sich daran, dampfenden Tee aus dem Samowar in zwei gewölbte Glastassen zu gießen. In einer kleinen Glasschüssel in der Mitte des Tabletts befanden sich Zuckerwürfel. »Wir Nandjianer trinken zu jeder Gelegenheit Tee.«

Ana griff mit einem gemurmelten Dank nach der Teetasse. Die Tasse, die in einer Metallhalterung mit einem Muster aus silbernen Medaillons steckte, wärmte ihre Hände.

»Du bist nicht die Einzige, die jemanden in diesem stillen Krieg, den wir führen, verloren hat«, sagte die Frau, nachdem sie einen großen Schluck aus ihrem Glas getrunken hatte. »Ich habe meinen Sohn vor vielen Jahren an den Affinitenhandel verloren, und ich bin seitdem auf der Suche nach ihm. Zwölf Jahre, und ich habe nie aufgegeben. Warum, zur Hölle, glaubst du, bin ich immer noch in diesem verdorbenen Kaiserreich und unterhalte Kyrillier mit Wahrsagerei aus Teeblättern und mit Poesie? Wer, der götterverdammt noch bei Verstand ist, würde Rebellen Zuflucht gewähren, die eine Revolution führen, deren Umsetzung ich vielleicht nie erleben werde?« Shamaïras Augen brannten. »Nur wenige auf dieser Welt werden zu reinem Glück und einem behaglichen Leben geboren. Die Götter wissen, dass es darum im Leben nicht geht. Nein, Kleine Tigerin, wir nehmen, was uns zugewiesen wird, und wir kämpfen höllisch, um etwas Besseres daraus zu machen.«

Shamaïras Worte glühten noch lange, nachdem sie verstummt war, in der Luft zwischen ihnen. Die Tränen auf Anas Gesicht hatten sich abgekühlt, und beschämt wandte sie sich ab und fuhr sich rasch mit der Hand über die Wangen. Ihre Gedanken konzentrierten sich auf zwei Wörter. *Kleine Tigerin.*

Es war der Spitzname, den Mama ihr gegeben hatte. »Warum nennst du mich so?«, fragte sie leise.

»Ich weiß, wer du bist.« Shamaïras Stimme hatte die leise Stärke von Stahl. »Ich habe die Ereignisse an dem Tag gesehen, auf dem Vyntr'makt in Salskoff. Die Schwester hat es mir gezeigt. Sie raunte etwas von einem großen Feuer in deinem Innern und einem großen Schicksal.«

Ana sammelte ihren Mut, um der Frau in die Augen zu sehen. »Wer bist du?«

»Ich bin eine Unseherin, mein Schatz.« Shamaïras Lächeln unter ihrem Schal war schön, wenn auch gefährlich. »In Nandji gibt es unzählige Glaubensrichtungen, aber mein besonderer Glaube hat auch mit einer Form von Magie zu tun. Einem … Zweig dessen, was ihr Kyrillier ›Affinitäten‹ nennt, schätze ich. Wir glauben an einen göttlichen Geist, der zwischen einem Bruder und einer Schwester in zwei Hälften geteilt ist.« Sie hielt die Lampe hoch. »Der Bruder, der Herr des Lichts und Verleiher des Feuers, herrscht über alles, was mit dem Auge wahrnehmbar ist und eine physische Präsenz auf dieser Welt hat. Und die Schwester«, sagte Shamaïra und stellte die Lampe ab, »ist die Göttin der Dunkelheit und die Erste Unseherin, Göttin alles Metaphysischen und Spirituellen. Meine Affinität gilt ihr, insbesondere der Zeit – sowohl dem, was vergangen ist, als auch dem, was noch kommen wird.«

Ana runzelte die Stirn. »Du kannst … die Zeit ändern?« Es auszusprechen kam ihr lächerlich vor.

»Nein, mein Kind. Aber ich kann einen Blick darauf erhaschen, so wie man vielleicht einen Finger in einen gewaltigen strömenden Fluss tauchen würde.« Shamaïra legte eine Hand aufs Herz. »Ich unsehe, Anastacya.«

»Kannst du dann nicht deinen Sohn unsehen?« Es fühlte sich zu leicht an, zu ungerecht, es fühlte sich nach falscher Hoffnung an, wieder einmal. »Kannst du ihn nicht finden?«

Und, dachte sie und sagte es aus Scham nicht, *kannst du unsehen, wohin ich von hier aus gehen soll?*

Shamaïra lachte. »Ich kann nichts unsehen, ohne es zuerst einmal *zu sehen*. Ohne dich vor mir würde ich nichts im Hinblick auf dich unsehen.« Ihr Lächeln wurde traurig. »Ohne meinen Sohn vor mir kann ich seinen Pfad nicht unsehen.«

»Dann bist du so verflucht wie ich«, sagte Ana, »mit deiner Affinität.«

»Alle Affinitäten sind ein zweischneidiges Schwert. Man muss einfach lernen, damit umzugehen.« Es entstand eine kurze Redepause, während Shamaïra ihre Tasse an die Lippen hob. »Trink deinen Tee. Er wird kalt.«

Ana trank einen Schluck. Sie glaubte, Rosen zu schmecken. »Kannst du mir sagen, wohin ich von hier aus gehen soll?« Die Frage stahl sich als kaum hörbares Hauchen von ihren Lippen.

Shamaïra setzte ihre Tasse mit einem leichten Klirren ab. Sie nahm die Kanne des Samowars, goss sich nach und bot an, Ana ebenfalls nachzuschenken. »Das ist das Komische an der Zeit, mein Kind. Sie ist ein großer Fluss, der aus einer unendlichen Zahl kleiner Bäche entsteht. Es sind deine Entscheidungen, die deinen Weg bestimmen.«

Deine Entscheidungen. Die Worte ließen eine sanfte Brise um Ana aufkommen. *Deine Affinität macht dich nicht aus.*

Doch ganz gleich, wie sehr sie sich wünschte, dass ihre Affinität weg wäre oder auch bloß anders, sie war Affinite. *Wir,* hatte May geflüstert, auf dem Vyntr'makt in Kyrov und in der Manege. *Wie wir.*

May und unzählige andere Affiniten waren Opfer von Missständen in ihrem Kaiserreich. Ana würde sich mit Pyetr Tetsyevs Geständnis den Weg zurück an Lukas Seite erkämpfen. Sie würde den Affinitenhandel beenden.

Versprich mir.

Luka und sie würden das alles gemeinsam wieder in Ordnung bringen. Einen Riss in der Gesellschaft nach dem anderen kitten.

Ana holte tief Atem und füllte ihre Lunge mit der erfrischenden kalten kyrillischen Luft. Über ihr hatten sich die Wolken geteilt, und Sterne leuchteten auf der riesenhaften Leinwand der mondlosen Nacht. Der Geruch nach Schneefall hing in der Luft. Schnee würde kommen, und zwar bald. »Es ist mir ein Vergnügen, deine Bekanntschaft gemacht zu haben, Shamaïra.«

Shamaïras glucksendes Lachen war wie das Geräusch schabenden Metalls. »Ich habe das Gefühl, dass das hier nicht das Ende für uns ist. Unsere Wege werden sich wieder kreuzen, Kleine Tigerin.« Sie legte Ana eine Hand auf die Schulter. »Nun, meine Liebe, die Schwester sagt mir, dass jemand im Hinterzimmer auf dich wartet. Jemand, den auch du sehen möchtest.«

Das Licht der Lampen in Shamaïras Wohnzimmer war gedämpft, als Ana ins Haus trat. Die Affiniten und Yuri hatten Decken und Kissen auf dem Boden ausgebreitet, und die meisten hatten sich bereits hingelegt oder schliefen schon. Die Luft roch angenehm nach dem Eintopf mit knusprigem Reis, den Shamaïra zum Abendessen serviert hatte. In der Stille vernahm Ana das Knarren der Fenster und der Tür, während sich draußen ein Wind erhob. Mit angehaltenem Atem öffnete sie den schweren Brokatvorhang, der das Hinterzimmer vom Rest des Hauses abtrennte. Bücherregale befanden sich an allen vier Wänden, vollgestopft mit alten, verstaubten Wälzern und Pergamenten. In der Mitte stand ein burgunderfarbenes Sofa.

Beim Anblick eines vertrauten sandbraunen Haarschopfes machte Anas Herz einen kleinen Sprung.

Ramson sah vom Sofa auf. Er hielt inne. In seinen Händen hing ein Lappen. Er sah Ana in die Augen, und ihr stieg die Röte in die Wangen, als ihr klar wurde, dass er sich das Hemd ausgezogen hatte und dabei gewesen war, sich das Blut vom Körper zu waschen. Vor ihm stand ein kleiner Eimer mit Wasser, das von blutroten Wirbeln durchzogen war. Ana stockte der Atem, weil ihr wieder einfiel, dass er von einem Pfeil verletzt worden war, als er May von der Bühne in Sicherheit gebracht hatte.

Im ersten Moment wollte sie kehrtmachen und sich in den Decken verkriechen, die Shamaïra ihr hingelegt hatte. Doch etwas trieb sie vorwärts.

»Brauchst du …« Hilflos deutete sie auf das Handtuch, auf die Blutspritzer, die sich immer noch an seinem Oberkörper befanden.

Er betrachtete sie, sein Gesicht völlig ausdruckslos, die schlauen Augen ständig dabei, sie zu taxieren. Seine Stimme war leise, als er ihr das Handtuch hinhielt und sagte: »Na gut.«

Behutsam setzte Ana sich auf die Sofakante, zwar in Reichweite, allerdings so weit wie möglich von ihm weg. Als sie begann, die Blutspritzer von seiner Haut abzutupfen, hantierte sie erst etwas unbeholfen mit dem durchtränkten Lappen herum.

Ramson roch nach einer seltsamen Mischung aus Schweiß, Blut und dem Rasierwasser eines Adeligen. Wie sie erwartet hatte, bestand er ganz aus angespannten Sehnen und fettfreier Muskulatur: zäh genug, um stark zu sein, doch schlank genug, um seinen Feinden durch die Finger zu schlüpfen. Weiße Linien waren kreuz und quer auf seiner Haut verteilt – Narben, vielleicht aus der Vergangenheit, die er so energisch vor ihr verbarg. Und seine Brust … Bei dem Anblick fuhr sie zusammen. Auf seiner Brust befand sich ein Abschnitt mit blassem, verunstaltetem Fleisch. Ein Brandmal.

»Ana«, sagte Ramson, und mit einem schlechten Gewissen huschten ihre Augen zu seinen, während sie das Bild des Brandmals immer noch vor sich sah. Er schaute sie direkt an, und seine Augen hatten im Lampenlicht beinahe einen hellen Goldton. »Das mit May tut mir leid.«

Sie versuchte, nicht auf den zunehmenden Wind draußen zu achten, versuchte, nicht darüber nachzudenken, ob May fror oder ob sie allein war.

»Sie bleiben bei uns.« Ramsons Stimme war weicher, als Ana sie jemals gehört hatte. Er berührte seine Brust. »Hier drinnen. Solange wir sie nicht vergessen oder das, wofür sie stehen.«

Ramson hatte recht. Nichts würde jemals die herzzerreißende Lücke füllen, die der Verlust hinterließ … doch Ana würde die Versprechen, die sie May gegeben hatte, bei sich tragen. Und auf diese Weise würde May weiterleben.

Ramsons Hand schloss sich um ihre, und bei der unvermittelten Berührung wäre sie beinahe zusammengefahren. »Danke«, sagte er mit rauer Stimme. Er zog den Lappen aus ihren Fingern und spülte ihn im Wasser aus.

Dann griff er nach ihrem Arm, und mit einer Zärtlichkeit, die sie niemals von ihm erwartet hätte, begann er, die Wunde von Nuryashas Stahlklinge in der Nähe ihrer Schulter abzutupfen. Ein Schauer überlief sie, und dort, wo seine Finger sie anfassten, bildete sich eine Gänsehaut. Eine Weile gab es nur die Geräusche von schwappendem

Wasser und die kühlen, kreisenden Bewegungen des Lappens, wo er das Blut wegwischte, sodass Tropfen ihre Haut hinabglitten und sich mit den warmen Spuren vermischten, die seine Finger hinterließen.

Ana schloss die Augen. Sie brauchte eine Ablenkung. Etwas – irgendetwas. Bevor sie sich's versah, sprudelten Wörter aus ihrem Mund hervor – die ersten, die ihr in den Sinn kamen. »Warst du ein Wächter oder ein Soldat, bevor du … vor dem hier?«

Ramson lachte. »Hat Shamaïra dir auch beigebracht, die Vergangenheit zu sehen?«

»Du kämpfst wie einer«, erwiderte sie. »Ich habe im Kampf ausgebildete Männer gesehen. Deine Bewegungen sind scharf und präzise, genau wie ihre. Du hast Schwielen an den Händen. Und Narben am Körper. Sie stammen nicht alle von Dolchen – es sind lange, breite Schnitte von Schwertern.«

Eigentlich hatte sie nicht vorgehabt, so viel zu sagen – sie hatte nur einen klaren Gedanken fassen wollen. Doch während sie so nah bei ihm saß und der Nachhall seiner Berührungen immer noch auf ihrer Haut spürbar war, fühlte sie, wie sich ihr Herz ihm gegenüber öffnete. Die Frage nach seiner Vergangenheit nagte nun schon recht lange an ihr, und obwohl nichts in ihrem Pakt es erforderlich machte, dass sie einander etwas preisgaben … wollte sie es wissen.

Er sah sie mit dem wohlbekannten Funkeln in den Augen an, den leicht verzogenen Lippen. »Ich gebe dir einen Hinweis«, antwortete er. »Ich war weder ein Wächter noch ein Soldat, in der Hinsicht liegst du also falsch. Allerdings hast du recht, dass ich zum Kampf ausgebildet wurde.«

Ana runzelte die Stirn. Er war Rekrut irgendeiner organisierten Kampfeinheit gewesen – vielleicht war er nie eingesetzt worden. War er ein Deserteur? Oder hatte er die Ausbildung abgebrochen, um einem lukrativeren Lebensunterhalt nachzugehen? »Wie bist du hierhergekommen?«

Ramson tippte sich mit einem Finger ans Kinn. »Schauen wir mal. Wenn ich mich recht entsinne, sind wir mit dem Pferd nach

Novo Mynsk gekommen, sind in der Manege nur knapp dem Tod entronnen und hatten keine andere Wahl, als deinem Rotmantel-Freund hierherzufolgen …«

»Ramson.« Sein Name kam ihr erschöpft über die Lippen. Sie hätte sich hüten sollen, eine direkte Antwort von ihm zu erwarten.

Seine Reaktion überraschte sie. Ramson senkte den Blick, und eine dichte Haarsträhne fiel ihm ins Gesicht. »Ich bin an die falschen Leute geraten.«

Ana beugte sich vor. In dem Moment sah er so verletzlich aus, wie er die nackten Schultern hochzog und den Kopf gesenkt hielt. Am liebsten hätte sie die Hand ausgestreckt, um ihn zu berühren.

Ana unterdrückte dieses Verlangen, und stattdessen ergossen sich Shamaïras feurige Worte aus ihrem Mund. »Das Leben wird nicht nur aus Glück und Staunen bestehen. Wir müssen nehmen, was uns zugewiesen wird, und höllisch kämpfen, um etwas Besseres daraus zu machen. Das hat mir Shamaïra gesagt – und sie hat recht, Ramson.«

Ramson schwieg. Langsam atmete er aus und sah hoch, die Augen weit aufgerissen. »Adelsfrau.«

Ana blinzelte. »Was?«

»Du hast dich an meiner Vergangenheit versucht. Jetzt errate ich deine.« Er legte den Kopf schräg, die Lippen zu einem spielerischen Grinsen verzogen. »Adelsfrau. Du sprichst das Kyrillisch einer Adeligen, mit diesem Singsang und den gerundeten Vokalen.« Er verengte die Augen und tippte sich nachdenklich mit dem Finger ans Kinn. »Du bist unglaublich gebildet. Manchmal habe ich das Gefühl, du hast eine ganze Bibliothek auswendig gelernt. Und du benimmst dich, als würde ich dir gehören, erteilst mir Befehle, und deine kleinen Allüren und leeren Drohungen …«

»Sie sind *nicht* leer.«

»Die Art, wie du das Kinn anhebst, wenn du etwas mit Verachtung strafst. Ich bekomme diesen Blick oft ab.« Jetzt lächelte Ramson, und etwas in seinen Augen führte dazu, dass sie sich atemlos fühlte und ihr schwindelig war. »Wenn du Angst hast, hebst du den Kopf und straffst die Schultern, als würdest du dir befehlen, tapfer zu sein. Wenn du scharf nachdenkst, kräuseln sich deine Augenbrauen, bloß ein bisschen, gleich da. Und manchmal, wenn du dich unbeobachtet glaubst, hast du einen distanzierten, beinahe traurigen Blick.« Sein Lächeln verschwand, und der warme Funke in seinen Augen loderte auf einmal auf – ein brüllendes Feuer, das sie zu verschlingen drohte. Zu vernichten. »Wenn du ein Zimmer betrittst, hast du die Anmut und Würde einer Kaiserin, und ich schwöre, selbst die Gottheiten müssen innehalten und dich ansehen.«

Ihr wurde bewusst, dass sie zu atmen vergessen hatte. Ihr Herz pochte wild gegen ihren Brustkorb, von einer unerklärlichen Anziehungskraft zu ihm hingezogen. Als Antwort fiel ihr nur ein: »Ich bin mir nicht sicher, ob das unbedingt typisch für eine Adelige ist.«

»Vielleicht bin ich dann noch nicht genug Adelsfrauen begegnet«, sagte er sanft. »Jedenfalls keiner wie dir.«

Ihr Herz schlug schneller, als er die Hand ausstreckte und eine Locke ihres Haars hinter ihr Ohr steckte. Seine Berührung sandte einen Schauder durch ihren Körper. Im Zimmer war es zu warm, und der schwere Duft nach Räucherwerk war berauschend, während ihr Blick zu seiner Hand huschte.

Und dort etwas erblickte.

»Was ist das?«, flüsterte sie und hob die Hand, um mit einer federleichten Berührung die Innenseite seines Handgelenks nachzufahren. Eine kleine Tätowierung kräuselte sich zum schwarzen Umriss einer Pflanze mit drei geschwungenen, trompetenförmigen Blüten, einfach und elegant.

Ramson sog scharf die Luft ein und zog rasch den Arm zurück. Mit der Hand rieb er über die Stelle, wo sie seine Tätowierung gesehen hatte. »Es ist nichts.«

»Ramson …«

»Wir sollten uns ausruhen. Es wird schon spät.« Sein Gesicht war nun verschlossen, und sie fragte sich, ob sie sich, im Delirium aufgrund von Trauer und Erschöpfung, die letzten paar Minuten nur eingebildet hatte.

Auf einmal war es zu stickig im Zimmer. Die Hitze und die Aromen und die vollgestopften Regale waren unerträglich. Sie musste gehen, und zwar jetzt. Ana erhob sich. Ihre Wangen waren gerötet vor – wovor? Scham? Enttäuschung? Doch was hatte sie von Ramson erwartet? War sie wirklich in dieses Zimmer gekommen und hatte geglaubt, er würde ihr seine Seele und Geheimnisse offenbaren? Dass er aufhören würde, eine Maske nach der anderen aufzusetzen, jedenfalls gerade so lange, dass sie einen Blick auf sein wahres Ich erhaschen könnte?

Oder war auch das bloß die nächste Maske gewesen?

Während Ramson aufstand, sein Hemd überzog und sich von ihr wegdrehte, brannten tief in ihrer Kehle Tränen. Und Ana fragte sich, ob sie tatsächlich jemanden gesehen hatte, der es wert war, gerettet zu werden, oder ob es die ganze Zeit über bloß eine Sinnestäuschung gewesen war.

Eine Regung von Blut am Rand ihrer Wahrnehmung verjagte alle anderen Gedanken. Ana ließ ihre Affinität auflodern. Ramsons Blut brannte hell und heiß, das der anderen Affiniten floss gleichmäßig im Wohnzimmer, während sie schliefen.

Doch draußen im Freien war da noch etwas. »Ramson.« Sie packte seinen Arm, und er warf ihr einen überraschten Blick zu. »Da sind Leute …«

In dem Augenblick wurde dreimal leise an die Haustür geklopft. Ana spürte, wie in Shamaïras Wohnzimmer ein Affinite aufstand und nach der Tür griff.

Eine düstere Vorahnung erfüllte sie. Kaum hatte sie einen Schrei von sich gegeben, da wurde auch schon die Haustür aufgestoßen.

Ein Kreischen ertönte, und die Luft füllte sich explosionsartig mit Blut.

25

Ana sprang auf den Brokatvorhang zu, doch Ramson packte sie fest an der Schulter, zog sie ächzend zurück und legte ihr eine Hand über den Mund. »Wir sind noch nicht entdeckt worden.« Sein Flüstern war schnell, eindringlich. »Das müssen wir zu unserem Vorteil nutzen. Ruhig bleiben, die Situation einschätzen und uns eine Vorgehensweise überlegen.«

Im Wohnzimmer zerbarst Glas. Rufe und Schreie erhoben sich und klangen in der kleinen Dacha beunruhigend nah. Ana stockte der Atem, und Ramson ließ vorsichtig die Hand durch den Vorhang gleiten und zog eine Hälfte zurück, bloß einen Spaltbreit, damit sie hindurchspähen konnten.

Jenseits der bunten Diwane und Deckenlager stand die Haustür offen. Ein kalter Wind fegte herein. Im Türrahmen hielt ein Fremder ein Affinitenmädchen gepackt. In seinen Händen glänzte ein Dolch, den er ihr an die Kehle drückte. »Eine Bewegung, und das Mädchen stirbt.«

Erst da sah Ana Yuri, der zur Tür blickte, den Rücken ihr zugewandt, die geballten Fäuste an den Seiten. Die übrigen Affiniten drängten sich hinter den Sofas und Diwanen, Angst auf den Gesichtern, ihre Mienen von Albträumen heimgesucht, die Ana nicht einmal ansatzweise erahnen konnte.

Niemand rührte sich.

Auf einmal kam hinter dem Eindringling aus den Tiefen der Nacht ein zweiter Mann in Sicht. »Ich fürchte, ihr werdet alle zur Manege zurückkehren müssen.«

Das hellblonde Haar wurde vom Lampenlicht angestrahlt, und seine Augen glänzten in einem ausgeblichenen Blau. Es war, als sei alle Farbe und jegliches Leben aus ihm gewichen, und sein Anblick ließ Wut in Ana aufflackern.

Es war der Affinitenhändler. Sie erinnerte sich an die Schwarzsteintüren der Kutsche, die vor ihr zugeschlagen waren, den kaum wahrnehmbaren Schatten Mays auf seinen Schultern, als er sie fortgetragen hatte.

Er hatte auf jener Bühne in der Manege gestanden und zahllose Affiniten gezwungen, aufzutreten und bis zum Tod zu kämpfen.

Und dann hatte er hinter der Bühne den Angriff auf die Flüchtenden angeordnet. *Bring sie um, Nuryasha.*

Ana dachte an Mays Leiche in ihren Armen, so leicht und so hilflos.

Ich will leben.

Und nun lag May für immer in der schweigenden Erde begraben.

Zorn umklammerte Ana mit weiß glühendem Griff, und auf einmal zitterte sie, während ihre Wut brodelte und ihr unterdrückter Kummer sich Bahn brach.

May würde nie mehr wieder leben.

Und es war alles … *seine* … Schuld.

Da legte sich ein Arm fest um ihre Taille, doch sie schleuderte Ramson mit einem Schlag ihrer Affinität von sich. Als er gegen das Sofa knallte, hatte Ana schon den Vorhang zurückgeworfen und war ins Wohnzimmer getreten.

Sie hob den ersten Affinitenhändler mit gerade mal einem halben Gedanken in die Luft. Sie war eins mit ihrer Affinität, die sich wie ein Phantomarm auf den leisesten Gedanken hin bewegte, eine Verlängerung ihres Körpers. Der Dolch des Affinitenhändlers polterte auf die hölzernen Dielenbretter. Er stieß ein ersticktes Geräusch aus, als sie das Blut in seinem Körper packte und den natürlichen Fluss von und zu seinem Herzen unterbrach.

Sie war sich nur allzu bewusst, dass sie nichts als ein schmales schwarzes Abendkleid trug. Ihr Umhang und die Kapuze lagen im Hinterzimmer, und ihre zerfetzten Samthandschuhe hatte sie in der Manege zurückgelassen. Der Mann in der Luft wehrte sich, zuckte wie eine kaputte Marionette. Sämtliche Farbe wich langsam aus seinem Gesicht, und von seinen Augen war nur noch das Weiße zu sehen.

Ana schleuderte ihn beiseite. Er knallte mit einem *Rumms* gegen die gegenüberliegende Wand und blieb reglos liegen. Undeutlich hörte Ana mehrere Schreie von den Affiniten, sah, wie Yuri zu dem Affinitenmädchen sprang und sie hinter ein Sofa trug.

Ana trat an ihnen vorbei.

Der Affinitenhändler mit den blassen Augen stand im Türrahmen. Er hielt einen einzelnen Dolch, doch bei ihrem Anblick zitterte die Waffe in seiner Hand.

Sie atmete schwer, ihre Sicht hatte sich blutrot verfärbt, und in ihrem Kopf war ein Dröhnen, als sie mit bebender Hand auf ihn deutete. Die Adern in ihren Händen waren dunkel geworden und angeschwollen, schlängelten sich über ihre Handrücken und die Gelenke bis hin zu den Ellbogen, grotesk und schaurig im Licht des Lampenscheins, sodass jeder im Zimmer es sehen konnte.

Es war Ana gleichgültig. Ihre Wut war etwas Lebendiges, das die Welt rot färbte und verzerrte.

Der Affinitenhändler sank auf die Knie. Er zitterte sichtlich, und ein Schweißfilm bedeckte sein Gesicht. »B-bitte«, flüsterte er. »Kerlan … wird mich umbringen …«

Er beendete seinen Satz nie. Ana schlang ihre Affinität um ihn und hob ihn in die Luft. Er hatte May umgebracht. Mehr als alles auf der Welt wollte sie ihn in Stücke reißen, ihn Tropfen für Tropfen ausbluten lassen und mit ansehen, wie er Qualen litt …

»Ana!« Sie hörte ihren Namen wie aus weiter Ferne. Jemand stieß von hinten mit ihr zusammen.

Sie stürzten zu Boden, und im nächsten Moment lag sie unter Ramson. Er keuchte, und Blut sickerte aus seiner wieder offenen Wunde durch den Verband an seinem Leib. Er drückte ihre Hände zu Boden, war mit seinem ganzen Gewicht auf ihr. »Beherrsch dich«, fauchte er. *»Denk nach.«*

»Runter von mir!«, schrie sie.

»Wir brauchen *Antworten*. Wer hat ihn geschickt? Wie hat er uns gefunden? Können wir uns mit ihm verbünden …«

»Runter. Von. Mir.« Sie spie ihm die Wörter entgegen.

Ramsons Augen bohrten sich in ihre, sein Griff um ihre Handgelenke wurde fester. »Nein.«

Das war der Auslöser, auf den sie gewartet hatte. Während sie den Affinitenhändler weiter in Schach hielt, warf sie ihre Affinität auf Ramson. Er wurde reglos, riss die Augen auf, und die Adern an seinem Hals und an seinen Schläfen pulsierten, sobald Ana die Kontrolle über sein Blut an sich riss.

Ana warf ihn quer durchs Zimmer.

Sie hörte den Aufprall seines Körpers, als er gegen die Wand knallte und zu Boden sackte. Ein Teil von ihr war sich bewusst, dass Yuri und die Affiniten sie beobachteten, erstarrt in ihren Verstecken hinter Shamaïras Diwanen und Sofas.

Ana achtete nicht auf sie, sondern wandte sich wieder dem Affinitenhändler zu. Er war zu Boden gesunken, doch sie hob ihn mühelos wieder in die Höhe. Eine seltsame Gelassenheit überkam sie, als sie sich ihm näherte. »Erkennst du mich wieder?« Es war, als spräche jemand anders aus ihr, entlocke ihren Lippen Wörter.

Der Mann hing in der Luft, sein Körper gekrümmt, mit aus dem Kopf hervorquellenden Augen. Er öffnete den Mund zum Reden. Stattdessen sickerte Blut an seinem Kinn hinunter.

»Nein?« Ana ging weiter auf ihn zu. Ein köstliches Gefühl machte sich in ihr breit. »Vielleicht erinnerst du dich an die junge Erdaffinite, die du in Kyrov gefangen genommen hast. Das Kind, das du heute hast auftreten lassen. Das du *ermordet* hast.«

Im Gesicht des Affinitenhändlers leuchtete Wiedererkennen auf. Er wehrte sich gegen ihren Griff, sein Mund öffnete und schloss sich wie das Maul eines Fisches auf dem Trockenen. Jetzt befand sich Ana nur noch eine Armeslänge von ihm entfernt. Sie konnte sehen, wie die Äderchen in seinen Augen platzten und sich Rot quer über das Weiße ergoss. Blut strömte aus seinen Lippen.

In dem Moment fiel ihr der Wintermarkt in Salskoff ein, die Schreie und das Entsetzen, als ihre Affinität acht unschuldigen Menschen das Leben entrissen hatte. Sie hörte Lukas Stimme – die Stimme der Vernunft, die ihre Hand und ihre Affinität geführt hatte.

Luka würde zur Vergebung raten.

Ana betrachtete das flehende Gesicht des Affinitenhändlers und suchte nach einem Fetzen Mitleid.

Stattdessen fand sie die Erinnerung an Mays helle Augen, die bis zur Leere getrübt waren.

Und da flüsterte ihr eine andere Stimme zu:

Monster.

Mit einem Lächeln hob Ana eine Hand voller dicker Adern und packte den Affinitenhändler an der Kehle. Sein Hals glänzte glitschig und rot. Das Blut unter ihren Fingerspitzen erfüllte sie mit Entzücken. »Hast du Angst?«, flüsterte sie. »Du solltest wissen, dass es manchmal ein Monster braucht, um ein anderes zu vernichten.« Sie brachte ihr Gesicht dicht an seines und zwang seinen verängstigten Blick, ihrem blutroten zu begegnen. »Erinnere dich an mein Gesicht, während du in der Hölle brennst, Deimhov.«

Mit einem Zucken ihrer Finger zog sie.

Es ertönte ein nasses Reißen. Rot strömte aus ihm wie Wein aus einer entkorkten Flasche, sammelte sich auf den Dielenbrettern und bildete Lachen unter Anas Stiefeln.

Während das Blut aus ihm herauslief, entglitt der leblose Körper ihrer Kontrolle. Die Leiche fiel mit einem *Klonk* zu Boden.

Ihre Affinität wich wie eine Welle zurück und nahm das Rot ihrer Sicht, das Summen in ihren Ohren und ihr Adrenalin mit sich. Die Leiche des Affinitenhändlers lag zu ihren Füßen, die Gliedmaßen wie bei einer kaputten Puppe grotesk abgewinkelt.

Ana taumelte zurück. Übelkeit machte sich in ihrem Magen breit, und Galle stieg, dick und bitter, bis zu ihrer Zunge hoch. Unter Schwindelgefühlen nahm sie allmählich wieder das übrige Wohnzimmer wahr. Umgeworfene Sofas und Diwane. Zerborstene Feuerkugeln und zerrissene Bücher. Zerbrochene Regale. Und, am anderen Zimmerende, Ramsons zusammengekrümmter Körper an der Wand, wo sie ihn hingeschleudert hatte.

Ein Schluchzen schnürte Ana die Kehle zu. Irgendwann hatte sich das Zimmer geleert. Der schwere Brokatvorhang in dem Durchgang, der zum Hinterzimmer führte, wurde aufgezogen, und Yuris Blick fand sie. Shamaïra stand hinter ihm, hielt ein Affinitenkind fest in den Armen. Die übrigen Affiniten waren hinter ihnen versammelt.

Tränen verschleierten Anas Blick. »Es tut mir leid … Ich wollte nicht … ich …« Die Worte erstarben auf ihren Lippen. Nichts, was sie sagen könnte, würde rechtfertigen, was sie in dieser Nacht, vor den Augen von einem Dutzend Zeugen, getan hatte.

Weil du ein Monster bist.

Alles drehte sich um sie, und sie schrumpfte in die Erinnerungen ihres achtjährigen Ichs zurück, die Welt ein schwindelerregendes Kaleidoskop aus Schreien und Entsetzen. Ihr Atem ging flach und keuchend.

Ana drehte sich um und stolperte aus der Tür.

Die vormorgendliche Luft brannte auf ihren Wangen, die Kälte kroch rasend schnell in ihre Knochen und sog ihr noch das letzte bisschen Wärme aus dem Leib. Vor ihr erstreckte sich der Schatten der Syvernischen Taiga, und sie erinnerte sich an die Nacht, in der sie alles verloren hatte und in die Dunkelheit gelaufen war.

In dieser Nacht stand sie erneut davor, alles zu verlieren. May, das Licht in ihrem Leben, war ihr ein Anker gewesen, hatte sie dazu gebracht, *gut* zu sein, und ihr gezeigt, was Liebe bedeutete.

Sie war tot.

Doch es gab da noch einen Menschen, erkannte Ana, während Shamaïras Dacha hinter ihr zu einem undeutlichen Fleck aus goldenem Licht verblasste.

Luka war noch am Leben. Und er brauchte sie.

Zitternd stürzte sie vorwärts. Die Stadt Novo Mynsk schlummerte unter einem Himmel, der sich von Schwarz zu dunklem Violett färbte, mit ganz sanften Blautönen an den Rändern.

Hinter ihr erklangen Schritte. Eine vertraute Stimme rief ihren Namen.

Ana wurde langsamer. Drehte sich um.

Yuris feuerroter Haarschopf war schemenhaft im weit entfernten Leuchten von Shamaïras Dacha zu erkennen. »Geh nicht!«, rief er und kam auf sie zu.

Unvermittelt packte sie eine Erinnerung an sie beide als Kinder damals im Palast. Sie, nach ihren schlimmsten Wutanfällen oder tagelangem Schweigen, wie sie ihn anbrüllte, er solle weggehen. Und Yuri, der bis zum nächsten Morgen an ihrer Tür saß, nachdem ihr Tee schon lange kalt geworden war. Es waren die Kleinigkeiten gewesen, die sie in der Gegenwart verankerten – das Seufzen seiner grob gewebten Bedienstetentunika, als er sich auf der anderen Seite der Tür bewegt hatte, das sanfte Klopfen und leise Flüstern, er werde mit ihrem Frühstück zurückkommen, das leichte Klirren ihrer Teetasse in der frühmorgendlichen Stille, als er auf samtenen Sohlen fortging. Die winzigen Ermahnungen, dass da jemand auf der anderen Seite jener Tür war und auf sie wartete, ganz gleich, was aus ihr wurde, ganz gleich, in was ihre Affinität sie verwandelte. Und dass sie weiter leben und hoffen musste.

»Es tut mir leid«, sagte Ana leise.

»Bleib«, beharrte Yuri. Er streckte eine Hand aus.

Beinahe hätte Ana sie ergriffen. Doch in der Dunkelheit sah sie die gespenstischen Adern immer noch an ihrer Hand pulsieren. Sie dachte an das Blutrot ihrer Augen. Die Leichen der beiden Affinitenhändler, um die sich Blutlachen bildeten. Und an Ramson, der bewusstlos am Boden lag.

Sie wich einen Schritt zurück. »Es ist am besten, wenn ich es nicht tue«, flüsterte sie.

Kummer trübte Yuris Blick. »Ich bleibe bei dem, was ich vorhin gesagt habe«, erklärte er leise. »Die Zukunft liegt hier, bei uns. In den Händen des Volkes.«

»Ich werde es wieder in Ordnung bringen«, entfuhr es Ana im Flüsterton. Doch die Bedeutung des Satzes war jetzt vage. Was genau würde sie in Ordnung bringen, wenn sie in ihren Palast zurückkehrte? Sie dachte an Luka und seine Worte, die ihr ganzes Leben bestimmt hatten; an Papa, der sich an jenem Tag von ihrem Bett abgewandt und sich am Ende unter ihren blutverschmierten Händen in Krämpfen gewunden hatte. An rotes Blut und weißen Schnee auf dem Vyntr'makt in Salskoff; an die blutrot verfärbte Haut des Affinitenhändlers.

Monster.

Deimhov.

Sie würde *sich selbst* in Ordnung bringen müssen, erkannte Ana, während Schuldgefühle in ihre Magengrube sickerten. So lange hatte sie sich an der Vorstellung festgehalten, wenn sie nur den Alchemisten finden und den Mord an ihrem Papa rächen könnte, würde auch *sie* irgendwie erlöst werden.

Erlösung aber war etwas, was Ana sich verdienen musste. Sie musste lernen, sich selbst zu vergeben, bevor sie für andere kämpfen konnte.

Doch die Affiniten in ihrem Reich konnten nicht auf die Gleichberechtigung warten, die sie verdienten. Und es gab bereits einen Menschen, der sie an dieses Ziel führen konnte.

Ana ergriff Yuris Hände. »Du wirst ein großartiger Anführer sein, Yuri«, sagte sie. »Ich gelobe dir mein Herz und meinen Dienst dem Kampf für alle Affiniten. Doch zuerst muss ich die Fehler wiedergutmachen, die ich begangen habe.«

Yuri drückte ihre Finger an seine Lippen. »Wenn du so weit bist«, sagte er, »schicke einen Schneefalken zum Goldwasserhafen. Ich habe vor, dort einen Stützpunkt zu errichten, im Süden. Dort wird unsere Revolution ihren Anfang nehmen.« Er zog sie in die Arme. »Und vergiss nicht, dass ich dich liebe, ganz gleich, wofür du dich entscheidest.«

»Ich liebe dich auch, mein Freund.«

Sie umarmte ihn fest, atmete seinen Duft nach Rauch und Feuer ein, schloss die Augen und wünschte sich, sie könnte für immer so bleiben.

Da spürte sie, wie Yuri etwas um ihren Hals gleiten ließ. Es klirrte warm auf ihrer Haut. Ana hob es in ihre Handfläche. Der Kettenanhänger glitzerte: ein kleiner Silberkreis, der gleichmäßig in Viertel aufgeteilt war, eines für jede Jahreszeit.

»Ein Deys'krug«, sagte Yuri und ergriff ihre Hand. »Unser Kreis wird sich wieder schließen.«

»Wir werden einander wiederfinden«, bestätigte Ana, denn es war ihr unerträglich, die Möglichkeit auszusprechen, dass dies ihre letzte Begegnung sein könnte. »Wirst du Shamaïra bitten, sich um Ramson zu kümmern? Sag ihm, es tut mir leid und dass … ich ihn aufsuchen werde, sobald alles vorüber ist, um unseren Pakt einzulösen.«

Irgendwo auf ihrem Weg, zwischen Shamaïras Dacha und der sich endlos erstreckenden Nacht, hatte sie sich entschieden. Ramsons quer durchs Zimmer fliegender Körper, zusammengekrümmt und blutig an der Wand – das war ihre Schuld gewesen.

Auf keinen Fall konnte sie zulassen, dass noch jemand ihretwegen verletzt wurde. Sie würde ihn wiederfinden – oder er würde sie finden –, wenn das hier alles vorüber war, und sie würde ihn für seine Hilfe bezahlen. Doch jetzt würde sie losziehen und ihren Alchemisten auf eigene Faust ausfindig machen.

Falls Yuri Fragen hatte, stellte er sie nicht. Stattdessen sagte er nur: »Mache ich.«

Ana ließ seine Hände langsam sinken und trat zurück. »Deys blesya ty, Yuri.« *Die Gottheiten mögen dich segnen.* Es war eine Redensart, die man nicht zum Abschied sagte, sondern als Ausdruck von Hoffnung und guten Wünschen. Eine Redensart, die für diejenigen reserviert war, die einem am nächsten standen.

»Deys blesya ty, Kolst Pryntsessa.« Seine Stimme war schwach in der Stille der Nacht, als Ana sich von ihm abwandte und auf den Rückweg nach Novo Mynsk machte. Zurück zu dem Gasthaus, wo ihr Rucksack und die Kleidung und Pergamente mit Plänen und Landkarten lagen und auf sie warteten. Auf Kerlans Fyrva'snezh warteten.

Sie spürte, wie der Funke von Yuris Blut in immer weiterer Ferne zurückblieb und kleiner wurde, allein vor der Syvernischen Taiga, ihr nachsehend, bis ihre Füße die Kopfsteinpflasterstraßen der Stadt betraten und sich wieder überall um sie herum Dachas erhoben. Und als sie zum Wald zurückblickte, waren Yuri und Shamaïras Dacha verschwunden, verschluckt von der endlosen Nacht, als hätte es sie nie gegeben.

Bis sie den Weg zurück zu dem Gasthaus fand, wo Ramson und sie ihr Lager aufgeschlagen hatten, dämmerte bereits der Morgen. Ihre Habseligkeiten und das Zimmer lagen unberührt in einem leichten goldenen Lichtschimmer, der durch die rissigen Fenster drang. Ana verriegelte die Tür, tat zwei Schritte und fiel auf das schmale Bett.

Schlaf ergriff Besitz von ihr.

26

Der Himmel stand in Flammen, als Ana aufwachte, benommen und schwindlig und erledigt, als hätte sie tagelang geschlafen. Im Westen hatten sich Wolken zusammengezogen, und die untergehende Sonne ließ sie in leuchtenden Rot-, Korallen- und Violetttönen erstrahlen. Als sie die Fenster aufriss, hingen in der Luft der schwere Duft des Winters und ein Versprechen von Schnee.

Sie machte sich in dem kleinen Waschraum am Ende des Gangs frisch und versuchte, nicht an das an ihrem Gesicht und ihren Händen verkrustete Blut zu denken, während sie es abschrubbte. Es fühlte sich immer noch wie ein Traum an – Yuri, die Rotmäntel, Shamaïra, die Affinitenhändler. Und May.

Nein, daran würde sie nicht denken. Sie konnte es nicht, noch nicht, nicht, wenn am heutigen Abend alles kulminierte, worauf sie in den vergangenen elf Monden hingearbeitet hatte.

Sie würde den Abend durchstehen, ihren Alchemisten finden und dann weitersehen. Folglich nahm Ana sämtliche Erinnerungen an den letzten Tag und sperrte sie weg. Heute Abend musste sie ganz besonders stark und schnell und schlau sein.

Sie durchstöberte die Bündel, die sie an der Wand aufgeschichtet hatten, bis sie fand, wonach sie suchte. Das Kleid, das sie vor ein paar Tagen gekauft hatte, glitt geschmeidig über ihren Körper. Es bestand ganz aus weißem Chiffon, in den winzige Perlen eingewebt waren, die weiß, silbern und blau glitzerten und in einer

Spirale nach unten führten, sich in die durchsichtigen Falten ergossen und an ihren Füßen sammelten. Als sie sich in dem gesprungenen Spiegel betrachtete, der an der Wand hing, atmete sie ein, und das Kleid schimmerte wie fallender Schnee.

Sie nahm die Schachteln mit frischen Cremes und Pudern und machte sich daran, ihr Gesicht zu schminken, wie sie es bei den Zofen früher gesehen hatte, als sie noch ein Kind gewesen war. Bronzefarbene Cremes rieb sie sich gleichmäßig in die Haut, um Blutergüsse und raue Stellen zu kaschieren. Dann kam eine dünne Schicht von nach Rosen duftendem Puder für ein schimmerndes Aussehen, dunkles Rouge gleich unterhalb der Wangenknochen und ein Tupfer Zinnoberrot auf die Lippen.

Als sie sich erhob und ihr Spiegelbild betrachtete, fühlte sie sich ein wenig beruhigter. Sie erkannte das Mädchen, das ihr aus dem Spiegel finster entgegenblickte, kaum wieder. Diese junge Frau war herausgeputzt und manikürt, um auszusehen, als gehörte sie dazu. Eine große Dama von Novo Mynsk.

Heute Abend würde niemand sie wiedererkennen. Sie war ein Geist.

Doch am ganzen Körper entspannte Ana sich erst so richtig, als sie die Maske, die sie sich ausgesucht hatte, vors Gesicht zog. Die Farbe passte zu ihrem Kleid, an den Rändern deuteten silberne Wirbel Schneeflocken an. Traditionellerweise waren Masken an Fyrva'snezh nicht nötig. Doch … die Bewohner von Novo Mynsk schienen etwas für Maskenbälle übrigzuhaben.

Sind alle Bälle in Novo Mynsk mit Masken?, hatte sie Ramson vor ein paar Tagen gefragt.

Er hatte sie hinter seiner eigenen schwarzen Maske angelächelt. *Die Bewohner von Novo Mynsk haben viel zu verbergen.*

Ana stopfte, was von ihren ursprünglichen Habseligkeiten noch übrig war, in eine kleine perlenbestickte Handtasche, die sie eigens für den Ball gekauft hatte: ihre Skizzen von Luka, ihren Eltern, ihrer Mamika Morganya und Pyetr Tetsyev. Eine unbenutzte Feuerkugel. Eine Landkarte. Als sie den Boden ihres Rucksacks erreicht hatte, hielt sie inne und zog einen einzelnen Kupferstein hervor.

Es war der letzte der drei, die sie May gegeben hatte. *Lass uns in der nächsten Stadt etwas Leckeres kaufen.*

In ihrer Kehle bildete sich ein Kloß. Sie blinzelte, und Mays breites Lächeln, das ihr so deutlich vor Augen gestanden hatte, verblasste vor dem zunehmenden Zwielicht draußen.

Sie hatte den Affinitenjäger getötet, der May umgebracht hatte. Doch bezahlte ein Leben für ein anderes?

Ana küsste die Münze und steckte sie ganz unten in ihre Handtasche, bevor sie die Tasche an ihr Handgelenk band. Sie fand das Pergament mit der Adresse des kerlanschen Anwesens, das sie vor ein paar Tagen von Ramson erhalten hatte, und steckte es, zusammen mit ihren falschen Papieren, in die Handtasche.

Dann warf sie den Rest ihrer Papiere und Pläne in einen Blecheimer, der benutzt wurde, um Badewasser zu holen, zündete alles an und beobachtete, wie es niederbrannte, bis nur noch Asche übrig war.

Ana zog passende silberweiße Handschuhe an, warf ihren Pelzumhang über und ließ, bevor sie ging, den Blick ein letztes Mal durch das mittlerweile leere Zimmer schweifen. Sie war bereit. Ramson hatte ihnen Einladungen als Mesyr und Dama Farrald besorgt, ein weitverbreiteter bregonischer Nachname, der kurzzeitig Anas Neugier geweckt hatte, bevor sie den Gedanken abtat. Ramson hatte für alles seine Gründe, jetzt war nicht der Zeitpunkt, sie infrage zu stellen. Sie würde sich allein an der Tür als die Betreffende vorstellen und ihren Ehemann entschuldigen. Der restliche Plan blieb unverändert: Tetsyev finden, ihn in den Keller locken, den zu erreichen Ramson ihr mithilfe einer schlecht gezeichneten Karte beigebracht hatte, und durch den Geheimgang entkommen. Ramson hatte eine Kutsche gemietet, die sie weit, weit wegbringen sollte.

Draußen war die Dämmerung hereingebrochen, die letzten Strahlen der Sonne machten dem violetten Umhang der Nacht Platz.

Sturmwolken türmten sich am Himmel. Und während die Laternenanzünder durch die Straßen liefen, erwachte Novo Mynsk mit dem sprühenden Schimmer von Lichtern, lautem Gelächter und den entfernten, aber immer vorherrschenden Klängen von Gesang und Barmusik zum Leben. Während die Einwohner von Salskoff blaue Papierlaternen an den Fenstern angezündet und zu Hause gesessen hätten, um Fyrva'snezh im Kreis ihrer Lieben zu erleben, gingen die Menschen in Novo Mynsk auf die Straße. Ana kam an Scharen von Feiernden vorbei, die auf Altkyrillisch sangen, in weißen Gewändern und mit glitzernden blauen Kopfbedeckungen, die groteske Abbilder der Gottheiten waren. Sie tanzten und lachten und tranken. Fackelschein spiegelte sich in ihren Masken und den Münzen in ihren Händen wider.

Ana ging raschen Schrittes durch die Straßen, ihre Affinität flackerte auf, und ihre Nerven waren angespannt. Sie hatte eine Karte von Novo Mynsk studiert, das kerlansche Anwesen befand sich ungefähr dreißig Gehminuten von ihrem Gasthaus entfernt.

Allmählich verbreiterten sich die überfüllten Kopfsteinpflasterstraßen; die Dachas wurden immer größer und gingen in cremefarbene Herrenhäuser über; die Gerüche von billigem Fusel und fauligem Abwasser wurden von den süßen Düften von Kamille, Orchideen und Rosen abgelöst.

Endlich bog Ana ab und stand vor ihrem Ziel. Sie atmete scharf ein.

Unter einem Himmel aus grauen Schneewolken lagen die üppigen Rasenflächen des Anwesens, die sich weiter erstreckten, als das Auge reichte, mit vereinzelten plätschernden Brunnen und Marmorstatuen. In der Mitte erhob sich ein Herrenhaus, ein creme- und goldfarbenes Ungetüm, das im Fackelschein glänzte.

Gäste trafen bereits ein, Kutschen rollten durch das offene vergoldete Tor, vorbei an livrierten Wachen, die reglos wie Statuen dastanden. Nur wenige Gäste kamen zu Fuß an, doch alle waren in prächtige Abendkleider, elegante schwarze Anzüge und Pelzmäntel gehüllt. Sie traten nacheinander durchs Tor, und in ihren Masken verfing sich der Schein der Laternen, die überall in den Gartenanlagen, die zum Herrenhaus selbst führten, verteilt waren.

Ana folgte dem kontinuierlichen Menschenstrom durch die weit offen stehenden Torflügel. Das kerlansche Anwesen war eine der protzigsten Zurschaustellungen von Reichtum, die sie im Leben gesehen hatte. Befestigte Pfade schlängelten sich durch die präsentierten Schätze, die der Garten zu bieten hatte: Arrangements der exotischsten Blumen, von kyrillischer Iris bis hin zu nandjianischen Wüstenrosen, und Volieren mit bunten Vögeln jeglicher Gattung und Herkunft. Ana kam sogar an einem Gehege vorbei, in dem mehrere der seltensten Tiere der Welt untergebracht waren. Sie glaubte, einen kemeiranischen Schneeleoparden zu erkennen und einen Teich, in dem ein mystischer Geisterwal aus Bregon zu schwimmen schien.

Ihr war unbehaglich zumute. Alaric Kerlan, so schien es, war ein Sammler.

Als sie sich immer weiter dem gewaltigen Herrenhaus näherte, glaubte sie, in den Glasfenstern einen Grauton zu erkennen, und fröstelte leicht unter ihren Pelzschichten. Es würde sie nicht überraschen, wenn Kerlans gesamtes Anwesen mit Schwarzstein versetzt und gemäß den höchsten Sicherheitsstandards erbaut war. Das Herrenhaus ragte hoch empor, jetzt bedrohlich, und Ana wurde die Vorstellung nicht los, dass es eine riesige Spinne inmitten ihres gewaltigen Netzes aus Spionen, Affinitenhändlern und Verbrechern war, die dabei war, ihre Geheimnisse und ihr Gold zu spinnen.

Licht und Musik drangen aus den riesigen Mahagoniflügeln der Eingangstür. Gäste drängten sich auf den Marmorstufen, und Ana erspähte eine Reihe von Wachen am Eingang sowie einen Mann in einem schwarz-goldenen Wams, der einen dicken Stapel von Pergamenten hielt.

Ihr Herz flatterte nervös, und Angst ließ ihre Schritte langsamer werden. Blut, das in den aufgeregten Gästen um sie herum dröhnte, mischte sich in ihre Gedanken. Die schwarzsteinverstärkten Mauern schienen bedrohlich zu summen.

Farrald, rief sie sich ins Gedächtnis. Sie war Dama Farrald. Es bestand kein Grund, weshalb der Portier sie wegschicken sollte, zumal sie bereits ihrer Rolle entsprechend aussah.

Sie würde auch dementsprechend *auftreten* müssen; sie würde sich den Zutritt schon erschwindeln.

Ana dachte an Ramson, daran, wie er im Handumdrehen eine Rolle ablegen und in eine andere schlüpfen konnte. Also straffte sie die Schultern, reckte das Kinn und folgte dem Gästestrom die Stufen hinauf.

Der Portier schenkte ihr kaum einen Blick. »Name und Einladungsschreiben?«

Ana erstarrte und hatte das Gefühl, als läge ihr ein Stein im Magen. Einladungsschreiben. Warum hatte Ramson kein Einladungsschreiben erwähnt? In Gedanken ging sie die letzten paar Tage ihres gemeinsamen Planens durch, während sie schon sagte: »D-Dama Farrald.« Zu keiner Gelegenheit hatte Ramson diese überaus wichtige Einzelheit erwähnt – und *warum nicht*? Ihr Herz hämmerte bis in ihre Schläfen.

Hatte er sie hereingelegt, nach all der Zeit?

Oder hatte er einfach die Rolle des Betrügers gespielt und gerade so viele Informationen preisgegeben, dass sie ihm vertrauen würde … aber nicht so viele, dass sie ihn verlassen konnte?

Der Portier ordnete seine Pergamente, die Hände in weißen Handschuhen. »Den Brief, bitte, Dama Farrald.«

»Ich …« Ihre Handflächen schwitzten in ihren Handschuhen, und ihre Zunge war trocken. Eine gute Lügnerin war sie noch nie gewesen. »Ich fürchte, ich habe ihn verloren.«

Der Portier warf ihr einen mitfühlenden Blick zu. Mehrere Gäste hinter ihr tuschelten. »Es tut mir leid, meya Dama. Wir können keine Gäste ohne Einladung einlassen. Darf ich Euch bitten beiseitezutreten? Ich werde Lord Kerlans Butler holen lassen.« Er musste die Panik in ihrem Gesicht gesehen haben, denn er fügte wie zur Beruhigung hinzu: »Keine Sorge, das ist nur eine notwendige Vorsichtsmaßnahme. Lord Kerlans Butler kennt alle geladenen Gäste.«

Ana umklammerte ihre perlenbesetzte Handtasche fest, um ein Zittern zu unterdrücken. Lord Kerlans Butler würde sie *nicht* kennen – und man würde sie hinauswerfen, vielleicht sogar verhaften, noch bevor sie auch nur das Haus, in dem sie Pyetr Tetsyev zu finden hoffte, betreten hatte.

Denk nach, Ana. Sie konnte Ramsons tadelnde Stimme beinahe hören, sah seine Ich-hab's-dir-doch-gesagt-Miene jedes Mal, wenn sie kurz davorstand, eine unüberlegte Entscheidung zu treffen.

Denk nach. Was würde Ramson tun?

Der Portier hob eine Augenbraue. »Meya Dama, ich muss Euch bitten beiseitezutreten, während wir andere Gäste einlassen.«

Ana war wie angewurzelt. Ein Dutzend unterschiedlicher Möglichkeiten kamen ihr in den Sinn, allerdings keine davon durchführbar. Sie könnte eine Einladung stehlen, als anderer Gast zurückkommen – doch der Portier würde sie bestimmt wiedererkennen und Betrug wittern. Sie könnte … sie könnte … »Bitte, Mesyr, ich …«

»Da *bist* du ja!«

Die Stimme schnitt durch die Nacht. Ana spürte jemandes Gegenwart hinter sich, und eine Hand legte sich, warm und fest, in ihr Kreuz. Sie nahm das vertraute Rasierwasser wahr, das in letzter Zeit zu ihren Tagen gehört hatte.

Vor Erleichterung hätten Anas Knie beinahe nachgegeben.

Ramson lehnte sich an ihr vorbei nach vorn. Der elegante schwarze Smoking ließ ihn schlank und maskulin wirken. Seine Augen funkelten hinter seiner dunklen Maske, als er dem Portier mit einer schwungvollen Bewegung zwei wachsversiegelte Umschläge reichte. »Mesyr und Dama Farrald«, erklärte er. »Ich bitte, das Durcheinander zu entschuldigen. Ich habe meine Frau in der Menge verloren.«

Sein Griff um ihren Arm war so fest, dass es beinahe schmerzte, und das rasiermesserscharfe Lächeln, das er ihr zuwarf, vertrieb jegliche törichte Vorstellung, dass er sich tatsächlich freute, sie wiederzusehen.

Sie spürte eine neue Steifheit in seinen Gesten und seinem Lächeln, die ihr früher nie aufgefallen war, ganz gleich, wie sehr sie sich übereinander geärgert hatten.

Ramson war wütend. Natürlich war er das. Sie hatte ihn durch ein halbes Zimmer geschleudert und dort liegen lassen.

»Bitte, Mesyr und Dama Farrald.« Der Portier neigte den Kopf. »Bitte entschuldigt die Unannehmlichkeiten.« Sein Blick verweilte auf ihnen, als er sich verbeugte und ihnen bedeutete einzutreten.

Sie kamen in einen riesenhaften Festsaal mit einer zwei Stockwerke hohen Glasdecke. Kristallkronleuchter warfen warmes goldenes Licht in den Saal. Zu beiden Seiten des Saals säumten mit kunstvollen Marmorsteinmetzarbeiten umrahmte Logen Erdgeschoss und ersten Stock. Gäste lümmelten bereits auf weichen Samtchaiselongues herum oder lehnten in der ersten Etage über der Brüstung, alkoholische Getränke in der Hand, in Gespräche vertieft.

Ramson hielt ihre Taille fest gepackt, während er sie am Rand des Ballsaals entlangführte. »Du hast doch bestimmt nicht gedacht, ich würde dich gehen lassen, ohne mich für das wunderbare Abschiedsgeschenk zu bedanken?«, murmelte er.

Seine Worte taten weh. Ramson war ihr gegenüber kalt gewesen, er war berechnend gewesen, er war gleichgültig gewesen – aber er war noch nie wütend gewesen. Wütend war neu. Wütend war … persönlich. »Ich wollte dich nicht weiter in Gefahr bringen«, sagte sie, als er sie eine Wendeltreppe hoch in den ruhigeren ersten Stock führte, der einen Ausblick auf den Festsaal gewährte. »Du hättest nicht kommen sollen.«

Er schnaubte verächtlich. »Dann hätte ich also zulassen sollen, dass du dich, Närrin, die du bist, erwischen lässt?«

Ärger regte sich in ihr. »Es hätte gereicht, wenn du mir einfach von der Einladung erzählt hättest, statt zu versuchen, mich zu manipulieren«, zischte sie. »Du hast mir nie vertraut. Und ich hätte dir nicht vertrauen sollen.«

Ramsons Augen blitzten auf. »Wann hat denn jemand ›Vertrauen‹ in einem Atemzug mit meinem Namen genannt?«

Der erste Stock war fast leer, da sich die meisten Gäste immer noch im Erdgeschoss drängten. Ramson sah sich verstohlen um. »Hier rein«, sagte er schroff und teilte einen schweren roten Vorhang vor einem kleinen Separee. Auf der anderen Seite des Raums führte eine Glastür auf einen Balkon im Freien. Es war dunkel.

Ana taumelte hinein. Als sie sich umdrehte, hatte Ramson die Maske abgenommen. Sein Gesicht war kalt, glatt rasiert und scharf geschnitten. Er war wütender, als sie ihn je erlebt hatte, und von der Art her, wie er sich die Rippen hielt, litt er Schmerzen. Scham regte sich in ihr, doch angesichts seines Zorns reagierte Ana unwillkürlich abwehrend. »Es tut mir leid, in Ordnung?«, fuhr sie ihn an.

»Es tut dir *leid*«, wiederholte Ramson und trat einen derart bedrohlichen Schritt vor, dass sie zurückwich. Sie stieß gegen die Glastür. »Und was genau tut dir leid? Zwei von Kerlans Männern am Abend vor seinem Ball ermordet zu haben? Mich beinahe umgebracht zu haben? Ohne ein Wort weggelaufen zu sein und es mir überlassen zu haben, mir das Ganze aus einer Botschaft von Yuri zusammenzureimen?«

Jegliche Reue, die sie vielleicht empfunden hatte, verbrannte unter seiner wachsenden Wut, noch geschürt durch seine hitzigen Anschuldigungen. »Kerlans Männer haben May umgebracht und sich ihren Lebensunterhalt durch die Ausbeutung von Affiniten verdient«, knurrte sie. »Sie haben bekommen, was sie verdient haben.«

Ramson fuhr ruckartig mit einer Hand durch die Luft. »Ja, und indem du das getan hast, hast du uns fast im Alleingang auffliegen lassen. Der Portier hat uns beim Eintreten beobachtet. Es würde mich nicht überraschen, wenn er uns Kerlans Sicherheitskräften gemeldet hätte. Ich habe mit einem friedlichen Betreten dieses Balls gerechnet, und du hast das ruiniert. Du hast dich auf die Schlacht konzentriert und den *Krieg* aus den Augen verloren.«

Sie standen so dicht voreinander, dass sie ihn am Revers hätte packen und schütteln können, bis seine Zähne klapperten. Sie dachte an Shamaïras Dacha zurück, das niederbrennende Feuer, den Geruch von Rauch und Räucherwerk und die zwischen ihnen hängende Hoffnung. Sie hatte geglaubt, in ihm wäre etwas, was es wert war, erlöst zu werden.

Ana senkte die Stimme und stieß die Wörter schneidend hervor. »Sprich nicht von May, als wäre sie ein zu erbringendes Opfer in diesen Schlachten und Kriegen, die *du* als Spiel aufzufassen scheinst.«

Ramsons Augen verengten sich. »Ana, sei still …«

»Muss für dich so leicht zu sagen sein«, redete sie weiter, obwohl Wut und Tränen sie zu ersticken drohten, wann immer sie an May dachte, »da du nie etwas oder jemanden, abgesehen von dir selbst, geliebt hast.«

Mit einem raschen Schritt trat Ramson zu ihr. Instinktiv wich Ana zurück, und ihr Kopf prallte gegen die Scheibe hinter ihr, als Ramson sich über sie beugte und sich mit einer Hand an der Tür in ihrem Rücken abstützte. Mit der anderen Hand holte er aus, und in dem Augenblick hatte sie die wilde Vorahnung, dass er ihr entweder wehtun oder sie küssen würde, doch er presste lediglich einen Finger auf ihre Lippen.

»Bitte, halt den Mund«, flüsterte er, und etwas an der Eindringlichkeit seines Tonfalls ließ sie verwirrt verstummen. Er war so nah, dass sie die Schnitte und Kratzer an seinem Kinn sehen konnte, den leichten Höcker seiner Nase, die dunklen Wimpern über seinen haselnussbraunen Augen, die er weit aufgerissen hatte, während er sie jetzt ansah. Er beugte sich noch näher. Sein Flüstern war leiser als ein Atemzug an ihrem Ohr. »Wir werden beobachtet.«

Sie sah an ihm vorbei. Durch den Tränenschleier nahm sie den Eingang zu dem kleinen Separee wahr, der kaum breit genug war, als dass sie zu beiden Seiten die Arme hätte ausstrecken können. Auf einmal war sie sich der Stille vor dem Vorhang bewusst, der Musik und der Geräusche der Menge, die aus einer anderen Welt zu kommen schienen. Sie ahnte, wie ungestört ihre Stimmen zu jedem Lauscher draußen dringen könnten.

Ramsons Hand glitt zu ihrer Schulter, sein Blick war starr auf sie gerichtet, als wäre sie etwas Wildes, das jeden Moment außer Kontrolle geraten könnte. Ana schluckte. Die Gefühlsflut verebbte so schnell wieder, wie sie gekommen war, gezügelt von kalter Angst und der Notwendigkeit, etwas zu tun.

Während sie seinen Blick erwiderte, streckte sie ihre Affinität aus. Es war, als hätte man eine Fackel entzündet: mit ihrer Kraft sah sie das Blut, heiß und hell, in Ramsons Körper vor sich, wie es schnell im starken Rhythmus seines Herzschlags pulsierte. Ana ging darüber hinaus. Das erste Stockwerk von Kerlans Festsaal entfaltete sich unter ihrer suchend ausgreifenden Affinität, eine Dunkelheit ohne Blut, bis …

Da.

Eine einzelne Gestalt stand neben dem Treppenaufgang, nur ein paar Schritte von ihrem Separee entfernt, reglos wie Stein.

Angst ergriff kalt Anas Brust.

Ramson beobachtete ihre Miene, als wüsste er längst genau, was sie tat. »Spürst du jemanden?« Seine Lippen bewegten sich kaum.

Ana nickte.

»Kannst du mir noch irgendetwas über ihn sagen? Was er trägt oder wie er aussieht?«

Wie als Antwort auf seine Frage und ihre Affinität spürte sie, dass etwas nach ihr griff – eine eisige, eiserne Gewalt, die ihre Affinität packte und sie auslöschte, als übergösse man eine Fackel mit Wasser.

Das Gefühl war ihr nur allzu vertraut, und ihre Knie gaben bei dem Gedanken an das letzte Mal, als sie es verspürt hatte, beinahe nach. »Ein Yaeger«, flüsterte sie.

Ramson nickte kaum merklich. »Rühr dich einfach nicht. Paare kommen ständig hier hoch für … ein wenig Privatsphäre. Soll er das glauben.«

Ana wurde bewusst, dass sie ihn fest umklammert hielt, eine Hand an seiner Schulter, die andere um seinen Rücken geschlungen. Ramson hatte eine Hand an ihre Taille gelegt, seine andere immer noch warm an der Haut an ihrer Schulter. Er roch nach frischem Rasierwasser, sauber, mit einem Hauch von Gewürzen und Geheimnis.

Er beugte sich vor, und sein Kopf lehnte an der kühlen Glastür, die nach draußen führte. »Vertrau mir«, murmelte er, und sein Atem strich über ihren Nacken. »Und sag's mir, falls er sich rührt.«

Vertrau mir.

Ihr wild klopfendes Herz drohte ihre Brust zu zersprengen vor Angst, entdeckt zu werden, und auch aus einer anderen seltsamen Erregung heraus, die sie nicht einmal ansatzweise begriff. Der Stoff ihrer Kleidung raschelte, und in dem trüben Licht, das unter dem Vorhang hindurch in ihren kleinen Raum drang, waren sie ein Wirrwarr aus Chiffon und Gliedmaßen und leisem, verhaltenem Atmen.

Ramson seufzte, und die Muskelstränge an seinem Hals bewegten sich leicht. Sein Kopf war gesenkt, sein Atem wärmte die Beuge zwischen ihrem Hals und ihrer Schulter. Noch näher und …

Etwas in der Landschaft ihrer Affinität verlagerte sich. Ana merkte auf.

Die Person draußen war fort.

Sie spürte, dass der Yaeger die Treppe hinabstieg, und sein Blut wurde schwach, bis es mit dem Chaos des Festsaals verschmolz. »Er ist weg«, murmelte sie.

Ana spürte, wie Ramson ausatmete. Seine Hand glitt von ihrer Schulter. Die Schwielen rieben über ihre nackte Haut, als er ihren Arm drückte und dann zurücktrat. Eine Haarsträhne hatte sich gelöst und fiel ihm vor die Augen. Aus irgendeinem Grund hätte sie am liebsten die Hand ausgestreckt und sie weggestrichen.

Sein Blick schnellte zu ihr. Ana starrte zurück, und die Scham über ihren Wutausbruch vorhin brodelte in ihrem Magen. Auch Ramsons Zorn schien sich gelegt zu haben. Er sah sie nur verwirrt an, die Lippen halb geöffnet, als wollte er etwas sagen, wartete aber gleichzeitig darauf, dass sie etwas sagte.

Ana schluckte. Röte stieg ihren Hals hinauf, das Schweigen wurde allmählich unerträglich. Sie musste es brechen.

»Ramson«, sagte sie, ohne nachzudenken. »Sag mir nie wieder, dass ich den Mund halten soll.«

Er blinzelte, und seine Lippen verzogen sich an den Mundwinkeln, bis er Ana angrinste. Nicht verschlagen oder höhnisch, sondern es war ein richtiges Lächeln, mit verzogenem Mund und Fältchen um die Augen, als fände er etwas an ihr aufrichtig amüsant. Und es fühlte sich zum ersten Mal so an, als sei da etwas Echtes zwischen ihnen, etwas Zärtliches.

In ihrer Brust regte sich ein warmes Glühen. Ana drehte sich weg, bevor sie sein Lächeln erwidern konnte.

Der Messinggriff der Glastür ließ sich drehen, als sie ihn ausprobierte. Eine kalte Brise glitt herein, und Ana atmete den Duft der Winternacht ein. Sie warf dem roten Vorhang hinter ihnen noch einmal einen verstohlenen Blick zu, denn der Schatten der Gestalt von vorhin hielt sich in ihrer Einbildungskraft. Sie zitterte. »Können wir draußen reden?«

Der Anflug eines Lächelns umspielte Ramsons Lippen. »Auf jeden Fall«, sagte er und stieß die Tür für sie auf. »Nach Euch, meya Dama.«

Der Balkon führte um das gesamte kerlansche Herrenhaus. Im Freien befanden sich nur ein paar Gäste, und die wenigen Lampen warfen in der Nacht ein weiches Licht. Der Himmel über ihnen war völlig dunkel und bedeckt, und in der Luft hing eine leise Reglosigkeit, als würde die Erde selbst den Atem anhalten und auf die Ankunft der Wintergottheit warten.

Ana lehnte sich an die Marmorbrüstung, atmete aus und sah zu, wie ihr Atem Wölkchen bildete. Sie spürte, dass Ramson an ihre Seite trat. Er stand dort, kaum eine Handbreit von ihr entfernt. Etwas an Fyrva'snezh, die Art, wie die Nacht still blieb und das Versprechen von Schnee die Luft erzittern ließ, erfüllte sie mit einem seltsamen Gefühl von Hoffnung. Sie war immer im Palast zurückgeblieben, während ihre Familie zur alljährlichen Parade aufbrach, doch des Nachts, wenn die Dienstboten zu Bett gegangen waren und alles still war, hatten sich Mama und Papa und Luka und Mamika Morganya in Papas Schlafgemach versammelt. Sie hatten dem Schneefall im Kreis der Familie zugesehen. Und selbst nach Mamas Tod, nach dem Vorfall auf dem Vyntr'makt, nachdem Papa erkrankt war, waren Luka und Mamika Morganya immer bei ihr gewesen.

Sie holte Luft und fragte sich, ob Luka in ebendiesem Moment aus dem Fenster sah. Ob er an sie dachte. »Weißt du«, sagte sie leise, halb zu sich selbst. »Bei Fyrva'snezh geht es eigentlich nicht ums Tanzen und Trinken. Es geht um die stille Anbetung des ersten Schneefalls, des ersten Atemzugs unserer Schutzgottheit.« Sie zögerte, doch etwas in ihr drängte sie fortzufahren. »Bei mir zu Hause feiern wir, indem wir Gebetskerzen anzünden und im Freien stehen, während wir darauf warten, dass der erste Schnee fällt.«

Eine Weile herrschte Schweigen, dann ergriff Ramson das Wort. »Bei mir zu Hause verehren wir nicht eure Gottheiten. Wir haben drei Götter: das Meer, den Himmel und das Land.« In seiner Stimme lag eine Offenheit, die Ana noch nie gehört hatte, eine leise Ehrlichkeit, die sich intim anfühlte.

Drei Götter. Da wurde ihr alles klar. Sie erinnerte sich an Hunderte Seiten aus alten Wälzern, die sie gelesen hatte, über die Bregonier und ihre Götter und Werte und ihre Marine. Der bregonische Nachname, den er für ihr Einladungsschreiben ausgesucht hatte. Der kaum merkliche Akzent, mit dem er sprach, so leicht, dass sie ihn nicht hatte zuordnen können. Bis jetzt.

Ana wirbelte zu ihm herum. »Du bist Bregonier.« Die Erkenntnis kam ihr wie ein weiteres Puzzleteil vor, das sich an seinen Platz fügte.

Ramsons Maske hing in seinen Händen. Er sah ihr in die Augen, und sein Blick huschte mit so etwas wie Unsicherheit zwischen ihnen hin und her. Wie hatte sie es nicht erraten können? Sie dachte an die Schwielen an seinen Händen, die langen Narben an seinem Rücken, die Art, wie er besser mit dem Schwert umging als jeder Wächter, den sie gesehen hatte. »Du warst in der bregonischen Königlichen Marine, nicht wahr?«

»Ich wurde dazu ausgebildet«, antwortete er leise.

Alles ergab jetzt Sinn. Bregonier lebten für ihre Ehre und ihren Mut, und ganz gleich, was aus ihm geworden und wie seine Geschichte verlaufen war – sie hatte beides in ihm aufschimmern sehen. Vielleicht ... vielleicht konnte er immer noch tapfer und ehrenhaft sein. Vielleicht konnte er sich noch ändern.

Sie starrte ihn an, seine scharf geschnittenen Umrisse vor dem sternenlosen Himmel, halb in Schatten gehüllt. Er war ein Mann mit Maske, ein Rätsel, das sie seit dem Tag ihrer ersten Begegnung zu entschlüsseln versucht hatte. Es gab immer noch so viel, was sie nicht über ihn wusste – so viel, was sie niemals wissen würde. »Wie wurde aus einem Rekruten der Königlichen Marine ein kyrillischer Verbrecherkönig?«

Er schüttelte den Kopf. »Es ist egal.« Eine Bürde schien sich auf seine Schultern zu legen, und seine Augen waren trübe, als er sich zu ihr wandte. »Du kennst also den Plan. Die Kutsche wird zur zehnten Stunde vor dem Gang auf dich warten. Einen Moment nach zehn, und sie wird weg sein.«

»Ich weiß«, erwiderte Ana.

Ramson kramte etwas aus einer Tasche seines schwarzen Anzugs hervor und ließ es in ihre Hände gleiten.

Eine silberne Taschenuhr. Ana hätte beinahe darüber gelächelt, wie praktisch sein Geschenk war.

Doch sein nächster Satz traf sie wie ein Schlag. »Uns bleibt nicht mehr viel Zeit, Ana. Es heißt wohl Abschied nehmen.«

Ana starrte ihn an, und auf einmal überkam sie eine Einsicht, die ihren Magen krampfen ließ. Sie hatte geglaubt, dieser Teil des Plans sei ihr klar gewesen: Tetsyev schnappen, zu ihrem Bruder zurückkehren, alles aufklären. Und dann, sobald das alles vorüber war, würde sie ihren Teil der Abmachung erfüllen.

Sie hatte nicht so schnell mit einer Verabschiedung gerechnet.

Ihre sorgfältig errichtete Welt aus Möglichkeiten und Zukunftsszenarien löste sich in Nebel auf. »Aber … unser Pakt«, brachte sie unwillkürlich hervor, entgegen allen Erwartungen. »Du hast meinen Teil noch nicht eingefordert.«

Er stieß ein Schnauben aus, und sein Atem bildete einen Nebelwirbel in der Luft. »Ich brauche nichts mehr von dir. Heute Nacht ist alles zu Ende.«

Etwas an dem Satz kam ihr seltsam vor, und im ersten Moment wusste sie nicht, was sie sagen sollte. Doch Ramson drehte sich bereits weg und machte Anstalten, wieder seine Maske aufzusetzen.

Ihre Hände schossen vor. Umfassten seine Handgelenke.

Ramsons Blick richtete sich blitzschnell auf sie; seine Lippen waren geöffnet. »Was …«

»Komm mit mir«, sagte Ana, bevor er weitersprechen konnte. »Du könntest gut sein.« Die Worte purzelten aus ihrem Mund, durcheinander und überstürzt, und ihr fiel nichts ein, was sie dem noch hätte hinzufügen können.

Etwas an Ramsons Miene veränderte sich, und es war, als hätte sich der Nebel gelichtet und sie sähe ihn zum ersten Mal direkt an. Als er wieder sprach, lag in seinen haselnussbraunen Augen eine Ernsthaftigkeit, die sie so bei ihm noch nie gesehen hatte. »Als ich noch klein war, hat mein Vater mir gesagt, es gebe nicht das reine Gute oder das reine Böse auf der Welt. Er sagte, Menschen würden nur in verschiedenen Schattierungen von Grau existieren.« Er rührte sich, und seine Finger glitten um ihre Handgelenke. Seine Berührung bewirkte selbst durch die Handschuhe hindurch eine Gänsehaut an ihren Armen. »Das habe ich geglaubt, bis ich dir begegnet bin, Ana. Also … danke.«

Schattierungen von Grau. Warum erinnerte sie das an etwas? Menschen existierten nur in verschiedenen Schattierungen von Grau …

Was dich ausmacht, ist die Entscheidung, wie du sie einsetzt. Ein sanfter Wind küsste ihre Wangen und rief ihr die Stimme ihres Bruders wieder in den Sinn.

»Du hast recht«, sagte sie leise und sah Ramson unverwandt in die Augen. »Die Welt besteht nicht aus Schwarz und Weiß. Aber ich möchte gern glauben, dass es unsere Entscheidungen sind, die uns ausmachen.« Seine Hände waren warm und fest auf ihren. »Triff die richtige Entscheidung, Ramson.«

Etwas Nasses fiel auf ihre Wange, und in Ramsons Miene spiegelte sich Staunen. Ana spürte noch eine nasskalte Berührung und noch eine und noch eine. Und als die ersten Schneeflocken sanft auf Ramsons Haar landeten, merkte sie, dass es schneite.

Sie reckten die Gesichter gen Himmel, wandten sie den silbernen Flocken zu, die still in der Luft herumwirbelten und schließlich auf ihren Schultern, ihrer Kleidung, ihren Gesichtern, ihren Lippen und Hälsen liegen blieben. Wenn es einen einzigen Moment gab, den sie gern in einer Skizze verewigt hätte, dann diesen. Dies war die Szene, die sie im Gedächtnis behalten wollte.

Ramson ließ ihre Hände los. Durch die weich fallenden Schneeflocken, die sich in seinem Haar, seinen Wimpern und an seinen Wangen verfingen, sah er jünger und verletzlicher aus denn je. Er fröstelte in seinem Anzug. Etwas in seiner Miene flackerte; dann wurde sein Blick wieder distanziert. »Leb wohl, Ana.«

Warte, wollte sie sagen. *Verrate mir deinen richtigen Namen.* Sag mir, wer du bist. Etwas – egal was –, um ihn zum Bleiben zu bewegen.

Doch sie brachte nur ein gehauchtes »Leb wohl, Ramson« zustande, während sie ihm nachsah, wie er verschwand.

Ana drehte sich zur Brüstung und sammelte sich einen Moment, versuchte, die verhedderten Stränge ihrer Gefühlswelt zu entwirren. Der Schnee fiel jetzt stark, in dichten Wirbeln.

Unten auf der Veranda, die in die Gartenanlagen führte, trat eine weiß gewandete Gestalt ins Freie. Und als Anas Blick auf den Mann fiel, hämmerte ihr Herz, und das Blut dröhnte in ihren Ohren.

Der Mann reckte das Gesicht zum Himmel, und es war, als betrachtete sie einen Geist.

Tetsyev war hier.

27

Ramson hatte im Leben schon viele Masken getragen, hatte sie aufgesetzt und abgelegt wie eine zweite Haut. Er hatte immer jede Rolle gespielt, die nötig war, um die Arbeit zu erledigen. Heute Abend, als er sich im Spiegel betrachtet hatte – glatt rasiert in seinem schwarzen Smoking und mit nach hinten gekämmtem Haar –, hatte er das Gefühl gehabt, als würde er einfach die nächste Maske tragen und sich auf eine weitere Vorstellung vorbereiten.

Allerdings …

Als er dort mit Ana im sanft herabrieselnden Schnee gestanden hatte, hatte er sich unmaskiert und verletzlich gefühlt. Etwas an dem Mädchen lockte das Flüstern des Jungen hervor, der er früher einmal war. Etwas an dem Mädchen veranlasste ihn dazu, dieser Junge *sein* zu wollen. Und das Herz wurde ihm schwer bei dem Gedanken an das, was möglicherweise hätte sein können, wenn er ein besserer Mann wäre, der bessere Entscheidungen träfe.

Komm mit mir. Du könntest gut sein.

Die Entscheidung für Ana war eine solche Entscheidung gewesen. Und in gewisser Weise hatte Ramson dementsprechend gehandelt. Vor seiner Ankunft bei Kerlan hatte er am Abend einen Abstecher gemacht. Er war zum Häuschen eines Kuriers in der Stadt gegangen und hatte einen Schneefalken losgeschickt, dessen Federn so rein wie frisch gefallener Schnee waren.

Heute Abend, kerlansches Anwesen,
zu Fyrva'snezh.

Er hatte dem Schneefalken eine Locke schwarzen Haars in den Schnabel gesteckt. Diese Tiere verfügten über einen unglaublich scharfen Geruchssinn und waren in der Lage, ihre Beute meilenweit in den kalten, kahlen Gebirgen Kyrilliens zu wittern. Wenn sie einmal abgerichtet waren, gaben sie die besten Kuriervögel ab.

Die Nachricht war verschickt, und seine Pläne waren angelaufen. Und Ana – sie würde so weit wie möglich von diesem Anwesen, dieser Stadt und seiner Welt der Verbrechen und der Dunkelheit fortkommen. Sie war zum Guten geboren. Sie sollte für das Licht kämpfen. Und sie würde seine nicht verwirklichten Möglichkeiten – den Geist des Mannes, der er hätte sein können – mit sich tragen.

Für Ramson selbst war es zu spät. Der Mann, zu dem er geworden war, glaubte, dass es kein Gut oder Böse gab. Es gab nur Schattierungen von Grau.

Heute würde er sich daran erinnern – wenn er Alaric Kerlan ermordete.

Ramson schloss die Augen. Als er sie wieder öffnete, sah er die Welt schärfer im Licht kalter Berechnung, und er spürte, wie sich eine boshafte Gelassenheit in seiner Brust ausbreitete. Er war Ramson Schnellzunge, zukünftiges Oberhaupt des Ordens der Lilie. Der Ballsaal lag unter ihm, ein Theater voller Menschen in protzigen Ballkleidern und glitzernden Juwelen.

Ramson setzte die Maske wieder auf. Die Welt war seine Bühne, und heute Abend gab es nur noch eine weitere Vorstellung.

Die größte Vorstellung seines Lebens.

Die große Uhr, die in der Mitte des Festsaals hing, zeigte siebzehn Minuten nach neun. Ihm blieben genau dreiundvierzig Minuten, um Kerlan zu finden und ihn davon zu überzeugen, ihn, Ramson, wieder als seinen Stellvertreter einzusetzen. Die Worte mussten unbedingt in das offizielle Mandat des Ordens eingetragen sein.

Und dann, sobald Kerlan den Stift von der Seite hob, würde Ramson ihn töten.

Das Heft eines kleinen Dolches drückte in seinen Ärmel, eine ideale Klinge, nicht länger als sein Unterarm. Eine Misericordia, wie der bregonische Name lautete, wurde benutzt, um einem Gegner den letzten Gnadenstich zu versetzen. Auf eine einzige Fingerbewegung hin würde die Konstruktion, mit der die Waffe an seinem Arm befestigt war, sie in seine Handfläche gleiten lassen.

Zum ersten Mal an dem Abend ließ er den Blick weit durch die Korridore schweifen. Leidige Erinnerungen stiegen vor seinem geistigen Auge auf. Auf den exklusiven roten Teppichen konnte er immer noch die sich windenden Leiber von Menschen sehen, derer er sich einfach entledigt hatte, weil sie ihm in die Quere gekommen waren – Fischer und Waffenhändler und Geschäftsinhaber, die versucht hatten, sie zu betrügen. Er hörte immer noch ihre gedämpften Schreie durch die geschlossenen Türen, die unten in den Keller führten. Stück für Stück hatte er Kerlan geholfen, Kyrillien von jedem zu säubern, der ihnen im Weg stand, und die Reichweite der unsichtbaren Hand des Ordens, die sich unter dem kaputten Kaiserreich entfaltete, zu vergrößern.

Schluss damit, dachte Ramson auf dem Weg durch die Korridore, fort von der Musik und dem Tanz und dem Licht. Die Teppiche waren hier weniger abgenutzt, die Wände mit vergoldeten Rahmen geschmückt, Gemälden von fernen Orten, geheimnisvollen Inseln und Meeren, die türkis schimmerten.

Ramson erkannte diese Orte wieder. Es hatte ihn nie losgelassen, dass er die gleiche Heimat wie Alaric Kerlan hatte; dass er vor vielen Jahren beinahe genau den gleichen Weg wie Kerlan gegangen war, auf der Flucht vor Vergehen, um in einem fremden Reich Fuß zu fassen. Es war, als habe Ramson bei seinem verzweifelten

Versuch, nicht zu einem solchen Dämon zu werden, wie sein Vater einer war, im Laufschritt einen Pfad eingeschlagen, der ihn zu einer anderen Art von Monster gemacht hatte.

Die Kronleuchter über ihm schienen hell, beinahe zu grell. Kerlan trat bei seinen Festen immer nach neun Uhr in Erscheinung. Ramson näherte sich jetzt Kerlans Wohnbereich, und es überraschte ihn, dass da keine Wache war …

»Halt.«

Eine Gestalt schälte sich aus den Schatten des nächsten Korridors und betrachtete Ramson mit kalten Augen. Ramson erkannte den Mann wieder. Er hatte einen Namen: Felyks.

»Gäste sind in Lord Kerlans Festsaal willkommen«, erklärte Felyks. »Seine Privatgemächer sind tabu.«

Ramsons Lächeln war hungrig. »Ich bin kein gewöhnlicher Gast, Felyks.« Er zog die Maske herunter.

Felyks sah zweimal hin. Seine Augen wurden rund. Noch während er an die Wand zurückwich, zuckte seine Hand nach dem Schwert. »Sch-Sch-Schnellzunge.«

Ramson verbeugte sich spielerisch. »Anwesend. Du scheinst dich zu freuen, mich zu sehen.« Er hörte mit dem fröhlichen Tonfall auf. »Ich will Alaric sehen.«

Felyks wand sich. »Ich … ich kann das nicht zulassen«, sagte er schließlich und zückte sein Schwert. »Auf dem kerlanschen Anwesen herrschen Regeln.«

»Regeln, die ich eingeführt habe.« Ramson trat näher an die Wache heran. Dass Felyks ein wenig zusammenzuckte, bereitete ihm Vergnügen. »Jetzt lass mich durch, oder ich benutze deine Leiche als Fußabtreter.«

»Das wird wohl kaum nötig sein«, erklang eine helle, vertraute Stimme im kristallklaren Singsang der kyrillischen Aristokratie. Ein indigoblauer Mantel flatterte leicht um die schmächtige Gestalt des Mannes, und die Schuhe mit den Goldspitzen klackerten rhythmisch bei jedem Schritt, als er sich näherte.

»Willkommen zurück, Ramson«, sagte Alaric Kerlan mit funkelnden Augen. »Ich bin gekommen, um dich ganz persönlich zu begrüßen.«

Felyks richtete sich beim Anblick seines Chefs auf, der an ihm vorbeischlenderte, als sei er ein Teil der Wand. Ramson blieb an seinem Platz stehen, doch etwas in seinem Innern war zum Zerreißen gespannt. Er fühlte sich wie angewurzelt, als ihn in Alaric Kerlans Gegenwart wieder einmal eine seltsame Hilflosigkeit überkam und ihn gefangen hielt.

»Ramson, mein Sohn.« Kerlans Zähne leuchteten sehr weiß, wenn er lächelte. »Es ist schon so lange her.«

»Ich habe jeden einzelnen Tag gezählt.« Ramsons Wangen fühlten sich an wie gefroren, sein Mund war zu einem Lächeln erstarrt.

»Es ist mir solch eine Ehre.« Kerlan wies auf die nächste Tür. »Mir scheint, ich wäre ein ungehobelter Gastgeber, wenn ich dir keinen Tee anbieten würde. Bitte, nach dir.«

Ramson trat durch die Tür in ein unscheinbares Arbeitszimmer, dessen Wände von Regalen gesäumt waren, in denen vergoldete Wälzer und staubige Bücher zur Schau gestellt waren, außerdem der eine oder andere exzentrische – oder, wie Kerlan es gern nannte, *exotische* – Schmuckgegenstand. Ein aus Jade gemeißelter Drache aus Kemeira; eine gebogene Messinglampe, die aussah, als stamme sie aus einer der südlichen Krongebiete; ein Stück regenbogenfarbener Fels aus den Tiefen des Stillen Meers. In der Ecke befand sich eine gewaltige Messinguhr, deren rhythmisches Ticken die Stille durchbrach.

Doch als Ramson sich in dem Zimmer umsah, traf ihn auf einmal derart heftig eine Erkenntnis, dass ihm schwindlig wurde. Er erinnerte sich gut an dieses Zimmer, nur zu gut – es war fast, als hätte er erst gestern darin gestanden, regendurchnässt und verloren und wild, ein Junge, der sich nirgendwo verstecken und nirgendwohin weglaufen konnte.

Nach Jonahs Tod hatte Ramson sich nichts sehnlicher gewünscht, als vom Militär, von seinem Vater, aus Bregon, aus jener Welt, die er für sicher und gut gehalten, die ihn aber verraten hatte, wegzukommen.

Mit zwölf Jahren hatte er mitten in der Nacht einen der Vorratswaggons des Militärs bestiegen, mit nichts bei sich außer einem Beutel mit Münzen, einem Namen und einer Adresse, die hastig auf die Rückseite eines Zettels gekritzelt waren. Er konnte sich noch daran erinnern, wie er im hinteren Teil des Waggons zwischen Kisten mit altem Gemüse und verfaulendem Fleisch gekauert und beobachtet hatte, wie der flackernde Fackelschein aus der Blauen Festung immer kleiner geworden war.

Der Waggonfahrer fand ihn am nächsten Morgen zusammengerollt im rückwärtigen Teil und warf ihn hinaus. Ramson rappelte sich wieder auf, allein unter dem wolkenverhangenen Himmel. Sanft ansteigende Moore und endloser Regen, so weit das Auge reichte. Damals war er verloren, ohne Jonah oder seinen Kompass. Am liebsten wäre er in einen der wassergefüllten Gräben gekrochen und gleich dort im Dreck gestorben, doch er war zu verängstigt, und er war zu wütend.

Also setzte er einen Fuß vor den anderen und sagte sich jeden Tag: nur noch ein Tag. *Nur noch ein Tag, dann kannst du Jonah wiedersehen.*

Irgendwie, entweder durch den Willen der Götter oder irgendein anderes Wunder, schaffte er es in eine Stadt. Er taumelte in eine Bar, den Beutel mit Kleingeld in den Händen, und erbettelte sich Essen und Wasser.

Später am selben Tag überfiel ihn eine Gruppe älterer Jungen. Sie zerrten ihn, der schreiend um sich trat, in eine Hintergasse, verprügelten ihn, nahmen ihm sein Geld und den Dolch ab und ließen ihn dort zum Sterben liegen.

Doch Ramson starb nicht.

Als er endlich den Mut schöpfte, aus der Gasse zu humpeln, war es längst Nacht. Seine Lippe war aufgeplatzt und angeschwollen, die Nase gebrochen, und seine Rippen waren geprellt, doch er war am Leben.

So war die Welt, wie sie *wirklich* war. Nicht gut und hell und voller Licht – sondern der graue Ort, den Jonah ihm ausgemalt hatte, wo die Starken über die Schwachen siegten und das Böse Triumphe feierte und gedieh.

In dieser Welt gab es nichts *Gutes* und kein *Erbarmen*. Jonah hatte das Ramson erklärt – und letztlich hatte die Dunkelheit auch ihn zum Opfer gefordert.

Ramson flehte den ersten Menschen, den er sah, einen alten Mann auf einem Pferdewagen, um Unterschlupf an. In der Nacht rollte er sich in der Scheune des Alten zusammen, ohne schlafen zu können. Er zog den zusammengeknüllten, durchnässten Zettel hervor. Die Tinte war auf dem Pergament verlaufen und befleckte seine Finger, als er versuchte, die Falten glatt zu streichen. Doch er flüsterte den Namen in jener Nacht immer wieder vor sich hin. In seinem Herzen bildete sich eine Entschlossenheit, die seine Adern mit zorniger, schäumender Energie erfüllte.

In den frühen Morgenstunden stahl er sich mit dem Pferd und dem Wagen des alten Mannes, der ihn gerettet hatte, davon. Am Abend bestieg er ein Schiff und blickte nie wieder zurück – auch nicht, als Bregon zu einem winzigen Fleck am Horizont und dann vom endlosen dunklen Meer verschluckt wurde.

Wochen später und einen Ozean weit entfernt, den Zettel mit jenem Namen umklammernd, stand er vor dem vergoldeten Tor des schönsten Herrenhauses, das er je gesehen hatte.

Der Wächter lachte, als er verlangte, Lord Alaric Kerlan zu sehen. »Ich versichere Euch, er wird mich sehen wollen«, protestierte Ramson in seinem gebrochenen Schulkyrillisch.

Der andere Wächter brüllte vor Lachen. »Der hier macht dir Konkurrenz in Sachen Schneid, Nikolay!«, gluckste er.

Ramson war zornentbrannt. »Ihr wisst nicht, wer ich bin«, fauchte er. »Ihr wisst nicht, von wie viel Wert ich für Lord Kerlan sein werde. Und ich wette mit Euch, wenn er herausfindet, dass Ihr mich an diesem Tor weggeschickt habt, werdet Ihr am nächsten Morgen nicht mehr am Leben sein, um Eure Familien zu sehen.«

Die beiden Wachen krümmten sich vor Lachen.

»Herrje. Ich hoffe doch sehr, dass ich mir bei den Nachbarn nicht solch einen Ruf erworben habe.«

Ramson wirbelte herum.

Vor ihnen stand ein schmächtiger Mann mit einer violetten Melone auf dem Kopf. Er war mittleren Alters, aber von der gleichen Größe und Statur wie Ramson, mit sich lichtendem braunem Haar und einem Funkeln in den Augen. In dem gewöhnlichen Hemd und der Kniehose sah er aus wie ein freundlicher Nachbar.

Die Wächter verstummten, und ihre Gesichter wurden starr. »Lord Kerlan«, murmelten sie.

Ramson blickte ihn an. Er hatte seinen Vater davon sprechen hören, dass der bregonische Verbrecher nach Kyrillien geflohen war und ein Imperium auf Diebstahl und Zwang aufgebaut hatte, eines mit fast genauso viel Macht wie die kyrillische Krone. Alaric Kerlan war eine Legende und ein Monster, ein finsterer Mann in der Dunkelheit mit einem messerscharfen Lächeln.

Doch nun stand er da, so groß wie ein Jugendlicher, ein freundliches Strahlen im Gesicht. Konnte dies wirklich der Mann sein, von dem sein Vater mit derart knochentiefem Hass sprach? Den Admiral Roran Farrald unbedingt zu Fall bringen wollte?

»Was kann ich für dich tun, Junge?«

Ramson von der schnellen Zunge wusste nicht, was er sagen sollte. Unbeholfen stieß er hervor: »Ich kann … ich kann Euch helfen.«

Kerlan sah belustigt aus. »Wie heißt du, Junge?«

»R-Ramson. Ramson Farrald.«

Kerlans Lippe kräuselte sich kaum merklich. »Ein bregonischer Junge also«, sagte er. »Bitte ihn herein, Nikolay. Ich möchte hören, was einen jungen Bregonier so weit von seiner Heimat fortgeführt hat.«

Kerlan hatte gewusst, wessen Sohn Ramson war – natürlich hatte er das. Doch Ramsons Arroganz hatte ihn blind gemacht. Eine halbe Stunde später fand er sich in einem Zimmer wieder, trug nun ein viel zu großes Hemd und eine Kniehose, und seine schlammverkrusteten Stiefel waren durch seidene Hausschuhe ersetzt worden.

Das Zimmer war von Regalen gesäumt, in denen sich ordentlich Bücher mit Ledereinbänden stapelten. Als Ramson genauer hinsah, erkannte er an den Rücken golden glänzende Lettern. Ein gewaltiger roter Teppich lag quer über der Zimmermitte unter einem Sofatisch aus Ebenholz. Das Zimmer war nicht bis zur Decke mit goldenen Statuen gefüllt, doch der Reichtum war subtil an den von Lapislazuli durchzogenen Intarsien auf dem Tisch und den seltenen kemeiranischen Vasen in den Regalen zu spüren.

»Nun.« Ramson zuckte zusammen. Er hatte noch nicht einmal gehört, wie die Tür aufgegangen war. Lord Kerlan zog einen goldenen Füllfederhalter aus der Brusttasche und schloss behutsam die Tür hinter sich. »Nimm Platz, Sohn. Ramson … nicht wahr? Möchtest du Tee? Du siehst halb erfroren aus.«

Ramson setzte sich benommen dem Tisch gegenüber auf das rote Samtsofa. Lord Kerlan betrachtete ihn immer noch mit jenem belustigten Funkeln in den Augen, und Ramson wurde bewusst, dass er die Frage nicht beantwortet hatte. »Nein«, erwiderte er, »danke.«

Lord Kerlan neigte den Kopf. »Na schön.« Er ging zum Sofatisch, wobei er den goldenen Füller zwischen den Fingern herumwirbeln ließ. »Was kann ich für dich tun, Ramson Farrald?«

Ramson öffnete die Lippen. Er hatte den Satz seit jener Nacht in der Scheune einstudiert, als er auf dem Heu gelegen hatte und nicht schlafen konnte, da ihm jedes Gelenk und jede Muskelfaser wehtat. »Ihr kennt meinen Vater, Roran Farrald.«

Lord Kerlan war dabei gewesen, in einem Papierstapel herumzukramen. Er hielt inne, und seine Augen huschten wie die Zunge einer Schlange zu Ramsons Gesicht. »In der Tat.«

Ramson beugte sich vor und hielt die Kante des Sofas so fest gepackt, dass seine Fingerknöchel weiß hervorstanden. »Ich möchte Euch helfen, ihn zu vernichten.«

Das war eine Ewigkeit her. Der Junge, der verzweifelt und wütend über die Welt gewesen war, war vor sieben Jahren in einer dunklen Gasse gestorben. Jemand anders war an dem Tag aus dem Dreck hervorgekrochen und hatte seinen Platz eingenommen. Er stand jetzt in dem Zimmer, gelassen und kalt, in einem schwarzen Seidenhemd, das mit dem Blut seiner Geschäfte bezahlt war.

Doch ein Teil von ihm wusste, dass er kein bisschen weniger verloren war als der gebrochene Junge von vor sieben Jahren.

»Nun.« Kerlan schloss die Tür und bewegte sich geräuschlos durchs Zimmer. Ramson war daran gewöhnt. Kerlan verstand sich mit den Schatten.

Er stand vor dem Sofatisch und trug seine Selbstsicherheit wie einen teuren Anzug, immer noch das gleiche Funkeln in den Augen. Man musste nur näher herantreten, um den Gestank der Macht zu riechen, der ihm anhaftete, um den fauligen Geruch von Gier und Korruption zu erhaschen, der unter dem reichlich aufgetragenen Rasierwasser verborgen lag. Der Farrald-Junge von vor sieben Jahren hatte das nicht wahrgenommen – für ihn war Kerlan ein Mittel zum Zweck gewesen. Ein Mittel, seinem Vater, der ihm alles genommen hatte, ein Ende zu bereiten.

Doch Ramson Schnellzunge sah alles.

»Nimm Platz, mein Sohn«, sagte Kerlan, setzte sich an den Sofatisch und bedeutete Ramson, sich ihm gegenüber niederzulassen. Hinter ihm tickte die große Messinguhr. »Ich dachte, meine Laufburschen hätten sich geirrt, als sie Nachricht von deiner Flucht brachten. Allem Anschein nach bin ich derjenige, der sich geirrt hat.«

Ramson erwiderte das Lächeln, das Kerlans Lippen umspielte. »Ich habe einen langen Weg zu dir zurückgelegt, Alaric.«

»Dann überzeuge mich also, warum ich dich nicht gleich zurückschicken sollte.«

»Du musst nicht überzeugt werden. Du hast mich noch nicht umgebracht, was bedeutet, dir muss zu Ohren gekommen sein, dass ich etwas zu bieten habe. Etwas Wertvolleres als jeder Pakt oder jedes Geschäft, die du in deinem ganzen Leben geschlossen hast.«

Kerlan tippte mit seinem goldenen Füllfederhalter gegen einen riesigen juwelenbesetzten Ring an seinem Mittelfinger. »Etwas in der Richtung wurde vielleicht gemunkelt. Mein Yaeger hat auf jeden Fall etwas Seltsames an dieser jungen Dama erschnüffelt.«

Anscheinend hatten Igor und Bogdan ihre Aufgabe erledigt und die Botschaft weitergegeben – genau, wie Ramson es geplant hatte. Ramson verkniff sich ein Lächeln und erwiderte das metallgraue Starren seines früheren Herrn. »Je von der Bluthexe von Salskoff gehört?«, fragte er. Als Kerlan schwieg, fuhr er fort: »Ich habe sie dir mitgebracht.«

Kerlan lachte leise und tippte zweimal mit dem Füller gegen seine Fingerspitze. »Nein, hast du nicht, Ramson. Nicht ohne etwas im Gegenzug.«

»Ich hatte den besten Lehrmeister.«

»Du kriechst aus dem Gefängnis, kreuzt ohne Rang an meiner Tür auf, und jetzt willst du einen Pakt mit mir schließen? Ich weiß nicht, ob ich deinen Mut bewundern oder über deine Dummheit lachen soll.«

»Dennoch spielst du weiterhin den Gastgeber für mich. Man weiß, dass du dich nutzloser Gäste bei einem Treffen innerhalb von Sekunden entledigst, Alaric. Es ist nun schon über eine Minute, und du hörst mir immer noch zu.« Ramson beugte sich über den Sofatisch. »Du willst meinen Pakt.«

Um Kerlans Augen bildeten sich auf eine verschlagene Art Lachfältchen, wie es immer geschah, wenn seine Untergebenen etwas richtig machten. Ramson lief bei der Vorstellung, wie diese kühlen grauen Augen aussahen, wenn ein Mitglied des Ordens etwas *falsch* machte, immer noch ein Schauder über den Rücken. »Nur weiter, lieber Junge.«

»Setze mich wieder als deinen Stellvertreter ein, und ich werde die Bluthexe zu jedem Zweck einsetzen, den du wünschst. Ich werde Jagd machen auf die Verräter im Orden. Ich werde unsere Feinde beerdigen. Ich werde den Orden unbesiegbar machen.« Ramson zwang sich zu einem grausamen Grinsen. »Sie ist mächtig, aber sie ist instabil. Und wie es der Zufall so will, habe ich ihr Vertrauen gewonnen. Ich weiß, wie man sie manipulieren kann, und das ist näher, als irgendjemand sonst je an sie herangekommen ist.«

Kerlan rieb seinen schweren Ring an dem Füllfederhalter, und ein Geräusch entstand, als schabte man mit Klingen über Knochen. Es schien ihm beim Denken zu helfen. »Du hast mich enttäuscht, Junge. Ich habe dich mit einer Mission beauftragt – persönlich –, und du hast versagt. Du weißt, was ich von Versagern halte … *besonders* unter meinen hochrangigen Führungskräften.«

»Menschen lernen aus ihren Fehlern. Zufälligerweise bin ich sehr gut darin.« Ramson versuchte, nicht an den Abend zu denken, an dem Kerlan nach ihm geschickt und ihm den schwierigsten Auftrag in den sieben Jahren seiner Arbeit für den Orden erteilt hatte. *Bring den Kaiser um,* hatte Kerlan in ebendiesem Zimmer verlangt. *Bring ihn um, und falls irgendjemand eine Spur von einem Beweis finden sollte, dass du es warst, werde ich der Erste sein, der dich an den Galgen liefert.*

Ramson war auf dem Weg nach Salskoff gewesen, als man ihn mehrere Tage später abgefangen hatte. Die Weißmäntel hatten ihn ohne Grund verhaftet und ohne Gerichtsverhandlung in Geisterfall verrotten lassen.

In jenen schlaflosen Nächten im Innern der dreckverschmierten Mauern, als der Gestank nach Schweiß und Pisse unerträglich geworden war, hatte ihn ein einziger Gedanke immer und immer wieder heimgesucht. Wenn man ihn nicht aufgehalten hätte, hätte er den Auftrag zu Ende geführt? Wie weit würde er aus Treue zum Orden gehen?

Kerlan schwieg wieder, und Ramson verdrängte diese Gedanken. Dies war nicht der richtige Zeitpunkt für zwecklose Rührseligkeiten. »Ich wusste, was ein Versagen für mich bedeutete. Unsere Interessen waren die gleichen. Die undichte Stelle war auf deiner Seite. Und ich werde die Betreffenden vernichten.«

Das Schaben des Rings verstummte. Endlich blickte Kerlan auf, und er lächelte. Nicht zum ersten Mal hatte Ramson keine Ahnung, wie er das Lächeln seines Herrn deuten sollte. Er hatte diese Miene gesehen, als Kerlan ihn zum Stellvertreter befördert hatte. Er hatte sie auch gesehen, Sekunden bevor Kerlan einem Mann die Kehle durchschnitt.

»Ich hatte mich bereits entschieden«, erklärte Kerlan, und Ramsons Magen verkrampfte sich. Noch bevor Kerlan fortfuhr, war Ramson in Gedanken bereits sechs, sieben Schritte weiter und stellte sich die vielen Richtungen vor, die dieses Gespräch einschlagen konnte. »Ich wollte nur sehen, wie du darum kämpfst. Du weißt doch, dass ich gern mit meinem Fressen spiele.«

Ramson warf einen Blick auf die Uhr. Achtundvierzig Minuten nach neun. Nur noch zwölf Minuten, dann würde Ana fort von hier und in Sicherheit sein.

Er musste noch ein wenig mehr Zeit schinden.

»Du schaust ständig auf die Uhr, mein Sohn«, sagte Kerlan, und Ramson richtete seine Aufmerksamkeit sofort wieder auf ihn. »Wartest du auf jemanden … oder etwas?«

Kälte packte Ramson. Kerlan sprach nie, ohne jedes einzelne Wort sorgfältig zu wählen. Ramson hörte seine eigene Stimme wie aus großer Entfernung: »Ich möchte nicht, dass du zu spät zu deinem eigenen Fest kommst, Alaric.«

»Ach, also schön.« Kerlan holte ein Stück Pergament aus einer der Schubladen seines Schreibtischs. Er machte sich daran, die

Kappe seines goldenen Füllers mit großer Sorgfalt abzuschrauben, wobei jede Drehung ein Quietschen verursachte, das Ramson erschaudern ließ. »Sollen wir diesen Pakt schließen? Ich habe seit deinem Weggang nach einem Ersatzstellvertreter Ausschau gehalten. Ich habe niemanden gefunden, der auch nur annähernd so schlau oder ehrgeizig ist wie du, Ramson.«

Ramson neigte den Kopf. Der Dolch in seinem Ärmel verrutschte, als er sich auf seinem Platz zurücklehnte. »Es ist mir eine Ehre, Mylord.«

Kerlan legte eine heikle Pause ein. Sein Handgelenk strich über das Vertragspergament. »Natürlich hast du von der Geschichte vom Kater und dem Löwen gehört?«

Ramson runzelte die Stirn. »Das habe ich nicht.«

Kerlan legte den Füller ab, die Augen von Lachfältchen umgeben, die jedem, der den Mann nicht kannte, Güte signalisiert hätten. »Es ist eine alte bregonische Geschichte, Sohn. Deine verstorbene Mutter konnte sie dir wohl nie erzählen.«

Ramsons Miene blieb ausdruckslos.

»Der Kater war der Vorgänger und Herr des Löwen«, fuhr Kerlan fort. »Der Löwe flehte den Kater an, ihm alle möglichen Fertigkeiten beizubringen. ›Herr‹, bettelte der Löwe immer wieder, und der Kater hatte Mitleid mit ihm und brachte ihm jeden Tag etwas Neues bei. Und mit jedem verstreichenden Tag wuchs der Löwe, wurde schneller und schlauer und gnadenloser. Er wollte den Kater zu Fall bringen, um der Herrscher des Berges zu werden.

Eines Tages griff der Löwe den Kater an. Er setzte im Kampf seine Kraft ein, seine Ausdauer, seine Größe und seine schärferen Krallen. Doch der Kater war älter und gerissener, weißt du? Es gab einen Trick, den er dem Löwen nicht beigebracht hatte – und der war, auf Bäume zu klettern.« Kerlan legte, unter dem Funkeln der Ringe, die Fingerspitzen aneinander. »Und auf diese Weise überlebte der Kater. Er kannte die Gefahr, einen Lehrling zu haben, der ihm in seinem Ehrgeiz und seiner Intelligenz zu ähnlich war. Er wusste, dass es sein Untergang sein würde, also hatte er einen letzten Trick für sich behalten.«

Kerlan schwieg, und seine grauen Augen durchbohrten Ramson, während ein schmales Lächeln seine Lippen umspielte. Ramsons Kehle war trocken, sein Herz hämmerte, und seine Gedanken überschlugen sich.

Langsam spannte Ramson die Hände an und spürte den Druck des Dolchs an seinem Unterarm.

»Und deshalb«, sagte Kerlan leise und lehnte sich vor, jetzt mit einem breiteren Lächeln, »glaube ich, es verstößt gegen meine eigenen Interessen, einen Stellvertreter anzuheuern, der versuchen wird, just in diesem Zimmer einen Mordanschlag auf mich zu verüben.«

Als Kerlan das letzte Wort beendete, war Ramson längst auf den Beinen. Er machte eine Bewegung aus dem Handgelenk, der Dolch glitt mit einem *Tschack* heraus und glänzte im Lampenschein. Ramson sprang auf Kerlans Eichenholzschreibtisch, holte aus, griff an …

Und sein Arm erschlaffte, seine Hand sank herab. Die Klinge traf klappernd auf die Tischplatte. Einen Moment starrte Ramson seinen Arm verblüfft an. Er hörte Kerlans Gelächter.

Ein seltsames Gefühl kroch seinen ganzen Körper empor – so hatte er sich damals gefühlt, als er auf der Straße gelebt und tagelang nicht gegessen hatte. Es fühlte sich an, als seien seine Muskeln verkümmert und funktionierten nicht mehr; als sei ihm jegliche Kraft entzogen.

Keuchend fiel er zu Boden. *Bewegen,* befahl er seinem Körper, doch seine Arme lagen wie aus Stein auf dem edlen roten Teppich, als gehörten sie ihm gar nicht.

Glänzende schwarze Schuhe kamen um den Schreibtisch herum. Kerlan bückte sich und hob langsam und mit Bedacht den Dolch auf, der Ramson entglitten war. »Schöne kleine Klinge«, murmelte er, und dann fiel sein Blick wieder auf Ramson. In Kerlans Gesicht spiegelte sich fast so etwas wie Mitleid, doch Ramson wusste es besser. Kerlan genoss diesen Moment.

Aus dem Korridor draußen schlüpfte eine Frau ins Zimmer. Ihr Haar war so schwarz, dass es im Lampenlicht bläulich schimmerte, und ihre bronzefarbene Haut ließ erkennen, dass sie ursprünglich aus den Königreichen der Aseatischen Inseln stammte. Sie lehnte sich an die Wand, groß und athletisch, und beobachtete Ramson wie ein Puma seine Beute.

»Wie unaufmerksam von mir«, seufzte Kerlan, griff sich leicht an die Schläfe und sah aufrichtig verwirrt aus. »Ich habe vergessen, sie dir vorzustellen. Das ist Nita, unser neuestes Mitglied und stellvertretendes Oberhaupt des Ordens der Lilie.«

Ramson drehte sich der Kopf. Es fühlte sich an, als seien seine Muskeln zu Wasser geschmolzen und als würde seine Lunge kollabieren. Wie aus der Ferne hörte er Kerlan fortfahren: »Ich glaube, man würde sie als Fleischaffinite klassifizieren, auch wenn ihre Affinität darin besteht, Kraft zu manipulieren. Kraft in den Muskeln, in den Organen, im Herzen …«

Bei seinen Worten machte sich in Ramsons Brust ein pochender Schmerz breit und löste krampfartige Übelkeit in ihm aus. Er unterdrückte ein Keuchen.

Kerlan lachte glucksend. Nita lächelte. Und dann war da das Gefühl einer kalten, harten Klinge an seiner Wange, als Kerlan ihm seinen eigenen Dolch ans Gesicht hielt.

Entsetzen drückte Ramson die Kehle zu. Er hatte mit angesehen, wie Kerlan Männer folterte. Er hatte dagestanden und Kerlan die Skalpelle gereicht.

»Wie schon gesagt, lieber Junge, spiele ich gern mit meiner Beute – also keine Sorge. Ich hebe dich für später auf.« Kerlan stand auf, klopfte seinen makellosen indigoblauen Anzug ab und steckte Ramsons Dolch ein. Sein Schatten fiel auf Ramson, und seine Gestalt verdeckte die Welt. »Wenn du mich entschuldigen würdest … ich muss mich jetzt verabschieden. Ich hoffe doch sehr, dass ich ein passabler Gastgeber war. Aber schließlich habe ich auf einem Ball zu erscheinen – heute Abend sind da ein paar recht wichtige Gäste, würde ich sagen.« Kerlans Zähne blitzten auf. »Und wie es scheint, muss ich ein ganz besonderes Mädchen finden.«

Nein!, dachte Ramson, doch der Schrei blieb ihm in der Kehle stecken, und am ganzen Körper gelähmt, sah er zu, wie Kerlan nach draußen in den Korridor verschwand. Und dann trat Nita vor, und der Druck auf seiner Brust wurde stärker, seine Kehle schnürte sich zu, und sein ganzer Körper wurde taub.

Schwarze Punkte sprenkelten sein Gesichtsfeld, und schon bald versank er in Dunkelheit.

28

Der Schnee fiel jetzt dichter, stob in Wirbeln unter den schwingenden Laternen her, die den Balkon erleuchteten. Ihre Schatten schwankten unstet, als Ana vorübereilte. Die wenigen Gäste, die draußen gewesen waren, hatten sich wieder ins Haus zurückgezogen. Gelächter und Musik drangen aus den hohen Fenstern und offenen Türen des Festsaals und übertönten Anas Laufschritte. Die Marmorstufen hinunter, an dem Geländer entlang – und dann war sie unten auf der Veranda, hinter einer der Säulen, die den Balkon stützten.

Ihr Herz klopfte unregelmäßig in ihrer Brust, während sie sich auf ihrem Beobachtungsposten in den Schatten verbarg. Er war es – er war es zweifellos, dachte Ana, die das Weiß des Umhangs des Mannes betrachtete, die glatte Kopfhaut und die Blässe seiner Finger, als er sie gen Himmel hob. Ein silberner Deys'krug blitzte an seinem Hals auf, und ihr fiel mit einem jähen Anfall von Übelkeit ein, dass er vor einem Jahr, als er ihren Papa ermordet hatte, beinahe die gleiche Kleidung getragen hatte.

Tetsyev vollführte eine Kreisbewegung über der Brust, das Zeichen des Respekts vor den kyrillischen Gottheiten, und reckte das Gesicht zum Himmel.

Ramson hatte sie unterwiesen, wie sie die perfekte List einsetzte – sie als Botin Kerlans, der Tetsyev befahl, das Deys'voshk im Keller zu untersuchen, bevor die neueste Ladung von Affiniten eintraf.

Doch Lügen und Tricksereien waren die Art, wie Ramson seinen Plan durchführen würde. Wie Ana jetzt allerdings klar wurde, war es nicht *ihre* Vorgehensweise.

Ana ließ ihre Affinität auflodern. Der Garten leuchtete in Schattierungen von Dunkel und Hell auf – und dem feurigen Körper aus Blut: Tetsyev, ein Dutzend Schritte vor ihr.

Ana ging weiter. Tetsyev hatte ihr den Rücken zugekehrt, und der Schnee dämpfte ihre Schritte. Sie zitterte am ganzen Leib. Etwas Gefährliches hatte sich in ihrer Magengrube zusammengeballt.

Ihr Fuß rutschte ab, und sie unterdrückte einen Aufschrei.

Tetsyev drehte sich um. »Was …«, setzte er an und riss die Augen auf, doch Ana warf ihre Affinität um ihn herum und packte sein Blut mit festem Griff. Tetsyev stieß ein ersticktes Geräusch aus, und seine Augen suchten nach ihrem Schatten in der Nacht.

»Fühlt Ihr das?« Ana zog ein weiteres Mal heftig an seinem Blut, wobei sie sicherstellte, dass ihr Gesicht vom Licht abgewandt blieb. Tetsyev stöhnte auf. »Das ist nur ein Vorgeschmack dessen, was ich Euch antun kann. Jetzt folgt mir, ohne Aufsehen zu erregen, dann bleibt Ihr am Leben.«

Mit rasendem Herzen führte sie ihn durch die Glastür in den Festsaal, ihre Affinität eng wie eine Schlinge um seinen Hals. Zwar ging Ana ein halbes Dutzend Schritte vor ihm, doch vor ihrem geistigen Auge konnte sie seine Gestalt beinahe in blutigen Umrissen *sehen*. Er folgte ihr wie ein Geist, die Hände fest verschränkt, im Gleichschritt mit ihr.

Die gewaltige Messinguhr in der Mitte des Festsaals zeigte fünfundzwanzig Minuten nach neun an, als sie aus dem Saal in das Labyrinth aus Korridoren in Kerlans Herrenhaus schlüpften. Ana vergegenwärtigte sich die Wegbeschreibung, die Ramson ihr eingetrichtert hatte – *zweite Ecke links, erste rechts, fünfte links* –, und die Karte, die sich einzuprägen er sie gezwungen hatte, bis sie den Weg im Schlaf finden konnte.

Die Flure waren gespenstisch leer, und je weiter sie gingen, desto enger wurden die Wendeltreppen. Die nackten Böden waren nicht länger von exotischen Teppichen bedeckt. Das teure Wanddekor wich einfachem Marmor, und die Wände waren jetzt kahl. Dieser Teil des Herrenhauses hatte etwas Verwahrlostes an sich, begleitet von einer unnatürlichen Stille, die ihr das Gefühl gab, als beträten sie verbotenes Gelände.

Als Ana ihre Affinität suchend umherschweifen ließ, war da kein einziger Wächter oder Dienstbote. Unbehagen beschlich sie, als sie um die letzte Ecke bogen und der Korridor endete. Vor ihnen befand sich eine gewöhnliche Eichenholztür mit einem runden, polierten Messingknauf.

Ana atmete tief ein, packte den Knauf und begann zu drehen. *Zwei Kreise im Uhrzeigersinn, fünf dagegen, dann wieder drei im Uhrzeigersinn.* Ramsons Stimme schien an ihrem Ohr zu flüstern, und sie spürte geisterhaft seine Berührung, als ob er ihre Hände durch die Bewegungen führte. *Dann drücken.*

Ein Klicken und ein Surren ließen sie beinahe zusammenfahren. Die Geräusche kamen aus der Tür, wie von einer Reihe von Zahnrädern, die sich drehten. Ana warf sich mit dem ganzen Gewicht gegen die Tür und drückte.

Zentimeter für Zentimeter ließ sie sich öffnen, und Ana wurde klar, dass dies allem Anschein zum Trotz keine gewöhnliche Tür war. Sie war mehr als eine Elle dick, und als sie aufschwang und Licht hineindrang, sah Ana das glitzernde schwarze Material auf der anderen Seite. Kälte und ein Schwächegefühl legten sich um sie wie ein erstickender Umhang. *Schwarzstein.*

Eine dunkle Schmierspur erstreckte sich auf dem Boden zu ihren Füßen bis hin zu den Steinstufen, die ins Dunkel führten, als hätte jemand mit einem langen Pinselstrich Tinte von hier bis in das Dunkel unten gezogen. *Blut,* schrie ihre Affinität.

»Hier rein«, wies Ana Tetsyev an und nahm sich die nächste Fackel aus einer Wandhalterung. Tetsyev glitt an ihr vorüber in die

Dunkelheit und begann leise den Abstieg, während das Weiß seines Gewands den Fackelschein zurückwarf. Nachdem Ana die Tür hinter sich geschlossen hatte, folgte sie dem Alchemisten. Am Fuß der Treppe lag ein kleiner Raum mit Wänden aus grob behauenem Stein. Eine Kette erstreckte sich wie ein groteskes Rankengewächs deutlich sichtbar an den Wänden entlang, und rechts führte ein Gang von der Kammer in die Dunkelheit.

Ana nahm die Schultern zurück. Nach all der Zeit stand nun der Mann, nach dem sie gesucht hatte, vor ihr.

Tetsyev sah zu dem Tunnel, der sich jenseits der Kammer erstreckte, Ana den Rücken zugekehrt. Er war so reglos, dass er aus Stein hätte sein können. Ana erinnerte sich an den Umriss ebendieses Mannes, wie vom knochenweißen Mond gemeißelt, wie er am Sterbebett ihres Vaters gestanden hatte.

»Dreht Euch um«, sagte sie.

Er tat es, langsam. Seine verängstigten grauen Augen fielen auf Ana, während diese vorsichtig die Fackel in eine Halterung an der Wand steckte. »Erkennt Ihr mich wieder?«

Im flackernden Fackelschein schien Tetsyev bei seiner Antwort zu zittern. »Nein.«

Wut regte sich in Ana, weiß glühend. Sie löste ihre Maske und ließ sie vom Gesicht gleiten. »Komme ich Euch jetzt bekannt vor, Mesyr Tetsyev?«

Tetsyevs Augen wurden groß, als sie über Anas Gesicht huschten und ihre Augen, ihre Nase, die Form ihres Munds betrachteten. »Kolst Pryntsessa Anastacya«, flüsterte er.

»Den Titel habe ich verloren.« Es fiel ihr schwer, das Fauchen aus ihrer Stimme herauszuhalten. »Ja, ich habe *alles* verloren. Und Ihr seid der Grund dafür.« Ihre Stimme bebte, und die Mauer, die sie um diesen schwarzen Brunnen der Trauer errichtet hatte, drohte einzustürzen.

Frag ihn nach Luka. Sag ihm, dass du ihn zurück nach Salskoff bringst. Und verschwinde.

Doch in ihrer Brust erhoben sich gewaltsam andere Worte. Dinge, die sie schon so lange hatte fragen wollen, von denen sie immer wieder geträumt hatte. Mit unregelmäßigem Atem stellte Ana sich dem Mörder ihres Vaters. »Warum habt Ihr es getan?«

Tetsyevs Gesicht war vom Fackelschein weggedreht. »Ich wollte es nie tun.«

Das Eingeständnis traf sie wie ein Schlag ins Gesicht. Sie wandte sich von ihm ab. Ihre Brust senkte und hob sich. »Ihr *wolltet* es nie tun«, stieß Ana hervor. »Also habt Ihr meinen Vater aus Versehen umgebracht?«

»Es war kein Versehen«, flüsterte Tetsyev. »Aber ich wollte es auch nicht. Ich bin manipuliert worden. Sie hat jahrelang meinen Geist unter ihrer Kontrolle gehabt … Ich hatte keine Ahnung, was ich da tat …«

Ein Wort erregte ihre Aufmerksamkeit. »›Sie‹?«, wiederholte Ana. »Wovon redet Ihr?«

Tetsyev fuhr sich mit zitternder Hand übers Gesicht. »Bei den Göttern, Ihr wisst es noch nicht einmal.«

Ihr Herz stockte. »Was?«

»Kolst Contessya Morganya hat es geplant.«

Einen Moment lang starrte Ana ihn an, während die Bedeutung seiner Worte zu ihr durchsickerte.

Ana stieß ein bellendes Lachen aus. »Ihr habt meinen Vater umgebracht, und jetzt versucht Ihr, meiner Tante die Schuld daran zuzuschieben? Ihr seid wahrhaft …« Ana fehlten die Worte, und sie fuhr heftig mit einer Hand durch die Luft. *»Krank.«*

»Ihr habt recht. Es ist ungerecht von mir, alles auf Morganya zu schieben«, flüsterte Tetsyev. »Ich habe mit ihr unter einer Decke gesteckt, anfangs, bevor es schiefgelaufen ist.«

»Ihr seid verrückt«, fauchte Ana.

Doch *verrückt* war nicht das Wort, nach dem sie suchte, erkannte sie, als die flackernden orangefarbenen Flammen Tetsyevs hagere

Wangenknochen hervorhoben. Er sah nicht verrückt aus, er sah gequält aus.

»Morganya und ich sind uns vor vielen Jahren begegnet«, setzte er leise an, und Ana wurde unwillkürlich in den Fluss seiner Worte gesogen, wie angewurzelt vor Entsetzen und Ohnmacht und in der Überzeugung, dass er, entgegen all ihren Urinstinkten, die Wahrheit sprach. »Ihr müsst mittlerweile wissen, Kolst Pryntsessa, dass das Leben für einen Affiniten im Kaiserreich nicht leicht ist. Ich hatte meine affiniten Eltern verloren, und Morganya hatte gerade eine viele Monde lange Gefangenschaft voller Misshandlungen durch Nicht-Affiniten hinter sich. Wir waren beschädigt, gebrochen, aber nicht so sehr, dass wir die Scherben nicht hätten kitten und nicht hätten träumen können. Wir malten uns eine große Zukunft aus, eine bessere, in der Affiniten frei sein könnten und nicht mehr verunglimpft werden würden. Doch keiner von uns beiden war bereits stark genug, um mit der Arbeit an dieser Zukunft zu beginnen. Gemeinsam übten wir uns im Einsatz unserer Affinitäten. Meine ermöglichte das Verschmelzen und Verändern von Elementen und ihre die Manipulation von Fleisch und Geist.«

Tetsyevs Stimme klang in Anas Ohren weit weg, als lauschte sie einer seltsamen, surrealen Geschichte. Mamika. Er sprach von ihrer Mamika Morganya, mit ihren sanften Augen von der Farbe warmen Tees, dem langen dunklen Zopf, ihrer Hingabe an die Götter.

Er sprach von ihr, ihrer Affinität und ihrem Plan ... Anas Vater zu ermorden.

»Ein Vorfall hat Morganyas Leben dann für immer verändert – in vielerlei Hinsicht«, sagte Tetsyev, und Ana wusste, fröstelnd angesichts ihrer Vorahnung, von welchem Vorfall er sprach. Es war an einem Tag, an dem Mama und Papa mit der Kaiserlichen Patrouille durch das Reich unterwegs gewesen waren. Sie hatten ein Mädchen entdeckt, kaum zur Frau erblüht, voller Blutergüsse, halb nackt und in Tränen aufgelöst, das aus den Ruinen einer Dacha hervorkroch. »Wir hatten das Ganze geplant. Als die Kaiserin Mitleid mit Morganya hatte und sie in den Palast mitnahm, wussten wir, dass wir etwas Großes in Gang gesetzt hatten … und dass wir die Welt verändern würden.«

Die nächste Folge von Ereignissen sprudelte aus Tetsyev hervor und entfaltete sich wie ein Albtraum vor Ana. »Sie wuchs eng mit der Kaiserin zusammen. Man ernannte sie zur Gräfin von Kyrillien, Erste in der Thronfolge nach der kaiserlichen Familie. Sie stellte mich im Palast ein. Ihre Affinität verbarg sie mithilfe der täglichen Einnahme von Deys'voshk. Jahre waren ins Land gezogen, doch Morganya war geduldig. Ihr Ziel war der Thron.

Zu dem Zeitpunkt hatte ich das ideale Gift ersonnen. Es wirkte langsam. Wir mussten sichergehen, dass es die Vorkoster des Palastes nicht umbringen würde, und die Vergiftung durfte keinen Verdacht erregen. Es war unsichtbar und nicht nachzuweisen, abgesehen von einem bitteren Geruch, den wir, wenn wir es in Mahlzeiten mischten, als Merkmal einer Medizin ausgeben konnten.

Innerhalb eines Jahrs war Kateryanna tot, und wir waren dem Thron einen Schritt näher.«

Ana wurden die Knie weich, und sie hatte das Gefühl, gleich zusammenzubrechen. Bilder blitzten vor ihrem geistigen Auge auf – ein Alchemist in weißen Gewändern, eine schöne junge Gräfin, eine gütige Kaiserin, ein untröstlicher Kaiser: Teile einer in Gang gesetzten Geschichte, die auf ein unvermeidliches Verhängnis hinauslief.

»Doch Morganyas frühere Erfahrungen hatten eine Wunde in ihr hinterlassen«, fuhr Tetsyev fort. »Eine, die eitrig geworden und zu etwas Perversem verfault war. Mir wurde erst zu spät klar, dass ihr Plan nicht lautete, die Waage ins Gleichgewicht zu bringen. Sie wollte die Kräfteverhältnisse umkehren. Morganya wollte die Welt, wie sie war, aus den Angeln heben und Nicht-Affiniten *unserer* Herrschaft unterwerfen … oder sie auslöschen.«

Nein. Nein, das würde sie nicht hinnehmen – sie *konnte* es nicht hinnehmen, diese Geschichte von ihrer sanften, frommen Mamika als einer rachsüchtigen, berechnenden Mörderin … und einer Fleischaffiniten, die den Geist manipulieren konnte …

Ana schüttelte den seltsamen Bann, in den seine Geschichte sie gezogen hatte, ab. Die Welt nahm wieder scharfe Konturen an. Das Blut in Tetsyevs Körper pulsierte heiß, als sie es mit ihrer Affinität packte und ihn gegen die Wand schleuderte. »Ihr lügt«, knurrte sie.

Tetsyev atmete schwer, das Weiße in seinen Augen blitzte im Fackelschein auf. »Ich war ein Gefangener meiner eigenen Lügen«, stieß er heiser hervor. »Dies ist das erste Mal seit vielen Jahren, dass ich die Wahrheit gesagt habe.«

»Lügner!«, schrie sie, während sie ihn gegen die Wand drückte. In ihrem Zorn wurde ihre Affinität grausam und schnitt ihm das Blut ab. »Ich werde Euch *umbringen.*«

Tetsyev griff nach der Wand in seinem Rücken. »B-bitte, Kolst Pryntsessa.« Es war halb Keuchen, halb Schluchzen. »Wenn ich lüge – wenn ich der einzige Schuldige bin –, wer vergiftet dann gerade Euren Bruder im Palast?«

Luka.

Bei der Erwähnung ihres Bruders verwandelte sich die Wut in Anas Brust in kalte Angst.

»Ich sage die Wahrheit, Kolst Pryntsessa«, flüsterte Tetsyev, dem eine Träne die Wange hinunterrollte. »Und Ihr müsst entscheiden, was Ihr mit dieser Wahrheit anfangt.«

Ana warf ihn zu Boden. Zitternd drehte sie sich um, die Welt verschwommen hinter einem Tränenschleier. Tetsyevs Geschichte ging weiter, wusch über sie hinweg wie das dumpfe Tosen eines Flusses.

»Nach Kateryannas Tod habe ich Morganya verlassen.« Tetsyevs Stimme bebte, und Ana schloss die Augen. Unwillkürlich glich sie seine Geschichte mit den Realitätsfragmenten ab, die ihr bekannt waren. Zusammen verwoben sie sich wie zu einem beschädigten Wandteppich, doch irgendwo darin verbarg sich die Wahrheit.

»Jahrelang habe ich mich versteckt – aber sie spürte mich wieder auf. Diesmal ergriff sie auch von meinem Geist Besitz.«

Alles, was du auf der Welt haben willst, musst du dir selbst nehmen, hatte Morganya gesagt.

»Sie war in der Zeit, die wir getrennt waren, noch stärker geworden. Ihr und Euer Bruder wart beinahe erwachsen, und Morganya lief die Zeit davon. Sie hielt mich ein Jahr lang in meinem eigenen Geist gefangen, und diesmal stellte ich das Gift für den Kaiser her. Sie ersann den Plan, in der Nacht, in der wir die tödliche Dosis verabreichen würden, die Sache Euch anzuhängen.«

Ana wusste nur zu gut, was als Nächstes kam. Sie hatte es schon tausendfach im Geiste nochmals durchlebt – die eine Nacht, die den Verlauf ihres Lebens für immer verändert hatte.

»Ich verabreichte dem Kaiser gerade die letzte Dosis, als Ihr in die Gemächer geplatzt seid und mein Blut gepackt habt.« Tetsyevs Stimme klang jetzt anders, als hätte er ihr endlich das Gesicht zugewandt. »Mit Eurer Affinität habt Ihr die Kontrolle gebrochen, die Morganya über mich hatte. Ihr wusstet es nicht, aber Ihr wart meine Rettung.«

Der Mondschein. Der Alchemist, schemenhaft vor den offenen Fenstern. Das Schluchzen, so leise, dass es wie der Wind geklungen hatte. Der silberne Deys'krug auf seiner Brust.

Schließlich wandte Ana sich ihm wieder zu. Aus dem Strudel ihrer Gedanken fischte sich ihr Verstand einen Satz heraus. »Was meint Ihr mit der Behauptung, ich hätte ›die Kontrolle gebrochen‹, die Morganya über Euch hatte?«

Tetsyev hob den Blick zu ihr. Er saß auf dem Boden, das weiße Gewand verschmutzt, seine Gestalt gekrümmt und gebrochen. »Morganya ist stark, aber sie ist nicht unbesiegbar. Sie kann nur einen Geist auf einmal kontrollieren. Und ihre Kontrolle kann gebrochen werden. Als Ihr Eure Affinität auf mich losgelassen habt, hat diese Morganyas Affinität durchbrochen. Ihr habt ihre Kontrolle über meinen Geist gebrochen, Ihr habt mich gerettet, und dann habt Ihr mich verurteilt, denn in den Momenten nach dem Mord war ich wieder völlig ich selbst.«

Sie betrachtete sein jämmerliches Gesicht, und ihr Zorn wurde zu kalter, folgerichtiger Wut. »Und Ihr seid weggelaufen.«

Er senkte den Kopf. »Ich bin ein Feigling, Kolst Pryntsessa. Ich habe keine Angst davor, das zuzugeben.«

Anas Gedanken überschlugen sich, doch durch das Chaos ihres Zorns schnitt eine kalte Klarheit.

Tetsyev sprach von einer ein Jahrzehnt währenden Verschwörung, eingefädelt von niemand anderem als Anas Tante. Und sie war nur einen Schritt entfernt von der Thronfolge.

Ana musste zurückkehren, mit Tetsyev. Alles dem Kaiserlichen Gerichtshof enthüllen. Morganya verurteilen. Luka retten. Und dann würden sie beide, zusammen mit Yuri, die Räder der gewaltigen Maschinerie zurückdrehen, die es diesem Reich gestattet hatte, auf Kosten der Affiniten zu florieren.

Aber zuerst einmal musste ihr Bruder am Leben bleiben.

»Ein Gegenmittel«, sagte sie. »Ihr müsst ein Gegenmittel gegen dieses Gift mischen.«

»Es existiert bereits«, erwiderte Tetsyev, und vor Erleichterung wurden Ana fast die Knie weich. »Ich habe eines hergestellt für den Fall, dass die Vorkoster zu krank werden würden. Es wird im Apothekentrakt des Palastes aufbewahrt, zusammen mit dem Gift selbst.«

Es gab ein Heilmittel.

Luka würde leben.

»Ihr müsst mir zuhören, Kolst Pryntsessa«, flüsterte Tetsyev in die Stille, die sich über sie gelegt hatte. »Ihr habt es mit mehr Feinden zu tun, als Ihr ahnt. Morganya hat sich mit Alaric Kerlan und dem Orden der Lilie verbündet. Er hat eine Abmachung mit ihr getroffen – dass er die Schuldknechtschaft von Affiniten beenden würde, sobald sie auf dem Thron ist, und im Gegenzug würde sie ihn losschicken, um Bregon zu erobern.

Ich habe Kerlans Vertrauen gewonnen«, fuhr Tetsyev fort. »Ich habe ihm all die Jahre aus der Ferne gedient. Vor beinahe vier Monden hat Kerlan seinen Stellvertreter losgeschickt, damit dieser ein Attentat auf Euren Bruder verübt.«

Anas Blut gefror.

»Ich habe diesen Versuch vereitelt, indem ich die Kaiserliche Patrouille alarmierte. Sie verhafteten den Mann und warfen ihn ins Gefängnis – aber ich habe gehört, dass er zurück ist. Und ich weiß, dass er nach mir sucht. Er ist heute Abend hier.« Tetsyev stieß ein zittriges Lachen aus. »Es ist schon komisch, wie die Gottheiten mit dem Schicksal spielen, Kolst Pryntsessa. Wenn Ihr mich heute Abend nicht gefunden hättet, hätte ich mir selbst das Leben genommen. Ich kann dieses Leben aus Lügen und Betrug nicht länger ertragen, mir ständig über die Schulter sehen und mit einem Gift unter dem Kopfkissen schlafen.«

Ana vernahm seine Worte wie aus weiter Ferne. Ein Tosen erfüllte ihre Ohren, und auf einmal war sie wieder in der Dacha in der Syvernischen Taiga, und Ramson stand ihr mit einem wölfischen Lächeln gegenüber.

Was willst du?

Rache. Ich plane, meine Feinde einen nach dem anderen zu vernichten und mir meine Position und das, was rechtmäßig mir gehört, zurückzuholen.

Die Szenerie änderte sich, und sie war in Shamaïras Dacha, das Zimmer drehte sich vor berauschender Wärme und aufregenden Dämpfen. Sie erinnerte sich daran, wie sie Ramsons Handgelenk umgedreht und einen Blick auf die Blumentätowierung erhascht hatte. Es war eine Lilie gewesen.

Der Orden der Lilie.

Und einfach so fügte sich alles zusammen. Es fühlte sich an, als sei sie durch einen dichten Nebel gelaufen und habe nach etwas gesucht, was sie nicht genau erkennen konnte … und auf einmal hatte es sich offenbart.

Ramson hatte die ganze Zeit schon für Kerlan gearbeitet. Und Kerlan arbeitete mit Morganya zusammen.

Tränen brannten in ihren Augen. Sie dachte an Ramson, an die Art, wie er sie im fallenden Schnee angesehen hatte, seine Augen hell glänzend wie die eines Jungen.

Es war ein Täuschungsmanöver gewesen, jeder einzelne Moment. Jeder Teil dieses Mannes, den sie gesehen hatte, war eine Lüge gewesen. Und sie war darauf hereingefallen.

Doch für Selbstmitleid blieb ihr keine Zeit.

Ana richtete den Blick auf den Alchemisten. Es blieb nichts weiter zu tun, keine Puzzleteile mehr, über die sie sich den Kopf zu zerbrechen hatte. »Ich kehre nach Salskoff zurück, um Morganya aufzuhalten«, sagte sie, »und Ihr werdet mit mir kommen.«

Tetsyev wischte sich den Schweiß von der Stirn. »Man wird mich wegen Hochverrats hinrichten«, flüsterte er.

»Ich werde Euch begnadigen, wenn Ihr mit mir zusammenarbeitet.« Es ekelte sie an, die Worte auszusprechen, nachdem sie ein ganzes Jahr darauf gewartet hatte, diesen Mann sterben zu sehen. Doch sie war nicht mehr bloß Ana, das verängstigte Mädchen, das in die Syvernische Taiga gestolpert war und sich nichts sehnlicher wünschte, als ihr Zuhause und ihre Familie zurückzubekommen.

Sie war Anastacya Mikhailov, Kronprinzessin von Kyrillien, und ihr Kaiserreich hing von ihr ab.

Tetsyev kroch zu ihr, die Tränen rannen in Strömen über seine Wangen. Er klammerte sich an ihr Kleid und küsste den Saum. »Danke, Kolst Pryntsessa«, brachte er weinend hervor. »Gnädige, gute, barmherzige ...«

Ana riss ihm den Stoff ihres Kleides aus den Händen. »Ich bin nichts davon«, sagte sie. »Die Begnadigung gewähre ich Euch lediglich, weil Euer Leben mir nichts bedeutet. Aber begeht noch einen einzigen Fehler, und ich werde nicht zögern, Euch zu töten.«

Angewidert wandte sie sich von ihm ab und holte Ramsons Taschenuhr hervor. Am liebsten hätte sie die Uhr durch den Raum geschleudert und mit angesehen, wie sie in Stücke zerbarst.

Sie sah nach der Uhrzeit. Achtundvierzig Minuten nach neun.

»Wir gehen jetzt«, erklärte sie, wirbelte herum und holte die Fackel aus der Halterung. Ramson hatte ihr gesagt, es dauere ungefähr fünf Minuten, um zum Ende des Fluchttunnels zu gelangen. »Folgt mir.«

Sie streckte beim Gehen ihre Affinität in den Tunnel aus und suchte nach dem warmen Rauschen von Blut in Körpern, nach möglichen Fallen. Es bestand die Möglichkeit, dass keine Kutsche am Ende des Tunnels auf sie warten würde, dass Ramson sie hereingelegt hatte und dies eine Falle war. Dennoch war es der einzige Ausweg.

Doch die Korridore waren leer. Zu hören waren nur Tetsyevs und ihre Atemzüge, ihre eiligen Schritte, die von den Steinwänden widerhallten. Der Boden wurde unebener, die Luft feucht und dann wieder trocken.

Am Ende des Tunnels erwartete sie eine Tür. Mondschein drang durch die Spalten. Ana löschte die Fackel und drehte den Knauf mit der gleichen Kombination wie bei der Tür oben. Sie schwang auf.

Erleichtert stieß Ana die Luft aus.

Sie befanden sich im hinteren Teil von Kerlans Gartenanlagen. Ein einzelner Pfad verlief zwischen hohen Bäumen hindurch, die fast alles andere vor den Blicken verbargen. Den Eingang bedeckte ein Gitter, das von Efeu und kleinen weißen Blüten überwuchert war.

Auf dem dichten Rasen im Schatten des Gitters stand eine Kutsche. Als sie sich näherten, stampften zwei Valkryfen mit den Hufen auf dem Boden auf.

Ramson hatte die Wahrheit gesagt.

Sie drehte sich zu Tetsyev um. »Steigt ein …«, begann sie, doch Tetsyev war nicht mehr hinter ihr.

Ein Mann in einem schwarzen Wams stand an seiner Stelle. Im Mondschein warf er einen langen Schatten, und sie musste an einen anderen Kerker denken, vom beißenden Geruch der Angst und des Deys'voshk erfüllt.

»Hallo, Kolst Pryntsessa.« Vladimir Sadov lächelte sie breit an und presste die langen weißen Finger zusammen. »Ich habe auf Euch gewartet.«

Ein leises Zischen erklang. Ein heftiger Schmerz durchzuckte ihre Schulter, und die Welt wurde schwarz.

29

Die Dunkelheit kam und ging, doch der Schmerz hörte nie auf. Ramson versuchte, aus den Tiefen des Schlafs wieder aufzutauchen, da schüttelte ihn jemand.

Mit einem Stöhnen öffnete er ein Auge einen Spalt weit. Sofort bereute er es, da ihn helles Licht schmerzhaft traf und die Welt sich um ihn drehte.

In der Luft hing der verblasste Gestank von Blut und Schweiß. Er erkannte diesen Raum mit den blutigen Wänden und zahllosen Ketten und dem Schrank mit Fläschchen voller unbekannter Gifte. Er befand sich wieder einmal im Kerker des kerlanschen Anwesens – bloß, dass der Gefangene dieses Mal er war.

Seine Schultern taten weh. Er stemmte sich nach vorn und spürte das vertraute Gefühl von Handschellen, die an seinen Gelenken scheuerten. Ramson sank an die Wand zurück.

Er war stundenlang hier gewesen oder vielleicht noch länger – er wusste es nicht mehr zu sagen. Von dem bulligen Mann mit der schwarzen Maske, der seine Befragung vornahm, war nichts zu sehen. Ramsons Augen fanden den Eimer mit schwarzem Wasser in der Ecke. Unwillkürlich lief ihm ein Schauder über den Rücken, als er sich an das Gefühl des Erstickens, das Gefühl des Ertrinkens erinnerte.

»Du bist wach.«

Ramson würde diese Stimme überall wiedererkennen. Er drehte den Kopf in ihre Richtung. »Du.«

»Ich«, pflichtete Kerlan ihm freundlich bei, als wäre er eben zu einem Besuch unter Nachbarn erschienen. »Ich habe mich entschlossen, diese Aufgabe zu übernehmen, da auch mein Schläger mal Schlaf braucht. Außerdem vertraue ich nur mir, wenn es um derlei Angelegenheiten geht.«

Ramson wusste, dass Kerlan versuchte, ihn aus der Fassung zu bringen. Er richtete seine Gedanken auf etwas anderes.

Ana.

Die Brust wurde ihm eng, und er zwang sich, regelmäßig zu atmen. Mittlerweile sollte sie längst fort sein, mit ihrer Kutsche und ihrem Alchemisten unauffindbar in der Syvernischen Taiga.

Ramson hatte keine Ahnung, wohin sie fuhr oder ob er sie jemals wiedersehen würde. Er hatte sich bewusst damit zurückgehalten, danach zu fragen.

Kerlan beobachtete ihn mit einem Lächeln. »Denkst du an dein Mädchen, Ramson? Keine Sorge. Ein Freund von mir kümmert sich darum, dass sie gut versorgt ist.«

Kalte Panik schoss durch seine Adern, und Ramson schaffte es nur unter größter Anstrengung, nicht um eine Erklärung zu betteln. Er zwang sich zu einem boshaften Lächeln. »Wann wirst du die Dinge einmal selbst regeln, statt deine großen Muskelmänner vorzuschicken …«

Der Schlag kam aus dem Nichts, traf ihn wie ein Blitz aus heiterem Himmel gegen den Kopf, ließ ihn taumeln. Ramson stöhnte und hustete, Blut spritzte auf den feuchten Steinboden. »Das hat sich persönlich angefühlt, Alaric«, stieß er keuchend hervor.

»Hat es das? Nun, ich vermute, beim Rest deiner letzten Tage wird es ähnlich sein. Sag mir, wie wünschst du zu sterben, Ramson Schnellzunge?« Kerlan hielt inne. »Oder sollte ich sagen … Ramson Farrald?«

Es war ein Name, den er seit sieben Jahren nicht mehr benutzt hatte, bis zum heutigen Abend. Eine Vergangenheit, die er zu begraben versucht hatte, indem er sich einen neuen Namen und ein neues Leben schmiedete. Kerlan wusste das, und jetzt setzte er den Namen ein, um ihm Wunden beizubringen, die mit einer Klinge niemals möglich wären.

Ramson knurrte: »Du hast kein Recht, diesen Namen auszusprechen, du Hurensohn.«

»Du glaubst, du wirst mal schlauer als ich sein, Junge?«, zischte Kerlan. »Ich bin dir *immer* einen Schritt voraus gewesen. Für mich wirst du immer dieser kleine, erbärmliche, weinerliche Bettler sein, der vor sieben Jahren an meine Tür gekrochen kam.« Kerlans Gelächter war scharf wie eine Klinge, als er sein Gesicht zu Ramsons senkte. »Du hättest groß sein können, mein Sohn. An meiner Seite hättest du vielleicht die Gezeiten dieses Reiches ändern können. Der *Welt*. Doch jetzt wirst du wohl unbekannt und unbedeutend sterben, und deine namenlose Leiche wird im Abwasser der Dämme verfaulen.« Er grinste. »Genau wie deine Mutter, diese Hure.«

Ramson spuckte ihn an.

Kerlan richtete sich auf, wischte sich den Speichel aus dem Gesicht, als säubere er es von einem Spritzer Bratensoße. »Das hat sich persönlich angefühlt, Ramson«, sagte er freundlich, und Ramson wusste, dass das Alaric Kerlans gefährlichster Tonfall bisher war. »Und das Gleiche wird wohl hierfür gelten.«

Auf Kerlans Zeichen hin traten zwei Mitglieder des Ordens ein und stießen Ramson auf die Knie. Die Peitschenhiebe ließen ihn beinahe das Bewusstsein verlieren. Doch erst als der Eimer mit dem schwarzen Wasser zum Einsatz kam, begann die echte Folter.

Ramson kannte das Gefühl zu ertrinken gut. Die Ausbilder in der Blauen Festung hatten bei ihren bregonischen Rekruten keine Zeit vergeudet, sondern ihre Schüler gleich mit den Launen und Wünschen des Ozeans vertraut gemacht. Sie lernten zu tauchen, zu schwimmen, zu treiben, zu sinken. Sie übten, im Ozean den Atem anzuhalten, sich der Notwendigkeit des Luftholens zu widersetzen und, bei manchen Gelegenheiten, fast zu ertrinken.

Erst bei Jonah Fischers Tod wurde Ramson klar, dass man das Ertrinken nie wirklich lernen konnte.

Passiert war es einen Mond vor der Einschiffung, der wichtigsten Prüfung in der Laufbahn eines bregonischen Rekruten. Im Alter von zwölf Jahren, an der Schwelle zum Erwachsensein, legte jeder Rekrut eine rigorose geistige und körperliche Prüfung vor einem Gremium der angesehensten Kämpfer der Marine ab. Die Klasse wurde in Rangstufen eingeteilt, die Ränge wurden landesweit veröffentlicht, und Kapitäne von allen Schiffen der bregonischen Marine kamen, um einen Rekruten als Lehrling auf ihrem Schiff auszuwählen. Genau einen Mond vorher hatte Ramson einen Brief erhalten. Er stammte von einer Heilerin aus dem kleinen Städtchen Elmford.

Seine Mutter lag im Sterben. Etwas in dem unsauberen Wasser, das die Armen tranken, schrieb die Heilerin, verursachte rosenrote Ausschläge und Bauchkrämpfe und, im letzten Stadium, hohes Fieber.

Seine Mutter hatte die Heilerin erst gerufen, als das Fieber einsetzte.

Ramson hatten damals, im Frühstückssaal der Blauen Festung, sämtliche Kräfte verlassen. Rekruten der Blauen Festung machten selten Besuche zu Hause – höchstens einmal im Jahr –, aber Ramson war nicht wieder dort gewesen, seit sein Vater mitten in der Nacht vor ihrer Tür aufgetaucht war und ihn mitgenommen hatte.

Er erinnerte sich noch immer an den Gesichtsausdruck seiner Mutter, eine Mischung aus Entsetzen und Angst, als hätte sie geahnt, dass dieser Moment eintreten würde – ihr braunes Haar, durch ein hartes Leben bereits von grauen Strähnen durchzogen, und ihre haselnussbraunen Augen, die sie an ihn weitervererbt hatte, flehend an der Tür.

Sein Vater hatte sich von ihr abgewandt und nicht mehr zurückgeblickt.

Und genauso hatte es Ramson gemacht.

Er stürzte aus dem Frühstückssaal. Seine Beine arbeiteten so hart, dass er glaubte, er würde nie aufhören zu rennen – an der zweiflügligen Eisentür vorbei, durch die Bogengänge im Freien, bis er am Steg war, wo die Wellen des Ozeans wie Juwelen unter der sengenden Sonne schimmerten. Er musste fort, bloß eine Weile etwas Anspruchsloses tun.

Ramson sprang ins Wasser und schwamm.

Als er wieder an die Oberfläche kam, saß ein Junge auf dem Steg und wartete auf ihn.

»Möchtest du über was reden?« Jonah ließ einen Fuß herabbaumeln, zog mit ihm träge Kreise im Wasser.

Ramson legte sich auf den sonnenwarmen Anlegesteg und erzählte es ihm. Sein Haar war tropfnass, und die Sonne trocknete ihn, bis sein Körper klebrig von Salz war. Die Wellen brachten den brackigen Geruch des Ozeans mit sich. Möwen zogen Kreise in der Luft, und ihre Schreie trieben im Wind. Es war fast schon grausam, wie schön dieser Tag war.

»Ich weiß, wo man dagegen Medizin bekommen kann«, sagte Jonah, nachdem Ramson fertig erzählt hatte.

Die Wellen leckten am Steg, krachten gegen den Holzpfosten. Ramson fühlte sich atemlos. »Woher?«

»Das Rosenfieber. In meiner Heimatstadt nannten sie es die Arme-Leute-Krankheit. Kommt von dreckiger Nahrung und verschmutztem Wasser.« Jonah legte den Kopf zurück, und seine Augen verengten sich wie die einer Katze in der Sonne. »Die Blaue Festung hat Arznei dagegen. Es ist bloß zu kostspielig, sie an alle Städte und Dörfer zu verschicken. Sie bunkern sie für die Marine. Für diejenigen, die es *wert* sind. Es ist alles in einem ihrer Lagerhäuser untergebracht.«

Natürlich kannte Jonah sich aus. Jonah, mit seinem unheimlichen Interesse für bregonische Staatsangelegenheiten, seinen Recherchen über Wirtschaft und Handel und die Verteilung von Vorräten.

Hoffnung keimte in Ramsons Brust. »Mein Vater«, sagte er und sprang auf die Beine. »Er wird wissen, wo es sich befindet. Er …«

Jonah packte ihn am Fußgelenk. »Dein Vater schert sich einen Dreck um deine Mutter.«

»Er wird es für mich tun«, fuhr Ramson ihn an.

»Sei nicht naiv.«

»Sei du nicht so verbittert!«, rief Ramson. »Du verstehst es nicht, weil du nie eine Familie hattest!«

Jonahs Augen verdüsterten sich, und er runzelte die Brauen. »Ich verstehe es sehr wohl. Du bist meine Familie, Ramson. Mein Meeresbruder und mein bester Freund. Ich würde alles für dich tun.«

Ramson entriss ihm den Fuß, als habe er sich verbrannt.

»Warte, Ramson«, setzte Jonah an, doch Ramson war schon losgelaufen. Er rannte an den Erlen im Hof der Blauen Festung vorbei, dorthin, wo sich seines Wissens das Büro seines Vaters befand. Das Marinehauptquartier war ein direkt an die Akademie der Blauen Festung angrenzendes Gebäude, dem die Rekruten nur selten einen Besuch abstatteten – Ramson ging manchmal mit seinen Klassenkameraden daran vorbei und sah verstohlen in den überschatteten Hof und die vergitterten Fenster in der Hoffnung, einen Blick auf seinen Vater zu erhaschen.

Jemand stand in der Nähe des Eingangs. Ramsons Herz machte einen Sprung beim Anblick des sandfarbenen Haars und der kräftigen Gestalt seines Vaters.

»Admiral!«, rief er. Auf eine andere Anrede reagierte sein Vater nie. »Admiral …«

Da drehte sich sein Vater um, die Gesichtszüge gesprenkelt von den Schatten der Erlen. Ramson erkannte jetzt, dass er sich mit jemandem unterhalten hatte – dem dunkelhaarigen Kommandanten der Ersten Flotte. Der Mann, den Ramson, wenn es nach seinem Vater ging, beeindrucken sollte. Falls alles den Plänen seines Vaters gemäß verlaufen sollte, würde Ramson sich an Bord von Kommandant Dallons Schiff der Ersten Flotte anschließen.

Roran Farralds Gesicht blieb stoisch, selbst als er Ramson erblickte.

»Ich muss mit Euch sprechen«, keuchte Ramson und drosselte sein Tempo, als er nur noch ein Dutzend Schritte von seinem Vater entfernt war. »Bitte«, fügte er hinzu.

Roran Farralds Augen verengten sich ein wenig. »Ich bin sehr beschäftigt.«

»Bitte, Sir!«

»Ein andermal.« Roran Farrald drehte sich um und machte Anstalten, Kommandant Dallon zu folgen.

»Meine Mutter liegt im Sterben!« Die Worte platzten aus Ramson heraus. »Bitte, sie braucht Eure Hilfe.«

Da erstarrte Roran Farrald. Er hatte Ramson den Rücken zugekehrt, doch selbst im Schatten der Bäume in dem Hof konnte Ramson erkennen, dass er sich versteift hatte. Ein Stück weiter vor ihnen war Kommandant Dallon stehen geblieben und sah ihnen teilnahmslos zu.

Roran Farrald drehte sich kaum um. Ramson konnte gerade einmal sein Gesicht im Profil sehen, glatt rasiert und kantig, völlig asketisch. »Und warum«, fragte Roran Farrald leise, und seine Worte durchschnitten die leichte Brise, die die Blätter im Hof bewegte, »sollte deine Mutter auch nur das Geringste mit mir zu tun haben?«

Ramson stand noch lange dort, nachdem sein Vater fort war, unter den schwankenden Erlen, deren Blätter im Wind um ihn her raschelten und ihre Schatten auf ihn warfen. Die helle Flamme in seinem Herzen wurde an dem Tag zu Stein, und als er zu Jonah zurückkehrte, sprach er leise, mit wohlüberlegter Berechnung. »Zeig mir, wo die Medizin ist.«

In der Nacht, als sich der Mond hinter die Wolken zurückzog, schlichen sie sich aus den Schlafsälen.

Das Marinehauptquartier begann am westlichen Ende der Blauen Festung und erstreckte sich über die Klippen, die gefährlich steil zum Ozean hin abfielen. Es war ein Symbol der Dominanz der bregonischen Marine über die Meere – und für die Öffentlichkeit völlig tabu. Jonah hatte spekuliert, dass dort wichtige Informationen wie Marinegeheimnisse und Kriegsführungsstrategien aufgehoben wurden.

Draußen war es fast pechschwarz, die kühle Brise salzig und von Sandkörnern durchsetzt, das Gras im Hof weich unter ihren Stiefeln. Sie stahlen sich wie Schatten über den Hof, und innerhalb von Minuten waren sie vor dem Hauptquartier.

Zwei Wachen gingen vorüber, und Jonah schubste Ramson hinter einen Baum. So hatte Ramson sich noch nie gefühlt: Adrenalin wurde durch seinen Körper gepumpt, sein Herz hämmerte, als wollte es ihm die Brust sprengen. Und dann, einen Herzschlag später, bog Jonah um die Ecke zur Rückseite des Gebäudes. Ramson beobachtete voller Ehrfurcht und Faszination, wie auf Jonahs Druck hin eine Tür in der Steinmauer erschien.

»Ein Fluchttunnel«, flüsterte Jonah. »Ich habe Baupläne von Burgen studiert. Sie haben alle welche. Also habe ich den des Hauptquartiers ausfindig gemacht.«

Drinnen war es dunkel und still, und es roch nach Salz. Der Boden war uneben, und Ramson hielt sich dicht an Jonah. Nach einer Weile wurde der Tunnel breiter. Sie stolperten durch eine Eisentür, und dann befanden sie sich im Innern des bregonischen Marinehauptquartiers.

Dieser Teil des Hauptquartiers war dunkel – doch von etlichen Fluren weiter hinten drang schwacher Fackelschein zu ihnen. Sie gingen an einem Korridor nach dem anderen mit einer scheinbar endlosen Anzahl von Türen vorbei, der Marmorboden glatt unter ihren leisen Schritten, bis Jonah endlich vor einer Eisentür stehen blieb, die genau wie die anderen aussah.

»Hier rein«, flüsterte Jonah und drückte.

Ein schrilles Läuten ertönte in der Stille. Ramson presste sich die Hände auf die Ohren, doch das Geräusch schien eine Kettenreaktion auszulösen. Gedämpft hörte er in der Ferne Glocken losläuten, und die hohen Alarmtöne vermischten sich missklingend mit Rufen. Jonah schrie ihn an, zog an seinen Armen, doch Ramsons Knie hatten nachgegeben, und er saß auf dem Boden, schwindelig und vor Angst gelähmt.

Schritte erklangen, hallten in den Korridoren wider, und hinter ihnen leuchtete Fackelschein auf.

»Ramson!«, rief Jonah, und mit einem letzten Zerren war Ramson auf den Beinen, und sie liefen in die entgegengesetzte Richtung, zurück zum Fluchttunnel …

Licht loderte vor ihnen auf, als ein Wächter um die Ecke bog. Er stieß einen Schrei aus, und eine zweite Wache folgte ihm. Bei Ramsons und Jonahs Anblick legte er einen Pfeil auf und zielte. »Halt!«

Ramson zitterte so heftig, dass seine Knie aneinanderschlugen.

»Hände hoch!«

Aus dem Augenwinkel sah er, dass Jonah dem Befehl nachkam. »Bitte, wir sind Rekruten aus der Blauen Festung«, sagte Jonah. »Wir haben uns verlaufen …«

»Und seid in einer Hochsicherheitseinrichtung gelandet?« Hinter ihnen erklang eine Stimme, eine, bei der sich Ramson die Nackenhaare aufstellten. Mit einer schrecklichen Vorahnung drehte er sich um.

Roran Farrald stand hinter ihnen. Er trug eine einfache graue Tunika. Sein Gesicht war so ruhig wie die Oberfläche eines stillen Sees. Doch Ramson hatte noch nie einen solchen Zorn in den Augen seines Vaters gesehen – dunkel, in der Farbe von Sturmwolken und mitternächtlichen Gewässern. Sie schienen zu zittern, als sie sich auf Ramson richteten.

»Admiral Farrald.« Die Wachen verneigten respektvoll die Köpfe, doch der Bogenschütze hielt weiter seinen Pfeil auf Ramson und Jonah gerichtet.

»Was in *Teufels* Namen machst du hier?« Roran Farralds Stimme fuhr wie eine Peitsche über Ramson hinweg.

Bevor Ramson etwas erwidern konnte, erklangen Schritte. Vier bis fünf Männer bogen um die Ecke, und Ramson erkannte allesamt als hochrangige Offiziere der Marine wieder. Unter ihnen bemerkte er Kommandant Dallon.

»Was zur Hölle geht hier vor sich?«, fragte ein silberhaariger Offizier.

Mit funkelnden Augen trat Roran Farrald einen Schritt vor. Er sah zwischen Ramson und Jonah hin und her, und schließlich blieb sein Blick an seinem Sohn hängen. »Ihr habt euch des unbefugten Betretens einer streng geheimen Regierungsanlage schuldig gemacht. Euch ist bewusst, dass das mit dem Tod bestraft wird?«

Ramson hatte das Gefühl, sich übergeben zu müssen. *Tod.* Er hatte bregonisches Recht studiert, doch er hatte nicht geglaubt, dass die Gesetze für sie gelten würden. Sie galten gewiss für gewöhnliche Bürger, ja, aber … nicht für Rekruten der Akademie der Blauen Festung.

Der kohleschwarze Blick seines Vaters war immer noch auf ihn gerichtet. »War das hier deine Idee, Junge?«

Ramson versuchte zu sprechen, doch Angst hatte ihm die Kehle zugeschnürt. Er öffnete und schloss den Mund etliche Male, aber nichts kam heraus. Weitere Schritte erklangen, mehr Wachen trafen ein und mehr Marineoffiziere in Nachtgewändern. Die Glocken schrillten immer weiter.

»Es war meine.«

Ramsons Kopf fuhr blitzschnell zu dem Jungen neben ihm herum. Jonah stand im Rahmen der halb geöffneten Tür, sein Schatten erstreckte sich lang und dünn hinter ihm. Zwar war sein Gesicht blass, doch die rabenschwarzen Augen schimmerten im Fackelschein.

»Ich wollte die Medizin stehlen«, fuhr Jonah fort. Wörter – die Wahrheit – regten sich in Ramsons Brust, mussten ausgesprochen werden. Doch ein anderer, widerstreitender Instinkt – Angst – unterdrückte sie, lähmte ihn, hielt ihn am Fleck.

»Aus welchem Grund?«, fragte der silberhaarige Offizier.

Jonah überlegte nur einen winzigen Moment lang, für niemanden außer Ramson wahrnehmbar. »Ich handele damit in der Stadt. Die Leute zahlen gut für das Zeug. Ich habe Ramson gesagt, er soll zum Spaß mitkommen. Er würde einen prima Partner abgeben.«

Von den Offizieren erhob sich Lärm. »Das ist organisiertes Verbrechen!«, rief der Silberhaarige. »Diesem jungen Mann kann nicht gestattet werden, heute Abend davonzukommen!«

Doch während die Offiziere weiter herumbrüllten, schwieg ein einzelner Mensch. Ein seltsamer Ausdruck hatte sich auf Roran Farralds Gesicht geschlichen – einer, der … Triumph ähnelte.

»Genug!«, ertönte seine Stimme. »Wachen, anlegen!«

»Nein!« Der Schrei kam von Ramson, klein und schwach und verloren in dem Tumult. Er streckte eine Hand aus, stieß Jonah zurück, wollte ihn beschützen.

»Lass meinen Sohn los!«, rief Roran, doch Ramsons Knie hatten nachgegeben, und er hielt sich an Jonah fest, während er nach Luft schnappte und seine Brust erbebte. Die Glocken schrillten in seinen Ohren, bohrten sich in seinen Kopf.

»Vater!«, rief er. »Bitte …«

»Lass meinen Sohn los!«, brüllte Roran abermals.

»Ich fasse ihn doch gar nicht an!«, schrie Jonah.

»Wachen!«, brüllte Roran.

Es geschah so schnell. Ramson sah, wie der Bogenschütze anlegte, wie sich die Bogensehne spannte. Und dann glänzte die Spitze des Pfeils, als er abgeschossen wurde; schnitt durch den Fackelschein, geschmeidiger als ein Flüstern.

Noch Jahre später konnte Ramson nicht sagen, warum er es tat. Er wollte tapfer sein, er wollte selbstlos sein, wie Jonah – doch letzten Endes, tief in seinem Fleisch und seinen Knochen, bestand er aus Feigheit und Egoismus.

Ramson duckte sich.

Ein leises, nasses Geräusch erklang, als würde man mit einem Messer einen Apfel schneiden. Jonah gab einen leisen Laut von sich – es hätte ein Keuchen sein können –, und langsam, leise, wie das letzte Blatt einer Erle, fiel er zu Boden.

Ramson erinnerte sich kaum noch daran, was als Nächstes passiert war – jemand schrie, doch er wusste nur, dass er auf die Knie gesunken und an Jonahs Seite gekrochen war, ihn an den Schultern schüttelte, überzeugt, er werde aufwachen und darüber lachen, dass er alle hereingelegt hatte.

Doch langsam wurde ihm bewusst, dass das Schreien von ihm kam. Jonah lag reglos da, sein Körper schlackerte wie der einer Puppe, als Ramson ihn schüttelte. Und Ramson sah nichts außer Jonahs Mitternachtsaugen, weit aufgerissen, als sei er überrascht, und sein schwarzes Haar, auf dem Boden ausgebreitet wie das Gefieder eines Raben. Nichts ergab Sinn – Jonah, wie er dort lag und sich leise Blut am Boden sammelte, wie der Schaft des Pfeils aus seiner Brust ragte, wo Jonah doch noch vor ein paar Sekunden am Leben gewesen war und geschrien hatte.

Das Bild blieb in Ramsons Kopf, in sein Gedächtnis eingemeißelt, während sein Vater und die Offiziere in ernsten Tönen miteinander murmelten und er von den Wachen nach draußen geschleift wurde. Der Mond schien unmöglich hell, und ein Wind heulte durch die Erlen und peitschte sein Gesicht.

Sie brachten ihn in ein Zimmer, das ihm gleichzeitig vertraut und unvertraut war. Die kastanienbraunen Wände waren von Porträts einer glücklichen Familie gesäumt, die junge Tochter lachte unter schimmernden rotbraunen Locken hervor. Der Kirschholzschreibtisch war sauber und fühlte sich kalt an. Alles in dem Raum war in einer sterilen Ordnung aufgereiht, ohne jegliche Wärme.

Das Büro seines Vaters.

Die Tür schloss sich, eine Tasse mit etwas Warmem, stark Duftendem wurde Ramson in die Hände gedrückt.

»Kakao mit Brandy«, sagte Roran Farrald in seinem kühlen Bariton. »Trink aus.«

Ramson beugte sich über die Tasse und musste würgen.

»Du musst Rückgrat entwickeln«, hörte er seinen Vater sagen. »Willst du jedes Mal speien, wenn du einen Menschen sterben siehst?«

»Warum bin ich nicht tot?«, flüsterte Ramson.

»Der Waisenjunge hat ein Geständnis abgelegt. Er hat dich angestiftet. Du wirst bestraft werden, aber die Hauptschuld liegt bei ihm. Und er ist rechtmäßig verurteilt worden.«

»Rechtmäßig …« Ramsons Hände zitterten, und er hob den Blick zu seinem Vater. »Ich bin derjenige, der die Medizin stehlen wollte«, flüsterte er. »Ich habe Euch gesagt, dass meine Mutter krank ist …«

Roran Farralds Blick war kälter als Stahl, als er Ramson ins Wort fiel. »Jonah Fischer ist wegen unbefugten Betretens eines Regierungsgebäudes, Verwicklung in organisiertes Verbrechen, Manipulation eines Minderjährigen …«

»Ihr wisst, dass das eine Lüge ist.« Tränen sammelten sich in Ramsons Augen. »Es war meine Schuld.« Er hörte noch einmal Jonahs ruhige Stimme, wie dieser die Schuld für ein Verbrechen, das auf Ramsons Konto ging, auf sich genommen hatte. Sah noch einmal den Glanz des Feuerscheins auf der Pfeilspitze, das Zurückschnellen der Bogensehne, den befiederten Pfeil, der durch die Luft auf ihn zugeschossen kam.

Und er hatte sich geduckt.

»Ich habe ihn umgebracht.« Die Worte purzelten aus seinem Mund, und er fühlte sich gebrochen, wie betäubt.

»Nein«, knurrte Roran Farrald, und er packte mit seiner gewaltigen Hand Ramsons Kinn so fest, dass sich Blutergüsse bilden würden. Sein Blick war verächtlich. »Du bist so *schwach,* du törichter Junge. Begreifst du es denn nicht? Du musst aus der Sache lernen, wenn du es auf der Welt zu etwas bringen möchtest. Freundschaft ist Schwäche. Es gibt nur Bündnisse, geschlossen, um ge-

brochen zu werden, wenn es einem zum Vorteil gereicht.« Er senkte die Stimme. »Aus jeder Tragödie, jedem Verlust, lässt sich etwas gewinnen. Du und ich, wir beide wissen, dass Fischer dich bei der Einschiffung geschlagen hätte. Fischers Tod kommt für dich zu einem günstigen Zeitpunkt. Jetzt wirst du den Rang …«

Die Tasse zerbarst an der Wand hinter Roran. Der Kakao tropfte wie Blut daran herunter. Ramson war auf den Beinen, seine Hände zitterten. Die Wut, die in ihm gebrodelt hatte, war übergekocht, und jetzt schrie er seinen Vater an: »Mein bester Freund – mein Meeresbruder – ist *tot*, und Euch geht es nur um eine verfluchte Prüfung?«

»Männer wie ich – wie *wir* – können unsere Zeit nicht mit *Freundschaft* und *Liebe* verschwenden.«

»Meine Mutter …«

»Ist tot«, beendete Roran den Satz gelassen.

Ramson schäumte, erstickte fast an seiner eigenen Wut, doch er wollte, dass sein Vater seine Pein spürte – wenigstens *etwas* spürte. Wild griff er nach Wörtern, um das Herz seines Vaters wie mit Messern zu treffen. »Habt Ihr ihr deshalb nicht helfen wollen? Weil sie für Euch eine Zeitverschwendung war?«

Sein Vater betrachtete ihn nur mit diesem kalten, berechnenden Blick. »Wie, glaubst du, bin ich dahin gekommen, wo ich heute bin?«, fragte Roran leise, und die schmerzhafte Wahrheit seiner Worte knisterte in der Luft.

Das konnte nicht sein. Es *konnte nicht* sein. Ihm drehte sich alles. Ramsons Hände griffen Halt suchend nach der Wand in seinem Rücken.

Roran trat zurück und wandte sich ab. »Ich habe mich von diesen Schwächen geläutert – von Freundschaften, von Liebe –, denn ich wusste, dass es Wichtigeres gibt.« Ramson stieß ein ersticktes Geräusch aus. »Macht und das *Königreich*, Junge. Die habe ich gewonnen, als ich diese Entscheidung traf. Und ich würde sie jederzeit wieder treffen.«

Als sein Vater sich umdrehte, die Augen ein stumpfes Schwarz, das Gesicht ausdruckslos wie der Tod, erblickte Ramson ein Spiegelbild dessen, was aus ihm werden würde. Ein Dämon von einem Mann, gefühllos und halb wahnsinnig, willens, jeden und alles in seinem Weg zu vernichten. Willens, ein unschuldiges Kind zu ermorden. Willens, eine Frau, die er einst geliebt hatte, sterben zu lassen.

Roran Farrald richtete sich auf, nahm die Hände hinter den Rücken, ganz der Admiral, der Soldat, der furchtlose Anführer. »Das ist der Preis, den Männer wie wir zahlen müssen, Junge. Das ist der Preis.«

Ramson Farrald erschien am nächsten Tag nicht zu den Übungen. Die Soldaten und Späher, die sein Vater aussandte, fanden keine Spur von ihm. Es war, als sei er über Nacht vom Erdboden verschwunden, und sie suchten nach einem Geist.

Männer wie wir.

Mit jedem brennenden Peitschenhieb, jedem erstickenden Moment in dem Eimer voll dunklem Wasser nahm die Wahrheit klarer Gestalt an. Ramson war zu Alaric Kerlan gelaufen – ehemals bregonischer Adeliger, jetzt Verbrecherkönig –, dem Mann, den sein Vater nun schon seit Jahren vernichten wollte, weil er gehofft hatte, ihn gegen seinen Vater zu benutzen. *Der Hass deines Gegners ist ein Schwert, kämpfe damit. Seine Hoffnung ist dein Schild, setze sie gegen ihn ein.* Eines der liebsten Schlachtmantras seines Vaters, nun eingesetzt zu seiner eigenen Vernichtung. Die Ironie allein hatte schon wie ein Erfolg gewirkt.

Doch wie viele Menschen hatte Kerlan in ebendiesen Kerker geschickt, damit sie angekettet, geschlagen und gefoltert wurden? Wie viele Affiniten hatte sein Orden zu einem Leben in Sklaverei verurteilt? Und die ganze Zeit über hatte Ramson an Kerlans Seite dessen Geschäfte und Häfen geführt, dessen Blutpakte vollzogen und war ein guter Schoßhund gewesen.

Er hatte sich von Freundschaft, von Liebe, von jeglicher Anteilnahme und allen Schuldgefühlen befreit. Er hatte zahllose Bündnisse geschlossen und sie genauso leicht gebrochen, wenn es ihm zum Vorteil gereichte. Er war guten Menschen in den Rücken gefallen, hatte böse Menschen betrogen, Diebe bestohlen und Lügner belogen.

Das ist der Preis, den Männer wie wir zahlen müssen.

Er war zu dem Dämon geworden, den er in jener Nacht in seinem Vater gesehen hatte. Er war der Schatten des Monsters geworden, das Alaric Kerlan war. Und obwohl sie in diesem Krieg auf unterschiedlichen Seiten kämpften, sah Ramson nun die Ähnlichkeiten zwischen Männern wie ihnen. Unbarmherzig. Selbstsüchtig. Schwurbrechend. Unmoralisch. Gnadenlos.

Männer wie wir.

Nein, dachte Ramson wild in einem Augenblick jäher Klarheit. *Ich nicht.*

Doch es war Anas Gesicht, das ihm als Nächstes erschien, das grimmig vorgereckte Kinn und die Art, wie sie beim Nachdenken an ihrer Unterlippe nagte. Hatte er ihr nicht geholfen? Sie beschützt, als sie am schwächsten war, sie vor jenen Söldnern gerettet?

Weil sie dein Lockmittel war, spottete eine Stimme in ihm. *Du hast sie benutzt, um an Kerlan heranzukommen. Als du fertig mit ihr warst, hast du sie fallen gelassen.*

Er erinnerte sich noch an die letzten Worte, die sie zu ihm gesagt hatte. *Ich möchte gern glauben, dass es unsere Entscheidungen sind, die uns ausmachen.* Und während er immer wieder in den Eimer Wasser gezwungen wurde, während Kerlans Peitsche gnadenlos auf seinen Rücken niedersauste, klammerte sich Ramson an diese Worte.

Es sind unsere Entscheidungen, die uns ausmachen.

»Jetzt ist es Zeit für meinen Lieblingstrick.« Kerlans Stimme schepperte in Ramsons halb bewusstloser Gedankenwelt. Er öffnete mühsam die Augen. Sein Rücken brannte, sein Körper stand kurz davor aufzugeben. Doch trotz der Erschöpfung, die sein Gehirn benebelte, weckte Angst seine Sinne.

Kerlan hatte in der Feuerstelle ein Feuer entfacht. Eine einzelne Stange lag so am Boden, dass das Eisen am Ende in den Flammen röstete.

Ramson riss an seinen Fesseln. Die Ketten rasselten, stabil wie eh und je. Er biss die Zähne zusammen gegen das Gefühl, dass ihm gleich das Herz aus der Brust hervorbrechen würde. Er würde Kerlan nicht die Genugtuung geben, dass dieser ihn schreien hörte.

Kerlan lächelte. »Na also. Eine Portion Angst. Was ich darum geben würde, diesen Ausdruck immer und immer wieder auf deinem Gesicht zu sehen, du unverbesserlicher Junge. Vielleicht werde ich dich noch länger am Leben lassen. Nein«, sagte er zu dem Schläger, der Anstalten machte, Ramson einen Knebel in den Mund zu stecken. »Ich möchte ihn um Gnade flehen hören.«

Angst durchspülte Ramsons Brust, und er ertrank von Neuem, seine Kehle schnürte sich zu, seine Glieder schwer und erfroren. Ramson packte seine Fesseln so fest, dass er spürte, wie ein Nagel riss. »Ich fresse lieber Hundescheiße, bevor ich dich um Gnade anflehe, Kerlan.«

Kerlan griff nach der heißen Eisenstange. »Ich habe es schon einmal gesagt, nicht wahr, Junge? Schmerz wie diesen wirst du nur zweimal im Leben verspüren. Das erste Mal, wenn du mein Vertrauen gewonnen und die Höllentore in den Orden der Lilie passiert hast. Das zweite Mal … wenn du dieses Vertrauen gebrochen hast und ich dich zurück in die Hölle werfe.« Er blies auf das heiße Eisen. Es glühte, leuchtend gelb in der Mitte, rot an den Rändern. »Ich hoffe, du genießt die Hölle, mein Sohn.«

Ramsons Tapferkeit und Klarheit verflüchtigten sich. *Kein Monster … deine Entscheidungen … Ana.*

Ein einzelner Moment nahm in seinen Gedanken klare Konturen an: der Nachthimmel, schwarz und strahlend, Schnee, der um sie beide herumwirbelte, als sie seine Hände hielt und ihm zuflüsterte, er könne gut sein, er könne die richtige Entscheidung treffen. Und als er losgelassen hatte, hatte sich der Lauf seines Lebens aufgesplittert in das, was hätte sein können, und das, was jetzt war. In der Nacht war er gegangen und hatte Worte ungesagt gelassen, sodass die Geister ihrer Echos von den stummen Schneewehen hinweggefegt wurden.

Sie war gebrochen, beschädigt, genau wie er – bloß, dass sie noch an das Gute glaubte und versuchte, stark und gütig zu sein. Während sie beide unter der Last und in dem Blut ihrer jeweiligen Vergangenheit ertranken, entschied sie sich dennoch, nach dem Licht zu greifen, wohingegen sich Ramson dem Dunkel zugewandt hatte.

Dein Herz ist dein Kompass, flüsterte Jonah.

Wenn er noch einmal die Wahl hätte, wofür würde er sich entscheiden?

Als das heiße Eisen kam, gab Ramson auf.

30

Die Welt um Ana herum schwankte, Schmerzen schossen ihr durch den Schädel. Widerwillig tauchte sie aus dem Schlaf auf. Blasses Licht tanzte über ihre Augenlider, und ein knarzendes Geräusch erfüllte die Luft. Etwas Kaltes rieb an beiden Handgelenken.

Ihre Lider flogen auf. Mondschein strömte durch ein kleines Glasfenster hoch oben in der gegenüberliegenden Wand und erhellte eine Holzdecke. Der Boden unter ihr neigte sich von einer Seite auf die andere, im Rhythmus des Knarzens. Sie befand sich in einer Kutsche.

»Ach, Ihr seid wach.«

Das Herz schlug ihr bis zum Hals. In der Ecke neben der Tür, in Dunkelheit gehüllt, war die Silhouette eines Mannes. Sie versuchte sich zu bewegen, doch ihre Arme blieben an der Wand neben ihr. Handschellen lugten aus den Chiffon- und Seidenschichten ihres Kleids hervor. Sie war an ihren Platz gekettet.

Panik betäubte ihren Verstand. Sie griff nach ihrer Affinität, nach dem instinktiven Gefühl von Blut, das durch sie hindurch und überall um sie her rauschte, fand jedoch nichts. Deys'voshk. Sie erkannte das benebelte Gefühl wieder, die anhaltende Übelkeit.

Der Mann beugte sich vor, die langen Finger verschränkt. Sein Gesicht war blass, mit Augen so schwarz, dass es war, als starrte man in einen Abgrund. Dieses Antlitz weckte Erinnerungen an dunkle Kerkergewölbe und kalte Steinmauern und den bitteren Geschmack von Blut in ihrem Mund. Ana erschauderte.

Sadov lächelte. »Seid gegrüßt, Kolst Pryntsessa.«

Sie atmete zu heftig, um nachzudenken, und ihre Hände zitterten an den Handschellen. Auf der Zunge schmeckte sie Spuren von Deys'voshk, bitter und beißend. Und sie hörte sein Flüstern. *Monster.* Ana stürzte sich auf die ersten Wörter, die ihr in den Sinn kamen. »Wohin bringt Ihr mich?«

»In den Palast von Salskoff.« Er betrachtete sie, als sei sie ein kostbarer Edelstein. »Die Kolst Imperatorya wird sich freuen, Euch wiederzusehen.«

Ihre Kaiserliche Majestät. Es gab nur einen Menschen, von dem er reden konnte. Morganya. Ana drehte sich der Kopf. Erinnerungen an ihre sanftmütige Tante wechselten sich mit Tetsyevs Geschichte von einer kalten, berechnenden Mörderin ab.

Doch Morganya war nicht Kaiserin. »Mein Bruder«, sagte Ana. »Mein Bruder ist Kaiser. Und er wird sich freuen, mich zu sehen.«

Sadovs Lippen kräuselten sich. Es war das gleiche sanfte Lächeln, das er zur Schau getragen hatte, wenn er sie in die dunkelsten Winkel des Palastkerkers gebracht hatte. »Habt Ihr es nicht gehört, Prinzessin? In fünf Tagen wird Euer Bruder aufgrund seiner angegriffenen Gesundheit abdanken und die Kolst Contessya Morganya zur kaiserlichen Regentin von Kyrillien ernennen.«

Fünf Tage. Ihr Magen fühlte sich hohl an. Sie wusste, dass Luka krank von dem Gift war – aber fünf Tage. Das war sogar noch weniger Zeit, als sie befürchtet hatte.

»In wenigen Wochen wird Euer Bruder tot sein, und Morganya wird die Kaiserin von Kyrillien werden.«

»Nein!« Ana versuchte sich auf ihn zu werfen, und ihre Ketten schepperten, während sie gegen selbige ankämpfte.

»Ich habe Euer Temperament vermisst, Pryntsessa«, säuselte Sadov. »Ihr habt ja keine Ahnung, wie lange ich auf diesen Moment gewartet habe. Ich gehe einmal davon aus, dass Pyetr Euch erzählt hat, was Morganya und ich alles planen?«

Pyetr – Pyetr Tetsyev. Wie viel von dem, was er ihr erzählt hatte, hatte der Wahrheit entsprochen? Und wie viel waren Lügen gewesen? Arbeitete er immer noch mit Morganya zusammen? Hatte er sie nur in Morganyas Plan eingeweiht, um ihr eine Falle zu stellen?

Ich sage die Wahrheit, Kolst Pryntsessa. Und Ihr müsst entscheiden, was Ihr mit dieser Wahrheit anfangt.

Sie schloss die Augen, als ihr die Hoffnungslosigkeit ihrer Lage mit einem Schlag bewusst wurde. May war tot, ihr Bruder lag im Sterben. Yuri und die Rotmäntel waren fort. Tetsyev war verschwunden. Ramson hatte sie verraten.

»Oh, seht nicht so todunglücklich aus, Prinzessin.« Sadov beugte sich vor und fuhr mit einem Finger über ihre Wange. Bei seiner Berührung regte sich kalter Ekel in ihr. »Ihr könnt Euch uns anschließen.« Ana hob den Blick, und sie fand in seinen Augen wahren Irrsinn. »So lange leben Affiniten nun schon unter der Fuchtel von Nicht-Affiniten. Wir sind mit diesen Fähigkeiten gesegnet, und dennoch werden wir von schwachen Menschen, die Schwarzstein und Deys'voshk gegen uns einsetzen, verunglimpft und kontrolliert. Warum sollten wir nicht Rache nehmen? Warum sollten wir sie nicht ausbeuten?«

Wir. Ungläubig starrte sie Sadov an, als sie die Erkenntnis traf. »Ihr seid ein Affinite.«

Sadovs dünne Lippen verzogen sich zu einem grotesken Grinsen. »O ja!«

Ana zitterte, während Erinnerungen in ihr aufstiegen an seine langen weißen Finger, die aus der Dunkelheit des Kerkers nach ihr griffen, die Angst, die ihr den Magen verdrehte, bis sie kaum noch atmen konnte. »Ihr kontrolliert den Geist, genau wie Morganya.«

Sadov legte den Kopf schräg und sah wie ein Lehrer aus, der einer Schülerin eine Antwort aus der Nase zog. »Fast richtig, Kolst Pryntsessa. Meine Affinität gilt Gefühlen. Insbesondere solchen der Angst.«

Angst. Er war ein Angstaffinite. Ana dachte zurück an das unerklärliche Entsetzen, das sie jedes Mal zu ertränken gedroht hatte, wenn sie die Stufen in den Kerker hinuntergestiegen war. Wie ihre Handflächen feuchtkalt geworden waren, sich ihr die Kehle zugeschnürt hatte und ihr die Knie weich geworden waren, ganz gleich, wie sehr sie sich bereit machte, dem Horror die Stirn zu bieten.

Es war die ganze Zeit Sadov gewesen, der mit ihrem Geist gespielt hatte. »Aber Ihr … Ihr habt mir Deys'voshk gegeben. Ihr habt mich gefoltert.« Ihre Stimme bebte.

»Ich habe es getan, um Euch stärker zu machen«, säuselte Sadov mit glänzenden Augen. »Deys'voshk baut Eure Widerstandskraft auf. Es vergiftet Euren Körper, aber es zwingt Eure Affinität, sich zur Wehr zu setzen. Ich vergleiche es mit einer Infektion, und die Affinität muss sie aus dem Körper tilgen. Auf diese Weise haben die Gräfin und ich im Lauf der Jahre unsere Affinitäten gestärkt. Wir haben ständig unsere Affinitäten unterdrückt und sie gezwungen zu erstarken.«

Ana wurde übel. »Warum?«

Sie kannte die Antwort bereits. »Damit Ihr mit uns kämpfen könnt.« Sadov streckte die Hand aus und berührte ihr Kinn. »Schließt Euch uns an, und gemeinsam werden wir diese Welt aus der Asche wiederauferstehen lassen. Wir werden herrschen, wie wir es verdient haben, und wir werden die Welt von den Unwürdigen reinwaschen.«

Ana starrte in die Augen ihres Folterers – weit aufgerissen und vor Leidenschaft glühend. Dies war kein Spiel, es war keine Lüge. Sadov glaubte tatsächlich, was er ihr da erzählte. »Ihr seid verrückt.«

Das Feuer in Sadovs Augen flackerte auf und erlosch. Er lehnte sich zurück, sein Gesicht wieder glatt und kalt. »Die Gräfin hat gesagt, Ihr würdet vielleicht Widerstand leisten. Zu rechtschaffen, hat sie gesagt.« Er verschränkte die Finger und verengte die Augen zu Schlitzen. »Es tut wenig zur Sache. Ihr werdet Euch uns anschließen, ob nun aus eigenem freien Willen oder unter Zwang.«

»Ich werde mich Euch niemals anschließen.« Ihre Stimme war ein leises Fauchen. »Ihr sprecht von Massenmorden in meinem ganzen Reich. Und ich würde lieber sterben, als das zuzulassen.«

»Schade«, sagte Sadov sanft. »Meine anderen Opfer haben ganz genauso tapfer dahergeredet, bevor sie sich meiner Affinität ergaben. Ihr wisst noch nicht, Pryntsessa, wie es sich anfühlt, wahre Hoffnungslosigkeit zu empfinden. Ich werde es Euch zeigen.«

Es wurde dunkel in der Kutsche. Sadovs Augen waren zu bodenlosen Gruben geworden, und Ana fiel und fiel, endlos, ohne einen Ausweg.

Um sie herum veränderten sich die Schatten, ihnen wuchsen Klauen, und sie schwärmten vor den Fenstern aus und griffen nach ihr. Ana unterdrückte einen Aufschrei. Ihr Puls raste, ihr Herz würde gleich aus ihrer Brust brechen, ihre Arme und Beine waren erstarrt, und sie konnte nicht das Geringste tun gegen das Entsetzen, das sie verschlingen würde …

Dann, einfach so, war es verschwunden. Die Monster draußen wurden zu den Silhouetten von Blättern, und die Angst floss aus ihr ab wie Wasser aus einer Wanne, sodass Ana dumpf und leer zurückblieb. Schweiß bedeckte ihre Stirn und Glieder, ihre Handflächen waren rutschig, als sie sich hochschob. Ihr entschlüpfte ein einzelnes ersticktes Schluchzen.

Sadov beugte sich vor wie ein fasziniertes Kind. »Na, wie fühlt es sich an?«, flüsterte er.

Ana spuckte ihm ins Gesicht. »Ich werde nie aufhören zu kämpfen«, sagte sie. Die Kutsche schaukelte, als sie über eine Unebenheit auf der Straße fuhr. Mehrere Äste peitschten über das Dach. »Ihr werdet nie siegen, wenn Ihr glaubt, Angst wäre der Weg.«

Sadov wischte sich das Gesicht ab und sah sie mit einem hässlichen Gesichtsausdruck an. »Ihr habt verloren«, sagte er. »Ihr glaubt, Ihr habt über Pyetr Tetsyev gesiegt? Er hat die ganze Zeit über mit uns unter einer Decke gesteckt. Wir haben ihn auf unserer Seite gebraucht, bis der junge Kaiser Mikhailov tot ist.«

Das Wissen, dass Tetsyev sie verraten hatte, drang mit unumstößlicher Gewissheit in ihre Brust. Und Ana wusste, dass sie den Alchemisten, wenn sie ihn das nächste Mal persönlich zu Gesicht bekäme, ohne zu zögern umbringen würde.

»Ihr glaubt, dieser erbärmliche Betrüger wird zu Eurer Rettung eilen?«, fuhr Sadov fort, und sein Entzücken wuchs. »Er ist tot. Es kommt Euch niemand zu Hilfe, Kolst Pryntsessa.«

Er ist tot. Trotz allem, was sie über Ramson erfahren hatte, drehten sich die Wörter in ihrem Herzen wie ein Dolch. Sie dachte an Fyrva'snezh mit ihm im Freien und daran, wie sie den langsam und leise vom Himmel herunterwirbelnden Schnee betrachtet hatten.

Wie viel davon war echt gewesen?

Es war egal. Sadov hatte recht – niemand kam ihr zu Hilfe. Also würde sie sich selbst einen Ausweg erkämpfen müssen. Wie sie es schon immer getan hatte.

»Ich brauche niemanden«, fauchte sie.

Ruckartig blieb die Kutsche stehen, als ein lauter Schlag auf das Dach erklang. Sowohl Ana als auch Sadov drehten die Köpfe zu dem kleinen Fenster oben. Netzartig verliefen jetzt Sprünge darüber, sodass der Mondschein draußen in Stücke zerfiel.

Kurz war ein Schatten zu sehen. Die Kutsche geriet ins Schwanken. Ein zweiter Schlag ertönte, das Glas bildete noch mehr Risse, und das Splittern hallte in der Kutsche wider. Ana war geistesgegenwärtig genug, sich zu ducken, als das Fenster mit einem letzten, laut dröhnenden Krachen in tausend glitzernde Stücke zerbarst und auf sie beide herabregnete.

Sobald sich das Glas gelegt hatte, hob Ana den Kopf. Scherben glitten ihr aus dem Haar und von den Schultern und fielen klirrend zu Boden. Jemand – oder etwas – hatte die Kutsche zum Stehen gebracht und das Fenster eingeschlagen.

In der Ecke vernahm sie Sadovs Stöhnen und das Geräusch von Glas, das unter ihm knirschte.

Über ihnen huschte ein Schatten vorbei. Ana reckte den Hals. Da war nichts, abgesehen von sich wiegenden Bäumen und einem klitzekleinen Ausblick auf den Mond, der wie eine silberne Sichel über ihnen hing.

Sie spürte den Eindringling, bevor sie ihn hörte: das Vorüberstreichen von Stoff an ihrem Handgelenk, ein Rascheln an ihrem Ohr. Sie drehte sich um und unterdrückte ein Aufkeuchen.

Der Eindringling war ein Kind – ein dürrer Junge im Vorpubertätsalter – in eng anliegender Kleidung. Er kreiste entlang der Wände durch die Kutsche, verschmolz mit den Schatten, löste sich wieder und blieb endlich neben ihr stehen.

Bevor sie Atem holen konnte, um etwas zu sagen, waren die Hände des Jungen an ihren Handgelenken, und sie vernahm das leise Rasseln von Schlüsseln. Sie hörten sich wie kleine, läutende Glöckchen an. Seine Berührungen waren federleicht, seine Finger kühl und weich, als sie geschickt an ihren Handschellen herumhantierten. Linke Hand. Rechte Hand. Fußknöchel.

Ana kam rasch auf die Beine, drückte sich gegen die Wand, die Hände zu Fäusten geballt.

Der Junge trat einen Schritt zurück, und mit der Anmut eines Tänzers ging er vor ihr auf die Knie. Der durch das zerbrochene Fenster hereinströmende Mondschein beleuchtete ihn wie einen der Darsteller im Kristalltheater des Palastes. Graziös. Souverän. Beherrscht.

»Meya Dama.« Eine weibliche Stimme, leise, ruhig und süß wie silberne Glöckchen. Der Eindringling blickte auf. Es war ein Mädchen. Eine junge Frau mit einem schmalen Gesicht und großen, dunklen Augen. Das schwarze Haar war knapp unter dem Kinn abgeschnitten und leicht gewellt. Sie konnte nicht viel älter als Ana sein.

Kemeiranisch, stellte Ana zu ihrer Überraschung fest. Eine zweite Erkenntnis traf sie, heftiger als die erste. Sie hatte dieses Mädchen schon einmal gesehen, vor vielen Abenden, im schwülen Fackelschein, begleitet vom tiefen Grollen von Schlachttrommeln. »Der Windgeist«, hauchte sie.

Das Mädchen richtete sich auf. Bevor es etwas sagen konnte, ertönte vom anderen Ende der Kutsche ein Stöhnen. Sadov rührte sich.

In Sekundenschnelle blitzten Klingen in den Handflächen des Windgeists auf. Doch als Sadovs Augen sich auf sie beide richteten, ahnte Ana angewidert, was kommen würde.

Die Mauer der Angst, die sie traf, war erdrückend: ein dunkles, allumfassendes Entsetzen packte sie lähmend. Sie ging zu Boden, und vor ihrem geistigen Auge flackerten Bilder auf. Ramson, der in einer Blutlache im Festsaal lag. Papas sich unter Krämpfen windender Körper, während ihm Blut aus dem Mund quoll. Acht Sterbende, auf dem Kopfsteinpflaster verteilt, zuckend, während das Leben in ihren Augen erlosch.

Dumpf vernahm Ana ein Rumsen, als der Windgeist zu Boden stürzte. Ein ganz leises Wimmern stieg aus der Kehle der Affiniten empor, ihr Gesicht umschattet von den Albträumen, die sie gerade heimsuchten.

Sadov schob sich auf die beiden zu, wobei er sich die Seite hielt, wo der Windgeist ihn getroffen hatte. Er hob eine Hand, und Mondlicht wurde von der Klinge reflektiert, die er hielt.

Er würde das Mädchen umbringen.

Ana warf sich vor den Windgeist. Sadov hielt inne, und in seinen Augen lag ein Zögern. »Aus dem Weg«, knurrte er, »oder ich bringe Euch beide um.«

Eine winzige Bewegung hinter ihr, und auf einmal toste ein Wind durch die Kutsche und warf Sadov zu Boden. Ana streckte Halt suchend die Hand aus, doch die Arme des Windgeists waren längst fest um ihre Mitte geschlungen.

Sie hielten einander, während sich die Bö um sie her zu einem Kreischen erhob und Sadov gegen die Kutschentür schleuderte. Noch ein Windstoß, und die Tür flog auf, und Sadov stürzte außer Sicht.

Der Wind legte sich. Die Welt wurde still.

Mit immer noch rasendem Herzen löste sich Ana von dem Windgeist. Sie blickte das Mädchen an, das geräuschlos aufgestanden war. Das Gesicht der Windaffiniten war tränenverschmiert, und sie hielt sich mit einer Hand an der Wand fest, einen Dolch in der anderen, während sich ihre Brust unregelmäßig hob und senkte.

»Alles in Ordnung?«, fragte Ana, deren Blick sich wieder auf die offene Tür richtete. Draußen erstreckte sich der Wald in abwechselnden Mustern aus Schatten und Mondschein.

»Ja.« Die Stimme war so schwach wie ein Lufthauch. »Wer war das?«

»Das ist eine lange Geschichte.« Ana bückte sich, um eine Glasscherbe aufzuheben, und hielt sie wie eine Waffe. »Wir müssen ihm hinterher. Kannst du dich bewegen?«

Die Windaffinite nickte rasch. Ihre Schritte waren leicht, wie das Rascheln der Flügel eines kleinen Vogels, als sie an Ana vorbeistürzte und aus der Kutsche sprang. Ana folgte ihr.

Ihre Füße landeten in weichem, frisch gefallenem Schnee. Draußen lagen die sechs Wachen, die mit der Kutsche geritten waren, tot und mit glasigen Blicken unter den sich biegenden Baumwipfeln. Matte Metallklingen ragten aus ihren Hälsen und Brustkörben. Der Schneefall hatte aufgehört, und die Wolken hatten sich gelichtet, sodass der helle Mond und Sterne als verschwommene Tupfer am Mitternachtshimmel zu sehen waren. Von Sadov war weit und breit nichts zu erkennen.

Der Windgeist zeigte auf etwas. Eine Fußspur führte von der Kutsche weg in die Dunkelheit der Bäume. »Ich kann ihm nachsetzen. Weit kann er nicht sein.«

Ana schloss die Augen. Wenn sie nur ihre Affinität einsetzen könnte, um zu erspüren, wo sich Sadov im Moment befand …

Doch das Deys'voshk hatte bereits seine Wirkung in ihrem gesamten Kreislauf entfaltet, und es konnte einen Tag dauern, bis die Wirkung der Dosis nachließ, die Sadov ihr verabreicht hatte.

Ana schüttelte den Kopf. »Er hat eine Affinität zur Angst. Es wäre gefährlich für dich, allein zu gehen.«

Der Windgeist nickte, huschte zwischen den Leichen der Wachen hindurch, nahm ihnen Messer und Essensrationen ab. Zum ersten Mal nahm Ana wahr, dass sie selbst immer noch in ihrem Ballkleid steckte, die perlenbestickte Handtasche am Handgelenk. Die Kälte brannte auf ihrer Haut, und sie schlang die Arme um sich.

»Hier.« Der Windgeist hielt ihr ein Kleiderbündel hin.

Ana zögerte. Sie hatte in ihrer Kindheit so viele Geschichten über das Kemeiranische Reich gehört – dass das Königreich Attentäter heranzog und sie als Spione im Dienst des brutalen Regimes einsetzte. Das Misstrauen gegenüber dieser Nation wurzelte tief in den Knochen eines jeden Kyrilliers. Papa hatte Ana vor den Kemeiranern gewarnt, ihre Lehrer hatten ihr beigebracht, sich vor ihnen zu hüten, und Luka hatte ihr vom langen Krieg zwischen den beiden Reichen erzählt.

Doch … die Gesichtszüge dieser jungen Frau, ihre stille Unsicherheit, die nackte Angst, die sie gepackt hatte, das alles deutete in eine andere Richtung. Sie hatte Ana das Leben gerettet.

Die Feindin meines Feindes ist eine Freundin.

Ana streckte die Hand aus und nahm die Kleider entgegen. »Danke«, sagte sie. Sie hatte dem Windgeist unzählige Fragen zu stellen. »Wie hast du mich gefunden?«

Die Windaffinite wirkte überrascht. Sie sah Ana unverwandt an. »Es war Teil der Abmachung.«

Der Satz klang nur allzu vertraut. »Abmachung?« Das Wort entschlüpfte Ana wie ein Atemhauch.

»Ja.« Ein heftiges Nicken, und dann kräuselte die zarte Gestalt leicht verwirrt die Stirn. »Mein Vertrag wurde nach meinem Kampf gegen den Stahlschützen in der Manege erworben. Er ist an dem Abend gekommen und hat mich abgeholt.« Ihre Augen wurden sanft. »Seinen Namen wollte er mir nicht verraten. Er sagte, ich hätte eine Wahl. Ich könnte einen Pakt mit ihm schließen oder auf der Stelle meine Freiheit erringen.«

Ana vermochte kaum zu atmen.

»Er hat mir aufgetragen, dich zu gegebener Zeit zu beschützen. Dann hat er mich befreit und mir gesagt, ich solle in Novo Mynsk auf ihn warten, bis er mir einen Schneefalken schicken würde.« Die Hand der Windaffiniten fuhr zu ihrem Haar. »Heute Abend hat er nach mir gerufen, also bin ich gekommen.«

Trotz allem, was Tetsyev ihr gesagt hatte – trotz aller gegenteiligen Beweise und der Fakten, die Anas Instinkten zuwiderliefen –, wusste sie sofort, dass es sich um Ramson handelte. Ramson hatte dieses Mädchen geschickt.

Auf einmal war die Luft zu kalt, und jeder Atemzug schnitt wie zerbrochenes Glas in Anas Lunge.

Kerlan hat ihn nur so lange am Leben gelassen, dass ich dorthin kam.

Ramson war nicht gut gewesen – und vielleicht hatte ein Teil von ihm das ändern wollen. In einer Welt der Grautöne hatte er eine klare Entscheidung getroffen. Und diese Entscheidung hatte ihr heute Abend das Leben gerettet.

Ana blinzelte die Tränen zurück. Sie konnte es sich nicht leisten, an Ramson zu denken oder zu versuchen, die ganze Geschichte zusammenzusetzen, warum er bestimmte Dinge getan, gewisse Entscheidungen getroffen hatte. Jedenfalls nicht jetzt. Nicht, wenn Luka in fünf Tagen zur Abdankung gezwungen werden würde, damit Morganya ihre Herrschaft des Blutvergießens und des Terrors antreten konnte.

Fünf Tage waren kaum genug Zeit für die Reise, doch sie musste nach Salskoff gelangen. Sie würde in den Palast zurückkehren, selbst ohne Tetsyev, und sie würde Morganya des Hochverrats am Kaiserreich beschuldigen.

Den Beweis hatte sie schon. Das Gegenmittel befand sich im Apothekentrakt, zusammen mit dem Gift. Und Luka – Luka würde ihr zuhören. Er würde ihr Glauben schenken.

Auf einmal kam ihr die Nacht nicht mehr ganz so düster vor.

Die Windaffinite löste gerade die Pferde von der Kutsche, als Ana zu ihr trat. »Wie heißt du?«

»Linnet«, flüsterte die junge Frau, als schmecke sie ein fremdes Wort auf der Zunge. »Ich heiße Linnet.«

Ana holte tief Luft. Ihre nächsten Worte waren ein Wagnis, doch es war ein Wagnis, das sie eingehen musste. Zu verlieren hatte sie nichts mehr. »Ich bin Anastacya Kateryanna Mikhailov«, sagte sie. »Kronprinzessin von Kyrillien. Und … ich brauche deine Hilfe. Bitte.«

Linnet reckte das Gesicht zum Himmel empor und schloss im silbernen Leuchten des Mondes kurz die Augen. »Mein Volk glaubt an das Schicksal. Dieser Mann hat mich aus der Knechtschaft befreit, damit ich dich beschützen konnte, und du hast mein Leben vor diesem Affiniten bewahrt. Die Götter haben unsere Schicksale vereint, und jetzt muss ich den Kreis vollenden. Ich werde die Klinge in deinen Händen sein und der Wind in deinem Rücken.« Sie hielt inne, und Entschlossenheit ließ ihre Gesichtszüge schärfer hervortreten. »Nenn mich Linn.«

31

Neben ihm in der Dunkelheit war ein Geist mit blassen Augen. Ramson stöhnte. Das war der einzige Laut, den er zustande brachte. Der Geist betrachtete ihn, und Kerzenschein flackerte über sein Gesicht. Irgendwo hatte Ramson das Gesicht schon einmal gesehen, doch wo, wusste er nicht mehr.

»Aufhören. Ich sage euch alles«, lallte er. Und dann kam ihm ein neuer Gedanke in den Sinn. »Bin ich tot?«

Allmählich kehrte das Gefühl in seinen Körper zurück. Seine Gliedmaßen brannten. Sein Kopf fühlte sich an, als hätte man ihn als Rammbock eingesetzt. Und seine Brust – *bei den Göttern*, seine Brust …

»Noch nicht, Ramson Schnellzunge«, sagte der Geist. Er trug eine Kapuze, und er hantierte auf sehr schmerzhafte, ärgerliche Art an Ramson herum.

»Wohl nicht«, überlegte Ramson. »Der Tod würde sich besser anfühlen, und ich wäre in Gesellschaft eines Mädchens mit Honigaugen statt in der eines hässlichen alten Knochenhaufens.«

Der Geist bedachte ihn mit einem verdrießlichen Blick. Er begann allmählich, sehr vertraut auszusehen, doch aufgrund seiner Kopfschmerzen fiel Ramson nicht ein, um wen es sich handelte.

»Wo bin ich?«, fragte er stattdessen. Es war zu dunkel, um es zu sehen.

»Auf dem kerlanschen Anwesen. Im Kerker.«

Das kerlansche Anwesen. Ramson versuchte, trotz seiner Benommenheit sein Bewusstsein zu aktivieren, doch die Anstrengung ließ ihn zusammenzucken. Die Erinnerungen kehrten nur langsam und schmerzhaft tröpfelnd zurück. Er sah den vermeintlichen Geist an, auf einmal misstrauisch. »Wer seid Ihr?«

Der Mann blickte unter der Kapuze zu ihm empor. Hervorstehende Augen, schmale Nase, Glatze.

Und dann fiel Ramson der Name ein.

»Tetsyev«, krächzte Ramson. »Was wollt Ihr? Was macht Ihr mit mir?«

»Ich heile Euch«, erwiderte Tetsyev gelassen. »Auch wenn ich es mir vielleicht anders überlege, falls Ihr mich noch einmal beleidigen solltet.«

Da bemerkte Ramson den seltsamen Geruch nach Kräutern und Chemikalien und das Gefühl von kaltem Gel überall am Leib. Er blickte auf seine Brust hinunter und zuckte zusammen.

Seine Haut ähnelte einer blutigen Scheibe Fleisch, in ein Dutzend unterschiedliche Richtungen zerschnitten. Und auf seiner Brust, beinahe dort, wo sich sein Herz befinden musste, war eine glänzende Stelle eingebrannt, über seinem alten Brandmal, dem Zeichen des Ordens der Lilie.

Er erinnerte sich an das Eisen, weiß glühend vor seinen Augen. Die unüberwindliche Angst, als es auf seine Brust gedrückt wurde. Die entsetzlichen Schmerzen und die willkommene Dunkelheit, die folgte.

Seine Entschlossenheit geriet ins Wanken, und die Hilflosigkeit, die über ihn hinwegwusch, reichte beinahe aus, um ihn zu ertränken. »Warum heilt Ihr mich?«, fragte er, und trotz all seiner Anstrengungen bebte seine Stimme. »Zur Vorbereitung auf eine weitere Folterrunde?«

Tetsyev trat zurück und betrachtete Ramsons Brust mit zusammengekniffenen Augen. Eine Schüssel mit durchsichtiger Salbe glänzte in seiner Hand. »Nein«, war alles, was er sagte.

Ramson zitterte, und es kostete ihn Mühe, ruhig zu sprechen. Erinnerungen an kaltes schwarzes Wasser, das ihm in die Kehle gegossen worden war und die Lunge gefüllt hatte, reichten, um seine Entschlossenheit zu brechen. Er schmeckte immer noch Galle auf der Zunge, spürte den sengenden Schmerz von Eisen, das sein Fleisch verbrannte. »Bitte«, sagte er heiser. »Bringt mich einfach um.«

Tetsyev zog eine Augenbraue in die Höhe. »Nein«, wiederholte er und schlurfte zum nächsten Regal. Bei seiner Rückkehr hielt er eine Verbandsrolle in der Hand. Langsam machte der glatzköpfige Mann sich daran, den Gazestoff um Ramson zu wickeln, und hielt nur inne, um Ecken festzustecken oder einen Streifen ein wenig zurechtzurücken. Er schwieg weiterhin.

Endlich lehnte Tetsyev sich zurück und warf noch einmal einen kritischen Blick auf Ramson. Mit einem Nicken begann er, in seinem Gewand zu kramen. Ramson sah etwas Metallenes aufblitzen.

Nein, wollte er flehen. *Bitte.*

Doch Tetsyev griff nach seinen Handschellen. Es ertönten ein paar Klickgeräusche, und dann fiel Ramson nach vorn, da ihn die Ketten nicht mehr an der Wand aufrecht hielten. Seine Glieder ruderten nutzlos hinter ihm durch die Luft. Als er zu Boden krachte, fühlte es sich an, als würden seine Knochen zerbersten. Er stieß ein ersticktes Schluchzen aus.

»Aufstehen«, sagte Tetsyev. »Die Kolst Pryntsessa wartet.«

Ramsons Gehirn fühlte sich an wie Brei, und es fiel ihm schwer zu begreifen, wovon der Alchemist sprach. Er wartete darauf, dass das unwillkürliche Muskelzittern aufhörte, sein Blutkreislauf sich wieder normalisierte und das Kältegefühl verebbte. Langsam, ruckweise setzte er sich auf. Die Verletzungen an seiner Brust protestierten mit einem dumpfen, pochenden Schmerz. Er hatte eine Ahnung, dass er sich eigentlich viel schwächer fühlen sollte, als es tatsächlich der Fall war.

»Die Salbe hilft dem Fleisch bei der Heilung«, erklärte Tetsyev, als hätte er Ramsons Gedanken gehört. »Ich habe Euch noch ein anderes Serum gespritzt, das die Erholung der Muskulatur beschleunigt.«

Ramson lehnte sich an die Wand und tat tiefe, bebende Atemzüge. Er spannte die Hände an, drehte die Arme. Vorher – vor Minuten, Stunden oder Tagen, er wusste es nicht mehr zu sagen – hatte er sich gefühlt, als würde jeder Zentimeter seines Fleisches brennen und sich von den Knochen schälen. Die Schmerzen waren immer noch da, aber dumpf, und sie ließen nach. »Warum macht Ihr das?«

»Ich tue Buße. Vielleicht ist es zu spät, um meine Seele zu retten, aber ich muss es versuchen. Ich muss meine Entscheidung treffen.«

»Wunderbar«, ächzte Ramson. »Die Gottheiten werden Euch reichlich dafür belohnen, dass Ihr mein Leben rettet.«

»Es geht mir nicht um *Euer* Leben. Sondern um das der Prinzessin.«

»Umso besser«, brachte Ramson mühsam hervor. »Ein adeliges Leben hat in den Augen der Gottheiten ganz bestimmt mehr Gewicht.«

Tetsyev seufzte. »Ich habe mein ganzes Leben voll Reue gelebt«, flüsterte er, und seine Worte trafen bei Ramson auf eine eigenartige Resonanz. »Und ich treffe die Entscheidung, meine Fehler zu korrigieren.« Er betrachtete Ramson mit kummervollem Blick. »Die Kolst Pryntsessa Anastacya braucht Euch. Sie braucht *Euch*. Welche Entscheidung werdet Ihr also treffen, Ramson Farrald?«

Entscheidung. Ramsons Verstand war immer noch durch die Schmerzen umnebelt, doch das Wort rief in ihm Erinnerungen an ein Mädchen wach. *Unsere Entscheidungen machen uns aus.* »Die Prinzessin«, wiederholte er langsam, und auf einmal nahm er die trübe Welt ganz scharf wahr.

Ana. Prinzessin Anastacya.

Erinnerungen entzündeten sich wie Funken vor seinen Augen. An das Gefühl der Vertrautheit, das ihn beim Anblick ihres Gesichts in der verlassenen Dacha in der Nähe von Geisterfall überkommen hatte. Ebendieses Gesicht war in Dutzenden seiner Lehrbücher aus der Kindheit gemalt gewesen, an der Seite des Kaisers und der Kaiserin und des Kronprinzen von Kyrillien. Und es war aus dem Licht der Öffentlichkeit verschwunden, als sie angeblich erkrankt war, und war langsam über die Jahre in jedermanns Erinnerung verblasst. Er entsann sich des süßlich aristokratischen Singsangs in ihrem Kyrillisch. Des gereckten Kinns, der Befehlsstimme, ihrer würdevollen Erscheinung.

Ana war die Kronprinzessin von Kyrillien, die jüngere Schwester von Kaiser Luka Aleksander Mikhailov und die Erbin des Kyrillischen Reiches und seines kranken, im Sterben liegenden Kaisers.

»Wie ich sehe, habt Ihr die Puzzlestücke endlich zusammengefügt.« Tetsyev wirkte belustigt.

Ramson drehte sich der Kopf. Aber … nein. »Das ist unmöglich«, sagte er matt. »Sie ist vor einem Jahr gestorben. Wegen Hochverrats hingerichtet.«

»Nein. Vor einem Jahr habe ich den ehemaligen Kaiser Aleksander Mikhailov ermordet.« Tetsyevs Stimme bebte. »Prinzessin Anastacya … wurde in der Nacht damals der Mord angehängt. Man beschuldigte sie des Mordes, doch sie versuchte zu fliehen und ertrank, bevor ihr der Prozess gemacht werden konnte. Jedenfalls heißt es so.«

Ramson packte sich an die Brust, und sein Atem ging flach, während er Tetsyev anstarrte. *Der Alchemist.* Ramson vernahm Anas Stimme in seinem Kopf, die Eindringlichkeit ihres Tonfalls, wenn sie von ihm sprach. Doch wenn er nachgefragt hatte – viele Male im Laufe ihrer Reise –, hatte sie kein Wort darüber verloren, *warum* sie hinter ihm her war.

»Ihr habt ihren Vater ermordet und dann ihr den Mord in die Schuhe geschoben?« Ihm wurde ganz übel, als er an die Gelegenheiten zurückdachte, bei denen er ihr mit dem Alchemisten gedroht, ihr den Gejagten in Aussicht gestellt und sie gezwungen hatte, seine Bedingungen zu erfüllen. Und die ganze Zeit war *dies* der Grund gewesen, weshalb sie ihn suchte.

Tetsyevs Stimme war heiser vor Reue. »Die Sache ist komplizierter.«

Ramson dachte an seine eigenen Entscheidungen. Die Sache war immer komplizierter. Doch das rechtfertigte nicht das Geringste. Genauso wenig änderte es etwas.

»Bitte, hört mir zu. Uns bleibt nicht viel Zeit.« Tetsyevs Tonfall war flehend. »Gräfin Morganya plant schon seit Jahren, die Linie der Mikhailovs zu stürzen. Die Prinzessin ist in diesem Moment auf dem Weg nach Salskoff, um sie aufzuhalten.« Tetsyev kniete vor Ramson. »Ich habe Kerlan angebettelt, dass er Euch von mir heilen lässt. Ich habe ihn dazu überredet, die Sache hinauszuzögern, damit Ihr länger am Leben bleibt und mehr leidet. In Wirklichkeit habe ich Euch aber aus einem anderen Grund gerettet: Die Prinzessin braucht Hilfe. Dieses *Kaiserreich* braucht Hilfe. Und allein schafft sie es nicht.« Tetsyevs Gesichtszüge wurden ruhiger, während er Ramson betrachtete, und in seinen Augen blitzte Entschlossenheit auf. »Selbst wenn Ihr nicht geht, werde ich es tun. So viele Jahre hat man mich der Möglichkeit beraubt, eine Entscheidung zu treffen. Ich treffe diese Entscheidung jetzt.« Er erhob sich, richtete seine dünne Gestalt auf und ordnete seinen weißen Alchemistenumhang. Ein silberner Deys'krug hing um seinen Hals, halb verborgen unter dem Gebetsgewand. »Ich werde der Prinzessin folgen. Und ich werde ihr helfen.«

Deine Entscheidungen, flüsterte eine leise Stimme in Ramsons Kopf. *Dein Herz ist dein Kompass.*

Er wusste es nun schon eine Weile, verspürte das unbezähmbare Ziehen in seiner Brust hin zu ihr. Mit jedem Lächeln, jedem Stirnrunzeln, jedem Wort hatte sie ihn langsam und unwiderruflich angezogen. Und jene langsam schwelende Flamme war unter einem Winterhimmel voller Schnee brüllend zum Leben erwacht und schien heller als alles andere in seinem Leben. Sie war der magnetische Pol zu seinem Kompass, das Morgengrauen, dem sein Schiff nun schon so lange über einem leeren Horizont nachjagte.

Mein Herz ist mein Kompass.

Ramsons Geist klärte sich. Im Dunkel des Kerkers konnte er kaum den sich entfernenden Umriss des Alchemisten ausmachen, das weiße Aufleuchten seines Umhangs, während der Mann in die Richtung eilte, in der sich der Fluchttunnel befand.

»Wartet«, sagte Ramson.

32

Als Ana aufwachte, waren da Stille, Schnee und Sterne. Ein kalter Luftzug fuhr durch die zerbrochenen Fensterscheiben der Dacha, die Linn und sie gefunden hatten. Das Feuer in der Feuerstelle war erloschen. Das weiche, silberbläuliche Schimmern hinter den zerfetzten Vorhängen verriet ihr, dass immer noch Nacht herrschte. Das Morgengrauen ließ noch auf sich warten, ganz knapp außer Reichweite.

Dennoch hatte sich etwas an ihrer Sinneswahrnehmung verändert. Erst im nächsten Moment wurde ihr klar, dass ihre Affinität wieder vorhanden war.

Erleichterung durchströmte sie, und sie setzte sich in den Decken und Fellen auf, die Linn und sie zu einem behelfsmäßigen Bett aufgehäuft hatten. Von dem Mädchen war nichts zu sehen, doch das leise Wiehern ihrer Pferde in der Nähe der Tür verriet Ana, dass ihre Gefährtin nicht lange weg sein würde.

Ana hielt sich mit beiden Händen den Kopf. Wenn ihre Affinität zurückkehrte, brachte sie das immer aus dem Gleichgewicht. Es war, als könnte man nur unscharf wieder sehen, als würde die Dunkelheit nach und nach von hellen Flecken und verschwommenen Bewegungen durchzogen.

Es war einen Tag her, dass sie das kerlansche Anwesen verlassen hatten und Sadov in der Syvernischen Taiga entkommen waren. Im Halbdunkel konnte sie immer noch die widerliche Angst schmecken, das Zischen von Sadovs Stimme aus den Schatten vernehmen.

In fünf Tagen wird Euer Bruder aufgrund seiner angegriffenen Gesundheit abdanken und die Kolst Contessya Morganya zur kaiserlichen Regentin von Kyrillien ernennen.

Auf einmal nahm Ana alles scharf umrissen wahr. Ihr blieben vier Tage, um in die Hauptstadt ihres Reiches zu gelangen.

Sie griff unter den Haufen aus Decken, bis sie die perlenbesetzte Handtasche, die, als Sadov sie entführt hatte, an ihrem Handgelenk festgebunden war, in die Finger bekam. Zerfleddert und voller Staub und Blut, beherbergte sie doch immer noch ihre letzten Habseligkeiten.

Ana kramte eine Leuchtkugel hervor und schüttelte sie. Die chemischen Pulver im Innern der Kugel knisterten, und nach einer Weile zündete ein Funke an der Ölschicht im Innern des Glases. Licht ergoss sich in die kleine Hütte, und Ana hielt die Kugel dicht über der Handtasche, während sie darin herumkramte.

Ihre Landkarte befand sich immer noch darin, zerfetzt und fleckig. Während Ana die Leuchtkugel darüberhielt, fand sie den Namen des Dorfes, an dem sie gestern Abend vorbeigekommen waren, bevor sie sich in der leeren Dacha niedergelassen hatten: Beroshk.

Mit dem Daumen fuhr sie die Strecke nach Salskoff nach und kalkulierte.

Genau vier Reisetage zu Pferd. Ihr Magen krampfte. Es würde knapp werden. Sie mussten sich bald auf den Weg machen.

Sie verlagerte ihr Gewicht, und der restliche Inhalt ihrer Handtasche fiel heraus. Ein Kupferstein und eine silberne Taschenuhr glänzten im Schein der Feuerkugel. Beim Anblick dieser Gegenstände stiegen Erinnerungen in ihr hoch, die wie frische Wunden schmerzten.

Sie besaß eine Handtasche voller Dinge, die Menschen gehörten, die sie, sosehr sie es auch versuchte, nie wieder würde zurückholen können.

Ana schleuderte die Tasche quer durchs Zimmer.

Hinter ihr ging die Tür auf und ließ einen kalten Windhauch herein. Als Ana sich umdrehte, erblickte sie Linn, die einen Ranzen an die Brust gedrückt hielt. Ihre Messer waren an die Taille geschnallt, ihre Bewegungen präzise und geschmeidig.

Ana sah weg, da sie sich schämte, beim Weinen ertappt worden zu sein.

Ohne ein Wort durchquerte Linn das Zimmer, hob die auf dem Boden verteilten Habseligkeiten auf und steckte sie sorgfältig zurück in Anas Handtasche. Sie zögerte, während ihre Augen forschend Anas Gesicht musterten. »Die Sachen scheinen dir viel wert zu sein«, sagte sie.

Ana wischte sich die Tränen weg und deckte den dunklen Brunnen ihrer Trauer wieder zu. »Wozu an diesen Dingen festhalten, wenn die Menschen, denen sie gehörten, tot sind?«

Linn legte die Handtasche neben Anas unordentlichen Deckenhaufen. »Weißt du, was ich gelernt habe?«

»Was?«

»Nur Verlust kann uns den wahren Wert der Dinge lehren.« Linns Kleidung raschelte, als sie vor Ana auf die Knie ging und ihre Hände packte. »Wir können nichts tun als weitermachen, einen Tag nach dem anderen. Wir leben im Gedenken an sie, tun die Atemzüge, die ihnen verwehrt bleiben, nehmen die Wärme des Sonnenscheins in uns auf, die eigentlich sie spüren sollten.«

Der Knoten in Anas Brust löste sich ein wenig. Sie fuhr sich mit dem Handrücken über die Wange und wischte ihre Tränen fort.

Linn streckte ihr die Hände entgegen. »Komm. Es gibt da etwas, was ich dir zeigen möchte.«

Linn öffnete die Tür der Hütte und verschwand. Ana folgte ihr, und als sie den offenen Türrahmen erreichte, verschlugen ihr die Kälte und der Anblick, der sich ihren Augen bot, den Atem.

Draußen leuchtete der Himmel in Wirbeln aus dunstigen blauen Lichtern, die sich bewegten und verebbten wie seichte Wellen. Ihr sanfter Schein wurde von den dunklen Bäumen der Syvernischen Taiga reflektiert. Ein paar Sterne strahlten wie Silberstaub, der dazwischen gefangen war. Und manchmal brach sich eine Lichterwelle Bahn, bis sie jenseits der Bäume der Syvernischen Taiga verschwand.

»Die Lichter der Gottheiten«, flüsterte Ana. Sie hatte bei ihren Studien davon gelesen, hatte den Hals an ihrem Schlafzimmerfenster gereckt, um einen Blick darauf zu erhaschen, doch die Mauern des Palastes von Salskoff waren immer zu hoch gewesen. »Sie sind … wunderschön.«

Linn ergriff ihre Hand und deutete in die Richtung. »Schau!«

Ein kalter Wind wehte an ihnen vorüber, und der ganze Wald schien zur Antwort zu flüstern. Am Rand der Bäume wirbelte Schnee vom Boden auf, wie von Phantomfingern bewegt. Ana sah zu, wie sich eine der Schneewehen in die Luft erhob, sich immer schneller drehte, bis sie die Gestalt eines Hirsches annahm. Unter dem bläulichen Leuchten der Lichter der Gottheiten hatte die silberne Erscheinung etwas Gespenstisches, als sie anmutig einen Schritt vorwärtsging.

»Eisgeister«, flüsterte Linn, gedämpfte Erregung in der Stimme.

Noch ein Windstoß ließ Schnee hochstieben, der die Gestalt eines laufenden Fuchses annahm, und dann war da ein springendes Kaninchen, und ein dahingleitender Adler tauchte am lebendig aussehenden Himmel auf.

Halb fasziniert, halb beängstigt, wich Ana einen Schritt zurück. »Linn, diese Geister können gefährlich sein.«

Linn schüttelte den Kopf. »Nur manche. Als ich bei den Affinitenhändlern war, zwangen sie uns oft, zur Strafe im Freien zu schlafen. Die Eisgeister haben mir Gesellschaft geleistet.« Sie drehte sich zu Ana, und die Lichter und der Schnee spiegelten sich in ihren dunklen Augen wider. »Ich wollte sie dir zeigen, weil ich glaube, dass in allem Gutes und Böses steckt, Ana. Und es ist das Gute in dieser Welt, weswegen sie es wert ist, gerettet zu werden.«

Ana schloss die Augen. Die Stille, die Lichter und der Schnee verliehen allem etwas Traumhaftes, und sie wünschte, diese Nacht würde nie enden. »Als Ramson dich befreit hat, hättest du deine

Freiheit nehmen können, ohne dich für den Pakt zu entscheiden. Warum hast du das nicht getan?«

Linn legte die Hände zusammen und verschränkte die Finger, um ein Oval zu bilden. »Aktion und Reaktion«, sagte sie geduldig. »Mein Volk glaubt, dass es zu jeder Aktion eine Reaktion gibt. Yin und Yang, Mond und Sonne, Nacht und Tag. Ramson hat mich gerettet, deshalb habe ich dich gerettet.« Sie sagte diese Worte schlicht, selbstbewusst, als sei es so einfach wie die Unterscheidung zwischen Schwarz und Weiß.

Ana schlang die Arme um sich. In der absoluten Stille fühlte es sich an, als wären sie die einzigen beiden Lebewesen auf der Welt, und ihr Eingeständnis stieg mit einer Atemwolke in die frostige Luft. »Ich habe Angst, Linn.«

»Das ist gut.« Linn blickte in die Ferne, wo die Eisgeister in ihren ständig wechselnden Gestalten unter dem blauen Licht der Gottheiten herumtollten. »Meine Mutter hat immer gesagt, das sei der Punkt, an dem wir uns entscheiden können, tapfer zu sein.«

»Das macht es nicht leichter.«

Linn senkte den Blick und lächelte. »Willst du ein Geheimnis wissen?«

Unwillkürlich erwiderte Ana das Lächeln. »Sicher.«

»Ich habe auch Angst.« Die Worte waren ein Flüstern im Wind. »Aber … es gibt da etwas, was ich will, ein Gefühl, das stärker ist als meine Angst.«

»Was denn?«

»Freiheit.« Über ihnen glitt der Schatten eines Falken unter den sich verändernden blauen Lichtern am Himmel dahin. Sein Kreischen durchdrang die Nacht. »Meine Händler haben mich meiner Freiheit und meiner Stimme beraubt. Sie gaben mir den Glauben, es gäbe nichts, was ich tun könnte. Dass es keine Hoffnung gäbe.« Linns Augen waren geschlossen. Sie holte Luft und drehte das Gesicht zu den schimmernden Lichtern draußen. »Ich habe so lange darauf gewartet, selbst eine Entscheidung zu treffen. Für jede befreite Affinite wie mich gibt es Tausende andere, die immer noch in diesem System gefangen sind, unsichtbar in den Schatten. Ich habe mich entschieden, für sie zu kämpfen, für *mich*. Wofür entscheidest du dich?«

Anas Stimme war heiser, als sie sagte: »Ich habe mich entschieden zu kämpfen.«

Linns Augen flogen auf, und Ana hätte schwören können, dass jemand sämtliche Sterne am Nachthimmel hineingezaubert hatte. »Gut. Nun habe ich dir etwas zu zeigen.«

Zurück in der Dacha, reichte Linn Ana ein zusammengerolltes Pergament. »Das hier habe ich auf dem Marktplatz gefunden.«

Ana entrollte das Plakat, und die Welt um sie her schien zu Asche zu zerfallen.

Es war ein Porträt von Luka. Er sah älter aus, als sie ihn zuletzt vor einem Jahr gesehen hatte – oder vielleicht war es die Art, wie der Künstler ihn dargestellt hatte. Seine Kieferpartie war kräftiger geworden, die Schultern breiter, doch eines, was sich nicht verändert hatte, war das strahlende Lächeln, das sein Gesicht erhellte. Der Künstler hatte ihn mit einem pelzbesetzten silbernen Umhang mit Tigerschnalle am Hals und der weißgoldenen Krone von Kyrillien gemalt, die ihm perfekt auf dem Haupt saß.

Behutsam fuhr Ana mit einer Hand über sein Gesicht, berührte die Rundung seines Kinns und die Stelle, wo sein Grübchen sein sollte. Das hatte der Künstler nicht eingefangen. Sie ließ ihren Blick noch ein paar Momente auf ihm verweilen, bevor er zu dem Text in goldenen Lettern wanderte, der darunter prangte.

Kolst Imperator Luka Aleksander Mikhailov
gibt seinen Verzicht auf den Thron und die Krönung
von Kolst Contessya Morganya Mikhailov
am fünften Tag des ersten Mondes im Winter bekannt.

Die Zeremonie findet im Großen Thronsaal
des Palastes von Salskoff statt.

Ana biss die Zähne zusammen. Was den Teil betraf, hatte Tetsyev jedenfalls nicht gelogen. Vier Tage – sie würden direkt am Krönungsabend eintreffen.

Sie würde dorthin gelangen, oder sie würde bei dem Versuch sterben.

Halte durch, Luka, dachte sie. *Ich komme.*

»Er ist schön«, hauchte Linn, den Blick auf das vom Schnee feucht gewordene Porträt von Luka gerichtet. »Ich hatte mir Kaiser Mikhailov immer … na ja … monströs vorgestellt.«

Die Wörter weckten einen zornigen Funken in Ana. »Warum?«

»Als Heranwachsende in Kemeira hat man uns von der Grausamkeit des Kyrillischen Kaiserreiches unterrichtet, von der Art, wie Affiniten hier behandelt werden.« Im Gesicht des Mädchens zeigte sich keine Feindseligkeit. Linn betrachtete das Porträt, die Stirn gekraust, als dächte sie wirklich nach. »Und nachdem ich hierherkam, erfuhr ich, wie dein Volk uns sieht: als gnadenlose, kaltblütige Krieger. Wir sind wohl alle Helden in unseren eigenen Augen und Monster in den Augen derer, die anders sind.«

Ana dachte an den Vyntr'makt in Kyrov, daran, wie der Yaeger sie angesehen hatte, als sei sie ein Monster. »In kyrillischen Lehrwerken oder im Unterricht wird es nicht oft erwähnt, aber ich weiß, dass andere Nationen Affiniten anders sehen«, sagte sie stattdessen.

»Ja«, erwiderte Linn. »In Kemeira sind wir die Tempelmeister und -meisterinnen. Wir dienen mit der jeweiligen Affinität, die die Götter uns gewährt haben. Ich wurde von den Windmeistern ausgebildet, um meine Affinität zu verfeinern, damit ich mein Königreich beschützen kann.«

Auf einmal fröstelte Ana. »Du bist von den Windmeistern ausgebildet worden?« Von den kemeiranischen Windmeistern wurde im Kaiserreich nur in gedämpftem Flüsterton gesprochen. Sie waren die tödlichsten Attentäter weit und breit, und es ging das Gerücht, sie hätten die Geheimnisse des Fliegens gemeistert. Es waren

Männer und Frauen des Windes und der Schatten, ungesehen und ungehört. Es hieß, einen Windmeister bekäme man nur einmal zu Gesicht, nämlich kurz bevor man von ihm die Gurgel durchgeschnitten bekam.

»Man hat mich dazu ausgebildet, Kemeira zu dienen. Ich wurde zu einem größeren Schicksal ausgebildet. Ich glaubte, ich würde es finden.« Schmerz huschte über ihr Gesicht. »In der Hoffnung, ich könnte meinen Bruder finden und nach Hause zurückbringen, bin ich an Bord eines kyrillischen Schiffs gegangen. Doch bei meiner Ankunft wurden mir meine Besitztümer und meine Ausweispapiere abgenommen. Sie sagten mir, ich würde verhaftet werden, es sei denn, ich unterschriebe einen Arbeitsvertrag. Ich wusste nicht, dass ich an dem Tag meine Freiheit verlieren würde.« Linn ließ den Kopf hängen. »Die Windmeister haben mich auf ein großes Schicksal vorbereitet, eine wunderbare Bestimmung. Ich weiß noch nicht, was es ist, aber ich glaube … ich glaube, du könntest vielleicht ein Teil davon sein.« Linn atmete durch und hob den Blick, während sie von Mut durchströmt zu werden schien. »Mein Volk glaubt an das Schicksal. Also werde ich deinem Pfad folgen, Ana … auf der Suche nach meiner Bestimmung.«

Ana griff nach Linns Händen und drückte sie. »Du wirst dir deinen eigenen Pfad bahnen«, sagte sie. »Und du wirst dir deine eigene Bestimmung erschaffen.«

Linns Lippen kräuselten sich. Auf ihrem Gesicht machte sich ein Lächeln breit, hübsch und voller Hoffnung.

An den nächsten drei Tagen reisten sie vom Morgengrauen bis in die Abenddämmerung, eingewickelt in Pelze und Umhänge, im gleichmäßigen Tempo ihrer dickhufigen Pferde. Schnee fiel unablässig aus dem grauen Himmel, und die Welt war ein Wirbel aus Weiß. Sie stellten sicher, dass sie vor Anbruch der Nacht in Dörfern oder Städten eintrafen, und krochen aus eingeschneiten Gasthäusern hervor, wenn die letzten Lichter der Gottheiten am Himmel verblassten und das gespenstische Schimmern der Eisgeister in den frühen Morgenstunden verschwand.

Nachts gingen sie ihre Pläne durch. Sie würden gerade rechtzeitig zur Krönung eintreffen – also würden sie Morganyas Verschwörung enthüllen müssen, bevor Luka abdankte.

Die Krönung würde die einzige Gelegenheit sein, bei der eine ausreichend große Anzahl von Menschen im Palast aus und ein ging, sodass sie sich unentdeckt Zutritt verschaffen könnten. Ana wusste, wie diese Veranstaltungen abliefen. Es würde eine mehrere Meilen lange Schlange von Kutschen mit Gästen geben. Auf der Kateryanna-Brücke würden Wachen postiert sein und die Gäste und deren Einladungen überprüfen.

Ihre einzige Chance bestand darin, eine Kutsche abzufangen und die Plätze der Gäste darin einzunehmen.

Sobald sie einmal im Palast wären, würde Ana sich zu erkennen geben und mit Luka wiedervereint werden. Sie würde ihrem Bruder und dem Hof alles erzählen, während Linn sich auf der Suche nach dem Gift und dem Gegengift, die ihre Behauptungen beweisen würden, in den Apothekentrakt begab.

Am vierten und letzten Tag ihrer Reise lag eine Reglosigkeit in der Luft. Es hatte aufgehört zu schneien. Die Sonne bestäubte die Welt mit Gold, und die Schritte ihrer Pferde waren leise in den weichen Schneeschichten.

Als Ana ihr Pferd zwischen zwei hohen Kiefern hindurchlenkte, fand sie sich am Rand einer Klippe wieder. Sie zog fest an den Zügeln, und als sie nach oben blickte, wurde sie von hundert Empfindungen erfüllt.

Die Sonne ging gerade über Bergen mit weißen Gipfeln auf und verwandelte die schneebedeckte Erde in eine glitzernde Leinwand voll Korallen-, Rot- und Rosatönen. Wolkenfetzen zogen Streifen über den erwachenden Himmel, verfärbt von den feurig orangefarbenen Strahlen der Sonne. Tundra erstreckte sich in alle Richtungen, so weit das Auge reichte, mit vereinzelten Kiefern und gezackten Bergen. Und so weit in der Ferne, dass sie beinahe – aber eben nur beinahe – mit der Landschaft verschmolzen, waren die Turmspitzen und roten Ziegeldächer von Salskoff.

Zu Hause.

Winde – frisch und kalt und nach Winter duftend – liebkosten ihre Wangen, streichelten ihre Schultern und ihren Nacken. Ihre Kapuze wurde nach hinten geweht, und ihr Haar tanzte in der Brise.

Zu Hause. Während sie den Palast in der Ferne anstarrte – *ihren* Palast –, überschatteten Zweifel die Sehnsucht, die von ihrem Herzen Besitz ergriffen hatte. Es hatte einfachere Zeiten gegeben, als in den Sälen Lukas und ihr Gelächter widerhallte, als sie abends an der Tür ihrer Gemächer gekauert und mit Yuri bei einer Tasse Kakao geflüstert hatte. Als Mama und Mamika Morganya zusammen an ihrem Bett gesessen und ihr Haar gestreichelt hatten, bis ihr Gemurmel in Träumen verblasste.

Doch es war unmöglich, an den Palast zu denken, ohne auch an die Risse zu denken, die sich über die Jahre ausgebreitet hatten. Papa, der sich von ihr abgewandt hatte. Sadov, der angesichts ihrer Schmerzen lächelte. All das hier, erbaut auf einer systematischen Korruption, die es der Aristokratie gestattet hatte, Profit aus dem Leiden von Affiniten zu schlagen.

Zu Hause würde nie wieder die gleiche Bedeutung für sie haben wie früher, erkannte Ana. Und während sie sich im Sattel aufrichtete, flüsterte ihr der Winterwind Shamaïras Worte zu. *Nein, Kleine Tigerin – wir nehmen, was uns zugewiesen wird, und wir kämpfen höllisch, um etwas Besseres daraus zu machen.*

Ana öffnete die Augen. Sie war die Erbin der mikhailovschen Linie, die Kleine Tigerin von Salskoff, und sie war auf dem Weg nach Hause.

33

In zehn Jahren hatte sich nichts und alles an ihrer Stadt verändert.

Als Ana, unter einer dicken Kapuze verborgen, durch die mondbeschienenen, verschneiten Straßen ging, kam es ihr beinahe so vor, als befände sie sich in einem seltsamen Traum. Die Erinnerungen, die sie an Salskoff hatte, stammten alle aus ihrer Kindheit, bevor sie im Palast eingesperrt gewesen war. Die Dachas, die sie als Kind so liebevoll »Lebkuchenhäuschen« genannt hatte, waren immer noch da, und Rauch kringelte sich fröhlich aus den Schornsteinen. Die Marktplätze, die Luka und sie (unter dem scharfen Blick von Kapitan Markov) besucht hatten, lagen, mit dekorativen Silbergirlanden behängt, da. Hohe Torbögen mit Marmorstatuen der Gottheiten und des kyrillischen weißen Tigers erhoben sich stolz und majestätisch über Plätzen und Hauptstraßen.

Zu dieser Jahreszeit leuchtete die Stadt vor Festlichkeiten. Silberbanner mit dem kyrillischen Tiger hingen an jeder Tür, Papierschneeflocken flatterten zwischen Laternenpfählen, und Kerzen flackerten sanft an jeder Türschwelle, während Salskoff seine Schutzgottheit des Winters willkommen hieß. Der Großteil der Einwohner der Stadt hatte sich wahrscheinlich in örtlichen Gasthäusern am Tigerschwanzfluss zusammengefunden, von wo aus man den Palast sehen konnte, und erwartete Neuigkeiten von der Abdankung und der Krönung.

Ana und Linn hatten sich bescheidene pelzbesetzte Wollkleider angezogen, um bei der Krönung nicht aufzufallen, Anas in einem dunklen Grünton und Linns in Marineblau. Im Mondschein gab die Kemeiranerin eine schmale Figur ab, doch Ana wusste, dass sich unter den Pelzen und Rockschichten Dolche befanden, die an ihre Fußknöchel, Arme und Taille geschnallt waren.

Sie entschieden sich für eine leere Seitenstraße, die direkt zur Hauptuferpromenade führte. Selbst von Weitem konnte Ana sehen, dass die Promenade vom Verkehr verstopft war. Der Schein von Laternen wurde von vergoldeten Kutschen reflektiert und fing sich hier und da im schneeweißen Fell von Valkryfen.

Ana und Linn brauchten einen ruhigen und dunklen Ort, weitab von neugierigen Blicken.

Ana war froh um den Deckmantel der Nacht, als Linn und sie sich an eine Ecke kauerten, unter der Markise eines geschlossenen Geschäfts. Mit einer Bewegung aus dem Handgelenk beschwor Linn Winde herauf, die die Laternen in der Nähe löschten, sodass die Umgebung in Dunkelheit getaucht wurde.

Sie warteten. Minuten verstrichen. Und dann, aus der Ferne, immer näher kommend, ertönte der unverkennbare Lärm von Hufschlag und Kutschenrädern.

Bevor Ana auch nur blinzeln konnte, war Linn verschwunden und stahl sich wie ein Schatten auf die Kutsche zu. Sie schnellte an die Hinterseite und schlüpfte dann, mit akrobatischer Präzision, durch die Tür.

Stille. Anas Herz schlug die verstreichenden Momente. Ihre Handflächen schwitzten. Die Kutsche zuckelte weiter, ohne dass der Kutscher ahnte, was sich im Innern abspielte.

Und dann schwang die Tür geräuschlos auf. Linns Kopf kam hervor. Sie hielt eine Hand hoch und machte in der Nacht ein deutliches Zeichen mit einem Finger. *Eins.*

Es gab nur einen Passagier in der Kutsche. Sie benötigten eine zweite Einladung.

Ana gab Linn ein Zeichen. *Fahr du. Ich suche mir eine andere.*

In der fast vollständigen Dunkelheit konnte sie ausmachen, wie sich Linns Silhouette vor Bestürzung verspannte. Ana schüttelte abermals den Kopf und winkte. *Fahr.*

Eine kurze Pause, und dann verschwand Linn im Kutscheninnern. Die Tür schloss sich ohne das leiseste Geräusch.

Das Ganze hatte weniger als eine Minute gedauert.

Ana verschmolz wieder mit den Schatten und sah die Kutsche, in der Linn fuhr, auf die Uferpromenade zurollen, die zum Palast führte.

Es dauerte nicht lange, bis eine weitere Kutsche auftauchte.

Linns Taktik folgend, duckte Ana sich, als die Kutsche vorüberrollte, und sprang hinten auf. Bei Linn hatte es so mühelos gewirkt, doch ein Ruck der Kutsche schleuderte Ana beinahe in die Luft, und ihre Hände suchten eilig besseren Halt.

Ana holte Luft, während sie sich festhielt, und streckte ihre Affinität aus, um das Kutscheninnere abzusuchen. Ein Körper mit warmem, pulsierendem Blut.

Ana öffnete die Kutschentür und schwang sich hinein. Sie hatte ihre Affinität um den Hals der Frau geschlungen, noch bevor sie die Tür hinter sich schloss. Die unglückselige Adelige wand sich auf ihrem Platz, nach Luft ringend, und ihr Gesicht verfärbte sich rasch rot.

Ana hielt der Frau den Mund zu, damit sie keinen Laut von sich geben konnte. Sie zog am Blut der Frau, bis deren Augen sich nach hinten verdrehten und sie auf ihrem Platz zusammensackte. Die Kutsche setzte ihren Weg fort. Von außen musste es aussehen, als sei alles in Ordnung.

Nachdem Ana die Adelsfrau auf den Kutschenboden gelegt hatte, durchwühlte sie die Seidenfalten deren Kleides, bis sie fand, wonach sie suchte: den Einladungsbrief, gefaltet in einem nach Rosen duftenden Umschlag aus Goldfolie.

Obwohl Ana wusste, dass die Frau nicht tot war, hatte sie ein schlechtes Gewissen beim Anblick der bewusstlosen Gestalt zu ihren Füßen. Sie teilte die Samtvorhänge und blickte aus dem Fenster.

Ihr Herz machte einen Sprung. Sie waren auf die Uferpromenade eingebogen, und jenseits des Flusses kam der Palast von Salskoff in Sicht.

Ihr Zuhause war immer noch das Schönste, was sie jemals gesehen hatte. Die Palastmauern erhoben sich unglaublich hoch vor ihnen, die cremeweiße Farbe der Backsteine glitzerte von Schnee und Eis. Über den mit Zinnen versehenen Mauern ragten die Kuppeln und Turmspitzen des Palastes in den Himmel, und der Mondschein verlieh ihnen etwas Gespenstisches. Lichtflecken flackerten zwischen dem verschwommenen Grau und Weiß auf und hauchten dem Palast aus Schnee und Stein Leben ein.

Sie war zu Hause.

Die Kateryanna-Brücke war mit Bannern und Silberdekorationen geschmückt. Auf beiden Seiten loderten Fackeln, während Statuen der Gottheiten auf sie herabblickten, die Gesichter leuchtend. Ana schickte ihren Eltern einen stummen Schwur und machte das Zeichen des Deys'krug auf der Brust. Heute Abend schenkte ihre Mutter ihr Mut, und ihr Vater schenkte ihr die Kraft, das Unrecht zu beheben, das er nicht behoben hatte.

Am Ende der Brücke, gleich vor dem gewaltigen vergoldeten Doppeltor zu den Palastanlagen, stand eine Reihe von Palastwachen in blauen Umhängen. Anas Magen verkrampfte sich, und sie schauderte ein wenig zurück. Doch als ihr Blick weiter an der Reihe der Kutschen entlang nach vorn schweifte, sah sie etwas, bei dessen Anblick ihr fast das Herz stehen blieb.

Seitlich von der Brücke, kaum ein Dutzend Schritte entfernt, die Prozession der Kutschen wie Habichte beobachtend, standen Sadov und der Yaeger vom Vyntr'makt in Kyrov.

Als hätte er ihren Blick gespürt, wirbelte der Kopf des Yaegers in ihre Richtung. Er hatte sie gefunden.

Der Yaeger murmelte Sadov etwas zu und machte sich auf den Weg zu ihrer Kutsche. Als der vertraute Druck auf ihren Geist niederfuhr und ihre Blutwahrnehmung einer Kerze gleich erlosch, wusste Ana, dass es zu spät war.

Sie riss die Tür auf und stolperte auf das Kopfsteinpflaster. Schreie erfüllten die Luft um sie her, Stiefel klackerten über die Brücke, und sie hörte, wie Schwerter gezückt wurden. Und dann packten Hände sie unsanft von hinten, zerrten sie zurück und schleuderten sie gegen das Brückengeländer.

Instinktiv griff sie nach ihrer Affinität, um die Wachen abzuschütteln, die sie festhielten – und traf auf die undurchdringliche Wand des Yaegers.

Ana hob den Kopf. Und sah Sadov in die Augen.

»Ah«, sagte er leise. »Ich habe auf Euch gewartet.«

Ana zerrte abermals an ihrer Affinität, doch die Mauer hielt stand. Neben Sadov verengten sich die Augen des Yaegers.

Sie war ihnen direkt in die Falle gegangen.

Linn. Ana warf einen Blick auf die Reihe der Kutschen, die immer weiter über die Brücke fuhren und durch die Palasttore verschwanden. Entweder war Linns Kutsche durchgekommen, oder sie stand immer noch irgendwo im Stau und wartete darauf, die Brücke zu erreichen – sodass ihr reichlich Zeit bliebe, die Flucht zu ergreifen.

Zumindest wäre Linn in Sicherheit.

»Loslassen!«, fauchte Ana die Wachen an und wand sich in ihrem Griff. »Ich bin die *Kronprinzessin*. Ich verlange, meinen Bruder zu sehen.«

Um sie herum rissen mehrere Wachen die Augen auf, doch da trat Sadov vor Ana. »Ich wusste, dass Ihr zurückkehren würdet«, keuchte er so laut, dass ihn jeder hören konnte. »Ihr seid wieder da, um zu Ende zu führen, was Ihr von Anfang an vorgehabt hattet: Euren Bruder zu ermorden, genau wie Ihr Euren Vater ermordet habt.«

»Nein!«, brüllte Ana und wollte sich auf ihn stürzen. Der Druck in ihrem Geist nahm zu, und sie sackte zusammen.

Sadovs Augen waren kalt. »Mein Yaeger hat Euch als gefährliche Affinite identifiziert. Ihr müsst unter Kontrolle gebracht werden.«

Aus den Falten seines Umhangs holte er ein vertrautes Fläschchen hervor und hob es vor ihr hoch, wie um ihr zuzuprosten. Das Deys'voshk funkelte im lodernden Fackelschein.

Die Wachen hielten Ana nun fest an der Brüstung der Brücke. Unter ihnen schäumte und wogte der Tigerschwanzfluss.

Es gab keinen Ausweg – es sei denn, es gelänge ihr, sich weit genug von dem Yaeger zu entfernen, um wieder auf ihre Affinität zugreifen zu können. Ana betrachtete die Wachen, die sie im Halbkreis umzingelten. Sie versuchte noch einmal vergeblich, ihre Häscher zu packen. Dann kam Sadov ganz nah an sie heran und nahm ihr Kinn in die Hand. Seine Nägel gruben sich in ihre Wangen, und Ana wusste, was kommen würde, noch bevor sich seine schwarzen Augen in die ihren bohrten.

Die erste Welle von Sadovs Angstmanipulation traf sie und zerstreute jegliches logisches Denken. Anas Knie gaben nach. Ihr Körper war wie gelähmt. Sie sackte gegen die Wachen, die sie festhielten, rang nach Atem, und die nassen Kopfsteinpflastersteine der Brücke drehten sich vor ihren Augen.

»Lasst sie los«, hörte sie Sadov undeutlich zu den Wachen sagen, die von Ana abließen und einen Schritt zurücktraten. Ana sackte auf dem Boden zusammen und zitterte so heftig, dass Tränen aus ihren Augen tropften. »Ich kann sie kontrollieren.«

Zwischen den Wellen der Angst klammerte sie sich fest an einen Gedanken, ein Gefühl, den instinktiven Ruf einer Erinnerung von vor zehn Jahren.

Es gab nur einen Ausweg.

Als Ana wieder krampfartig von Angst gepackt wurde, beugte sie sich vor und würgte.

»Kommt her, mein kleines Monster«, säuselte Sadov. »Seid brav und gehorcht mir. Trinkt das Deys'voshk, und wir werden Euch zur zukünftigen Kaiserin bringen. Sie will Eure Verbündete sein, nicht Eure Feindin.«

Obgleich ihre Muskeln zitterten, packte Ana das Brückengeländer und zog sich auf die Beine. Die Brüstung grub sich in ihr Kreuz, als sie sich dagegen lehnte, während ihr das Haar an der schweißnassen Stirn klebte. Sadovs Affinität griff sie weiter an, und sie erinnerte sich an ihre Albträume vom Sturz über die Brücke in den Tigerschwanzfluss. Bilder der wilden weißen Wirbel durchfluteten ihren Geist, und sie schloss die Augen vor dem Gefühl, heftig herumgeschleudert zu werden.

Ich habe Angst.

Und es war Linns Stimme, die ihr in dem Moment in den Sinn kam, wie eine Klinge, die den Nebel ihrer Angst durchschnitt. *Das ist der Punkt, an dem wir uns entscheiden können, tapfer zu sein.*

Ana schluchzte so heftig, dass sie glaubte, es würde sie zerreißen. Ihre Hände umklammerten das Geländer noch fester.

Sie verlagerte ihr Gewicht, stieß sich ab und stürzte von der Kateryanna-Brücke in die gähnende Tiefe des Tigerschwanzflusses.

34

Als Ramson sie fallen sah, stand er gerade unter einer Laterne auf der Uferpromenade neben der Kateryanna-Brücke und wartete auf Tetsyevs Zeichen, dass ihm Zutritt zum Palast gewährt würde.

Prinzessin Anastacya wird Morganya aufhalten, hatte der Alchemist gesagt. *Und wir müssen zu ihr gelangen, bevor Morganyas Sicherheitskräfte es tun.*

Bloß, dass die Gräfin und ihre Sicherheitskräfte Ana zuerst gefunden hatten.

Er hatte seinen Augen nicht getraut, als er sie auf der Brücke gesehen hatte – doch es war, wie ihm klar wurde, voll und ganz Ana, mit sturem Stolz etwas derart Unverfrorenes und lachhaft Törichtes zu versuchen. Mit wachsender Sorge hatte er beobachtet, wie sich die Auseinandersetzung auf der Brücke entfaltete, während er sich in Gedanken bereits die möglichen Szenarien ausmalte, die sich hieraus ergeben konnten.

Er hatte nur nie damit gerechnet, dass sie springen würde.

Und Ramson tat das Einzige, was ihm in den Sinn kam. Er sprang ihr hinterher.

Er war vernünftig genug, tief einzuatmen, bevor er wie ein Sack Steine in den Fluss platschte. Das Wasser zog ihn nach unten, trug ihn hierhin und dorthin und zog ihn immer weiter in die Tiefe. Er sah nichts, hörte nichts, konnte nicht atmen. Die Welt um ihn her schien sich in jede mögliche Richtung zu drehen, und er fühlte sich durch den Zorn des Flusses unweigerlich in jene stürmische Nacht zurückversetzt, die sein Leben für immer verändert hatte.

Er war wieder acht Jahre alt, und er war dabei zu ertrinken in den schwarzen Fluten jenes Unwetters, das Jonah und ihn beinahe das Leben gekostet hatte. Doch der echte Albtraum war das Bild von Jonahs krähenschwarzen Augen, weit aufgerissen und ins Leere blickend, das in Ramsons Gedächtnis eingebrannt war.

Entsetzen schnürte Ramson die Kehle zu. Die Dunkelheit war absolut. Er hatte keinerlei Orientierung.

Nein, dachte er, und die Phantome seiner Gedankenwelt verflüchtigten sich. Was auch immer Jonah und ihn zusammengeführt hatte – Zufall, Schicksal oder die Götter –, sein Freund hätte nicht gewollt, dass es sein Tod war, der ihm in Erinnerung blieb.

Sondern das, was Jonah ihm zu Lebzeiten beigebracht hatte.

Schwimm. Die Stimme klang so real, dass Ramson die Augen öffnete. Doch statt des dunkelhaarigen Jungen mit dem blassen Gesicht war da ein Mädchen vor ihm: ein tapferes, selbstloses und stures Mädchen, das sich einen Weg in sein Herz gebahnt hatte, an Jonahs Seite.

Er würde sie nicht verlieren.

Nicht noch einmal.

Schwimm, erklang die Stimme, doch diesmal war es seine eigene.

Ramson schlug mit den Beinen aus. Die Strömung zerrte das Mädchen weg, nach unten, wo es immer dunkler wurde. Ana ruderte wild mit den Gliedern, ihr Kleid bauschte sich um sie, zog sie nach unten.

Ein brennender Schmerz quer über seinem Unterarm ließ ihn zusammenzucken, und seine Hand schnellte vor, um zu packen, was immer ihn getroffen hatte.

Ein Pfeil.

Noch einer schoss an ihm vorbei und noch einer.

Bogenschützen. Diese Mistkerle waren *wirklich* darauf aus, sie beide umzubringen.

Um Bogenschützen zu entkommen, schwamm man, wie Ramson wusste, am besten tiefer. Die Pfeile wurden innerhalb des ersten Meters, nachdem sie auf die Wasseroberfläche getroffen waren, langsamer. Ana und er hatten größere Überlebenschancen, wenn sie unter Wasser blieben und sich vom Fluss weit genug davontragen ließen.

Er schwamm auf Ana zu. Ihre Arme ruderten ziellos im Wasser, doch ihre Bewegungen wurden immer schwächer. Noch ein Beinstoß, dann schlang er die Arme um sie und zog sie herab.

Sie mussten unter Wasser bleiben, bis die Bogenschützen sie für tot hielten – doch es gab ein weiteres Problem: Atmen mussten sie auch.

Ana öffnete den Mund. Bläschen trieben nach oben, und er spürte die Zuckungen des Mädchens an seiner Brust. Die Lektionen, die man ihm in der Blauen Festung von Bregon eingetrichtert hatte, liefen vor seinem inneren Auge ab. Ihre Lunge dehnte sich aus, getrieben vom unwiderstehlichen Verlangen nach Sauerstoff. Wasser strömte hinein. Schon bald würde sie das Bewusstsein verlieren. Und danach würde ihr Herz stillstehen.

Seine eigene Lunge brannte von dem Bedürfnis nach Luft, und seine Beine wurden mit jedem Stoß schwächer. Als Rekrut der Marine hatte er gelernt, mit Wasser umzugehen und der Sehnsucht, Atem zu holen, zu widerstehen. Er hatte mitten im Winter in den eisigsten Gewässern trainiert, um seine Widerstandsfähigkeit aufzubauen.

Doch selbst ein Marinerekrut kam nicht gegen die Gegebenheiten der Natur an.

Zur Hölle mit den Pfeilen – sie würden zuerst ertrinken, wenn sie hier unten blieben.

Ramson machte eine Beinbewegung. *Nach oben, nach oben.* Doch in welche Richtung ging es nach oben? Ihm war schwindlig, und die Strömung traf ihn härter, wurde schäumender.

War das Licht? Er musste atmen. Er musste herausfinden, in welche Richtung es nach oben ging. Luftbläschen – er brauchte

Luftbläschen. Sie würden ihn nach oben führen. Doch auch nur das kleinste bisschen Atem auszustoßen könnte dazu führen, dass er schneller ertrank.

Ramson kämpfte gegen die Dunkelheit an, die sich über sein Blickfeld legte, öffnete den Mund …

Und brach durch die Wasseroberfläche. Kalte Luft schoss in seine Lunge, und er sog ein paar tiefe, wunderbare Züge ein. Dann drehte er sich keuchend zu Ana.

Ihr Kopf trieb im Wasser auf und ab. Ihr Mund war offen, doch ihre Augen waren geschlossen. Er konnte nicht sagen, ob sie atmete.

Er kämpfte sein Entsetzen nieder, zog ihr Kinn auf seine Schulter und schwamm aufs Ufer zu.

Die Strecke zum Ufer war anstrengend. Der Fluss war über hundert Meter breit, und mit jedem Beinstoß schien das Ufer weiter weg zu sein. Ramson schwamm mit der Strömung und konzentrierte sich darauf, seinen und Anas Kopf über Wasser zu halten.

Endlich erreichte er das gefrorene Ufer und hievte sich und Ana durch den Schlamm und den Schnee nach oben. In weiter Ferne, nicht größer als seine Handfläche, schimmerten trübe die Lichter der Kateryanna-Brücke. Seine Muskeln flehten um eine Ruhepause. Es wäre so leicht, sich ein paar Minuten hinzulegen.

Doch Ramson drehte sich zu Ana. Seine Hände zitterten nicht nur vor Kälte, als er mit einem Finger ihre Lippen berührte.

Keine Atmung. Er hatte damit gerechnet, aber die Hoffnung stellte törichte Dinge mit dem Kopf eines Mannes an.

Ramson kniete neben Ana und legte die Hände auf ihre Brust, eine über die andere. Und dann, die Herzschläge stumm mitzählend, begann er zu drücken. *Eins, zwei, drei, vier …*

Mehr als alles andere wollte Ramson mit den Fäusten auf den Boden schlagen und schreien, doch er zwang sich, in einem regelmäßigen Rhythmus bei der Herzdruckmassage mitzuzählen.

Fünf, sechs, sieben …

In seiner Brust bildete sich ein schmerzhafter Knoten, gleichzeitig heiß und kalt, und drohte, ihn in Stücke zu reißen. Ana war schlaff unter seinen Händen, ihre Augen geschlossen, ihre Lippen versiegelt.

Acht, neun, zehn.

Ramson senkte das Gesicht zu ihrem und schob ihren Mund auf. Ein, zwei Atemstöße zur Beatmung. Die Logik wappnete ihn gegen den weißen Nebel der Panik in seinen Gedanken, und er betrachtete ihre Brust auf Bewegungen hin.

Zehn Druckmassagen. Zweimal beatmen. Zehn Druckmassagen. Zweimal beatmen. Es war zu einer Art Gebet geworden, ein Sprechgesang, der ihn bis ins Innerste betäubte. Er kniete vornübergebeugt auf dem Boden, die Hände vor sich verschränkt. Und diesmal flehte Ramson. Er flehte seine drei Götter an, die er inbrünstig gehasst und an die zu glauben er sich seit Jahren geweigert hatte. Er flehte die kyrillischen Gottheiten an, die er entehrt hatte, indem er ihr Reich geschändet hatte. Er flehte alles und jeden an, der zuhören würde.

Zehn Druckmassagen. Zweimal beatmen. *Bitte. Ich werde alles tun.*

Sie hustete, spuckte Wasser, und als sie die Augen aufschlug, schien sich die Welt selbst wieder zu bewegen. Noch während sie sich zur Seite drehte und sich in den Schnee übergab, griff er nach ihr, und als ihr trockenes Husten nur noch ein Keuchen war, nahm er sie in die Arme und drückte sie fest an sich. Und als sie die Arme um ihn schlang, wurde Ramson bewusst, dass die ganze Zeit über er derjenige gewesen war, der hatte gerettet werden müssen.

Seine Wangen waren vor Tränen warm, als er das Gesicht an ihrer Schulter vergrub. Endlich, dachte Ramson, während er sich von ihr halten ließ, verstand er ein bisschen, was sein Vater gemeint hatte, als er gesagt hatte, Liebe sei eine Schwäche.

35

Ana träumte. Ramson hielt sie, sein Umriss durch den Mond in Silber getaucht vor der Dunkelheit, seine Arme um sie geschlungen, als wollte er sie nie wieder loslassen. An ihn gedrückt, durch den Stoff ihrer Kleidung, schlug ihr Herz im gleichen Takt wie seines.

Doch ... sie konnte die Kälte spüren, die ihren ganzen Körper betäubte, das Wasser, das von Ramsons Haar in ihren Nacken tropfte, die Gänsehaut an seinem Hals, als sie ihre Wange daran drückte. Und neben ihr wurde ein Tosen immer lauter.

Stück für Stück, einen kalten Atemzug um den anderen, drang die Welt wieder zu ihr durch. Der unberührte Schnee, der den Boden bedeckte. Der Fluss, der vor ihnen dahinstürzte. Die Palastmauern hinter ihnen. Sie waren am inneren Ufer hinter dem Palast angespült worden – an einem Ort, der unmöglich zu erreichen war, es sei denn, man schwamm durch den Fluss.

Mit einem Aufkeuchen stieß Ana Ramson von sich. Er fiel nach hinten und hustete, ließ sie jedoch keine Sekunde aus den Augen. Mit dumpfer Stimme sagte er: »Ich dachte, du wärst tot.«

»Ich dachte, *du* wärst tot«, brachte sie erstickt hervor und starrte ihn an. »Sadov hat gesagt, Kerlan ...«

Und dann fiel ihr mit einem Mal die Wahrheit ein, was er getan hatte – was er hätte tun *sollen*, und es traf sie wie ein Schlag. Der Orden der Lilie. Der versuchte Anschlag auf Luka.

»Bevor du etwas sagst«, erklärte Ramson leise, »wisse bloß, dass ich alles weiß, Kolst Pryntsessa.«

»Genau wie ich.« Ana packte sein linkes Handgelenk, wo sie die Tätowierung gesehen hatte, jene drei ebenmäßigen Blüten. Ramson zuckte zusammen. Sie sah ihn scharf an. »Ich weiß, dass du mit Kerlan zusammengearbeitet hast. Ich weiß, dass er dich geschickt hat, meinen Bruder umzubringen. Also sag mir, warum ich dich nicht auf der Stelle zurück in den Fluss werfen sollte.« Sie zitterte, ihre Glieder wurden schon ganz taub von der Kälte. Sie musste sich bewegen – aber Bescheid wissen musste sie auch.

Trotz der Tatsache, dass Ramson ebenfalls schlotterte, brachte er ein halbes Lächeln zustande. »Weil ich bloß wieder an Land schwimmen würde?« Ramson drehte die Hand, wobei er ihre festhielt. Sein Blick huschte zu ihren Augen, zögerlich, aber hoffnungsvoll. An seinen Wimpern hing Wasser. »Ich weiß, dass ich in der Vergangenheit ein paar schreckliche Entscheidungen getroffen habe, Ana. Ich bin an die falschen Leute geraten. Seitdem laufe ich in die falsche Richtung.« Er schluckte, sein Kehlkopf wanderte auf und ab, und er fuhr mit einem Daumen über die Innenseite ihres Handgelenks. »Aber dann bin ich einem Mädchen begegnet, das mir gesagt hat, dass es unsere Entscheidungen sind, die uns ausmachen. Und ich … ich will die richtige Entscheidung treffen. Wenn es nicht zu spät ist.«

Sie hatte keine Ahnung, was sie darauf sagen sollte. Keine Ahnung, ob sie in eine neue Falle tappte, die er ihr gestellt hatte. Wie er so unter dem ersten Schnee des Winters mit ihr gestanden hatte, hatte sie gedacht, sie hätte einen Blick auf den Jungen erhascht, der Ramson früher einmal gewesen war – doch vielleicht war auch das eine Lüge gewesen.

Ana entzog ihm ihre Hand und kam auf die Beine. Der Fluss hatte sie ein gutes Stück weit weggetragen. In der Ferne schimmerten die Fackeln der Kateryanna-Brücke wie vergessene Sterne. Sie konnte kaum die auf der Brücke versammelten Menschen ausmachen, kleiner als ihre Fingernägel. Sie war froh um die Palastmauern, die vor ihnen in die Höhe ragten und sie in ihrem Schatten verbargen. »Ich muss los, Ramson.«

»Dann komme ich mit.«

»Nein«, sagte Ana, die sich bereits in Bewegung gesetzt hatte, einen Schritt nach dem anderen. Die Kälte machte ihr zu schaffen. Ihr Kleid war schwer vom Wasser, das bei diesen Witterungsverhältnissen schon bald zu Eis werden würde.

»Ana. Kolst Pryntsessa«, verbesserte Ramson sich, und seine Hand umschloss ihre. Er trat vor sie. Jegliche Spur von Heiterkeit war aus seinem Gesicht verschwunden. »Ich bin nicht wegen einer Prinzessin zurückgekommen. Ich bin wegen des Mädchens gekommen, dem ich in einem Hochsicherheitsgefängnis begegnet bin. Das mit mir einen Wasserfall hinuntergesprungen ist. Das in den letzten Wochen an meiner Seite gekämpft hat.« Er machte eine Bewegung, und sie hielt so still, wie sie konnte, als er eine Hand an ihre Wange legte. »Wegen des Mädchens, das keine Angst davor hat, mir die Stirn zu bieten. Das mir droht, mich an meinem eigenen Blut ersticken zu lassen. Wegen des Mädchens, das so viel stärker ist als die meisten Menschen, die ich kenne, das aber sowohl sein Lächeln als auch seine Tränen für Momente aufhebt, wenn sonst niemand da ist.«

»Dann sag mir eines.« Sie hob den Blick. »Hättest du Luka umgebracht, wenn sich dir die Gelegenheit geboten hätte?«

Er zögerte. Wasser lief an seinen Haaren herunter und bildete ein Rinnsal an seinem Hals. »Ich weiß es nicht.«

Ana entzog sich ihm. Er hatte sie gerettet – sie hatte ihm ihr Leben zu verdanken. Doch machte das sämtliche Verbrechen wieder gut, die er zuvor verübt haben mochte?

Deine Entscheidungen, flüsterte Luka, und auf einmal nahm sie ihr Spiegelbild in Ramsons verhangenen haselnussbraunen Augen wahr. *Sie* hatte getötet, *sie* hatte gefoltert – und wollte sie nicht trotzdem noch eine Chance? Wünschte sie sich nicht trotzdem, entschlossen, verzweifelt, dass jenseits aller Verbrechen, die sie begangen, und der Menschen, die sie getötet hatte, ihre Entscheidungen ausmachen würden, wer sie war?

Ihr Geist war ein Sturm der Gefühle, der Unentschlossenheit. Doch die Kälte machte ihr zu schaffen, und die Zeit rann ihr durch die Finger. Die Krönung würde bald beginnen. Sie musste los. Sie musste eine Entscheidung treffen.

»Eine Freundin hat mir mal gesagt, dass in allem Gutes und Böses steckt«, sagte Ana schließlich. »Es ist das Gute, das es wert ist, gerettet zu werden. Ich hoffe, du hast noch genug davon in dir, Ramson.«

Sie hörte ihn aufatmen, als sie sich wegdrehte. Sie legte den Kopf zurück und schätzte die Entfernung von der Kateryanna-Brücke zu ihrem Standort ab. Hinter ihnen erhob sich die Syvernische Taiga, ein dunkler Umriss, der die Sterne verdeckte.

Ana wusste, wo sie sich befand. »Vor uns gibt es einen Gang in den Kerker«, erklärte sie.

Ramson schüttelte den Kopf. »Der ist bestimmt abgesperrt. Vertrau mir, ich habe den Palast von Salskoff eingehend studiert.«

»Der nicht.« Ihr Atem gefror in der Luft, während sie durch den Schnee stapfte. Sie befanden sich am unteren Teil des Flussufers, dem Tigerschwanz so nah, dass ein Fehltritt sie zurück in die Arme des schrecklichen Gewässers führen würde. Das Ufer stieg steil zum Rand der Palastmauer an. Ana dankte den Göttern, dass sie weit genug entfernt waren und die Bogenschützen, die jeden erschießen würden, der sich den Mauern näherte, sie nicht sehen konnten.

Die Kälte lastete auf ihr, raubte ihr den Atem. Von ihrem Haar, aus ihrer Kleidung und den Schuhen tropfte Wasser, und mittlerweile zitterte sie so heftig, dass es unmöglich schien zu reden.

Auch Ramson musste die Gefahr ahnen, in der sie schwebten. Zu lange in der Kälte, von eisigem Flusswasser durchnässt, und ihre Körpertemperatur würde zu weit absinken, um lebenswichtige Funktionen aufrechtzuerhalten. Als er wieder das Wort ergriff, war der übliche Schalk aus seinem Tonfall verschwunden. »Wie weit sind wir?«

»Fast dort«, flüsterte sie. Und – *da*. Sie bemerkte sie, die dünne Ritze in der Palastmauer, groß genug, um aus dieser Entfernung bemerkt zu werden, aber völlig harmlos aussehend. Jemand hatte sie vor langer Zeit gemacht.

Und das bedeutete … ihr Gang war …

Genau hier.

Ana ging in die Hocke und fuhr mit den Fingern an der Kante des Ufers entlang. Und tatsächlich befand sich dicht über dem schäumenden Wasser, halb überspült vom Tigerschwanzfluss, ein Loch.

»Genial«, sagte Ramson. Er war auf den Knien und betrachtete den Tunneleingang. »Wer auch immer diesen Fluchtweg ausgeklügelt hat, hat viel von den Schwimmkünsten der kaiserlichen Familie gehalten.«

»Es ist kein Fluchtweg. Früher war es ein Entsorgungsschacht für Leichen, vor Hunderten von Jahren, als in unseren Kerkergewölben noch Hinrichtungen stattfanden.«

»Mir war nicht klar, dass Prinzessinnen sich so genau mit den Abfallentsorgungsplänen ihrer Paläste auskennen.«

»Tue ich nicht.« Markovs grau meliertes Haar und sein faltiges Gesicht stiegen vor ihrem geistigen Auge auf. »Als man mich wegen des angeblichen Mordes an Papa verhaftet hatte, verhalf mir einer meiner Wächter zur Flucht. Dies war der einzige Ausweg aus dem Kerker.«

Etwas blitzte in Ramsons Augen auf – Mitleid? Anteilnahme? –, doch im nächsten Moment war es verschwunden. Er streckte die Arme aus. »Diesmal werde ich dir helfen.«

Ana klammerte sich am abfallenden Ufer fest, ihre Finger gruben sich in den gefrorenen Schlamm. »Ich werde mir selbst helfen«, murmelte sie und schwang sich, bevor sie es sich noch einmal anders überlegen konnte, nach unten.

Im ersten Moment hing sie vom Rand des Ufers, knapp über dem Fluss. Wasser dröhnte in ihren Ohren, so fürchterlich nahe. Ihre Röcke und Füße streiften die Wasseroberfläche, und sie warf sich mit Schwung nach vorn. Ihre Füße berührten den nassen Stein, ihre Hände suchten Halt.

Und dann war sie im Tunnel, klammerte sich an die Rillen in der Wand, und ihr Herz schlug so schnell, dass sie glaubte, sie würde sich übergeben müssen.

Ramson schwang sich nur Sekunden später in den Tunnel. Er fluchte, als er gegen die Wand gleich unter ihr prallte.

Der Tunnel verlief schräg nach oben, und Ana dachte an die Leichen, die man nach unten geschoben und im Fluss entsorgt hatte. Es war ein Tunnel, der angelegt worden war, damit man aus dem Palast herauskam, nicht in ihn hinein.

Ana griff mit einer Hand über die andere, ertastete die Rillen in der Wand und kletterte los.

Die Kälte umschloss ihren Körper wie etwas Lebendiges. Ihre Muskeln fühlten sich steinern an. Mehr als einmal verlor sie den Halt und rutschte ab, was jeweils zu einer einzelnen, furchterregenden Sekunde führte, in der sie glaubte, sie würde zurück in den Fluss stürzen.

»Hörst du endlich auf, mir Dreck ins Gesicht zu treten?«, erklang ein Flüstern von hinten.

Ana biss die Zähne zusammen. »Todesdrohung, schon vergessen?«

»Reizend. Ich wollte mich schon als Gentleman erweisen und dir sagen, dass ich dich auffange, falls du stürzen sollest.«

»Und ich wollte mich schon als Lady erweisen und dir sagen, dass ich dich umbringe, falls du noch mal den Mund aufmachst.«

Sie kletterten weiter, zankten miteinander, und jede scharfe Erwiderung lenkte Ana von der scheinbar unmöglichen Aufgabe ab, die das schmerzhafte Hochhangeln darstellte. Das Getöse des Flusses war zu einem Brummen verblasst, und nun war da nichts weiter als die Dunkelheit und das leise Tropfen von Wasser um sie herum.

Und auf einmal gelangten sie an die Tür: ein quadratisches Stück Stein, das auf der anderen Seite so hergerichtet war, dass es wie ein Teil der Kerkerwand aussah. Mit tauben Fingern klammerte Ana sich an der hervorstehenden Kante fest und zog daran. Die Tür gab mit einem lauten Knirschen nach.

Ana stemmte sich hoch, dann richtete sie sich auf. Sie hatte immer gedacht, es sei eiskalt im Kerker, doch die trockene Luft fühlte sich warm auf ihrer Haut an. Ramson ließ die Tür wieder hinter ihnen zugleiten und sperrte sie auf die Weise ein.

»Der Palast wurde mit verborgenen Gängen für die Dienstboten erbaut.« Ana versuchte, selbstsicher zu klingen, doch sie flüsterte. »Früher hat Yuri mich hindurchgeführt, also kenne ich sie gut. In einer der Dienstbotenkammern trocknen wir uns ab und ziehen uns um, und dann …«, sie zog eine Grimasse, »… stürmen wir die Krönung.«

Ramson verlor keine Sekunde. »Nach dir.«

Es war schmerzhaft, ihre halb erfrorenen Gliedmaßen wieder in Bewegung zu setzen. In der Dunkelheit drangen Erinnerungen auf sie ein: Sadov, sein hoch aufragender Schatten, die langen weißen, erwartungsvoll verschränkten Finger. *Kleines Monster …*

Ana ließ ihre Affinität aufflammen und hielt sie vor sich wie eine lodernde Fackel, die die Dunkelheit vertrieb. Sie spürte das Blut in ihrer Umgebung. Es befand sich auf jedem Quadratzentimeter der Kerkergewölbe: an die Wände geschmiert, getrocknet und abblätternd von den rostigen Ketten.

Nichts. Abgesehen von Blutspuren, war hier nichts außer ihrer eigenen Angst.

Ramsons ungleichmäßiger Atem folgte ihr. Allmählich durchbrach das orangefarbene Flackern einer Fackel aus der Ferne die Dunkelheit. Sie kamen näher, und Anas Affinität erspürte warmes Blut, das durch zwei Körper floss.

Ramson und sie verharrten vor der letzten Ecke. Der Eingang zum Hauptteil des Palastes befand sich direkt vor ihnen.

Den beiden Männern, die die Tür bewachten, blieb kaum ein Augenblick zur Gegenwehr, als Ana ihre Affinität auf sie richtete und sie festhielt. Ramson machte sich gelassen daran, die Handschellen von dem Gürtel eines jeden Wächters zu nehmen, die Männer an Zellentüren zu ketten und mit ihren eigenen Hemden zu knebeln.

»Das war einfach«, flüsterte er, als er neben Ana vor die Tür trat.

»Früher gab es hier unten Gefangene und Wachen«, erwiderte Ana und, insgeheim betend, dass sich nichts auf der anderen Seite der Tür befand, öffnete sie einen Spalt.

Eine Wendeltreppe führte ins Erdgeschoss des Palastes und mündete in einen Korridor, von dem ein Zugang zum Wohnbereich der Dienstboten abging. Gleich in der Nähe des Eingangs zum Kerker würde sich die Tür zum Dienstbotentrakt befinden. Ana hatte dutzendfach gesehen, wie Yuri herauskam und nach ihr spähte, wenn Sadov sie nach unten führte. Damals hatte sein Anblick ihr Trost gespendet.

Ana und Ramson schlossen die Tür hinter sich und stahlen sich die Wendeltreppe hinauf.

Sie traten in den leeren Gang. Der Kerker befand sich im rückwärtigen Teil des Palastes, und an einem Abend wie diesem gab es für die meisten Palastbewohner keinen Grund, hier zu sein. Sie eilten über den vertrauten Marmorboden und die von Silber gesäumten Wände ihrer Kindheit entlang, bis sie einen Sockel mit einer kemeiranischen Vase erreichten. Daneben führte ein ganz dünner Spalt die Wand hoch. Eine Geheimtür – eine von vielen im ganzen Palast –, die zu den verborgenen Dienstbotengängen führte.

Ana warf sich mit ihrem Gewicht dagegen und drückte. Die Tür gab nach, und sie schlüpfte hinein, genau wie sie es Yuri so häufig hatte tun sehen.

Sie befanden sich in einem schmalen Gang, den Regale voller weißer Leinenbettwäsche und sauberer Tischtücher säumten, bereit, an ihre jeweiligen Einsatzorte gebracht zu werden.

Sie fanden einen Ständer mit Gästekleidern und Tuniken und entledigten sich zitternd ihrer nassen Sachen. Ana seufzte, als sie sich mit einem weichen Baumwollhandtuch abtrocknete. Sie schlüpfte in ein Kleid, das ihr passte – blutrot, schmal und einfach geschnitten. So gut es ging, trocknete sie sich die Haare und fuhr mit den Fingern durch die Knoten, um wenigstens halbwegs präsentabel auszusehen. Und während Ana darauf wartete, dass Ramson sich fertig umgezogen hatte, gestattete sie es sich endlich, die cremefarbene Wand mit einer Hand zu berühren. Das hier war real. Sie war wieder zu Hause.

Ana holte tief Luft. Als sie die Augen abermals öffnete, fühlte es sich an, als hätte sie die Haut des verlorenen Mädchens, das sich selbst hasste und das Angst vor der Welt hatte, abgestoßen. Sie stand aufrechter da, straffte die Schultern und hob das Kinn.

Sie war die Kronprinzessin von Kyrillien und die Bluthexe von Salskoff in einem, und heute Abend würde sie sich ihr Kaiserreich zurückholen.

»Kolst Pryntsessa.« Ramson stand in einem frischen marineblauen Wams an der Tür, die Haare immer noch nass und zerzaust, im Nacken gekräuselt. »Bist du bereit?«

Die Korridore waren zum Glück leer, als sie hinaustraten, doch mit jeder Biegung auf ihrem Weg tastete Ana sich weiter mit ihrer Affinität vor, da sie jeden Moment damit rechnete, Wachen oder Bediensteten oder anderen Gästen über den Weg zu laufen.

Als sie in den Korridor einbogen, der zum Großen Thronsaal führte, stieß Ana ein leises Keuchen aus. Sie war so angespannt gewesen, dass sie gar nicht darauf geachtet hatte, wohin sie gingen.

Vor ihr tauchte, wie aus einem Traum, ein großer Saal auf, mit weit geschwungenen Marmorbrüstungen und Kristallkronleuchtern, die alles in goldenes Licht tauchten. Säulen erhoben sich fast bis zu dem hohen Deckengewölbe, und auf ihnen standen Gottheiten und Engel, als wären sie soeben vom Himmel herabgestiegen. Der Saal der Gottheiten.

»Seid gegrüßt, alte Freunde.«

Ana und Ramson wirbelten herum. Die Stimme hatte das Blut in Anas Adern gefrieren lassen, bevor sie den Sprecher erblickte.

In einem makellosen Anzug in tiefem Violett, einen goldenen Füllfederhalter glänzend an der Brust, stand ein Mann zehn Schritte entfernt und strahlte sie an. Erst als sie hörte, wie Ramson scharf die Luft einsog, und die trompetenförmige Blüte sah, die an sein Revers gesteckt war, wurde ihr klar, wer er war.

Alaric Kerlan, das Oberhaupt des Ordens der Lilie, breitete die Hände zu einer großmütigen Geste aus.

»Ach, welch fabelhafte Gesellschaft wir haben. Die Prinzessin und der Betrüger.« Alaric Kerlan stand zehn Schritte von ihnen entfernt, sein Lächeln reichte von einem Ohr zum anderen. »Ich habe auf euch gewartet.«

36

Ana kauerte in einer Verteidigungshaltung, und ihre Affinität loderte auf, während sie Kerlan und die drei Leibwächter hinter ihm betrachtete. Einer von ihnen sah groß genug aus, um einen Menschen in Stücke zu reißen, seine Muskeln wölbten sich übertrieben wie die einer Gottheit. Die anderen – ein Mann und eine Frau – waren weder groß noch Furcht einflößend. Was bedeutete, dass sie wahrscheinlich Affiniten waren. Ihre Augen waren starr auf Ana gerichtet.

»Drei gegen zwei«, sagte Ramson mit einem resignierten Seufzen. »Du weißt, wie man fair kämpft, Alaric.«

Schneller als eine Peitsche schoss Ramsons Hand vor, und ein Dolch blitzte silbern in der Luft. In dem Bruchteil einer Sekunde, der Ana als Reaktionszeit blieb, schleuderte sie ihre Affinität auf sein Ziel, die Frau, und hielt sie fest. Die Frau hatte kaum Zeit, die Augen entsetzt aufzureißen, als Ramsons Dolch sie auch schon mitten in den Bauch traf.

Die Frau sank auf die Knie und kippte nach vorn, während sich auf dem makellosen Marmorboden unter ihr eine Blutlache bildete.

In der Nähe erklang ein Ruf. Als Ana sich umdrehte, sah sie eine Schwadron Palastwachen aus der Richtung des Großen Thronsaals herbeiströmen.

Kerlan blickte von der Leiche der Frau auf. Seine Miene war gelassen, doch seine Augen brannten.

»Zum Glück halte ich mich beim Spielen nicht an die Regeln.« Das großspurige Grinsen verschwand aus Ramsons Gesicht. »Noch mal, Ana!«, rief er.

Ana wollte schon ihre Affinität auswerfen, da spürte sie die kalte, undurchdringliche Wand in ihrem Geist. Ihre Affinität war ausgelöscht. Ramsons Messer fiel scheppernd zu Boden, da Kerlans zweiter Affinite rechtzeitig beiseitegesprungen war.

Ana drehte sich um, obwohl sie längst wusste, was sie sehen würde.

Der nandjianische Yaeger stand hinter ihnen, und seine Augen blickten brennend in ihre. Schweiß stand ihm auf der Haut, als er vortrat und sein Schwert zog.

Ana fluchte. Links von ihnen kamen Palastwachen aus der Richtung des Großen Thronsaals auf sie zu. Rechts von ihnen versperrte ihnen der Yaeger den Weg. Und vor ihnen spannte Kerlans männlicher Affinite die Arme an. Eine Marmorsäule in der Nähe brach mit einem lauten, widerhallenden Krachen von der Wand. Hinter dem Affiniten lächelte Kerlan.

»Ramson, mein Sohn!«, rief er. »Ich hatte gehofft, dich als kleines Sondergeschenk verschonen zu können. Gib die Hexe auf und rette deine eigene Haut. Das kannst du sowieso am besten.«

Ana sank auf die Knie, als der Druck der Macht des Yaegers auf ihren Geist zunahm. Aus dem Augenwinkel sah sie, dass er näher kam, mit über den Marmorboden klackernden Absätzen. Vom anderen Ende des Flurs näherten sich die Palastwachen mit silbern aufblitzenden Schwertern.

Ein Schrei durchschnitt die Luft. Ramson rammte Ana mit solcher Wucht, dass es ihr den Atem verschlug. Schmerz durchzuckte ihre Schulter, als sie zu Boden stürzten und ein Stück weiterrutschten.

Ana blickte gerade noch rechtzeitig auf, um mit anzusehen, wie eine Marmorsäule genau auf die Stelle donnerte, an der sie sich gerade eben noch befunden hatten. Stücke zerborstenen Marmors flogen in alle Richtungen.

Ihr Rücken tat weh. Ramson und sie waren ein Wirrwarr aus Gliedmaßen unter den Seidenstoffen ihres Kleids. Er schob sich hoch und zog sie auf die Beine. »Ana.« Er legte eine Hand an ihre Wange, seine Stimme leise und eindringlich. »Zur Krönung. Du musst los.«

»Allein kannst du hier nicht gewinnen.« Ihre Stimme war härter, als sie eigentlich beabsichtigte, nur um ein Beben darin zu unterdrücken.

»Wenn du hierbleibst, verlierst du deinen Bruder und dein Reich.« Sein Tonfall war scharf.

Ana zögerte.

Sie hatte an Ramson und seinen Absichten gezweifelt, bis zu diesem Augenblick. Er setzte sein Leben für sie aufs Spiel.

Ana wünschte nur, es wäre ihr nicht erst so spät klar geworden.

Doch Kerlan lachte, der Marmoraffinite hob noch eine Säule an, die Palastwachen hatten sie beinahe erreicht, und die Krönung begann. Sie hatte eine Entscheidung zu treffen, und diese Entscheidung fiel nicht auf Ramson.

Ana packte ihn am Hemd und zog ihn zu sich, sodass sie nur noch einen Hauch voneinander entfernt waren. Durch den Dunst aus Schweiß und Blut fanden Ramsons Augen die ihren. »Wage es ja nicht, mir wegzusterben, Betrüger«, flüsterte sie, bevor sie ihn losließ. Und dann lief sie durch den Saal der Gottheiten.

Die Einheit der Palastwachen marschierte auf sie zu, die blauen Umhänge flatterten hinter ihnen, die schwarzsteinverstärkten Schwerter glänzten unter den Kronleuchtern. Ana rannte immer weiter, bis sie spürte, wie die mentale Barrikade des Yaegers von ihrem Geist glitt, während seine Gegenwart hinter ihr flackernd erlosch.

Zehn Schritte von den Palastwachen entfernt wurde sie langsamer. Und ihr wurde bewusst, dass sie die Männer wiedererkannte – die meisten hatten vertraute Gesichter und hatten ihr vor nur einem Jahr noch gedient.

Sie schienen Ana ebenfalls zu erkennen. Mehrere Wachen verlangsamten ihre Schritte, Unsicherheit und Fassungslosigkeit huschten über ihre Gesichter. Ihr Anführer blieb stehen, das Schwert fest in den Händen, während seine Augen sein Zaudern verrieten.

»Leutnant Henryk«, sagte Ana mit fester Stimme.

Er riss die Augen auf. »Ihr seid es tatsächlich, Kolst Pryntsessa.« Er blieb stehen, wohingegen er vor einem Jahr zu ihren Füßen auf die Knie gefallen wäre.

Ana legte den Kopf schräg. »Wo ist Kapitan Markov?« Als er ihr nicht antwortete, trat sie noch einen Schritt vor. »Wo ist Markov, Henryk?«

Henryk presste die Lippen zusammen. »Ich habe den Befehl, Euch zu verhaften, Kolst Pryntsessa.«

»Wessen Befehl?«

»Den der Kolst Contessya.« Sein Tonfall war fest, sein Gesicht verriet keinerlei Gefühle. »Bitte, kommt ohne Gegenwehr. Ich möchte Euch nicht wehtun.«

»Das glaube ich Euch.« Sie hob eine Hand. »Es tut mir leid, Leutnant. Ich muss durch.«

Die sechs Wachen stürzten auf die Knie, als sich Anas Affinität um sie schloss, und ihre Schwerter landeten scheppernd auf dem Boden. Leutnant Henryk fiel als Letzter. Er hob den Kopf, um ihr in die Augen zu sehen. Sein Mund öffnete und schloss sich, als würde er sich abmühen, ihr etwas zu sagen.

Ana trat an den knienden Wachen vorbei. Ihre Schritte ertönten laut und deutlich, als sie sich der Doppeltür zum Großen Thronsaal näherte. Ein weiteres Dutzend Schritte, und die prächtige Mahagonitür mit den weißen Tigergriffen ragte vor ihr empor.

Müdigkeit legte sich wie eine schwere Wolke über sie. Sie machte sich bereit, unterdrückte das Zittern ihrer Muskeln. Kinn hoch, Schultern zurück. Genau so, wie Luka es ihr immer beigebracht hatte.

Bevor sich ihre Affinität gezeigt hatte, war Ana zu mehreren besonderen Anlässen im Großen Thronsaal gewesen. Papa und Mama hatten dann auf den beiden weißgoldenen Thronen auf dem

Podium am Ende des langen Saals gesessen, Luka und sie auf den Plätzen zu beiden Seiten, die für sie reserviert waren. Nach dem Vorfall auf dem Vyntr'makt von Salskoff hatte Papa sie nie wieder mit hineingenommen, doch die Pracht des Raums war ihr stets in Erinnerung geblieben.

Helles Kronleuchterlicht erleuchtete den großen Saal mit dem langen blassblauen Teppich, der sich bis zum Podium am anderen Ende erstreckte. An den gewölbten Decken waren Fresken der Gottheiten in allen möglichen Formen und Gestalten, begleitet von ehrfürchtigen Engeln und mythischen Tieren.

Unten, im Raum, starrten fünfzig reale Augenpaare Ana an. Auf den vergoldeten Plätzen des Saals lehnten sich die mächtigsten Edelmänner und Edelfrauen des Reiches zurück. Ihr Gesichtsausdruck reichte von Verwirrung bis hin zu Entsetzen.

Doch Anas Blick war direkt nach vorn auf die Throne und die darauf sitzenden Gestalten gerichtet. Es war kaum möglich, Morganya nicht als Erstes zu bemerken, wie sie in einem edlen Gewand aus schimmerndem Blau und Silber dort saß und ihr schwarzes Haar wie ein Wasserfall herabfiel. Sie schien noch schöner geworden zu sein, seit Ana sie das letzte Mal gesehen hatte. Das strahlende Licht der Kronleuchter brachte ihre hohen Wangenknochen, vollen Lippen und weichen, rehbraunen Augen zur Geltung. Im ersten Moment konnte Ana sich vorstellen, ihr in die Arme zu laufen und das Gesicht im seidigen dunklen Haar ihrer Mamika zu vergraben, dieser Frau, ihrer Tante, der Mörderin ihrer Eltern.

Und dann richtete Ana den Blick auf die Gestalt neben Morganya. Luka lehnte ebenfalls an seinem Thron – doch im Gegensatz zu Morganya, deren Haltung Macht und Dominanz ausstrahlte, sah er aus, als klammerte er sich gerade noch so ans Leben. Sein Gesicht war ausgemergelt, seine Haut aschfahl, die Wangen eingefallen.

Am schmerzlichsten war der Anblick seiner Augen, und erst als sie in ihre sahen, durchfuhr Ana eine lähmende Erkenntnis.

Die früher einmal schönen, frühlingsgrasgrünen Augen ihres Bruders waren leer. Ana hatte einen Geist vor sich. Und es brach ihr das Herz.

»Auf der Stelle stehen bleiben!«

Ana wirbelte in Richtung des Befehls herum. Vier Palastwachen kamen auf sie zu, die Hände an den Schwertern. Ihre Mienen waren wachsam und streng. In ihrem Kleid sah Ana für sie wahrscheinlich genau wie jeder andere hektische Gast aus.

»Ihr könnt Euch hier nicht aufhalten, meya Dama. Wir haben den Großen Thronsaal für Gäste gesperrt, zum Schutz unserer Kaiserin vor Unterwanderung …«

Die Aussage des Wächters wurde im Keim erstickt, als Ana sein Blut packte und ihn zur Seite schleuderte. Geschrei erhob sich, als er mit Mitgliedern des Kaiserlichen Rats wie auch Gästen kollidierte und sie von ihren Sitzen warf.

Ana zügelte ihre Affinität und richtete den Blick wieder aufs Podium. Morganya saß jetzt kerzengerade da und konzentrierte sich auf Ana, als bemerkte sie sie zum ersten Mal. Acht weitere Wachen traten von ihrem Posten hinter dem Podium hervor und umzingelten die Throne in Verteidigungshaltungen. Ihre Schwerter sangen, als sie sie aus den Scheiden zogen.

Ana trat einen Schritt vor. Jetzt oder nie.

»Ich bin Anastacya Kateryanna Mikhailov«, sagte sie, und ihre Stimme dröhnte durch den Saal, während sie ging, hallte unter den Deckenfresken der Gottheiten und den gemeißelten Engeln wider. »Tochter von Aleksander Mikhailov und Kateryanna Mikhailov. Kronprinzessin von Kyrillien.« Sie hob eine Hand und deutete auf Morganya. »Ich bin hier, um die Krönung der Erlauchten Gräfin aufzuhalten, und zwar aufgrund ihrer Verbrechen, Mord und Hochverrat an der Krone von Kyrillien.«

Aufkeuchen und Gemurmel erfüllten den Raum. Auf einmal beugten sich die Anwesenden auf ihren Sitzen vor und reckten die Hälse, um Ana besser sehen zu können. Selbst die Wachen am Podium, dazu ausgebildet, stoisch zu bleiben, glotzten sie offen an.

Luka starrte Ana von seinem Thron aus ohne das geringste Anzeichen des Wiedererkennens an.

»Entspannt Euch.«

Morganyas sanfte, melodische Stimme hatte Ana in ihren schlimmsten Nächten beruhigt, hatte sie in den Schlaf begleitet wie die Mutter, die sie vor so langer Zeit verloren hatte. Jetzt wurde ihr bei dem Gedanken übel.

Die Wachen, die die Gräfin beschützten, reagierten sofort, indem sie die Schwerter sinken ließen und einheitlich auseinandertraten, wie ein sich öffnender Bühnenvorhang. Auf dem Podium erhob sich Morganya graziös, die Hauptdarstellerin in diesem absurden Stück. Ihre Augen musterten Ana von Kopf bis Fuß. Verengten sich.

Und dann wurden ihre Gesichtszüge weicher. Verzogen sich. »Anastacya?«, flüsterte Morganya und umklammerte die Armlehnen ihres Throns. *»Ana?«*

Gemurmel brach zu beiden Seiten des Mittelgangs aus, während Ana ihren Weg zu den Thronen fortsetzte. *Sie ist es. Es ist die verlorene Prinzessin. Die verrückte Prinzessin. Die tote Prinzessin.*

Ana hielt den Blick auf ihre Tante gerichtet. »Streitest du die Verbrechen ab, die ich dir vorwerfe?«, rief sie, indem sie die Stimme über den Lärm erhob, der den Thronsaal erfüllt hatte.

»Ana?« Morganya schüttelte den Kopf, und in ihre Miene mischten sich Fassungslosigkeit und Verwirrung. »Ich verstehe das nicht. Wovon redest du?«

»Habe ich mich nicht klar genug ausgedrückt?« Ana trat noch einen Schritt vor, verkürzte immer mehr den Abstand zwischen ihr und dem Podium. »Gestatte mir in dem Fall, mich zu erklären. Ich beschuldige dich, ein Attentat auf meine Mutter, die verstorbene Kaiserin Kateryanna Mikhailov, verübt zu haben«, sagte sie, und das Gemurmel der Menge wurde zu einem lauten Summen, »ein Attentat auf meinen Vater, den verstorbenen Kaiser Aleksander Mikhailov, verübt zu haben«, ein kollektives Aufkeuchen der Menge war zu hören, »und die Ermordung meines Bruders, des Kaisers Luka Aleksander Mikhailov, zu planen.« Die Mitglieder des Kaiserlichen Rats verlangten nun lautstark danach, sie besser sehen zu können, während die Gäste entsetzt weiter zusahen und ihre Augen zwischen Ana und Morganya hin und her huschten. *»Streitest du es ab?«*

Morganya schüttelte den Kopf, und ihr Gesichtsausdruck wich allmählich Entsetzen. »Du ... Wovon redest du?« Ihre Stimme erhob sich zu einem erschrockenen Kreischen, während sie mit dem Finger auf Ana deutete. »*Du* hast deinen Vater ermordet!«

»Du hast mir die Tat angehängt«, fauchte Ana.

Morganyas Entsetzen verschwand so plötzlich, wie es gekommen war, im Bruchteil eines Augenblicks. Ihre Miene wurde aalglatt, berechnend und kalt. »Genug«, knurrte sie. Die Verwandlung war krass – und jetzt war eindeutig, dass alles, was Morganya je gesagt oder getan hatte, die ganze Zeit schon nur Theater gewesen war. »Ich weiß nicht, wie du an den Palastwachen vorbeigekommen bist, aber eines ist klar: Du bist gefährlich.« Morganya schnippte mit den Fingern. »Wachen! Ergreift sie!«

»Nein!«, rief Ana, doch die Wachen bewegten sich rasch auf sie zu, mit erhobenen Schwertern, und der Schwarzstein in ihren Klingen glitzerte.

Ana drehte den Kopf und sah in die grünen Augen, die nun stumpf waren und die sie immer noch betrachteten. »Luka!«, rief Ana. »Luka, bitte – ich bin's!«

Die Wachen kamen näher. Langsam wich Ana zurück.

Mithilfe ihrer Affinität hätte sie sich ihrer problemlos erwehren können. Doch das, überlegte sie, würde sie nur als das Monster erscheinen lassen, für das diese Menge sie hielt. Nein, das hier war kein Kampf, es war eine Vorstellung.

Sie musste ihnen zeigen, dass sie in Frieden kam. Um hier zu kämpfen, musste sie sich ihrer Worte bedienen.

»Stehen bleiben«, sagte Ana, und die Wachen zögerten. Sie hob den Blick, um Morganya in die Augen zu sehen. »Willst du abstreiten, dass du eine Affinite bist, mit einer Affinität zu Fleisch und Gedanken?« Ein weiteres kollektives Aufkeuchen ging durch den Thronsaal. »Dass du den ehemaligen Palastalchemisten manipuliert hast, damit er die Gifte zusammenmischte, die meine Eltern umbrachten? Dass du, in ebendiesem Moment, meinen Bruder, den Kaiser, manipulierst?«

»Das ist *Irrsinn*!«, rief Morganya, und Ana war froh, einen besorgten Unterton in ihrer Stimme zu hören. In Morganyas Augen loderte allerdings das Versprechen von Vergeltung. »Wachen! Ergreift sie! Wir werden mit der Krönung fortfahren!«

»Kolst Contessya Morganya«, sagte Ana mit fester Stimme, »mit gegen dich erhobenen Anschuldigungen kannst du nicht zur Kaiserin gekrönt werden, bis sie geklärt sind. Das ist kyrillisches Gesetz – das ist unser Gesetz.«

»Sie hat recht.« Eine weitere Stimme meldete sich zu Wort. Ein Kaiserlicher Rat erhob sich, und es wurde still im Saal. Sein grau meliertes Haar war ordentlich gekämmt, das faltige Gesicht von Alter und Weisheit gezeichnet, was ihn auf gewisse Weise mächtiger erscheinen ließ. Ana erkannte in ihm den Rat Dagyslav Taras wieder. Er war Papas engster Freund und Ratgeber gewesen, und es hieß, er sei als Kaiserlicher Berater im Gespräch gewesen, bevor die Wahl auf Sadov fiel. »So lautet das Gesetz, Kolst Contessya.«

»Ihr vergesst da etwas, Taras!« Ein weiterer Rat stand auf, das typisch nordkyrillische blonde Haar kurz geschoren. Eine lange Narbe zog sich quer über seine Nase. Die Wildheit seiner Miene war kriegerhaft, und allein daran erkannte Ana ihn wieder. Maksym Zolotov, ehemaliger Kommandant der kyrillischen Armee, jetzt Ratsmitglied. Er richtete den erbosten Blick direkt auf Ana. »Die Prinzessin – oder *ehemalige* Prinzessin – steht immer noch unter

Anklage wegen Mordes und Hochverrats. Ihre Anschuldigungen können nicht bestehen.«

Ana starrte ihn an, und Zolotov besaß den Anstand wegzusehen. Innerlich verspürte sie allerdings den heftigen Stich des Verrats. In den Jahren ihrer Gefangenschaft war sie im Palast herumgeschlichen und hatte diese Ratsmitglieder aus der Ferne beobachtet. Sie hatte ihre Namen auswendig gelernt, sich gemerkt, welche sie am meisten mochte, und Zolotov war darunter gewesen. Er hatte sie mit seinem Mut, seiner Loyalität und seiner Direktheit beeindruckt. Dass er jetzt das Wort gegen sie ergriff, schmerzte.

Taras sah Zolotov durchdringend an. »Ihr habt nicht unrecht, Maksym. Der Status der Prinzessin wirft Zweifel auf ihre Anschuldigungen. Doch im kyrillischen Gesetz gibt es keine Vorschrift, die besagt, dass Menschen unter Anklage andere nicht beschuldigen können.«

Sie würden nicht für sie Partei ergreifen, genauso wenig gegen sie. Sie deuteten lediglich das Gesetz.

Taras wandte sich den Thronen zu. »Wenn es für diese Situation in unserem System kein Gesetz gibt, müssen wir uns dem Kaiser fügen.« Er hielt inne. »Kolst Imperator?«

Endlich – *endlich* – ließ Ana den Blick zu der Gestalt rechts von Morganya gleiten. Ihr Bruder beobachtete das Geschehen, ohne mehr Reaktionen zu zeigen als ein Mensch, der vielleicht Ratten zusah, die sich auf der Straße balgten. »Luka!«, rief sie abermals. »Luka, bitte, schau mich an! Es ist die Wahrheit. Ich habe Beweise – das schwöre ich bei meinem Leben. Sie hat deinen Körper und deinen Geist vergiftet, Luka.« Die letzten Worte kamen mit einem trockenen Schluchzen hervor. »Bitte. Hör auf mich.«

»Ihr seid weggelaufen, als Ihr des Mordes angeklagt wurdet!«, rief ein Rat. »Ist das nicht die Handlungsweise einer Schuldigen?«

»Ich bin weggelaufen, weil ich unschuldig war, und ich wusste, dass ich Beweise finden musste, um den wahren Mörder zu überführen.« Anas Blick ließ nicht von ihrem Bruder ab. »Luka. Bitte.« Ihre Stimme senkte sich zu einem heiseren Flüstern. »Du kennst mich, Bratika. Du weißt, dass ich dieses Reich über alles liebe. *Glaub mir.*«

Lukas Blick wurde unruhig, und er richtete ihn mit einer gehetzten Miene, die Ana nie vergessen würde, auf sie. »Wir werden die Krönung fortsetzen.«

»Nein!« Ana stürzte vor. »Nein, Luka – sie hat dich unter ihrer Kontrolle …«

»Wachen, haltet sie fest!« Morganya klang wieder selbstsicher. Sie stand vor ihrem Thron, die Armlehnen umklammert. Wachen schwärmten aus, doch Ana warf sie mithilfe ihrer Affinität zurück. Sie war sich bewusst, dass Bogenschützen in den Saal geströmt waren und ihre Pfeile auf sie gerichtet hielten, nur auf den Schießbefehl wartend. »Wir brauchen Deys'voshk. Ich weiß, was sie mit ihrer Affinität anrichten kann – ich habe es mit eigenen Augen gesehen. Vladimir! Vladimir!«

»Kolst Contessya, wenn Ihr gestattet.«

Die sanfte, glatte Stimme ließ Ana erstarren. Neben den Ratsmitgliedern, die dem Thron am nächsten saßen, erhob sich eine in weiße Alchemistengewänder gehüllte Gestalt. Tetsyev berührte mit einer Hand seinen Deys'krug, als er zu Morganya aufblickte.

Morganyas Miene wurde weicher. »Macht nur, Pyetr.« In ihren Augen glänzte heimlicher Triumph.

Tetsyev wandte sich zu Ana.

»Verräter«, spie Ana. Zorn verspürte sie schon gar nicht mehr. In ihrer Brust machte sich stattdessen eine Gewissheit breit. Aber wenn sie sterben sollte, würde sie zumindest diesen Mörder mit sich nehmen.

Doch als Ana seine Bande mit ihrer Affinität packte, kam ihr etwas anderes in den Sinn. Noch eine Erinnerung – an einen Kerker und an einen weinenden, verängstigten Mann.

Morganya ist stark, aber sie ist nicht unbesiegbar.

Wie viel von dem, was Tetsyev ihr an dem Abend erzählt hatte, war wahr gewesen?

Sie kann nur einen Geist auf einmal kontrollieren. Und ihre Kontrolle kann gebrochen werden. Als Ihr Eure Affinität auf mich losgelassen habt, hat diese Morganyas Affinität durchbrochen.

War es möglich? Dass ihre eigene Affinität Morganyas Affinität aufheben, die Kontrolle ihrer Tante über Luka, und sei es nur für eine kurze Weile, brechen könnte?

Sie zögerte. Vielleicht war alles, was Tetsyev ihr erzählt hatte, eine Lüge gewesen. Doch ... Sie dachte an seine Augen, die Reue in seiner Stimme, die Worte, die er im Dunkeln geflüstert hatte. Sie war das Gefühl nicht losgeworden, dass er an dem Abend die Wahrheit gesagt hatte.

Einen Versuch war es wert.

Ana warf ihre Affinität auf Luka und zog ganz behutsam.

Selbst von hier spürte sie, dass etwas mit seinem Blut nicht stimmte, die Menge der fremden Substanz darin. Es war träge und kalt, wohingegen es eigentlich warm hätte surren sollen. Ihr Herz tat weh, doch sie zog erneut.

Während sie ihre Affinität auf ihren Bruder konzentrierte, war sie sich vage bewusst, dass Wachen sie packten, ihre Schwerter über ihr kreuzten, das schwarzsteinverstärkte Metall kalt an ihrer Kehle.

Zum dritten Mal zog Ana.

Luka blinzelte. Stieß ein leises Keuchen aus.

Anas Herz jubilierte, als seine Augen die ihren fanden. Sie *wahrhaft* fanden. Seine Augen sahen heller aus, aufmerksamer, als sei er eben aus einem langen, langen Schlummer aufgewacht.

Bitte, Luka. Wach auf.

»Aufhören«, sagte Luka.

Der ganze Hof drehte sich zu ihm und sah ihn erstaunt an. Tetsyev blinzelte und machte auf dem Absatz kehrt. »Kolst Imperator ...?«

Doch die Helligkeit in Lukas Augen verblasste. Als er sich wieder zurücklehnte, wirkte er sogar noch verlorener und atmete aus, als habe er all seine Energie verbraucht. Tonlos sagte er: »Wir müssen mit der Krönung fortfahren.«

Ana wurde das Herz schwer. Morganya sah sie direkt an, und ein Mundwinkel ihrer Tante kräuselte sich zum Anflug eines Lächelns.

»Ich, Luka Aleksander Mikhailov …«

»Nein!«, rief Ana, doch der Blick, mit dem ihr Bruder sie bedachte, war streng – genau wie Papa sie immer angesehen hatte.

Alles ging zur Hölle.

»Bringt sie zum Schweigen«, befahl Luka den Wachen. Da fuhr sein Blick direkt zu ihr: voller Leben und Selbstvertrauen und der Macht eines Kaiser. »Still, Göre.«

Göre. Sie starrte ihren Bruder an, und ihr Herz hämmerte so wild in ihrem Brustkorb, dass sie das Gefühl hatte, es könnte ihn zum Bersten bringen.

Mit der wenigen Energie, die Luka noch hatte, richtete er sich auf. Seine Stimme war bei seinem Vortrag dumpf. »Ich, Luka Aleksander Mikhailov, gebe meinen einstweiligen Verzicht auf den Thron des Kyrillischen Kaiserreichs aus privaten gesundheitlichen Gründen bekannt.«

Morganyas Gesicht strahlte siegesgewiss.

»Für den Fall meiner Abdankung oder meines Todes erküre ich hiermit die Erbin des Throns von Kyrillien.« Auf einmal konzentrierte sich Luka mit solcher Intensität auf Ana, dass es ihr den Atem raubte. »Ich ernenne Kronprinzessin Anastacya Kateryanna Mikhailov zur Erbin und zukünftigen Kaiserin des Kyrillischen Kaiserreiches.«

37

Ramson würde sterben.

Der Boden unter seinen Füßen grollte, als er einer weiteren niederstürzenden Säule aus dem Weg sprang und gegen die gegenüberliegende Wand knallte. Sein Atem kam als abgehacktes Keuchen, und seitlich an seinem Gesicht rann Blut hinunter.

Er schüttelte den Kopf, um nicht mehr alles doppelt zu sehen. *Konzentrier dich.* Ana war immer noch da drinnen. Sie war darauf angewiesen, dass er Kerlan und seine Kumpane hier festhielt.

Bisher hatte er sich den Yaeger vom Leib gehalten – als der große Mann mit diesen eisigen Augen Ana nachgelaufen war, war Ramson ihm in den Weg gesprungen, um ihn aufzuhalten. Doch er hatte, selbst bevor der Marmoraffinite aktiv geworden war, auf verlorenem Posten gekämpft.

Ramson packte seine Dolche, erhob sich und wischte sich mit einer Hand über die Nase. Die Hand kam blutig zurück.

Drei gegen einen. Kerlans großer Leibwächter stellte kein Problem dar. Dieser Rohling war dafür gemacht, sein Gewicht einzusetzen und angekettete Opfer in beengten Räumen zu drangsalieren, nicht für tatsächliche Freistilkämpfe. Und der Art nach zu urteilen, wie er in der Nähe seines Herrn herumlungerte, war er für Kerlans Schutz zuständig. Vorsehen musste Ramson sich vor den anderen beiden.

Er warf dem Yaeger, dessen Schwerter gezückt waren, einen Blick zu und wollte sich schon auf ihn stürzen, da nahm er eine rasche Bewegung zu seiner Rechten wahr.

Der Marmoraffinite ließ die Hand vorschnellen, und zwei faustgroße Kugeln aus Marmor schossen aus dem Boden. Ramson hechtete hinter eine Säule in der Nähe und spürte, wie diese erbebte, als die beiden Wurfgeschosse dagegenknallten.

Auf einmal berührte etwas Kaltes seinen Arm. Ein Marmorbruchstück legte sich um sein Handgelenk. Im nächsten Augenblick verbog es sich und schloss sich wie eine Handschelle, während der Boden unter Ramson erbebte. Er wurde quer durch den Saal geschleudert – oder vielmehr schoss der Marmor an seinem Handgelenk so schnell vorwärts, dass es sich anfühlte, als würde ihm der Arm ausgerissen –, und er nahm die Welt um sich herum nur noch verschwommen wahr.

Ramson knallte gegen die Wand. Schmerz durchzuckte seinen Körper, doch Kerlan behielt ihn am Leben, folterte ihn. Japsend versuchte Ramson, sich hochzustemmen. Es war typisch Kerlan, zu wissen, dass er Ramson zahlenmäßig überlegen war und ihn außer Gefecht gesetzt hatte, und seinen Sieg auszukosten, indem er Ramsons Hoffnung Stück für Stück zunichtemachte.

Der Marmor an Ramsons Handgelenk bewegte sich erneut. Er schleifte Ramson über den Boden, auf Kerlan und seinen Leibwächter zu. Ramson streckte die Hand nach irgendetwas aus, woran er sich festhalten könnte, doch sein verräterisches, von Marmor gefesseltes Handgelenk war beharrlich.

Aus dem Augenwinkel sah Ramson die Leiche der weiblichen Affiniten, die er vorhin getötet hatte, zusammengesackt im Saal liegen. Der Yaeger stand auf der anderen Seite des Korridors. Seine Augen verengten sich kurz, bevor er sich umdrehte und den Flur entlangging.

Nein, nicht zu Ana, dachte Ramson. Er stemmte sich gegen die Handschelle, doch es war zwecklos.

»Nun, mein Sohn.« Kerlans Augen funkelten freudig, als er aus dem Schatten seines hünenhaften Leibwächters auf Ramson herabblickte. »Schon genug gehabt?«

Ramson hustete Blut. Er lag zusammengekrümmt auf dem Boden, jede Faser seines Körpers pochte vor Schmerz, und das gefesselte Handgelenk schlenkerte unter der Kontrolle des Marmoraffiniten. Er zwang seine aufgesprungenen Lippen zu einem Lächeln. »Das ist das Beste, was du zu bieten hast?«, krächzte er. »Du bist weich geworden, Kerlan.«

Kerlans Lächeln ließ nicht nach, doch seine Augen verhießen Tod. Er gab dem Marmoraffiniten ein Zeichen. Ein zweites Stück Gestein formte sich um Ramsons fesselloses Handgelenk und schleifte seinen anderen Arm in die Luft, hob ihn hoch, sodass er vor Kerlan kniete. Sein Dolch fiel zu Boden, und das Poltern hallte in dem ganzen leeren Saal wider.

Klick … klick … klick.

Es dauerte einen Moment, bis Ramson begriff, woher das Geräusch kam. Kerlan beobachtete ihn mit einem belustigten Lächeln, während er mit seinem goldenen Füllfederhalter gegen seinen Ring klopfte.

Klick … klick … klick.

Das Geräusch jagte Ramson einen Schauder über den Rücken.

»Ich weiß ja nicht, wie du ›weich‹ definierst«, sagte Kerlan und hob den Füllfederhalter, sodass dieser das Licht des Kronleuchters über ihnen einfing. Er drückte mit dem Finger auf das Ende. Mit einem Klicken schoss ein Ring aus winzigen scharfen Klingen aus der Spitze, wie glänzende Zähne. »Vielleicht gibst du mir Bescheid, wie sich das hier anfühlt.«

Er rammte den Füllfederhalter in Ramsons Brust, genau an der Stelle, an der er das Zeichen des Ordens der Lilie eingebrannt hatte.

Ramson schrie auf. Lachend drehte Kerlan den Füllfederhalter, sodass sich die rasiermesserscharfen Klingen in Ramsons Fleisch gruben. Und dann riss er ihn heraus.

Ramson kämpfte darum, bei Bewusstsein zu bleiben. Es fühlte sich an, als stünde sein Fleisch in Flammen, und der Schmerz tauchte die Ränder seines Blickfelds in verschwommene Dunkelheit.

Zitternd übergab er sich, und seine Tränen vermischten sich mit seinem Schweiß. Kerlans irres Lachen dröhnte in seinen Ohren.

Ich werde sterben, dachte Ramson.

Doch noch während sein Körper allmählich in sich zusammensackte, suchte er die Umgebung mit Blicken ab, und sein Gehirn arbeitete fieberhaft, um irgendetwas zu finden, was ihm helfen könnte.

Ein Schatten huschte im Korridor hinter Kerlan vorbei.

Es ertönte ein leises *Wusch*, dann ein dumpfer Aufprall. Der Marmoraffinite taumelte vorwärts. Aus seinem Mund strömte Blut.

Der Affinite stürzte zu Boden, die Augen immer noch offen. Das Metallheft eines Dolches ragte aus seinem Rücken. Die Marmorhandschellen um Ramsons Handgelenke bekamen Sprünge und zerbröckelten.

Kerlan und sein Leibwächter drehten sich um. Ramson nutzte die Gelegenheit, holte sich seinen Dolch, der heruntergefallen war, und stach auf Kerlan ein.

Seine Sicht war verschwommen von Tränen, Blut und Schweiß, sodass er nicht genau genug zielte. Seine Klinge traf Kerlan, hinterließ jedoch nur einen Kratzer. Kerlan taumelte zurück, und sein Gesicht verzog sich zu einem Knurren.

Der Leibwächter sprang brüllend vor und hob beide Fäuste. Ramson warf sich nach vorn. Schmerz explodierte in seiner Brust, als er unter dem Mann hindurchrollte und an der Wand hinter ihm in die Hocke sprang.

Der Leibwächter hob abermals die Fäuste. Diesmal gab es für Ramson kein Entrinnen.

Eine Windbö stürmte auf ihn ein, so stark, dass sogar der riesige Leibwächter ins Taumeln geriet und die Hände schützend vors

Gesicht schlug. Etwas Kleines, Dunkles schoss verschwommen auf Ramson zu. Er spürte, wie sich ein Arm um seinen Leib schlang, und dann glitten sie über den schuttbedeckten Boden dahin, angetrieben von dem Sturm.

Hände ließen ihn sanft zu Boden gleiten, und ein Gesicht kam in sein Blickfeld. Schlank und scharf umrissen, mit kurzem, schwarzem Haar und Mitternachtsaugen. Er hatte dieses Gesicht nur kurz auf der anderen Seite der von Menschen überfüllte Manege gesehen und dann in den trüben Schatten einer Bar in Novo Mynsk, als er anschließend ihren Vertrag erworben hatte.

»Windgeist«, krächzte Ramson. »Linn.«

»Ana«, sagte Linn. »Hast du sie gesehen?«

Er hatte so viele Fragen – hatte die Windaffinite ihren Teil des Pakts erfüllt? Doch ihm schwindelte. »Die Krönungszeremonie«, brachte er hervor. »Ich habe ihr gesagt, ich würde diese Affiniten aufhalten.«

Sie warf ihm einen zweifelnden Blick zu. »Du?«, stieß sie hervor und sprang dann, mit der Geschmeidigkeit einer Berufsakrobatin, auf die Füße. Dolche blitzten in ihren Händen auf. Ein Ledergürtel an ihrer Taille wies eine gefährliche Auswahl an Wurfmessern auf.

Wind explodierte vor Linn, sodass Kerlan schreiend gegen seinen Leibwächter geschleudert wurde. Der Leibwächter hob abermals eine Hand, wandte das Gesicht vom Sturm ab.

Linn vollführte eine Bewegung aus dem Handgelenk.

Der Leibwächter heulte vor Schmerz auf. Blut sickerte aus seiner Körpermitte, wo sich ein kleines Messer in sein Fleisch gegraben hatte.

Auf einmal erstarb der Wind, und eine schreckliche Stille legte sich über den Korridor.

Linn gab ein Geräusch wie ein kleines, Schmerz leidendes Tier von sich. Ramson sah vor den Trümmern in dem Saal einen weißen Umhang aufleuchten. Der Yaeger war zurückgekehrt. Er blockierte Linns Affinität. Den Blick starr auf Linn gerichtet, trat er hinter einer Säule hervor.

Linn warf zwei Messer auf den Mann. Er wehrte sie mühelos mit seinen Schwertern ab.

Trotz der Schmerzen von seinen blutenden Wunden regte sich leise Hoffnung in Ramsons Brust. Ihm kam in den Sinn, dass es unter Kerlans Affiniten keine ausgebildeten Kämpfer wie Linn gab.

Über zwanzig Schritte von ihnen entfernt hielt Kerlan sein teures Wams gepackt, das Gesicht weiß wie die Wand. Interessant, überlegte Ramson, dass ein Mann, der es darauf abgesehen hatte, anderen so viel Schmerz zuzufügen, selbst so wenig ertrug. Kerlan gab seinem Leibwächter, der heftig aus den eigenen Wunden blutete, ein Zeichen. Der Leibwächter bückte sich und schlang einen riesigen Arm um Kerlans Taille.

Rasch drehten sie sich um und humpelten davon.

Linns Hände glitten zu ihren Oberschenkeln, und zwei weitere Messer erschienen in ihren Fäusten. Sie kauerte neben dem liegenden Ramson, die Augen auf den Yaeger gerichtet. Der Mann wartete auf der anderen Seite des Saals neben einer zerstörten Marmorsäule.

Die verhallenden Schritte Kerlans und seines Leibwächters wurden von einem anderen Geräusch übertönt, einem rhythmischen Donnern, das von den gewölbten Decken und zerstörten Marmorwänden widerhallte. Ramson erkannte, was es war – er hatte es vor vielen, vielen Jahren gehört, in der Blauen Festung. Es waren die Schritte von Soldaten. Er zermarterte sich das Hirn nach den Sicherheitsprotokollen des Palastes von Salskoff. Im Falle eines Angriffs übernahmen die Palastwachen die erste Verteidigung, bis die Verstärkung anrückte. Und die Verstärkung bestand nicht nur aus irgendwelchen gewöhnlichen Wachen. Das hier waren die Elitekämpfer und stärksten Krieger des Kaiserreiches.

Die Weißmäntel rückten an.

»Kannst du dich bewegen?« Es dauerte einen Moment, bis Ramson klar wurde, dass Linn mit ihm redete.

Er schob sich hoch, und seine Brust fühlte sich an, als stünde sie in Flammen. Tief aus seiner Kehle drang ein Ächzen. »Ja.«

Linn holte etwas von ihrer Taille: einen kleinen Lederbeutel, versteckt inmitten all der Waffen. Der Inhalt klirrte leicht, als sie Ramson den Beutel in die Hände gleiten ließ. »Bring die hier Ana. Es sind die Beweise, die sie braucht.«

»Du erwartest doch nicht, dass ich dich zurücklasse und du hier allein kämpfen musst?«

»Geh«, erwiderte sie, ohne noch einmal zu ihm zurückzuschauen. Der Yaeger kam auf sie zu, hielt die Schwerter so in den Händen, dass sich das Licht des Kronleuchters in ihnen spiegelte.

Ramson kam auf die Füße, und die Marmorbruchstücke und der zerschmetterte Boden knirschten unter ihm, als er aufstand. Seine Brust blutete an der Stelle, wo Kerlan auf ihn eingestochen hatte, doch die Wunde war nicht tief genug, um ihn umzubringen.

Er würde leben – zumindest, bis er Ana erreichte.

Er warf einen Blick zurück. Linn verharrte in Verteidigungshaltung, die Messer fest in den Händen, den Blick zielsicher und scharf auf den herankommenden Yaeger gerichtet.

Es war ein Kampf zwischen einem Spatz und einem Adler.

Einen Augenblick spielte Ramson mit dem Gedanken, Linn einen kemeiranischen Segen zuzurufen. Doch Segen und Gebete waren etwas für die Zaghaften, und Ramson hatte nie daran geglaubt, das eigene Schicksal den Göttern zu überlassen.

Abgesehen davon würde er sich nach alldem hier persönlich bei ihr bedanken.

Ramson drehte sich um und ließ die Trümmer des Saals der Gottheiten hinter sich.

38

Verblüfftes Schweigen lag über dem Thronsaal. Überall spiegelten sich Verwirrung und Entsetzen auf den Gesichtern von Kaiserlichen Ratsmitgliedern wie auch Gästen. Ana starrte Luka an, und es fiel ihr schwer, das Gesagte zu verarbeiten.

Nur dass da jetzt, statt der eingefallenen und ausgemergelten Hülse eines Mannes, die ihr Bruder noch vor einer Sekunde gewesen war, Luka aufrecht saß, das Gesicht vor Triumph leuchtend. Und er erwiderte ihren Blick. Sein Grinsen wurde breiter, zu einem richtigen verschwörerischen Strahlen, als er einen Finger an die Lippen legte, und dann, nur für diesen einen Moment, waren sie wieder Kinder und beschützten sich gegenseitig vor einer grausamen Welt. Es war ihr gemeinsamer Akt der Auflehnung. Ihr Geheimnis.

Im Thronsaal brach wilder Lärm los. Kaiserliche Ratsmitglieder standen von ihren Plätzen auf, manche lehnten sich über die Mahagonibrüstungen und riefen Luka und Morganya, deren Miene vor Entsetzen erstarrt war, etwas zu. Die übrigen Wachen am Podium wirkten ganz genauso benommen, während sie die Hände hoben, um die Menge zu beschwichtigen.

Wir haben gewonnen.

Der Gedanke überraschte Ana so sehr, dass sie nur auf die Szene starren konnte, die sich vor ihr abspielte. Morganya würde wegen Hochverrats und Mordes der Prozess gemacht werden. Die Gifte, die Morganya belasten würden, und das Gegenmittel, das Luka das Leben retten würde, befanden sich im Apothekentrakt.

Die Wachen, die Ana festhielten, sahen ebenfalls verunsichert aus. Sie verlagerten das Gewicht, ließen die Klingen ein wenig vor der Frau sinken, die jetzt Erbin des Reiches war.

Ana schlang ihre Affinität um sie und stieß zu. Sie richtete sich auf und trat vor. Der Lärm erstarb, und jedes Augenpaar im Raum sah zu, wie sie durch den Mittelgang zum Podium ging.

Ein Schrei durchschnitt die Luft. »Haltet sie auf!« Morganya stand neben dem Thron, von dem sie noch bis gerade eben fest geglaubt hatte, dass er ihr gehörte. Eine Hand hatte sie um die Lehne geklammert, als wollte sie sowohl ihn beschützen als auch sich dahinter verstecken. »Wachen!«

»Nein!«, befahl Luka. Er versuchte aufzustehen, und es schmerzte Ana, mit anzusehen, wie viel Mühe es ihm bereitete. »Meine Schwester ist die Erbin dieses Reiches, und sie wird dementsprechend behandelt werden.«

Morganya wirbelte zu ihm herum. »Kolst Imperator«, sagte sie. »Ich weiß deine Liebe zu deiner Schwester zu schätzen, aber du kannst nicht leugnen, was sie ist! Die Bluthexe von Salskoff!« Sie wandte sich der Menge zu. »Oder wart Ihr alle nicht dort an dem Tag auf dem Vyntr'makt, als sie im Zuge ihrer monströsen Blutgier acht unschuldige Menschen niedergemetzelt hat?«

Im Raum erhob sich ein Keuchen, ein paar Gäste und Ratsmitglieder stießen Rufe aus.

»Du hast recht«, sagte Ana, und alle im Raum drehten sich zu ihr und beobachteten, wie sie sich dem Thron näherte, einen Schritt nach dem anderen. »Ich habe schreckliche Dinge getan, und die Welt hat dafür gesorgt, dass ich stets an meine Monstrosität erinnert wurde. Aber du auch, Morganya.« Sie wurde langsamer und sah ihre Tante über das Podium hinweg an. »Begreifst du es denn nicht? Wir sind gleich. Doch jemand hat mir früher einmal gesagt, dass es nicht unsere Affinitäten sind, die uns ausmachen. Was uns ausmacht, ist die Entscheidung, wie wir sie einsetzen.«

Lukas Augen glänzten vor Stolz.

»Wir wissen beide, dass dieses Kaiserreich kaputt ist. Aber durch Angst und Rache können wir es nicht zum Guten ändern.« Ana dachte an Sadovs Worte, daran, wie sie sich tief in ihr Innerstes gegraben hatten. Wie sie in dem Glauben herangewachsen war, dass sie stimmten und dass sie *war*, was die Welt ihr einredete. *Monster. Deimhov.* Ihre Stimme war ein gebrochenes Flüstern, als sie sagte: »Bitte, Mamika. Entscheide dich, gut zu sein. Wir könnten den Unseren helfen. Gemeinsam.«

Mehrere Augenblicke lang stand Morganya erstarrt da, wie aus Stein gemeißelt. Und dann verengten sich ihre Augen. Ihre Stimme hallte quer durch den Saal, ruhig und kalt. »Ich habe keine Ahnung, wovon du sprichst, Anastacya.«

Ein seltsamer Druck legte sich auf Anas Körper und hielt sie an Ort und Stelle fest, sodass sie sich nicht bewegen konnte. In ihrem Geist breitete sich eine nebelartige Dunkelheit aus.

Eine Fleischaffinite, die den Geist kontrollieren kann.

Sie waren Spiegelbilder voneinander, ihre Mamika und sie, erkannte Ana. Beide mit grausigen Affinitäten geboren. Beide von der Welt verleumdet.

In allem steckt Gutes und Böses.

Morganya hatte ihre Entscheidung getroffen.

Mit aller Kraft und Wut schleuderte Ana ihre Affinität auf Morganya.

Morganyas Lippen öffneten sich zu einem Aufschrei. Sie taumelte und stürzte, wobei sie sich am Thron festklammerte. Im Bruchteil einer Sekunde schien sie sich wieder in das gebrochene, verängstigte Mädchen zurückverwandelt zu haben. »Bitte«, schluchzte sie und streckte eine zitternde Hand nach Luka aus.

»Wachen!« Luka hatte sich mühsam erhoben und hielt sich am Thron fest, um aufrecht stehen zu bleiben. »Bringt Gräfin Morganya zum Verhör in den Kerker. Als euer Kaiser befehle ich euch, den Anordnungen der Erbin der Krone zu gehorchen. Wir werden diesen Palast auf den Kopf stellen, um Beweise und das Gift zu finden, das Morganya benutzt hat.«

Chaos machte sich im Großen Thronsaal breit, als Ratsmitglieder und Gäste sich angesichts der unvermittelten Entwicklungen gegenseitig überschrien. Doch Ana hielt den Blick aufs Podium gerichtet.

Sie allein bemerkte den Blick, den Morganya Luka zuwarf. Es war ein Blick, der Tod verhieß.

Auf einmal wurde Ana von Angst gepackt. Sie wusste aus einem Urinstinkt heraus, dass gleich etwas schrecklich und unfassbar schieflaufen würde.

Ana rannte auf das Podium zu. »Luka!«, rief sie. Sie wusste nicht, warum sie seinen Namen rief. Sie wusste nur, dass sie zu ihm gelangen musste.

Ihr Bruder wandte sich ihr zu. Sein Lächeln erlosch, als er ihre panische Miene sah.

»Luka!« Ana konzentrierte sich auf Morganyas zusammengesackte Gestalt, und sie schleuderte der Frau ihre ganze Affinität entgegen, drückte Morganya zu Boden und zwang sie, sich nicht zu bewegen.

Der Knoten der Panik in ihrer Brust lockerte sich nur ein wenig. Noch zehn Schritte. Sie drückte Morganya fester herab. *Du wirst ihm nichts zuleide tun.*

Im äußersten Winkel ihres Blickfelds bewegte sich eine Gestalt. Aus dem Schatten von Lukas weißgoldenem Thron schlängelte sich eine Hand. Finger, blass und lang und quälend vertraut, umklammerten einen Gegenstand – doch diesmal war es keine Peitsche.

Sadov lächelte, als er seinen Dolch in Lukas Brust rammte.

Die Zeit blieb stehen. Die Welt – das Blut, die Leiber, das Geschrei – war bloß noch verschwommener Hintergrund. Es gab nur Luka und den metallischen Geruch seines Bluts in der Luft, verstärkt durch ihre Affinität.

Ihr Bruder stürzte, sein Gesicht gelassen – bis auf den Funken Überraschung in seinen Augen.

Jemand schrie. Nein, *sie* schrie. Ihre Affinität weitete sich aus, griff um sich, ohne ihr Zutun. Menschen stürzten ihr aus dem Weg wie Figuren auf einem Schachbrett.

Ana flog die Stufen des Podiums hinauf und warf sich neben ihrem Bruder zu Boden. Mit zitternden Händen nahm sie ihn behutsam in die Arme. Blut befleckte den blauen Teppich unter ihm, Blut tropfte auf ihre Hände und Beine, Blut sickerte in den weichen Stoff ihres Kleids.

Blut. Ihre Affinität, ihre Gabe und ihr Fluch.

»Luka.« Anas Stimme versagte. Seine Augen, vor Schmerz verzerrt, aber klar wie eine Wiese unter der Sonne, fanden ihre. Er atmete mit einem schrecklichen Rasseln aus. Ana legte eine Hand auf die Wunde in seiner Brust, wollte das Blut zurück, zurück, zurück in seinen Körper zwingen. »Schhh«, flüsterte sie. »Ich bin hier, Bratika. Schhh.«

Luka öffnete den Mund. Sie senkte den Kopf an seine Lippen. »Göre«, flüsterte er mit schwacher Stimme. »Ich habe … dich vermisst.«

Sie weinte. »Ich habe dir so viel zu erzählen. Wir werden … wir werden das hier wieder in Ordnung bringen. Und alles andere. Wir werden es gemeinsam in Ordnung bringen, Luka.«

»Du bist … zurückgekommen«, stieß er heiser hervor.

»Ich bin zurück«, schluchzte sie, wiegte ihn in ihren Armen und berührte seine Stirn mit der ihren. Und dann hob sie den Kopf und schrie: »Heiler! Wir brauchen einen Heiler – *jetzt*!«

»Ana«, keuchte Luka. »Sistrika. Ich bin … müde.«

»Warte«, flehte Ana. »Hilfe ist auf dem Weg – *Heiler!*« Ihre Stimme wurde brüchig. *»Bitte!«* Sie wandte sich wieder Luka zu. »Warte. Ich bin hier. Deine Sistrika ist hier.«

Seine Augenlider flatterten. Es kostete ihn Mühe, sie offen zu halten. Er machte eine kaum merkliche Bewegung, als wollte er den Kopf schütteln. »Nicht … Sistrika«, flüsterte er und riss auf einmal die Augen auf, die vor Intensität brannten. Er atmete tief ein, strengte sich an. »Die *Kaiserin*.«

»Luka«, weinte sie.

»Versprich es … mir.«

Die Worte durchschnitten ihr das Herz. »Ich verspreche es.«

Ein Lächeln erwärmte Lukas Gesicht wie die nach Regen herauskommende Sonne. Sein Körper schien sich zu entspannen. Er betrachtete sie mit dieser Zärtlichkeit, diesem Licht in seinen Augen, und einen Moment lang waren sie wieder Kinder, grinsten einander mit einem stillschweigenden Versprechen zu. »Ich werde Papa und Mama sagen …«

Er beendete den Satz nie. Seine Gesichtszüge wurden ruhig, und einfach so rührte er sich nicht mehr, seine Frühlingsgrasaugen auf sie gerichtet, als sei er gerade dabei gewesen, ihr ein Geheimnis anzuvertrauen.

39

Ana hielt ihren Bruder fest, vergrub den Kopf in der weichen Beuge seines Halses, wie sie es früher als Kind immer getan hatte. Ihre Tränen benetzten den Stoff seines weißen Seidenwamses. Sie glaubte, sie werde für immer so bleiben, sie glaubte, sie werde nie wieder aufstehen.

»Sie hat den Kaiser umgebracht!« Morganyas Schrei durchdrang die Luft.

Langsam, Stück für Stück, drängte die Welt sich wieder in Anas Wahrnehmung. Der blutige Teppich unter ihren Füßen. Die Schreie von Menschen in Panik und von Sterbenden. Das Blutrot, das ihr Kleid tränkte.

Ana legte Lukas Kopf auf dem Teppich ab, strich sein Haar glatt und schloss seine Augen. Der Anflug eines Lächelns lag auf seinem Gesicht.

Eine seltsame Röte kroch in die Welt. Sie wirbelte am Rand von Anas Blickfeld wie ein lebendiger, atmender Nebel. Alles begann nach Blut zu schmecken.

Ana richtete sich auf. Ihre Brust war hohl, wie ein Loch. Da war keine Trauer. Noch nicht. Sobald sie erst einmal ihrem Kummer Einlass gewährt hätte, würde sie von ihm herabgezogen werden und nie wieder an die Oberfläche kommen.

Nein … dieser leere Raum in ihrem Innern flackerte vor Wut. Schwelend. Sich im Kreis drehend.

Die Röte wurde aufgewühlt, schlängelte sich auf das pulsierende

Blut im Raum zu. In Anas Innerem breitete sich eine köstliche Dunkelheit aus. Ana beugte sich in ihre Richtung.

Ihre Welt explodierte in Blutrot. Sie taumelte zurück, kniff die Augen zusammen und atmete tief und bebend ein. Langsam, wie Silhouetten im Nebel, nahm die Welt in ihrem Geist scharfe Konturen an, in Blut gezeichnet. Sie wurde klarer umrissen, und dann hatte Ana das Gefühl, als hätte sie die Welt bis dahin durch ein verdunkeltes Fenster betrachtet.

Alles war lebendig. Ihre Affinität war Sicht, Geruch, Geräusch, Berührung und Geschmack, alles in einem. Sie konnte jeden einzelnen auf dem Boden verspritzten Blutstropfen sehen, hell leuchtend wie Sterne am Nachthimmel. Sie roch den Alkohol, der in den Adern sämtlicher Gäste herumwirbelte, schmeckte das Adrenalin und die Angst, die im Innern der Menschen wogten, hörte das verzweifelte Hämmern ihrer Herzen.

Ein verworrener Friede legte sich über sie. Sie ließ ihre Affinität schweifen, und ihre Aufmerksamkeit wurde von einer Gestalt in ihrem Rücken erregt, die sich langsam davonschlich. Sein Blut war so kalt wie die Dunkelheit, es roch nach Fäulnis und schmeckte nach Tod.

Ohne sich zu bewegen, ohne auch nur die Augen zu öffnen, schleifte sie ihn zu sich, wie vielleicht ein Kind eine Stoffpuppe herumzerren würde. Sie spürte seinen Schrei im Vibrieren seiner Adern.

Er kauerte vor ihr, seine Affinität unter ihrer Macht zermalmt. Ana schlug die Augen auf. »Sadov«, murmelte sie.

Er starrte zu ihr hoch, der Dolch in seiner Hand immer noch von Lukas Blut beschmiert.

Ein bloßes Aufflackern in ihrem Geist, und er baumelte vor ihr, die Gliedmaßen ausgebreitet wie ein aufgespießter Schmetterling. *Wo soll ich anfangen? Wo wird es am meisten* wehtun?

Angst huschte über Sadovs Gesichtszüge. »N-nein, Kolst Pryntsessa«, flüsterte er. »B-bitte …«

Sie lächelte ihn an. »›Kleines Monster‹«, säuselte sie und packte ihn fester, sodass er vor Schmerz aufschrie. »Habt Ihr das nicht immer zu mir gesagt?«

Er schrie, und sein Gesicht verfärbte sich aufgrund ihres Zugriffs auf sein Blut rot. Schaum stand ihm vor dem Mund. Mit seinem schmerzverzerrten Gesicht sah er wirklich wie ein Geschöpf der Hölle aus, ein Deimhov aus einem Albtraum.

»Ihr wolltet ein Monster«, zischte Ana. Mit einem *Knacks* begann Blut aus Sadovs Nase zu tropfen. »Hier bin ich.«

Sie hätte nie gedacht, dass sie das nackte Entsetzen genießen würde, das sein Gesicht in diesem Moment entstellte; dass sie bei jedem Tropfen Blut, der zu Boden fiel, in Entzücken ausbrechen würde.

Durch den roten Dunst ihrer Affinität spürte sie, dass jemand anders sie beobachtete. Der Blick war vertraut und fremd zugleich. Morganyas blasse Augen waren auf sie gerichtet, und auf einmal fühlte es sich an, als sei sie wieder ein Kind. Aus den Augen leuchtete ihr so etwas wie Anerkennung entgegen.

Anerkennung. Etwas rumorte in Anas Magen. Sie starrte zurück, während Sadov wie eine Marionette vor ihr baumelte und nach Luft japste. Die ganze Zeit über sah Morganya nur zu.

Morganya würde Ana nicht aufhalten, falls sie Sadov umbrachte. Nein – Morganya *wollte*, dass sie Sadov umbrachte.

Ein Bild blitzte vor ihrem geistigen Auge auf: ein Platz voll Silber und Schnee, eine Menschenmenge und eine blutrote Lache, die im Kopfsteinpflaster versickerte. Acht zusammengesackte Gestalten, die Gliedmaßen unnatürlich abgewinkelt. Sie bildeten einen Kreis um sie, erstrahlten wie gewaltige Blütenblätter einer knorrigen Blume.

Ana sank auf die Knie und schrie. Der Schrei, lang und dünn, drohte ihren Verstand wie Glas zerbersten zu lassen.

Es ist schon gut, Sistrika. Ich bin hier. Dein Bratika ist hier.

In Gedanken befand sie sich wieder auf ihrem Zimmer, und Luka hatte die Arme um ihre Schultern geschlungen, murmelte besänftigende Worte.

Die Erinnerung änderte sich, und er lag sterbend in ihren Armen, während sich das Blut rot auf seinem Wams ausbreitete.

Versprich es mir, hatte er gesagt.

Er hatte sie nicht nur darum gebeten zu versprechen, dass sie Kaiserin werden würde. Nein, Luka hatte immer in größeren Zusammenhängen gedacht. Ihr ganzes Leben lang hatte ihr Bruder über sie gewacht, hatte sie gerettet … Wovor gerettet? Nicht vor dem Tod. Nicht vor dem Zorn der Welt. Noch nicht einmal vor Sadov oder vor Morganya.

Luka hatte sie vor der Dunkelheit ihrer Affinität beschützt, vor der Version ihrer selbst, zu der sie hätte werden können – zu der sie immer noch werden könnte.

Sadov umzubringen, sich zu rächen … das war die Entscheidung, die ein Monster aus ihr machen würde.

Versprich es mir.

Die Welt wurde stumpfer. Das Rot ließ nach. Sie ließ Sadov los, und er sackte zu Boden. Der Zorn, die Blutgier und die Wut, die sie verzehrt hatten, wichen von ihr und ließen sie erschöpft zurück.

Ana brach zusammen. Wie aus der Ferne hörte sie Morganya Befehle rufen. *Bringt sie um!,* schrie ihre Tante. *Sie ist eine gefährliche Affinite. Sie hätte uns alle ermorden können.*

Sadov kroch von ihr weg, eine Blutspur hinterlassend und wimmernd. Überall um sie herum flohen Gäste durch die Türen, und die übrigen Ratsmitglieder suchten Schutz in den entferntesten Ecken des Thronsaals.

Ein Schatten fiel auf Ana. Das Gesicht war ihr vertraut: riesige Augen, blasse Haut und eine kahle Stirn. Diese Augen sahen in ihre, undurchschaubar wie eh und je.

Sie spürte ein kaltes Glasfläschchen, das schräg an ihre Lippen gehalten wurde. Eine süße, honigartige Flüssigkeit rann ihre Kehle hinab. Dies war kein Deys'voshk. Es war eine andere Art Gift. Ana wehrte sich. Die grauen Augen wurden streng. Tetsyev hielt ihr mit einer Hand die Nase zu. Sie hatte keine Kraft mehr zum Widerstand.

Ihre Gedanken trübten sich.

Ein taubes Gefühl breitete sich von ihrem Magen in ihren Leib und ihre Glieder aus.

»Es ist getan, Kolst Imperatorya.« Tetsyevs Stimme war distanziert, als er wegtrat. »Die Bluthexe wird sterben.«

Das Gift arbeitete schnell. Es breitete sich wie Eis in ihren Adern aus, ließ ihre Muskeln erstarren.

Mehrere Schritte von ihr entfernt lag Luka auf dem Podium, friedlich selbst noch im Tod.

Ich liebe dich, Luka, dachte sie. *Es tut mir leid.*

Eine Gestalt näherte sich. In Morganyas Augen standen Tränen, und sie ergossen sich über ihr Gesicht, als sie neben Ana niederkniete. Sie legte eine Hand an Anas Wange. Ihre Finger fühlten sich eiskalt an. Langsam senkte Morganya die Lippen zu Anas Gesicht, hielt einen Atemzug entfernt inne.

»Du erbärmliche Kreatur«, flüsterte Morganya und streichelte über ihr Haar. »Tetsyev hat Erbarmen gehabt. Er war schon immer weichherziger als ich, mein begabter Alchemist. Ich hätte dich für Sadovs Kerker aufgehoben.«

Am liebsten hätte Ana nach oben gegriffen und Morganya die Augen ausgekratzt. Doch ihre Arme gehorchten ihr nicht mehr.

Morganyas Atem wärmte Anas Hals. Sie lachte leise. Aus der Entfernung würde ein jeder glauben, sie wäre trauernd über Anas Leiche gebeugt.

»Vielleicht hätte ich dich aufgenommen«, murmelte Morganya. »Schließlich waschen wir die Welt von den Monstern rein, die uns unterdrückt haben – die uns wie Ungeziefer behandelt haben.« Sie hielt inne, und ihre Stimme nahm einen spöttischen, traurigen Tonfall an. »Du siehst mich so voller Hass an. Du hältst mich für die Schurkin. Doch was du nicht begreifst, ist, dass wir manchmal schreckliche Taten für ein höheres Ziel begehen müssen. Meine

Handlungen sind Opfer, die zu erbringen ich bereit bin, um einer besseren Welt den Weg zu bahnen, Kleine Tigerin.«

Ana konnte ihre Tante nur anstarren, während ihr Verstand versuchte, den Sinn von Morganyas Worten zu begreifen. Erst jetzt wurde ihr klar, dass ihre Tante diese Dinge nicht aus Gehässigkeit oder reiner Boshaftigkeit getan hatte. Aus Morganyas Sicht traf sie die richtige Entscheidung.

»Du hast dich für die falsche Seite entschieden«, fuhr Morganya fort. »Und jetzt wirst du den Preis dafür zahlen, indem du allein, in Schande und in Ungnade gefallen, stirbst. Der ganze Raum hat zugesehen, wie du Vladimir gefoltert hast. Ich bin die Heldin, die sie vor einem Deimhov gerettet hat. Und die dunklen Legenden um die Bluthexe von Salskoff werden weiter bestehen.« Sie beugte sich vor und gab Ana einen sanften Kuss auf die Stirn. Ihr hübsches Gesicht verzog sich wieder, als sie den Kopf hob, glänzende Tränen auf den Wangen, für alle Welt sichtbar. »Pyetr«, sagte sie heiser und wich zum Podium zurück. »Ist sie …? Könntet Ihr …? Ich ertrage es nicht, sie anzusehen.«

Es gab so viel mehr, was Ana noch tun musste, so viel mehr, was sie für ihr Reich hätte tun sollen. Doch ihre Kraft neigte sich dem Ende zu. Ein seltsamer Friede legte sich über sie, als schlummerte ihr Körper ein. Ihr Kopf fiel zur Seite, und sie wartete darauf, dass die Dunkelheit hereinbrach. Wenn dies hier das Sterben war, war es nicht so schrecklich.

Ein leichter Lufthauch strich über Anas Gesicht, als Tetsyev mit flatterndem weißen Gewand neben ihr niederkniete. Er legte einen Finger an ihren Hals, um ihren Puls zu fühlen. Zu ihrer Überraschung neigte auch er den Kopf voller Respekt und Trauer. Ein ganz leises Flüstern kam von seinen Lippen: »Es ist ein Lähmungsgift.« Und dann, sich aufrichtend, wandte Tetsyev sich an Morganya. »Die Bluthexe ist tot.«

Anas Verstand war träge, aber Überraschung durchschnitt ihn wie eine Klinge. Ein Lähmungsgift.

Sie war nicht dabei zu sterben.

War das möglich? Dass Tetsyev ihr das Leben gerettet hatte? Dass alles, was Tetsyev ihr erzählt hatte, der Wahrheit entsprach?

Irgendwo draußen ertönte ein Ruf. Feste, schnelle Schritte durchdrangen die Stille des gewaltigen Saals, kamen immer näher und wurden hektisch.

»Nein!«, schrie jemand. Ana kannte die Stimme. Sie war auf eine Art vertraut, die in ihr den Wunsch weckte, nach dem Sprecher zu greifen und ihn zu berühren, und sei es nur mit einer Hand an der Schulter, oder nahe genug zu sein, um seine Gegenwart zu spüren.

Ramson stürzte neben ihr auf die Knie. »Nein.« Seine Stimme versagte, und die rohen Gefühle darin rührten etwas in Ana. Noch nie hatte sie Ramson so gar nicht auf der Hut gesehen. Sein schmerzlicher Gesichtsausdruck wurde gequält, während er sie sanft in die Arme zog. Sie spürte die Berührung seiner Haut, die Wärme seines Atems, als er den Kopf zu ihrem senkte, sie fest umklammert hielt und sich über sie beugte, als sei ein Teil von ihm zerbrochen.

»Kapitan!«, rief Morganya. »Verhaftet den Verbrecher.«

»Nein!«, brüllte Ramson. Er stand auf, Ana in den Armen, und hob sie hoch. »Kaiserliche Ratsmitglieder, ich habe unwiderlegbare Beweise, dass die Gräfin eine Mörderin und Hochverräterin an der Krone von Kyrillien ist.«

Seine Stimme wurde von Schritten übertönt, als die Wachen ihn, ermutigt durch Anas reglosen Körper, umzingelten.

Nein, flehte Ana. *Leg mich hin, und ergreife die Flucht, Ramson.*

Eine tiefe Stimme erklang, lauter als alles andere. »Ich werde die Prinzessin nehmen.«

Die Wachen um sie herum wichen zurück.

Die vertraute Gestalt eines Mannes kam näher. Sein grau meliertes Haar fiel ihm in das faltige Gesicht, und seine Augen – vom gleichen ruhigen Grau wie Gewitterwolken – waren unermessliche Brunnen der Traurigkeit. Behutsam, ganz behutsam, nahm Kapitan Markov Ana in die Arme.

Auf dem Podium hoben ein paar Wachen Lukas Leiche hoch. Tetsyev stand an Morganyas Seite und flüsterte etwas. Morganyas Augen folgten Ana. »Bringt die Leiche der Prinzessin in den Kerker. Mein Alchemist hat noch an ihr zu schaffen.«

Einen Moment verzog sich Markovs Gesicht in einem Zorn, wie Ana ihn noch nie gesehen hatte. Doch er zügelte seine Wut und wandte sich mit stoischer Miene an Morganya. »Sehr wohl, Kolst Contessya.«

»Kolst Imperatorya«, verbesserte Morganya. »Eure ruhmvolle Kaiserin.«

Aus dem Augenwinkel sah Ana, wie sich zwei zurückgebliebene Ratsmitglieder Blicke zuwarfen. Einen erkannte sie als Rat Taras wieder.

»Kolst Imperatorya.« Markovs Tonfall war scharf wie Stahl. »Und der Verbrecher?«

»Bringt ihn in den Kerker«, befahl Morganya. »Setzt eine Hinrichtung an. Ich möchte, dass die Welt weiß, was mit Verrätern an der Krone geschieht.«

Nein, hätte Ana am liebsten geschrien. Doch ihr Körper war ein Gefängnis.

Das Letzte, was sie vom Großen Thronsaal erblickte, war Morganya, die auf dem Podium stand, die Lippen zu einem Lächeln gekräuselt, während sie zusah, wie sich Ramson gegen die Wachen zur Wehr setzte. Tetsyev stand an ihrer Seite, in ihrem Schatten. Sadov lehnte am Thron und wischte sich Blut aus dem Gesicht.

Markov schloss die große Doppeltür und trug Ana fort in die Stille hinein, seine Schritte so feierlich wie der Trommelschlag auf einer Beerdigung.

40

Die Sterne waren vom höchsten Turm des Palastes von Salskoff aus sichtbar. Linns Schritte waren leicht, wurden jedoch schleppend, ihr Atem wurde hektisch, als sie durch die marmorweißen Korridore rannte. Sie stürzte nach oben eine Treppe hinauf, drei Stufen auf einmal nehmend, ihre Winde als Geleit im Rücken.

Schritte donnerten hinter ihr, kamen immer näher.

Linn sprang über den Treppenabsatz – und ihr Magen krampfte, als sie in den Wachturm stolperte. Zwei Wachen drehten sich zu ihr um. Die Überraschung spiegelte sich kaum auf ihren Gesichtern wider, da hatte sie schon beiden gegen die Schläfe getreten, und sie sackten zu Boden.

Linn wirbelte herum und zwang sich, kontrolliert und rhythmisch zu atmen. Es fiel ihr schwer, nicht ihrem inneren Bedürfnis nachzugeben und sich hektisch die Lunge zu füllen, doch sie wusste, dass ihr nur Sekunden blieben, bevor ihr Verfolger auftauchte. Sie musste in der Verfassung sein zu kämpfen, und im Moment schlug ihr Herz zu schnell.

Sie sah sich in ihrer Umgebung um: weiße Marmorwände mit schmalen Fenstern. Gut, um zu überwachen, zu schießen und um das Durchkommen von Pfeilen von draußen einzuschränken. Mondschein drang durch eine einzelne Tür, die ins Freie führte – auf einen Balkon, der sich über den Palastmauern befand.

Ein Schatten fiel auf den Boden. Linn wirbelte herum.

Die Augen ihres Verfolgers waren geschmolzenes Silber, sein weißer Umhang flatterte hinter ihm in der leichten Brise, die sich zwischen ihnen regte. Linn umklammerte ihren letzten Dolch.

Der Yaeger stand da, als sei er aus Stein und Marmor gemeißelt – und Linn erkannte die Präzision seiner Stellung, das jahrelange Training, das in die Muskelstränge seines Rückens eingegraben war. Nur seine Augen flackerten wie ein Kräuseln quer über einem mondbeschienenen Teich. »Ich bin nicht dein Feind.«

»Du bist kein Freund«, erwiderte Linn.

»Ich möchte dir nichts zuleide tun.«

»Das habe ich schon oft gehört.«

Sein Blick richtete sich auf ihren leeren Waffengürtel und die Wunde quer über ihrer Taille. Sie war nicht tief, doch Linn hatte das Blut nicht weggewischt, um sie schlimmer aussehen zu lassen, als sie eigentlich war. Der beste Vorteil in einem Kampf war, unterschätzt zu werden. »Du bist verletzt und hast keine Waffen mehr. Du wirst diesen Kampf nicht gewinnen.« Er trat einen Schritt näher. »Meine Männer stürmen in diesem Moment den Großen Thronsaal. Die Bluthexe ist eine Mörderin und ein Monster. Sie wird nicht siegen. Bitte, komm ohne Gegenwehr mit und rette dich.«

Zwei, drei Sekunden lang sahen sie einander in die Augen. Linn schwieg.

Der Arm des Yaegers bewegte sich ein wenig. Linn zwang sich zusammenzuzucken. Verängstigt zu wirken.

Im nächsten Augenblick griff sie an. Ihr Wurfmesser war ein verschwommenes silbernes Etwas. Es traf die Marmorwand, eine Handbreit vom Gesicht des Yaegers entfernt, und fiel polternd zu Boden.

In den Augen des Yaegers flackerte eine Emotion auf, die Linn nicht deuten konnte – es hätte Überraschung sein können oder Ärger oder sogar Bewunderung.

Langsam, mit unendlich präzisen Bewegungen, schnallte der Yaeger seine Schulterriemen auf und warf den weißen Umhang ab.

Seine Augen richteten sich auf Linn, während er zwei Schwerter aus den Scheiden zog. »Du hast dich entschieden«, sagte er. »Schade. Ich hätte es vorgezogen, eine so begabte Kämpferin wie dich nicht umzubringen.«

»Das wirst du auch nicht«, sagte Linn leise. Jeder Muskel in ihrem Körper war vor Erwartung angespannt.

Eine harte, undurchdringliche Mauer legte sich um ihre Affinität. Linns Magen rebellierte, und kurzzeitig glaubte sie, sie werde sich übergeben. Es war, als wären ihre Sinnesorgane auf einmal ausgeschaltet – als hätte sie ihre Fähigkeit zu riechen, zu schmecken, zu hören und zu sehen eingebüßt. Die Winde, die in ihrem Rücken geflüstert hatten, erstarben jäh. Die Stille war unerträglich.

Linn kämpfte ihre Übelkeit nieder. *Aktion und Reaktion.*

Linn warf einen Arm zur Seite, täuschte eine Bewegung an. Der Yaeger zuckte zusammen und verlagerte sein Gewicht nach links. In dem Sekundenbruchteil sprang Linn rückwärts, wirbelte herum und schnappte sich zwei Dolche – mit jeder Hand einen – von den bewusstlosen Wachen. Noch im Fluss dieser Bewegung warf sie die Dolche auf den Yaeger, einen nach dem anderen in rascher Folge.

Als Linn hörte, wie einer der Dolche klirrend auf sein Schwarzsteinschwert traf, hatte sie sich bereits umgedreht und rannte auf die offene Tür zu. Sie hörte das weiche Geräusch von Metall, das durch Fleisch schnitt, gefolgt von einem Ächzen. Wenigstens eine ihrer Klingen hatte ins Ziel getroffen. Ein tödlicher Treffer war es bei Weitem nicht, doch alles, was ihn langsamer werden ließ, würde ihr in diesem Moment helfen.

Linn stürzte in die Nacht hinaus. Hier oben, weit über irgendwelchen schützenden Mauern und abschirmenden Gebäuden, peitschten ihr die kyrillischen Winterwinde ins Gesicht und zausten ihr Haar. Sie streckte sich nach ihnen, spürte jedoch nichts. Ihre Affinität war verschwunden.

Jenseits der Brüstung schimmerte die Stadt Salskoff im Glanz von Fackelschein und Festlichkeiten. Der Tigerschwanzfluss schlängelte sich um den ganzen Palast, und das weiß schäumende Wasser war selbst von hier oben sichtbar. Schwindel und Angst erfassten sie wie eine Woge, als sie nach unten zu den winzigen, weit entfernten Lichtern sah, in die gewaltige Leere, die Luft und das Nichts dazwischen. Selbst die dicken Palastmauern unter dem Wachturm waren zu weit unten – Linn hätte sie wohl für einen Sprung anvisieren können, wenn sie ihre Winde hätte.

Sie spürte ihn, bevor sie ihn hörte oder sah. Er kam aus dem Dunkel, ein weißer verschwommener Fleck im Mondschein. Die Schwerter blitzten auf, als sie zustießen. Linn duckte sich im letzten Moment und wirbelte herum. Sie hatte vorgehabt, dass sein Schwung ihn gegen die Balustrade werfen würde, doch statt die Balance zu verlieren, blieb er unvermittelt stehen und drehte sich in ihre Richtung, stieß mit einer Klinge nach ihr.

Linn taumelte zurück und bog den Oberkörper und dann auch den Kopf nach hinten. Noch während sie einen Salto rückwärts machte, spürte sie, wie sich seine Klinge in ihre Seite grub. Sie landete ein wenig schief und machte einen Schritt, um das Gleichgewicht wiederzuerlangen. Da war der Yaeger schon wieder bei ihr, seine beiden Schwerter fuhren hierhin und dorthin, seine Augen kalkulierten all ihre Schritte und Bewegungen ein.

Sie würde verlieren. Sie hatte weder eine Klinge noch ihre Affinität auf ihrer Seite, und obschon es ihr gelungen war, ihm eben eine Verletzung zuzufügen, hatte er es ihr mit gleicher Münze vergolten.

Ihre Bewegungen wurden langsamer, und jedes Ausweichmanöver war schwieriger als das letzte. Sie hatte es kaum vermieden, von einer Klinge getroffen zu werden, da sauste auch schon die andere auf sie nieder. Sie wurde ungenauer, und ihre Nerven lagen bald blank, während sie einen Hieb nach dem anderen vorhersah.

Der zweite Stich seines Schwerts war tiefer als der erste, und Linn stieß ein lautes Keuchen aus. Sie geriet ins Taumeln, und für den Bruchteil einer Sekunde unterband der Schmerz jeglichen rationalen Gedanken und ihr antrainiertes Können. Mehr brauchte der Yaeger nicht. Aus dem Augenwinkel sah sie, wie sein Fuß vorschnellte. Sie sprang zwar zurück, doch zu wenig und zu langsam.

Der Fuß des Yaegers traf sie in den Bauch und ließ sie torkeln. Die kalte Marmorbrüstung rammte sich in ihren Rücken – eine strenge Mahnung, dass ihr der Platz ausging.

Der Yaeger kam auf sie zu. Linn beugte sich nach hinten und versuchte, nicht daran zu denken, dass ihr halber Körper in der Luft hing. *Ein flügelloser Vogel,* hatten ihre Windmeister zu ihr gesagt, nachdem sie mit dem Fliegen aufgehört hatte. *Wie kann ein Vogel Höhenangst haben?*

Sie drückte sich gegen die Brüstung. Schweiß durchtränkte ihre Kleidung, ihre Wunden bluteten, und ihr Atem ging stoßweise und flach. In ihrer Kehle bildete sich vor Panik ein Kloß, als sie ihre Möglichkeiten erwog: ein gefährlicher Sturz hinter ihr und vor ihr ein Kampf, den sie nicht gewinnen konnte.

Der Yaeger runzelte die Stirn. Seine Kieferpartie verhärtete sich. »Ich habe dir gesagt, ich wollte eine so gute Kämpferin wie dich nicht umbringen. Es ist ohnehin schwer genug, ein solches Talent auf der Welt zu finden.«

Linn zitterte. »Wir Kemeiraner glauben, dass alles im Leben vorherbestimmt ist, dass sich hinter jedem Ereignis und jeder Begegnung das Schicksal verbirgt.« Sie hatte keine Ahnung, warum sie ihm das erzählte, doch die Worte ihrer Heimat und ihrer Windmeister schenkten ihr in ihren letzten Augenblicken Trost. »Vielleicht … vielleicht wirst du mein Tod sein.«

Seine Augen verengten sich. Sie konnte nicht die geringste Gefühlsregung aus ihnen herauslesen. »Warum bist du nicht darauf aus, mich umzubringen?«, fragte er.

»Aktion und Reaktion«, flüsterte sie. »Das ist unser Glaube – dass auf jede Aktion eine Reaktion folgt. Du hast angegriffen, und ich habe mich verteidigt. Du hast nicht die Absicht, mir das Leben zu nehmen, deshalb hatte ich kein Recht, deines zu nehmen. Und jetzt bezahle ich für diese Entscheidung mit meinem Leben.« Sie würde ohne Klinge in der Hand und ohne Wind im Gesicht sterben, in die Enge getrieben wie ein Feigling.

Linn kniff die Augen zusammen und versuchte, nicht zu zittern. Sie hatte schon viele Male über den Tod nachgedacht, aber nicht so. Nein – sie hatte sich immer einen glorreichen Tod ausgemalt, einen Kriegertod, an der Seite der anderen Windsegler aus dem Himmel stürzend, wie es sich für eine Kemeiranerin gehörte.

Eine Brise regte sich hinter ihr, bewegte die Falten ihrer Kleidung und kühlte ihren schweißnassen Rücken. *Mut,* schien sie zu wispern. *Mut.*

Es war, als dehnte sich der leere Raum hinter ihr aus. Und auf einmal wurde ihr klar, dass sie immer noch mit den Winden im Rücken und den Sternen über sich kämpfen konnte.

Ein Anflug von Reue blitzte in den Augen des Soldaten auf. »Es tut mir wirklich leid«, sagte er.

»Das muss es nicht«, erwiderte Linn. Sie bog den Rücken durch und stieß sich mit den Beinen ab. Die Arme um die Brüstung geschlungen, schwang sie sich hinüber.

Und dann stürzte sie.

Es war furchterregend und zugleich berauschend: der Wind, der in ihren Ohren brauste, die Welt, die sich überall um sie herum drehte, und das Wissen, dass nichts und niemand sie unten auffangen und retten würde. Ihr Schrei steckte in ihrer Kehle fest, und zum ersten Mal seit langer Zeit spürte sie, wie sich ein Stück ihres alten Ichs regte. Sie streckte die Arme von sich. Ihre Instinkte erwachten, und sie drehte sich, sodass sie mit den Füßen voran fiel.

Sie befand sich im freien Fall. Das Gefühl der Gewichtslosigkeit, der Unsicherheit und der Freiheit bei jedem keuchenden Atemzug war vollkommen beängstigend und zugleich vertraut.

Sie fühlte sich, als würde sie … fliegen.

Die weißen, zinnenbesetzten Palastmauern stürzten auf sie zu. Linn knallte zu Boden, spannte die Knie an und fing ihren Fall ab, um das Gleichgewicht wiederzufinden. Die Wucht war immer noch zu stark.

Ihre Hand schoss nach vorn, und sie spürte einen Ruck, als ihre Handfläche auf dem Boden aufschlug, gefolgt von einem heftigen Schmerz im Handgelenk. Linn schrie auf, doch trotz des Schmerzes und der Tränen gelang es ihr irgendwie zu rennen, auf den Rand der Mauer zu.

In der Nacht erklang ein Schrei. Linn lief weiter.

Zehn, fünfzehn Schritte. Der Mond glitt hinter die Wolken und hüllte die Nacht in völlige Dunkelheit.

Ich bin Schatten und Wind. Ich bin das unsichtbare Mädchen.

Der Druck auf ihre Affinität ließ nach, lichtete sich wie Nebel über einem See. Gelassenheit überkam sie, gefolgt von einer Hochstimmung, als ihre Winde an ihrer Seite brüllend zum Leben erwachten.

Im ersten Moment wollte Linn ihre Schritte verlangsamen, sich umdrehen und nach oben zum Wachturm sehen.

Stattdessen beschleunigte sie ihr Tempo noch.

Zwanzig, dreißig Schritte. Der Wind war wie ein Rudel unsichtbarer Wölfe, die an ihrer Seite dahinstürzten und triumphierend heulten.

Neununddreißig, vierzig Schritte …

Linn sprang. Und dann war sie in der Luft, ihre Winde brausten von allen Seiten um sie herum, reagierten auf jedes Ziehen und Schieben von ihr und trugen ihren leichten Körper. Ein entzücktes Lachen brach sich aus ihrem Mund Bahn, als sie die Arme ausbreitete und zuließ, dass Instinkte aus ihrer Kindheit das Regiment an sich rissen. Für einen glorreichen Moment war sie wieder in Kemeira und stieg unter dem ewig blauen Himmel zwischen dunstverhangenen Bergen auf.

Der Mond glitt hinter den Wolken hervor und tauchte sie in sein kühles Leuchten. Das weiße Wasser des Tigerschwanzflusses schäumte unter ihr, die Wellen griffen empor, als wollten sie Linn begrüßen. Aus dem Augenwinkel sah sie den Umriss einer dunklen Gestalt an der Brüstung des Wachturms. Sie beobachtend.

Aktion und Reaktion.

Linn hielt den Blick noch einen weiteren Moment auf ihn gerichtet, zog an ihren Winden, um ihren Abstieg zu verlangsamen. Noch während sie auf den Tigerschwanzfluss zustürzte, erkannte ein Teil von ihr, dass der Soldat sie heute verschont hatte. Und unwillkürlich fragte sie sich, ob sie in einen neuen Strang des Schicksals mit diesem kalten Feind, diesem grimmigen Krieger verflochten war – was auch immer geschehen mochte.

Linn rollte sich so fest zusammen, wie sie konnte. Und stürzte in den eiskalten Fluss.

41

Als Erstes nahm sie die Kälte wahr. Dann den unverkennbaren Modergeruch nach feuchtem Stein und abgestandener Luft.

Ana bewegte eine Hand und ertastete eine kühle, harte Oberfläche unter sich. Ihr war schwindelig, und ihr Körper fühlte sich träge an, als wäre sie soeben aus einem tiefen Schlaf erwacht. Ihre Muskulatur war steif, aber sie konnte spüren, dass die Wirkung des Lähmungstranks bereits nachließ.

Sie öffnete die Augen. Es war stockdunkel, doch sie erkannte diesen Ort wieder. Nirgendwo sonst auf der Welt herrschte so ein starker Gestank nach Hoffnungslosigkeit und der Geschmack von grenzenloser Angst. Papa hatte ihr immer gesagt, dass dieser Ort voller Dämonen sei.

Doch Ana hatte gelernt, dass Dämonen nicht die Geschöpfe waren, die man am meisten zu fürchten hatte. Das waren Menschen.

Tief einatmend, richtete sie ihre Konzentration auf ihre Affinität. Sie erwachte auf Anas Befehl hin, und der Raum leuchtete auf: An den Wänden und auf dem Boden wimmelte es von Blutflecken und -spritzern, alte und neue Lagen übereinander wie mehrere Farbschichten.

Sie wackelte mit den Fingern und Zehen. Niemand hatte sich die Mühe gemacht, sie zu fesseln oder ihr Deys'voshk einzuflößen … da man sie für tot hielt.

Und Luka. Luka war tot.

Trotz allem, was sie sich sagte – dass sie einen Plan brauchte, dass sie hier herauskommen musste, dass sie Ramson retten und Linn finden musste –, kamen ihr die Tränen. Es war, als wäre ihre Trauer eine Flut, die ihren Willen und ihre eiserne Kraft durchbrach, sich unaufhaltsam ihren Weg bahnte. Ana lag auf einem Tisch im kalten, dunklen Kerker und presste sich beide Hände fest auf den Mund, um beim Weinen keinen Laut von sich zu geben. Mit jedem tiefen, lang gezogenen Schluchzen krümmte sie sich zusammen, als würde sie nie wieder atmen.

Sie war erbärmlich. Luka hatte Morganyas Folter ein Jahr lang überlebt, das langsame Abzapfen seiner Lebenskraft, und selbst noch kurz vor dem Ende hatte er es geschafft, sich ihr auf seine Weise zu widersetzen.

Steh auf, Göre, würde er ihr in diesem Moment sagen. *Unser Reich braucht dich.*

Ihr Reich brauchte sie. Sie hatte kein Recht zu trauern, nicht jetzt.

Ana biss die Zähne zusammen und ballte die Hände zu Fäusten. Ihr Körper erbebte immer noch unter stillen Schluchzern, doch ihre Gedanken klärten sich.

Versprich es mir.

Irgendwo in einiger Entfernung schlug eine Tür zu. Schritte hallten in den verlassenen Korridoren wider. Ana unterdrückte ein Schaudern und lag erstarrt an ihrem Platz. Die Geräusche riefen eine unbeschreibliche Angst in ihr wach. Sie erwartete, dünne weiße Finger zu erblicken, die sich um Gefängnisgitter krümmten, ein sadistisches Lächeln in einem bleichen Gesicht; das Versprechen von Deys'voshk an ihren Lippen zu spüren.

Mit angehaltenem Atem streckte sie ihre Affinität aus. Jemand hatte die Kerkergewölbe betreten und kam in ihre Richtung. Er ging rasch, aber gelassen – es waren die gemessenen Schritte eines Menschen, der sich in diesem Kerker auskannte. Langsam kam er näher, sein Blut leuchtete heller als jede Kerze.

Ein leises Murmeln. Jemand sagte ihren Namen. Die Stimme war so vertraut, dass sie glaubte, sie hätte Wahnvorstellungen.

Eine Gestalt trat vor ihre Zelle, und der ferne Fackelschein erleuchtete die Silber- und Weißtöne seines grau melierten Haars. Als die Zellentür mit einem Klicken aufging, war Ana bereits auf den Beinen.

Sie fiel in die Arme ihres Kapitans. Unter Tränen atmete sie den Duft seiner Rasiercreme und des Metalls seiner Rüstung ein.

»Kolst …« Markov versagte die Stimme. Er konnte die Anrede nicht beenden, während er auf die Knie sank und einen Kreis über der Brust beschrieb. Zum Gruß. Als ein Zeichen des Respekts.

Ana hielt ihre Tränen zurück, während sie ihn wieder hochzog, sein wettergegerbtes Gesicht mit den Fingern berührte und Tränen in den Falten nachfuhr, die sich tiefer um seine Augen herum eingegraben hatten. Kapitan Markov war für sie wie ein zweiter Vater gewesen, nachdem Papa sich von ihr abgewandt hatte. »Ich habe Euch so sehr vermisst, Kapitan.«

Weitere Schritte erklangen laut im Korridor. Ana wappnete sich, griff nach ihrer Affinität.

Zwei Männer bogen um die Ecke und warfen grellen Fackelschein in ihre Zelle. Im ersten Moment konnte Ana die beiden nur anstarren.

Leutnant Henryk salutierte. Scham färbte seine Wangen rot – in Gedanken waren sie beide unweigerlich bei dem Moment, als er früher am Abend versucht hatte, sie zu verhaften –, doch er hielt ihrem Blick eisern stand.

Und neben ihm … neben ihm war …

»Hallo, Hexe«, sagte Ramson leise. In seinem Gesicht bildeten sich an mehreren Stellen Blutergüsse, und sein Hemd war am Kragen aufgerissen. Jemand hatte ihm eilig die Brust verbunden, doch Blut sickerte bereits durch den Gazestoff.

Sie erinnerte sich an den Thronsaal, die Art, wie er hereingestürzt war, die Verzweiflung in seinem Gesicht. Der Schatten dieser Trauer verdunkelte immer noch seine Augen. Er sah so zerbrechlich aus.

Anas Kehle schmerzte, doch sie zwang sich zu bleiben, wo sie war. »Hallo, Betrüger«, flüsterte sie.

Ramson schien noch etwas sagen zu wollen, doch Kapitan Markov fiel ihm ins Wort. »Ihr werdet sie als *Kaiserin* anreden«, sagte der alte Wächter streng.

Ana fiel auf, dass Ramson sich ein wenig gerader aufrichtete. »Sehr wohl, Sir.«

Ein Mensch fehlte noch in ihrer Runde. »Linn.« Ana sah Ramson an. »Wo ist sie?«

»Sie hat mit den Weißmänteln gekämpft, als ich sie zurückgelassen habe«, sagte Ramson. »Sie hat mir einen Lederbeutel gegeben und mir aufgetragen, ihn dir zu überbringen – sagte, es seien Beweise. Kapitan, habt Ihr zufälligerweise im Laufe des Abends Gefangene genommen?«

Verzweiflung packte Ana, als der Kapitan langsam den Kopf schüttelte. »Bitte, Kapitan«, flüsterte Ana. »Sie ist eine Freundin von mir. Werdet Ihr Eure Wachen bitten, nach einem kemeiranischen Mädchen zu suchen?«

»Das mache ich, Kolst Imperatorya«, sagte Markov feierlich, »aber ich glaube nicht, dass Ihr hierbleiben und auf das Ergebnis meiner Suche warten könnt.«

Angesichts der Implikationen seiner Worte rang sie vor Angst nach Atem. »Morganya«, sagte Ana leise. »Was ist passiert? Was hat der Kaiserliche Rat entschieden?«

Markov zögerte. »Es gibt keinen … Kaiserlichen Rat mehr«, sagte er nach einer Weile. »Morganya hat den Hof vollständig unter ihre Kontrolle gebracht und den Rat entlassen. Die übrig gebliebenen Ratsmitglieder haben ihr die Treue geschworen.«

Wie ein Schatten ragte die unvermeidliche Wahrheit vor ihr auf. Ana war wieder da, wo sie angefangen hatte, ohne Armee, ohne

Macht und ohne Titel. »Ich habe verloren.« Die Worte ließen ihre Lippen taub werden.

»Nein, Kolst Imperatorya!« Henryks Fäuste waren geballt. »Ein paar Ratsmitglieder glauben, dass Morganya Hochverrat begangen und sich des Throns bemächtigt hat. Ihr müsst zurückkehren. Verkünden, dass Ihr am Leben seid, Morganya verurteilen und den Hof wieder übernehmen.«

»Glaubt Ihr wirklich, das ist von Bedeutung?«, sagte Ramson unvermittelt, und sein Zorn schwang als leiser Unterton in seiner Frage mit. »Wenn Ana jetzt zurückkehrt, wird man sie umbringen. Verzeihung«, fügte er hinzu. »Die Prinzessin. Die Erbin. Die Kaiserin. Wie immer Ihr sie nennen wollt – *es ist nicht von Bedeutung*. Das hier ist ein Coup, und Morganya hat ihre Macht bereits gefestigt. Die Mehrheit des kyrillischen Hofs ist auf ihrer Seite. Man hat uns ausmanövriert. Doch es gibt einen Vorteil, den wir ihr gegenüber haben: Alle halten Ana für tot.«

Er hatte recht, erkannte Ana. Dies war ein Krieg, den sie nicht mit Unverfrorenheit und der Kraft ihrer Affinität gewinnen konnte. Dies war ein langes Spiel, und sie musste bessere Pläne schmieden als Morganya, sie überlisten und ausmanövrieren.

Ana hielt eine Hand hoch, und die drei Männer schwiegen, ihre Aufmerksamkeit auf sie gerichtet. »Ich muss fort«, sagte Ana. »Aber ich werde nicht verschwinden. Morganya plant Massenmorde und eine Schreckensherrschaft. Sie *muss* aufgehalten werden.« Vor ihrem geistigen Auge erschien Yuris aufsässiges Gesicht, sein feuerrot leuchtender Haarschopf. »Ich habe eine kleine Gruppe Verbündeter im Süden des Kaiserreichs. Dorthin werde ich reisen und meinen Feldzug starten. Ich werde mir Unterstützung suchen, ich werde eine Armee ausheben. Und sobald ich so weit bin, dass ich diesem Reich – dieser Welt – beweisen kann, dass ich eine würdige Erbin bin … werde ich zurückkehren.«

Markov nickte langsam. »Wie Ihr gewachsen seid, Kleine Tigerin«, murmelte er.

»Kapitan, Leutnant«, fuhr Ana fort. »Falls Ihr mich unterstützt, ist es nötig, dass Ihr hierbleibt. Wenn ich gewinnen will und wenn ich wiederkehren soll, dann brauche ich Verbündete in der Nähe meiner Feinde. Ihr müsst meine Augen und meine Ohren im Palast sein, am Kaiserhof. Könnt Ihr das tun?«

Henryk salutierte energisch. In seinen Augen standen Tränen. »Wir werden Euch nicht enttäuschen, Kolst Imperatorya.«

»Ihr müsst gehen«, sagte Markov, und Ana merkte ihm an, wie viel Überwindung es ihn kostete, ihr das zu sagen.

Ana sah ihm in die Augen. »Ich werde zurückkehren, Kapitan«, flüsterte sie. »Und ich *werde* Euch wiedersehen.«

Im Licht von Henryks Fackel suchten sie sich ihren Weg zu dem Geheimgang im rückwärtigen Teil des Kerkers. Die schmale Zellentür war noch angelehnt, nachdem sie sich durch sie vorhin erst Zutritt zum Palast verschafft hatten.

Markov ergriff Anas Hand und drückte sie. »Deys blesya ty, Kolst Imperatorya.«

»Deys blesya ty«, erwiderte sie.

Ein Knirschen hallte in den Kerkergewölben wider. Mit einem Ächzen richtete Henryk sich auf. Die Tür zu dem Geheimgang stand nun offen, dahinter lag Dunkelheit.

Ramson berührte seine Stirn mit zwei Fingern zu einem zackigen Gruß und schlüpfte hinein. Ana folgte ihm und legte Halt suchend eine Hand an den Eingang.

Sie blickte zurück. Markov und Henryk standen hinter ihr, die Fackel flackerte wie ein Leuchtfeuer in der Dunkelheit. Erst vor einem Jahr war sie durch diese Tür gelaufen, verängstigt und allein und völlig verloren. Vor ihr lagen Dunkelheit, Unsicherheit und ein langer, langer Weg, den sie sich würde erkämpfen müssen. Hinter ihr ein zerbröckelndes Reich, ein Volk in Gefahr und eine gespaltene Welt.

Versprich es mir.

Ana drehte sich um und schlüpfte in die Dunkelheit, die sie wie eine alte Freundin willkommen hieß.

42

Die Sterne hatten einen ganzen Kreis über ihr beschrieben, und ein leiser Hauch von Blau hatte begonnen, den Horizont im Osten zu krönen. In der Ferne war der Palast von Salskoff kaum wahrnehmbar jenseits des Waldes mit seinen weißen Baumwipfeln, der sich unterhalb der Hügel in alle Richtungen erstreckte. Der Palast erglühte in einem leichten Vordämmerungsgold, Morgendunst rankte sich um die Turmspitzen und zinnenbewehrten Mauern.

Ana atmete aus. Vor ihr bildete ihr Atem Nebelwölkchen. Von ihrem Aussichtspunkt auf einer Hügelkuppe konnte sie kaum den Bogen der Kateryanna-Brücke ausmachen, die die Burg mit der schlafenden Stadt darunter verband. Salskoff lag unter den wachsamen Blicken seines Palastes, und der Tigerschwanzfluss schlängelte sich beschützend darum.

»Richtig schön von hier oben, nicht wahr?« Neben ihr trug Ramson eine ruhige Miene zur Schau, während er den Anblick vor ihnen betrachtete. »So muss es wohl für die Götter aussehen, oder die Gottheiten oder was auch immer. Wen kümmern schon die unbedeutenden Schlachten, die Menschen schlagen? Sie haben da draußen eine ganze Welt, die sie sich anschauen können.«

»Deshalb ist es an uns, unsere Schlachten zu schlagen. Nicht an den Gottheiten.«

»Das habe ich schon immer gesagt. Bei den Göttern, ich sollte Priester werden.«

Ana schnaubte. »Du? Priester? Noch geht die Welt nicht unter, Ramson.«

Ramson schenkte ihr ein Grinsen, und Ana erkannte, dass es ihm gelungen war, sie trotz allem zum Lachen zu bringen. »Dann sollten wir aufbrechen, um zu verhindern, dass die Welt untergeht. Wenn du *wirklich* nicht mit ansehen willst, wie ich Priester werde.«

Ana warf noch einen Blick zurück auf ihr Zuhause. Wieder schien sich eine Last auf ihre Schultern zu legen. So lange hatte sie versucht, sich ein Leben an einem Ort einzurichten, der kein richtiges Zuhause mehr gewesen war. Und so lange war es fern, aber doch sichtbar geblieben, nah, aber doch außer Reichweite. Schweren Herzens wappnete sie sich für das Unvermeidliche.

Ramson legte eine Hand auf ihre. Er hob ihr Kinn mit einem Finger an, sodass sie in seine warmen, klaren Augen blickte. »Nur Mut, Prinzessin.«

Kurz schloss sie die Augen und lehnte sich in seine leichte Berührung. »Ich habe Angst, Ramson. Ich habe das Gefühl, nun schon so lange zu kämpfen, und trotzdem … bin ich wieder da, wo ich angefangen habe.«

»So ist das Leben«, sagte er leise. »Das hier ist keines von den Märchen, die du in deiner Kindheit gelesen hast, wo der Held am Ende immer triumphiert. Du wirst viele Schlachten schlagen müssen, und alle wirst du nicht gewinnen. Und am Ende eines jeden einzelnen Tages wirst du vor der immer gleichen Entscheidung stehen: weiterkämpfen oder aufgeben.«

Unsere Entscheidungen. Eine Brise regte sich, und sie schien die Worte ihres Bruders im Wispern der Kiefern um sie herum zu hören. Weit oben über ihren Köpfen durchdrang der Schrei eines Adlers die Stille.

Luka hatte sie zur Erbin ernannt. Doch dieser Titel hatte nichts zu bedeuten, wenn sie sich seiner nicht würdig erwies.

Ana hob den Kopf. »Ich habe meine Entscheidung bereits getroffen. Ich werde nach Süden reisen, um Yuri und die Rotmäntel zu finden.«

Ramson wich zurück. »Du schließt dich der Rebellion an?«

Ein kalter Wind regte sich, und sie dachte an Yuris Abschiedsworte. *Die Zukunft liegt hier, bei uns. In den Händen des Volkes.*

»Vorerst.« Ana zog den Umhang fester um sich. Morganya hatte alles eliminiert, was ihrer Herrschaft und der Monarchie Kontrolle und Gegengewicht hätte sein können. Und die Rotmäntel ... Sie schienen überhaupt keine Monarchie haben zu wollen. »Die Winde dieser Welt ändern sich, Ramson, und ich ... ich muss herausfinden, wo ich stehe. Aber zuerst einmal muss Morganya Einhalt geboten werden, und ich brauche eine Armee. Ich werde mich daranmachen, die Unterstützung der anderen Königreiche zu gewinnen. Und da Bregon unser neutralster Verbündeter ist, werde ich dort anfangen.« Sie hielt inne und zwang sich, ihm in die Augen zu sehen. »Ich könnte die Hilfe eines bregonischen Soldaten gebrauchen.«

Er erwiderte ihren Blick. »Ich könnte es mir durch den Kopf gehen lassen. Aber ich habe eine Frage.« Ein verschmitzter Ausdruck stahl sich in seine Augen. »Wie lautet der Pakt, Hexe?«

Beinahe hätte sie erleichtert aufgeatmet. Ihr Herz flatterte vor Freude. »Wie wäre es damit, dass ich dich im Gegenzug nicht an deinem eigenen Blut ersticken lasse?«

»Unglaublich. Womit habe ich nur so eine Chance verdient? Die Götter lächeln wahrlich auf mich herab.«

»Freu dich nicht zu früh.«

»Na schön.« Er verlagerte sein Gewicht, den Blick auf etwas hinter ihr gerichtet.

Über den Baumwipfeln, als Umriss am Himmel in der Morgendämmerung, sank ein Schneefalke zu ihnen herab. Ramson streckte den Arm aus, und der Vogel landete mit einem Rascheln seiner schneeweißen Flügel. Dann fischte Ramson etwas aus seiner Tasche und hielt es dem Schneefalken hin. Der Vogel schnappte mit einem raschen Klappern seines Schnabels danach.

»Was tust du da?«, wollte Ana wissen. Das Ding im Schnabel des Schneefalken ähnelte ... Haar. Mitternachtsschwarzem Haar.

»Linn«, sagte Ramson einfach und tätschelte den Vogel liebevoll. »Wenn Kapitan Markov sie nicht findet, dann muss sie irgendwo da draußen sein. Sobald Fischer sie findet, wird er sie zu uns führen.«

Ana betrachtete die Haarlocke, eingerollt im Schnabel des Vogels, und schickte ein Gebet an die Gottheiten, dass ihre Freundin in Sicherheit war. Dass sie, auf die eine oder andere Weise, wieder zueinander finden würden.

»Fischer«, wiederholte sie. »Das ist ein interessanter Name für einen kyrillischen Schneefalken.«

Der Anflug eines Lächelns umspielte Ramsons Lippen. »Es ist der Name eines alten Freundes«, sagte er leise. »Er war eine Orientierungshilfe, genau wie dieser Vogel.«

Ana musterte den Schneefalken. Er starrte sie mit intelligenten goldenen Augen an. In Legenden hieß es, Schneefalken seien von den Gottheiten persönlich gesegnet; dass die Wintergottheit über den gefrorenen Ländern ausgeatmet und diese Vögel aus nichts als Wind und Schnee erschaffen hatte.

Ramson streckte den Arm in die Luft. Mit einem kräftigen Flügelschlag schoss der Schneefalke in den Himmel. *Sei schnell,* dachte Ana. *Mögen die Gottheiten, die Linn behüten, auch dich behüten.*

Wie zur Antwort regte sich ein sanfter Wind und küsste ihre Wangen.

»Sie sind magisch, weißt du?«, sagte Ramson, während sie dem Vogel nachsahen, der immer kleiner wurde. »Jedenfalls hieß es so in den bregonischen Sagen.«

Überrascht sah Ana ihn an. »In den kyrillischen auch.«

»Es heißt, Affiniten und Schneefalken und Mondbären und viele sagenhafte Geschöpfe seien Überbleibsel der Gottheiten, Erinnerungen daran, dass die Götter früher einmal auf dieser Welt waren.«

»Ich wusste nicht, dass du an solche Geschichten glaubst.«

Ramson sah ihr in die Augen. Seine waren hell im Morgenlicht, die Wangen von der Kälte rötlich angehaucht, das Haar windzerzaust. »Ich könnte mich überreden lassen«, murmelte er.

Etwas an seinem offenen, durchdringenden Starren und der Aufrichtigkeit seines Tonfalls brachte den Jungen zurück, der am Abend von Fyrva'snezh vor ihr gestanden hatte. Ana fühlte sich unaufhaltsam zu ihm hingezogen, während sie sein Haar wahrnahm, das sich unten am Hals lockte, die ausgeprägten, scharf geschnittenen Kanten seiner Kieferpartie, den schief verzogenen Mund. Seine Lippen öffneten sich ein wenig, als Ramson sanft ausatmete und den Kopf zu ihr neigte, jeden Winkel ihres Gesichts mit den Augen abtastete. Etwas an der Art, wie er sie betrachtete, als existierte nichts sonst auf der Welt, ließ ihr Herz schneller schlagen und ihre Atemzüge in kürzeren Abständen erfolgen.

Dieses Gefühl – als würde sie fallen und zugleich fliegen – bereitete ihr Angst.

Ein weiterer Windstoß drückte gegen ihren Rücken, mit mehr Nachdruck, und aus dem Augenwinkel sah sie wieder den Palast, der in der Ferne emporragte. Es war eine Mahnung, dass sie es sich im Moment nicht leisten konnte, an irgendetwas anderes zu denken. Nicht, wenn sie ein Reich zu retten hatte.

Ana drehte sich jäh weg. Im Nu füllte die Kälte den Raum zwischen ihnen. »Nun.« Ana schluckte. »Hier wären wir also.«

Sie spürte Ramsons Blick immer noch auf sich, jetzt weicher und distanzierter. »Hier wären wir also«, sprach er ihr nach.

Ana hielt den Blick geradeaus gerichtet, auf den Palast. Sie war, wieder einmal, ein Mädchen in einem zerschlissenen Umhang, das nichts hatte und nirgendwohin laufen konnte. Dennoch fühlte es sich an, als hätte sich in einem Jahr alles verändert.

Ich unsehe dich, Kleine Tigerin.

Sie war es, die sich verändert hatte, erkannte Ana zu ihrer jähen Überraschung, die in der Winterluft süß schmeckte. Sie war nicht mehr das verängstigte Mädchen von vor zwölf Monden, das so verzweifelt nach einem Weg gesucht hatte, um mit sich selbst, um mit der eigenen Monstrosität zurechtzukommen. Wenn die Grenze zwischen Gut und Böse mithilfe von Entscheidungen gezogen wurde, dann würde sie sich entscheiden, ihre Affinität einzusetzen, um für diejenigen zu kämpfen, die es nicht konnten.

Ramson hatte recht. Dies war kein Märchen, in dem die Guten am Ende triumphierten. In diesem Moment litten reale Menschen in ihrem Reich, im Schatten der Gesetze, die angeblich zu ihrem Schutz da waren. Hier gab es Böses und Dunkelheit – Unterdrücker, die mit Hass und Gier in den Herzen an Gewalt festhielten.

Doch es gab auch Gutes. Da war das Licht dieser Welt, das in zerborstenen, spitzen Splittern auftrat, ob nun als kleine Erdaffinite, die Blumen aus unfruchtbarem Boden erschuf, oder in Gestalt der heimlichen Chokolad-Gaben eines Feueraffiniten oder als eine Windaffinite, die das Gesicht zum Himmel reckte. Allesamt zeigten sie Ana, dass es etwas gab, was sich zu retten lohnte – in ihr und auf dieser Welt.

Diese Welt – diese schöne zerbrochene Welt, die so viel Grau beherbergte – war die einzige, die sie hatten. Und es war eine, für die sie weiter kämpfen würde.

Doch zuerst würde sie ihrem Volk beweisen, dass sie eine würdige Anführerin war. Dass sie, ganz gleich, wie ihr Titel lauten mochte, nicht untätig zusehen würde, wie Unschuldige unter einem Schreckensregime starben.

Dass sie, mit Fleisch und Knochen und Seele, Anastacya Kateryanna Mikhailov war, Erbin des Kyrillischen Kaiserreiches – mit einem Herzen aus Blut und Asche.

GLOSSAR

Affinite: Person mit einer besonderen Fähigkeit oder Verbindung zu physischen oder metaphysischen Elementen; ihre Besonderheit reicht von einem erhöhten Gespür für das Element bis hin zur Fähigkeit, das Element zu manipulieren oder es zu erzeugen
Bratika: Bruder
Chokolad: Süßigkeit aus Kakao
Contessya: Gräfin
Dacha: Haus
Dama: Dame
Deimhov: Dämon
Deys: Gottheit
Deys'voshk: Gift, das eine Wirkung auf Affiniten hat und genutzt wird, um sie zu bändigen; auch bekannt als Götterwasser
Fyrva'snezh: erster Schneefall
Goldblatt: Münze mit dem höchsten Wert
Guzhkyn-Wüstenspringmaus: Nage- und Haustier aus der Region Guzhkyn im südlichen Kyrillien
Imperator: Kaiser
Imperatorya: Kaiserin
Imperya: Kaiserreich
Kapitan: Hauptmann
Kechyan: traditionelles kyrillisches Gewand, das üblicherweise aus gemusterter Seide angefertigt wird
Kologne: Parfüm

kolst: glorreich
Kommertsya: Handel
Konsultant: Berater, Beraterin
Kupferstein: Münze mit dem niedrigsten Wert
Mamika: »kleine Mutter«; liebevolle Bezeichnung für »Tante«
Mesyr: Herr
Pelmeny: mit Hackfleisch, Zwiebeln und Kräutern gefüllte Knödel
Pirozhky: gebratene Pastete mit süßer oder pikanter Füllung
Pryntsessa: Prinzessin
Ptychy'moloko: Vogelmilchkuchen
Rotmantel: Bezeichnung für einen Rebellen; ein Wortspiel mit dem umgangssprachlichen Ausdruck »Weißmantel«
Schwarzstein: im Krazyastischen Dreieck abgebauter Stein; das einzige Element, das gegen die Manipulation von Affiniten immun ist und von dem man weiß, dass es Affinite schwächt oder abblockt
Silberblatt: Münze mittleren Werts
Sistrika: Schwester
Sonnenwein: Glühwein im Sommer mit Honig und Gewürzen
Valkryf: Pferderasse; ein wertvolles Ross mit gespaltenen Hufen und der einzigartigen Fähigkeit, auf Berge zu steigen und kalte Temperaturen auszuhalten
Varyshki: teures Bullenleder
Vyntr'makt: Wintermarkt; Märkte im Freien, die gewöhnlich vor Wintereinbruch auf Dorfplätzen aufgebaut werden
Weißmantel: umgangssprachlicher Ausdruck für »Kaiserliche Patrouille«
Yaeger: seltene Affiniten, deren Verbindung zur Affinität eines anderen Affiniten besteht; sie können Affiniten erspüren und deren Affinität kontrollieren

DANKSAGUNG

Im Alter von sieben Jahren begann ich die englische Sprache zu erlernen, als ich aus meiner Geburtsstadt Paris genommen und in eine internationale amerikanische Schule im staubig grauen Peking der 1990er-Jahre gesteckt wurde. Seit jenem ersten Tag, als ich verloren war und die Worte meiner Lehrkräfte und Klassenkameraden über mich hinwegspülten wie Wasser, außerhalb meiner Reichweite, habe ich so einiges dazugelernt.

Bücher veränderten alles für mich, versetzten mich innerhalb ihrer Seiten in hundert unterschiedliche Welten, erlaubten mir, tausend verschiedene Leben zu leben. Ich begann ernsthaft zu lesen, und langsam, mit jeder umgeblätterten Seite, bildete sich allmählich ein Traum heraus. Ich wollte Schriftstellerin sein, ich wollte kraft meiner Worte den Welten Gestalt verleihen und Leben verändern. Heute möchte ich allen Menschen, die mein Leben in diesem Prozess berührt und dieses Buch geprägt haben, meine tiefe Dankbarkeit ausdrücken, denn ihr habt meinen Traum ermöglicht:

Meinem wunderbaren Agenten, Peter Knapp, der mich durch die Tür gezerrt und auf diese unglaubliche Reise geschickt hat und weiterhin auf jegliche Art für mich eintritt. Danke, dass du mein Leben an jenem trostlosen grauen Novembermorgen in Peking verändert hast.

Meiner unglaublichen Lektorin, Krista Marino, deren rasiermesserscharfer Verstand und Stift alle Handlungslöcher und jeden Mode-Fauxpas in diesem Buch ausgemerzt haben – es ist solch ein

Segen, mit dir zusammenzuarbeiten. Du hast mich mit jeder Überarbeitung immer weiter angetrieben, um aus diesem Buch die beste Version seiner selbst zu machen. Ich bin (egoistischerweise) froh, dass du deinen Flug im Dezember verpasst hast und ich dieses zweite Gespräch mit dir bekam.

Dem Verlag Delacorte Press – der visionären Verlegerin Beverly Horowitz und der Lektoratsassistenz Monica Jean, den Verlegerinnen Barbara Marcus und Judith Haut und dem ganzen Team bei Random House Children's Books, die mir längst das Gefühl gegeben haben, Teil dieser riesigen, tollen Familie zu sein: Felicia Frazier und Mark Santella im Vertrieb; Angela Carlino, Alison Impey, Ray Shappell, Regina Flath und Ken Crossland beim Design; den furchtlosen Redakteurinnen Colleen Fellingham und Alison Kolani und der Redaktionsleiterin Tamar Schwartz (die diesen Absatz wahrscheinlich noch einmal redigieren muss – es tut mir so leid); Tracy Heydweiller, Herstellungsleitung; Mary McCue und Dominique Cimina in der Presse; dem fabelhaften Marketingteam, John Adamo, Jenna Lisanti und Kelly McGauley; Kate Keating, Elizabeth Ward und Cayla Rasi beim digitalen Marketing; und Adrienne Waintraub, Lisa Nadel und Kirsten Schulz in der Marketingabteilung für Schulen und Bibliotheken. Dieses Buch existiert dank euch allen!

Dem Team bei Park Literary, einschließlich Abby Koons und Blair Wilson, dank deren unermüdlicher Arbeit dieses Buch weiter um die ganze Welt reisen darf.

Meinen ersten Testleserinnen und Kritikpartnern bei Absolute Write, die zwischen 2014 und 2017 wiederholt Fassungen meiner Eröffnungskapitel lasen und deren Kommentare dazu beitrugen, dass sich mein Schreiben sprunghaft verbesserte.

Meiner ersten Kritikpartnerin und befreundeten Schriftstellerin Cassy Klisch, deren tägliche SMS mich inspirierten weiterzumachen und deren Kritiken der frühen Versionen dieses Buches mich motivierten, es zu Ende zu schreiben.

Meiner frühen Testleserin und lieben Freundin Heather Kassner, deren Twitter-Direktnachricht an jenem Herbsttag mein Leben veränderte und deren magische, skurrile, wunderbare Wörter mich immer weiter inspirieren. Wir werden eines Tages unsere Happy Hour haben und ein Foto, bei dem nicht mein Kopf per Photoshop auf deine Mom gesetzt ist.

Meinen geliebten Schriftstellerfreundinnen: Becca Mix, virale Sensation und Meme-Meisterin, deren unverfrorenes, aber liebenswertes Cheerleading in meiner Sache mir jeden Morgen versüßt und von der ich ständig Verständnis und Bescheidenheit und den Umgang mit Katzen lerne. Katie Zhao, wahre Drachenkämpferin, möglicherweise lang verloren geglaubte Cousine und fiese schreibende Maschine, deren Arbeitsethos mich inspiriert und motiviert, deren Bücher genau das sind, was die junge Amélie lesen musste, und die eine ganze Generation von Kindern inspirieren werden. Molly Chang, Königin der Tippfehler, die mir weiter auf der Reise der Buchveröffentlichung das Händchen hält, mir die Magie von Steuerabzügen beibrachte und meine große Leidenschaft für Feuertopf teilt. Wenn dieses Buch veröffentlicht ist, werde ich hoffentlich Zeit haben, die ganzen chinesischen Dramen anzusehen. Grace Li von Sparta, deren atemberaubende Prosa weiterhin ein Quell der Inspiration (und des glühenden Neids) ist, die meine liebsten Kinder umbringt und darüber lacht. #2Blood2Furious kommt im Jahr 2020. Andrea Tang, die schrecklich clevere *jiejie*, deren geistreiche, aus dem Leben gegriffene Liebeskomödien und freche Buchkinder mir Leben schenken. Fran, meiner lieben Agentenschwester (und so dicht dran, Debütschwestern zu sein!); Aly, Lyla, der ganzen Gruppe des Sommer-Retreats 2018 und so vielen unglaublichen Freunden und Freundinnen online, die ich erst noch persönlich treffen muss – danke für eure Freundschaft und Unterstützung, für die spätabendlichen Gespräche über das Leben bei einem Glas Barefoot-Wein und für das Gezeter über Twitter.

Meinen engsten Vertrauten und Bewahrern meines geheimen Traums von Anfang an: Amy Zhao, böser Zwilling und beste Freundin, die die frühen Versionen dieses Buches las und mich die ganze Zeit unterstützte, die vor langer Zeit auf der Middle School mit mir Rollenspiele bei Virtual Hogwarts und auf unseren verschiedenen Kalaskre-Sites spielte, deren Bauchmuskeln ein Quell des Neids sind und deren Sessions im Fitnessstudio oft meine einzigen Verschnaufpausen während Monaten voller Abgabeterminen waren. Crystal Wong, die eine frühe Version dieses Buches las und zahlreiche Tippfehler fand, deren Freundschaft mich durch die NYU und Orgcomm brachte und die mich weiter an jedem aufreibenden Arbeitstag antreibt: ein Hoch auf die zukünftigen Real Housewives von Midtown West und Santa Monica. Betty Lam, die an der University of California eine Liebe für Young-Adult-Fantasybücher mit mir teilte, die die ersten Kapitel las und mir wunderbares Feedback gab und die immer noch darauf wartet herauszufinden, wie es weitergeht (sorry!).

Meinen Schulfreunden von der ISB – Jack, Sara, Jessica, Kevin, Alex, Darren, Alan –, deren Humor und Unterstützung und Unfug mich mein halbes Leben lang begleitet haben und die auch in diesem Jahr weiter für mich da waren. Es ist ein Segen, von derart intelligenten und weltgewandten Menschen als Teil meines engsten Freundeskreises umgeben zu sein. (Außer dir, Jack.)

Befreundeten Autoren und Schriftstellerinnen, die in guten und schlechten Zeiten zu mir standen: Wenn die Dunkelheit hereinbricht, die Schatten verschwinden und man mit den Lichtgestalten zurückbleibt. Dieses Buch wäre ohne euch heute nicht hier.

Den Autoren und Autorinnen, die mir die Hand hingestreckt haben und mir ihren Rat und ihre Klugheit anboten – danke für den Anruf, für die E-Mail, für die Nachricht. Ich hoffe, ihr wisst, dass es mir unglaublich viel bedeutet hat.

Für Clement – den Ramson zu meiner Ana, den Pewp zu meiner Millie, die Liebe meines Lebens. Danke, dass du mein größter Fels in allen Höhen und Tiefen des Lebens warst, dass du dich um die Hausarbeit gekümmert und den Abwasch gemacht hast, wenn ich noch weiterschreiben wollte, dass du gekocht und mir zu essen gegeben hast, wenn bei mir eine Abgabe anstand, dass du mich bei jeder kleinen Neuigkeit, die ich dir geschickt habe, angefeuert hast, dafür, dass du mich zu meinen besten und zu meinen schlimmsten Zeiten liebst. Ich habe von so vielen Märchenprinzen und Abenteuerhelden gelesen, aber du bist es in Wirklichkeit (wenn auch eine sportfanatische, Bier trinkende, Bro-sprechende Version). Ich liebe dich, und ich verliebe mich mit jedem Tag, der verstreicht, immer noch mehr in dich.

Meiner kleinen Schwester, Weetzy – meiner besten Freundin, meiner Seelenschwester, meiner Mitverschwörerin, die Geschichten mit mir gesponnen hat, seit wir alt genug zum Sprechen waren, die als Heranwachsende jeden meiner schrecklichen Romane las und wegen meiner schlechten Schreibe wütend auf mich war, die während heißer Pekinger Sommer Seite an Seite mit mir dasaß und all die unbeendeten Romane über Märchenprinzessinnen und Mädchen mit magischen Kräften schrieb. Das Leben wäre ohne dich viel einsamer. Danke, dass du immer für mich da bist, und wisse, dass ich immer für dich hier sein werde.

Zum Schluss, aber vor allen anderen, Mama und Papa – dafür, dass sie die wunderbarste Familie sind und mir die beste Erziehung angedeihen ließen, die ich mir nur wünschen konnte. Es ist ein Segen, zwei extrem intelligente und liebevolle Vorbilder zu haben, die mir Güte, Hingabe, Bescheidenheit und Ausdauer beibrachten; die mir die Möglichkeit zu träumen schenkten. Jeder Sommerurlaub, jeder Museumsbesuch, jedes Buch, das ihr mir gekauft habt, jede Geschichte, die ihr mir erzählt habt, alles, was ihr mir fürs Leben beigebracht habt, jeder Tropfen an unglaublichem Wissen, den ihr mit mir geteilt habt, hat mich zu der gemacht, die ich heute bin, und ist in dieses Buch eingeflossen. Ich hoffe, ich habe euch stolz gemacht.

Bernhard Hennen
Robert Corvus

Die Phileasson-Saga

Raubeinige Helden, gefährliche Magie und eine atemberaubende Queste

978-3-453-31751-2

Himmelsturm
978-3-453-31752-9

Die Wölfin
978-3-453-31753-6

Silberflamme
978-3-453-31824-3

Schlangengrab
978-3-453-31849-6

Totenmeer
978-3-453-31850-2

Rosentempel
978-3-453-31968-4

Elfenkrieg
978-3-453-31986-8

Echsengötter
978-3-453-31987-5

Leseproben unter **www.heyne.de**

HEYNE

Peter V. Brett

Manchmal gibt es gute Gründe, sich vor der Dunkelheit zu fürchten ...

Peter V. Bretts Dämonensaga – ein Epos vom Weltrang des »Herrn der Ringe«

978-3-453-52476-7

Die Romane

Das Lied der Dunkelheit
978-3-453-52476-7

Das Flüstern der Nacht
978-3-453-52611-2

Die Flammen der Dämmerung
978-3-453-52474-3

Der Thron der Finsternis
978-3-453-31573-0

Das Leuchten der Magie
978-3-453-31574-7

Die Stimmen des Abgrunds
978-3-453-31938-7

Die Erzählungen

Der große Bazar
978-3-453-52708-9

Das Erbe des Kuriers
978-3-453-31682-9

Selias Geheimnis
978-3-453-31970-7

Alle Erzählungen in einem Band

Das Feuer der Dämonen
978-3-453-32053-6

Leseprob[illegible]**ww.heyne.de**

HEYNE

Jennifer L. Armentrout

Eine Liebe zwischen Licht und Dunkelheit

Für Fans von Anna Todds *The Brightest Stars*, Mona Kastens *Save me* und Erin Watts *Paper Princess*

978-3-453-31976-9

978-3-453-31978-3

978-3-453-31977-6

978-3-453-32

GELÖSCHT
01. Sep. 2023

Leseproben unter **www.heyne.de**

HEYNE